Retrouvez l'univers du polar sur le site
www.meilleurpolar.com

Michael Connelly, lauréat de l'Edgar du premier roman policier pour *Les Égouts de Los Angeles* et de nombreux autres prix (Nero Wolfe, Macavity, Anthony…), est notamment l'auteur de *La Glace noire*, *La Blonde en béton*, *Le Poète*, *Le Cadavre dans la Rolls*, *Créance de sang*, *L'Envol des anges* et de *Chroniques du crime*. Il s'est vu décerner le prix Pulitzer pour ses reportages sur les émeutes de Los Angeles en 1992. Il vit actuellement en Floride.

Michael Connelly

LE VERDICT
DU PLOMB

ROMAN

Traduit de l'anglais (États-Unis)
par Robert Pépin

Éditions du Seuil

TEXTE INTÉGRAL

TITRE ORIGINAL
The Brass Verdict
ÉDITEUR ORIGINAL
Little, Brown and Company, New York
© 2008 by Hieronymus, Inc.
ISBN original : 978-0-316-16629-4

Les droits français ont été négociés avec
Little, Brown and Compagny, New York.

ISBN 978-2-7578-1762-9
(ISBN 978-2-02-086090-1, 1re publication)

© Éditions du Seuil, mai 2009, pour la traduction française

PREMIÈRE PARTIE

Ficeler le crétin
1992

1

Tout le monde ment.

Les flics. Les avocats. Les témoins. Les victimes.

Le procès n'est que concours de mensonges. Et dans la salle d'audience, tout le monde le sait. Le juge. Les membres du jury, même eux. Tous, ils viennent au prétoire en sachant qu'on va leur mentir. Tous, ils prennent place dans le box et sont d'accord pour qu'on leur mente.

L'astuce, quand on s'installe à la table de la défense, est de se montrer patient. D'attendre. Pas n'importe quel mensonge, non. Seulement celui dont on va pouvoir s'emparer et, tel le fer porté au rouge, transformer en une lame acérée. Celle dont on va pouvoir se servir pour d'un grand coup éventrer l'affaire et lui répandre les boyaux par terre.

Mon boulot, c'est de forger cette lame. De l'aiguiser. Et de m'en servir sans pitié ni conscience. D'être enfin la vérité en un lieu où tout n'est que mensonges.

2

J'en étais au quatrième jour du procès qui se tenait en la chambre 109 du Criminal Courts Building[1] du centre-ville lorsque enfin je tombai sur le mensonge qui devint la lame avec laquelle éventrer l'affaire. Mon client, Barnett Woodson, avait à répondre de deux meurtres qui allaient le conduire à la prison de San Quentin, dans la pièce en acier gris où l'on verse le saint poison directement dans le bras du condamné.

Jeune dealer de vingt-sept ans originaire de Compton, Woodson était accusé d'avoir volé, puis tué deux étudiants de Westwood qui voulaient lui acheter de la cocaïne. Il avait, lui, décidé de leur prendre plutôt leur argent et de les assassiner avec un fusil à canon scié. Enfin… c'est ce qu'affirmait l'accusation. Un Noir qui tue deux Blancs, ça ne l'aidait pas vraiment – surtout à peine quatre mois après que les émeutes avaient déchiré la ville. Mais il y avait pire : l'assassin avait essayé de masquer son crime en lestant les deux corps et en les jetant dans le Réservoir d'Hollywood. Les cadavres étaient bien restés au fond quatre jours, mais avaient fini par remonter brusquement à la surface telles pommes dans un tonneau rempli d'eau. Pommes pourries, s'entend. L'idée que des cadavres aient pu pourrir dans un des réservoirs d'eau potable les plus importants de la ville avait tordu très fortement les boyaux de la com-

---

1. Ou bâtiment des tribunaux criminels. *(NdT.)*

munauté. Aussitôt que ses appels téléphoniques l'avaient relié aux victimes, Woodson avait été arrêté, la fureur publique à son encontre devenant rapidement presque palpable. Le bureau du district attorney avait vite annoncé qu'il demanderait la peine de mort.

Cela dit, les preuves retenues contre lui n'avaient rien d'aussi palpables. Il s'agissait essentiellement de présomptions – à savoir les relevés de ses appels téléphoniques – et du témoignage d'individus qui avaient eux-mêmes eu maille à partir avec la justice. Et parmi ces derniers, c'était le témoin à charge, Ronald Torrance, qui tenait le haut du pavé. Il prétendait que Woodson lui avait avoué ces crimes.

Torrance avait été incarcéré au même étage de la prison centrale pour hommes que Woodson. L'un et l'autre y avaient en effet été gardés dans un quartier de haute sécurité à deux étages contenant seize cellules à un seul détenu ouvrant sur une salle de jour. À l'époque, tous les prisonniers de ces seize cellules étaient noirs, la procédure certes habituelle, mais plus que douteuse étant de « ségréguer dans l'intérêt de la sécurité » et d'ainsi répartir les prisonniers selon leurs races et leurs affiliations à tel ou tel gang afin d'éviter les confrontations et les violences. Ayant pris part aux pillages qui s'étaient déroulés pendant les émeutes, Torrance attendait d'être jugé pour vol et violences avec voies de fait. Les détenus du quartier de haute sécurité avaient accès à la salle de jour de 6 heures du matin à 6 heures du soir, salle où ils mangeaient, jouaient aux cartes assis à des tables, bref, se côtoyaient sous l'œil attentif de gardiens postés dans une cabine en verre au-dessus d'eux. C'est à une de ces tables que Torrance prétendait avoir entendu mon client lui avouer le meurtre des deux jeunes du Westside.

L'accusation se démenait comme un beau diable pour rendre Torrance présentable et crédible aux yeux du jury, qui ne comptait que trois Noirs en son sein. On lui avait rasé la barbe, on lui avait supprimé ses petites nattes et coupé les cheveux très court et ce jour-là, le quatrième du procès, il était arrivé en cravate et costume bleu ciel. Poussé par l'avocat de l'accusation, Jerry Vincent, il venait de raconter la conversation que prétendument il avait eue un matin avec Woodson à l'une des tables de pique-nique. Celui-ci non seulement y aurait reconnu ses crimes, mais lui aurait encore confié nombre de détails plus que parlants, l'essentiel de l'affaire, et on l'avait fait clairement comprendre aux jurés, étant que ces détails, seul le tueur pouvait les connaître.

Pendant cette déposition, Vincent avait tenu la bride haute à son témoin en lui posant des questions fort longues qui ne pouvaient susciter que de brèves réponses. Elles étaient tellement lourdes de sens qu'elles en devenaient tendancieuses, mais je ne me donnais pas la peine d'objecter quoi que ce soit, même quand le juge Companioni me regardait en haussant les sourcils et me suppliant presque de me jeter dans la bagarre. Je ne bougeais pas parce que c'était la contre-attaque que je voulais. Je voulais que les jurés se rendent compte de ce que l'accusation était en train de fabriquer. Quand mon tour viendrait, je laisserais Torrance aller jusqu'au bout de ses réponses et me tiendrais en retrait en attendant la lame.

Vincent ayant fini de questionner son témoin à 11 heures du matin, le juge me demanda si je voulais déjeuner tôt avant de procéder au contre-interrogatoire. Je lui répondis que non, ce n'était pas nécessaire et que je n'avais pas besoin d'une interruption de séance. Tout cela en ayant l'air tellement dégoûté que je ne pouvais pas attendre encore une heure avant de m'attaquer au type à la barre. Je me levai, pris un gros dossier et un bloc-notes et les emportai avec moi au pupitre.

– Monsieur Torrance, lançai-je au témoin, je m'appelle Michael Haller et je travaille au bureau des avocats commis d'office. C'est moi qui vais assurer la défense de M. Barnett Woodson. Nous sommes-nous déjà rencontrés ?

– Non, maître, répondit-il.

– Je ne le pensais pas non plus. Mais l'accusé, M. Woodson, et vous vous connaissez depuis longtemps, n'est-ce pas ?

Il me décocha un sourire du genre « ça y est, ça commence ». Mais j'avais bien étudié le dossier du monsieur et je savais très exactement à qui j'avais affaire. Torrance avait trente-deux ans et passé un tiers de son existence en prison, voire en centrale. Ses études avaient pris fin en huitième, année qu'il avait choisie pour ne plus aller à l'école, aucun de ses parents ne semblant s'en rendre compte ou soucier. Selon les termes de la loi californienne dite du « troisième coup, c'est le bon », il risquait de décrocher la récompense de toute sa vie si jamais il était reconnu coupable d'avoir volé, puis assommé d'un coup de crosse de pistolet la tenancière d'une laverie automatique à pièces. Le crime avait été commis pendant les trois jours d'émeutes et de pillages qui avaient déchiré la ville dès après que les quatre flics accusés d'avoir rossé Rodney King, un motocycliste noir qu'ils avaient arrêté pour conduite dangereuse, avaient été déclarés innocents. Tout cela pour dire que Torrance avait de bonnes raisons d'aider le procureur à faire tomber Barnett Woodson.

– Depuis quelques mois, pas plus, me renvoya-t-il. Au quartier de haute sécurité.

– Des hautes autorités, dites-vous ? demandai-je en jouant au con. Vous voulez parler d'une église ou d'un lien religieux quelconque ?

– Non, des cellules de haute sécurité. À la prison du comté.

– C'est donc bien de prison qu'il est question, n'est-ce pas ?

– C'est exact.

– Vous me dites donc aussi que vous ne connaissiez pas Barnett Woodson avant ? demandai-je en mettant de l'étonnement dans ma voix.

– Non, maître, répondit-il. C'est en prison qu'on s'est rencontrés pour la première fois.

Je portai sa réponse dans mon bloc-notes comme s'il s'agissait d'une concession d'importance.

– Bien, bien, monsieur Torrance, repris-je. Faisons donc quelques petits calculs. C'est le 5 septembre de cette année que Barnett Woodson a été transféré au quartier de haute sécurité où vous étiez déjà incarcéré. Vous vous en souvenez ?

– Ouais, je me rappelle quand il est arrivé.

– Et pourquoi vous avait-on incarcéré dans ce quartier de haute sécurité ?

Vincent se mit debout pour élever une objection en arguant du fait qu'il avait déjà couvert cet aspect-là des choses en interrogatoire direct. Je lui renvoyai que je cherchais seulement à ce qu'on m'explique complètement le pourquoi de cette incarcération et le juge Companioni m'autorisa à continuer. Et ordonna à Torrance de répondre à ma question.

– C'est comme j'ai dit : je suis accusé de vol et de violences avec voies de fait.

– Et ces crimes qu'on vous reproche se sont déroulés pendant les émeutes, c'est bien ça ?

Dans le climat anti-flics qui régnait déjà dans toutes les minorités de la ville avant les émeutes, je m'étais beaucoup démené pour avoir autant de Noirs et de métis que possible parmi les jurés. Cela étant, j'avais là une chance de travailler les cinq jurés blancs que l'accusation avait réussi à m'imposer. Je voulais qu'ils sachent tous bien que l'individu sur lequel celle-ci faisait reposer pratiquement toute l'affaire était un des types responsables de ce qu'ils avaient vu à la télé au mois de mai précédent.

– Ouais, j'y étais avec tout le monde, me répondit Torrance. Si vous voulez mon avis, les flics s'en tirent un peu trop facilement dans c'te ville.

Je hochai la tête comme si j'étais d'accord avec lui.

– Et vous, votre réaction à l'injustice des verdicts rendus dans l'affaire Rodney King a bien été d'aller voler une vieille femme de soixante-deux ans et de l'assommer avec une poubelle en acier. Est-ce que je me trompe, monsieur Torrance ?

Il regarda du côté de la table de l'accusation, puis plus loin derrière, et jeta un coup d'œil à son avocat assis au premier rang de la galerie. Qu'ils aient ou n'aient pas préparé de réponse à cette question, son avocat ne pouvait plus l'aider. Torrance était seul.

– Non, dit-il enfin, j'ai pas fait ça.

– Vous êtes innocent du crime dont on vous accuse ? lui lançai-je.

– C'est ça même.

– Et question pillage ? Vous n'avez commis aucun crime de ce genre pendant les émeutes ?

Après avoir marqué une pause et jeté à nouveau un coup d'œil à son avocat, il me répondit :

– Là, j'invoque le cinquième amendement[1].

C'était prévu. Je lui posai alors toute une série de questions dont le but était qu'il n'ait d'autre possibilité que de s'incriminer ou refuser de répondre en invoquant les protections garanties par cet amendement. Il l'avait déjà fait six fois lorsque, lassé de cette démonstration que je lui faisais encore et encore, le juge me

---

1. Amendement à la Constitution américaine qui permet à un prévenu de garder le silence si la réponse qu'il devrait donner à la question qu'on lui pose risque de l'incriminer. *(NdT.)*

ramena à l'affaire en cours. Je me pliai à sa requête à contrecœur.

– Bien, dis-je, assez parlé de vous, monsieur Torrance. Revenons à vos relations avec M. Woodson. Vous étiez donc au courant des détails de cette affaire de double meurtre avant de faire sa connaissance en prison, c'est bien ça ?

– Non, maître.

– Vous êtes sûr ? L'affaire avait fait beaucoup de bruit.

– J'étais en taule, mec.

– Et en taule, il n'y a ni journaux ni télé ?

– Je lis pas les journaux et au QHS, la télé marche plus depuis que j'y suis. Même qu'on a râlé et qu'ils ont dit qu'ils allaient la réparer, mais mes couilles, ouais, ils ont rien réparé du tout.

Le juge l'ayant averti de surveiller son langage, Torrance s'excusa. J'enchaînai.

– D'après les archives de la prison, M. Woodson est arrivé au quartier de haute sécurité le 5 septembre et d'après le dossier d'enquête du procureur[1], vous avez contacté l'accusation le 2 octobre pour lui rapporter ces prétendus aveux. Cela vous paraît-il exact ?

– Ouais, ça me paraît exact.

– Bien, mais pas à moi, monsieur Torrance. Vous êtes en train de dire aux jurés qu'un homme accusé d'un double meurtre et encourant très probablement la peine de mort se serait confessé à un type qu'il connaissait depuis moins de quatre semaines ?

Il haussa les épaules avant de répondre.

– Ben, c'est quand même ce qui s'est passé.

1. Ces dossiers, dits « de découverte », doivent être transmis à la partie adverse avant le procès de façon que tout le monde soit bien d'accord sur l'étendue des preuves soumises aux jurés. *(NdT.)*

– C'est vous qui le dites. Qu'est-ce que le procureur va vous accorder si M. Woodson est reconnu coupable de ces crimes ?

– Je sais pas. Personne m'a promis quoi que ce soit.

– Avec vos antécédents et les chefs d'accusation dont vous devez répondre aujourd'hui, c'est à plus de quinze ans de prison que vous pouvez vous attendre si vous êtes reconnu coupable, nous sommes bien d'accord ?

– Ça, j'en sais rien du tout.

– Vraiment ?

– Vraiment. Tout ça, je laisse mon avocat s'en occuper.

– Il ne vous a pas informé que si vous n'intervenez pas dans la présente affaire vous pourriez bien aller en prison pour très très longtemps ?

– Y m'a rien dit de tout ça.

– Je vois. Qu'avez-vous demandé au procureur en échange de votre témoignage ?

– Rien. Je veux rien, moi.

– Bref, vous témoignez devant ce tribunal parce que vous pensez que c'est de votre devoir de citoyen, n'est-ce pas ?

Pas moyen de se tromper sur le sarcasme que j'avais mis dans ma voix.

– Ben évidemment ! s'écria Torrance, outragé.

Je tins mon épais dossier au-dessus du pupitre afin qu'il le voie et lui renvoyai :

– Reconnaissez-vous ce dossier, monsieur Torrance ?

– Non. Pas que je me rappelle.

– Vous êtes sûr de ne pas vous rappeler l'avoir vu dans la cellule de M. Woodson ?

– J'ai jamais été dans sa cellule.

– Vous êtes sûr de ne vous y être jamais faufilé pour jeter un coup d'œil à son dossier d'enquête pendant que M. Woodson se trouvait à la salle de jour, sous la douche ou au tribunal ?

– Non, j'ai pas fait ça.

– Mon client avait beaucoup de ces documents d'enquête de l'accusation dans sa cellule. On y trouvait plusieurs détails dont vous avez parlé dans votre témoignage tout à l'heure. Ça ne vous paraît pas suspect ?

– Non, dit-il en hochant la tête. Tout ce que je sais, c'est qu'il s'est assis à la table et qu'il m'a raconté ce qu'il avait fait. Il était pas fier et m'a causé. C'est pas de ma faute si les gens me causent, quand même !

Je hochai la tête à mon tour, comme si le fardeau qui était le sien lorsqu'on lui causait ainsi m'inspirait de la sympathie – surtout dans une affaire de double meurtre.

– Bien sûr que non, monsieur Torrance, lui renvoyai-je. Et maintenant, pouvez-vous dire au jury très exactement ce que M. Woodson vous a confié ? Et, je vous en prie, pas de raccourcis comme lorsque c'était maître Vincent qui vous posait les questions. Je veux entendre exactement ce que mon client vous a dit. Avec ses propres mots, s'il vous plaît.

Il marqua une pause comme pour fouiller dans sa mémoire et ordonner ses pensées.

– Bon, dit-il enfin, on était tous les deux assis tout seuls et lui, il a juste commencé à me dire qu'il se sentait pas fier de ce qu'il avait fait. Alors j'y ai demandé qu'est-ce t'as fait et il m'a raconté comment que cette nuit-là il avait tué les deux types et comment que ça le chagrinait vraiment.

La vérité se dit peu de mots. Les mensonges sont verbeux. Je voulais qu'il se fende de phrases longues, chose que Vincent avait réussi à éviter. Les moutons ont quelque chose en commun avec les arnaqueurs et les menteurs professionnels : ils cherchent à masquer la tromperie en plaisantant pour égarer le client et en enrobant la supercherie dans des tas de bla-blas. Mais c'est dans tous ces bla-blas qu'on trouve souvent la clé du gros mensonge.

Vincent éleva de nouveau une objection, cette fois en disant que le témoin avait déjà répondu aux questions que je lui posais et qu'au point où on en était, je ne faisais plus que le harceler.

– Monsieur le juge, dis-je alors, le témoin prête des aveux à mon client. Pour la défense, tel est bien le cas et la cour ferait montre de négligence en ne m'autorisant pas à explorer à fond les contenu et contexte d'un témoignage aussi dévastateur.

Je n'avais pas fini cette dernière phrase que le juge Companioni acquiesçait déjà d'un hochement de tête. Il rejeta l'objection de Vincent et m'ordonna de poursuivre. Je concentrai à nouveau mon attention sur le témoin et mis de l'impatience dans ma voix.

– Monsieur Torrance, lui lançai-je, vous êtes encore en train de résumer les choses. Vous prétendez que M. Woodson vous a avoué ces meurtres. Dites donc au jury ce qu'il vous a dit à vous. Quels sont les termes exacts dont il s'est servi pour avouer ces crimes ?

Torrance hocha la tête comme s'il venait juste de comprendre ce que je voulais.

– La première chose qu'il m'a dite, ç'a été : « Je me sens pas bien, mec. » Alors, j'y ai dit : « Pourquoi, mon frère ? » et lui, il m'a répondu qu'il arrêtait pas de penser à ces deux types. Je savais pas de quoi il parlait vu que comme j'ai dit, j'avais jamais entendu parler de cette histoire, vous voyez ? Alors, j'y ai dit : « Quels deux mecs ? » et lui, y m'a dit : « Les deux Nègres que j'ai balancés dans le réservoir. » J'y ai demandé de quoi il s'agissait et y m'a raconté comment qu'il les avait butés tous les deux avec un flingue et les avait enveloppés dans du grillage à garde-manger et le reste, quoi. Et là, il m'a dit : « J'ai fait une grosse erreur » et j'y ai demandé ce que c'était et y m'a dit : « J'aurais dû prendre un couteau et leur ouvrir le ventre pour qu'ils finissent pas par flotter comme ils ont fait. » Voilà, c'est ça qu'il m'a dit.

Du coin de l'œil, j'avais vu Vincent faire la grimace au milieu de cette réponse interminable. Et je savais pourquoi. Je m'avançai très précautionneusement avec la lame.

– M. Woodson a vraiment utilisé ce mot ? Il a vraiment traité les victimes de « Nègres » ?

– Ouais, c'est ce qu'il a dit.

J'hésitai le temps de formuler la question suivante comme il convenait. Je savais que Vincent n'attendait que l'occasion d'élever une objection si je lui en donnais la possibilité. Je ne pouvais pas demander à Torrance d'interpréter les propos de Woodson. Je ne pouvais pas lui demander « pourquoi ? » afin de savoir ce qu'il pensait du sens de ce terme ou de la raison qui avait poussé Woodson à l'utiliser. Cela aurait justifié une objection[1].

– Monsieur Torrance, dis-je donc, dans la communauté noire, le mot « Nègre » peut signifier plusieurs choses, n'est-ce pas ?

– J'imagine.

– Votre réponse est oui ?

– Oui.

– Et l'accusé est bien afro-américain, non ?

Il rit.

– On dirait bien.

– Comme vous l'êtes vous-même, non ?

Il se mit à rire à nouveau.

– Depuis que je suis né, répondit-il.

Le juge abattit son marteau et me regarda.

– Ces questions sont-elles bien nécessaires, maître Haller ?

---

1. En droit américain, un témoin ne saurait expliquer ou interpréter les propos de quiconque. *(NdT.)*

– Je vous prie de m'excuser, monsieur le juge.

– Poursuivez, s'il vous plaît.

– Monsieur Torrance, lorsque M. Woodson a utilisé ce terme, et c'est ce que vous affirmez, cela vous a-t-il choqué ?

Torrance se frotta le menton en réfléchissant à la question. Puis il fit non de la tête.

– Pas vraiment, dit-il.

– Pourquoi cela ne vous a-t-il pas choqué, monsieur Torrance ?

– Faut croire que c'est parce que j'entends ça tout le temps, mec.

– Dans la bouche d'autres Noirs ?

– C'est ça. Et dans la bouche de Blancs aussi.

– Bien, mais quand vos amis noirs utilisent ce terme, comme vous affirmez que M. Woodson l'aurait fait, de qui parlent-ils ?

Vincent éleva une objection au motif que Torrance ne pouvait pas donner le sens de ce que racontaient d'autres individus. Companioni retenant son objection, il me fallut un moment pour rouvrir le chemin conduisant à la réponse que je voulais entendre.

– D'accord, monsieur Torrance, dis-je enfin. Ne parlons que de vous, d'accord ? Vous servez-vous vous-même de ce mot à l'occasion ?

– Je crois l'avoir fait, oui.

– Bien, et quand vous l'avez fait, à qui faisiez-vous référence ?

Il haussa les épaules.

– À d'autres mecs.

– Des Noirs ?

– Voilà.

– Vous est-il arrivé de traiter des Blancs de Nègres ?

Il hocha la tête.

– Non.

21

– OK, et donc qu'avez-vous cru que Barnett Woodson vous disait lorsqu'il a qualifié de Nègres les deux hommes qui ont terminé au fond du réservoir ?

Vincent s'agita sur sa chaise et fit ce qu'on fait quand on objecte quelque chose mais ne va pas jusqu'à le dire. Il devait savoir que ça n'aurait servi à rien. J'avais amené Torrance où je voulais et il était tout à moi.

Torrance répondit enfin à la question.

– Je m'suis dit que ces jeunes, c'était des Noirs et qu'il les avait tués tous les deux.

La gestuelle de Vincent changea encore une fois. Il se tassa un rien sur son siège parce qu'il savait que le coup de poker qu'il avait tenté en faisant témoigner un mouton à la barre venait de foirer.

Je regardai le juge Companioni. Lui aussi savait ce qui allait suivre.

– Monsieur le juge, lui dis-je, puis-je m'approcher du témoin ?

– Vous le pouvez.

Je gagnai la barre et posai mon dossier devant Torrance. De grand format et plus que fatigué, il était d'un bel orange fané, soit de la couleur même dont se servent les autorités d'un comté pour signaler qu'il s'agit là de documents juridiques privés qu'un détenu est autorisé à avoir en sa possession.

– Bien, monsieur Torrance, repris-je, je viens de placer devant vous un dossier dans lequel M. Woodson garde des documents d'enquête que ses avocats lui ont fournis à la prison. Je vous demande donc à nouveau de me dire si vous le reconnaissez.

– Des dossiers orange, j'en ai vu des tas au QHS. Ça veut pas dire que j'aie vu celui-là.

– Vous me dites donc que vous n'avez jamais vu M. Woodson avec ce dossier ?

– Je m'en souviens pas vraiment.

– Monsieur Torrance, vous avez passé trente-deux jours avec M. Woodson au quartier de haute sécurité. Vous avez affirmé qu'il se serait confié à vous et vous aurait fait des aveux. Et maintenant vous me dites que vous ne l'avez jamais vu avec ce dossier ?

Il commença par ne pas répondre. Je l'avais acculé dans un coin où il ne pouvait pas gagner. J'attendis. S'il continuait d'affirmer n'avoir jamais vu ce dossier, les aveux qu'il disait avoir reçus de Barnett paraîtraient bien douteux aux yeux du jury. Si au contraire il finissait par reconnaître que ce dossier ne lui était pas inconnu, c'était la voie royale qu'il m'ouvrait.

– Ce que j'dis, c'est que oui, je l'ai vu avec ce dossier, mais que j'ai jamais regardé ce qu'il y avait dedans.

Bingo ! Je le tenais.

– Je vais donc vous demander de l'ouvrir et de l'examiner.

Il m'obéit et regarda le dossier ouvert devant lui d'un côté puis de l'autre. Je regagnai le pupitre en jetant un coup d'œil à Vincent en m'y rendant. Il avait baissé les yeux et était tout pâle.

– Que voyez-vous en ouvrant ce dossier, monsieur Torrance ?

– D'un côté, les photos de deux mecs étendus par terre. Ils y sont attachés… les clichés, je veux dire. Et de l'autre côté, y a un tas de documents, de procès-verbaux et autres.

– Pourriez-vous nous lire ce qu'il y a dans le premier document à droite ? Lisez-nous seulement la première ligne du sommaire.

– Je sais pas lire.

– Pas du tout ?

– Pas vraiment, non. J'ai pas eu d'école.

– Pouvez-vous nous lire un seul des mots qui se trouvent près des cases cochées en haut du sommaire ?

Il regarda le dossier, ses sourcils se rapprochant, signe qu'il se concentrait. Je savais qu'on l'avait testé pour la lecture lors de son dernier séjour en prison et qu'il avait été déclaré au plus bas de l'échelle – soit même pas au niveau du cours élémentaire.

– Pas vraiment, non, dit-il. Je sais pas lire.

Je gagnai rapidement la table de la défense et sortis un autre dossier et un marqueur Sharpie de ma mallette. Puis je revins au pupitre et tout aussi rapidement écrivis en grosses capitales d'imprimerie le mot CAUCASIEN sur la couverture du dossier. Et tint ce dernier en l'air de façon à ce que Torrance et le jury le voient bien.

– Monsieur Torrance, dis-je, voici un des mots qui sont cochés au sommaire. Pouvez-vous le lire ?

Vincent se leva aussitôt, mais Torrance faisait déjà non de la tête d'un air profondément humilié. Vincent s'opposa à la démonstration en disant que je ne l'avais pas fondée et Companioni retint son objection. Je m'y attendais. Je ne faisais que préparer le terrain pour la manœuvre suivante et j'étais sûr que la plupart des jurés avaient vu Torrance hocher la tête.

– Bien, monsieur Torrance, dis-je alors. Passons de l'autre côté du dossier. Pouvez-vous nous décrire les corps représentés sur les photos ?

– Euh… deux hommes. On dirait qu'ils ont ouvert du grillage à garde-manger et des bâches et eux, ils sont là. Y a aussi des flics qui enquêtent et qui prennent des photos.

– De quelle race sont les hommes allongés sur les bâches ?

– Ils sont noirs.

– Avez-vous déjà vu ces photos avant, monsieur Torrance ?

Vincent se leva pour s'opposer à ma question en arguant que je l'aurais déjà posée et qu'on y avait déjà répondu. Mais c'était comme de lever une main en l'air pour arrêter une balle. Le juge l'informa, et sévèrement, qu'il pouvait se rasseoir. Sa façon à lui de lui dire qu'il allait devoir rester assis pour avaler ce qui allait lui arriver. Quand on fait témoigner un menteur et que le menteur s'effondre, on s'effondre avec lui.

– Vous pouvez répondre à la question, monsieur Torrance, dis-je après que Vincent se fut rassis. Avez-vous déjà vu ces photos ?

– Non, pas avant maintenant.

– Seriez-vous d'accord pour dire qu'elles représentent ce que vous nous avez décrit tout à l'heure ? À savoir les corps de deux Noirs assassinés ?

– Ça y ressemble bien. Mais j'ai jamais vu c'te photo avant, c'est juste ce qu'il m'a dit.

– Vous êtes sûr ?

– Un truc comme ça, j'aurais pas oublié.

– Vous nous avez dit que M. Woodson vous aurait avoué avoir tué deux Noirs, mais c'est pour le meurtre de deux Blancs qu'il est jugé aujourd'hui. Ne vous semble-t-il pas que, de fait, il ne vous a rien avoué du tout ?

– Non, non, il a avoué. Il m'a dit qu'il avait tué ces deux mecs.

Je regardai le juge.

– Monsieur le juge, lui lançai-je, la défense demande que le dossier posé devant M. Torrance soit présenté au tribunal comme pièce à conviction numéro un.

Vincent essaya de s'y opposer au motif que la demande n'était pas fondée, mais Companioni passa outre.

– Le dossier sera admis comme pièce à conviction et nous laisserons le soin au jury de décider si M. Torrance a oui ou non vu cette photo et le reste du dossier.

J'étais lancé, je décidai de jouer le paquet.

– Merci, monsieur le juge, dis-je. Il serait peut-être temps de demander au procureur de rappeler à son témoin les peines qui punissent le parjure.

Théâtral à souhait, le coup était destiné aux jurés. Je m'attendais à devoir continuer à éviscérer Torrance avec la lame de ses propres mensonges, mais Vincent se leva pour demander au juge de suspendre la séance, le temps de conférer avec la partie adverse.

Je sus alors que je venais de sauver la vie à mon client.

– La défense n'y voit aucune objection, répondis-je au juge.

3

Les jurés ayant quitté leur box en file indienne, je regagnai la table de la défense tandis que le garde entrait dans la salle pour menotter mon client et le ramener à la prison du tribunal.

– Ce mec est un vrai menteur de merde ! me chuchota Woodson. C'est pas deux Noirs que j'ai tués. C'est deux Blancs.

J'espérai que le garde n'avait rien entendu.

– Et si tu fermais ta grande gueule, hein ? lui chuchotai-je en retour. Et la prochaine fois que tu vois ce menteur de merde au gnouf, tu lui serres la main. C'est à cause de ses mensonges que le procureur s'apprête à laisser tomber la peine de mort et à proposer un arrangement à l'amiable. Dès que j'ai sa proposition, je reviens te la dire.

– Bon, mais… et si j'avais pas envie d'un arrangement tout de suite, hein ? me renvoya Woodson en hochant la tête d'un air théâtral. C'est un gros menteur qu'ils ont amené à la barre, mec. Toute l'affaire devrait finir à l'égout. Hé, Haller, ça se gagne, des merdes pareilles, bordel de Dieu ! Tu refuses l'arrangement.

Je le dévisageai un instant. Je venais juste de lui sauver la vie, mais il voulait plus. Il s'en sentait le droit parce que le procureur n'avait pas joué franc jeu… comme s'il était responsable de ce qui était arrivé aux deux gamins dont il venait de reconnaître l'assassinat !

– Hé, Barnett, ne sois pas trop gourmand, lui renvoyai-je. Je reviens dès qu'il me fait part de la nouvelle.

Le garde lui fit franchir la porte en acier donnant sur les cellules rattachées au prétoire. Je regardai partir mon client. Je ne me faisais aucune illusion sur lui. Je ne le lui avais jamais demandé directement, mais je savais que ces gamins du Westside, il les avait tués, tous les deux. Ça ne me regardait pas. J'avais, moi, seulement pour tâche de mettre à mal le dossier du procureur au mieux de mes capacités – c'est ainsi que fonctionne le système. C'est ce que j'avais fait et l'on m'avait fait cadeau de la lame. Je me préparais à m'en servir pour améliorer la situation de manière significative, mais réaliser le rêve que faisait Woodson de se distancier de ces deux cadavres qui étaient devenus noirs au fond de l'eau n'était pas dans mes cartes. Il ne l'avait peut-être pas compris, mais son avocat commis d'office, lui – et il était tout aussi sous-payé que sous-estimé –, s'en rendait parfaitement compte.

Le prétoire étant enfin vide, Vincent et moi nous regardâmes de nos tables respectives.

– Bien, dis-je.

Il hocha la tête.

– Et d'un, dit-il, qu'il soit bien clair que je ne savais évidemment pas que Torrance mentait.

– Ben voyons.

– Pourquoi aurais-je voulu saboter mon dossier comme ça ?

Je balayai son *mea culpa* d'un geste de la main.

– Écoute, Jerry, te fatigue pas. Je t'avais dit avant le procès que ce mec avait zyeuté le dossier de mon client dans sa cellule. Ça tombe sous le sens. Comme si mon client allait dire quoi que ce soit au tien qu'il ne connaissait ni d'Ève ni d'Adam, et ça, tout le monde le savait sauf toi.

Vincent nia énergiquement de la tête.

– Je ne le savais pas, Haller. Il s'est présenté spontanément, il a été testé par un de nos meilleurs enquêteurs et non, rien ne laissait entendre qu'il mentait et ce, aussi peu probable qu'il nous ait paru que ton client lui ait parlé.

Je rejetai son baratin avec un rire peu amical.

– Non, Jerry, pas « que mon client lui ait parlé ». Qu'il lui ait avoué ! Ce n'est pas tout à fait la même chose. Bref, tu ferais peut-être bien de réévaluer ton précieux enquêteur parce que pour moi, il ne mérite pas le fric que lui donne le comté.

– Écoute, il m'avait dit que ce type ne savait pas lire et qu'il était donc impossible qu'il ait appris ce qu'il savait en zyeutant le dossier. Et ton type ne lui avait pas parlé des photos.

– Justement ! C'est même pour ça que tu devrais te trouver un enquêteur un peu meilleur. Et que j'te dise, Jerry… En général, je suis assez raisonnable pour ce genre de trucs. J'essaie toujours de marcher avec le bureau du district attorney pour pas me les foutre à dos. Mais là, je t'avais averti de faire gaffe à ce type. Bref, après la suspension de séance, je vais me l'éventrer à la barre et vous aurez tous à y assister sans bouger.

J'étais complètement scandalisé, et je ne faisais pas que jouer la comédie.

– Ça s'appelle « ficeler le crétin », repris-je. Sauf que quand j'en aurai fini avec Torrance, il ne sera pas le seul à avoir l'air d'un crétin. Le jury saura ou bien que tu savais que ce type était un menteur, ou bien que tu es trop con pour t'en être rendu compte. Ce qui fait que de toute façon, tu n'en sortiras pas sous ton meilleur jour.

Il baissa les yeux sur la table de la défense, la regarda d'un œil vide et très calmement remit de l'ordre dans les dossiers qui s'empilaient devant lui.

– Je n'ai pas envie que tu l'interroges en contre, dit-il enfin tout doucement.

– Parfait. Tu arrêtes de nier et de me dire des conneries, et tu me trouves un arrangement que je…

– Je laisse tomber la peine de mort. Je demande seulement de vingt-cinq à perpète.

Je fis non de la tête sans la moindre hésitation.

– Ça ne suffira pas. La dernière chose que m'a lâchée Woodson avant qu'on l'emmène a été qu'il était prêt à risquer le tout pour le tout. Soit, pour le citer dans le texte : « Ça se gagne, des merdes pareilles, bordel de Dieu ! » Et je suis d'avis qu'il a peut-être raison.

– Bon alors, qu'est-ce que tu veux, Haller ?

– Quinze ans max. Je devrais pouvoir le lui faire avaler.

Vincent fit violemment non de la tête.

– C'est hors de question, dit-il. Ils me renverront aux petits vols à l'étalage si je te donne ça pour deux meurtres de sang-froid. Vingt-cinq ans avec possibilité de conditionnelle, je ne peux pas aller plus loin. Vu la réglementation actuelle, il devrait pouvoir sortir dans seize ou dix-sept ans. Ce qui n'est pas si mal pour ce qu'il a fait, à savoir tuer deux gamins…

Je le regardai et scrutai son visage pour y trouver l'expression qui trahit. Et décidai que je ne pouvais pas faire mieux : Vincent avait raison, ce n'était pas une mauvaise affaire pour ce que Barnett Woodson avait fait.

– Je ne sais pas, répondis-je. Pour moi, il va me dire qu'il veut tenter le coup.

Vincent hocha la tête et me regarda.

– Dans ce cas-là, va falloir que t'essaies de le convaincre, Haller. Parce que moi, je ne peux pas aller plus bas et si toi, tu continues à l'interroger en contre, ma carrière au bureau du district attorney est probablement terminée.

À ce moment-là, ce fut moi qui hésitai à répondre.

– Minute, minute, Jerry. Qu'est-ce que tu es en train de me dire ? Qu'il faudrait que je passe la serpillière derrière toi ? Je te prends avec le pantalon autour des chevilles et c'est à mon client de prendre le truc dans le cul ?

– Ce que je te dis, c'est que c'est une offre équitable pour un type qui est coupable comme c'est pas permis. Plus qu'équitable même. Va lui causer et charme-le, Mick. Convaincs-le. On sait tous les deux que tu ne vas plus travailler bien longtemps au bureau des avocats commis d'office. Il se pourrait que t'aies besoin que je te rende un service un jour dans ce monde aussi vaste que méchant où y a pas de chèques qui tombent régulièrement.

Je me contentai de le fusiller du regard, mais enregistrai l'offre de *quid pro quo*. Je lui file un coup de main et un de ces jours, c'est lui qui m'aide pendant que Barnett se paie deux ou trois années de plus au gnouf.

– Il aura de la chance s'il tient cinq ans en taule, reprit Vincent. Alors, vingt ! Ça change quoi pour lui ? Mais pour toi et moi… On va monter en grade, Mickey. On peut se filer un coup de main dans cette affaire.

Je hochai lentement la tête. Vincent n'avait que quelques années de plus que moi, mais essayait de me la jouer vieillard plein de sagesse.

– Le problème, c'est que si je faisais ce que tu me suggères, je ne pourrais plus jamais regarder un client en face. Et j'ai l'impression que ce serait moi le crétin qu'on a ficelé.

Sur quoi je me levai et rassemblai mes dossiers. J'avais dans l'idée de retourner voir Barnett Woodson et de lui dire de tenter le coup. On verrait bien.

– On se retrouve après la suspension, lançai-je à Vincent.

Et je m'éloignai.

DEUXIÈME PARTIE

Suitcase City
2007

4

Il était un peu trop tôt dans la semaine pour que Lorna Taylor m'appelle. D'habitude, elle attendait au moins jusqu'au jeudi. Jamais elle ne m'aurait téléphoné un mardi. Je décrochai en me disant qu'il y avait plus qu'un chèque à la clé.

– Lorna ?

– Mickey, mais où t'étais ? J'ai passé toute la matinée à essayer de te joindre.

– Je suis allé courir. Je sors juste de la douche. Ça va ?

– Ça va, oui. Et toi ?

– Pas de problème. Qu'est-ce que…

– T'as un rendez-vous immédiat avec le juge Holder. Elle veut te voir dans… pas plus tard qu'il y a une heure.

Cela me fit réfléchir.

– À quel sujet ?

– Je ne sais pas. Tout ce que je sais, c'est que c'est Michaela qui a appelé et qu'après, ça été Mme le juge en personne. Et ça, c'est pas habituel. Elle voulait savoir pourquoi tu ne répondais pas.

Je savais que Michaela n'était autre que Michaela Gill, l'assistante de Mary Townes Holder. Et que Mary Townes Holder était la doyenne des juges de la Cour supérieure de justice de Los Angeles. Qu'elle m'ait appelé elle-même ne semblait pas vouloir dire qu'on m'invitait au bal annuel du barreau. Mary Townes Holder n'était pas du genre à téléphoner à un avocat sans une bonne raison.

– Qu'est-ce que tu lui as dit ?

– Je lui ai juste dit que tu n'étais pas de tribunal aujourd'hui et que tu étais peut-être au golf.

– Je ne joue pas au golf, Lorna.

– Écoute, c'est tout ce que j'ai trouvé.

– Bon, ça va, je vais la rappeler. Donne-moi son numéro.

– Mickey, ne la rappelle pas. Vas-y. C'est te voir dans son cabinet qu'elle veut. Elle a été très claire sur ce point et a refusé de me dire pourquoi. Alors, vas-y.

– D'accord, je vais y aller. Faut que je m'habille.

– Mickey ?

– Quoi ?

– Comment tu vas… vraiment ?

Je connaissais le code. Je savais ce qu'elle me demandait réellement. Elle ne voulait pas que je me présente devant un juge si je n'y étais pas prêt.

– T'as pas besoin de t'inquiéter, Lorna. Ça va. Et ça ira.

– OK. Appelle-moi dès que tu pourras pour me dire de quoi il s'agit.

– T'inquiète pas. Je le ferai.

Et je raccrochai en ayant l'impression de me faire commander par ma femme, pas par mon ex.

5

En sa qualité de doyenne de la Cour supérieure de justice de Los Angeles, Mary Townes Holder effectuait l'essentiel de son travail dans son cabinet. Elle n'usait de son prétoire que de temps en temps, pour des auditions d'urgence ayant plus à voir avec des requêtes qu'avec des procès. Son travail se faisait hors attention du public. Tout se passait en chambre. Sa tâche consistait essentiellement à administrer le système judiciaire du comté de Los Angeles. C'étaient ainsi plus de deux cent cinquante juges et quarante tribunaux qui relevaient de son autorité. Pas une seule convocation à faire partie d'un jury ne partait au courrier sans son ordre, pas une seule place de parking de tribunal n'était attribuée sans son autorisation. Elle assignait les postes de juge selon les besoins géographiques et les spécialités juridiques – droit pénal, droit civil, droit des mineurs et droit familial. Dès qu'un juge était élu, c'était elle qui décidait s'il allait siéger à Beverley Hills ou à Compton et s'il allait devoir juger des affaires financières avec gros enjeux au civil ou des divorces qui vident l'âme à telle ou telle autre cour de droit familial.

J'avais vite enfilé ce que je pensais être mon costume porte-bonheur. Un Corneliani importé d'Italie que je mettais quand c'était jour de verdict. Cela faisait un an que je n'avais plus mis les pieds dans un tribunal et encore plus longtemps que je n'avais plus entendu d'énoncé de verdict, j'avais dû le ressortir d'une housse en plastique accrochée tout au fond de ma penderie. Après quoi, j'avais dû me dépêcher de filer en ville en me disant que cette fois, c'était peut-être moi qui allais être l'objet du verdict. Et là, en roulant, je passai vite en revue toutes les affaires et tous les clients que j'avais laissé tomber un an plus tôt. Pour ce que j'en savais, rien n'était resté en plan. Cela dit, une plainte avait peut-être été déposée contre moi. Ou alors, c'était un commérage dont le juge avait eu connaissance et elle avait décidé d'enquêter. Toujours est-il que j'étais passablement inquiet lorsque j'entrai dans la salle d'audience. Être convoqué par un juge n'est généralement pas une bonne nouvelle et l'être par la doyenne est bien pire.

La salle était plongée dans le noir et le petit coin réservé à l'assistante tout à côté du bureau du juge était vide. Je poussai la barrière et me dirigeais vers la porte du couloir du fond lorsqu'elle s'ouvrit sur Michaela Gill. Agréable à regarder, Michaela me rappelait ma maîtresse de neuvième. Mais elle ne s'attendait pas à tomber sur un homme de l'autre côté de la porte. Surprise, elle poussa presque un cri. Je m'identifiai avant même qu'elle puisse courir jusqu'à la sonnette d'alarme sur le bureau du juge. Elle retint son souffle et me laissa passer sans attendre.

Je descendis le couloir et trouvai Mme le juge seule dans son cabinet ; elle travaillait, assise à un énorme bureau en bois sombre. Sa robe noire était accrochée à un porte-chapeaux dans le coin. Elle était vêtue d'un tailleur marron de coupe stricte. Elle était séduisante et bien faite – la cinquantaine, mince, cheveux bruns coupés court style on ne rigole pas.

Je ne l'avais jamais rencontrée en personne, mais avais beaucoup entendu parler d'elle. Elle avait passé vingt ans comme procureur avant d'être nommée juge par un gouverneur conservateur. Elle s'occupait des affaires criminelles, en avait jugé plusieurs d'importance et était connue pour donner la peine maximale. Cela lui avait valu d'être facilement reconduite par les électeurs après son premier mandat. Quatre ans plus tard, elle était élue doyenne et occupait toujours ce poste.

– Maître Haller, me dit-elle, je vous remercie d'être venu. Je suis contente que votre secrétaire ait enfin réussi à vous trouver.

Il y avait de l'impatience, voire de l'impérieux dans sa voix.

– De fait, ce n'est pas vraiment ma secrétaire, madame le juge, lui renvoyai-je. Mais elle m'a retrouvé, oui. Désolé que ç'ait pris si longtemps.

– Bah, vous êtes là. Il ne me semble pas que nous nous soyons déjà vus.

– Je ne le crois pas non plus.

– Bon, cela risque de trahir mon âge, mais il y a longtemps de ça, j'ai été opposée à votre père dans un procès. Un des derniers auxquels il ait pris part, je pense.

Je dus réévaluer son âge. Elle devait avoir au moins soixante ans pour s'être trouvée dans un prétoire avec mon père.

– Je n'étais que troisième juge dans cette affaire. Je sortais à peine de l'École de droit d'USC[1], une vraie bleue. Le bureau du district attorney essayait de me faire découvrir ce qui se passe vraiment lors d'un procès. C'était une affaire de meurtre et on m'avait laissée interroger un témoin. J'avais passé une semaine à m'y préparer et votre père m'a bousillé mon témoin en dix minutes en contre-interrogatoire. On a gagné l'affaire, mais je n'ai jamais oublié ma leçon. Il faut être prêt à tout.

1. Soit l'université de Californie du Sud. *(NdT.)*

J'acquiesçai. Au fil des ans, j'avais rencontré plusieurs avocats âgés qui avaient des histoires sur Mickey Haller Senior à raconter. J'en avais moi aussi quelques-unes. Mais avant que je puisse demander à Mme le juge de quelle affaire il s'agissait, elle passa à autre chose.

– Mais ce n'est pas pour ça que je vous ai fait venir ici, reprit-elle.

– Je ne le pensais pas non plus. J'ai eu l'impression que c'était… urgent ?

– Ça l'est. Connaissiez-vous Jerry Vincent ?

Qu'elle ait utilisé le passé me troubla.

– Jerry ? Oui, je le connais, répondis-je. Qu'est-ce qui se passe ?

– Il est mort.

– Il est… mort ?

– Il a été assassiné, en fait.

– Quand ?

– Hier soir. Je suis navrée.

Je baissai les yeux et regardai la plaque qui portait son nom sur le bureau. La mention « *Honorable M.T. Holder* » y était gravée en script sur un présentoir en bois, où étaient posés un marteau de cérémonie, un stylo à plume et un encrier.

– Vous étiez proches ? me demanda-t-elle encore.

La question était bonne et je n'avais pas vraiment de réponse à y apporter.

– On s'est opposés dans plusieurs affaires quand il travaillait pour le district attorney et que j'étais au bureau des avocats commis d'office, répondis-je en gardant les yeux baissés. Nous sommes tous les deux passés dans le privé à peu près à la même époque et nous avons chacun fondé un cabinet sans assistant. Au fil des ans, nous avons travaillé sur quelques affaires ensemble, des histoires de drogue, et nous sommes comme qui dirait couverts l'un l'autre quand c'était nécessaire. De temps en temps, il me faisait passer des affaires dont il n'avait pas envie de s'occuper.

Mes relations avec Jerry Vincent avaient été purement professionnelles. À l'occasion, nous trinquions bien au Four Green Fields ou nous voyions à un match de base-ball au Dodger Stadium, mais dire que nous étions proches aurait été exagéré. Je ne savais pas grand-chose sur lui en dehors de ce qu'il faisait dans l'univers du droit. J'avais entendu parler d'un divorce quelque temps plus tôt, mais je ne lui avais jamais posé de questions sur ce sujet. C'était personnel et je n'avais pas besoin de savoir.

– Maître Haller, enchaîna-t-elle, vous semblez oublier que je travaillais au bureau du district attorney lorsque maître Vincent y est arrivé. Mais un jour il a perdu un gros procès et son étoile a pâli. C'est à ce moment-là qu'il est parti dans le privé.

Je la regardai, mais gardai le silence.

– Et il me semble me souvenir que dans ce procès, c'était vous qui étiez l'avocat de la défense.

J'acquiesçai d'un signe de tête.

– L'affaire Barnett Woodson, oui, dis-je. J'ai obtenu l'acquittement pour un double meurtre. Et mon client est sorti de la salle d'audience en s'excusant auprès des médias de l'emporter au paradis. Il s'est cru obligé de traîner Jerry dans la boue et c'est ça qui a mis fin à sa carrière de procureur.

– Dans ces conditions, pourquoi a-t-il voulu continuer à travailler avec vous et vous passer des affaires ?

– Parce que en mettant fin à sa carrière de procureur, je l'ai lancé dans celle d'avocat de la défense.

Je n'en dis pas plus, mais cela ne lui suffisait pas.

– Et… ?

– Et deux ou trois ans plus tard, il gagnait deux à trois fois plus d'argent que lorsqu'il travaillait pour le district attorney. Même qu'un jour il m'a appelé pour me remercier de lui avoir ouvert la voie.

Elle hocha la tête d'un air entendu.

– Le fin mot de l'histoire étant l'argent, dit-elle. C'est ça qu'il voulait.

Je haussai les épaules comme s'il me gênait de répondre à la place d'un mort et gardai le silence.

– Qu'est devenu votre client ? voulut-elle savoir. Qu'est devenu l'homme qui l'a emporté au paradis ?

– Il aurait mieux fait d'accepter une condamnation. Il a été abattu par des tireurs en voiture environ deux mois après son acquittement.

Elle hocha de nouveau la tête, cette fois comme pour dire : « fin de l'histoire, justice a donc été rendue ». J'essayai de ramener son attention sur Jerry Vincent.

– Je n'arrive pas à croire ce qui est arrivé à Jerry. Vous savez ce qui s'est passé ?

– Ce n'est pas très clair. Apparemment, il aurait été retrouvé mort hier soir dans sa voiture, au garage de son cabinet. Tué par balle. On me dit que la police est toujours sur les lieux du crime et qu'elle n'a arrêté personne pour l'instant. Je tiens tout cela de la bouche d'un journaliste du *Times* qui a appelé mon cabinet pour savoir ce qu'il adviendrait des clients de maître Vincent… et surtout de Walter Elliot.

Je hochai la tête. Cela faisait un an que je vadrouillais dans le vide, mais ce vide n'était pas assez hermétique pour que je n'aie pas entendu parler de ce nabab du cinéma qu'on accusait de meurtre. Ce n'était là qu'une des affaires très médiatisées que Vincent avait réussi à décrocher au fil des ans. Malgré le fiasco du procès Woodson, son image de procureur attaché à de grosses affaires l'avait dès le début placé dans la catégorie des grands de la défense au pénal. Il n'avait pas eu à rabattre le client, c'était le client qui était venu à lui. Et, d'habitude, ce client avait de quoi payer, ou quelque chose à dire, ce qui signifiait qu'il avait au moins une des trois qualités suivantes : il pouvait payer le maximum pour se faire représenter, il était innocent de ce dont on l'accusait et il y avait moyen de le prouver, ou il était très clairement coupable, mais avait l'opinion publique de son côté. Tel était le genre de clients que Jerry pouvait soutenir et défendre avec fougue quels que soient les chefs d'accusation retenus contre eux. Ces gens-là n'étaient pas de ceux qui lui donnaient l'impression d'avoir le nez sale à la fin de la journée.

Et Walter Elliot avait effectivement une de ces qualités. C'était le président et propriétaire d'Archway Pictures et comme tel, un homme très puissant à Hollywood. Il était accusé d'avoir assassiné sa femme et l'amant de celle-ci dans un accès de colère après les avoir trouvés ensemble dans une maison au bord de la plage de Malibu. À forts relents de sexe et de glamour, l'affaire retenait beaucoup l'attention des médias. Un vrai trésor de publicité pour Vincent, sauf que maintenant, c'était à qui mettrait la main dessus.

Le juge brisa ma rêverie.

– Connaissez-vous l'article 200 des RBC de Californie ? me demanda-t-elle.

Je me trahis sans le vouloir en clignant des yeux à l'énoncé de la question.

– Euh… pas exactement, dis-je.

– Permettez que je vous rafraîchisse la mémoire. Il s'agit d'un article du Règlement de bonne conduite des avocats du barreau de Californie ayant trait au transfert ou à la vente d'un cabinet. Dans le cas présent, nous parlons, bien sûr, d'un simple transfert. Il semblerait que maître Vincent vous ait désigné comme avocat en second dans son contrat standard de représentation. Cela vous a permis de le remplacer quand il en avait besoin et, si nécessaire, vous conférait le privilège d'être inclus dans la relation avocat-client. En plus de quoi, j'ai découvert qu'il y a dix ans il a demandé à la cour la possibilité de vous transférer tout son cabinet si jamais il mourait ou ne pouvait plus exercer. Cette requête n'a jamais été modifiée ou remise à jour, mais ses intentions étaient claires.

Je la dévisageai, rien de plus. J'étais au courant de cette clause portée dans les contrats de représentation de Vincent. J'avais la même dans les miens. Mais ce que je venais de comprendre tout à coup, c'était que le juge me disait que j'étais maintenant à la tête de son cabinet. Et que j'héritais de toutes ses affaires, celle de Walter Elliot y compris.

Cela ne voulait évidemment pas dire que j'allais toutes les garder. Tous ces clients auraient le droit de choisir un autre avocat dès qu'ils apprendraient le décès de Vincent. Mais cela voulait aussi dire que je serais le premier à leur parler.

Je commençai à réfléchir. Cela faisait un an que je n'avais plus de clients et j'avais dans l'idée de me remettre tout doucement au boulot, pas de me retrouver à la tête d'un tas d'affaires comme celles dont il semblait bien que je venais d'hériter.

– Cela dit, reprit le juge, avant que cette proposition ne vous excite un peu trop, je dois vous rappeler que je pécherais par négligence dans mon rôle de doyenne si je ne déployais pas tous mes efforts pour m'assurer que les clients de M. Vincent seront bien transférés à un remplaçant de bonne réputation et aux compétences reconnues.

Enfin je comprenais. Elle m'avait appelé pour m'expliquer pourquoi je n'aurais pas droit aux clients de Vincent. Elle allait s'opposer à la volonté de l'avocat décédé et nommer quelqu'un d'autre à la tête de son cabinet, très vraisemblablement quelqu'un qui avait très fortement contribué à sa campagne de réélection. Et aux dernières nouvelles, je n'avais, moi, jamais contribué à ses finances au fil des ans.

Mais c'est là qu'elle me surprit.

– J'ai vérifié auprès de quelques juges, reprit-elle, et je suis consciente que vous ne pratiquez plus depuis presque un an. Et je n'ai trouvé aucune explication à cet état de fait. Bref, avant que je donne l'ordre de vous nommer avocat remplaçant, je dois m'assurer que ce n'est pas au mauvais bonhomme que je transfère les clients de maître Vincent.

J'acquiesçai d'un signe de tête dans l'espoir de gagner un peu de temps avant de devoir lui répondre.

– Vous avez raison, madame le juge, dis-je enfin. Disons que ça faisait un moment que je m'étais retiré du jeu. Mais je venais justement de commencer à prendre des dispositions pour y revenir.

– Pourquoi vous en étiez-vous retiré ?

Elle m'avait posé la question sans détour, les yeux plongés dans les miens afin de déceler la moindre trace d'évitement de la vérité dans ma réponse. Je pesai très soigneusement mes mots.

– Madame le juge, lui dis-je, j'ai eu une affaire il y a deux ans de ça. Mon client s'appelait Louis Roulet. Il était…

– Je n'ai pas oublié cette affaire, maître Haller. Vous vous êtes fait tirer dessus. Cela étant, et vous le dites vous-même, cela remonte à deux ans. Et si mes souvenirs sont exacts, vous avez recommencé à travailler après ça. Je me rappelle avoir lu la nouvelle de votre retour dans les journaux.

– Ce qui s'est passé, c'est que j'ai repris trop vite. J'avais reçu une balle dans le ventre, madame le juge, et j'aurais dû prendre mon temps. Au lieu de ça, je me suis dépêché de retravailler et tout de suite j'ai recommencé à souffrir, et les médecins m'ont dit que j'avais une hernie. Je me suis donc fait opérer et il y a eu des complications. Les chirurgiens avaient cafouillé. J'ai donc eu encore plus mal, il y a eu une deuxième opération et pour faire court, ça m'a mis à plat pendant un bon moment. Et cette fois-là, j'ai décidé de ne pas reprendre avant d'être parfaitement prêt.

Elle hocha la tête pour me marquer sa sympathie. Je me dis que j'avais bien fait de ne pas lui signaler ma dépendance aux antalgiques et mon petit séjour en clinique de désintoxication.

– L'argent n'était pas un problème, repris-je. J'avais des économies et l'assurance m'avait versé des indemnités. J'ai donc pris mon temps pour revenir. Mais maintenant je suis prêt. Je m'apprêtais même à prendre la dernière de couverture des Pages jaunes pour y passer une annonce.

– Il semblerait donc qu'hériter de tout un cabinet doive vous convenir, non ?

Je ne sus trop quoi répondre à sa question, ni comment réagir au ton onctueux qu'elle avait pris.

– Tout ce que je peux vous dire, madame le juge, c'est que je prendrai grand soin des clients de Jerry Vincent.

Elle hocha la tête, mais sans me regarder. Je compris. Elle savait quelque chose. Et ça l'embêtait. Peut-être s'agissait-il de mon séjour en clinique.

– D'après les archives du barreau, vous avez été rappelé à l'ordre à plusieurs reprises, dit-elle.

Ça recommençait. Encore une fois, elle s'apprêtait à refiler les affaires de Vincent à quelqu'un d'autre. Probablement à un généreux donateur de Century City incapable de s'y retrouver dans une procédure au pénal même si son affiliation au très sélect Riviera Country Club en dépendait.

– De l'histoire ancienne, tout ça, madame le juge. Il ne s'agissait que de détails techniques. J'ai bonne réputation auprès du barreau. Je suis sûr que c'est ce qu'ils vous diraient si vous les appeliez aujourd'hui.

Elle me dévisagea longuement avant de baisser les yeux sur le document posé devant elle sur son bureau.

– Bon, très bien, dit-elle enfin.

Et elle griffonna sa signature sur la dernière page du document. Je sentis comme un frisson d'excitation me monter dans la poitrine.

– Voici l'ordre de transfert du cabinet, dit-elle. Vous pourriez en avoir besoin lorsque vous vous rendrez sur les lieux. Mais que je vous dise… Je vais vous surveiller. Je veux un inventaire réactualisé de toutes les affaires au début de la semaine prochaine. Avec l'état du dossier après le nom de chaque client. Et je veux savoir quels sont les clients qui travailleront avec vous et ceux qui chercheront un autre avocat pour les représenter. Après quoi, je veux encore être tenue au courant de l'état d'avancement de tous les dossiers sur lesquels on vous aura gardé et ce, deux fois par semaine. Suis-je assez claire ?

– Vous l'êtes, madame le juge. Pendant combien de temps ?

– Pendant combien de temps quoi ?

– Pendant combien de temps voulez-vous que je vous tienne deux fois par semaine au courant de l'état d'avancement des dossiers ?

Elle me dévisagea et son visage se durcit.

– Jusqu'à ce que je vous dise d'arrêter.

Elle me tendit le document.

– Vous pouvez y aller, maître Haller, reprit-elle. Et moi, à votre place, je passerais tout de suite au cabinet pour protéger ces clients de toute tentative de saisie illégale de leurs dossiers à laquelle pourrait se livrer la police. Appelez-moi si vous avez le moindre problème. Je vous ai mis sur le document le numéro de téléphone où me joindre après le service.

– Oui, madame le juge. Merci.

– Bonne chance, maître Haller.

Je me levai et gagnai la porte. Et me retournai pour la regarder en y arrivant. Elle avait baissé la tête et s'était remise à travailler à l'ordonnance suivante.

Une fois dans le couloir, je lus les deux pages du document qu'elle m'avait donné pour voir si tout ce qui venait de se produire était bien réel.

Ça l'était. Le document que j'avais dans les mains me nommait avocat remplaçant, à tout le moins temporairement, dans toutes les affaires gérées par Jerry Vincent. Il me donnait aussi accès immédiat au bureau de l'avocat assassiné, à tous ses dossiers et à tous les comptes en banque sur lesquels ses clients avaient déposé de l'argent.

Je sortis mon portable et appelai Lorna Taylor. Et lui demandai l'adresse du cabinet de Jerry. Elle me la donna, je lui dis de m'y retrouver et d'acheter deux sandwiches en chemin.

– Pourquoi ? demanda-t-elle.

– Parce que je n'ai pas encore déjeuné.

– Non, pourquoi faut-il qu'on aille au cabinet de Jerry ?

– Parce qu'on vient de reprendre le boulot.

6

J'étais au volant de ma Lincoln et me dirigeais vers le cabinet de Jerry lorsque je songeai à quelque chose et rappelai Lorna Taylor. Elle ne décrochait pas, je l'appelai sur son portable et la joignis dans sa voiture.

– Je vais avoir besoin d'un enquêteur, lui dis-je. Qu'est-ce que tu dirais que j'appelle Cisco ?

Elle hésita avant de répondre. Cisco n'était autre que Dennis Wojciechowski, son jules depuis l'année précédente. C'était moi qui les avais présentés l'un à l'autre à une époque où je l'avais pris à mon service pour une affaire. Aux dernières nouvelles, ils vivaient ensemble.

– Bon, moi, travailler avec lui ne me pose aucun problème, dit-elle enfin. Mais j'aimerais bien que tu me dises de quoi il est question.

Lorna ne connaissait Jerry Vincent que sous la forme d'une voix au téléphone. C'était elle qui prenait ses appels quand il voulait savoir si je pouvais assister à un verdict ou baby-sitter un de ses clients lors d'une mise en accusation. Je ne me rappelais plus s'ils s'étaient jamais rencontrés. J'aurais aimé lui annoncer la nouvelle en personne, mais la situation évoluait trop vite pour ça.

– Jerry Vincent est mort, lui dis-je.

– Quoi ?

– Il a été assassiné hier soir et c'est moi qui ai le droit de suite sur tous ses dossiers. Y compris celui de Walter Elliot.

49

Elle garda longtemps le silence avant de répondre.

– Mon Dieu… ! Comment… ? C'était un mec si bien !

– Je ne me rappelais plus si t'avais fait sa connaissance.

Lorna travaillait chez elle, à West Hollywood. Tous mes appels et toute ma facturation passaient par elle. Les bureaux en dur, si l'on pouvait parler de ça pour le cabinet Michael Haller et Associés, n'étaient autres que son appartement. Des associés, il n'y en avait pas et quand je travaillais, c'était assis sur la banquette arrière de ma voiture. Cela ne laissait à Lorna que peu d'occasions de rencontrer les gens que je représentais ou fréquentais.

– Il est venu à notre mariage, tu ne te rappelles pas ?

– Mais c'est vrai ! m'écriai-je. J'avais oublié.

– Je n'arrive pas à y croire. Qu'est-ce qui s'est passé ?

– Je ne sais pas. D'après Holder, il aurait été abattu dans le garage de son cabinet. Peut-être que je le saurai quand j'y serai.

– Il avait de la famille ?

– Je crois qu'il avait divorcé, mais je ne sais pas s'il avait des enfants ou pas. Je ne pense pas.

Elle garda le silence. L'un comme l'autre, nous avions nos problèmes.

– Laisse-moi y aller, que je puisse appeler Cisco, dis-je enfin. Tu sais ce qu'il fait aujourd'hui ?

– Non, il ne m'a pas dit.

– Bon, je verrai.

– Quel genre de sandwich veux-tu ?

– Tu passes par où ?

– Par Sunset Boulevard.

– Arrête-toi chez Dusty et prends-moi un de leurs sandwiches à la dinde sauce canneberge. Ça va faire presque un an que je ne m'en suis pas payé un.

– C'est gagné.

– Et prends quelque chose pour Cisco au cas où il aurait faim.

– Entendu.

Je raccrochai et cherchai le numéro de Dennis Wojciechowski dans le carnet d'adresses que je garde dans le compartiment de la console centrale. J'avais son numéro de portable. J'entendis des bruits de vent et des pétarades dès qu'il décrocha. Il était sur sa moto et, même si je savais que son casque était équipé d'un écouteur et d'un micro reliés à son portable, je fus obligé de gueuler.

– C'est moi, Mickey Haller. Range-toi sur le bas-côté.

J'attendis et je l'entendis couper le moteur de sa Harley Panhead 63.

– Qu'est-ce qu'il y a, Mick ? demanda-t-il lorsque le calme revint enfin. Ça fait une paie que j'entends plus parler de toi.

– Vaudrait mieux que tu remettes les silencieux dans tes échappements, mec. Sinon, tu risques d'être sourd avant quarante ans et, là, t'entendras plus parler de personne.

– J'ai déjà passé la quarantaine et je t'entends parfaitement bien. Qu'est-ce qui se passe ?

Wojciechowski travaillait en free-lance comme enquêteur pour la défense. J'avais déjà eu recours à ses services dans plusieurs affaires. C'est comme ça qu'il avait fait la connaissance de Lorna – en allant chercher sa paie. Mais je le connaissais déjà dix ans avant ça – il fréquentait les Road Saints, un club de motards pour lequel j'avais servi d'avocat *de facto* plusieurs années[1] durant. Dennis ne s'était jamais affilié au club, mais en était considéré comme un membre associé. Les motards

---

1. Cf. *La Défense Lincoln* publiée dans cette même collection. *(NdT.)*

lui avaient même fait présent d'un sobriquet – essentiellement parce que le groupe comportait déjà un autre Dennis (évidemment connu sous le surnom de « Dennis la Menace ») et que son nom de famille, Wojciechowski, était insupportablement difficile à prononcer. En jouant sur sa moustache et ses airs basanés, ils l'avaient surnommé « The Cisco Kid[1] ». Peu importait qu'il soit originaire du Southside de Milwaukee et polonais à cent pour cent.

Grand, voire imposant, Cisco faisait de la moto avec les Saints, mais gardait le nez propre. Il n'avait jamais été arrêté et cela avait joué en sa faveur lorsqu'il avait plus tard demandé une licence d'enquêteur privé à l'Administration de l'État. Bien des années ayant passé depuis, les cheveux longs avaient disparu et la moustache qui virait au gris était maintenant bien taillée. Cela dit, son surnom de Cisco et son penchant pour les classiques de chez Harley construites dans sa ville natale lui étaient restés à vie.

Et côté enquêtes, il était aussi tenace que réfléchi. Et il n'avait pas que ces qualités. Grand et fort, il pouvait aussi intimider quand c'était nécessaire. Cette caractéristique pouvait lui être d'une grande utilité lorsqu'il traquait les individus qui évoluent aux confins douteux des affaires criminelles et traitait avec eux.

– Et d'abord, où t'es ? lui demandai-je.

– À Burbank.

– Sur une affaire ?

– Non, juste en balade. Pourquoi ? T'as quelque chose pour moi ? Tu te décides enfin à reprendre une affaire ?

– Pas qu'une. Et je vais avoir besoin d'un enquêteur.

---

1. « The Cisco Kid », titre de nombreux ouvrages fondés sur le personnage de western créé par O. Henry dans la nouvelle *The Caballero's Way* de 1907. *(NdT.)*

Je lui donnai l'adresse du cabinet de Vincent et lui dis de m'y rejoindre aussi vite qu'il pourrait. Je savais que Vincent aurait eu recours soit à toute une équipe d'enquêteurs, soit à un seul en particulier, et que je risquais de perdre du temps en embauchant un Cisco qui allait devoir se mettre au courant des dossiers, mais rien de tout cela ne m'inquiétait. Je voulais un enquêteur en qui je puisse avoir confiance et avec lequel j'avais déjà des relations de travail. Sans compter que j'allais aussi avoir besoin de lui pour trouver les adresses de tous mes nouveaux clients. Je sais d'expérience qu'en matière de défense au pénal on ne trouve pas toujours le client à l'adresse qu'il a indiquée sur la feuille de renseignements qu'il donne à son avocat au moment de signer son contrat de représentation.

J'avais déjà refermé mon portable lorsque je m'aperçus que j'avais dépassé l'immeuble où se trouvait le cabinet de Vincent. Il était situé dans Broadway, près de la 3e Rue, et il y avait trop de voitures et de piétons pour que je tente un demi-tour. À tous les carrefours suivants j'eus droit au feu rouge et perdis dix minutes à rebrousser chemin. Lorsque enfin j'arrivai au bon endroit, j'étais tellement frustré que je décidai de rengager un chauffeur dès que je pourrais, de façon à pouvoir me concentrer sur mes dossiers plutôt que sur des adresses.

Le cabinet de Vincent se trouvait dans un immeuble de six étages tout simplement appelé le « Legal Center ». Être si près des grands tribunaux du centre-ville voulait dire que le bâtiment était plein d'avocats pénalistes. C'était donc très exactement le genre d'endroit que les trois quarts des flics et des médecins, qui tous détestent les avocats, avaient probablement envie de voir imploser chaque fois qu'il y avait un tremblement de terre. Je vis l'entrée du parking voisin et m'y glissai.

Je prenais le ticket au distributeur lorsqu'un policier en tenue s'approcha de ma voiture. Il tenait une écritoire à pinces à la main.

– Monsieur ? me lança-t-il. Vous avez affaire dans cet immeuble ?

– C'est même pour ça que je me gare ici.

– Et cette affaire serait… ?

– En quoi cela vous regarde-t-il, monsieur l'agent ?

– Monsieur, me renvoya-t-il, nous sommes en train d'enquêter sur une scène de crime dans le garage et je vais avoir besoin de savoir quel genre d'affaires vous traitez ici avant de pouvoir vous autoriser à entrer.

– Mon bureau se trouve dans cet immeuble, lui répondis-je. Cela vous suffira-t-il ?

Ce n'était pas exactement un mensonge. J'avais l'ordre du juge Holder dans la poche de ma veste. Et ça, ça me donnait un bureau dans l'immeuble.

La réponse parut lui plaire. Il voulut voir une preuve de mon identité, j'aurais pu lui renvoyer qu'il n'avait aucun droit de la demander, mais je décidai qu'il n'y avait pas non plus besoin d'en faire une affaire fédérale. Je sortis mon portefeuille et lui donnai ce qu'il voulait, il porta mon nom et le numéro de mon permis de conduire sur son bloc-notes. Et me laissa passer.

– Pour l'instant, vous ne pouvez pas vous garer au deuxième étage, reprit-il. La scène de crime est toujours hors limites.

Je lui fis un petit signe de la main et me dirigeai vers la montée. Arrivé au deuxième étage, je vis qu'il était vide à l'exception de deux véhicules de patrouille et d'un coupé BMW noir qu'on était en train de hisser sur le plateau d'un camion du garage de la police. La voiture de Vincent, pensai-je. Deux autres agents en tenue commençaient à peine à ôter le ruban jaune qu'ils avaient utilisé pour isoler le deuxième niveau du parking. L'un d'entre eux me fit signe de passer mon chemin. Je ne voyais aucun inspecteur alentour, mais les policiers n'étaient pas encore prêts à libérer la scène de crime.

Je continuai de monter et ne trouvai pas de place où garer ma Lincoln avant d'arriver au cinquième. Encore une bonne raison de réembaucher un chauffeur.

Les bureaux que je cherchais se trouvaient bien au deuxième étage, côté rue. La porte en verre opaque en était fermée, mais pas à clé. J'entrai. La réception comportait une aire d'attente vide et, non loin de là, un comptoir derrière lequel était assise une femme aux yeux rouges d'avoir pleuré. Elle était au téléphone, mais elle le reposa en me voyant, sans même dire « ne quittez pas » à la personne avec qui elle parlait.

– Vous êtes de la police ? me demanda-t-elle.

– Non, non.

– Alors, je suis désolée, mais aujourd'hui, le cabinet est fermé.

Je m'approchai du comptoir et sortis l'ordre du juge Holder de la poche intérieure de ma veste de costume.

– Pas pour moi, lui renvoyai-je en lui tendant le document.

Elle le déplia et le regarda fixement sans donner l'impression de le lire. Je remarquai qu'elle serrait fort un petit tas de mouchoirs en papier dans une main.

– Qu'est-ce que c'est ? voulut-elle savoir.

– Une ordonnance du juge. Je m'appelle Michael Haller et le juge Holder m'a nommé avocat remplaçant pour tous les dossiers de Jerry Vincent. Cela signifie que nous allons travailler ensemble. Vous pouvez m'appeler Mickey.

Elle hocha la tête comme pour écarter quelque menace invisible. D'habitude, mon nom n'avait pas ce genre de pouvoir.

– Non, c'est impossible, dit-elle. Maître Vincent aurait refusé.

Je lui repris le document, le repliai et commençai à le remettre dans ma poche.

– En fait, si, c'est possible, dis-je. La doyenne des juges de la Cour supérieure de Los Angeles m'en a donné l'ordre. Et regardez de près les contrats de représentation que maître Vincent faisait signer à ses clients et vous verrez que mon nom y figure déjà comme avocat associé. Bref, ce que selon vous maître Vincent aurait pu vouloir ou ne pas vouloir n'a aucune importance étant donné qu'il avait déjà effectué toutes les démarches nécessaires pour que je le remplace si jamais il devait ne plus être en mesure d'exercer ou venait… à décéder.

Elle avait l'air hébétée. Elle s'était mis beaucoup de mascara et il avait coulé sous un de ses yeux. Cela lui donnait un visage déséquilibré et presque comique. Va savoir pourquoi, brusquement l'image de Liza Minelli me vint à l'esprit.

– Si vous voulez, vous pouvez appeler l'assistante du juge Holder et lui en parler, repris-je. Mais en attendant, moi, j'ai besoin de m'y mettre tout de suite. Je sais que cette journée n'est pas facile pour vous. Elle ne l'est pas non plus pour moi… Je connaissais déjà Jerry quand il travaillait pour le district attorney. Vous avez donc toute ma sympathie.

Je hochai la tête, la regardai et attendis sa réponse – toujours sans résultat. Je passai à autre chose.

– Je vais avoir besoin d'un certain nombre de choses pour pouvoir commencer, dis-je. Et d'abord, le planning. Je veux pouvoir dresser la liste des dossiers courants qu'il traitait. Après, je vais avoir besoin que vous me sortiez les dossiers de ceux qui…

– Il est plus là, dit-elle brusquement.

– Qu'est-ce qui n'est plus là ?

– Son ordinateur portable. La police m'a dit que le type qui a fait ça a aussi pris la mallette qu'il avait dans sa voiture. Et il avait tous ses dossiers dans son portable.

– Quoi ? Vous voulez dire son planning ? Il n'en avait pas un tirage papier ?

– Ça aussi, c'est plus là. Ils lui ont pris son agenda. Il était dans sa mallette.

Elle regardait fixement droit devant elle. Je tapotai le haut de son écran d'ordinateur.

– Et son ordinateur de bureau ? lui demandai-je. Il n'avait pas de copie de son planning nulle part ?

Comme elle ne disait rien, je lui reposai la question.

– Jerry avait-il une copie de son planning quelque part ? Y a-t-il un moyen quelconque d'y accéder ?

Elle finit par lever les yeux vers moi et parut prendre plaisir à me répondre.

– Ce n'est pas moi qui tenais son planning. C'était lui. Il avait tout dans son portable et il en avait une copie papier dans son vieux porte-documents. Mais l'un et l'autre ont disparu. La police m'a fait chercher partout, mais ils ne sont plus là.

J'acquiesçai d'un signe de tête. Que le planning manque à l'appel allait poser un problème, mais cela n'avait rien d'insurmontable.

– Et les dossiers ? Il en avait dans sa mallette ?

– Je ne crois pas. Il les gardait tous ici.

– Bon, bien. Ce qu'on va faire… On va sortir toutes les affaires en cours et rebâtir le planning à partir des dossiers. Je vais aussi avoir besoin de tous les registres et chéquiers ayant un rapport avec les fonds et les comptes.

Elle me regarda d'un œil sévère.

– Il n'est pas question que vous touchiez à son argent.

– Ce n'est pas…

Je m'arrêtai, respirai un grand coup et repris plus calmement, mais sans détour.

– Et d'un, je tiens à m'excuser. J'ai tout fait à l'envers. Je ne sais même pas votre nom. On reprend du début. Comment vous appelez-vous ?

– Wren.

– Wren ? Wren quoi ?

– Wren Williams.

– Bon, d'accord, Wren. Que je vous explique quelque chose. Ce n'est pas son argent à lui. C'est celui de ses clients et à moins qu'ils ne s'y opposent, ses clients sont à moi. Comprenez-vous ? Je viens de vous dire que je suis parfaitement conscient du cataclysme émotionnel de cette journée et du choc qui est le vôtre. Moi aussi, ce choc, je l'éprouve. Cela dit, vous allez devoir décider, et tout de suite, si vous êtes avec moi ou contre moi. Parce que si vous êtes avec moi, j'ai besoin que vous fassiez ce que je viens de vous demander. Et je vais avoir aussi besoin que vous travailliez avec mon assistante dès qu'elle arrivera. Mais si vous êtes contre moi, j'ai juste besoin que vous rentriez chez vous à l'instant.

Elle fit lentement non de la tête.

– Les inspecteurs m'ont dit que je devais rester ici jusqu'à ce qu'ils aient fini.

– Quels inspecteurs ? Il ne restait plus que quelques flics en tenue quand je suis entré dans le parking.

– Les inspecteurs qui sont dans le bureau de maître Vincent.

– Vous avez laissé…

Je ne terminai pas ma phrase. Je fis le tour du comptoir et me dirigeai vers les deux portes du mur du fond. Je choisis la gauche et l'ouvris.

Et entrai dans le bureau de Jerry Vincent. Grand, opulent et vide. Je fis un demi-tour complet et me retrouvai à regarder les yeux proéminents d'un gros poisson empaillé monté sur le mur, juste au-dessus de la console en bois sombre à côté de la porte par laquelle j'étais entré. D'un très beau vert, l'animal avait le ventre blanc. Il avait aussi le corps arqué comme s'il avait gelé instantanément au moment où il sautait hors de l'eau. Il avait encore la bouche si grand ouverte que j'aurais pu y entrer mon poing.

Montée sur le mur sous le poisson se trouvait une plaque en cuivre jaune qui disait :

Si j'avais fermé ma gueule
Je ne serais pas ici

Sages paroles à respecter, me dis-je. C'est en parlant trop que les accusés au criminel finissent en prison. Arriver à en sortir à force de parlote est rare. Le meilleur conseil que j'aie jamais donné à mes clients est de la fermer, rien d'autre. On ne parle à personne de son affaire, pas même à sa femme. Et on réfléchit tout seul. Invoquer le cinquième amendement, c'est vivre un jour de plus.

Reconnaissable entre tous, le bruit d'un tiroir métallique qu'on ouvre et claque en le refermant me fit faire demi-tour. À l'autre bout de la pièce se trouvaient deux autres portes. Toutes les deux étant ouvertes sur une trentaine de centimètres, je regardai la première et aperçus des toilettes. Dans l'autre pièce, je vis de la lumière.

Je m'en approchai vivement et ouvris complètement la porte d'une poussée. C'était la réserve. Sans fenêtres, elle tenait de la grande penderie et comportait rangées sur rangées de classeurs métalliques s'ouvrant des deux côtés. Une petite table de travail était installée contre le mur du fond.

Deux hommes y étaient assis. Un jeune et un vieux. L'un pour enseigner, l'autre pour apprendre, c'est probable. Ils avaient ôté leurs vestes et les avaient posées sur les dossiers de leurs chaises. Je vis leurs armes, leurs étuis et les écussons attachés à leurs ceintures.

– Qu'est-ce que vous faites ? leur demandai-je d'un ton bourru.

Ils levèrent la tête de dessus leur travail. Je découvris une pile de dossiers posés entre eux deux sur la table. Les yeux du plus vieux s'ouvrirent grand un instant lorsqu'il me vit – la surprise.

– Los Angeles Police Department, dit-il. Et faudrait sans doute que je vous pose la même question.

– Ces dossiers sont à moi et vous allez devoir les lâcher tout de suite.

Le plus vieux se leva et vint vers moi. Je commençai à sortir l'ordonnance du juge de ma poche.

– Je m'appelle…

– Je sais qui vous êtes, dit-il. Mais je ne sais toujours pas ce que vous faites ici.

Je lui tendis le document.

– Ceci devrait vous l'expliquer. Je viens d'être nommé remplaçant auprès de tous les clients de Jerry Vincent par la doyenne des juges de la Cour supérieure. Ce qui signifie que toutes ses affaires m'appartiennent. Et que vous n'avez aucun droit d'être ici à fouiller dans ces dossiers. Il s'agit là d'une violation flagrante du droit qu'ont mes clients d'être protégés contre toute tentative de fouille et de saisie illégale. Ces dossiers contiennent des communications et des renseignements protégés par le secret de la relation client-avocat.

Il ne se donna même pas la peine de regarder la pièce que je lui montrais. Il la feuilleta rapidement jusqu'à la dernière page et regarda le sceau et la signature qui y étaient apposés. Et n'eut pas l'air autrement impressionné.

– Maître Vincent vient d'être assassiné, me dit-il. Le mobile du meurtre pourrait très bien se trouver dans l'un de ces dossiers. Et l'identité de l'assassin aussi. Nous devons donc…

– Non, vous ne devez pas. Ce que vous devez faire, c'est quitter immédiatement cette pièce.

Il ne bougea même pas.

– Pour moi, cette pièce fait partie d'une scène de crime. C'est vous qui devez la quitter.

– Lisez donc cette ordonnance, inspecteur. Je ne bougerai pas d'ici. Votre scène de crime se trouve dans le parking et aucun juge de Los Angeles ne vous laisserait l'étendre à cette pièce et à ces dossiers. L'heure est venue de partir, inspecteur, et moi de m'occuper de mes clients.

Il ne fit même pas un geste pour lire l'ordonnance de la cour ou vider les lieux.

– Si je m'en vais, je ferme tout et je mets les scellés, dit-il.

Je détestais me lancer dans des concours du genre qui pisse le plus loin, mais parfois il n'y a pas le choix.

– Allez-y et j'obtiendrai qu'ils soient tous retirés dans l'heure. Et vous, vous vous retrouverez devant la doyenne des juges de la Cour supérieure à lui expliquer comment vous avez piétiné les droits constitutionnels de tous les clients de maître Vincent. Vu le nombre de personnes dont nous parlons, ça pourrait être un record… même pour le LAPD.

Il me sourit comme si mes menaces l'amusaient un rien.

– Vous me dites donc que ce papier, fit-il en brandissant l'ordonnance, vous confère la possession de tous ces dossiers ?

– C'est exact. Pour l'instant au moins.

– Tout le cabinet, donc.

– Oui, mais chacun de mes clients devra choisir de rester avec moi ou de trouver quelqu'un d'autre pour le représenter.

– Bon, eh bien, faut croire que ça vous met sur la liste.

– Quelle liste ?

– La liste des suspects.

– C'est ridicule ! Pourquoi voulez-vous que j'y figure ?

– Vous venez juste de nous le dire. Parce que vous avez hérité de tous les clients de la victime. Ça doit vous faire une sacrée rentrée de pognon, non ? Il est mort et c'est vous qui héritez de toute l'affaire. Ça ne vous semble pas suffisant comme mobile ? Ça vous dérangerait de nous dire où vous étiez hier soir entre 8 heures et minuit ?

Il me sourit encore d'un sourire sans chaleur, celui bien étudié du flic qui juge. Il avait les yeux d'un marron si profond que j'avais du mal à distinguer l'iris de la pupille. Comme ceux du requin, ils semblaient ne donner ou réfléchir aucune lumière.

– Je ne vais même pas commencer à vous expliquer à quel point tout cela est idiot, lui renvoyai-je. Mais pour commencer, vous pouvez vérifier auprès du juge et vous découvrirez que je ne savais même pas que j'étais pressenti pour ce travail.

– Que vous dites. Mais ne vous inquiétez pas, nous allons tout vérifier.

– Bien. Et maintenant, vous quittez cette pièce ou j'appelle le juge.

Il regagna la table, ôta sa veste de la chaise et préféra la prendre plutôt que de l'enfiler. Il prit aussi un dossier sur la table et me l'apporta. Me le poussa dans la poitrine jusqu'à ce que je le lui prenne.

– Voici un de vos nouveaux dossiers, maître, dit-il. Je vous le rends. Surtout ne vous étouffez pas en le lisant.

Sur quoi, il franchit la porte, son collègue sur les talons. Je les suivis jusqu'à ce qu'ils quittent le bureau et décidai de faire quelque chose pour réduire la tension. J'avais l'impression que ce n'était pas la dernière fois que j'allais les voir.

– Écoutez, leur dis-je, je suis désolé qu'on en soit là. J'essaie toujours d'avoir de bons rapports avec la police et je suis sûr qu'on va trouver une solution. Cela dit, pour le moment, c'est envers mes clients que je suis obligé. Je ne sais même pas ce qu'il y a dans ces dossiers. Donnez-moi un peu de temps et je…

– Du temps, nous n'en avons pas, me renvoya le plus vieux. On perd notre avance et c'est toute l'affaire qui tombe. Comprenez-vous bien dans quoi vous êtes en train de mettre les pieds, maître ?

Je le regardai un instant pour essayer de deviner le sens caché de sa question.

– Je crois, oui, inspecteur. Ça ne fait que dix-huit ans que je travaille sur des affaires, mais…

– Ce n'est pas de votre expérience que je vous parle. Ce dont je vous parle, c'est de ce qui s'est passé dans ce garage. L'individu qui a tué Vincent l'y attendait. Il savait où il était et comment l'avoir. Maître Vincent est tombé dans une embuscade.

Je hochai la tête comme si je comprenais.

– À votre place, reprit l'inspecteur, je ferais très attention à ces nouveaux clients qui sont les vôtres. Jerry Vincent connaissait son assassin.

– Cela remonte à l'époque où il était procureur ? À celle où il envoyait des gens en prison ? Peut-être qu'un de ces…

– On va vérifier. Mais vous remontez trop loin en arrière. Pour moi, l'individu que nous recherchons se trouve dans ces dossiers.

Sur quoi, son collègue et lui reprirent la direction de la porte.

– Attendez ! leur lançai-je. Vous avez une carte de visite ? Donnez-m'en une.

Ils s'arrêtèrent et firent demi-tour. Le plus âgé en sortit une de sa poche et me la tendit.

– Y a tous mes numéros de téléphone dessus, dit-il.

– Laissez-moi reconnaître le terrain et je vous appelle pour qu'on s'arrange. Y a sûrement un moyen de coopérer sans piétiner les droits de quiconque.

– Comme vous voulez, dit-il. C'est vous l'avocat.

J'acquiesçai d'un signe de tête et regardai le nom porté sur la carte de visite. Harry Bosch. J'étais, moi, sûr de ne l'avoir encore jamais rencontré, mais il avait ouvert les hostilités en déclarant savoir qui j'étais.

– Écoutez, inspecteur Bosch, repris-je. Jerry Vincent était un collègue. Sans être proches, nous étions quand même amis.

– Et… ?

– Et bonne chance, vous voyez ? Bonne chance avec le dossier. J'espère que vous allez résoudre l'affaire.

Il se tourna pour suivre son collègue qui quittait le bureau.

– Inspecteur ?

Bosch se tourna de nouveau vers moi.

– Nos chemins se seraient-ils croisés sur une affaire ? J'ai l'impression de vous reconnaître.

Il sourit d'un air désinvolte et hocha la tête.

– Non, dit-il. Si vous aviez eu affaire à moi, vous vous en souviendriez.

7

Une heure plus tard, je me retrouvai assis au bureau de Jerry Vincent, avec Lorna Taylor et Dennis Wojcie-chowski en face de moi. Nous mangions nos sandwiches et nous apprêtions à revoir tout ce que nous avions pu mettre sur pied après avoir effectué un premier survol des dossiers. La nourriture était bonne, mais personne n'avait beaucoup d'appétit vu l'endroit où nous nous trouvions et ce qui était arrivé à notre prédécesseur.

J'avais renvoyé Wren Williams chez elle en avance. Elle s'était montrée incapable d'arrêter de pleurer et de s'opposer à ce que je prenne le contrôle des affaires de son patron décédé. J'avais décidé de supprimer l'obstacle plutôt que de devoir constamment en faire le tour. La dernière chose qu'elle m'avait demandée avant que je la reconduise à la porte avait été de savoir si j'allais la virer ou pas. Je lui avais répondu que le jury n'avait pas rendu son verdict dans cette affaire, mais qu'elle devrait être comme d'habitude au rapport le lendemain matin.

Jerry Vincent mort et Wren Williams partie, nous nous étions retrouvés à devoir avancer dans le noir jusqu'à ce que Lorna comprenne le système de classement et puisse commencer à sortir les dossiers des affaires en cours. En reprenant les annotations conte-nues dans chacun d'entre eux elle avait réussi à bâtir un planning – qui est au cœur même de la vie profession-nelle de tout avocat spécialiste du prétoire. Dès que nous avions pu avoir ce rudiment de planning, j'avais commencé à respirer un peu mieux et nous avions décidé de faire la pause déjeuner et d'ouvrir le carton de sandwiches que Lorna avait apporté de chez Dusty.

Le planning était léger. Quelques auditions ici et là, mais pour l'essentiel il était clair que Vincent voulait être libre pour le procès de Walter Elliot qui devait commencer par la sélection des jurés dans neuf jours.

– Bon, allons-y ! lançai-je la bouche encore pleine. D'après l'emploi du temps que nous avons bâti, j'ai un verdict dans trois quarts d'heure. Je me disais donc que nous pourrions commencer à faire le point tout de suite et qu'après je pourrais vous laisser tous les deux pour filer au tribunal. Après, je reviens et je vois jusqu'où nous avons avancé avant que Cisco et moi commencions à aller frapper aux portes.

Tous deux acquiescèrent d'un hochement de tête, leurs mâchoires continuant de travailler leurs sandwiches. Cisco avait de la canneberge dans la moustache mais n'en savait rien.

Lorna était plus élégante et superbe que jamais. Une vraie beauté avec des cheveux blonds et un regard qui, Dieu sait comment, vous faisait croire que vous étiez le centre du monde lorsqu'elle le posait sur vous. Je ne m'en lassais pas. J'avais continué à lui payer son salaire toute l'année où j'avais été absent. J'en avais eu les moyens avec le fric de l'assurance et n'avais pas voulu courir le risque de la voir travailler pour un autre avocat lorsque l'heure serait venue de reprendre le boulot.

– Commençons par le fric, dis-je.

Elle acquiesça. Dès qu'elle eut rassemblé les affaires en cours et déposé les dossiers devant moi, elle était passée aux livres de comptes – seule chose qui avait sans doute autant d'importance que le planning. Ils devaient en effet nous dire de quelles sommes disposait le cabinet. Et nous donner une idée de la manière dont Vincent menait sa barque.

– Bon, dis-je, les bonnes et les mauvaises nouvelles côté financier. Il y a trente-huit mille dollars sur le compte des affaires en cours et cent vingt-neuf mille sur le compte du cabinet.

Je poussai un sifflement. Ça faisait beaucoup de liquide à garder sur le compte du cabinet. C'est là qu'atterrit l'argent versé par les clients. Au fur et à mesure que le dossier avance, le compte est débité de sommes qu'on transfère sur le compte des affaires en cours. Et moi, je veux toujours qu'il y ait plus d'argent sur ce dernier que sur le compte du cabinet parce que dès qu'il est versé sur le compte des opérations en cours, l'argent est à moi.

– Que tout soit à l'envers s'explique, dit Lorna en enregistrant ma surprise. Il vient juste d'encaisser un chèque de cent mille dollars de Walter Elliot. Il l'a déposé à la banque vendredi.

J'acquiesçai et tapotai le planning de fortune que j'avais devant moi. Les éléments s'en trouvaient sur une feuille de bloc-notes grand format. Lorna allait devoir sortir acheter un vrai planning dès qu'elle en aurait l'occasion. Elle allait aussi devoir transférer toutes les dates de tribunal sur mon ordinateur et sur un planning *on line*. Dernière chose et, ça non plus, Jerry Vincent ne l'avait pas fait, elle allait devoir faire une copie de tout ça sur un site de stockage extérieur.

– Le procès Elliot doit commencer jeudi prochain, dis-je. Vincent a encaissé les cent mille dollars d'entrée de jeu.

Dire ainsi ce qui était l'évidence même me fit brusquement comprendre quelque chose.

– Dès que nous aurons fini, tu appelles la banque, dis-je à Lorna. Tu vérifies si le chèque est bien passé. Si ce n'est pas le cas, tu essaies de pousser à la roue.

Dès qu'Elliot apprendra que Vincent est mort, il va très probablement essayer de faire opposition.

– Entendu.

– Quoi d'autre côté argent ? Si ces cent mille-là viennent d'Elliot, à qui sert le reste ?

Lorna ouvrit un des livres de comptes qu'elle avait sur les genoux. Le moindre dollar du compte du cabinet doit y être inscrit avec le nom du client qui l'y a placé. C'est à tout instant que l'avocat doit pouvoir déterminer quelles sommes issues de l'avance du client ont été transférées sur le compte opérationnel, puis utilisées, et combien il reste en réserve. Les cent mille dollars de Vincent étaient bien marqués comme affectés au procès de Walter Elliot. Cela ne laissait que vingt-neuf mille dollars pour le reste des affaires en cours. Ça ne faisait pas beaucoup vu la pile de dossiers que nous avions découverts en ouvrant les classeurs pour y chercher les affaires en cours.

– Ça, c'est la mauvaise nouvelle, fit remarquer Lorna. On dirait bien qu'il n'y a que cinq ou six autres affaires avec des arrhes versées. Pour le reste des affaires en cours, l'argent est déjà passé sur le compte opérationnel et a été dépensé. C'est ça ou les clients doivent de l'argent au cabinet.

J'acquiesçai d'un signe de tête. Ce n'était effectivement pas une bonne nouvelle. Tout commençait à indiquer que Jerry Vincent allait plus vite que les violons, et signifiait qu'il était sur le fil du rasoir et prenait des affaires nouvelles pour que l'argent continue à entrer et qu'il puisse régler les dépenses liées aux affaires en cours. Walter Elliot avait dû être le client qui remet sur pied. Ces cent mille dollars aussitôt encaissés par la banque, Vincent aurait pu arrêter de cavaler et reprendre son souffle – pendant un moment au moins. Sauf qu'il n'en avait pas eu l'occasion.

– Combien de clients a-t-il pris à crédit ? demandai-je.

Lorna se référa encore une fois aux registres qu'elle avait sur les genoux.

– Il en a deux pour représentation avant procès. Et ils sont tous les deux très en retard sur leurs paiements.

– Noms ?

Il lui fallut un moment pour chercher dans les dossiers et me les donner.

– Le premier est un certain Samuels et le deuxième s'appelle Henson. Ils lui doivent tous les deux environ cinq mille dollars.

– Voilà pourquoi on prend des cartes de crédit au lieu de sortir les billets de banque.

C'était de mes propres habitudes en affaires que je parlais. Il y avait longtemps que j'avais cessé de faire crédit. Je n'acceptais que des paiements en liquide et non remboursables. J'acceptais bien aussi les cartes de crédit, mais jamais avant que Lorna n'ait vérifié et eu acceptation du débit.

Je jetai un coup d'œil aux notes que j'avais prises en recensant rapidement les dossiers en cours et les rendez-vous portés au planning. Les affaires Samuels et Henson comptaient au nombre de celles dont j'allais me débarrasser si je pouvais, cela au vu des faits connus et des chefs d'accusation retenus contre ces deux personnes. Dès qu'il y avait quelque chose qui me déplaisait dans une affaire – et ce pour quelque raison que ce soit –, je m'en séparais aussitôt.

– Pas de problème, dis-je. On va les jeter.

Samuels était accusé d'homicide involontaire suite à conduite en état d'ivresse et Henson de vol aggravé et détention de drogue. Le cas de ce dernier retint un instant mon attention dans la mesure où Vincent avait envisagé de bâtir sa défense autour de la dépendance aux antalgiques de son client. Il prévoyait de fondre sympathie et défense indirecte dans sa tactique. Il donnerait ainsi à voir une affaire où, de fait, c'était le médecin qui avait trop prescrit de médicaments à Henson qui serait le plus responsable des conséquences de la dépendance qu'il avait créée. Patrick Henson, lui, serait alors considéré comme une victime au lieu d'un criminel.

Je connaissais d'autant mieux ce système de défense que j'y avais eu recours de manière répétée ces deux dernières années afin d'essayer de me faire pardonner nombre d'infractions que j'avais commises en tant que père, ex-époux et ami de tous ceux qui comptaient dans ma vie. Cela étant, je décidai quand même de faire passer Henson à la trappe parce que, au fond, je savais très bien que ce type de défense ne tient pas la route – pour moi au moins. Et je n'étais pas prêt à me battre pour lui non plus.

Lorna fit oui de la tête et prit quelques notes sur ces deux affaires.

– Bien, où en est-on ? demanda-t-elle. Combien d'affaires veux-tu jeter à la poubelle ?

– Nous avons un total de trente et une affaires en cours, lui répondis-je. Dont seulement sept qui me semblent bonnes à jeter. Ce qui nous donne beaucoup d'affaires pour lesquelles il n'y a rien dans la caisse. Ou bien je trouve de nouveaux financements ou bien elles passent à la trappe elles aussi.

Aller demander de l'argent au client ne m'inquiétait pas. Trouver le fric est le premier talent à avoir quand on est avocat de la défense. Je me défendais bien de ce côté-là et Lorna y était encore meilleure que moi. L'astuce est de commencer par trouver des clients qui paient et nous venions d'en avoir une douzaine qui nous était tombée du ciel.

– Tu crois que le juge va t'autoriser à abandonner certaines de ces affaires ? me demanda-t-elle.

– Non, lui répondis-je. Mais je trouverai une solution. Disons en invoquant de possibles conflits d'intérêts. Le conflit étant que j'aime beaucoup être payé pour mon travail et que le client, lui, n'aime pas beaucoup ça.

Personne ne rit. On ne se fendit même pas d'un sourire. Je passai à autre chose.

– D'autres remarques à faire sur l'argent ? demandai-je.

– Non, c'est à peu près tout, dit Lorna en hochant la tête. Pendant que tu seras au tribunal, je vais appeler la banque et enclencher le processus. Tu veux que nous ayons tous les deux la signature sur ces comptes ?

– Oui, même chose que pour les miens.

Je n'avais pas envisagé qu'on puisse avoir du mal à mettre la main sur le fric déposé sur les comptes de Vincent. C'était pour ça que j'avais Lorna avec moi. Côté affaires, elle avait des qualités qui me faisaient défaut. Certains jours, elle était même tellement bonne que j'aurais aimé ne l'avoir jamais épousée ou n'avoir jamais divorcé d'avec elle.

– Essaie de voir si Wren a la signature, lui dis-je encore. Si c'est le cas, tu la lui enlèves. Pour l'instant, je ne veux que toi et moi.

– Ce sera fait. Il se peut que tu doives retourner voir le juge Holder pour avoir une ordonnance à montrer à la banque.

– Ça ne posera aucun problème.

D'après ma montre, je n'avais plus que dix minutes avant de devoir me rendre au tribunal. Je portai mon attention sur Wojciechowski.

– Cisco, lui lançai-je, qu'est-ce que t'as dans ta besace ?

Un peu plus tôt, je lui avais dit de travailler ses contacts et de suivre l'enquête sur le meurtre de Vincent d'aussi près que possible. Je voulais connaître les mesures que prenaient les inspecteurs étant donné que, d'après Bosch, l'enquête allait être fortement liée aux dossiers dont je venais d'hériter.

– Pas grand-chose, répondit-il. Les inspecteurs ne sont même pas revenus à Parker Center. J'ai appelé un mec que je connais au labo et ils n'ont toujours pas fini leurs analyses. Je n'ai donc pas beaucoup d'infos sur ce qu'ils ont, mais il m'a parlé de quelque chose qu'ils n'ont pas. À s'en tenir à ce qu'ils ont pu dire sur les lieux du crime, Vincent a été touché au moins deux fois. Et il n'y a pas de douilles. L'assassin a nettoyé derrière lui.

Ce qui nous disait quelque chose. Ou bien le type s'était servi d'un revolver ou bien il avait eu la présence d'esprit de ramasser les douilles éjectées par son arme juste après avoir abattu son homme.

Cisco poursuivit son rapport.

– J'ai aussi appelé un de mes contacts au service de la communication et elle m'a dit que le premier appel était arrivé à 0 h 43. Ils préciseront l'heure de la mort à l'autopsie.

– A-t-on une idée générale de ce qui s'est passé ?

– Il semblerait que Vincent ait travaillé tard, ce qu'il faisait apparemment très régulièrement le lundi. Il se préparait pour la semaine à venir. Dès qu'il a eu fini, il a fait sa mallette, l'a fermée à clé et a filé. Et là, il passe au garage, monte dans sa voiture et l'assassin l'abat par la fenêtre côté conducteur. Quand on l'a trouvé, la voiture était en vitesse parking et le contact était mis. Et la vitre baissée. Et ce soir-là, il faisait aux environs de quinze degrés. Il est possible qu'il ait baissé la vitre parce qu'il aimait bien la fraîcheur ou alors il l'a fait parce que quelqu'un s'approchait de sa voiture.

– Quelqu'un qu'il connaissait.

– C'est une des possibilités.

J'y réfléchis et repensai à ce que m'avait dit l'inspecteur Bosch.

– Il n'y avait personne de service au garage ?

– Non, l'employé part à 6 heures. Après ça, il faut mettre de l'argent dans la machine ou se servir d'un passe mensuel. Vincent en avait un.

– Des caméras de surveillance ?

– Seulement aux endroits où on entre et sort. Ce sont des appareils braqués sur les plaques d'immatriculation de façon à ce que si quelqu'un déclare avoir perdu son ticket, on puisse savoir à quelle heure est entrée la voiture, enfin… ce genre de trucs. Mais d'après ce que m'a dit mon gars au labo, ils n'ont rien trouvé d'utile sur la bande. L'assassin n'est pas entré au garage en voiture. Il y est entré à pied en passant par l'immeuble ou en prenant une des entrées piétonnières.

– Qui a trouvé Jerry ?

– Le type de la sécurité. Il y a un garde pour l'immeuble et le garage. Il fait le tour du garage deux ou trois fois par nuit et c'est au deuxième qu'il a remarqué la voiture de Vincent. Les phares étant allumés et le moteur en marche, il est allé voir. Au début, il a cru que Vincent s'était endormi, puis il a vu le sang.

Je hochai la tête en pensant à ce scénario et à la façon dont tout ça s'était déroulé. Ou bien l'assassin était incroyablement négligent et avait eu de la chance ou bien il savait que, le garage n'étant pas équipé de caméras de surveillance, il pourrait intercepter Jerry Vincent un lundi soir, à un moment où le parking était quasi désert.

– Bon, tu continues d'enquêter. Et côté Harry Potter ?

– Qui ça ?

– L'inspecteur. Non, pas Potter. Je voulais dire…

– Bosch. Harry Bosch. Ça aussi, j'y travaille. Ce serait un des meilleurs. Il a pris sa retraite il y a quelques années et c'est le chef de police en personne qui lui aurait demandé de reprendre du service. Enfin… c'est ce qu'on raconte.

Il jeta un coup d'œil à ses notes.

– Son nom complet est Hieronymus Bosch. Il a un total de trente-trois ans dans la police et ça, tu sais ce que ça veut dire.

– Non. Qu'est-ce que ça veut dire ?

– D'après la convention retraite du LAPD, le maximum de service est de trente ans, ce qui signifie qu'on a alors droit à la retraite complète et que quel que soit le nombre d'années qu'on effectue en plus après ça, le montant ne change pas. Bref, du point de vue économique, rester au LAPD après trente ans n'a aucun sens.

– À moins de se croire investi d'une mission.

Cisco acquiesça d'un signe de tête.

– Exactement. Tous les flics qui restent après trente ans de service ne le font pas pour le fric ou pour le boulot. Ils le font pour plus que ça.

– Minute ! lui lançai-je. T'as bien dit Hieronymus Bosch ? Comme le peintre ?

Ma question le mit dans l'embarras.

– Un peintre ? Je ne sais pas. Mais c'est son nom. À ce qu'on m'a dit, ça rime avec « anonymous ». Drôle de nom, si tu veux mon avis.

– Pas plus bizarre que Wojciechowski… si tu veux le mien.

Il s'apprêtait à défendre son nom et sa lignée lorsque Lorna l'interrompit.

– Mais, Mickey… je croyais que tu disais ne pas le connaître ? me lança-t-elle.

Je me tournai vers elle et fis non de la tête.

– Je ne l'avais jamais vu avant aujourd'hui, mais son nom… Je connais son nom.

– Tu veux dire… pour les tableaux ?

Je n'avais aucune envie d'entrer dans une discussion sur un passé si lointain que je ne pouvais pas être sûr de ce que j'avancerais.

– On laisse tomber, dis-je. Ça n'a aucune importance et faut que j'y aille.

Je me levai.

– Cisco, repris-je, tu restes sur le coup et tu me trouves tout ce que tu peux sur Bosch. Je veux savoir jusqu'où je peux lui faire confiance.

– Tu ne vas pas lui donner l'autorisation de consulter les dossiers, si ? voulut savoir Lorna.

– Il ne s'agit pas d'un assassinat au hasard. Il y a un meurtrier en liberté et ce meurtrier savait comment atteindre Jerry Vincent. Je me sentirais nettement mieux si notre type avec sa mission arrivait à comprendre ce qui s'est passé et réussissait à nous capturer le coupable.

Je fis le tour du bureau et me dirigeai vers la porte.

– Je pars pour le cabinet du juge Champagne. Je vais prendre une pile de dossiers en cours pour les lire en attendant mon tour.

– Je t'accompagne à la porte, dit Lorna.

Je la vis jeter un coup d'œil à Cisco de façon à ce qu'il reste en arrière. Nous quittâmes la réception. Je savais ce que Lorna allait me dire, mais je la laissai faire.

– Mickey, me lança-t-elle, tu es sûr d'être prêt ?

– Absolument.

– Ça ne faisait pas partie du plan. Tu allais reprendre le boulot tout doucement, tu te rappelles ? On accepte deux ou trois affaires et on part de là. Au lieu de quoi, tu prends la direction de tout un cabinet.

– Parce que je travaillerais ?

– Sois sérieux, tu veux ?

– Mais je le suis. Et je suis prêt. Tu ne vois donc pas que c'est bien mieux que notre plan ? L'affaire Elliot, non seulement nous apporte des tonnes de fric, mais avec elle, ce sera comme d'avoir un gigantesque panneau publicitaire avec « Je suis de retour » en grosses lettres au néon au-dessus du Criminal Courts Building.

– Ouais, c'est génial. Et à elle seule, l'affaire Elliot va te mettre tellement la pression que tu...

Elle ne termina pas sa phrase, mais ce n'était pas nécessaire.

– Lorna, lui dis-je, tout ça, c'est fini. Je vais bien, c'est derrière moi et je suis prêt. Je croyais que ça te ferait plaisir. C'est la première fois depuis un an que nous avons une rentrée d'argent.

– Ça, je m'en fous. Ce dont je veux être sûre, c'est que tu vas bien.

– Je vais plus que bien. Je suis très excité. J'ai l'impression d'avoir récupéré mon allant en un seul jour. Ne me tire pas vers le bas, je t'en prie. D'accord ?

Elle me dévisagea, je la dévisageai en retour, enfin un sourire fleurit comme à regret sur son visage sévère.

– Bon, d'accord, dit-elle. Allez, va les coincer !

– T'inquiète pas. Je les aurai.

8

Malgré les assurances que j'avais données à Lorna, en descendant le couloir qui conduisait au pont reliant le bâtiment au garage, je n'arrêtai pas de penser à tous ces dossiers et à tout le travail de préparation qu'il allait falloir accomplir. J'avais oublié que je m'étais garé au cinquième étage et me retrouvai à devoir gravir trois rampes d'accès avant de retrouver la Lincoln. J'en ouvris le coffre et déposai dans mon sac le gros tas de dossiers que je transportais.

Ce sac était un objet hybride que j'avais acheté dans un magasin appelé Suitcase City[1] à l'époque où je préparais mon retour. Il s'agissait d'un sac à dos équipé de bretelles que je pouvais passer par-dessus mes épaules les jours où je me sentais costaud. Il comportait aussi une poignée qui me permettait de le porter comme une valise si je voulais. Et deux roulettes et une poignée télescopique qui, elles, me permettaient de le tirer derrière moi les jours où je manquais de force.

Depuis peu, les jours où je me sentais en forme dépassaient de loin ceux où j'étais faible, et j'aurais sans doute pu me débrouiller de la traditionnelle mallette en cuir de l'avocat. Mais ce sac, je l'aimais bien et j'avais décidé de continuer à m'en servir. Il s'ornait d'un logo – la ligne de crête d'une montagne avec les mots « Suitcase City » imprimés en travers comme le

1. Soit « Au royaume des valises ». *(NdT.)*

grand panneau d'Hollywood. Au-dessus se trouvaient des vasistas ouverts sur l'horizon complétant ainsi l'image fantasmatique du désir et de l'espoir. Je pense que c'est à cause de ce logo que j'aimais bien ce sac : je savais que Suitcase City n'était pas le nom d'un magasin. C'était celui d'un endroit. Et cet endroit était Los Angeles.

Los Angeles est un lieu où tout le monde vient d'ailleurs et où personne ne jette jamais vraiment l'ancre. Un lieu de passage. Plein de gens attirés par le rêve, de gens qui fuient le cauchemar en courant. Ils sont douze millions et tous sont prêts à dégager si nécessaire. Figurativement, littéralement, métaphoriquement – quelle que soit la manière dont on prend la chose –, à Los Angeles, tout le monde a sa valise prête. Juste au cas où.

Je refermais le coffre lorsque je sursautai en découvrant un type entre ma voiture et celle garée juste à côté. Ouvert, le couvercle du coffre m'avait empêché de le voir approcher. Je ne le connaissais pas, mais je compris tout de suite que lui savait qui j'étais. L'avertissement de Bosch me revint immédiatement en mémoire, et me battre ou fuir, je fus pris entre deux feux.

– Maître Haller, puis-je vous parler un instant ? me lança l'inconnu.

– Qui êtes-vous et qu'est-ce que vous foutez à vous faufiler entre les voitures des gens ?

– Moi, me faufiler entre les voitures ? Je vous ai vu et j'ai coupé entre elles, c'est tout. Je travaille pour le *Times* et je me demandais si je ne pourrais pas vous parler de Jerry Vincent.

Je hochai la tête et soufflai fort.

– Vous m'avez foutu une trouille à chier ! Vous ne savez donc pas qu'il a été abattu dans ce garage par quelqu'un qui s'est approché de sa voiture ?

– Écoutez, je suis désolé. Je voulais juste…

– On oublie, d'accord ? Je ne sais rien sur cette affaire et je dois filer au tribunal.

– Mais vous reprenez bien ses dossiers, n'est-ce pas ?

Je lui fis signe de dégager et me rapprochai de la portière de ma voiture.

– Qui vous l'a dit ?

– Notre chroniqueur judiciaire a eu une copie de l'ordonnance du juge Holder. Pourquoi maître Vincent vous a-t-il choisi ? Vous étiez amis ?

J'ouvris ma portière.

– Écoutez, comment vous appelez-vous ?

– Jack McEvoy. Je suis les affaires de police.

– Un bon point pour vous, Jack. Mais je ne peux pas vous parler de ça maintenant. Si vous voulez me donner votre carte de visite, je vous appellerai quand je pourrai.

Il ne bougea même pas pour m'en donner une ou indiquer qu'il aurait compris ce que je venais de lui dire. Il se contenta de me poser une autre question.

– Le juge vous a collé une interdiction de parler ?

– Elle n'a rien fait de tel. Si je ne peux pas vous parler, c'est parce que je ne sais rien du tout, d'accord ? Quand j'aurai quelque chose à dire, je le dirai.

– Bon, eh bien, pouvez-vous me dire pourquoi vous reprenez les affaires de maître Vincent ?

– Vous connaissez déjà la réponse. C'est le juge qui m'a nommé. Et maintenant, il faut que j'aille au tribunal.

Je montai dans ma voiture en baissant la tête, mais laissai la portière ouverte et mis la clé de contact. McEvoy posa le coude sur le toit et se pencha à l'intérieur pour essayer de me convaincre de continuer l'interview.

– Écoutez, lui dis-je. Il faut que j'y aille et j'aimerais bien que vous reculiez pour que je puisse fermer ma portière et mettre mon tank en marche arrière.

– J'espérais qu'on puisse conclure un marché, dit-il très vite.

– Un marché ? Quel marché ? De quoi parlez-vous ?

– Vous savez bien, pour des infos. Moi, j'ai la police sur écoute et vous, c'est le palais. Ça pourrait fonctionner dans les deux sens. Vous me dites ce que vous apprenez et moi, je fais pareil. J'ai l'impression que ça va être une grosse affaire. Et je vais avoir besoin de toutes les infos possibles.

Je me tournai vers lui et le regardai un instant.

– Sauf que les infos que vous me donneriez pourraient finir dans le journal du lendemain, non ? Et que je pourrais donc me contenter d'attendre pour les lire.

– Tout n'y figurera pas. Il y a des choses qu'on ne peut pas publier, même quand on sait qu'elles sont vraies.

Et de me regarder comme s'il me confiait là un trésor de sagesse.

– J'ai l'impression que vous allez apprendre des choses avant moi, lui dis-je.

– C'est un risque à courir. On fait affaire ?

– Vous avez une carte de visite ?

Cette fois, il en sortit une de sa poche et me la tendit. Je la tins entre mes doigts et posai ma main sur le volant. Et levai la carte en l'air et la regardai à nouveau. En me disant que ça ne pourrait pas faire de mal d'avoir des renseignements de l'intérieur dans cette affaire.

– Bon d'accord, dis-je, marché conclu.

Je lui fis à nouveau signe de s'écarter, refermai la portière et mis le contact. Il n'avait pas bougé. J'abaissai ma vitre.

– Quoi ? lui demandai-je.

– Juste un truc à ne pas oublier : je ne veux pas voir votre nom dans d'autres journaux ou vous entendre parler à la télé pour dire des trucs que je n'aurais pas.

– Ne vous inquiétez pas. Je sais comment ça marche.

– Parfait.

J'enclenchais déjà la marche arrière lorsque je pensai à quelque chose et posai le pied sur la pédale de frein.

– Que je vous pose une question, dis-je. Êtes-vous proche de Bosch, l'inspecteur chargé de l'enquête ?

– Je le connais, mais personne n'est vraiment proche de lui. Même pas son coéquipier.

– Qu'est-ce qu'il dit de cette histoire ?

– Je ne sais pas. Je ne lui ai pas posé la question.

– D'accord mais… il est bon ?

– À quoi ? À résoudre les affaires ? Oui, il est bon, très bon. Je crois même qu'on le considère comme un des meilleurs.

J'acquiesçai d'un hochement de tête et pensai au bonhomme. À ce type qui avait une mission.

– Attention à vos orteils.

Je sortis la Lincoln de son emplacement en marche arrière. McEvoy me rappela juste au moment où je repassais en marche avant.

– Hé, Haller ? Super, la plaque d'immatriculation.

Je lui adressai un signe de la main par la fenêtre et descendis la rampe. Et essayai de me rappeler laquelle de mes Lincoln j'étais en train de conduire et ce que disait sa plaque. J'ai une flotte de trois Town Cars qui remonte à l'époque où je travaillais à plein-temps. Mais comme je me servais assez peu de mes voitures depuis un an, je les prenais en rotation pour que les moteurs ne se dérèglent pas et que la poussière ne s'accumule pas dans les tuyaux. Ça devait faire partie de ma stratégie de retour aux affaires. Ces trois voitures étaient exactement identiques, sauf pour la plaque d'immatriculation, et je ne savais pas trop au volant de laquelle je me trouvais.

Arrivé à la cahute du gardien, je lui tendis mon ticket et vis un petit écran vidéo à côté de la caisse. On y découvrait ce que voyait une caméra installée un ou deux mètres derrière ma voiture. C'était celle dont m'avait parlé Cisco, celle orientée sur le pare-chocs et la plaque d'immatriculation.

Et là, sur l'écran, je vis ma plaque fantaisie :

ÇADÉGAGE

Je ricanai. Pour dégager, ça dégageait. Je faisais route vers un tribunal où j'allais rencontrer un des clients de Jerry Vincent pour la première fois. J'allais lui serrer la main et le dégager droit en prison.

9

Le juge Judith Champagne était à sa place, à écouter diverses requêtes lorsque j'entrai au prétoire avec cinq minutes d'avance. Il y avait là huit autres avocats qui faisaient le pied de grue en attendant leur tour. Je rangeai mon sac à roulettes contre la rambarde et murmurai au garde que j'étais là pour remplacer Jerry Vincent à l'énoncé de la sentence dans l'affaire Edgar Reese. Il m'informa que le planning du juge était plein à craquer, mais que Reese serait le premier à passer dès qu'elle en aurait fini avec les requêtes. Je lui demandai si je pouvais voir Reese, il se leva et me fit franchir la porte en acier, celle qui, juste derrière son bureau, permettait de gagner la cellule du tribunal. Trois détenus s'y trouvaient.

– Edgar Reese ? lançai-je.

Blanc et solidement bâti, un petit homme s'approcha des barreaux. Je vis des tatouages qui lui montaient dans le cou et me sentis soulagé. Reese allait regagner un endroit qu'il connaissait. Ce n'était pas une pucelle des prisons avec de grands yeux effarouchés que j'allais tenir par la main et cela me faciliterait les choses.

– Je m'appelle Michael Haller, lui dis-je. Je remplace votre avocat.

Je ne pensai pas qu'il y avait grand intérêt à lui expliquer ce qui était arrivé à Vincent. Ça n'aurait fait que l'obliger à me poser un tas de questions auxquelles je

83

n'aurais su quoi répondre et n'aurais pas eu de temps à consacrer.

– Où est Jerry ? me demanda Reese.

– L'a pas pu venir. Vous êtes prêt ?

– Comme si j'avais le choix !

– Jerry vous a-t-il dit quelle serait la sentence quand vous avez plaidé ?

– Oui, il m'a dit. Cinq ans en centrale, sortie au bout de trois si je me tiens bien.

Ça ferait plutôt quatre, mais je n'allais pas lui flanquer la pagaille dans sa tête.

– Bon, d'accord. Le juge est en train de finir des trucs et après, on vous amène. Le procureur va vous lire des tas de choses en jargon juridique, vous répondez que oui, vous comprenez, et elle vous dira la sentence. En tout et pour tout un quart d'heure.

– Rien à foutre du temps que ça prendra. C'est pas comme si j'avais à aller quelque part.

J'acquiesçai d'un signe de tête et le laissai. Puis je tapai doucement à la porte en métal pour que le garde (dans le comté de Los Angeles les gardes font partie des services du shérif) m'entende, mais pas le juge – du moins je l'espérai. Il me laissa passer et j'allai m'asseoir au premier rang de la galerie. J'ouvris ma mallette, en sortis l'essentiel de mes dossiers et les posai sur le banc à côté de moi.

Le premier était celui d'Edgar Reese. Je l'avais déjà étudié en vue de l'énoncé de la sentence. Reese faisait partie des clients à répétition de Vincent. Une affaire de drogue du genre ordinaire : petit vendeur qui consommait sa propre came, Reese s'était fait pincer par un acheteur travaillant pour la police. D'après les renseignements portés au dossier, l'indic avait foncé droit sur Reese parce qu'il lui en voulait. Il lui avait en effet acheté de la cocaïne avant et avait découvert qu'il s'était fait fourguer un peu trop de laxatif pour bébés.

C'est là une erreur que commettent fréquemment les dealers qui consomment. Ils coupent un peu trop la came, ce qui leur permet de garder plus de produit pour eux, mais diminue d'autant la force de la poudre qu'ils vendent. Parce qu'elle crée bien des ennemis, c'est là une pratique commerciale plutôt mauvaise. À essayer de réduire le chef d'accusation en coopérant avec un indic, le type qui consomme est plus enclin à baiser un dealer qu'il n'aime pas qu'un dealer qui lui plaît. Telle était la leçon qu'Edgar Reese aurait à méditer pendant les cinq années qu'il allait devoir passer en prison.

Je remis son dossier dans mon sac et jetai un coup d'œil au suivant sur la pile. C'était celui de Patrick Henson – l'affaire des antalgiques dont j'avais dit à Lorna que j'allais la laisser tomber. Je me penchais sur le dossier pour le remettre dans le sac lorsque je me redressai tout d'un coup, m'adossai au banc et posai le dossier sur mes genoux. Puis je le tapotai plusieurs fois sur ma cuisse en réévaluant la situation, et finis par l'ouvrir.

Âgé de vingt-quatre ans, Patrick Henson avait fait du surf à Malibu. Professionnel de la planche, il était tombé bien bas et n'avait plus eu beaucoup de sponsors, ni non plus de gains suite à ses apparitions sur le circuit pro. Dans un concours qui se tenait à Maui, il avait dévissé dans une vague qui l'avait expédié droit au fond couvert de lave de la baie de Pehei. Des fragments lui en étaient rentrés dans l'épaule et après l'avoir opéré pour les lui enlever, le médecin lui avait prescrit de l'oxycodon. Dix-huit mois plus tard, Henson était un vrai toxico qui se droguait pour faire cesser la douleur. Il y avait perdu ses derniers sponsors et s'était retrouvé bien trop faible pour prendre part au moindre concours. Il avait fini par toucher le fond en volant un collier en diamants dans une maison de Malibu, où une de ses copines l'avait invité. D'après le rapport du shérif, le collier appartenait à la mère de la nana et comportait huit diamants, un pour chacun de ses trois enfants et cinq petits-enfants. Il était estimé à quelque vingt-cinq mille dollars, mais Henson l'avait mis au clou pour quatre cents afin de pouvoir descendre au Mexique s'acheter deux cents tablettes d'oxy sans ordonnance.

Henson avait été facilement relié au vol. Le collier avait en effet été retrouvé au mont-de-piété, le film de la caméra de surveillance montrant Henson en train de conclure l'affaire. La valeur de l'objet était telle qu'il avait eu droit aux charges maximales, à savoir vol aggravé, recel et possession de drogues illicites. Ne l'avait pas non plus beaucoup aidé le fait que la femme à qui il avait volé le collier était l'épouse d'un médecin très introduit et qui avait fort libéralement contribué à la réélection de plusieurs membres du bureau des contrôleurs du comté.

Lorsque Vincent l'avait pris comme client, Henson lui avait avancé en nature les cinq mille premiers dollars qu'il lui devrait. Vincent lui avait pris ses douze planches fabriquées sur mesure et les avait vendues à des collectionneurs sur e-Bay. Il avait aussi inscrit Henson sur sa liste des clients à crédit, mais celui-ci n'avait même jamais honoré sa première traite mensuelle de mille dollars parce qu'il avait dû partir en cure de désintoxication le lendemain du jour où sa mère, qui habitait Melbourne, Floride, avait payé sa caution pour le faire sortir de prison.

D'après le dossier, Henson avait mené à bien sa cure de désintoxication et travaillait maintenant à temps partiel à Santa Monica, où il enseignait le surf à des gamins sur la plage. Il gagnait à peine de quoi vivre, ne parlons même pas de rembourser mille dollars par mois à son avocat. Et sa mère, elle, n'avait plus un sou après avoir payé sa caution et réglé les frais de sa cure.

Le dossier débordait de requêtes et autres demandes destinées à repousser le procès jusqu'à ce qu'Henson soit en mesure de trouver du liquide. Rien là que de très ordinaire. C'est d'entrée de jeu qu'il faut ramasser le fric, surtout quand l'affaire a toutes les chances d'être nulle. Et le procureur ayant le film où l'on voyait Henson vendre le collier volé, cela voulait dire que l'affaire était pire que nulle. Un vrai cauchemar.

Le dossier comportait un numéro de téléphone où joindre Henson. Une des choses que tout avocat se doit de faire entrer dans le crâne du client qui n'est pas incarcéré est de trouver un moyen de rester en contact. Les individus qui doivent répondre de chefs d'accusation au criminel et ont toutes les chances d'écoper de peines de prison mènent souvent des vies très instables. Ils ne cessent de déménager, parfois même sont sans domicile fixe. Cela dit, leurs avocats doivent quand même pouvoir les joindre à tout moment. Le numéro porté au dossier était celui de son portable et à condition qu'il soit encore bon, je pouvais l'appeler tout de suite. Le seul problème était de savoir si j'en avais envie.

Je regardai le juge. Elle était toujours à écouter les plaidoyers de deux avocats pour une mise en liberté sous caution. Il y en avait encore trois autres qui attendaient leur tour, et le procureur en charge du dossier Edgar Reese ne donnait toujours pas signe de vie. Je me levai et appelai encore une fois le garde.

– Je file dans le couloir, lui glissai-je à l'oreille. J'ai un coup de fil à passer. Je ne serai pas loin.

Il acquiesça d'un signe de tête.

– Si vous n'êtes pas revenu quand c'est l'heure, je viens vous chercher, dit-il. Faites seulement très attention à éteindre votre portable avant de rentrer dans la salle. Mme le juge déteste les portables.

Il n'avait pas besoin de me le dire. Je savais déjà, et d'expérience, qu'elle détestait en entendre sonner dans son prétoire. J'avais appris ma leçon un jour que je comparaissais devant elle et que mon portable s'était mis à jouer l'ouverture de *Guillaume Tell* – la sonnerie préférée de ma fille, certainement pas la mienne. Mme le juge m'avait collé une amende de cent dollars et s'était mise à me traiter de Lone Ranger[1]. Cette dernière conséquence ne me gênait pas trop. J'avais parfois l'impression d'être ce personnage. Sauf que c'était dans une Lincoln Town Car noire que j'allais mon chemin plutôt que sur un cheval blanc.

Je laissai les autres dossiers sur le banc dans la galerie et n'emportai que celui d'Henson dans le couloir. Je trouvai un coin relativement tranquille au milieu de la cohue et appelai son numéro. Il décrocha à la deuxième sonnerie.

– Trick à l'appareil.

– Patrick Henson ?

– Oui, qui est-ce ?

– Je suis votre nouvel avocat. Je m'appelle Mi...

– Holà, holà, minute ! Qu'est-ce qui est arrivé à l'ancien ? J'y ai déjà donné...

– Il est mort, Patrick. Hier soir.

– Oh noooon !

– Si, si, Patrick. Je suis navré.

J'attendis un instant, histoire de voir s'il avait autre chose à dire sur le sujet, puis j'attaquai de manière aussi désinvolte qu'un bureaucrate.

– Je m'appelle Michael Haller et c'est moi qui vais reprendre les affaires de Jerry Vincent. J'ai lu votre

---

1. Soit « le ranger solitaire ». Célèbre personnage de justicier texan qui monte un cheval dénommé Silver et traque les méchants avec Tonto, un Indien aussi intelligent qu'il est mutique. *(NdT.)*

dossier et je m'aperçois que vous n'avez effectué aucun paiement prévu au calendrier des remboursements établis par maître Vincent.

– Ah, mec, on avait un marché. Je fais tout ce que je peux pour me retaper et ne pas repiquer au truc et j'ai absolument pas un rond. D'accord ? J'y ai déjà filé toutes mes planches, à ce Vincent. Il a dit que ça faisait cinq mille dollars, mais je sais qu'il a touché plus. Y a deux des longues qui valaient au moins mille dollars pièce. Il m'a dit qu'il avait eu assez de fric pour commencer, mais il fait qu'ajourner sans arrêt. Je pourrai jamais repartir à zéro tant que cette affaire sera pas réglée.

– Vous avez repiqué au truc, Patrick ?

– Non, je suis propre comme un sou neuf. Vincent m'avait dit que c'était la seule manière de pas finir en taule.

Je regardai le couloir dans les deux sens. Il regorgeait d'avocats, d'accusés, de témoins et de proches des victimes ou des accusés. Le couloir était aussi grand qu'un terrain de football américain et tous ceux qui s'y tenaient n'espéraient qu'une chose : un coup de chance. Les nuages qui s'écartent et le truc qui pour une fois va aller dans le bon sens.

– Jerry avait raison, Patrick, repris-je. Il ne faut surtout pas repiquer au truc.

– C'est ce que je fais.

– Vous avez un boulot ?

– Non mais… vous comprenez pas ? Comme si on allait filer du boulot à un mec comme moi ! Personne va m'embaucher. J'attends le procès et il se pourrait bien que je me retrouve en taule avant même que ce soit fini. Non, parce que faut voir que je donne des cours à des mômes à la plage à temps partiel, mais que ça me rapporte que dalle. Je vis dans ma voiture, moi, et je dors dans une cahute de maître nageur d'Hermosa

Beach. Y a deux ans de ça au même moment, j'avais une suite au Four Seasons de Maui.

– Ouais, je sais, la vie est dure. Vous avez toujours votre permis de conduire ?

– Ouais. C'est à peu près tout ce qui me reste.

Je pris une décision.

– D'accord. Vous savez où se trouve le cabinet de Jerry Vincent ? Vous y êtes déjà allé ?

– Ouais. C'est là que j'y ai laissé mes planches. Et mon poisson.

– Votre poisson ?

– Il m'a piqué un tarpon de trente kilos que j'avais attrapé quand j'étais tout môme en Floride. Il a dit qu'il allait l'accrocher à un mur pour faire croire que c'était lui qui l'avait pris.

– Ouais, bon, votre poisson est toujours là. Bref, soyez au cabinet à 9 heures pétantes demain matin et je vous accorde un entretien pour un boulot. Si ça me convient, vous commencez tout de suite.

– À faire quoi ?

– À me servir de chauffeur. Je vous paierai quinze dollars de l'heure, plus quinze autres à déduire de mes honoraires. Ça vous va ?

Il y eut un moment de silence avant qu'Henson ne me réponde, et fort aimablement.

– Super, mec. Pour ça, j'y serai.

– Parfait. À demain, donc. Mais n'oubliez surtout pas un truc, Patrick : on ne repique pas à la came. Si jamais vous le faites, je le saurai. Croyez-moi, je le saurai.

– T'inquiète pas, mec. Je repiquerai jamais à c'te merde. C'est ça qui m'a foutu ma vie en l'air pour de bon.

– D'accord, Patrick. On se retrouve demain.

– Hé ! mec, pourquoi tu fais ça ?

J'hésitai avant de répondre.

– Vous savez quoi ? Je sais pas vraiment.

Je refermai mon portable et m'assurai de bien l'éteindre. Puis je réintégrai la salle d'audience en me demandant si j'avais bien fait ou si je ne venais pas de commettre le genre d'erreur dont j'allais me mordre les doigts lorsqu'elle me rattraperait.

Mon timing était impeccable. Le juge venait juste d'en terminer avec la dernière requête lorsque je rentrai dans la salle. Je vis alors qu'un adjoint du district attorney du nom de Don Pierce avait pris place à la table de l'accusation et semblait prêt à passer aux choses sérieuses. Ancien de la marine, il en avait gardé la coupe en brosse et comptait au nombre des piliers de comptoir du Four Green Fields à l'heure des cocktails. Je remis vite mes dossiers dans mon sac et poussai celui-ci jusqu'à la table de la défense.

– Ah, lança le juge, je vois que le *lone ranger* s'est remis à cheval.

Elle avait dit ça en souriant, je lui renvoyai son sourire.

– Oui, madame le juge. Heureux de vous revoir.

– Cela fait un bon moment qu'on ne vous voit plus, maître Haller.

Un prétoire ouvert au public n'était pas l'endroit où lui confier où j'étais passé. Je fis court. J'ouvris grand les mains comme pour lui présenter le nouveau maître Haller.

– Tout ce que je peux dire, c'est que je suis de retour, madame le juge, lui renvoyai-je.

– Heureuse de le constater. Bon, vous êtes bien ici pour remplacer maître Vincent, je me trompe ?

Le ton était de pure routine. Je compris qu'elle ignorait tout du décès de Vincent. Je savais que je pouvais n'en rien dire et me concentrer uniquement sur la sentence. Sauf que, à un moment donné, elle apprendrait la nouvelle et se demanderait pourquoi je n'avais pas mis l'affaire sur le tapis et m'étais tu. Et ça, ce n'était pas ce qu'il y avait de mieux pour garder un juge dans son camp.

– Malheureusement oui, madame le juge, lui répondis-je. Maître Vincent est décédé hier soir.

Choquée, le juge Champagne haussa les sourcils. Elle avait été longtemps procureur avant d'être long-temps juge. Bien introduite dans le milieu juridique, elle avait probablement très bien connu Jerry. Je venais de lui flanquer un grand coup au moral.

– Ah, mon Dieu ! s'écria-t-elle. Qu'est-ce qui s'est passé ?

Je hochai la tête comme si je n'en savais rien.

– Il n'est pas mort de mort naturelle, madame le juge. La police enquête et je ne sais pas grand-chose de l'affaire hormis qu'on l'a retrouvé hier soir dans sa voiture garée dans l'immeuble de son cabinet. Le juge Holder m'a convoqué aujourd'hui même et nommé avo-cat remplaçant. C'est pour cette raison que je suis ici pour représenter M. Reese.

Elle baissa la tête et mit un moment à retrouver ses esprits. Je me sentis mal d'avoir été celui qui lui annonçait la nouvelle. Je me penchai en avant et sortis le dossier Edgar Reese de mon sac.

– Je suis vraiment désolée d'apprendre ça, dit-elle enfin.

J'acquiesçai d'un signe de tête et attendis.

– Bien, reprit-elle au bout d'un long moment. Fai-sons comparaître l'accusé.

La mort de Jerry Vincent ne donna lieu à aucun autre délai. Qu'elle ait eu des soupçons sur Jerry ou sur la vie qu'il menait, le juge Champagne n'en souffla mot. La vie devait continuer au Criminal Courts Building. Et les rouages de la justice à tourner sans lui.

10

Le message que m'avait laissé Lorna Taylor était aussi bref que direct. J'en pris connaissance dès que je rallumai mon portable après avoir quitté la salle d'audience et vu Edgar Reese prendre ses cinq ans de taule. Lorna me disait avoir contacté le juge Holder pour obtenir l'ordonnance que me réclamerait la banque avant que je puisse faire figurer mon nom et celui de Lorna sur les comptes de Vincent. Holder ayant accepté de rédiger le document, je pouvais descendre le couloir jusqu'à son cabinet pour le prendre.

La salle d'audience était à nouveau plongée dans le noir, mais l'assistante du juge, Mme Gill, était, elle, toujours à son bureau. Elle me rappela encore ma maîtresse de neuvième.

– Madame Gill ? lui lançai-je. Je suis censé passer prendre une ordonnance du juge.

– Oui, je crois qu'elle l'a encore dans son cabinet. Je vais aller voir.

– Serait-il possible de lui parler quelques instants ?

– Eh bien… elle a quelqu'un en ce moment, mais ça aussi, je vais vérifier.

Elle se leva et descendit le couloir derrière son bureau. Tout au bout se trouvait le cabinet du juge et je la vis y frapper une fois avant qu'on lui donne l'ordre d'entrer. Lorsqu'elle ouvrit la porte, je vis un homme assis dans le fauteuil où j'avais moi-même pris place quelques heures plus tôt. Je reconnus en lui le mari du juge Holder, un certain Mitch Lester spécialisé dans le droit des personnes accidentées. La photo qu'il faisait jadis figurer dans ses annonces publicitaires me l'avait remis en mémoire. Un jour, à l'époque où il travaillait pour la défense au criminel, nous avions partagé la quatrième de couverture des Pages jaunes – mon annonce en occupait la moitié supérieure et la sienne la moitié inférieure. Cela faisait bien longtemps qu'il ne travaillait plus au pénal.

Quelques minutes plus tard, Mme Gill ressortit du cabinet du juge avec l'ordonnance dont j'avais besoin. Je crus donc qu'elle n'allait pas pouvoir me recevoir, mais Mme Gill m'informa que j'avais l'autorisation de la voir dès qu'elle en aurait terminé avec son visiteur.

Cela ne me laissant pas le temps de continuer à étudier les dossiers que j'avais dans mon sac à roulettes, je traînai dans la salle d'audience en regardant partout et songeant à ce que j'allais dire au juge. Arrivé au bureau maintenant vide du garde, je baissai les yeux et tombai sur un planning de la semaine précédente. Je connaissais les noms de plusieurs avocats qui s'y trouvaient et avaient été convoqués pour des requêtes et audiences en urgence, dont une de Jerry Vincent pour l'affaire Walter Elliot. C'était probablement là une de ses dernières apparitions au tribunal.

Au bout de trois minutes, j'entendis une cloche sonner au bureau de l'assistante et Mme Gill m'informa que je pouvais retourner au cabinet du juge.

Je frappai à la porte et ce fut Mitch Lester qui m'ouvrit. Il me sourit et me pria d'entrer. Nous nous serrâmes la main et il me fit remarquer qu'il venait juste d'apprendre ce qui était arrivé à Jerry Vincent.

– Terrifiant, le monde où l'on vit, lança-t-il.

– Des fois, oui, dis-je.

– Si vous avez besoin de quoi que ce soit, faites-moi signe.

Il quitta la pièce et je pris sa place devant le bureau du juge.

– Que puis-je pour vous, maître Haller ? Vous avez l'ordonnance pour la banque ?

– Oui, je l'ai, madame le juge. Et je vous en remercie. Je voulais vous tenir au courant et vous poser une question.

Elle ôta ses lunettes de lecture et les posa sur son sous-main.

– Allez-y, je vous en prie.

– Bien, pour la mise à jour… Les choses avancent lentement parce que nous avons commencé sans planning. La copie papier du planning de Jerry Vincent et son portable ont été volés après son assassinat. Nous avons donc été obligés de rebâtir un planning en partant des affaires en cours. Nous pensons être arrivés au bout, de fait même, je sors de la salle d'audience du juge Champagne où s'est tenu l'énoncé d'une sentence pour une de ses affaires. Nous n'avons donc rien manqué.

Mme le juge ne parut guère impressionnée par les efforts que mon équipe et moi avions déployés.

– De combien d'affaires en cours parlons-nous ? voulut-elle savoir.

– Euh, il semble qu'il y en a trente et une… non, en fait, maintenant il n'y en a plus que trente après l'énoncé de cette sentence. Cette affaire-là est terminée.

– Je dirais que vous avez hérité d'un cabinet florissant. Quel est votre problème ?

– Je ne sais pas trop s'il y en a un, madame le juge. Pour l'instant, je ne me suis entretenu qu'avec un client de Jerry et l'on dirait bien qu'il est prêt à continuer avec moi.

– S'agit-il de Walter Elliot ?

– Euh, non, lui, je ne lui ai pas encore parlé. Je prévois de le faire plus tard dans la journée. La personne avec qui je me suis entretenu est impliquée dans une affaire un peu moins grave. Un vol aggravé, en fait.

– Bien.

Voyant qu'elle commençait à s'impatienter, je passai à l'objet de la rencontre.

– C'est de la police que je voulais vous parler. Vous avez eu raison de me mettre en garde contre ses intrusions. En arrivant au cabinet de Jerry Vincent après vous avoir quittée, je suis tombé sur deux policiers qui fouillaient dans les dossiers. La réceptionniste de Jerry était présente, mais n'avait pas essayé de les en empêcher.

Ses traits se durcirent.

– Eh bien, j'espère que vous, vous l'avez fait. Ces policiers auraient dû savoir qu'ils ne pouvaient pas commencer à consulter ces dossiers sans votre accord.

– Oui, madame le juge. Et ils ont renoncé dès que je suis arrivé et leur ai fait part de mes objections. De fait, je les ai même menacés de déposer plainte auprès de vous. C'est là qu'ils ont arrêté.

Elle acquiesça d'un signe de tête, son visage montrant la fierté qu'elle éprouvait d'apprendre que son nom avait un tel pouvoir.

– Bon, mais alors pourquoi êtes-vous ici ?

– Eh bien… maintenant, je me demande si je ne devrais pas les laisser revenir.

– Je ne vous comprends pas, maître Haller. Vous voulez permettre à ces policiers de revenir dans vos bureaux ?

– L'inspecteur en charge de l'enquête m'a fait une remarque judicieuse. Il m'a dit que les éléments de preuve semblaient indiquer que Jerry Vincent connaissait son assassin et qu'il l'a même probablement laissé suffisamment approcher pour enfin, vous voyez… pour que celui-ci l'abatte. Il est même assez prêt à parier que c'était un de ses clients. Voilà pourquoi ils fouillaient dans les dossiers… ils cherchaient des suspects potentiels quand je suis entré.

Le juge écarta cette idée d'un geste de la main.

– Bien sûr que c'était ça qu'ils faisaient. Ça et piétiner à qui mieux mieux les droits de vos clients en le faisant.

– Ils étaient dans la réserve et consultaient de vieux dossiers. Des dossiers d'affaires closes.

– Aucune importance. Que le dossier soit ancien ou en cours, faire ce qu'ils faisaient constitue une violation de la confidentialité client-avocat.

– Je comprends bien, madame le juge. Mais, après leur départ, j'ai vu qu'ils avaient laissé une pile de dossiers sur la table. Des dossiers qu'ils allaient ou bien emporter avec eux ou regarder de plus près. Je les ai consultés et oui, certains contenaient bien des menaces.

– Des menaces contre maître Vincent ?

– Oui. Il s'agit d'affaires dont le client n'avait guère apprécié la conclusion, que ce soit le verdict, les dispositions de la sentence ou les termes de la peine de prison. Ces dossiers contenaient des menaces et chaque fois maître Vincent les avait prises suffisamment au sérieux pour faire un compte rendu détaillé de ce qui s'était dit et de qui avait dit quoi. C'était ça que les inspecteurs essayaient de rassembler.

Elle se pencha en arrière et croisa les mains, les coudes sur les accoudoirs de son fauteuil en cuir. Elle réfléchit à la situation que je venais de lui décrire, puis me regarda dans les yeux.

– Et vous pensez que nous entravons l'enquête en n'autorisant pas la police à faire son travail.

J'acquiesçai d'un signe de tête.

– Je me demandais s'il n'y aurait pas moyen de comment dire… ? Être utile aux deux parties. De limiter le mal fait aux clients, mais de laisser la police poursuivre son enquête, où que celle-ci la conduise.

Elle réfléchit à nouveau en silence et poussa un soupir.

– Dommage que mon mari ne soit pas resté, dit-elle enfin. J'apprécie beaucoup ses opinions.

– Eh bien, moi, j'ai eu une idée.

– Bien sûr. Et ce serait ?

– Je me disais que je pourrais peut-être vérifier le contenu des dossiers moi-même et dresser la liste des gens qui ont menacé Jerry. Je pourrais ensuite la passer à l'inspecteur Bosch en lui donnant quelques précisions sur ces menaces. De cette façon, il aurait ce dont il a besoin, mais sans avoir les dossiers. Il serait content, et moi aussi.

– C'est Bosch qui mène l'enquête ?

– Oui, Harry Bosch. Il fait partie de la brigade des Vols et Homicides. Je ne me rappelle plus le nom de son coéquipier.

– Comprenez bien une chose, maître Haller. Même à ne donner que leurs noms à ce Bosch, vous violez la confidentialité de la relation avocat-client. Et cela pourrait vous valoir d'être radié du barreau.

– Ça aussi j'y ai pensé, mais je crois qu'il y a une sortie possible. Un des motifs de suspension de ce lien de confidentialité est la menace à la sécurité de l'avocat. Si Jerry Vincent avait su qu'un client allait venir l'assassiner hier soir, il aurait pu appeler la police et lui donner le nom de ce client. Il n'y aurait alors eu aucune violation du droit dans cette démarche.

– C'est vrai, mais ce dont vous me parlez en ce moment est totalement différent.

– C'est effectivement différent, madame le juge, mais pas totalement. C'est l'inspecteur en charge de l'affaire qui m'a lui-même dit, et directement, qu'il y avait de très fortes chances pour que le nom de l'assassin de Jerry Vincent se trouve dans ces dossiers. Et ces dossiers sont maintenant à moi. Ce qui fait que cette information constitue une menace à mon encontre. Quand je vais commencer à rencontrer mes nouveaux clients, il se pourrait même que je serre la main de l'assassin sans le savoir. Tout cela mis ensemble, je me sens en danger, madame le juge, et ça, c'est bien un motif de suspension du lien.

Elle hocha encore une fois la tête et remit ses lunettes. Puis elle tendit le bras en avant pour prendre un verre d'eau caché à ma vue par son ordinateur de bureau.

Et but un grand coup et me dit :

– Bien, maître Haller. Il me semble que si vous vérifiez le contenu des dossiers comme vous le suggérez, ce que vous ferez sera acceptable en droit. Cela dit, j'aimerais que vous envoyiez un compte rendu à la cour, compte rendu dans lequel vous lui expliquerez ce que vous aurez fait et la menace que vous sentez peser sur vous. Je le signerai, je le mettrai sous scellés et j'espère qu'avec un peu de chance, ce document ne verra jamais la lumière du jour.

– Merci, madame le juge.

– Autre chose ?

– Non, je crois que c'est tout.

– Eh bien, bonne journée à vous.

– Merci, madame le juge.

Je me levai et me dirigeais vers la porte lorsque je me rappelai un détail et revins sur mes pas pour me tenir à nouveau devant son bureau.

– Madame le juge ? J'ai oublié quelque chose. J'ai vu votre planning de la semaine dernière et j'ai constaté que Jerry Vincent était passé au tribunal pour l'affaire Elliot. Je n'ai pas encore étudié ce dossier à fond, mais cela vous ennuierait-il que je vous demande sur quoi portait l'audience ?

Elle dut réfléchir un instant pour se rappeler de quoi il s'agissait.

– C'était une requête en urgence. Maître Vincent est passé parce que le juge Stanton avait annulé la libération sous caution de M. Elliot et ordonné qu'il soit renvoyé en prison. J'ai sursis à exécution.

– Pourquoi le juge voulait-il révoquer sa libération ?

– M. Elliot s'était rendu à un festival du cinéma à New York sans en avoir la permission. Et c'était une des conditions de sa mise en liberté sous caution. Lorsqu'il a vu une photo de M. Elliot dans le magazine *People*, le procureur Golantz a demandé au juge Stanton de révoquer sa mise en liberté sous caution. Il est clair qu'il n'avait guère apprécié cette mesure. Le juge Stanton l'a donc révoquée et c'est là que maître Vincent est passé me voir pour me demander de surseoir à l'arrestation et à l'incarcération de son client. J'ai décidé d'accorder une deuxième chance à M. Elliot et de modifier les conditions de sa libération en l'obligeant à porter un bracelet électronique à la cheville. Cela dit, je vous assure que M. Elliot n'aura pas droit à une troisième chance. Ne l'oubliez pas si vous décidez de le garder comme client.

– Je comprends, madame le juge. Merci.

Je hochai la tête, quittai son cabinet et remerciai Mme Gill en sortant de la salle d'audience.

J'avais toujours la carte de visite d'Harry Bosch dans ma poche. Je la sortis en regagnant l'ascenseur. Je m'étais garé dans un parking payant près du Grand Hotel Kyoto et n'avais que trois rues à traverser pour arriver à Parker Center. J'appelai le portable de Bosch en me dirigeant vers la sortie.

– Bosch à l'appareil.

– Mickey Haller.

Il eut un instant d'hésitation. Je songeai qu'il n'avait peut-être pas reconnu mon nom.

– Qu'est-ce que je peux faire pour vous ? me demanda-t-il enfin.

– L'enquête avance ?

– Elle avance, mais je peux rien vous dire.

– J'irai donc droit au but. Vous êtes à Parker Center ?

– Oui. Pourquoi ?

– J'arrive du tribunal. Retrouvez-moi devant, près du mémorial.

– Écoutez, Haller, je suis occupé. Vous ne pouvez pas juste me dire de quoi il s'agit ?

– Pas au téléphone, non, mais je crois que ça ne vous fera pas perdre votre temps. Si vous n'y êtes pas quand j'arrive, je saurai que vous avez laissé filer l'occasion et ne vous ferai plus suer avec ça.

Et je fermai mon portable avant qu'il ait le temps de réagir. Il me fallut cinq minutes pour aller au Parker Center à pied. Le bâtiment vivait ses dernières années, son remplaçant étant déjà en construction une rue plus loin, dans Spring Street. J'aperçus Bosch à côté de la fontaine qui fait partie du mémorial érigé en l'honneur des policiers tués en service. Je vis des petits fils blancs qui lui descendaient des oreilles jusque dans la poche de sa veste. Je m'approchai de lui et ne me donnai pas la peine de lui serrer la main ou de le saluer en quelque autre manière que ce soit. Il sortit les écouteurs de ses oreilles et les enfourna dans sa poche.

– On tient le monde à l'écart, inspecteur ?

– Ça m'aide à me concentrer. Cette rencontre aurait un but ?

– Après votre départ, j'ai regardé les dossiers que vous aviez laissés en tas sur la table. Dans la réserve ?

– Et… ?

– Et je vois bien ce que vous essayez de faire. Et je veux vous aider, mais je veux aussi que vous compreniez ma position.

– Je vous comprends parfaitement, maître. Vous devez protéger ces dossiers et l'assassin qui s'y cache peut-être parce que le règlement, c'est le règlement.

Je hochai la tête. Ce mec n'avait aucune envie de me faciliter la tâche.

– Que je vous dise, inspecteur Bosch. Repassez à mon bureau demain à 8 heures et je vous donnerai ce que je peux.

Je crois que mon offre le surprit. Il ne répondit pas.

– Vous viendrez ? insistai-je.

– C'est quoi, le piège ? me renvoya-t-il aussitôt.

– Il n'y a pas de piège. Ne soyez pas en retard, c'est tout. J'ai un entretien à 9 heures et après, il y a de fortes chances pour que je sois parti conférer avec mes clients.

– J'y serai à 8 heures.

– Parfait.

J'étais prêt à filer, mais il semblait bien que lui ne le soit pas.

– Qu'est-ce qu'il y a ?

– J'allais vous demander quelque chose.

– Quoi ?

– Vincent avait-il des affaires de juridiction fédérale ?

Je réfléchis un instant et repensai à ce que je savais des dossiers. Je fis non de la tête.

– On en est toujours à la phase découverte, mais non, je ne pense pas. Jerry était comme moi : il aimait bien s'en tenir aux tribunaux de l'État. C'est une histoire de nombre. Plus il y a d'affaires, plus il y a de merdes et de trous par où l'affaire peut filer. Et les fédéraux, eux, aiment bien fausser la donne. Ils détestent perdre.

Je songeai qu'il allait peut-être prendre cette remarque désobligeante pour lui. Mais il avait déjà dépassé ça et mettait autre chose en place. Il hocha la tête.

– Bon, dit-il.

– Ça y est ? C'est tout ce que vous vouliez me demander ?

– C'est tout, oui.

J'attendis d'autres explications, mais rien ne vint.

– Bien, inspecteur, dis-je.

Et je lui tendis gauchement la main. Il me la serra et me donna l'impression d'être aussi embarrassé que moi. Je décidai de lui poser une question que j'avais gardée pour moi.

– Dites, si, j'avais autre chose que je voulais vous demander.

– Oui, quoi ?

– C'est pas sur votre carte de visite, mais j'ai entendu dire que votre nom complet est Hieronymus Bosch. C'est vrai ?

– Et alors ?

– Je me demandais… où est-ce que vous avez trouvé un nom pareil ?

– C'est ma mère qui me l'a donné.

– Votre mère ? Et… qu'est-ce qu'en pensait votre père ?

– Je ne le lui ai jamais demandé. Et maintenant, faut que je retourne à mon enquête, maître. Y a-t-il autre chose ?

– Non, c'est tout. C'était juste par curiosité. Je vous retrouve demain à 8 heures.

– J'y serai.

Je le laissai au pied du mémorial et m'éloignai. Et descendis la rue en ne cessant de me demander pourquoi Bosch voulait savoir si Jerry Vincent avait des affaires fédérales. Je virais à gauche au croisement lorsque je me retournai et vis qu'il était toujours debout à côté de la fontaine. Il m'observait. Il ne baissa pas les yeux, mais moi si, et je continuai de marcher.

11

Cisco et Lorna étaient toujours en train de travailler au cabinet de Jerry Vincent lorsque j'y revins. Je tendis l'ordonnance pour la banque à Lorna et lui annonçai les deux rendez-vous que j'avais pris pour le lendemain.

– Je croyais que t'avais mis le dossier Patrick Henson à la poubelle, me dit-elle.

– C'est vrai. Mais je l'en ai ressorti.

Elle fronça les sourcils comme elle le faisait chaque fois que je la déconcertais – ce qui arrivait souvent. Je n'avais pas envie d'expliquer. Je passai à autre chose et lui demandai s'il y avait du neuf depuis que j'étais parti pour le tribunal.

– Deux ou trois trucs, dit-elle. Et d'un, le chèque de Walter Elliot est passé. S'il a appris pour Jerry, c'était trop tard pour arrêter le paiement.

– Bien.

– Et y a mieux. J'ai trouvé les fichiers contrats et j'ai jeté un œil à l'arrangement que Jerry avait conclu avec lui. Ce dépôt de cent mille dollars qu'il a fait vendredi n'est qu'une partie de ce qu'il lui doit.

Elle avait raison. C'était encore mieux.

– Combien ? demandai-je.

– D'après le contrat, Vincent lui a pris deux cent cinquante mille dollars d'entrée de jeu. Ça, ça remonte à cinq mois et on dirait bien qu'il n'en reste déjà plus rien. Mais il allait en toucher deux cent cinquante mille de plus pour le procès. Non remboursables. Les cent mille de vendredi n'en sont que la première partie. Le reste doit être versé le premier jour des témoignages.

Je hochai la tête de satisfaction. Vincent avait conclu un marché du tonnerre. Je n'avais jamais eu d'affaire avec une pareille quantité d'argent à la clé. Cela dit, je me demandai comment Jerry avait fait son compte pour dépenser les deux cent cinquante mille premiers dollars aussi vite. Lorna allait devoir examiner les entrées et sorties d'argent pour avoir la réponse à cette question.

– Bon, d'accord, tout ça est génial… si Elliot reste avec nous. Sinon, ça n'a aucune importance. Qu'est-ce qu'on a d'autre ?

Elle eut l'air déçue que je n'aie pas envie de m'attarder sur cette histoire d'argent et de fêter cette découverte qu'elle avait faite. Elle avait perdu de vue qu'il me restait toujours à garder Elliot avec moi. Techniquement parlant, il était libre de choisir. Je serais certes le premier à lui parler, mais il n'en fallait quand même pas moins que j'en fasse mon client avant d'envisager ce que ça pouvait faire de décrocher deux cent cinquante mille dollars d'honoraires.

Lorna me répondit d'une voix monocorde.

– Nous avons eu toute une série de visiteurs pendant que tu étais au tribunal, dit-elle.

– Qui ?

– Un des enquêteurs dont Jerry se servait est passé après avoir appris la nouvelle. Il n'a eu qu'un regard pour Cisco avant de lui rentrer quasiment dedans. Après, il s'est montré plus futé et s'est calmé.

– Qui est-ce ?

– Bruce Carlin. Jerry l'avait embauché pour travailler sur l'affaire Elliot.

Je hochai la tête. Bruce Carlin était un ancien fonceur du LAPD qui était passé de l'autre côté de la barrière et travaillait maintenant pour la défense. Nombre d'avocats avaient recours à lui parce qu'il savait bien comment ça marchait chez les flics. J'avais fait appel à lui une fois et avais trouvé que sa réputation était surfaite. Je ne l'avais plus jamais embauché.

– Rappelle-le, dis-je à Lorna. Fixe-lui un rendez-vous.

– Pourquoi, Mick ? T'as déjà Cisco.

– Je sais, mais Carlin travaillait sur l'affaire Elliot et je doute qu'on ait tout au dossier. Tu sais bien comment c'est. Tu ne consignes pas une info au dossier, c'est autant de moins à filer à la partie adverse. Et donc, dis-lui de revenir. Cisco pourra discuter avec lui et voir ce qu'il sait. Et on le paie à son tarif horaire habituel… quel qu'il soit. Et on le vire dès qu'il ne nous sert plus à rien. Quoi d'autre ? Qui d'autre est passé ?

– Un vrai défilé de losers qu'on a eu ! Carney Andrews a débarqué en pensant qu'elle allait pouvoir prendre le dossier Elliot sur la pile et filer avec. Je l'ai foutue dehors sans rien lui donner. Après, j'ai regardé les rentrées et les sorties de fric sur le compte opérationnel et je me suis aperçue qu'elle avait été engagée en tant qu'associée dans l'affaire Elliot. Et jetée un mois plus tard.

J'acquiesçai d'un signe de tête : j'avais compris. Vincent était allé faire son marché aux juges pour Elliot. En plus de n'avoir aucun talent, Carney Andrews était une filoute, mais avait l'avantage d'être mariée au juge de la Cour supérieure, Bryce Andrews. Celui-ci avait passé vingt-cinq ans comme procureur avant d'être nommé juge. Pour les trois quarts des avocats de la défense qui travaillaient au Criminal Courts Building, il n'avait jamais quitté le bureau du district attorney. Il avait la réputation d'être un des juges les plus durs du bâtiment, quelqu'un qui agissait parfois de concert avec le bureau du procureur, quand il n'en était pas tout bonnement le bras armé. Tout cela donnait naissance à une jolie petite entreprise familiale où l'épouse gagnait très confortablement sa vie en étant recrutée comme avocate associée à la défense dans les affaires que jugeait le mari – ce qui créait aussitôt un conflit d'intérêts exigeant que l'affaire soit réassignée à d'autres juges… qu'on espérait plus cléments.

Tout cela marchait comme sur des roulettes, ce qu'il y avait de mieux dans l'arrangement étant que Carney Andrews n'avait pratiquement jamais à exercer. Il lui suffisait de signer pour une affaire, de faire une apparition au tribunal en tant qu'avocate associée et d'attendre que l'affaire soit ôtée à son mari et assignée à un autre juge. Elle pouvait alors toucher des honoraires substantiels et se consacrer à l'affaire suivante.

Je n'eus même pas à consulter le dossier Elliot pour voir ce qui s'était passé. Je le savais. Les affaires étant assignées à tel ou tel juge par tirage au sort dans le bureau du doyen, celle d'Elliot avait échu au juge Bryce Andrews et Vincent n'avait pas trop aimé le peu de chances qu'il avait de gagner devant lui. Et d'un, Andrews n'aurait jamais accepté une libération sous caution pour un double assassinat, et de deux, il ne se serait pas montré des plus tendres envers l'accusé lorsque celui-ci serait passé en jugement. Vincent avait donc engagé son épouse en qualité d'associée et le problème avait disparu, l'affaire étant alors été réassignée au juge James P. Stanton, dont la réputation était à l'exact opposé de celle d'Andrews. Résultat des courses : quelles qu'aient été les sommes que Vincent avait versées à la dame Carney, la manœuvre avait valu le coup.

– Tu as vérifié ? demandai-je à Lorna. Combien lui a-t-il donné ?

– Elle a pris dix pour cent de la première avance.

Je poussai un sifflement. Vingt-cinq mille dollars pour que dalle. Voilà qui expliquait au moins en partie où avaient filé les deux cent cinquante mille premiers dollars.

– Super, le boulot, quand on peut le décrocher, fis-je remarquer.

– Peut-être, sauf que le soir, faut coucher avec Bryce Andrews, me renvoya Lorna. Je ne suis pas très sûre que ç'en vaille la peine.

Cisco éclata de rire. Je n'en fis rien, mais Lorna n'avait pas tort. Bryce Andrews avait au moins vingt ans de plus que sa femme – et pesait presque cent kilos de plus qu'elle. Le tableau n'avait rien d'appétissant.

– C'est tout pour les visiteurs ? demandai-je.

– Non, répondit-elle. On a eu aussi la visite de deux ou trois clients qui ont demandé à voir leurs dossiers quand ils ont appris la mort de Jerry à la radio.

– Et… ?

– On les a fait patienter. Je leur ai dit qu'il n'y avait que toi qui pouvais rendre un dossier et que tu les contacterais sous vingt-quatre heures. Ils ont donné l'impression de vouloir discutailler, mais avec Cisco dans les parages, ils ont fini par décider qu'il valait peut-être mieux attendre.

Elle fit un sourire à Cisco, le grand costaud lui tirant aussitôt la révérence comme pour lui dire « à votre service ».

Puis elle me tendit un bout de papier.

– Tiens, c'est eux, me dit-elle. Avec leurs coordonnées.

Je regardai leurs noms. L'un d'entre eux faisant partie des types que j'avais l'intention de jeter, je ne serais que trop heureux de lui rendre son dossier. L'autre dossier concernait une affaire d'outrage aux bonnes mœurs, où je pensais pouvoir faire quelque chose. Cette cliente avait été accusée lorsqu'un adjoint au shérif lui avait ordonné de sortir de l'eau à la plage de Malibu. La dame nageait toute nue, ce qui n'était devenu visible qu'à ce moment-là. Parce qu'il ne s'agissait là que d'un délit mineur, la loi exigeait que l'adjoint soit un témoin direct du délit pour pouvoir procéder à l'arrestation. Sauf qu'en lui donnant l'ordre de sortir de l'eau, c'était lui qui avait créé le délit pour lequel il l'avait arrêtée. Les arguments du shérif ne tiendraient donc pas la route au prétoire. C'était là une affaire pour laquelle je savais pouvoir obtenir un non-lieu.

– J'irai voir ces deux-là ce soir, dis-je à Lorna. En fait, j'ai envie de filer avec tous ces dossiers le plus vite possible. En commençant par faire un arrêt aux studios d'Archway Pictures. Je vais prendre Cisco avec moi, et toi, Lorna, j'aimerais que tu emportes tout ce dont tu as besoin et que tu rentres chez toi. Je ne veux pas que tu restes ici toute seule.

Elle acquiesça, puis me lança :

– Tu es sûr que Cisco doive t'accompagner ?

Je fus surpris qu'elle m'ait posé la question en sa présence. C'était à la taille et à l'aspect de son homme – à ses tatouages, à sa boucle d'oreille, à ses bottes, à son gilet en cuir, etc. –, bref à l'impression générale de menace qu'il projetait qu'elle faisait allusion. Elle craignait qu'il ne dissuade plus de clients qu'il n'aide à en gagner.

– Oui, répondis-je. J'aimerais mieux. Quand je voudrai la jouer subtil, je lui demanderai d'attendre dans la voiture. En plus, je veux qu'il conduise pour que je puisse jeter un œil aux dossiers.

Je regardai Cisco. Il n'avait pas l'air de trouver à redire à l'arrangement et me fit oui de la tête. Il aurait peut-être l'air idiot quand il serait au volant d'une Lincoln avec son gilet de motard sur le dos, mais il ne s'en plaignait pas encore.

– À propos de dossiers, repris-je. On n'a aucune affaire fédérale, hein ?

– Pas que je sache, répondit Lorna en hochant la tête.

Je hochai la tête à mon tour. Cela confirmait ce que j'avais indiqué à Bosch et me rendit encore plus désireux de savoir pourquoi il m'avait posé cette question. Je commençai à m'en faire une idée et décidai de mettre le sujet sur le tapis quand je le verrais le lendemain matin.

– Bien, dis-je. M'est avis que l'heure est revenue de jouer à la défense Lincoln. En route !

12

La décennie précédente avait vu Archway Pictures passer du stade de franc-tireur de l'industrie cinématographique à celui de force majeure. Cela à cause de quelque chose qui faisait toujours la loi à Hollywood : l'argent. Alors même que le coût des films augmentant de manière exponentielle, l'industrie se concentrait encore sur les plus chers à produire, les majors avaient commencé à chercher des partenaires pour partager les coûts et les risques.

Et c'est là que Walter Elliot et Archway Pictures étaient entrés en scène. Au début, Archway n'était qu'un terrain vague envahi de mauvaises herbes qui se trouvait dans Melrose Avenue, à quelques rues à peine du monstre qu'étaient les Studios Paramount. Archway avait alors été conçu et construit pour servir de poisson pilote au grand requin blanc. On ne ferait que traîner près de la gueule du géant afin d'y attraper tout ce que celui-ci voudrait bien ne pas engloutir dans son énorme gosier. Archway avait ainsi offert des installations de postproduction et des plateaux de tournage à louer quand tout était pris dans les grands studios. La société avait aussi mis des bureaux en leasing à la disposition d'apprentis producteurs ou de *has been* qui n'étaient pas au niveau ou ne bénéficiaient pas des contrats de producteurs liés aux studios. Elle avait favorisé la production de films indépendants, moins chers à monter mais plus risqués, et censément moins susceptibles de faire un tabac que leurs grands frères des studios.

Walter Elliot et Archway Pictures s'étaient ainsi traînés pendant une dizaine d'années jusqu'au jour où la chance avait frappé comme la foudre à deux reprises. En l'espace d'à peine trois ans, Elliot avait touché le jackpot avec deux films indépendants qu'il avait soutenus en fournissant des plateaux, du matériel et des équipements de postproduction en échange d'un pourcentage des recettes. Ces deux films avaient fini par dépasser les attentes d'Hollywood et devenir d'énormes succès – aussi bien d'estime que financiers. L'un d'eux avait même décroché l'Oscar du meilleur film. Walter et son studio par alliance s'étaient soudain retrouvés à baigner dans la gloire. Plus de cent millions de téléspectateurs avaient entendu Walter être tout spécialement remercié lors de la cérémonie des Oscars. Et, plus important, la part d'Archway dans les revenus de ces deux films engrangés à l'étranger avait dépassé les cent millions de dollars… par film.

Walter avait alors fait quelque chose de très sage avec ce tout nouvel argent. Il l'avait prêté aux requins en cofinançant un certain nombre de productions pour lesquelles les majors cherchaient à partager les risques. Il y avait eu des ratés, bien sûr. C'était quand même Hollywood. Mais il y avait eu assez de succès pour que la poule aux œufs d'or continue de pondre. Les dix années suivantes avaient vu Walter Elliot doubler, puis tripler ses investissements et devenir petit à petit un des grands qu'on retrouvait régulièrement sur la liste des cent plus puissants personnages de l'industrie. Il avait fait passer Archway Pictures d'une simple adresse associée aux parias d'Hollywood à un lieu où il fallait faire la queue trois ans pour être admis dans un bureau sans fenêtres.

Et pendant tout ce temps, sa fortune personnelle avait crû dans les mêmes proportions. C'était certes le riche rejeton d'une famille de grands du phosphate de Floride qui vingt-cinq ans plus tôt avait débarqué à Hollywood, mais cet argent-là n'avait rien à voir avec les fortunes qu'on peut se faire à Hollywood. Comme beaucoup d'individus figurant sur la liste des cent, Elliot avait échangé son épouse contre un modèle plus récent et, ensemble, ils s'étaient mis à accumuler les résidences. D'abord, dans les canyons, puis plus bas, dans les contreforts des Beverly Hills, et enfin à Malibu et jusqu'à Santa Barbara. D'après les renseignements versés au dossier, Walter Elliot et sa femme possédaient sept maisons et deux ranches à Los Angeles et alentour. Le nombre de jours qu'ils y passaient n'avait évidemment aucune importance. À Hollywood, l'immobilier est un moyen de tenir la marque.

Tous ces biens et toutes ces apparitions sur la liste des cent avaient été fort utiles lorsque Elliot avait été accusé de double meurtre. Le boss des studios qu'il était avait alors bandé ses muscles politiques et financiers et avait réussi un coup assez rare dans une affaire de meurtre : il avait été libéré sous caution. Le procureur ne cessant d'y objecter, le montant en avait finalement été fixé à vingt millions de dollars, qu'Elliot avait vite crachés en vendant de l'immobilier. Depuis lors, il était libre et attendait son procès – en dépit de son petit flirt avec la révocation de sa liberté sous caution la semaine précédente.

Un des biens qu'il avait engagés comme garantie de sa caution n'était autre que la propriété où s'étaient produits les meurtres. Sise dans une crique à l'abri des regards, c'était une maison où passer le week-end. Comme dépôt de garantie, elle valait six millions de dollars. C'était là qu'à trente-neuf ans, Mitzi Elliot avait été assassinée avec son amant, dans une chambre de cent vingt mètres carrés avec mur en verre donnant sur l'immensité toute bleue du Pacifique.

Le dossier d'enquête à communiquer à la partie adverse était bourré de rapports du labo et de copies des photos en couleurs de la scène de crime. Murs, tapis, meubles et literie, tout était blanc dans cette chambre. On y voyait deux corps nus étalés sur le lit et par terre. Mitzi Elliot et Johan Rilz. Scène entièrement en rouge et blanc. Deux trous de balles dans la poitrine de l'homme. Deux autres dans celle de la femme, plus un troisième au front. Lui, près de la porte. Elle, sur le lit. Rouge sur fond blanc. Pas beau à voir, tout ça : les blessures étaient impressionnantes. Même si l'arme du crime manquait à l'appel, un rapport supplémentaire précisait que les douilles avaient été identifiées par leurs marques balistiques comme provenant d'un Smith & Wesson Model 29, soit un revolver de type magnum .44. Faire feu de près avec un engin pareil dépassait la mesure.

Walter Elliot avait des doutes sur son épouse. Elle lui avait annoncé son intention de divorcer et pour lui, il y avait un autre homme dans le coup. Aux enquêteurs des Homicides du bureau du shérif il avait déclaré s'être rendu à la maison de Malibu parce que sa femme lui avait dit vouloir y retrouver l'architecte d'intérieur. Elliot s'était dit qu'elle mentait et avait chronométré son arrivée de façon à la prendre sur le fait avec son amant. Il l'aimait et voulait qu'elle lui revienne. Et il était prêt à se battre pour elle. C'était, il ne cessait de le répéter, en vue d'une confrontation avec elle qu'il s'était rendu à Malibu, pas du tout pour la tuer. Il ne possédait pas de magnum .44. De fait, avait-il insisté, il ne possédait même aucune arme.

D'après les déclarations qu'il avait faites aux enquêteurs, en arrivant à Malibu, il avait trouvé sa femme et son amant entièrement nus et déjà morts. Il s'était alors avéré que l'amant n'était autre que l'architecte d'intérieur, un certain Johan Rilz, un Allemand qu'Elliot avait toujours pris pour un homo.

Elliot avait quitté la maison et repris sa voiture. S'était mis à rouler, puis s'était ravisé. Et avait décidé de faire ce qu'il fallait. Il avait fait demi-tour et s'était à nouveau rangé dans l'allée cochère. Il avait appelé le 911[1] et avait attendu l'arrivée du shérif devant la maison.

La chronologie et la manière précise dont l'enquête avait démarré à partir de ce moment-là allaient revêtir une grande importance pour le système de défense à bâtir. D'après les rapports versés au dossier, Elliot avait donné aux enquêteurs une première version de sa découverte des corps. Il avait alors été emmené au poste de Malibu par deux shérifs adjoints, de façon à ne pas se trouver sur les lieux du crime lorsque la police commencerait à les analyser. À ce moment-là, il n'était pas en état d'arrestation. Il avait été placé dans une salle d'interrogatoire, dont la porte n'était pas fermée à clé, et y avait attendu trois longues heures avant que les deux inspecteurs en charge de l'affaire finissent leur examen de la scène de crime et reviennent au poste. L'entretien qui s'en était alors suivi avait été filmé en vidéo, mais d'après la transcription que j'en avais étudiée, on y avait vite franchi la ligne jaune et en avait fait un interrogatoire en règle. C'est à ce moment-là qu'on lui avait enfin lu ses droits constitutionnels et demandé s'il acceptait de continuer à répondre aux questions qu'on lui posait. Il avait fort sagement choisi de ne plus parler et exigé un avocat. Mieux valait tard que jamais, certes, mais il se serait beaucoup mieux porté s'il n'avait jamais rien dit aux enquêteurs. Il aurait mieux fait d'invoquer le cinquième amendement et de la fermer.

Pendant que les enquêteurs analysaient la scène de crime et qu'Elliot faisait le pied de grue dans la salle d'interrogatoire du poste, un inspecteur des Homicides travaillant au quartier général du shérif de Whittier

---

1. Équivalent américain de police-secours. *(NdT.)*

avait rédigé et faxé plusieurs mandats de perquisition à un juge de la Cour supérieure, qui les avait signés. Cela avait permis à des enquêteurs de fouiller en toute légalité partout dans la maison et dans la voiture d'Elliot et de soumettre ce dernier à un examen destiné à déterminer s'il avait des traces de nitrates et des particules microscopiques de poudre sur les mains et les habits. Elliot ayant refusé de coopérer plus avant, on lui avait enfermé les mains dans du plastique et l'avait transféré au quartier général du shérif, où un criminaliste avait procédé à ce test en laboratoire. L'opération avait consisté à frotter des disques imprégnés de produits chimiques sur les mains et les habits. Analysés par un technicien du labo, ces disques avaient révélé la présence d'un taux élevé de poudre.

Elliot avait alors été officiellement placé en état d'arrestation pour meurtre. L'unique appel téléphonique auquel il avait eu droit lui avait permis de contacter son avocat, qui avait appelé Jerry Vincent, avec lequel il avait suivi les cours de la fac de droit. Elliot avait fini par être conduit à la prison du comté, inculpé de deux meurtres et mis en détention. Les enquêteurs du shérif avaient ensuite appelé le bureau des relations avec les médias et suggéré de tenir une conférence de presse. C'était un gros poisson qu'on venait de ferrer.

Je refermai le dossier au moment même où Cisco arrêtait la Lincoln devant les studios Archway. Il y avait là des scénaristes en grève qui tournaient et viraient sur le trottoir[1] en brandissant des pancartes rouges et blanches sur lesquelles on pouvait lire : ON VEUT NOTRE PART ! et SCÉNARISTES ET DIALOGUISTES TOUS UNIS ! Sur certains panneaux on voyait aussi des poings serrant des stylos. Un autre disait encore : VOTRE REPARTIE PRÉ-

---

1. La loi américaine interdit les piquets de grève statiques. (NdT.)

FÉRÉE ? C'EST UN DIALOGUISTE QUI L'A TROUVÉE ! Sur le trottoir avait été dessinée l'énorme silhouette d'un cochon en train de fumer un cigare, le mot PRODUCTEUR marqué au fer rouge sur ses fesses. Ce cochon et les trois quarts de ces slogans n'étant que clichés plus que fatigués, je m'étonnai que ces écrivains qui manifestaient n'aient rien trouvé de mieux.

Pour soigner les apparences, je restai sur la banquette arrière pour ce premier arrêt. J'espérais qu'Elliot m'apercevrait de la fenêtre de son bureau et me prendrait pour un avocat aussi puissant que talentueux. Mais voyant quelqu'un tout au fond d'une Lincoln, les écrivains me prirent, eux, pour un producteur. Nous entrions dans l'allée cochère du studio lorsqu'ils fondirent sur la voiture avec leurs panneaux et se mirent à scander : « Fumier de rapace ! Fumier de rapace ! » Cisco écrasa l'accélérateur et fonça droit devant, quelques malheureux scribes évitant de justesse les ailes de la Lincoln.

– Attention ! aboyai-je. Manquerait plus que j'écrase un écrivain au chômage !

– T'inquiète pas ! me renvoya calmement Cisco. Ils se dispersent toujours.

– Pas cette fois.

Arrivé à la cahute du gardien, Cisco avança suffisamment la voiture pour que ma fenêtre soit au niveau de la porte. Je vérifiai qu'aucun des écrivains ne nous avait suivis et abaissai ma vitre pour parler au type qui était sorti de la cahute. Il portait un uniforme gris, une cravate marron foncé et des épaulettes assorties. Parfaitement ridicule.

– Vous désirez ?

– Je suis l'avocat de Walter Elliot. Je n'ai pas de rendez-vous, mais il faut que je le voie tout de suite.

– Puis-je voir votre permis de conduire ?

Je le sortis et le lui tendis par la fenêtre.

– Je remplace maître Jerry Vincent, précisai-je. C'est ce nom que la secrétaire de M. Elliot reconnaîtra.

Le garde regagna sa cahute et en referma la porte coulissante. Je me demandai si c'était pour empêcher l'air froid de la clim' de filer dehors ou pour que je ne puisse pas l'entendre parler lorsqu'il décrocha son téléphone. Toujours est-il qu'il rouvrit bientôt la porte coulissante et me tendit l'appareil, sa main couvrant l'écouteur.

– Mme Albrecht est l'assistante personnelle de M. Elliot, me dit-il. Elle veut vous parler.

Je pris l'appareil.

– Allô ?

– Maître Haller ? De quoi s'agit-il ? M. Elliot n'a traité qu'avec maître Vincent pour cette affaire et je ne vois aucun rendez-vous dans son planning.

« Pour cette… affaire. » Étrange façon de parler de deux accusations de meurtre.

– Madame Albrecht, répondis-je, je préférerais ne pas parler de ça au portail. Comme vous pouvez l'imaginer, « l'affaire », comme vous dites, est plutôt délicate. Puis-je passer voir M. Elliot ?

Je me tournai sur la banquette et regardai par la lunette arrière. Il y avait deux voitures qui faisaient la queue derrière la Lincoln. Ce n'était sans doute pas des producteurs qui se trouvaient à l'intérieur. Les écrivains les avaient laissées passer sans encombre.

– Je crains que ce que vous me dites ne suffise pas, maître Haller. Puis-je vous mettre en attente pendant que j'appelle maître Vincent ?

– Vous ne pourrez pas le joindre.

– Je suis sûre qu'il prendra un appel de M. Elliot.

– Et moi, je suis sûr que non, madame Albrecht. Jerry Vincent est mort. C'est pour ça que je suis ici.

Je jetai un coup d'œil à l'image de Cisco dans le rétroviseur et haussai les épaules comme pour lui dire que je n'avais pas pu faire autrement que de lui annoncer la mauvaise nouvelle. J'avais prévu de franchir ce portail tout en finesse et d'être celui qui dirait en personne à Elliot que son avocat était mort.

– Je vous demande pardon, maître Haller. Vous dites que maître Vincent est… mort ?

– C'est bien ce que je vous dis, oui. Et je suis son remplaçant par ordre de la cour. Et maintenant, j'aimerais pouvoir entrer.

– Oui, bien sûr, maître Haller.

Je rendis le téléphone au gardien et le portail s'ouvrit dans l'instant.

13

On nous assigna une place de choix dans le parking de la direction. Je demandai à Cisco de rester dans la voiture et entrai seul dans l'immeuble, les deux gros dossiers qu'avait bâtis Vincent sous le bras. Le premier contenait les renseignements fournis par l'accusation, dont certains documents d'enquête et transcriptions d'interrogatoires importants, le second des documents et des notes accumulés par Vincent pendant les cinq mois qu'il avait passés sur l'affaire. Grâce à ces deux dossiers j'avais une vision assez claire de ce que l'accusation avait et n'avait pas fait et de la direction que le procureur souhaitait imprimer au procès. Il y avait encore du travail à faire et des pièces qui manquaient tant au dossier de la défense que pour établir une stratégie. Il n'est pas impossible que ces pièces, Jerry Vincent les ait eues dans sa tête, dans son ordinateur portable ou sur le bloc-notes rangé dans sa mallette, mais à moins que les flics n'arrêtent un suspect et ne récupèrent ces objets volés, tout cela ne me servirait à rien.

Je suivis un trottoir qui traversait une pelouse superbement entretenue pour rejoindre le bureau d'Elliot. J'avais prévu de mener la rencontre en trois temps. Premier point : m'assurer de garder Elliot comme client. Cette tâche accomplie, je lui demanderais la permission d'ajourner le procès de façon à avoir le temps de me mettre à niveau et de m'y préparer. Troisième et dernière partie : voir si Elliot avait, lui, certaines des pièces qui manquaient à la défense. Les deuxième et troisième moments de l'affaire seraient évidemment sans importance si je ratais le premier.

Le bureau de Walter Elliot se trouvait au bungalow un, à l'autre bout des studios. Le mot bungalow suggère quelque chose de petit, mais à Hollywood, les bungalows sont grands. Ils disent le standing. C'est comme d'avoir sa maison particulière au boulot. Et comme dans toute maison particulière, ce qu'on y fait peut rester secret.

Une entrée en tommettes espagnoles conduisait à une salle de séjour en contrebas avec d'un côté une cheminée où brûlait un feu au gaz et dans le coin opposé un bar en acajou. Je m'arrêtai au milieu de la pièce, jetai un coup d'œil autour de moi et attendis en regardant le tableau accroché au-dessus de la cheminée. On y voyait un chevalier en armure monté sur un destrier blanc. Le chevalier avait levé la main pour ouvrir la visière de son casque et ses yeux brillaient avec une belle intensité. Je fis encore quelques pas dans la pièce et m'aperçus que les yeux suivaient celui qui les regardait, quel que soit l'endroit de la pièce où il se trouvait. Ils me dévisageaient.

– Maître Haller ?

Je me retournai en reconnaissant la voix que j'avais entendue au téléphone du gardien. Mme Albrecht était entrée dans la pièce par une porte invisible.

Élégance est le premier mot qui venait à l'esprit. Mme Albrecht était une beauté vieillissante et semblait prendre la chose sans problème. Du gris apparaissait ici et là dans ses cheveux qu'elle ne teignait pas, des rides minuscules se frayant un chemin vers ses yeux et sa bouche, apparemment sans qu'on en entrave la progression à coups d'injections ou d'incisions. Mme Albrecht donnait l'impression d'être une femme bien dans sa peau. Et pour moi, c'était chose rare à Hollywood.

– M. Elliot est prêt à vous recevoir, dit-elle.

Je la suivis dans un petit couloir conduisant à un espace réception. Elle dépassa un bureau vide – le sien, je le pensai –, et ouvrit une grande porte donnant dans le bureau de Walter Elliot.

Beaucoup trop bronzé, l'homme avait plus de poils gris qui lui sortaient de son col de chemise ouvert que de cheveux de la même couleur sur la tête. Il était assis derrière un grand bureau en verre. Pas de tiroir dessous, ni d'ordinateur dessus, mais pas mal de paperasse et de scénarios sur le plateau. Qu'il ait à répondre de deux assassinats n'avait aucune importance : on avait à faire. On travaillait et dirigeait Archway comme on l'avait toujours fait. Peut-être sur les conseils de quelque gourou du développement personnel d'Hollywood, mais cela ne semblait pas être une attitude ou une philosophie inhabituelles chez l'accusé. Conduisez-vous comme un innocent et vous serez perçu comme tel. Et finirez par le devenir.

Il y avait un coin où s'asseoir à droite de la pièce, mais il choisit de rester derrière sa table de travail. Il avait les yeux noirs et un regard perçant qui me parurent familiers jusqu'au moment où je me rendis compte que je les avais déjà vus quelque part… le chevalier en armure sur son destrier blanc dans la salle de séjour n'était autre qu'Elliot en personne.

– Monsieur Elliot, dit Mme Albrecht, voici maître Haller.

Elle me fit signe de prendre place dans le fauteuil en face de son patron. À peine m'y étais-je assis que sans même la regarder il la congédia d'un geste et qu'elle fila sans ajouter un mot. Au fil des ans, j'avais représenté et m'étais trouvé en présence de deux ou trois dizaines d'assassins. La seule règle est qu'il n'y a pas de règle : taille et formes, riches ou pauvres, humbles ou arrogants, pleins de regret ou durs comme pierre, les assassins sont de toutes les sortes. D'après les pourcentages, Elliot avait très vraisemblablement tout du tueur. Pour moi, c'était très calmement qu'il avait liquidé sa femme et son amant, et de manière plus qu'arrogante qu'il pensait pouvoir s'en tirer. Cela étant, il n'y avait rien dans ce qu'il me donna à voir de lui-même lors de cette première rencontre pour affirmer ou infirmer cette impression. C'est toujours comme ça.

– Qu'est-il arrivé à mon avocat ? me demanda-t-il.

– Si vous voulez des détails précis, je serai dans l'obligation de vous renvoyer à la police. Mais pour faire court, quelqu'un l'a assassiné hier soir dans sa voiture.

– Ce qui me laisse où ? C'est ma vie que je vais jouer la semaine prochaine au tribunal !

Il exagérait un peu. La sélection des jurés ne devait commencer que neuf jours plus tard et le district attorney n'avait pas annoncé qu'il demanderait la peine capitale. Je ne vis néanmoins aucun mal à ce qu'il envisage la situation en ces termes.

– C'est pour ça que je suis ici, monsieur Elliot, lui renvoyai-je. Parce que pour l'instant, c'est avec moi que vous êtes.

– Et vous seriez… ? Je n'ai jamais entendu parler de vous.

– Si vous n'avez jamais entendu parler de moi, c'est parce que j'en fais une règle. Les avocats célèbres concentrent beaucoup trop l'attention des médias sur leurs clients. C'est même en offrant leurs clients en pâture qu'ils nourrissent leur célébrité. Ce n'est pas comme ça que je fonctionne.

Il pinça les lèvres et hocha la tête. Je sentis que je venais de marquer un point.

– Et c'est vous qui reprenez le cabinet de Vincent ?

– Que je vous explique, monsieur Elliot. Jerry Vincent était le seul membre de son cabinet. Tout comme moi. De temps en temps, nous avions besoin d'un coup de main dans une affaire, parfois même de nous remplacer pour ceci ou pour cela. Tel était le rôle que nous tenions l'un pour l'autre. Jetez un coup d'œil au contrat de représentation que vous avez signé avec lui et vous verrez mon nom dans un paragraphe où il est stipulé que Jerry avait le droit de discuter de votre affaire avec moi et de m'inclure dans la relation privilégiée entre l'avocat et son client. En d'autres termes, Jerry me faisait confiance dans ses affaires. Et maintenant qu'il n'est plus, je suis prêt à prendre sa place. Un peu plus tôt dans la journée, la doyenne des juges de la Cour supérieure a signé une ordonnance aux termes de laquelle toutes les affaires de Jerry sont placées sous ma sauvegarde. Évidemment, c'est à vous que revient le choix de celui qui vous représentera au procès. Je suis très au courant de votre affaire et prêt à assurer le suivi de votre représentation sans le moindre accroc. Mais comme je viens de vous le préciser, c'est à vous de décider. Je ne suis ici que pour vous dire les possibilités qui s'offrent à vous.

Il hocha la tête.

– J'arrive pas à y croire, dit-il. On était prêts pour la semaine prochaine et je refuse tout ajournement. Ça fait cinq mois que j'attends de pouvoir laver mon nom ! Avez-vous la moindre idée de ce que ça peut faire à un innocent que de devoir attendre et attendre encore qu'on lui rende justice ? Que de devoir lire tous les sous-entendus et conneries qu'on répand dans les médias ? Que d'avoir un procureur qui me renifle sans arrêt l'arrière-train et n'attend que le moment où je ferai la bêtise qui me coûtera ma liberté sous caution ? Regardez ça !

Il tendit la jambe et remonta son pantalon pour me montrer le bracelet électronique que le juge Holder lui avait ordonné de porter.

– Je veux qu'on en finisse !

Je hochai la tête en signe de sympathie et compris alors que si je voulais remettre le procès à plus tard, j'allais devoir envisager de perdre l'affaire. Je décidai d'aborder le sujet lors d'une séance de stratégie après avoir fait affaire… si j'y arrivais.

– J'ai travaillé avec beaucoup de clients accusés à tort, dis-je en mentant. Attendre que justice soit rendue est parfois intolérable. Mais c'est cette attente qui rend la victoire d'autant plus significative.

Il ne réagit pas, je ne laissai pas le silence s'éterniser.

– J'ai passé l'essentiel de mon après-midi à relire votre dossier et les éléments de preuve retenus contre vous, enchaînai-je. Je suis sûr que vous n'aurez pas à repousser le procès, monsieur Elliot. Je suis plus que prêt à aller de l'avant. Un autre avocat, je ne dis pas. Mais moi, je suis prêt.

Ça y était : je lui avais servi mon meilleur pitch, pour les trois quarts fait de mensonges et d'exagérations. Mais je ne m'en tins pas là.

– J'ai aussi étudié la stratégie que maître Vincent envisageait pour le prétoire. Je ne la changerai pas, mais j'y apporterai quelques améliorations. Et serai prêt à attaquer dès la semaine prochaine si besoin est. Je pense qu'un délai peut être toujours utile, mais qu'il n'est pas indispensable dans votre cas.

Il hocha la tête et se passa un doigt sur les lèvres.

– Il va falloir que je réfléchisse, dit-il. Je vais avoir besoin de consulter quelques personnes et de me renseigner sur vous. Comme je l'ai fait avant de prendre Vincent à mon service.

Je décidai de jouer le tout pour le tout et d'essayer de le forcer à prendre vite une décision. Je n'avais aucune envie qu'il aille se renseigner sur mon compte et découvre que j'avais disparu de la circulation pendant un an. Ç'aurait soulevé trop de questions.

– Bonne idée, lui répondis-je. Prenez votre temps, mais ne tardez pas trop. Plus vous mettrez de temps à arrêter une décision, plus il y aura de risques que le juge, lui, trouve nécessaire de repousser le procès. Je sais que ce n'est pas ce que vous voulez, mais en l'absence de maître Vincent ou de tout autre avocat connu, il est probable que le juge soit déjà un peu nerveux et envisage d'ajourner. Prenez-moi et j'essaierai de le voir dès que possible pour lui dire que nous sommes toujours prêts à y aller.

Je me levai, glissai la main dans la poche de ma veste, en sortis une carte de visite et la posai sur le plateau en verre.

– Voici mes coordonnées, lui dis-je. Vous pouvez m'appeler à n'importe quelle heure.

J'espérais qu'il me dise de me rasseoir pour commencer à travailler. Mais il se contenta de tendre la main par-dessus son bureau pour prendre ma carte. Il semblait toujours l'étudier lorsque je le quittai. Avant même que j'y arrive, la porte du bureau s'ouvrit de l'extérieur et je me retrouvai nez à nez avec Mme Albrecht. Elle me sourit avec chaleur.

– Je suis sûre qu'il va vous contacter, me dit-elle.

J'eus l'impression qu'elle avait entendu tout ce que son patron et moi avions pu nous dire.

– Merci, madame Albrecht, lui dis-je. Je l'espère vraiment.

14

Je trouvai Cisco en train de fumer une cigarette, adossé à la Lincoln.

– T'as pas traîné ! me lança-t-il.

J'ouvris la portière arrière au cas où il y aurait eu des caméras de surveillance dans le parking et qu'Elliot m'observe.

– Toujours prêt à m'encourager, hein ? lui renvoyai-je.

Je montai dans la voiture, il en fit autant.

– Tout ce que je disais, c'est que ça m'a paru un peu rapide, reprit-il. Ça a marché ?

– J'ai donné tout ce que j'avais. Il y a des chances pour qu'on ait une réponse assez vite.

– Tu crois qu'il est coupable ?

– Probablement, mais ça n'a pas d'importance. On a d'autres chats à fouetter.

Se dire qu'on va peut-être décrocher deux cent cinquante mille dollars d'honoraires et devoir ensuite réfléchir au sort de quelque loser sur la liste des clients de Vincent n'avait rien de facile, mais tel était le boulot. J'ouvris mon sac et en sortis les autres dossiers en cours. L'heure était venue de décider où faire l'arrêt suivant.

Cisco sortit de l'emplacement en marche arrière et se dirigea vers l'arche.

– Lorna attend de savoir, reprit-il.

Je le regardai dans le rétroviseur.

– De savoir quoi ?

– Elle m'a appelé pendant que t'étais avec lui. Elle a vraiment envie de savoir comment ça s'est passé.

– T'inquiète pas, je l'appellerai. Mais d'abord, laisse-moi réfléchir à la suite.

L'adresse de chaque client, enfin… celle portée sur son contrat de représentation, était très proprement imprimée sur la couverture des dossiers. Je feuilletai rapidement ces derniers pour voir ce qu'il y avait à Hollywood et tombai sur celui de la femme accusée d'atteinte aux bonnes mœurs. Celle qui était passée un peu plus tôt au cabinet de Vincent pour y reprendre son dossier.

– Ah, voilà ! dis-je. Dès que tu sors, tu prends Melrose Avenue dans la direction de La Brea. On y a une cliente. Elle est passée au cabinet pour reprendre son dossier.

– Compris.

– Après cet arrêt, je monte devant. J'ai pas envie que t'aies trop l'impression d'être un chauffeur.

– C'est pas un mauvais boulot. Je pourrais m'y faire.

Je sortis mon téléphone.

– Hé, Mick, me lança-t-il, faut que je te dise quelque chose.

J'ôtai mon pouce de la touche Lorna « appel rapide ».

– Je voulais juste te le dire avant que tu l'apprennes autrement. Lorna et moi… on va se marier.

Je me doutais bien que c'était vers ça qu'ils allaient. Lorna et moi avions été quinze ans amis avant de nous marier. Nous étions restés mariés un an. Pour moi, il s'agissait d'un mariage de rebond et ç'avait été la chose la plus malvenue que j'aie jamais faite. Nous y avions mis un terme dès que nous avions compris notre erreur et, Dieu sait comment, nous avions réussi à demeurer proches. Il n'y avait personne en qui j'avais plus confiance qu'elle. Nous n'étions plus amoureux, mais je l'aimais et l'aurais protégée à jamais.

– Ça te va, Mick ?

Je le regardai à nouveau dans le rétroviseur.

– Je ne fais pas partie de l'équation, Cisco, lui renvoyai-je.

– Je sais, mais je veux savoir si ça te va, toi. Tu vois ce que je veux dire ?

Je regardai par la fenêtre, réfléchis un instant avant de répondre et regardai encore une fois dans le rétroviseur.

– Oui, ça me va, répondis-je. Mais que je te dise un truc, Cisco : c'est une des quatre personnes les plus importantes de ma vie. Tu pèses peut-être trente-cinq kilos de plus que moi… et d'accord, c'est que du muscle, mais si jamais tu lui fais du mal, je trouverai le moyen de te le rendre. Ça te va ?

Il lâcha le rétroviseur des yeux pour regarder la route devant lui. Nous avions pris la file réservée à la sortie et avancions lentement. Les écrivains en grève s'étaient massés sur le trottoir et retardaient les gens qui voulaient sortir.

– Oui, Mick, dit-il, ça me va.

Nous gardâmes le silence un instant et continuâmes d'avancer un centimètre après l'autre. Cisco n'arrêtait pas de me regarder dans le rétroviseur.

– Quoi ? finis-je par lui demander.

– Ben, y a ta fille. Ça fait un. Et Lorna… Je me demande qui sont les deux autres.

Avant que j'aie pu répondre, la version électronique de *Guillaume Tell* commença à résonner dans ma main. Je baissai la tête et regardai mon portable. L'écran annonçait « appel anonyme ». Je l'ouvris.

– Haller à l'appareil.

– Je vous passe Walter Elliot, me dit Mme Albrecht.

Il ne fallut guère de temps avant que j'entende sa voix.

– Maître Haller ?

– Lui-même. Que désirez-vous ?

Je sentis un tiraillement d'angoisse dans mon estomac. Il avait pris sa décision.

– Avez-vous remarqué quelque chose dans mon dossier, maître Haller ?

Sa question me prit au dépourvu.

– Que voulez-vous dire ?

– Un avocat. Je n'ai qu'un avocat, maître Haller. Non seulement je dois gagner devant la cour, mais je dois aussi gagner devant l'opinion publique.

– Je vois, dis-je bien que je ne comprenne pas vraiment où il voulait en venir.

– J'ai parié sur beaucoup de gagnants ces dix dernières années, reprit-il. C'est de films dans lesquels j'investis de l'argent que je vous parle. Et si ces films ont gagné, c'est parce que j'ai un sens précis de ce qu'est l'opinion publique et de ce qu'elle veut. Je sais ce qu'aiment les gens parce que je sais ce qu'ils pensent.

– Je n'en doute pas, monsieur.

– Et pour moi, plus le public vous croit coupable, plus il vous faut d'avocats.

Il n'avait pas tort.

– Bref, la première chose que j'ai dite à maître Vincent quand je l'ai embauché a été : pas de *dream team*, seulement vous. Nous avons eu une avocate en plus au début, mais ça n'a pas duré. Elle a servi à quelque chose et a disparu. Donc, un seul avocat, maître Haller. C'est ce que je veux. Le meilleur que je puisse trouver.

– Je compr…

– J'ai pris ma décision, maître Haller. Vous m'avez beaucoup impressionné tout à l'heure. J'aimerais requérir vos services pour le procès. Vous serez donc mon seul et unique avocat.

Je dus calmer ma voix avant de répondre.

– Content de vous l'entendre dire. Appelez-moi Mickey.

– Et vous, vous pouvez m'appeler Walter. Mais j'insiste sur une condition avant que nous fassions affaire.

– Et ce serait… ?

– Pas d'ajournement. On passe devant la cour à la date prévue. Je veux vous l'entendre dire.

J'hésitai. Je voulais repousser. Mais je voulais encore plus l'avoir comme client.

– On n'ajournera pas, dis-je. Nous serons prêts à y aller dès jeudi prochain.

– Bienvenue à bord ! Qu'est-ce qu'on fait maintenant ?

– Eh bien, mais… je suis toujours au studio. Je peux faire demi-tour et repasser vous voir.

– J'ai peur d'avoir des réunions jusqu'à 7 heures et, après, j'ai une projection pour les Awards.

J'aurais cru que son procès et sa liberté auraient eu le pas sur ses réunions et ses films, mais je laissai filer. Faire son éducation et le ramener à la réalité seraient pour la prochaine fois.

– Bien, pour l'instant vous me donnez un numéro de fax et mon assistante vous enverra le contrat. Il sera bâti comme celui que vous avez signé avec Jerry Vincent.

Il y eut un silence et j'attendis. S'il voulait essayer de faire baisser le prix, c'était le moment ou jamais. Au lieu de ça, il me répéta le numéro de fax que j'entendis Mme Albrecht lui donner. Je le portai sur la couverture d'un de mes dossiers.

– Et demain, ça donne quoi, Walter ?

– Demain ?

– Oui, parce que si on ne se voit pas ce soir, on se voit demain. On a besoin d'être prêts. Vous ne voulez pas qu'on ajourne, je veux, moi, être encore plus prêt que je ne le suis maintenant. Il faut qu'on discute et qu'on revoie certaines choses. Il y a quelques trous dans la défense et je pense que vous pourrez m'aider à les boucher. Je peux revenir au studio ou vous retrouver n'importe où ailleurs dans l'après-midi.

J'entendis des bruits de voix étouffés tandis qu'il conférait avec Mme Albrecht.

– J'ai un créneau à 4 heures, dit-il enfin. Ici, au bungalow.

– OK, j'y serai. Et vous annulez ce que vous avez à 5 heures. Nous allons avoir besoin d'au moins deux heures pour commencer.

Il accepta les deux heures de rendez-vous et nous allions mettre fin à la conversation lorsque je songeai à autre chose.

– Walter, dis-je, je veux voir la scène de crime. Est-ce que je pourrais entrer dans la maison de Malibu un peu avant que nous nous retrouvions ?

Il y eut à nouveau une pause.

– À quelle heure ?

– Vous me dites quand ça vous arrange le mieux.

Encore une fois, il couvrit l'écouteur et j'entendis sa voix assourdie tandis qu'il parlait avec Mme Albrecht. Enfin il reprit la ligne.

– Que diriez-vous de 11 heures ? J'enverrai quelqu'un vous ouvrir.

– Parfait. On se voit demain, Walter.

Je refermai mon portable et regardai Cisco dans le rétroviseur.

– On l'a !

Cisco appuya sur le klaxon de la Lincoln pour fêter ça. Il appuya même dessus si longtemps que le conducteur de la voiture devant leva le poing avant de nous faire un doigt d'honneur. Dans la rue, les écrivains en grève prirent notre coup de klaxon pour un signe d'encouragement venant de l'intérieur du studio. J'entendis de grandes acclamations monter des masses.

15

Bosch arriva tôt le lendemain matin. Seul. En guise d'offrande pacifique, il me tendit une tasse de café supplémentaire qu'il avait emportée avec lui. Je ne bois plus de café – j'essaie d'éviter tout ce qui pourrait induire une dépendance dans ma vie –, mais je la lui pris quand même en me disant que respirer de la caféine m'aiderait peut-être à démarrer. Il n'était encore que 7 h 45 du matin, mais j'étais dans le bureau de Jerry Vincent depuis déjà plus de deux heures.

Je conduisis Bosch à la réserve. Il avait l'air encore plus fatigué que moi et je suis sûr qu'il portait le costume que je lui avais vu la veille.

– La nuit a été longue ? lui demandai-je.

– Oh oui !

– On cherchait des pistes ou des nanas ?

C'était une question que j'avais entendu un inspecteur poser un jour à un collègue en guise de salutation dans un couloir de tribunal. Puis je songeai que c'en était peut-être une qu'on ne pose qu'à des confrères de la police parce qu'elle n'eut pas l'heur de beaucoup lui plaire. Il me gratifia d'une espèce de bruit guttural et tout fut dit.

Dans la réserve, je lui dis de prendre un siège et de s'asseoir. Il y avait déjà un bloc-notes grand format sur la petite table, mais plus aucun dossier. Je pris l'autre siège et posai ma tasse de café.

– Et donc…, lançai-je en m'emparant du bloc-notes.

– Et donc… ? répéta Bosch lorsque j'en restai là.

– Et donc hier, j'ai vu le juge Holder dans son cabinet et concocté un plan qui va nous permettre de vous donner ce dont vous avez besoin sans vous filer les dossiers.

Il fit non de la tête.

– Quoi ? Qu'est-ce qui ne va pas ? lui demandai-je.

– Vous auriez dû me dire ça hier soir à Parker Center. Ça m'aurait évité de perdre mon temps.

– Je croyais que vous apprécieriez.

– Ça ne va pas marcher.

– Comment le savez-vous ? Comment pouvez-vous en être sûr ?

– Sur combien d'homicides avez-vous travaillé, Haller ? Et combien d'entre eux avez-vous résolus ?

– Bon, d'accord, un point pour vous. Les homicides, c'est votre domaine. Mais je suis capable de lire un dossier et de voir ce qui a pu constituer une menace véritable contre Jerry Vincent. Sans doute à cause de mon expérience d'avocat de la défense au criminel, je serais même capable de déceler une menace que vous, vous louperiez parce que vous n'êtes qu'inspecteur de police.

– Que vous dites.

– Que je dis, oui.

– Écoutez, ce n'est que l'évidence que j'essaie de vous montrer. L'enquêteur, c'est moi. Et c'est moi qui devrai étudier ces dossiers parce que moi, je sais ce que je cherche. Je ne tiens pas à vous insulter, mais pour ça, vous n'êtes qu'un amateur. Et là, je suis dans la position de devoir accepter ce que veut me donner un amateur et croire qu'il n'y a rien d'autre d'intéressant dans ces dossiers. Ce n'est pas comme ça que ça marche. Les éléments de preuve, je n'y crois pas, à moins que ce soit moi qui les trouve.

– Encore une fois, vous avez raison, inspecteur, mais ça ne peut pas se passer autrement. C'est la seule manière de procéder qu'ait validée le juge Holder et que je vous dise : vous avez même de la chance d'avoir ça. Vous aider en quelque façon que ce soit ne l'intéressait absolument pas.

– Vous seriez donc en train de me dire que vous êtes allé au charbon pour moi ?

Il avait dit ça sur le ton sarcastique de celui qui n'y croit pas, comme s'il y avait une espèce d'impossibilité mathématique à ce qu'un avocat de la défense aide un inspecteur de police.

– Exactement ! lui renvoyai-je, plein de défi. Oui, je me suis battu pour vous. Comme je vous l'ai dit hier, Jerry Vincent était un ami. Et j'aimerais bien vous voir arrêter le type qui l'a descendu.

– Et vous craignez sans doute aussi pour vos fesses.

– Je ne le nie pas.

– À votre place, moi aussi, je serais inquiet.

– Bon, écoutez : vous la voulez, cette liste, ou vous ne la voulez pas ?

Je levai le bloc-notes en l'air comme si je taquinais un chien avec un jouet. Il tendit la main, je reculai la mienne, et regrettai aussitôt mon geste. Je le lui tendis à nouveau. Échange bien maladroit que celui-là, comme celui où nous nous étions serré la main la veille.

– Il y a onze noms sur cette liste, lui dis-je, avec un bref résumé de la menace adressée à Jerry Vincent. Nous avons de la chance que Jerry les ait trouvées assez importantes pour faire un rapport sur chacune d'elles. Je n'ai jamais rien fait de pareil.

Il ne réagit pas. Il lisait la première page du bloc-notes.

– Je les ai hiérarchisées, repris-je.

Il me regarda et je compris qu'il était à nouveau prêt à me mordre pour avoir osé jouer à l'inspecteur. Je levai la main pour l'arrêter.

– Pas du point de vue de votre enquête à vous, précisai-je. Du point de vue de l'avocat que je suis, moi. Du point de vue de quelqu'un qui se serait mis dans la peau de Jerry Vincent, aurait analysé ces menaces et déterminé celles qui l'auraient inquiété le plus. Tenez, comme la première sur la liste. Celle de James Demarco. Ce mec se fait foutre en taule pour détention d'armes et pense que Jerry a merdé dans sa défense. Pour un mec comme ça, trouver une arme dès sa sortie de prison ne pose aucun problème.

Bosch hocha la tête et baissa à nouveau les yeux sur le bloc-notes. Et parla sans le lâcher du regard.

– Vous avez autre chose pour moi ? me demanda-t-il.

– Que voulez-vous dire ?

Il me regarda et agita le bloc-notes de haut en bas comme si celui-ci était aussi léger qu'une plume et que les informations qu'il contenait ne pesaient pas plus.

– Je vais passer ces noms à l'ordi et je verrai où se trouvent tous ces mecs, dit-il. Il se peut que votre porte-flingue soit effectivement sorti de taule et cherche à se venger. Mais toutes ces affaires sont closes. Il est plus que vraisemblable que si ces menaces avaient été réelles, il y a longtemps qu'elles auraient été mises à exécution. Même chose pour celles qu'il a reçues quand il était procureur. Bref, tout ça, c'est de la vaine agitation, maître.

– De la vaine agitation ? Alors que certains de ces mecs l'ont menacé au moment même où on les conduisait en prison ? Et qu'il y en a peut-être en liberté ? Alors que l'un d'eux est peut-être sorti et a décidé de passer à l'acte ? Qu'il a peut-être même ordonné un contrat de l'intérieur de la prison ? Ce ne sont pas les possibilités qui manquent, inspecteur, et l'on ne devrait pas les rejeter comme s'il ne s'agissait que d'une « vaine agitation » ! Je ne comprends pas votre attitude, inspecteur.

Il sourit et hocha de nouveau la tête. Cela me rappela mon père lorsqu'il était sur le point de dire au petit môme de cinq ans que j'étais que j'avais compris quelque chose de travers.

– En fait, je me fiche pas mal de ce que vous pensez de mon attitude, dit-il. Nous vérifierons vos pistes. Mais c'est quelque chose de plus récent que je cherche. Quelque chose qui se trouve dans un dossier d'affaire en cours.

– Oui, mais là, je ne peux pas vous aider.

– Bien sûr que si. Ces affaires, vous les avez toutes, maintenant. Et j'imagine que vous êtes en train de les étudier et de faire connaissance avec tous vos nouveaux clients. Et un jour vous allez tomber sur quelque chose, voir ou entendre un truc qui ne colle pas, qui ne vous paraît pas juste, peut-être même qui va vous flanquer un rien la trouille. Et c'est là que vous m'appellerez.

Je le dévisageai sans répondre.

– On ne sait jamais, reprit-il. Ça pourrait vous éviter de…

Il haussa les épaules et ne termina pas sa phrase, mais le message était clair. Il essayait de me foutre la trouille afin de m'obliger à coopérer nettement plus que le juge Holder m'avait autorisé à le faire et que moi-même je m'en sentais.

– Une chose est de partager des renseignements concernant des menaces contenues dans des dossiers d'affaires closes, lui dis-je. C'en est une tout autre de le faire pour des affaires en cours. En plus de quoi, je sais que vous me demandez bien plus que de vous signaler des menaces. Vous pensez que Jerry est tombé sur quelque chose ou qu'il savait quelque chose qui l'a fait tuer.

Il ne me lâcha pas des yeux et acquiesça d'un signe de tête. Je fus le premier à détourner le regard.

– Et si on parlait renvoi d'ascenseur, inspecteur ? Que savez-vous que vous ne me dites pas ? Qu'est-ce qu'il y avait de si important dans son téléphone portable ? Et dans son porte-documents ?

– Je ne peux pas vous parler d'une enquête en cours.

– Vous le pouviez hier, quand vous m'avez posé votre question sur le FBI.

Il me regarda et cligna des paupières.

– Je ne vous ai rien demandé sur le FBI.

– Oh, allons, inspecteur ! Vous m'avez demandé si Jerry Vincent avait des affaires « fédérales ». Pourquoi auriez-vous fait un truc pareil si pour vous, ce meurtre n'avait absolument aucun lien avec les autorités fédérales ? Et moi, je me dis que c'est du FBI qu'il s'agit.

Il hésita. J'eus l'impression d'être tombé juste et qu'il se retrouvait acculé. Lui parler du Bureau ne pouvait que lui faire croire que je savais quelque chose. Bref, pour avoir il allait falloir que lui aussi il donne.

– Ce coup-ci, c'est à vous d'y aller en premier, lui précisai-je.

Il hocha la tête.

– Bon, d'accord, dit-il enfin. L'assassin de Jerry Vincent lui a pris son téléphone… sur lui ou dans sa mallette.

– D'accord. Et… ?

– Et hier, juste avant de vous voir, j'ai eu la liste de ses appels. Et le jour où il a été tué, Jerry en avait reçu trois du Bureau. Et deux autres quatre jours plus tôt. Il avait donc quelqu'un à qui il parlait au Bureau. Ou alors, c'était eux qui lui parlaient.

– Qui ça, eux ?

– Je ne peux pas vous le dire. Tous les appels qui sortent du Bureau portent le numéro du standard. Tout ce que je sais, c'est qu'il recevait des appels du Bureau, mais je n'ai pas de noms.

– Ils étaient longs, ces appels ?

Il hésita. Il ne savait pas trop ce qu'il pouvait divulguer. Il regarda le bloc-notes qu'il avait à la main et je le vis décider, bien à contrecœur, de partager plus de choses avec moi. Il allait être sacrément en colère quand je n'aurais, moi, rien à lui offrir en échange.

– Non, ils étaient courts, dit-il enfin.

– Courts comment ?

– Pas plus d'une minute chacun.

– Mauvais numéro ?

Il fit non de la tête.

– Ça ferait trop d'appels. Non, le FBI lui voulait quelque chose.

– Quelqu'un du Bureau qui suivrait l'enquête ?

– Pas encore.

Je réfléchis et haussai les épaules à mon tour.

– Bah, peut-être que ça se fera et là, vous le saurez.

– Oui, mais peut-être qu'ils n'en feront rien. Ce n'est pas leur genre, si vous voyez ce que je veux dire. Et maintenant, à vous. Qu'est-ce que vous avez de fédéral ?

– Rien. J'ai eu confirmation que Vincent n'avait aucune affaire de niveau fédéral.

Je le regardai s'étrangler de colère en comprenant que je l'avais joué.

– Vous êtes en train de me dire que vous n'avez trouvé aucun lien fédéral dans aucune de vos affaires ? Pas même une carte de visite d'un mec du Bureau au cabinet ?

– C'est ça même. Rien du tout.

– Il court une rumeur selon laquelle un grand jury fédéral s'intéresserait à la corruption dans les tribunaux d'État. Vous en avez entendu parler ?

– Je me suis mis au vert pendant un an, lui dis-je en faisant non de la tête.

– Ben merci pour le coup de main !

– Écoutez, inspecteur, je ne comprends pas. Pourquoi ne pouvez-vous pas les appeler et leur demander qui passait des coups de fil à la victime ? Ce n'est pas comme ça qu'on devrait procéder quand on enquête ?

Il sourit comme s'il avait affaire à un gamin.

– S'ils ont envie que je sache quelque chose, ils viendront me voir. Si je les appelle, ils me mèneront en bateau, rien de plus. Si c'est bien d'une enquête pour corruption qu'il s'agit ou s'ils avaient quelque chose d'autre sur le feu, les chances qu'ils s'en ouvrent à un flic local évoluent entre zéro et pas grand-chose. Et si c'est à cause d'eux qu'il est mort, on passe au zéro absolu.

– Comment pourraient-ils être responsables de sa mort ?

– Je vous l'ai dit : ils n'arrêtaient pas d'appeler. Ils voulaient quelque chose. Ils lui mettaient la pression. Quelqu'un d'autre était peut-être au courant et se disait qu'il représentait un danger.

– Ça fait beaucoup de conjectures pour cinq coups de fil qui ne totalisent même pas cinq minutes de parlote.

Il tint le bloc-notes en l'air.

– Ça n'en fait pas plus qu'il n'y en a sur cette liste.

– Et le portable ?

– Quoi « le portable » ?

– Si c'est bien de ça qu'il s'agit, quelque chose dans son ordinateur ?

– Vous me dites ?

– Comment voulez-vous que je vous le dise alors que je n'ai aucune idée de ce qu'il pouvait y avoir dedans ?

Il encaissa et se leva.

– Bien, bonne journée, maître, dit-il.

Et il partit, le bloc-notes à la main. Je me retrouvai à me demander s'il m'avait averti de quelque chose ou s'il s'était foutu de moi tout le temps qu'il était resté dans la pièce.

16

Lorna et Cisco arrivèrent ensemble un quart d'heure après le départ de Bosch et nous nous réunîmes dans le bureau de Vincent. Je m'installai au bureau de l'avocat mort, ils s'assirent tous les deux en face de moi. Il s'agissait d'une énième séance de bilan pour reprendre toutes les affaires et voir ce qui a été accompli la veille et ce qu'il reste à faire.

Avec Cisco au volant, j'avais rendu visite à onze clients de Vincent la veille au soir, huit d'entre eux acceptant de continuer avec moi et les trois autres reprenant leurs dossiers. Toutes ces affaires étaient prioritaires, et les clients potentiels des gens que j'espérais garder avec moi parce qu'ils pouvaient payer ou parce que, au jugé des pièces, ils avaient des dossiers défendables. Toutes ces affaires, je pouvais les gagner ou tenter de le faire.

Bref, la soirée n'avait pas été mauvaise. J'avais même réussi à convaincre la femme accusée d'atteinte aux bonnes mœurs de me garder comme avocat. Et bien sûr, m'être mis Walter dans la poche était plus que la cerise sur le gâteau. Lorna m'informa qu'elle lui avait faxé un contrat de représentation et qu'il l'avait signé et déjà renvoyé. De ce côté-là, tout allait bien. Je pouvais commencer à entamer les cent mille dollars du compte des affaires courantes.

Nous passâmes ensuite à l'organisation de la journée. Je dis à Lorna que je voulais qu'elle et Wren – si celle-ci se pointait – appellent le reste des clients de Jerry, les informent de son décès et leur fixent des rendez-vous afin que je puisse discuter avec eux des possibilités de représentation qu'ils avaient. Je voulais aussi qu'elle continue de remettre sur pied le planning général et se familiarise avec la comptabilité et les dossiers financiers de Vincent.

À Cisco, je donnai l'ordre de concentrer son attention sur l'affaire Elliot et plus particulièrement sur la question des témoins à chouchouter. Cela voulait dire qu'il allait devoir prendre la liste des témoins à décharge que Jerry avait déjà établie et préparer des citations à comparaître à envoyer aux membres des forces de l'ordre et à d'autres témoins qu'on pouvait tenir pour hostiles à la défense. Côté experts payés et personnes prêtes à témoigner pour la défense, il allait falloir qu'il les contacte et les assure que le procès aurait lieu comme prévu, avec moi à la barre en remplacement de Vincent.

– Compris, dit-il. Et l'enquête sur le meurtre de Vincent ? Tu veux toujours que je la suive ?

– Oui. Tu surveilles et tu me dis ce que tu trouves.

– Eh bien justement, j'ai découvert que les flics ont passé toute la nuit à interroger quelqu'un, mais qu'ils l'ont libéré ce matin.

– Qui ça ?

– Je ne sais pas encore.

– Un suspect ?

– Vu qu'ils l'ont libéré, ce mec est tranquille. Pour l'instant.

Je hochai la tête en réfléchissant à ce que je venais d'apprendre. Pas étonnant que Bosch ait eu l'air de quelqu'un qui n'a pas fermé l'œil de la nuit.

– Et toi, qu'est-ce que tu vas faire aujourd'hui ? me demanda Lorna.

– À partir de maintenant, Elliot est ma priorité absolue. Il y a quelques petites choses à quoi je dois prêter attention dans d'autres affaires, mais pour l'essentiel, c'est à Elliot que je vais me consacrer. La sélection des jurés est pour dans huit jours. Aujourd'hui, je veux commencer par aller voir la scène de crime.

– Il vaudrait mieux que je t'accompagne, dit Cisco.

– Non, je veux juste me faire une impression du lieu. Tu pourras y aller plus tard avec une caméra et un mètre.

– Mick, il n'y a vraiment aucun moyen de convaincre Elliot d'ajourner ? voulut savoir Lorna. Ne comprend-il pas que tu as besoin d'un peu de temps pour étudier son dossier de manière à bien comprendre l'affaire ?

– Je le lui ai dit, mais ça ne l'intéresse pas. Il en a même fait une condition pour m'engager. Il fallait qu'on aille au procès la semaine prochaine ou il trouvait un autre avocat qui le pourrait. Il dit être innocent et ne pas vouloir attendre un jour de plus pour le prouver.

– Tu le crois ?

Je haussai les épaules.

– Ça n'a pas d'importance. Lui le croit. Et il est assez bizarrement sûr que tout ira dans son sens – comme quand on a un film qui marche et que les résultats du box-office arrivent le lundi. Bref, ou bien je me prépare à aller au procès à la fin de la semaine prochaine ou bien je le perds comme client.

C'est alors que la porte du bureau s'ouvrit sur une Wren Williams qui se tenait timidement sur le seuil.

– Je m'excuse, dit-elle.

– Bonjour, Wren, lui lançai-je. Content que vous soyez là. Vous pouvez attendre à la réception ? Lorna va venir travailler avec vous dans quelques instants.

– Pas de problème. Vous avez aussi un client qui vous y attend. Patrick Henson. Il était déjà là quand je suis arrivée.

Je consultai ma montre. Il était 8 h 55. C'était bon signe pour Patrick Henson.

– Faites-le venir.

143

L'homme qui entra était jeune. Et plus petit que je ne le pensais, mais peut-être était-ce à cause de son centre de gravité assez bas qu'il était devenu bon surfer. Il avait le bronzage exigé, mais les cheveux coupés court. Ni boucles d'oreilles, ni collier de coquillages blancs autour du cou, ni dent de requin. Ni non plus aucun tatouage que j'aurais pu voir. Il avait mis un pantalon noir à poches extérieures et ce qui devait être sa plus belle chemise. Elle avait un col.

– Patrick, lui dis-je, nous nous sommes parlé au téléphone hier. Je me présente : Mickey Haller. Et voici mon assistante, Lorna Taylor. Le grand costaud, c'est Cisco, mon enquêteur.

Il s'approcha du bureau et nous serra la main. Sa poignée de main était ferme.

– Je suis content que vous ayez décidé de venir, repris-je. C'est votre poisson, là-bas sur le mur ?

Sans bouger les pieds, il fit pivoter ses hanches comme s'il était sur une planche et regarda le poisson accroché au mur.

– Oui, dit-il, c'est bien Betty.

– Vous avez donné un nom à un poisson empaillé ?! s'exclama Lorna. Quoi… c'était un animal domestique ?

Henson sourit, plus à lui-même qu'à notre adresse.

– Non, je l'ai attrapé il y a longtemps. En Floride. On l'avait accroché près de la porte d'entrée, dans l'appart que je partageais à Malibu. Mes copains et moi, on lui lançait toujours « Saluuuuut Betty » quand on rentrait. C'était un peu con.

Il pivota en sens inverse et me regarda.

– À propos de prénoms… on vous appelle quoi ? Trick ?

– Non, ça, c'est juste le prénom que mon agent m'avait trouvé. Et cet agent, je l'ai plus. Vous pouvez m'appeler Patrick.

– D'accord, et vous m'avez bien dit que vous aviez un permis de conduire en cours de validité ?

– Ça, c'est sûr.

Il glissa la main dans une poche ventrale et y prit un gros portefeuille en nylon. Puis il en sortit son permis et me le tendit. Je l'examinai un instant et le passai à Cisco. Qui l'examina un peu plus longuement et acquiesça d'un signe de tête : officiellement approuvé.

– Bien, dis-je. Patrick, j'ai besoin d'un chauffeur. Je fournis la voiture, l'essence et l'assurance, et vous, vous vous pointez ici tous les matins à 9 heures pour me conduire où j'ai besoin d'aller. Je vous ai donné le montant de la paie hier. Ça vous intéresse toujours ?

– Oui.

– Vous conduisez prudemment ? lui demanda Lorna.

– Je n'ai jamais eu d'accident.

J'acquiesçai d'un signe de tête. On dit qu'il n'y a pas mieux que l'accro pour reconnaître l'accro. Je cherchai des signes montrant qu'il se serait encore drogué. Les paupières lourdes, l'élocution lente, le regard fuyant, je ne remarquai rien.

– Quand pouvez-vous commencer ?

Il haussa les épaules.

– J'ai rien de… enfin, je veux dire… quand vous voulez.

– Et si on commençait tout de suite ? Disons qu'aujourd'hui je vous teste. On voit comment vous vous débrouillez et on en parle en fin de journée.

– Ça me va.

– OK. Eh bien, nous allons prendre la route et une fois dans la voiture, je vous expliquerai comment j'aimerais que ça marche.

– Cool.

Il mit ses pouces dans ses poches et attendit l'ordre ou la décision suivants. Il avait l'air d'avoir la trentaine, mais c'était à cause de ce que le soleil lui avait fait à la peau. D'après le dossier, je savais qu'il n'avait que vingt-quatre ans et encore pas mal de trucs à apprendre.

Le ramener à l'école, voilà ce que j'avais prévu pour lui ce jour-là.

17

Nous empruntâmes la 10 pour sortir du centre-ville et prîmes vers l'ouest, direction Malibu. Je m'étais installé à l'arrière et ouvris mon ordinateur sur la table pliante. Et là, en attendant que ma machine s'initialise, j'expliquai à Patrick comment ça marchait.

– Patrick, lui dis-je, je n'ai jamais eu de bureau depuis que j'ai quitté le service des avocats commis d'office, il y a douze ans de ça. Mon bureau, c'est ma voiture. J'ai deux autres Lincoln exactement comme celle-ci. Je les utilise à tour de rôle. Dans chacune il y a une imprimante et un fax, et j'ai une carte wi-fi dans mon ordinateur. Tout ce qu'on peut faire dans un bureau, je peux le faire ici à l'arrière, en me rendant au rendez-vous suivant. Il y a plus de quarante tribunaux éparpillés dans tout le comté de Los Angeles. La mobilité, il n'y a pas mieux pour les affaires.

– Cool, dit-il. Moi non plus, j'aimerais pas être dans un bureau.

– Et comment ! Ça rend claustro !

Mon ordinateur était prêt. Je fis monter le dossier où je gardais mes formulaires et mes pétitions ordinaires et commençai à préparer une requête qui me permettrait d'examiner des pièces à conviction.

– C'est sur votre affaire que je travaille en ce moment même, Patrick.

Il me regarda dans le rétroviseur.

– Que voulez-vous dire ?

– Eh bien, j'ai relu votre dossier et j'ai vu quelque chose que maître Vincent n'avait pas fait et que peut-être il faudrait faire pour que ça aide.

– Et c'est quoi ?

– Faire estimer le collier que vous avez pris par un expert indépendant. Ils disent qu'il valait vingt-cinq mille dollars, et c'est ce qui vous a fait passer dans la catégorie vol aggravé. Cela dit, il ne semble pas qu'il y ait eu contre-expertise.

– Vous voulez dire que si les diamants, c'était du toc, ça me ferait plus qu'un vol simple ?

– Ça pourrait, oui. Mais je pensais aussi à autre chose.

– Quoi ?

Je sortis son dossier de mon sac afin de vérifier un nom.

– Laissez-moi vous poser quelques questions d'abord, Patrick. Qu'est-ce que vous faisiez dans cette maison quand vous avez piqué le collier ?

Il haussa les épaules.

– Je fricotais avec la fille de la vieille, la cadette. Je l'avais rencontrée à la plage et disons que j'y apprenais à surfer. On était sortis plusieurs fois ensemble et on traînait ici et là. Un soir, y a eu un anniversaire à la maison et j'ai été invité, et la mère a reçu le collier comme cadeau.

– C'est là que vous avez appris combien il valait.

– Oui, le père a dit qu'il y avait des diamants dessus quand il le lui a donné. Il en était vraiment fier.

– Ce qui fait que lorsque vous êtes revenu à la maison le coup d'après, vous l'avez piqué.

Il garda le silence.

– Ce n'était pas une question, Patrick. C'est un fait. Je suis votre avocat et il faut que nous parlions des faits. Surtout ne me mentez pas, sinon je cesse d'être votre avocat.

– D'accord.

– Ce qui fait que lorsque vous êtes revenu à la maison le coup d'après, vous avez piqué le collier, répétai-je.

– Oui.

– Racontez-moi.

– On était seuls à la piscine et j'ai dit que j'avais besoin d'aller aux chiottes, sauf qu'en réalité, je voulais juste voir s'il y avait pas des cachets dans l'armoire à pharmacie. J'avais mal. Comme il n'y en avait pas dans la salle de bains du rez-de-chaussée, je suis monté au premier et j'ai regardé partout. J'ai ouvert la boîte à bijoux de la vieille et j'ai vu le collier. Alors je l'ai pris, c'est tout.

Il hocha la tête et je compris pourquoi. Il était gêné et se sentait vaincu par ce que sa dépendance lui avait fait faire. Je connaissais et savais que revoir tout ça quand on a franchi le cap est presque aussi effrayant qu'envisager l'avenir.

– Vous inquiétez pas, Patrick, lui dis-je. Je vous remercie de votre honnêteté. Que vous a dit le type quand vous avez mis le collier au clou ?

– Il m'a dit qu'il ne me filerait que quatre cents dollars parce que si la chaîne était en or, pour lui, les diamants étaient faux. J'y ai dit qu'il déconnait, mais qu'est-ce que je pouvais faire ? J'ai pris son fric et je suis descendu à Tijuana. J'avais besoin de cachets, j'ai pris ce qu'il me filait. J'étais tellement pété à ce truc que je m'en foutais.

– Comment s'appelle la fille ? C'est pas au dossier.

– Mandolin, comme l'instrument. Ses parents l'appellent Mandy.

– Vous lui avez parlé depuis votre arrestation ?

– Non, mec. Nous, c'est fini.

Le regard que je surpris dans le miroir était celui d'un homme triste et humilié.

– C'était con, dit-il. Tout ça, c'était complètement con.

Je pensai à des choses, puis je glissai ma main dans la poche de ma veste et en sortis un Polaroid. Je le passai par-dessus le siège et lui tapotai l'épaule avec.

– Regardez ça, lui dis-je.

Il prit le cliché et le tint sur le volant pour le regarder.

– Merde ! s'écria-t-il. Qu'est-ce qui vous est arrivé ?

– Je me suis pris dans le trottoir et me suis joliment planté la gueule juste devant chez moi. Je me suis pété une dent et le nez et me suis drôlement ouvert le front aussi. Cette photo, ils l'ont prise aux urgences. Pour que je l'aie toujours sur moi et n'oublie pas.

– N'oublie pas quoi ?

– Que je venais juste de descendre de ma voiture après avoir raccompagné ma fille de onze ans chez sa mère. Et qu'à ce moment-là, j'étais à trois cent vingt milligrammes d'OxyContin par jour. Première chose à faire le matin : écraser les comprimés et les sniffer. Sauf que le matin, c'était l'après-midi.

Je le laissai digérer quelques instants avant de poursuivre.

– Bref, Patrick, vous trouvez que ce que vous avez fait était con ? Eh bien moi, je promenais ma fille en voiture avec trois cent vingt milligrammes d'héro hill-billy[1] dans le corps.

Et là, ce fut à mon tour de hocher la tête.

– Le passé, on ne peut rien y faire, Patrick. Sauf ne pas l'oublier.

Il me dévisageait dans le rétroviseur.

– Je vais vous aider à vous dépêtrer des trucs juridiques. Le reste, ce sera à vous de le faire. Et le reste, c'est ce qu'il y a de plus dur. Mais ça, vous le savez déjà.

Il acquiesça d'un signe de tête.

---

1. Nom donné à l'OxyContin écrasé, cette dépendance est surtout constatée chez les Blancs ou *hillbilly*, en argot. *(NdT.)*

– Toujours est-il que j'ai bon espoir, Patrick. Y a quelque chose que Jerry Vincent n'avait pas vu.

– Quoi ?

– Que c'est le mari de la victime qui lui a donné ce collier. Et qu'il s'appelle Roger Vogler et qu'il aide beaucoup un tas d'élus dans ce comté.

– Ouais, c'est vrai qu'il compte beaucoup en politique. Mandolin, elle me l'a dit. Ils organisent des collectes de fonds et d'autres trucs à la baraque.

– Si les diamants de ce collier étaient faux, il ne va pas trop avoir envie que ça soit porté à l'attention du tribunal. Surtout si sa femme ne le savait pas.

– Oui, mais comment va-t-il l'empêcher ?

– Il finance des trucs, Patrick. Ses contributions ont permis d'élire au minimum quatre membres du bureau des contrôleurs du comté. Et ces mecs-là contrôlent le budget du bureau du district attorney. Celui-là même qui vous poursuit en justice. Une chaîne alimentaire que c'est, tout ça. Si le docteur Vogler veut faire passer un message, croyez-moi, le message passera.

Il hocha la tête. Il commençait à y voir clair.

– Avec la requête que je vais présenter, nous allons demander l'autorisation d'examiner et d'estimer la pièce à conviction, à savoir le collier de diamants. On ne sait jamais : le verbe « estimer » pourrait déclencher des trucs. Y aura qu'à attendre et voir ce qui se passe.

– On va au tribunal pour déposer la requête ?

– Non, je vais la rédiger tout de suite et l'envoyer au tribunal par e-mail.

– Putain, c'est cool, ça !

– La beauté de l'Internet.

– Merci, maître Haller.

– Y a pas de quoi, Patrick. Vous pouvez me rendre ma photo ?

Il me la passa par-dessus le siège et j'y jetai un œil. J'avais une bosse sous la lèvre et mon nez partait dans la mauvaise direction. Et j'avais une écorchure sanguinolente en travers du front. Mais le plus pénible à regarder était les yeux. Perdu et hébété, je fixais l'appareil photo d'un air vague. Tout ça, c'était moi au plus bas.

Je rangeai la photo dans ma poche pour ne pas l'égarer.

Nous passâmes le quart d'heure suivant à rouler en silence. Je terminai la rédaction de ma requête, passai sur le Net et l'envoyai. Le coup porté à l'accusation était sévère et cela me plut. L'avocat à la Lincoln était de retour. Le Lone Ranger avait de nouveau enfourché sa monture.

Je fis bien attention à lever le nez de dessus mon ordinateur quand nous arrivâmes au tunnel qui marque la fin du freeway et débouche sur le Pacific Coast Highway. J'entrouvris ma vitre. J'adorais l'impression que j'avais lorsqu'en sortant du tunnel je voyais et sentais enfin l'océan.

Nous suivîmes le Pacific Coast Highway vers Malibu. J'eus du mal à revenir à l'ordinateur alors que j'avais les étendues bleutées du Pacifique juste à la fenêtre de mon bureau. Je finis par renoncer, baissai complètement la vitre et me contentai de rouler.

Une fois l'entrée du canyon de Topanga dépassée, je commençai à voir des tas de surfers sur les rouleaux. J'observai Patrick et vis qu'il jetait des coups d'œil du côté de l'eau.

– D'après le dossier, vous auriez suivi une cure de désintoxication à la clinique Crossroads d'Antigua.

– Oui, le centre qu'Eric Clapton a fondé.

– C'était bien ?

– Dans le genre, oui, je crois.

– C'est vrai. Des vagues là-bas ?

– Pas qu'il vaudrait la peine d'en parler. De toute façon, j'ai pas vraiment eu l'occasion de faire de la planche. Et vous, vous avez aussi suivi une cure de désintoxication ?

– Oui. À Laurel Canyon.

– C'est pas là que vont toutes les stars ?

– C'était près de chez moi.

– Oui, bon, moi, j'ai joué la carte inverse. Je suis parti aussi loin de mes amis et de chez moi que possible. Et ça a marché.

– Vous envisagez de reprendre le surf ?

Il regarda par la fenêtre avant de répondre. Une douzaine de surfers en combinaison avaient enfourché leurs planches et attendaient le rouleau.

– Je ne pense pas. En tout cas, pas au niveau professionnel. Mon épaule est foutue.

J'allais lui demander pourquoi il avait besoin de son épaule lorsqu'il poursuivit sa réponse.

– Pagayer est une chose, mais l'essentiel, c'est de se mettre debout. J'ai perdu l'astuce en me baisant l'épaule. Je m'excuse pour les gros mots.

– Pas de problème.

– En plus que pour moi, c'est du un truc à la fois. Ils vous ont bien appris ça à Laurel Canyon, non ?

– Si, si. Mais faire du surf, c'est pas un truc du genre un jour après l'autre… une vague après l'autre ?

Il acquiesça d'un hochement de tête et je regardai ses yeux. Ils n'arrêtaient pas de se porter sur le rétroviseur et de m'observer.

– Qu'est-ce que vous voulez me demander, Patrick ?

– Euh, oui… j'avais bien une question. Vous savez comment Vincent a gardé mon poisson et l'a accroché à son mur ?

– Oui.

– Eh bien, euh… je me demandais s'il aurait pas gardé quelques-unes de mes planches quelque part.

Je rouvris son dossier et cherchai jusqu'à ce que je trouve le rapport du liquidateur. Il y avait répertorié douze planches et les prix qu'il en avait obtenus.

– Vous lui aviez confié douze planches, n'est-ce pas ?

– Oui, toutes.

– Eh bien, il les a toutes données au liquidateur.

– C'est quoi ?

– C'est un type dont il se servait quand il prenait des trucs à ses clients, vous savez bien… des bijoux, des propriétés, des voitures, essentiellement ça… et les transformait en liquide pour payer ses honoraires. D'après le rapport que j'ai ici, le liquidateur a effectivement vendu les douze planches, a pris vingt pour cent du produit de la vente et a donné quatre mille huit cents dollars à Vincent.

Il hocha la tête, mais garda le silence. Je le regardai un instant, puis je baissai à nouveau les yeux sur l'inventaire du liquidateur. Je me rappelai Patrick me disant dans notre premier entretien que les deux grandes planches étaient celles qui avaient le plus de valeur. Selon l'inventaire, elles faisaient plus de trois mètres de long et avaient été l'une et l'autre fabriquées dans les ateliers One World de Sarasota, en Floride. La première avait été vendue mille deux cents dollars à un collectionneur et la seconde quatre cents aux enchères d'eBay. La disparité entre ces deux ventes me fit penser que la dernière était bidon. Il y avait des chances pour que ce soit le liquidateur lui-même qui se la soit vendue pour trois fois rien. Il n'était donc pas impossible qu'il la remette sur le marché et la revende avec un profit qu'il se mettrait dans la poche. À chacun son plan. Moi y compris. Je savais que s'il ne l'avait pas encore revendue, j'avais une chance de la récupérer.

– Et si j'arrivais à vous rendre une de ces grandes planches ? lui demandai-je.

– Ça serait génial ! Si seulement j'en avais gardé une, vous savez ?

– Je ne vous promets rien. Mais je vais voir ce que je peux faire.

Je décidai de suivre l'affaire en mettant mon enquêteur dessus. Cisco qui se pointe et qui pose des questions avait des chances de rendre le liquidateur un peu plus accommodant.

Patrick et moi cessâmes de parler pendant le reste du trajet. Vingt minutes plus tard, nous nous engagions dans l'allée de chez Walter Elliot. Bâtisse de style mauresque en pierre blanche avec volets marron foncé. La façade centrale s'ornait d'une tour qui se détachait sur le ciel bleu. Une Mercedes argentée pas vraiment haut de gamme était garée sur les pavés. Nous nous rangeâmes à côté.

– Vous voulez que j'attende ici ? me demanda Patrick.

– Oui. Je ne pense pas en avoir pour trop longtemps.

– Je connais cette maison. Derrière, c'est tout en verre. J'ai essayé plusieurs fois de surfer devant, mais le rip est trop fort.

– Ouvrez-moi le coffre, s'il vous plaît.

Je descendis de voiture et en gagnai l'arrière pour récupérer mon appareil photo numérique. Je l'allumai pour être sûr qu'il y avait encore du jus et pris vite une photo du devant de la maison. L'appareil fonctionnait, je pouvais y aller.

Je gagnai l'entrée et la porte s'ouvrit avant même que je puisse appuyer sur la sonnette. Mme Albrecht se tenait devant moi, tout aussi ravissante que la veille.

18

Walter Elliot m'avait dit qu'il enverrait quelqu'un m'ouvrir la maison de Malibu, mais je ne m'attendais pas à ce que ce soit son assistante en chef.

– Madame Albrecht, comment vous portez-vous aujourd'hui ?

– Très bien, merci. Je viens juste d'arriver et pensais vous avoir raté.

– Non. Moi aussi, je viens d'arriver.

– Entrez donc, je vous prie.

La maison comportait une entrée haute de deux étages sous la tour. Je levai la tête et vis un lustre en fer forgé suspendu dans l'atrium. Il y avait des toiles d'araignée dessus et je me demandai si elles s'étaient formées parce que la maison n'avait pas servi depuis les assassinats ou si c'était parce que le lustre était trop haut et difficile à atteindre avec un plumeau.

– Par ici, dit Mme Albrecht.

Je la suivis dans le living, où ma maison tout entière aurait tenu. Aire de repos complète, avec paroi de verre exposée au sud et laissant entrer l'océan dans la maison.

– Magnifique, dis-je.

– Effectivement. Vous voulez voir la chambre ?

J'ignorai la question, allumai mon appareil et pris quelques photos du living et de la vue.

– Savez-vous qui est venu ici depuis que les services du shérif ont levé les scellés ? demandai-je.

Elle réfléchit un instant avant de répondre.

156

– Très peu de gens. Je ne pense pas que M. Elliot soit venu ici. Mais, bien sûr, maître Vincent, lui, est venu une fois et son enquêteur deux ou trois, je crois. Et les services du shérif sont revenus deux fois depuis qu'ils ont rendu l'usage de la maison à M. Elliot. Ils avaient des mandats de perquisition.

Des copies de ces mandats se trouvaient dans le dossier. Les deux fois, les enquêteurs n'étaient venus que pour une chose : l'arme du crime. L'accusation ne se fondait que sur des présomptions – même avec les résidus de poudre sur les mains de Walter Elliot. Le procureur avait besoin de l'arme du crime pour boucler l'affaire, mais il ne l'avait pas. D'après les notes portées au dossier, des plongeurs avaient même exploré les fonds marins derrière la maison deux jours durant après les meurtres, mais eux non plus n'avaient pas réussi à retrouver l'arme.

– Un service de nettoyage ? Quelqu'un est-il venu nettoyer ?

– Non, personne. Maître Vincent nous avait dit de laisser l'endroit en l'état au cas où il en aurait besoin pendant le procès.

Le dossier ne comportait aucune indication selon laquelle Vincent aurait voulu utiliser la maison en quelque manière que ce soit pendant le procès. Je ne voyais pas trop ce qu'il aurait pu avoir derrière la tête. Ma réaction instinctive au vu de l'endroit était bien au contraire que je n'aurais eu aucune envie d'avoir des jurés qui viennent y fourrer le nez. La vue et la simple opulence des lieux auraient souligné la fortune de leur propriétaire et n'auraient servi qu'à s'aliéner les jurés. Ils auraient tout de suite compris qu'ils n'étaient pas vraiment ses pairs. Que de fait Walter Elliot habitait dans un tout autre univers.

– Où est la chambre de maître ? demandai-je.

– C'est l'étage tout entier.

– Eh bien, allons-y.

Alors que nous montions un escalier blanc en colimaçon avec une rambarde bleu océan, je demandai à Mme Albrecht son prénom. Je lui précisai que je ne me sentais pas à mon aise d'être aussi guindé avec elle, surtout quand son patron et moi en étions à nous appeler par nos prénoms.

– Je m'appelle Nina, dit-elle. Vous pouvez m'appeler comme ça si vous voulez.

– Bien. Et vous, vous pouvez m'appeler Mickey.

L'escalier conduisait à une porte donnant sur une suite de la taille de certains prétoires où j'ai plaidé. Elle était si grande qu'elle avait des cheminées jumelles sur les murs sud et nord. Il y avait une aire où s'asseoir, une autre où dormir et la salle de bains de monsieur et la salle de bains de madame. Nina Albrecht appuya sur un bouton près de la porte et les rideaux qui masquaient la vue à l'ouest commencèrent à s'ouvrir sans un bruit et révélèrent la présence d'une paroi en verre donnant sur l'océan.

Fabriqué sur mesure, le lit faisait deux fois la taille d'un grand lit. On en avait ôté le matelas du dessus et tous les draps et oreillers – aux fins d'analyse en laboratoire, je le supposai. En deux endroits, on avait aussi découpé des morceaux de tapis de deux mètres carrés, là encore, je le pensai, pour y recueillir et analyser des traces de sang.

Sur le mur près de la porte se trouvaient des giclées de sang que les enquêteurs avaient entourées d'un rond rempli de lettres codées. Il n'y avait pas d'autre signe des violences qui s'étaient produites dans la pièce.

Je gagnai le coin près de la paroi de verre et me retournai vers l'intérieur de la pièce. Je levai mon appareil et pris quelques photos sous des angles différents. Nina entra dans le champ deux ou trois fois, mais cela n'avait pas d'importance. Ces clichés n'étaient pas destinés à la cour. Je ne voulais m'en servir que pour me rafraîchir la mémoire lorsque je commencerais à travailler ma stratégie.

La scène de crime est une carte. Sachez la lire et parfois vous y trouverez votre chemin. La disposition des lieux, la configuration des corps dans la mort, les angles de vue, la lumière, le sang. Les impossibilités dues à l'espace et les différentiations géométriques font elles aussi partie de la carte. Et tout cela n'est pas toujours évident quand on regarde une photo de la police. Parfois il faut voir soi-même les lieux. C'était pour cette raison que j'étais venu. Pour avoir la carte. La géométrie du meurtre. Dès que je la comprendrais, je serais prêt à plaider.

Du coin de la pièce où je me trouvais, je regardai le carré découpé dans le tapis blanc près de la porte de la chambre. C'était là que l'homme, Johan Rilz, avait été abattu. Je portai mon regard sur le lit où Mitzi Elliot avait été tuée et où l'on avait découvert son corps étalé en diagonale.

Le résumé des premières constatations laissait entendre que le couple nu avait entendu un intrus dans la maison. Rilz avait gagné la porte et l'avait ouverte, pour être aussitôt surpris par l'assassin. Il avait été descendu sur le seuil de la pièce, l'assassin enjambant son corps pour entrer.

Mitzi Elliot avait bondi hors du lit et s'était figée juste à côté en serrant un oreiller devant son corps nu. Pour le procureur, les éléments de la scène de crime laissaient entendre qu'elle connaissait son assassin. Il est possible qu'elle l'ait supplié de l'épargner ou qu'elle ait su que sa mort était inévitable. Elle avait été abattue de deux balles tirées droit dans l'oreiller, d'une distance d'environ un mètre, leur impact la projetant en arrière sur le lit. L'oreiller dont elle s'était servie pour se protéger était tombé par terre. L'assassin s'était alors avancé vers le lit et avait appuyé le canon de son arme sur le front de la jeune femme pour l'achever.

En tout cas, telle était la version officielle. Debout dans le coin de la pièce comme je l'étais, je compris qu'il y avait là beaucoup de présomptions sans fondement et que je n'aurais aucun mal à dépecer tout cela au tribunal.

Je regardai les portes en verre qui donnaient sur la terrasse au bord du Pacifique. Rien dans le dossier ne disait si le rideau ou les portes étaient ouverts au moment des assassinats. Je ne savais pas trop si cela avait un sens quelconque, mais c'était un détail que j'aurais aimé connaître.

Je gagnai les portes en verre et m'aperçus qu'elles étaient fermées à clé. J'eus bien du mal à trouver le moyen de les ouvrir. Nina finit par me rejoindre et m'aida en gardant le doigt appuyé sur un levier de sûreté pendant qu'elle tournait le verrou de l'autre main. Les portes s'ouvrirent vers l'extérieur et firent entrer le bruit des vagues s'écrasant sur la plage.

Je sus aussitôt que si les portes avaient été ouvertes au moment des assassinats, ce vacarme aurait facilement noyé tous les bruits qu'aurait pu faire un intrus dans la maison. Et cela aurait contredit la théorie de l'accusation, théorie selon laquelle Rilz avait été tué à la porte de la chambre parce qu'il s'y était rendu en entendant l'intrus. Et cela aurait alors soulevé la question de savoir ce que Rilz pouvait bien fabriquer tout nu à la porte – le problème n'ayant d'ailleurs aucune importance pour la défense. Je n'avais, moi, besoin que de soulever des questions et de pointer du doigt certaines divergences pour semer le doute dans la tête des jurés. Et il n'en fallait qu'un dans la tête de n'importe lequel pour que je réussisse mon coup. « J'égare ou je détruis », telle est la méthode dont use la défense au criminel.

Je passai sur la terrasse. Je ne savais pas si l'on était à marée haute ou à marée basse, mais supputai qu'on était quelque part entre les deux. L'eau n'était pas loin. Les vagues arrivaient jusqu'en haut de la jetée, sur laquelle la maison était construite.

Il y avait des rouleaux de deux mètres de haut, mais aucun surfer en vue. Je me rappelai ce que Patrick m'avait dit sur l'idée d'essayer de surfer dans cette crique.

Je repassai à l'intérieur et, aussitôt revenu dans la chambre, me rendis compte que mon portable sonnait, mais que je ne l'avais pas entendu à cause du vacarme de l'océan. Je jetai un coup d'œil à l'écran, il s'agissait d'un « appel anonyme ».

– Nina, dis-je à Mme Albrecht, il faut que je prenne cet appel. Cela vous ennuierait-il d'aller à ma voiture et de demander au chauffeur de venir ?

– Pas de problème.

– Merci.

Je pris l'appel.

– Allô ?

– C'est moi. Je voulais juste savoir à quelle heure tu vas passer.

« Moi », autrement dit ma première ex, Maggie McPherson. Selon les derniers termes de mon droit de visite, je ne pouvais être avec ma fille que le mercredi soir et un week-end sur deux. Sauf que cet accord, il y avait longtemps que je l'avais bousillé, tout comme la deuxième chance que Maggie m'avait accordée.

– Probablement vers 7 heures et demie, répondis-je. J'ai rendez-vous avec un client cet après-midi et ça pourrait durer un peu plus longtemps que prévu.

Il y eut un silence et je sentis que ce n'était pas la bonne réponse.

– Quoi, tu as un rendez-vous galant ? demandai-je. À quelle heure veux-tu que je sois là ?

161

– Je suis censée partir à 7 heures et demie.

– Eh bien, j'y serai avant. Qui est l'heureux gagnant ?

– Ça ne te regarde absolument pas. À propos d'heureux gagnants… j'ai entendu dire que tu avais hérité du cabinet de Jerry Vincent.

Nina Albrecht et Patrick Henson entrèrent dans la chambre et je vis ce dernier regarder le carré de tapis qui manquait. Je couvris l'écouteur de ma main et leur demandai de descendre au rez-de-chaussée pour m'y attendre. Puis je repris la conversation. Mon ex était adjointe du district attorney en charge du tribunal de Van Nuys. Ce poste lui permettait de savoir des tas de choses sur moi.

– C'est exact, dis-je. Je suis son remplaçant, mais je ne vois pas trop comment ça fait de moi un heureux gagnant.

– L'affaire Elliot devrait t'emmener loin.

– Je suis sur les lieux du crime en ce moment même. Jolie vue.

– Bon, bonne chance pour le faire libérer. S'il y a quelqu'un qui peut y arriver, c'est bien toi.

Elle m'avait lâché ça avec le petit ricanement spécial procureur.

– Je laisserai donc passer cette remarque.

– De toute façon, je savais bien que c'était ce que tu ferais. Ah, autre chose… Tu ne vas pas avoir de la compagnie ce soir, n'est-ce pas ?

– De quoi tu parles ?

– Je te parle d'il y a quinze jours. Hayley m'a dit qu'il y avait une femme chez toi. Une certaine Lanie, je crois. Ça l'a mise très mal à l'aise.

– Ne t'inquiète pas, elle ne sera pas là ce soir. C'est juste une copine et elle a couché dans la chambre d'amis… Et ceci pour tes tablettes : je peux amener qui je veux chez moi et à n'importe quelle heure parce que c'est chez moi, et toi, tu peux en faire autant.

– Et moi, je suis libre d'aller voir le juge et de lui dire que tu imposes à notre fille la compagnie de gens qui se droguent.

Je respirai un grand coup avant de répondre aussi calmement que je pouvais.

– Comment sais-tu le genre de compagnie que j'impose à Hayley ?

– Ta fille n'est pas idiote et a l'ouïe fine. Elle m'a rapporté une partie de ce qui s'est dit et il n'a pas été difficile d'en déduire que ta… copine est en cure de désintoxication.

– Parce que sortir avec des gens en cure de désintoxication serait un crime ?

– Non, Michael, ce n'en est pas un. C'est juste que pour moi, imposer un défilé de drogués à Hayley quand elle est chez toi n'est pas ce qu'il y a de mieux.

– Parce que maintenant, c'est un… « défilé » ? J'en déduis donc que le drogué qui t'inquiète le plus, c'est moi.

– C'est-à-dire que… quand l'occasion se présente…

Je faillis perdre mon sang-froid, mais une fois encore je me calmai en aspirant un peu d'air frais de la mer. Et lorsque je parlai, ce fut calmement. Je savais que montrer de la colère ne pourrait que me nuire lorsque l'heure serait venue de renégocier le droit de visite.

– Maggie, lui renvoyai-je, c'est de notre fille que nous parlons. Ne lui fais pas de mal en essayant de m'en faire. Elle a besoin de son père et moi, j'ai besoin de ma fille.

– C'est justement pour ça. Tu te débrouilles bien, Michael. Mais te coller avec une droguée n'est pas une bonne idée.

Je serrai si fort mon portable que je me demandai si je n'allais pas le casser. Je sentis le rouge écarlate de la honte me brûler les joues et le cou.

– Faut que j'y aille, dis-je, mes mots comme étranglés par mes échecs.

163

– Et moi aussi. Je dirai à Hayley que tu seras là à 7 heures et demie.

Elle me faisait toujours le même coup : mettre fin à l'appel en insinuant que j'allais décevoir ma fille en étant en retard ou en n'arrivant pas à la prendre à l'heure prévue. Elle raccrocha avant que j'aie le temps de réagir.

Le living du rez-de-chaussée était vide, mais j'aperçus Patrick et Nina sur la terrasse du bas. Je passai dehors et gagnai la rambarde, où Patrick regardait les vagues. J'essayai de dissiper l'émoi que j'éprouvais après cette conversation avec mon ex.

– Patrick, vous m'avez bien dit avoir essayé de surfer ici, mais que le rip était trop fort, non ?

– C'est exact.

– C'est du courant de retour dû à la marée que vous me parlez ?

– Oui, il est dur ici. C'est la forme de la crique qui veut ça. L'énergie des vagues qui y entrent par le nord est redirigée sous la surface et comment dire ?... ricoche vers le sud. Elle suit la forme de la crique et se propage jusqu'au fond avant de ressortir. Je m'y suis fait coincer deux ou trois fois, mec, et ça m'a expédié jusqu'à l'autre bout des rochers à l'extrémité sud.

J'examinai la crique au fur et à mesure qu'il me décrivait ce qui se passait sous la surface. S'il avait raison et s'il y avait effectivement eu un fort contrecourant le jour des meurtres, il est probable que les plongeurs du shérif aient cherché l'arme du crime au mauvais endroit.

Et maintenant il était trop tard. Si l'assassin avait jeté son arme dans l'eau, il se pouvait que celle-ci ait été emportée par le courant jusqu'à l'extérieur de la crique, soit bien au large. Je commençai à être certain que l'arme du crime ne ferait pas d'apparition surprise lors du procès.

Et pour mon client, c'était une bonne chose.

Je contemplai les vagues et songeai que sous la belle surface de ces eaux une force cachée ne cessait jamais de se déplacer.

19

Les écrivains avaient pris leur journée ou décidé de manifester ailleurs. Arrivés à Archway Pictures, nous franchîmes le contrôle de sécurité sans les délais de la veille. Que Nina Albrecht nous précède dans sa voiture aida beaucoup à nous ouvrir la voie.

Il était tard et le studio se vidait pour la journée. Patrick réussit à trouver une place juste devant le bungalow d'Elliot. Il était tout excité parce qu'il n'avait jamais vu l'intérieur d'un studio de cinéma. Je lui dis qu'il avait toute liberté de regarder où il voulait, mais qu'il devait toujours avoir son portable à proximité car je ne savais pas trop combien de temps allait durer ce rendez-vous et j'avais besoin d'être à l'heure pour prendre ma fille.

Je suivis Nina et lui demandai s'il n'y avait pas un endroit autre que son bureau où retrouver Elliot. Je lui précisai que j'avais des tas de papiers à étaler et que la table où nous nous étions assis la veille était trop petite. Elle me répondit qu'elle allait me conduire à la salle du conseil de direction et que je pouvais m'y installer pendant qu'elle irait chercher son patron. Je lui dis que ça m'allait parfaitement. De fait, je n'avais aucun document à étaler nulle part. Je voulais simplement retrouver Elliot dans un endroit plus neutre. En m'asseyant en face de lui à sa table de travail, je lui laissais le commandement des opérations. Cela m'était apparu clairement lors de notre première rencontre. Elliot avait une forte personnalité. Et j'avais besoin d'être le patron jusqu'à la fin du procès.

La salle était grande et s'ornait de douze fauteuils en cuir répartis autour de la table ovale en bois poli. Un projecteur au plafond et, sur le mur opposé, un grand coffre d'où tombait l'écran. Sur les autres murs se trouvaient des photos encadrées sorties de films tournés au studio. Ceux qui avaient rapporté de l'argent, sans doute.

Je m'installai et sortis les dossiers de l'affaire de mon sac. Vingt-cinq minutes plus tard, j'étais en train de consulter les pièces de l'accusation lorsque, la porte s'ouvrant, Walter Elliot entra enfin dans la salle. Je ne me donnai pas la peine de me lever ou de lui tendre la main. Je fis de mon mieux pour avoir l'air agacé et lui désignai un fauteuil en face de moi.

Nina entra derrière lui pour nous demander si nous avions besoin de rafraîchissements.

– Non, rien, Nina, lui répondis-je avant qu'Elliot ait le temps de réagir. Ça ira très bien comme ça et il faut qu'on commence. On vous fera savoir s'il y a besoin de quoi que ce soit.

Elle parut un instant décontenancée par ces ordres qui lui venaient de quelqu'un d'autre que son patron. Elle se tourna vers lui pour avoir confirmation, il se contenta de hocher la tête. Elle nous quitta et referma les doubles portes derrière elle. Elliot s'assit dans le fauteuil que je lui avais indiqué.

Je le regardai longuement par-dessus la table avant de parler.

– Je ne vous comprends pas, Walter, lui lançai-je enfin.

– Que voulez-vous dire ? Qu'est-ce qu'il y a à comprendre ?

– Eh bien, pour commencer, vous passez beaucoup de votre temps à protester de votre innocence, mais pour moi, vous ne prenez rien de tout ça très au sérieux.

– Vous vous trompez.

– Vraiment ? Vous comprenez bien que si vous perdez ce procès, vous allez droit en prison, n'est-ce pas ? Et ce coup-là, il n'y aura pas de libération sous caution pour un double meurtre lorsque vous interjetterez appel. Que le verdict soit contre vous et dans l'instant vous vous retrouverez menotté en plein prétoire et emmené.

Il se pencha quelques centimètres en avant pour me répondre à nouveau.

– Je sais très exactement où j'en suis. Et donc, ne me dites pas que je ne prends pas les choses au sérieux, s'il vous plaît.

– D'accord. Faisons donc en sorte d'être à l'heure aux réunions qu'on fixe. Il y a beaucoup de terrain à couvrir et pas beaucoup de temps pour le faire. Je sais que vous avez un studio à diriger, mais ce n'est plus la priorité. Pendant les quinze jours à venir, vous n'en aurez plus qu'une : cette affaire.

Ce coup-là, il me regarda longuement avant de répondre. C'était peut-être la première fois de sa vie qu'il se faisait engueuler pour avoir été en retard, la première fois aussi sans doute qu'on lui disait ce qu'il fallait faire. Pour finir, il acquiesça d'un signe de tête.

– Très bien, dit-il.

Je lui renvoyai son hochement de tête. Nos positions étaient maintenant parfaitement claires. Nous nous trouvions certes dans la salle du conseil de son studio, mais maintenant le chien alpha, c'était moi. Son avenir en dépendait.

– Bien, dis-je. La première chose que j'ai besoin de vous demander est de me dire si nous parlons en privé.

– Bien sûr que oui.

– Peut-être, mais ce n'était pas le cas hier. Il est assez clair que Nina a mis tout votre bureau sur écoute. Ce qui est peut-être bien pour vos réunions de cinéma, mais ne l'est pas du tout lorsque c'est de votre affaire qu'on parle. Votre avocat, c'est moi, et il est hors de question que quiconque écoute nos discussions. Personne. Nina n'a aucun privilège de ce côté-là. Elle pourrait être sommée de témoigner à la barre et contre vous. De fait, je ne serais pas étonné qu'elle termine sur la liste des témoins à charge.

Il se renversa dans son fauteuil rembourré et leva la figure vers le plafond.

– Nina, dit-il, vous coupez la ligne. Si j'ai besoin de quoi que ce soit, je vous appellerai au téléphone.

Il me regarda et ouvrit grand les mains. D'un signe de tête, je lui signifiai que j'étais satisfait.

– Merci, Walter, dis-je. Et maintenant, on se met au travail.

– D'abord, une question.

– Je vous en prie.

– Est-ce la réunion où je vous dis que je n'ai pas fait ce dont on m'accuse et où vous, vous me répondez que ça n'a aucune importance de savoir si je l'ai fait ou pas ?

J'acquiesçai de la tête.

– Que vous ayez tué ou pas n'a aucun intérêt, Walter. Ce qui importe, c'est ce que le procureur peut prouver au-delà de tout doute raisonna…

– Non ! s'écria-t-il en abattant la paume de sa main sur la table.

On aurait dit un coup de feu. Je tressaillis, mais espérai n'en avoir rien montré.

– J'en ai assez de ces conneries juridiques ! reprit-il. J'en ai marre que ça n'ait aucune importance que j'aie tué ou pas, que la seule chose qui compte, ce soit ce que l'accusation va pouvoir prouver contre moi. De l'importance, ça en a ! Vous ne voyez donc pas ? C'est très important. J'ai besoin qu'on me croie, bordel ! J'ai besoin que vous, vous me croyiez. Je me fous des éléments de preuve qui vont contre moi. Ces crimes, je ne les ai pas commis ! Vous m'entendez ? Vous me croyez ? Si mon propre avocat ne me croit pas ou s'en tape, je n'ai aucune chance de l'emporter.

J'étais sûr que Nina allait débarquer au galop pour voir si tout allait bien. Je me renversai dans mon fauteuil rembourré et attendis qu'elle arrive et qu'Elliot en ait fini pour de bon.

Comme prévu, une des portes s'ouvrit et Nina fut à deux doigts d'entrer dans la salle. Mais Elliot la congédia d'un geste de la main et lui ordonna durement de ne pas nous déranger. La porte se referma et Elliot me regarda dans les yeux. Je levai la main en l'air pour l'empêcher de parler. C'était à mon tour de le faire.

– Walter, lui dis-je calmement, pour moi, il y a deux choses essentielles. Un, je veux comprendre ce que manigance l'accusation et deux, je veux être sûr de pouvoir lui bousiller son système d'attaque.

Je tapotai le dossier du bout du doigt.

– Pour l'instant, repris-je, je comprends son système. Rien que du basique. Le procureur pense tenir le mobile et la possibilité de passer à l'acte.

« Commençons par le mobile. Votre épouse a une liaison et ça vous met en colère. Et il n'y a pas que ça. Il y a aussi que le contrat de mariage signé il y a douze ans est acquis et que la seule façon que vous aviez de vous débarrasser d'elle sans avoir à tout partager était de la tuer.

« Et maintenant la possibilité de passer à l'acte. L'accusation sait l'heure à laquelle votre voiture a franchi le contrôle pour sortir d'Archway ce matin-là. Le parcours a été vérifié et chronométré plusieurs fois : pour le procureur, vous n'auriez eu aucune difficulté à vous trouver à la maison de Malibu à l'heure où se sont produits les meurtres. Voilà pour la possibilité de passage à l'acte.

« Ce qu'espère l'accusation, c'est que ces deux choses suffiront à convaincre le jury et à emporter la décision, alors même que les preuves à charge sont très minces et tout ce qu'il y a de plus indirectes. Mon boulot consistera donc à trouver le moyen de faire comprendre aux jurés que s'il y a beaucoup de fumée, il n'y a pas vraiment de feu. Et si j'y arrive, vous sortirez libre.

– Il n'empêche : je veux toujours savoir si vous me croyez innocent.

Je souris et hochai la tête.

– Walter, je vous le dis et vous le répète : ça n'a aucune importance.

– Pour moi, ça en a. D'une façon ou d'une autre, j'ai besoin de savoir.

Je cédai et levai la main en signe de reddition.

– Bon, d'accord, je vais vous dire ce que je pense, Walter. J'ai examiné le dossier dans tous les sens. J'ai lu tout ce qu'il y a là-dedans au moins deux fois, et les fondamentaux, je les ai relus trois fois. Je suis aussi passé à la maison où ces événements malheureux se sont produits et j'y ai étudié la géométrie des meurtres. Tout ça, je l'ai fait et je vois vraiment la possibilité que vous soyez innocent de ce qui vous est reproché. Cela signifie-t-il que moi, je vous croie innocent ? Non, Walter. Je suis désolé, mais ce travail, je le fais depuis trop longtemps et la réalité m'oblige à dire que je n'ai guère vu de clients innocents. Bref, le mieux que je puisse vous dire, c'est que je ne sais pas. Si ça ne vous suffit pas, je suis sûr que vous n'aurez aucun mal à trouver un avocat qui vous dira exactement ce que vous voulez entendre et ce, qu'il le croie ou pas.

Je me renversai dans mon fauteuil en attendant sa réponse. Il croisa les mains sur la table devant lui en digérant mes paroles et finit par hocher la tête.

– Bien, dit-il. Il faut croire que je ne peux pas demander mieux.

J'essayai de souffler sans qu'il s'en aperçoive. J'avais toujours l'affaire. Pour l'instant.

– Mais vous savez ce que je crois, Walter ?

– Non, qu'est-ce que vous croyez ?

– Que vous me cachez des trucs.

– Que je vous cache… De quoi parlez-vous ?

– Il y a quelque chose que j'ignore dans cette affaire et vous me le cachez.

– Je ne vois pas de quoi vous voulez parler.

– Vous avez un peu trop confiance, Walter. Tout se passe comme si vous saviez que vous allez sortir libre.

– Mais c'est ce qui va se passer ! Je vais sortir libre. Parce que je suis innocent.

– Être innocent ne suffit pas. Des innocents qui sont condamnés, il y en a et tout le monde le sait. C'est même pour ça que je n'ai jamais rencontré un innocent qui n'ait pas la trouille. La trouille que le système ne fonctionne pas comme il faut, qu'il soit effectivement fait pour trouver coupables les coupables, mais pas pour trouver innocents les gens qui le sont. C'est ça qui vous manque, Walter. Vous n'avez pas la trouille.

– Je ne vois vraiment pas de quoi vous parlez. Pourquoi devrais-je avoir la trouille ?

Je le dévisageai par-dessus la table et tentai de lire dans ses pensées. Je savais que mon instinct ne me trompait pas. Il y avait quelque chose que j'ignorais, quelque chose que j'avais loupé dans le dossier ou que Vincent avait eu en tête mais n'avait pas consigné par écrit. Et ça, Elliot n'était pas encore prêt à m'en parler.

Cela dit, pour l'instant, ça ne posait pas de problème. Il y a des moments où l'on n'a aucune envie de savoir ce que sait le client parce que dès que la fumée commence à sortir de la bouteille, il n'y a plus moyen de l'y faire rentrer.

– Bien, dis-je. On en reparlera plus tard. En attendant, mettons-nous au boulot.

Et sans attendre sa réponse, j'ouvris le dossier de la défense et consultai les notes que j'avais portées sur le rabat.

– Je pense que nous sommes prêts en termes de témoins et de stratégie de l'accusation. Ce que je ne trouve pas dans le dossier, c'est une stratégie solide pour votre défense.

– Que voulez-vous dire ? Jerry m'avait dit que nous étions prêts.

– Eh bien non, peut-être pas, Walter. Je sais que c'est quelque chose que vous n'avez pas envie de voir ou d'entendre, mais voilà ce que j'ai trouvé dans le dossier.

Je lui glissai un document de deux pages en travers de la table au plateau en bois poli. Il y jeta un coup d'œil, mais pas vraiment plus.

– Qu'est-ce que c'est ?

– Une requête d'ajournement. Jerry l'avait rédigée, mais ne l'avait pas envoyée. Il me paraît clair qu'il voulait ajourner le procès. Le code de la requête indique qu'il l'a imprimée lundi… quelques heures à peine avant d'être assassiné.

Walter hocha la tête et repoussa le document en travers de la table.

– Non, ça, nous en avions parlé ensemble et il avait fini par tomber d'accord avec moi pour commencer à la date prévue.

– Et c'était lundi ?

– Lundi, oui. La dernière fois que je lui ai parlé.

Je hochai la tête à mon tour. Cela répondait à une de mes interrogations. Vincent gardait la trace de ses facturations dans chacun de ses dossiers clients, et dans celui d'Elliot j'avais remarqué qu'il lui avait facturé une heure le jour même de sa mort.

– Cet entretien a-t-il eu lieu à son cabinet ou à votre bureau ?

– Ça s'est passé par téléphone. Lundi après-midi. Il avait laissé un message un peu plus tôt et je l'ai rappelé.

Nina peut vous trouver l'heure exacte si vous en avez besoin.

– Il a marqué à 3 heures. Et il vous a parlé d'ajourner ?

– C'est exact, mais je lui ai répété qu'on ne repoussait pas.

Vincent lui avait facturé une heure. Je me demandai combien de temps ils s'étaient bagarrés sur la question.

– Pourquoi voulait-il un ajournement ?

– Il voulait simplement un peu plus de temps pour se préparer, et peut-être aussi pour gonfler la note. Je lui ai dit que nous étions prêts, comme je vous le dis maintenant. Nous sommes prêts !

J'eus une manière de petit rire et hochai la tête.

– Le problème, c'est que l'avocat, ce n'est pas vous, Walter. Et c'est ça que j'essaie de vous dire : dans ce dossier, je ne vois pas grand-chose en termes de stratégie de la défense. Et je pense que c'est pour ça que Jerry voulait repousser le procès. Il n'avait pas de quoi y aller.

– Non, ceux qui n'ont pas de quoi y aller, ce sont ceux d'en face.

Je commençais à me lasser de ce type et de l'insistance qu'il mettait à prendre le commandement des opérations juridiques.

– Laissez-moi donc vous expliquer comment ça marche, lui dis-je d'un ton las. Et je vous demande de m'excuser si vous le savez déjà. Nous allons avoir affaire à une procédure en deux temps, d'accord ? C'est le procureur qui commence et présente ses arguments. Et là, nous avons la possibilité de l'attaquer au fur et à mesure qu'il parle. Après, c'est à nous d'y aller, et c'est là que nous présentons nos preuves et exposons une autre théorie du meurtre.

– D'accord.

– Et moi, ce que je peux vous dire après avoir examiné le dossier de Jerry Vincent, c'est qu'il comptait plus sur le dossier de l'accusation que sur celui de la défense. Il y a…

– Comment ça ?

– Ce que je suis en train de vous dire, c'est qu'il s'est entièrement calé sur le côté accusation. Il a des contre-témoins et des plans d'interrogatoire en contre pour tout ce que l'accusation va mettre en avant. Mais côté défense, il me manque des trucs. Nous n'avons ni alibi, ni suspects possibles, ni théorie différente, rien. Au moins dans le dossier. Et c'est ça que ça veut dire quand je vous affirme que nous n'avons rien. Jerry vous a-t-il jamais dit comment il pensait présenter la défense ?

– Non. Cette discussion, nous allions l'avoir quand il s'est fait tuer. Il m'a dit qu'il était en train de tout élaborer : il avait l'argument miracle et moins j'en savais, mieux ça valait. Il avait promis de tout me dire quand nous serions plus près du procès, mais il ne l'a jamais fait. Il n'en a jamais eu la possibilité.

Je connaissais le terme. L'argument miracle est celui qui non seulement évite la prison au client, mais lui permet aussi de rentrer à la maison. C'est le témoin ou la preuve qu'on a dans sa poche et qui va faire tomber toutes les autres preuves tels des dominos ou qui va coller, et aussi fermement que définitivement, un doute raisonnable dans l'esprit de tous les jurés. Sauf que si Vincent l'avait, il ne l'avait pas noté dans son dossier. Sans même parler du fait que s'il l'avait eu, pourquoi aurait-il encore parlé de repousser le lundi précédent ?

– Et vous n'avez aucune idée de ce que pourrait être cet argument miracle ? demandai-je à Elliot.

– Non, c'est juste ce qu'il m'a dit. Il m'a dit qu'il avait trouvé quelque chose qui allait couler complètement l'accusation.

– Sauf que ça n'a aucun sens si lundi dernier il parlait d'ajourner.

Elliot haussa les épaules.

– Je vous l'ai dit : il voulait juste un peu plus de temps pour être prêt. Probablement aussi pour me demander plus de fric. Mais moi, je lui ai dit que quand on fait un film, on arrête une date et que, quoi qu'il arrive, le film doit sortir ce jour-là. Bref, je lui ai dit qu'on ne repoussait pas la date du procès.

Je hochai la tête en réentendant son mantra. Mais j'avais l'esprit ailleurs : je pensais à l'ordinateur portable de Vincent qui avait disparu. Était-ce là que se trouvait son argument miracle ? Avait-il sauvegardé sa stratégie dans son disque dur et oublié d'en faire une copie papier ? Cet argument miracle était-il la raison de son assassinat ? Sa découverte était-elle si sensible ou dangereuse que quelqu'un l'avait tué pour ça ?

Je décidai de passer à autre chose avec Elliot maintenant que je l'avais devant moi.

– OK, Walter, dis-je, cet argument miracle, je ne l'ai pas. Mais si Jerry l'a trouvé, je dois pouvoir le trouver moi aussi. Et je le trouverai.

Je consultai ma montre et tentai de ne pas montrer que j'étais un rien troublé de ne pas savoir ce qui constituait assurément l'élément clé de l'affaire.

– Bien, repris-je, parlons un peu de l'hypothèse différente.

– Ce qui voudrait dire ?

– Que le procureur a sa théorie et que nous devrions avoir la nôtre. Celle du procureur est que vous êtes contrarié par l'infidélité de votre épouse et par ce que ça va vous coûter de divorcer d'avec elle. Vous allez donc à Malibu et vous la tuez avec son amant. Après quoi, vous vous débarrassez de l'arme du crime d'une façon ou d'une autre… en la cachant ou en la jetant dans l'océan… et ensuite vous appelez le 911 et déclarez avoir découvert les assassinats. C'est là une théorie qui donne à l'accusation tout ce dont elle a besoin. À savoir le mobile et la possibilité de faire le coup. Sauf que, pour l'étayer, l'accusation n'a que les RP et presque rien d'autre.

– Les RP ?

– Les résidus de poudre. L'accusation est à base de présomptions, et il n'y en a pas beaucoup, et c'est sur ces restes de poudre que repose, et fermement, leur théorie.

– J'ai testé positif, mais c'est faux ! s'écria-t-il avec force. Je n'ai jamais fait feu avec quoi que ce soit. Et Jerry m'a dit qu'il allait faire venir l'expert le plus qualifié du pays pour foutre ça en l'air. Une nana de John Jay, à New York. Elle dira que les procédures suivies par ce labo étaient aussi douteuses que peu précises, bref, que cela conduisait à des tests faussement positifs.

J'acquiesçai d'un signe de tête. La ferveur avec laquelle il niait me plaisait. Cela pourrait être utile si jamais il témoignait.

– Oui, le docteur Arslanian… il est toujours prévu qu'elle vienne, dis-je. Mais ça ne constitue pas un argument miracle, Walter. L'accusation nous renverra la balle avec un contre-expert qui dira exactement le contraire… à savoir que ce laboratoire est bien géré et qu'on y a suivi toutes les procédures requises. Au mieux, l'histoire des résidus de poudre passera à l'as. Et l'accusation continuera de compter fortement sur le mobile et l'occasion.

– Quel mobile ? Je l'aimais et n'étais même pas au courant pour Rilz. Je le prenais pour un pédé.

Je levai les mains pour lui dire de ralentir.

– Écoutez, Walter, rendez-vous un service et ne l'appelez pas comme ça. Ni à la cour ni ailleurs. Si à un moment donné, il convient de parler de son orientation sexuelle, dites qu'il était gay. D'accord ?

– D'accord.

– Bien. L'accusation va tout simplement dire que vous saviez que Johan Rilz était l'amant de votre femme et fera défiler témoignages et preuves à charge comme quoi un divorce rendu nécessaire par l'infidélité de votre épouse vous aurait coûté un minimum de cent millions de dollars, voire pouvait réduire votre contrôle sur le studio. L'accusation fout ça dans le crâne des jurés et ils se disent que ça vous fait un sacré mobile d'assassinat.

– Et c'est rien que des conneries.

– Et moi, je pourrai trouer tout ça sans problème au procès. Beaucoup de leurs preuves à charge peuvent être transformées en preuves à décharge. Ça va être un numéro de danse, Walter. Et on va s'échanger des gnons. On va essayer d'égarer et de détruire, mais en fin de compte l'accusation nous assénera plus de coups que nous ne pourrons en parer. Bref, on aura le dessous et c'est pour ça qu'il est toujours bon que la défense ait une autre théorie à proposer. On donne aux jurés une autre explication plausible au meurtre de ces deux personnes. On met le client à l'abri des soupçons et on les fait peser sur quelqu'un d'autre.

– Comme le manchot dans *Le Fugitif* ?

Je hochai la tête.

– Non, pas tout à fait, dis-je.

Je me rappelai le film et la série télévisée qui l'avait précédé. Dans les deux, il y avait effectivement un manchot. Mais c'était d'un écran de fumée que je parlais, d'une théorie différente concoctée par la défense parce que je ne marchais pas dans le baratin « Je suis innocent » qu'Elliot n'arrêtait pas de me servir… enfin, pas encore.

Il y eut comme un bourdonnement et Elliot sortit son portable de sa poche et regarda l'écran.

– Walter, nous avons du travail à faire, lui dis-je.

Il ne prit pas l'appel et rangea son portable à contre-cœur. J'enchaînai.

– Bien. Pendant la phase accusatoire, nous allons nous servir de l'interrogatoire en contre pour rendre quelque chose extrêmement clair dans l'esprit des jurés. À savoir qu'à partir du moment où le test des RP est revenu positif, vous...

– Faussement positif !

– Comme vous voulez. Ce qu'il faut comprendre, c'est qu'à partir du moment où l'accusation a cru avoir la preuve que vous aviez fait feu récemment, il n'était plus possible de dire ce qui s'était vraiment passé. De très large, l'enquête s'est réduite à une chose : vous. Elle est passée de ce qu'on appelle une enquête tous azimuts à une enquête uniquement centrée sur vous. D'où cette conclusion : l'accusation a omis bien des choses. Pour ne prendre qu'un exemple : le fait que Rilz ne soit dans ce pays que depuis quatre ans. Pas un seul enquêteur n'a été envoyé en Allemagne pour se renseigner sur son passé et voir s'il n'aurait pas eu des ennemis qui auraient voulu sa mort. Et ce n'est qu'un point parmi d'autres. L'accusation n'a pas non plus sérieusement enquêté sur ce qu'il a fait à Los Angeles. Et il s'agit là d'un homme qui pouvait entrer dans les maisons et les vies de quelques-unes des femmes les plus riches de cette ville. Je m'excuse de la brutalité de mon propos, mais... ce type baisait-il d'autres femmes mariées ou seulement votre épouse ? Y a-t-il d'autres hommes importants et puissants qu'il aurait pu mettre en colère ou êtes-vous le seul ?

Il ne répondit pas à mes questions grossières. Je les lui avais posées de cette façon pour voir si elles allaient l'énerver ou susciter une réaction qui aurait contredit l'amour qu'il disait avoir pour sa femme. Mais il n'eut aucune réaction, ni dans un sens ni dans un autre.

– Vous voyez où je veux en venir, Walter ? C'est sur vous seul et ce, presque dès le début, que l'enquête s'est concentrée. Et quand ce sera à la défense d'y aller, l'attention, ce sera sur Rilz qu'on va la faire porter. C'est comme ça qu'on va semer le doute dans les esprits comme plants de maïs dans un champ.

Il hocha la tête d'un air méditatif en regardant son reflet dans le poli de la table.

– Il n'en reste pas moins que ça ne peut pas être l'argument miracle dont Jerry vous a parlé. Et s'attaquer à Rilz comporte des dangers.

Il leva la tête vers moi.

– Parce que le procureur sait très bien que c'est là que le bât blessait quand ses enquêteurs lui ont exposé leur argumentation. Et il a eu cinq mois pour prévoir que nous pourrions attaquer dans cette direction et s'il est bon, et je suis sûr qu'il l'est, il s'y est préparé.

– Mais ça n'apparaîtrait pas dans le dossier qu'ils ont dû nous donner aux termes de la loi ?

– Ça ne se passe pas toujours comme ça. Il y a tout un art dans la manière de rédiger le dossier d'enquête qu'on doit donner à la partie adverse. Les trois quarts du temps, c'est ce qui ne s'y trouve pas qui est important et c'est à ça qu'il faut faire attention. Jeffrey Golantz est un pro averti. Il sait exactement ce qu'il est obligé de mettre dans le dossier et tout ce qu'il peut très bien garder pour lui.

– Vous le connaissez ? Vous avez déjà plaidé contre lui ?

– Non, je ne le connais pas et je n'ai jamais plaidé contre lui. Mais sa réputation, oui, je la connais. Il n'a jamais perdu un seul procès. Il est du genre vingt-sept victoires à zéro.

Je consultai ma montre. Le temps était passé vite et j'avais besoin d'avancer si je voulais récupérer ma fille à l'heure.

– Bien, dis-je. Il y a encore deux ou trois autres trucs à couvrir. Essayons de voir s'il vaut mieux que vous témoigniez ou pas.

– Je témoigne, c'est l'évidence même. Je veux laver mon nom. Les jurés vont vouloir m'entendre dire que je n'ai pas fait ce dont on m'accuse.

– Je savais que vous alliez me répondre ça et j'apprécie la ferveur que vous mettez à nier. Mais votre témoignage doit servir à plus que ça. Il doit donner une explication, et c'est là que nous avons un problème.

– Ça m'est égal.

– Avez-vous tué votre femme et son amant ?

– Non !

– Alors pourquoi vous êtes-vous rendu à la maison de Malibu ?

– J'avais des soupçons. Qu'elle soit là-bas avec quelqu'un et j'allais l'affronter, elle, et lui, le prendre par la peau du cul et le foutre dehors.

– Et vous croyez que les jurés vont croire qu'un homme qui dirige un studio d'une valeur d'un demi-milliard de dollars va prendre son après-midi pour aller espionner son épouse à Malibu ?

– Je ne suis pas un espion. J'avais des soupçons et je suis allé là-bas pour savoir.

– Et vous alliez l'affronter avec un flingue ?

Il ouvrit la bouche pour répondre, puis il hésita et finit par garder le silence.

– Vous voyez, Walter ? lui lançai-je. Aller à la barre, c'est prêter le flanc à tout ce qu'on veut… et en général, ce n'est pas bon.

Il hocha la tête.

– Je m'en fous. La cause est entendue. Les coupables ne témoignent pas. Tout le monde sait ça. Moi, je vais témoigner que je n'ai rien fait de tout ça, dit-il en pointant un doigt sur moi à chaque syllabe de cette dernière phrase.

J'aimai encore sa fougue. Il était crédible. Peut-être pourrait-il réchapper à un passage à la barre.

– Bah, pour finir, c'est à vous de décider. On va vous préparer, mais on ne prendra pas la décision avant d'être bien au cœur de la phase défense et de voir en quelle forme on est.

– Non, c'est décidé. Je témoignerai.

Son visage commençait à virer à l'écarlate. Il allait falloir marcher sur des œufs. Je ne voulais pas qu'il témoigne, mais la déontologie ne m'autorisait pas à le lui interdire. C'est au client de décider, et si jamais il déclarait que je lui en avais ôté la possibilité ou la lui avais refusée, j'aurais tout le barreau sur le dos tel un essaim d'abeilles en colère.

– Écoutez, Walter, lui dis-je. Vous êtes puissant. Vous dirigez un studio, vous faites des films et vous mettez en jeu des millions de dollars tous les jours. Tout ça, je le comprends. Vous avez l'habitude de prendre des décisions sans que personne ne les conteste. Cela dit, quand nous irons au procès, le patron, ce sera moi. Et si c'est bien vous qui prendrez la décision, je veux vous entendre dire que vous m'écouterez et tiendrez compte de mon avis. Il est inutile de continuer si vous refusez.

Il se passa rudement la main sur la figure. Ça n'était pas facile pour lui.

– D'accord, dit-il enfin. Je comprends. On prendra la décision plus tard.

Il avait dit ça à contrecœur. C'était une concession qu'il n'avait pas envie de faire. Personne n'aime abandonner son pouvoir à autrui.

– OK, Walter, dis-je. Ça nous met sur la même longueur d'onde.

Je consultai ma montre à nouveau. J'avais encore quelques points à régler sur ma liste et un peu de temps pour le faire.

– Bien, dis-je, passons à autre chose.

– Je vous en prie…

– Je veux ajouter deux ou trois personnes à l'équipe de la défense. Ce sera ex…

– Non. Je vous l'ai déjà dit, plus il a d'avocats et plus le client a l'air coupable. Tenez, prenez Barry Bonds[1] et dites-moi si on ne le croit pas coupable. Il a plus d'avocats que de joueurs dans son équipe.

– Walter, vous ne m'avez pas laissé terminer. Ce n'est pas d'avocats que je vous parle et je vous promets que lorsque nous irons au procès, il n'y aura que vous et moi assis à la table de la défense.

– Eh bien mais… qui donc voulez-vous ajouter ?

– Un consultant en sélection des jurés et quelqu'un qui travaillera avec vous côté image et passage à la barre.

– Non, pas de consultant en sélection des jurés. Ça va faire croire que vous essayez de truquer.

– Écoutez, la personne que je veux embaucher sera assise dans la galerie. Personne ne la remarquera. Elle joue au poker pour gagner sa vie et lit sur les visages pour y trouver l'expression qui trahit. C'est tout.

– Non, je ne paierai pas ce truc de vaudou.

– Vous êtes sûr, Walter ?

Je passai les cinq minutes suivantes à essayer de le convaincre en lui remontant que la sélection des jurés avait des chances de constituer la phase la plus importante du procès. Je lui soulignai ensuite que dans le cas

---

1. Superstar du base-ball, Barry Bonds est accusé d'obstruction à la justice à la suite de son témoignage dans l'affaire de la Balco, société qui a commercialisé des stéroïdes indécelables aux tests sportifs. *(NdT.)*

d'une accusation fondée sur des présomptions, la priorité est bel et bien de choisir des jurés à l'esprit ouvert, des gens qui ne croient pas que parce que c'est la police ou l'accusation qui dit ceci ou cela, c'est automatiquement vrai. Je lui fis certes valoir mon habileté à choisir ce genre de jurés, mais ajoutai que l'aide d'un expert qui sait lire les visages et les gestes ne serait pas de trop. J'arrivai au bout de ma supplique, il se contenta de faire non de la tête.

– Du vaudou tout ça, répéta-t-il. Je m'en remettrai à votre habileté.

Je l'étudiai un instant et décidai que nous avions assez parlé pour la journée. J'aborderais le reste la fois suivante. J'avais compris que s'il acquiesçait du bout des lèvres à l'idée que ce soit moi le patron au procès, il ne faisait aucun doute que c'était lui qui dirigeait tout.

Et je ne pus m'empêcher de penser que c'était très exactement ce qui risquait de le conduire droit en prison.

20

Dès après avoir ramené Patrick à sa voiture, je pris la direction de la Valley, tombai sur de gros embouteillages et sus que j'allais être en retard et qu'encore une fois il y aurait confrontation avec mon ex. J'appelai pour l'avertir, mais elle ne décrocha pas et je laissai un message. Lorsque enfin j'arrivai à son immeuble de Sherman Oaks, il était presque 7 h 40 et je trouvai maman et sa fille debout au bord du trottoir. Hayley avait baissé la tête et regardait par terre. Je me fis la remarque qu'elle adoptait cette posture chaque fois que ses parents se rapprochaient physiquement l'un de l'autre. C'était comme si elle se tenait sur l'aire de départ dans l'espace et attendait le rayon qui allait l'emporter loin de nous.

Je débloquai les portières en m'arrêtant et Maggie aida Hayley à poser son sac à dos d'écolière et son nécessaire de voyage sur la banquette arrière.

– Merci d'être arrivé à l'heure, me lâcha-t-elle d'un ton monocorde.

– Pas de problème, lui renvoyai-je juste pour voir si ça allait allumer des éclairs dans ses yeux. Ça doit être quelqu'un de super si tu m'attends comme ça dehors.

– Non, pas vraiment. C'est juste une réunion parents-profs au collège.

Mes défenses écrasées, je pris un bon coup dans la figure.

– T'aurais dû me le dire. On aurait pu prendre une baby-sitter et y aller ensemble.

– Je ne suis pas un bébé, lança Hayley dans mon dos.

– On a déjà essayé, me renvoya Maggie sur ma gauche. Tu te rappelles ? T'as tellement démoli le prof de maths pour les mauvaises notes d'Hayley… en ignorant absolument pourquoi elle les avait… qu'on t'a prié de ne plus revenir.

Cela ne me rappela que très vaguement quelque chose. J'avais joliment bouclé l'incident dans ma banque de données corrompues à l'oxycodon. Mais je sentis la brûlure de l'embarras sur ma figure et dans mon cou. Et n'eus rien à lui renvoyer.

– Faut que j'y aille, reprit-elle vite. Hayley, je t'adore. Sois gentille avec ton père et je te retrouve demain.

– OK, m'man.

Je regardai fixement mon ex-épouse un instant avant de repartir.

– Fais-leur en voir de toutes les couleurs, Maggie McFierce[1], lui lançai-je.

Je déboîtai du trottoir et remontai ma vitre. Ma fille me demanda pourquoi sa mère avait droit au surnom de Maggie McFierce.

– Parce que quand elle part en guerre, elle sait toujours qu'elle va gagner.

– Quelle guerre ?

– N'importe laquelle.

Nous descendîmes Ventura Boulevard sans rien dire et allâmes dîner chez Dupar. C'était l'endroit préféré de ma fille parce que je la laissais toujours commander des crêpes. Va savoir pourquoi, ma gamine pensait qu'avaler son petit déjeuner à l'heure du dîner, c'était franchir la ligne jaune et faisait d'elle une rebelle pleine de courage.

1. Soit Maggie McFéroce. (NdT.)

Je commandai un sandwich bacon-laitue-tomates avec assaisonnement Thousand Island[1], songeai à mon taux de cholestérol et me dis que le rebelle courageux, c'était plutôt moi. Nous fîmes ses devoirs du soir ensemble – aucun problème pour elle, mais moi, ça me vida –, puis je lui demandai ce qu'elle avait envie de faire. J'étais prêt à tout – cinéma, centre commercial, tout ce qu'elle voulait –, mais je priai le ciel qu'elle veuille rentrer chez moi et traîner, tiens, en sortant de vieux albums de souvenirs de famille et regardant des photos toutes jaunes.

Elle hésita avant de répondre et j'eus l'impression de savoir pourquoi.

– Hayley, lui dis-je, si c'est ça qui te tracasse, il n'y a personne chez moi. Et la fille que tu as rencontrée ? Lanie ? Elle ne vient plus me voir.

– Tu veux dire que c'est plus ta petite amie ?

– Elle ne l'a jamais été. C'était une copine. Tu te rappelles quand j'étais à l'hôpital l'année dernière ? C'est là que je l'ai rencontrée et nous sommes devenus amis. On essaie de se porter secours, et de temps en temps elle vient chez moi quand elle n'a pas envie d'être seule chez elle.

C'était une demi-vérité. Lanie Ross et moi nous étions rencontrés en stage de désintoxication, lors d'une séance de thérapie de groupe. Nous avions continué de nous voir après la fin du stage, mais n'étions jamais passés à l'acte parce que émotionnellement nous en étions incapables. La dépendance avait cautérisé ce genre de terminaisons nerveuses et elles avaient du mal à reprendre vie. Nous passions du temps ensemble et étions là l'un pour l'autre – genre groupe de soutien à deux. Mais après avoir retrouvé la réalité plusieurs mois durant, j'avais décelé de la faiblesse en elle. D'instinct,

---

1. Mélange de ketchup et de mayonnaise. *(NdT.)*

j'avais senti qu'elle ne tiendrait pas la distance et je ne pouvais pas l'accompagner dans ce voyage. Il y a trois voies possibles dans le processus de la guérison. Celle de la sobriété, celle qui conduit à la rechute, la troisième étant la sortie rapide. C'est celle où le voyageur se rend compte que la rechute n'est jamais qu'un lent suicide et qu'il n'y a aucune raison d'attendre. Je ne savais laquelle de ces deux dernières voies Lanie allait prendre, mais je ne pouvais en suivre aucune. Nos chemins s'étaient écartés dès le lendemain du jour où Hayley avait fait sa connaissance.

– Tu sais, Hayley, enchaînai-je, tu peux toujours me dire quand quelque chose ne te plaît pas ou quand je fais quelque chose qui te dérange.

– Je le sais.

– Bien.

Nous gardâmes le silence quelques instants et je crus qu'elle voulait ajouter quelque chose. Je lui laissai le temps d'y arriver.

– Hé, papa ?

– Quoi, ma fille ?

– Si cette fille n'était pas ta petite amie, est-ce que ça voudrait dire que toi et maman, vous pourriez vous remettre ensemble ?

Sa question me laissa sans voix un moment. Je voyais bien tout l'espoir qu'elle avait dans les yeux et voulais qu'elle voie la même chose dans les miens.

– Je ne sais pas, Hay. J'ai cafouillé sérieusement quand on a essayé l'année dernière.

Alors je vis la douleur monter dans ses yeux, telles des ombres de nuages sur l'océan.

– Mais j'y travaille encore, ma chérie, lui répondis-je vite. Il faut juste faire un truc à la fois. J'essaie de lui montrer qu'on devrait reformer une famille.

Elle ne répondit pas et se contenta de regarder son assiette.

– D'accord, ma fille ?

– D'accord.

– As-tu décidé ce que tu voulais faire ?

– Je crois que j'ai juste envie de rentrer à la maison et de regarder la télé, dit-elle.

– Bien. Moi aussi, c'est ce dont j'ai envie.

Nous rangeâmes ses livres de classe et je posai l'argent sur la note. Nous repassions de l'autre côté de la colline lorsqu'elle m'annonça que sa mère lui avait dit que j'avais décroché un gros boulot. J'en fus surpris, mais heureux.

– Oui, ç'est un gros boulot, en quelque sorte. Je me remets à faire ce que j'ai toujours aimé faire. Mais j'ai beaucoup de nouvelles affaires, dont une très grosse. Ta maman te l'a dit ?

– Elle a dit que t'avais une grosse affaire et que tout le monde serait jaloux, mais que tu te débrouillerais drôlement bien.

– Elle a dit ça ?

– Ouais.

Je continuai de rouler en y pensant et me demandant ce que ça pouvait signifier. Je n'avais peut-être pas tout bousillé avec Maggie. À un certain niveau, elle me respectait encore. Et ça voulait peut-être dire quelque chose.

– Hmm…

Je regardai ma fille dans le rétroviseur. Il faisait déjà nuit, mais je la vis se détourner de moi et regarder par la fenêtre. Ce que les enfants peuvent être faciles à lire parfois ! Si seulement les adultes étaient pareils !

– Qu'est-ce qu'il y a, Hay ? lui demandai-je.

– Euh… je me demandais pourquoi euh… tu peux pas faire comme maman.

– Que veux-tu dire ?

– Ben, mettre les méchants en prison. Elle m'a dit que ta grosse affaire, c'était avec un type qu'avait tué

189

deux personnes. Comme qui dirait que tu travailles toujours pour les méchants.

Je gardai le silence un instant avant de trouver mes mots.

– Hayley, lui dis-je, l'homme que je défends est accusé d'avoir tué deux personnes. Mais personne n'a prouvé qu'il ait fait quoi que ce soit de mal. Pour l'instant, il n'est coupable de rien.

Elle ne répondit pas et son scepticisme fut presque palpable là-bas, sur la banquette arrière. L'innocence des enfants, tu parles !

– Hayley, ce que je fais est tout aussi important que ce que fait ta mère. Dans ce pays, quand on est accusé d'un crime, on a le droit de se défendre. Et si on t'accusait d'avoir triché à l'école alors que tu savais n'en avoir rien fait, hein ? Tu ne voudrais pas pouvoir expliquer les choses et te défendre ?

– Si, je crois.

– Eh bien, moi aussi. C'est comme ça au tribunal. Quand quelqu'un est accusé d'un crime, il peut avoir un avocat comme moi qui va aider à expliquer les choses et le défendre. Les lois sont très compliquées et c'est difficile de faire ça tout seul quand on ne connaît pas toutes les règles de l'argumentation et autres trucs de ce genre. Alors moi, ces gens-là, je les aide. Ça ne veut pas dire que je sois d'accord avec eux ou avec ce qu'ils ont fait… s'ils l'ont effectivement fait. Mais ça fait partie du système. C'en est même une part importante.

Au fur et à mesure que je la formulais, cette explication me parut bien creuse. Intellectuellement, oui, je comprenais et y croyais jusqu'au dernier mot. Mais dans la relation père-fille, j'eus l'impression d'être un de mes clients en train de me tortiller à la barre. Comment aurais-je pu lui faire croire tout ça alors même que je n'étais plus très sûr d'y croire moi-même ?

– Tu as déjà aidé des innocents ? me demanda-t-elle.

Ce coup-là je ne regardai pas dans le rétroviseur.

– Quelques-uns, oui, dis-je.

C'était le mieux que je puisse dire en toute honnêteté.

– M'man, elle, elle a envoyé des tas de méchants en prison.

J'acquiesçai d'un signe de tête.

– Oui, c'est vrai. J'ai souvent pensé qu'on faisait un grand numéro d'équilibre tous les deux. Ce qu'elle faisait, elle, ce que je faisais, moi. Mais maintenant…

Je n'eus même pas besoin d'achever ma phrase. J'allumai la radio et appuyai sur la présélection de la chaîne Disney.

La dernière chose que je me dis en rentrant chez moi était que les adultes étaient peut-être tout aussi faciles à lire que leurs enfants.

21

Après avoir déposé ma fille à l'école ce jeudi matin-là, je filai droit au cabinet de Jerry Vincent. Il était encore tôt et il n'y avait guère de circulation. Arrivé au garage qui jouxte le Legal Center, je découvris que je pouvais presque choisir mon emplacement – les trois quarts des avocats n'arrivent à leur cabinet qu'aux environs de 9 heures, lorsque ouvrent les tribunaux. Je les battais tous d'au moins une heure. Je montai au deuxième niveau, de façon à me garer à l'étage du cabinet. Tous les niveaux étaient dotés d'une entrée directe dans le bâtiment.

Je passai devant l'emplacement où Jerry Vincent s'était rangé le jour où il avait été abattu et me garai un peu plus haut. Et là, en revenant vers le passage surélevé qui reliait le parking au Legal Center, je remarquai une Subaru commerciale avec des planches de surf sur le toit. Une affichette sur la vitre arrière montrait un surfer debout à l'avant d'une planche et proclamait ONE WORLD.

Les vitres arrière de la commerciale étant teintées, je ne pus voir ce qu'il y avait à l'intérieur. Je gagnai l'avant du véhicule et regardai par la vitre côté conducteur. La banquette arrière avait été repliée à plat. La moitié de la plage arrière était encombrée de cartons pleins de vêtements et d'objets personnels. L'autre moitié servait de lit à Patrick Henson. Je le compris en l'y voyant endormi, le nez enfoui dans les plis d'un sac de couchage. Ce n'est qu'à cet instant que je me rappelai ce qu'il m'avait dit lors de notre première conversation téléphonique quand je lui avais demandé si un boulot de chauffeur l'intéressait. Il m'avait répondu qu'il vivait dans sa voiture et dormait dans une cabine de maître nageur.

Je levai le poing pour frapper à la vitre, puis décidai de le laisser dormir. Je n'aurais pas besoin de lui avant la fin de la matinée. Il était inutile de le virer du lit. Je passai dans l'immeuble de bureaux, tournai et descendis le couloir vers la porte barrée de l'inscription Jerry Vincent. Debout devant elle se tenait l'inspecteur Bosch. Il écoutait sa musique en m'attendant. Il avait les mains dans les poches et l'air pensif, voire un rien contrarié. J'étais assez sûr que nous n'avions pas rendez-vous et me demandai ce qui l'ennuyait. Peut-être était-ce sa musique. Il sortit les écouteurs de ses oreilles et les rangea tandis que j'approchais.

– Quoi, pas de café ? lui lançai-je en guise de salutation.

– Pas aujourd'hui, non. Hier, j'ai bien vu que vous n'en vouliez pas.

Il s'écarta pour que je puisse ouvrir la porte avec ma clé.

– Je peux vous poser une question ? lui demandai-je.

– Si je disais non, vous me la poseriez quand même.

– Vous avez sans doute raison.

J'ouvris la porte.

– Bon, alors, vous la posez, cette question ?

– D'accord. Écoutez, vous ne me faites pas l'effet d'un type à iPod. Qui écoutiez-vous ?

– Quelqu'un dont je suis sûr que vous n'avez jamais entendu parler.

– Je vois. Tony Robbins, le gourou du développement personnel.

Il hocha la tête : pas question de mordre à l'hameçon.

– Frank Morgan, dit-il.

J'acquiesçai.

– Le saxophoniste ? Oui, je connais.

Il parut surpris. Nous arrivâmes à la réception.

– Vous connaissez, répéta-t-il du ton de celui qui n'y croit pas.

– Oui, je passe souvent lui dire bonjour quand il joue au Catalina ou à la Jazz Bakery. Mon père adorait le jazz et dans les années cinquante et soixante, c'était son avocat. Frank s'est beaucoup foutu dans la merde avant de rentrer dans le droit chemin. Il a fini par jouer à San Quentin avec Art Pepper, vous… connaissez, non ? Lorsque j'ai enfin fait sa connaissance, il n'avait plus besoin d'un avocat de la défense. Il s'en sortait bien.

Il lui fallut un moment pour se remettre de sa surprise : que je connaisse Frank Morgan, le très obscur héritier de Charlie Parker, qui deux décennies durant avait dissipé cet héritage en se défonçant à l'héro, ça alors ! Nous traversâmes la réception et passâmes dans le grand bureau.

– Alors, comment va l'enquête ? lui demandai-je.

– Elle va, me répondit-il.

– J'ai entendu dire qu'avant de venir me voir hier vous aviez passé toute la nuit à cuisiner un suspect à Parker Center. Mais toujours pas d'arrestation, n'est-ce pas ?

Je fis le tour du bureau de Vincent, m'assis et commençai à sortir mes dossiers de mon sac. Bosch, lui, resta debout.

– Qui vous a dit ça ?

La question n'avait rien de désinvolte. C'était plutôt qu'on exigeait une réponse. Je jouai les nonchalants.

– Je ne sais plus. J'ai dû entendre ça quelque part. Peut-être un journaliste. Qui était votre suspect ?

– C'est pas vos oignons.

– Bien, mais alors, c'est quoi, mes oignons avec vous ce matin, inspecteur ? Pourquoi êtes-vous ici ?

– Je suis venu voir si vous n'auriez pas d'autres noms.

– Qu'avez-vous fait de ceux que je vous ai donnés hier ?

– On a vérifié. Rien à signaler.

– Comment pouvez-vous avoir déjà tout vérifié ?

Il se pencha en avant et posa les mains sur le bureau.

– Parce que je ne suis pas seul à travailler sur cette affaire, d'accord ? J'ai de l'aide et on a vérifié tous vos noms. Et tous ces types sont ou en prison ou morts, ou ne se sont plus jamais inquiétés de Jerry Vincent. On a aussi vérifié plusieurs individus qu'il avait expédiés en taule quand il était procureur. C'est l'impasse.

J'éprouvai une véritable déception et me rendis compte que j'avais peut-être trop espéré en songeant qu'un de ces noms sortis du passé était peut-être celui de l'assassin et que l'arrêter mettrait fin à la menace qui pesait sur moi.

– Et Demarco, le trafiquant d'armes ?

– Celui-là, je m'en suis occupé moi-même et je n'ai pas eu à attendre longtemps avant de le rayer de la liste. Il est mort, Haller. Il est mort dans sa cellule de la prison de Corcoran il y a deux ans de ça. Hémorragie interne. En l'ouvrant à l'autopsie, ils ont trouvé une brosse à dents-surin dans la cavité anale. On n'a jamais pu savoir si c'était lui qui l'y avait mise pour qu'on ne la lui pique pas, ou si c'est quelqu'un d'autre qui a fait le coup. Toujours est-il que ça a servi de leçon au reste des prisonniers. Ils ont même confectionné un panneau qui disait : « Ne jamais se mettre d'objets coupants dans le cul. »

Je me renversai sur mon siège : cette histoire me révulsait tout autant que la perte de ce suspect potentiel.

Mais je m'en remis et tentai de continuer à la jouer nonchalant.

– Bah, que voulez-vous que je vous dise, inspecteur ? Demarco était mon meilleur candidat. Ces noms sont tout ce que j'avais. Je vous ai déjà dit que je ne pouvais rien vous révéler sur les affaires en cours, mais que je vous dise : en plus, il n'y a effectivement rien à révéler.

Il hocha la tête, l'air incrédule.

– Non, je vous assure, inspecteur. J'ai passé en revue toutes les affaires en cours. Dans aucun dossier il n'y a quoi que ce soit qui aurait pu constituer une menace ou de quoi inquiéter Jerry Vincent. Et rien qui établisse un lien avec le FBI. Et rien encore qui indiquerait que Jerry serait tombé sur quelque chose qui l'aurait mis en danger. Sans compter que quand on trouve de sales trucs sur le client, celui-ci est protégé. Bref, nous n'avons rien, mec. Ce que je veux dire par là, c'est que Jerry ne représentait pas des types du crime organisé. Ou des trafiquants de drogue. Il n'y avait rien…

– Il représentait des assassins…

– Présumés, inspecteur. Et au moment de sa mort, il n'avait qu'une affaire de meurtre, celle de Walter Elliot. Et là, il n'y a rien dans le dossier. Croyez-moi, j'ai regardé.

Je n'étais pas trop sûr de croire à ce que je racontais, mais Bosch ne parut pas le remarquer. Il finit par s'asseoir au bord du fauteuil en face du bureau et sembla changer de visage. J'y vis presque du désespoir.

– C'est vrai que Jerry avait divorcé, lui lançai-je en guise de suggestion. Vous avez vérifié du côté de l'ex ?

– Ils ont divorcé il y a neuf ans. Elle s'est remariée, elle est heureuse et sur le point d'avoir son deuxième enfant. Je ne crois pas qu'une femme enceinte de sept mois ait soudain envie de flinguer un ex-mari avec lequel elle ne parle plus depuis neuf ans.

– D'autres parents ?

– Une mère à Pittsburgh. C'est cuit du côté famille.

– Une petite amie ?

– Il baisait sa secrétaire, mais ce n'était pas du sérieux. Et l'alibi de la dame tient. Elle baisait aussi avec l'enquêteur. Et ce soir-là, ils étaient ensemble.

Je me sentis rougir. Ce scénario sordide n'était pas si éloigné de ma présente situation. Au moins Lorna, Cisco et moi, nous étions empêtrés dans nos relations amoureuses à des moments différents. Je me frottai le visage comme si j'étais fatigué et espérai que cela expliquerait mes rougeurs soudaines.

– Ce qui tombe bien, enchaînai-je. Ils se donnent tous les deux un alibi.

Il hocha la tête.

– Non, il y a des témoins pour confirmer. Ils étaient avec des amis à une projection d'Archway. C'est votre gros client qui leur avait filé l'invitation.

Je hochai la tête à mon tour, fis une supposition éclairée et lui en décochai une bonne.

– Le mec que vous avez cuisiné le premier soir, c'était l'enquêteur, Bruce Carlin, non ?

– Qui vous l'a dit ?

– Mais vous-même, il y a une seconde de ça. Triangle amoureux classique. C'était par là qu'il fallait commencer.

– Futé, l'avocat. Mais comme je vous l'ai dit, ça n'a rien donné. Nous y avons passé la nuit et le matin venu, on en était encore à la case départ. Parlez-moi du fric.

Il venait de m'en renvoyer une aussi bonne.

– Quel fric ?

– Le fric sur les comptes opérationnels. Mais j'imagine que ça aussi, vous allez me dire que c'est protégé.

– En fait, il faudrait probablement que j'en parle au juge pour avoir une opinion sur la question, mais je n'ai pas besoin de m'en inquiéter. La personne qui s'en occupe est une des meilleures comptables sur laquelle je sois jamais tombé. Elle a vérifié les livres de comptes et me dit que tout est OK. Tout ce que Jerry a pris est expliqué, jusqu'au dernier penny.

Bosch restant sans réaction, je poursuivis.

– Que je vous dise un truc, inspecteur. Quand les avocats ont des ennuis, dans les trois quarts des cas, c'est pour des histoires de fric. La compta. C'est le seul endroit où il n'y ait pas de zones grises. C'est l'endroit même où le barreau de Californie adore fourrer le nez. Et si j'ai la compta la plus impeccable qui soit, c'est parce que je ne veux pas lui donner la moindre raison de me chercher noise. Ce qui fait que Lorna et moi... Lorna, c'est la fille qui s'occupe de la compta... nous saurions s'il y avait quoi que ce soit de louche dans les livres. Et il n'y a rien. Je pense que Jerry s'est payé un peu trop vite, mais techniquement, il n'y a aucun mal à ça.

Je vis quelque chose s'allumer dans le regard de Bosch.

– Quoi ?

– Qu'est-ce que ça veut dire : « il s'est payé un peu trop vite » ?

– Ça veut dire... permettez que je reprenne du début. Voici comment ça marche : quand on prend un client, on reçoit une avance. Et cette avance va sur le compte du client. C'est son argent, mais c'est l'avocat qui le gère parce qu'il tient beaucoup à pouvoir le toucher quand il l'a gagné. Vous me suivez ?

– Oui. On ne peut pas faire confiance au client parce que c'est un criminel. Et donc, on commence par exiger le fric d'entrée de jeu et on le place sur un compte. Et on se paie dessus au fur et à mesure du boulot.

– En gros, oui. Toujours est-il que l'argent est sur le compte et qu'au fur et à mesure qu'on bosse, qu'on va au tribunal, qu'on prépare le dossier, etc., on prend ses honoraires sur ce compte. En le faisant passer sur le compte opérationnel. Et sur ce compte opérationnel, on paie les factures et les salaires. Le loyer, la secrétaire, l'enquêteur, l'essence, etc. Et on se paie soi-même.

– Bon. Et donc comment Vincent s'est-il payé trop vite ?

– Non, en fait, je ne dis pas exactement qu'il l'ait fait. Tout ça est une question de coutume et de façon de procéder. Mais, d'après la compta, il me semble qu'il aimait bien fonctionner à l'équilibre le plus bas. Il se trouve qu'il avait un énorme client qui lui avait versé une grosse somme d'avance et que cet argent a filé très rapidement. Une fois tout payé, le reste lui est revenu sous forme d'honoraires.

Sa gestuelle me fit comprendre que je venais de toucher quelque chose d'autre et que pour lui, cela avait son importance. Il s'était penché légèrement vers moi et donnait l'impression d'avoir rentré les épaules et le cou.

– Walter Elliot, dit-il. C'était bien lui le gros client ?

– Je ne peux pas vous donner ce renseignement, mais c'est quand même assez facile à deviner.

Bosch acquiesça et je vis qu'il travaillait quelque chose dans sa tête. J'attendis, mais il garda le silence.

– Ça vous aide, inspecteur ? finis-je par lui demander.

– Je ne peux pas vous donner ce renseignement, mais c'est quand même assez facile à deviner, me renvoya-t-il.

J'acquiesçai à mon tour. Il m'avait eu.

– Écoutez, nous avons tous les deux des règles à suivre, lui dis-je. Nous sommes le revers et l'avers de la même médaille. Je ne fais que mon boulot. Même que si je ne peux rien faire de plus pour vous aider, vaudrait mieux que je m'y remette.

Il me dévisagea et parut décider quelque chose.

– Qui Jerry Vincent a-t-il corrompu pour l'affaire Elliot ? me demanda-t-il enfin.

La question me prit au dépourvu. Je ne m'y attendais pas, mais dès qu'il me l'eut posée, je me rendis compte que c'était pour ça qu'il était venu me voir. Tout ce qui s'était passé avant n'était que petits bavardages.

– Quoi, c'est le FBI qui vous l'a dit ?

– Je n'ai pas parlé avec le FBI.

– Alors de quoi me parlez-vous ?

– D'un pot-de-vin, voilà de quoi je vous parle.

– À qui ?

– C'est ce que je vous demande.

Je hochai la tête et souris.

– Écoutez, je vous l'ai dit : il n'y a rien à redire à la compta. Il y a…

– Sauf que si vous vouliez filer cent mille dollars de pot-de-vin à quelqu'un, vous ne les porteriez pas dans vos livres de comptes, si ?

Je repensai à Jerry Vincent et à l'époque où j'avais refusé son subtil accord de réciprocité dans l'affaire Barnett Woodson. J'avais dit non et fini par lui coller un verdict de non-coupable autour du cou. Sa vie en avait été changée et il m'en remerciait encore du fond de la tombe. Cela dit, ça n'avait peut-être pas changé sa façon de procéder dans les années qui avaient suivi.

– Vous avez sans doute raison, répondis-je. Je ne m'y prendrais pas comme ça. Et donc, qu'est-ce que vous êtes en train de me dire ?

– Je vais vous faire une confidence, maître. J'ai besoin de votre aide et je crois que vous devez savoir ça pour pouvoir m'aider.

– D'accord.

– Alors allez-y, dites-moi.

– Dites-moi quoi ?

– Que ce renseignement restera entre nous.

– Je ne l'ai pas déjà fait ? Bon d'accord. Ce renseignement restera entre nous.

– Vous n'en parlez même pas à votre équipe. Vous le gardez pour vous.

– OK. Je le garde pour moi. Alors… ?

200

– Vous, vous avez les comptes du cabinet de Jerry Vincent. Moi, j'ai sa compta privée. Et vous me dites qu'il s'est très vite payé sur Elliot. Il…

– Je ne vous ai pas dit qu'il s'agissait d'Elliot. Ça, c'est vous qui le dites.

– Peu importe. L'essentiel, c'est qu'il y a cinq mois de ça, il a mis cent mille dollars sur un compte d'investissement personnel et qu'une semaine plus tard il a appelé son courtier pour lui dire qu'il reprenait tout.

– Quoi ? Il a sorti cent mille dollars en liquide ?

– C'est exactement ce que je viens de vous dire.

– Et après ?

– Je n'en sais rien. Sauf qu'on ne peut pas aller voir son courtier et sortir cent mille dollars en liquide comme ça. Pour avoir ce genre de sommes, il faut en passer commande. Il a fallu deux ou trois jours pour la réunir et Jerry est passé la prendre. Son courtier lui a posé des tas de questions pour être sûr qu'il n'y avait pas un problème de sécurité. Vous savez bien… un type retenu en otage pendant qu'il allait chercher le fric… une rançon ou quelque chose de ce genre. Vincent lui a dit que tout allait bien, qu'il avait besoin de cet argent pour s'acheter un bateau et que s'il payait en liquide, il ferait une bonne affaire et économiserait beaucoup d'argent.

– Et où il est, ce bateau ?

– Il n'y a pas de bateau. C'était un mensonge.

– Vous êtes sûr ?

– Nous avons vérifié toutes les transactions de l'État et posé des questions partout à San Pedro et Marina del Rey. Pas moyen de trouver le moindre bateau. Nous avons fouillé deux fois chez lui et passé au crible tous ses achats par carte bancaire. Aucune facturette ou reçu pour un quelconque achat ayant à voir avec des bateaux. Ni photos, ni clés, ni cannes à pêche. Aucune déclaration auprès des garde-côtes… et c'est obligatoire pour

201

une transaction aussi importante. Jerry Vincent n'a pas acheté de bateau.

– Et côté Mexique ?

Bosch fit non de la tête.

– Ce type n'avait pas quitté Los Angeles depuis neuf mois. Il n'est pas descendu au Mexique et n'est allé nulle part ailleurs. Non, je vous le dis, il ne s'est pas acheté de bateau. On l'aurait trouvé. Il a acheté quelque chose, et votre client, Walter Elliot, sait probablement de quoi il s'agit.

Je repris son raisonnement et vis bien qu'il nous conduisait directement à la porte de ce dernier. Sauf que cette porte, il n'était pas question que je l'ouvre avec un Bosch qui regarderait par-dessus mon épaule.

– J'ai l'impression que vous vous trompez, inspecteur.

– Je ne crois pas, maître.

– Eh bien, je ne peux pas vous aider. Je n'ai aucune idée de ce que vous me dites et n'en ai vu aucun indice dans les registres ou les dossiers en ma possession. Si vous pouvez relier ce prétendu pot-de-vin à mon client, allez-y, arrêtez-le et inculpez-le. Sans ça, je vous le dis tout de suite, pas touche. Il est hors de question qu'il vous parle de ça ou d'autre chose.

Il hocha la tête.

– Comme si j'allais perdre mon temps à essayer de lui parler ! Il s'est servi de son avocat pour se couvrir et je n'arriverai jamais à passer par-dessus la protection avocat-client. Mais vous, maître, vous devriez y voir un avertissement.

– Ah oui, et comment ça ?

– C'est tout simple. C'est son avocat qui s'est fait tuer, pas lui. Pensez-y. Et n'oubliez pas : le petit frisson qui vous court sur la nuque et vous descend le long de la colonne vertébrale ? C'est très exactement ce qu'on ressent quand on sait qu'il faut toujours regarder par-dessus son épaule. Quand on se sait en danger.

Je lui renvoyai son sourire.

– Parce que… c'est donc ça ? Et moi qui croyais que c'est ce qu'on ressent quand on sait que le type d'en face est en train de vous raconter des conneries.

– Je ne fais que vous dire la vérité.

– Ça fait deux jours que vous me faites marcher. Que vous me balancez des histoires de pots-de-vin et de FBI. Vous essayez de me manipuler et vous perdez votre temps. Et maintenant va falloir partir, inspecteur, j'ai du vrai boulot à faire.

Je me levai et lui montrai la porte de la main. Il se leva lui aussi, mais ne se tourna pas pour y aller.

– Ne vous racontez pas d'histoires, Haller. Ne commettez pas cette erreur.

– Merci du conseil.

Il finit par se tourner et commença à partir. Mais s'arrêta et revint jusqu'au bureau en sortant quelque chose de la poche intérieure de sa veste.

Une photo. Il la posa sur le bureau.

– Vous reconnaissez cet homme ? me demanda-t-il.

J'examinai le cliché. C'était un plan fixe tiré d'une vidéo et plein de grain. On y voyait un homme en train de pousser la porte d'entrée d'un immeuble de bureaux.

– C'est bien l'entrée du Legal Center, non ?

– Vous reconnaissez le type ?

La photo avait été prise de loin et si fortement agrandie qu'on en voyait les pixels, ce qui la rendait difficile à lire. L'homme me fit l'impression d'être latino. Il avait la peau sombre et les cheveux noirs et arborait une moustache à la Pancho Villa, comme celle de Cisco jadis. Il portait un panama et une chemise à col ouvert sous ce qui semblait être une veste de sport en cuir. En regardant le cliché de plus près, je compris pourquoi c'était ce plan-là de la vidéo de surveillance qu'on avait choisi. La veste du type s'était ouverte au moment où il franchissait la porte en verre et je vis ce qui m'eut tout l'air d'un pistolet enfoncé dans la ceinture de son pantalon.

– C'est un flingue ? C'est l'assassin ?

– Dites, vous ne pourriez pas répondre à une question sans en poser une autre, bordel ? Reconnaissez-vous cet homme ? C'est tout ce que je veux savoir.

– Non, inspecteur, je ne le reconnais pas. Content ?

– Et une question de plus !

– Désolé.

– Vous êtes bien certain de n'avoir jamais vu ce type ?

– Pas à cent pour cent, non. Mais votre cliché n'est pas génial. D'où sort-il ?

– D'une caméra de surveillance au croisement de Broadway et de la 2e. Elle balaie toute la rue et on n'y voit ce type que quelques secondes. C'est ce qu'on a de mieux.

Je savais que depuis quelques années, et sans rien en dire, la municipalité faisait installer des caméras de surveillance dans les artères principales de la ville. Des voies telles qu'Hollywood Boulevard étaient surveillées pratiquement de bout en bout. Et Broadway faisait un candidat idéal. Il y avait toujours foule dans la journée et la circulation y était difficile. C'était aussi la rue la plus souvent choisie par les organisateurs de manifestations.

– Bon, eh bien, faut croire que ça vaut mieux que rien. Vous pensez que les cheveux et la moustache sont bidon ?

– Et si c'était moi qui posais les questions, hein ? Ce type pourrait-il compter parmi vos clients ?

– Je ne sais pas. Je ne les ai pas tous rencontrés. Laissez-moi la photo et je la montrerai à Wren Williams. Elle saura bien mieux que moi s'il s'agit d'un client.

Il tendit la main et me reprit le cliché.

– C'est le seul tirage que j'aie. Quand doit-elle arriver ?

– D'ici une heure, environ.

– Je repasserai. En attendant, surveillez vos arrières, maître.

Il pointa un doigt sur moi comme si c'était un flingue, pivota sur lui-même, sortit de la pièce et referma la porte derrière lui. Je restai assis à regarder fixement la porte en réfléchissant à ce qu'il venait de me dire ; je m'attendais vaguement à ce qu'il revienne et me lâche un autre de ses sinistres avertissements.

Mais lorsque la porte se rouvrit une minute plus tard, ce fut pour livrer passage à Lorna.

– J'ai vu l'inspecteur dans le couloir, dit-elle.

– Oui, il vient de passer.

– Qu'est-ce qu'il voulait ?

– Me foutre la trouille.

– Et… ?

– Il a fait de l'assez bon boulot.

22

Lorna voulait convoquer une autre réunion générale et me mettre au courant de ce qui s'était produit pendant que j'étais allé à Malibu et passé voir Walter Elliot la veille. Elle m'informa même que j'avais une audience prévue pour une affaire mystérieuse qui n'était pas inscrite au planning que nous avions établi. Mais j'avais, moi, besoin de réfléchir à ce que Bosch venait de me révéler et à ce que ça signifiait.

– Où est Cisco ?

– Il arrive, me répondit-elle. Il est parti tôt pour retrouver un de ses informateurs avant de venir ici.

– Il a pris son petit déjeuner ?

– Pas avec moi.

– Bien, tu attends qu'il arrive et on ira prendre le petit déjeuner au Dining Car. C'est là qu'on passera tout en revue.

– J'ai déjà déjeuné.

– Alors tu pourras causer tout ton saoul pendant que nous, on mangera tout le nôtre.

Elle prit un air faussement réprobateur, mais gagna la réception et me laissa seul. Je me levai de derrière le bureau, me mis à faire les cent pas dans la pièce et, les mains dans les poches, tentai d'évaluer ce qu'il y avait dans les renseignements que Bosch venait de me fournir.

D'après lui, Jerry Vincent avait versé un pot-de-vin substantiel à un ou plusieurs inconnus. Que ces cent mille dollars aient été tirés sur l'avance de Walter Elliot semblait indiquer que ce pot-de-vin avait un lien avec lui, mais cela n'avait rien de concluant. Vincent pouvait très bien s'être servi de l'argent d'Elliot pour régler une dette ou payer un pot-de-vin pour une autre affaire, voire faire tout autre chose. Il aurait pu s'agir d'une dette de jeu qu'il voulait cacher. Le seul fait tangible était qu'il avait pris ces cent mille dollars sur son compte, s'en était servi pour quelque chose dont on ignorait tout et que ce quelque chose, il avait voulu le tenir secret.

Autre élément à analyser : le timing de la transaction et le fait de savoir si c'était oui ou non lié à son assassinat. Bosch soutenait que ce transfert d'argent s'était produit cinq mois plus tôt. Le meurtre de Vincent avait eu lieu juste trois soirs avant et le procès d'Elliot devait commencer une semaine plus tard. Là encore, ça ne prouvait rien de manière définitive. Le laps de temps écoulé entre la transaction et le meurtre me semblait mettre à rude épreuve tout lien possible entre ces deux événements.

Il n'empêche : je ne pouvais pas non plus écarter cette possibilité et la raison en était Walter Elliot en personne. Grâce aux informations filtrées de Bosch, je commençais enfin à remplir certains blancs et à voir mon client – et moi-même – sous un autre jour. Je comprenais enfin que la confiance qu'il avait en un acquittement dû à son innocence pouvait venir de ce qu'il croyait l'avoir déjà acheté et payé. Je voyais aussi que son refus obstiné de même seulement envisager de repousser la date du procès pouvait être lié à une question de timing du pot-de-vin. Et je voyais également que la facilité avec laquelle il avait accepté que je reprenne le flambeau de Vincent sans même vérifier une seule de mes références pouvait être une manœuvre destinée à lui assurer un procès sans délai. Cela n'avait rien à voir avec mon talent et ma ténacité. Rien de tout cela ne l'avait impressionné. Je n'étais que celui qui s'était trouvé là au bon moment. Je n'étais qu'un avo-cat qui pouvait œuvrer dans sa stratégie. De fait même, j'étais l'avocat idéal. On m'avait sorti des objets trou-vés. Après avoir été mis au placard, j'étais enfin prêt et j'avais faim. On m'époussette, on me met un cos-tume et on m'envoie remplacer Vincent sans poser de questions.

Le retour aux réalités que cela m'infligea fut tout aussi désagréable que ma première nuit de cure. Cela étant, je compris aussi que le savoir pouvait me donner un avantage. Je me trouvais certes au cœur d'une machi-nation, mais au moins je le savais. C'était un atout. Cette machination, maintenant je pouvais faire en sorte que ce soit la mienne.

Cet empressement à aller au procès avait une raison et je pensais enfin la connaître. L'arnaque était lancée. De l'argent avait été versé pour la combine, et la com-bine impliquait que le procès se tienne à la date prévue. La question suivante était de savoir pourquoi. Pourquoi fallait-il que le procès se tienne à la date prévue ? Je n'avais pas encore la réponse à cette question, mais j'allais la trouver.

Je gagnai les fenêtres et écartai les lames de la jalou-sie d'une main. Dans la rue, je vis une camionnette de la 5 garée avec deux roues sur le trottoir. Une équipe de tournage et un journaliste se tenaient devant, prêts à faire un reportage en direct : on voulait donner aux téléspectateurs les derniers développements de l'affaire, à savoir exactement la même chose que la veille – aucune arrestation n'avait été faite et l'on n'avait pas plus de suspects que de nouvelles informations.

Je quittai la fenêtre et revins au milieu de la pièce pour continuer à faire les cent pas. C'était maintenant au type sur la photo de Bosch que je devais réfléchir. Pour moi, il y avait contradiction. Les premiers indices de la scène de crime donnaient à penser que Vincent connaissait son assassin et l'avait laissé approcher. Mais l'homme de la photo, lui, semblait s'être déguisé. Jerry aurait-il baissé sa vitre pour le type de la photo ? Que Bosch se soit concentré sur cet homme n'avait guère de sens quand on songeait à ce que la scène de crime semblait laisser entendre.

Les appels du FBI retrouvés sur le portable de Vincent faisaient aussi partie de l'équation inconnue. Que savait le Bureau et pourquoi aucun agent n'était-il entré en contact avec Bosch ? Il n'était pas impossible que le FBI veuille brouiller les pistes. Mais je savais aussi qu'il ne voulait peut-être pas sortir de l'ombre et ainsi révéler l'existence d'une enquête en cours. Si tel était le cas, il allait falloir que j'avance à pas nettement plus feutrés. Qu'une enquête fédérale sur un problème de corruption me trouve le nez même seulement un peu sale et je ne m'en remettrais jamais.

La dernière grande inconnue à envisager était le meurtre lui-même. Vincent avait payé le pot-de-vin et était prêt à aller au procès à la date prévue. Pourquoi était-il donc devenu un obstacle ? Son assassinat ne pouvait que mettre en danger le calendrier et constituait une réponse extrême au problème. Pourquoi l'avait-on tué ?

Cela faisait trop de questions avec trop d'inconnues pour le moment. J'avais besoin de plus de renseignements avant de pouvoir tirer des conclusions solides sur la manière de procéder. Cela étant, une conclusion de base, il y en avait une, et je ne pouvais pas ne pas y arriver. Il me semblait désagréablement clair que j'étais en train de me faire pigeonner par mon client. Elliot me tenait dans le noir sur tout ce qui se jouait dans cette affaire.

Mais cela pouvait aller dans les deux sens. Je décidai de faire exactement ce que Bosch m'avait demandé, à savoir de garder secret le renseignement qu'il m'avait confié. Je n'en parlerais pas à mon équipe et, pour l'instant au moins, n'irais certainement pas poser de questions à Walter Elliot sur ce qu'il savait de tout cela. Je tiendrais la tête au-dessus des eaux noires de l'affaire et garderais les yeux ouverts.

Je passai de ce qui m'occupait l'esprit à ce que j'avais sous le nez. À savoir la gueule béante du poisson de Patrick Henson que je contemplais.

La porte s'ouvrant à nouveau, Lorna entra dans le bureau et me trouva en train de regarder fixement le tarpon.

– Qu'est-ce que tu fais ? me demanda-t-elle.

– Je réfléchis.

– Bon, mais Cisco est arrivé et il faut qu'on y aille. T'as une journée chargée au tribunal et je ne veux pas que tu sois en retard à cause de nous.

– Alors allons-y. Je crève de faim.

Je sortis derrière elle, mais pas avant d'avoir jeté un dernier coup d'œil au gros et superbe poisson accroché au mur. Et songeai que je savais exactement ce qu'il éprouvait.

23

Je demandai à Patrick de nous conduire au Pacific Dining Car, où Cisco et moi commandâmes un steak et des œufs tandis que Lorna se contentait d'un thé au miel. Le Dining Car était un endroit où les puissants du centre-ville aimaient se retrouver avant de passer leur journée à se démener dans les tours de verre du quartier. La nourriture était trop chère, mais bonne. Le lieu inspirait confiance et faisait que le guerrier du centre-ville avait l'impression d'être un gros cogneur.

Dès que le garçon eut pris nos commandes et disparu, Lorna repoussa ses couverts de côté et ouvrit un calendrier à spirale de marque At-A-Glance[1] sur la table.

– Dépêche-toi de manger, me dit-elle. Tu as une journée chargée.

– Dis-moi.

– Bien, commençons par le facile.

Dans un sens puis dans l'autre, elle tourna deux ou trois pages du calendrier et attaqua.

– Tu as une réunion à 10 heures avec le juge Holder en son cabinet. Elle exige que tu lui fasses le point sur l'inventaire des clients.

– Elle m'avait donné une semaine ! protestai-je. On n'est que jeudi.

– Ben, peut-être, mais Michaela a appelé pour me dire que le juge voulait un point avant. Je crois qu'elle… le

---

1. Soit « D'un seul coup d'œil ». *(NdT.)*

juge, je veux dire… a vu dans le journal que tu reprenais l'affaire Elliot. Elle craint que tu ne lui consacres tout ton temps et ne fasses rien pour les autres clients.

– Ce n'est pas vrai. J'ai soumis une requête pour Patrick pas plus tard qu'hier et jeudi, je suis allé au rendu de sentence de Reese. Et je n'ai même pas encore rencontré tous mes clients !

– T'inquiète pas, j'ai une copie papier de l'inventaire au bureau et tu pourras l'emporter avec toi. On y voit qui tu as rencontré, avec qui tu vas continuer et tous les plannings afférents. Tu lui balances toute cette paperasse, elle ne pourra pas se plaindre.

Je souris. Lorna était la meilleure.

– Génial, dis-je. Quoi d'autre ?

– Après, à 11 heures, tu as rendez-vous avec le juge Stanton pour l'affaire Elliot. En son cabinet.

– Conférence sur l'état de la question ?

– Oui. Il veut savoir si tu seras prêt à y aller jeudi prochain.

– Non, je ne le serai pas, mais Elliot refuse qu'on procède autrement.

– Bah, le juge l'entendra dire à Elliot en personne. Il exige la présence de l'accusé.

Voilà qui était inhabituel. Les trois quarts de ces conférences sont de pure routine et très rapides. Que Stanton exige la présence d'Elliot donnait à l'affaire une importance bien plus grande.

Je songeai à quelque chose et sortis mon portable.

– Tu l'as fait savoir à Elliot ? Il se peut…

– Range ça. Il le sait et il y sera. J'ai parlé à son assistante… une certaine Mme Albrecht… ce matin, et elle sait qu'il doit y être et que le juge peut révoquer sa conditionnelle s'il ne s'y pointe pas.

J'acquiesçai. Astucieuse, la manœuvre. Menacer la liberté d'Elliot comme moyen de s'assurer qu'il vienne au rendez-vous.

– Bien, dis-je. C'est tout ?

Je voulais passer à Cisco et lui demander ce qu'il avait réussi à trouver sur le meurtre de Vincent et si ses sources lui avaient dit quoi que ce soit sur le type de la photo de surveillance que m'avait montrée Bosch.

– Oh, que non, mon ami ! s'écria-t-elle. Et maintenant, l'affaire mystère.

– Je t'écoute.

– Hier après-midi, nous avons reçu un appel de l'assistante du juge Friedman. Elle voulait savoir s'il y avait quelqu'un qui reprenait les affaires de Vincent. Quand on l'a informée que c'était toi, elle a voulu savoir si tu étais au courant pour l'audience de 2 heures devant le juge Friedman. J'ai regardé notre nouveau planning et tu n'avais aucune audience de prévue pour aujourd'hui à 2 heures. Bref, c'est ça, le mystère. Tu as une audience à 2 heures pour une affaire que non seulement nous n'avons pas au planning, mais pour laquelle nous n'avons pas non plus le moindre dossier.

– Comment s'appelle le client ?

– Eli Wyms.

Ça ne me disait rien.

– Wren connaissait-elle ce nom ?

Lorna écarta la question d'un hochement de tête.

– Tu as vérifié du côté des affaires terminées ? Peut-être qu'on l'y aura mise par erreur.

– Non, on a vérifié. Il n'y a aucun dossier Eli Wyms dans tout le cabinet.

– Et c'est pour quoi, cette audience ? Tu l'as demandé à l'assistante ?

Elle fit oui de la tête.

– Requêtes avant procès. Wyms est accusé de tentative de meurtre sur la personne d'un gardien de la paix. Il doit aussi répondre de plusieurs autres chefs d'accusation ayant à voir avec la législation sur les armes. Il a été arrêté le 2 mai dans un parc du comté de Calabasas.

Il a été mis en accusation, attaché et expédié à Camarillo pour quatre-vingt-dix jours. On a dû le trouver apte à comparaître vu que l'audience d'aujourd'hui doit décider de la date du procès et si oui ou non, on envisage une liberté sous caution.

Je hochai la tête. Il n'était pas difficile de lire entre les lignes de ce bref résumé. Pour une histoire d'armes, Wyms s'était embringué dans une confrontation avec les services du shérif qui faisaient respecter la loi dans la région non municipalisée de Calabasas. Il avait été envoyé au centre d'évaluation psychiatrique de Camarillo, où les réducteurs de têtes avaient mis trois mois à décider s'il était cinglé ou apte à répondre des charges pesant contre lui. Les médecins avaient arrêté qu'il était apte, ce qui voulait dire qu'il savait faire la différence entre le bien et le mal quand il avait essayé de tuer un gardien de la paix, à peu près sûrement l'adjoint du shérif qui l'avait confronté.

Tel était, réduit à sa plus simple expression, le schéma des ennuis dans lesquels se trouvait Eli Wyms. Il devait y avoir plus de détails dans le dossier, sauf qu'on n'en avait pas.

– Y a-t-il quoi que ce soit le concernant dans la comptabilité des avances ?

Lorna fit non de la tête. J'aurais dû me douter qu'elle avait tout fait à fond et vérifié les comptes pour retrouver sa trace.

– Bien. Il semblerait donc que Jerry l'ait pris *pro bono*.

De temps en temps, certains avocats fournissent leurs services gratuitement pour des clients indigents ou très particuliers. Ils le font parfois par altruisme, mais parfois aussi parce que le client refuse de payer. Quoi qu'il en soit, qu'aucune avance n'ait été payée par Wyms pouvait s'expliquer. Mais qu'il n'y ait pas de dossier posait un tout autre problème.

– Tu sais ce que je pense ? me demanda Lorna.

– Non, quoi ?

– Je pense que Jerry avait son dossier avec lui… dans sa mallette… quand il est parti lundi soir.

– Et que l'assassin l'a embarqué avec le portable et l'ordinateur.

Elle fit oui de la tête, et moi aussi.

Tout cela se comprenait. Jerry allait passer sa soirée à préparer sa semaine, dont une audience prévue ce jeudi-là pour l'affaire Wyms. Peut-être n'avait-il plus d'idées et avait remis le dossier dans sa mallette en pensant y jeter un coup d'œil plus tard. Ou alors, il gardait le dossier avec lui parce que celui-ci avait une importance que je ne pouvais pas encore deviner. Peut-être même l'assassin ne voulait-il que ce dossier-là et pas du tout le portable ni l'ordinateur.

– Qui est le procureur ? demandai-je.

– Joanne Giorgetti et là, j'ai sacrément d'avance sur toi. Je l'ai appelée hier, lui ai expliqué notre situation et lui ai demandé si elle ne pourrait pas nous faire une copie du dossier de l'accusation. Elle m'a dit que ça ne posait aucun problème. Tu pourras passer la prendre après ton rendez-vous de 11 heures avec le juge Stanton et tu auras quelques heures pour te familiariser avec les détails de l'affaire avant l'audience.

Procureur de haut niveau spécialisé dans les crimes perpétrés contre les membres des forces de l'ordre, Joanne Giorgetti travaillait au bureau du district attorney. C'était aussi une amie de longue date de mon ex et le coach de basket de ma fille en ligue YMCA. Elle s'était toujours montrée cordiale à mon endroit, même après que Maggie et moi nous fûmes séparés. Je ne fus donc pas surpris qu'elle m'ait fait faire une copie du dossier de l'accusation.

– Tu penses à tout, Lorna, lui dis-je. Pourquoi tu ne prends pas la direction du cabinet ? Tu n'as vraiment pas besoin de moi.

Elle sourit à ce compliment et je la vis jeter un rapide coup d'œil à Cisco. Je compris qu'elle voulait qu'il comprenne la valeur qu'elle avait pour le cabinet Michael Haller et Associés.

– J'aime bien travailler en arrière-plan, dit-elle. À toi le devant de la scène.

On nous avait apporté nos plats, je versai une bonne dose de Tabasco sur mes œufs et mon steak. Il y a des moments où une sauce bien piquante est la seule façon que j'aie de savoir que je suis encore en vie.

J'étais enfin prêt à entendre ce que Cisco avait trouvé sur l'enquête, mais il s'était mis à manger et je compris qu'il valait mieux ne pas le distraire. Je décidai d'attendre et demandai à Lorna comment ça se passait avec Wren Williams. Elle me répondit à voix basse, comme si la dame était assise à côté d'elle dans le restaurant et nous écoutait.

– Elle n'est pas d'une grande aide, Mickey. Elle a l'air de n'avoir aucune idée de la façon dont marchait le cabinet et des endroits où Jerry rangeait ses trucs. Elle aura de la chance si elle se rappelle où elle a garé sa voiture ce matin. Si tu veux vraiment savoir, je dirais qu'elle travaillait ici pour une autre raison.

J'aurais pu la lui dire – c'était celle que m'avait révélée Bosch –, mais je décidai de garder ça pour moi. Je ne voulais pas distraire Lorna avec des commérages.

Je regardai derrière elle et vis que Cisco sauçait son steak et sa sauce piquante avec un toast. Il était prêt à y aller.

– Et toi, Cisco, qu'est-ce que t'as sur le feu aujourd'hui ?

– Je travaille sur Rilz et son côté de l'équation.

– Et ça marche ?

– Je crois avoir deux ou trois trucs dont tu pourrais te servir. Tu veux que je te raconte ?

– Pas tout de suite. Je te demanderai quand j'en aurai besoin.

Je ne voulais pas qu'il me donne des renseignements sur Rilz que je pourrais être obligé de passer à l'accusation. Pour le moment, moins j'en savais, mieux ça valait. Cisco le comprenait et acquiesça d'un signe de tête.

– J'ai aussi le débriefing de Bruce Carlin cet après-midi, enchaîna-t-il.

– Il exige deux cents dollars de l'heure, dit Lorna. Un vrai bandit de grand chemin, si tu veux mon avis.

J'écartai sa protestation d'un geste de la main.

– Paie-le. C'est une dépense qu'on ne fera qu'une fois et il a probablement des renseignements dont on pourra se servir et qui feront gagner du temps à Cisco.

– Ne t'inquiète pas, on le paie. C'est juste que ça ne me plaît pas. Il nous estampe parce qu'il sait qu'il peut y aller.

– En fait, c'est Elliot qu'il estampe, et lui, je ne pense pas que ça l'embête.

Je me tournai à nouveau vers mon enquêteur.

– As-tu du nouveau sur le meurtre de Vincent ?

Il me mit au courant de ce qu'il avait. Il s'agissait pour l'essentiel de détails du labo, ce qui me fit penser que son informateur travaillait de ce côté-là de l'équation. Il m'informa que Vincent avait été abattu de deux balles, toutes les deux dans la région temporale gauche. L'écart entre les deux blessures d'entrée faisait moins de deux centimètres et les brûlures de poudre sur la peau et les cheveux indiquaient que l'arme se trouvait à une distance comprise entre vingt-deux et trente centimètres de la victime lorsque l'assassin avait fait feu. Cela indiquait aussi que le tueur avait tiré deux coups de feu rapides et qu'il était assez doué. Il était peu probable qu'un amateur ait pu grouper ses tirs en s'y prenant aussi rapidement.

En plus de quoi, ajouta Cisco, les balles n'avaient jamais quitté le corps et n'avaient été récupérées qu'au cours de l'autopsie qui s'était déroulée tard la veille.

– Du calibre .25, dit-il.

J'avais interrogé en contre d'innombrables experts en balistique et m'y connaissais en projectiles. Une balle de calibre .25 ne pouvait sortir que d'une arme de petite taille, mais pouvait faire beaucoup de dégâts, surtout quand elle était tirée dans la voûte crânienne. Elle y ricochait, le résultat étant que le cerveau de la victime était comme passé au mixer.

– On sait la marque de l'arme ?

Je savais qu'en étudiant les rayures et les cloisons laissées sur les projectiles on pourrait déterminer avec quelle arme ils avaient été tirés. De la même façon exactement que sans même l'avoir les enquêteurs avaient pu trouver de quelle arme s'était servi l'auteur des meurtres de Malibu.

– Oui. Un Beretta Bobcat, calibre .25. Efficace et si petit qu'on pourrait presque le cacher dans sa main.

L'arme n'avait rien à voir avec celle dont on s'était servi pour tuer Mitzi Elliot et Johan Rilz.

– Ce qui nous dit quoi ?

– Que c'est l'arme d'un tueur à gages. C'est ça qu'on prend quand on sait qu'on va tirer dans la tête.

J'acquiesçai.

– C'était donc un truc préparé. L'assassin savait ce qu'il allait faire. Il attend dans le garage, il voit sortir Jerry et se dirige droit sur la voiture. La vitre s'abaisse, ou était déjà baissée, et le mec en balance deux dans le crâne de Jerry ; après quoi, il s'empare de la mallette où sont enfermés l'ordinateur, le portable et, on le pense, le dossier d'Eli Wyms.

– Exactement.

– Bon, et le suspect ?

– Le type qu'ils ont cuisiné le premier soir ?

– Non, celui-là, c'était Carlin. Et ils l'ont libéré.

Cisco parut surpris.

– Comment as-tu découvert que c'était Carlin ?

– C'est Bosch qui me l'a dit ce matin.

– Tu veux dire qu'ils auraient un autre suspect ?

J'acquiesçai.

– Il m'a montré la photo d'un type en train de sortir du bâtiment au moment de la fusillade. Il portait une arme et s'était manifestement déguisé.

Je vis son regard s'enflammer. Sa fierté professionnelle voulait que ce soit lui qui me fournisse ce genre de renseignements. Il n'aimait pas du tout que ça se passe en sens inverse.

– Bosch n'avait pas de nom, juste une photo, repris-je. Il voulait savoir si j'avais déjà vu ce mec avant ou si c'était un de nos clients.

Son regard s'assombrit : il venait de comprendre que son informateur gardait des choses pour lui. Si je lui avais parlé des appels du FBI, il est probable qu'il aurait pris la table à deux mains et l'aurait jetée par la fenêtre.

– Je vais voir ce que je peux trouver, dit-il en serrant les mâchoires.

Je regardai Lorna.

– Bosch m'a aussi dit qu'il repasserait ce matin pour montrer la photo à Wren.

– Je vais l'avertir.

– Assure-toi de regarder la photo toi aussi. Je veux que tout le monde soit sur le qui-vive pour ce type.

– D'accord, Mickey.

Je hochai la tête. Nous en avions terminé. Je posai une carte de crédit sur la note et sortis mon portable pour appeler Patrick. Et l'appeler me rappela quelque chose.

– Cisco, dis-je, il y a un autre truc que j'aimerais que tu fasses aujourd'hui.

Il me regarda. Il voulait désespérément quelque chose qui lui ôterait de l'idée que j'avais un meilleur informateur que lui sur le meurtre de Vincent.

– Passe chez le liquidateur de Vincent et essaie de voir s'il ne se serait pas gardé une des planches de surf de Patrick. Si c'est le cas, je veux la reprendre pour Patrick.

Il acquiesça d'un signe de tête.

– Ça, je peux faire, dit-il. Pas de problème.

24

Ralenti par les ascenseurs du Criminal Courts Building, j'avais quatre minutes de retard lorsque j'entrai dans la salle d'audience du juge Holder et me dépêchai de traverser le bureau de son assistante pour gagner le couloir conduisant à son cabinet. Je ne vis personne et la porte était fermée. Je frappai doucement et entendis le juge me dire d'entrer.

Elle était assise derrière son bureau et portait sa robe noire. Cela me dit qu'elle devait avoir une audience dans pas longtemps et que je sois en retard n'était pas une bonne chose.

– Maître Haller, notre rendez-vous était pour 10 heures. Il me semble qu'on vous en avait correctement informé.

– Oui, madame le juge, je sais. Je suis désolé. Les ascenseurs de ce bâti…

– Tous les avocats se servent des mêmes et la plupart de vos collègues me font l'effet d'être à l'heure quand ils ont rendez-vous avec moi.

– Oui, madame le juge.

– Avez-vous votre carnet de chèques ?

– Je crois, oui.

– Bien, nous avons le choix entre deux façons de procéder. Ou bien je vous colle une amende pour outrage à magistrat et vous laisse vous expliquer avec le barreau de Californie, ou bien on fait ça à la bonne franquette et vous sortez votre carnet de chèques pour faire un don à la fondation Make A Wish[1]. C'est un de mes organismes de charité préférés. Ils font de bonnes choses pour les enfants malades.

Incroyable. Je me retrouvais avec une amende pour quatre minutes de retard. L'arrogance de certains juges avait de quoi étonner. Dieu sait comment, je réussis à ravaler mon indignation et repris la parole.

– J'aime bien l'idée d'aider des enfants malades, dis-je. Je leur fais un chèque de combien, madame le juge ?

– Ce que vous voulez. Et je me donnerai même la peine de l'envoyer à votre place.

Elle me montra une pile de papiers du côté gauche de son bureau. J'y vis deux autres chèques, très vraisemblablement signés par deux autres pauvres pommes qui comme moi s'étaient mis à dos madame le juge pendant la semaine. Je me penchai en avant et cherchai mon carnet de chèques dans la poche de devant de mon sac à dos. Puis je rédigeai un chèque de deux cent cinquante dollars à la fondation Make A Wish, le détachai et le tendis au juge Holder par-dessus la table. Et la regardai étudier le montant de mon don. Elle approuva d'un signe de tête et je sus que tout allait bien.

– Merci, maître Haller, dit-elle. Ils vous enverront un reçu pour les impôts. Il vous sera expédié à l'adresse indiquée sur le chèque.

– Comme vous l'avez dit, madame le juge, ils font du bon boulot.

– Oui, absolument.

Elle posa mon chèque sur les deux autres et concentra enfin son attention sur moi.

– Bien, dit-elle, avant de passer à vos dossiers, permettez que je vous pose une question. Savez-vous si la police avance dans son enquête sur la mort de maître Vincent ?

---

1. Soit à la fondation Faites un vœu. *(NdT.)*

J'hésitai un instant et me demandai ce que je devais dire à la doyenne de la Cour supérieure.

– Je ne suis pas vraiment dans le coup pour ça, madame le juge. Mais on m'a montré la photo d'un type en qui les flics voient un suspect possible, enfin, je pense.

– Vraiment ? Quel genre de photo ?

– De caméra de surveillance dans la rue. Le type semble avoir une arme. Je crois que côté timing, les flics ont fait le lien avec la fusillade dans le garage.

– Avez-vous reconnu cet homme ?

– Non, dis-je en hochant la tête, le cliché a trop de grain. Et, en plus, on dirait bien que le bonhomme porte un déguisement.

– Ça date de quand ?

– Du soir de la fusillade.

– Non, je voulais dire : quand est-ce qu'on vous a montré cette photo ?

– Ce matin même, madame le juge. L'inspecteur Bosch est passé au cabinet avec.

Elle hocha la tête. Nous gardâmes le silence un instant, puis elle en vint au sujet de la réunion.

– Bien, maître Haller, dit-elle. Et si on parlait clients et affaires ?

– Oui, madame le juge.

Je tendis la main, ouvris la fermeture Éclair de mon sac et sortis le planning que Lorna m'avait préparé.

Le juge Holder me garda une heure dans son cabinet, le temps que je lui parle de toutes les affaires et de tous mes clients, que je lui précise où on en était dans chaque dossier et lui rapporte les conversations que j'avais eues avec chacun de mes nouveaux clients. Lorsque enfin elle me laissa filer, j'étais en retard pour mon rendez-vous avec le juge Stanton.

Je quittai le cabinet d'Holder et ne me donnai pas la peine d'attendre l'ascenseur. Je pris l'escalier de secours et en descendis deux volées de marches à toute allure pour rejoindre le cabinet du juge Stanton. J'avais huit minutes de retard et me demandai si ça n'allait pas me coûter un autre don à un autre organisme préféré du juge.

La salle d'audience était vide, mais l'assistante du juge était à son poste. Du bout de son stylo elle me montra la porte ouverte du couloir qui conduisait au cabinet du juge.

– Ils vous attendent, dit-elle.

Je passai vite devant elle et enfilai le couloir. La porte du cabinet était ouverte et je vis le juge assis à son bureau. À sa gauche une sténo, en face de lui trois fauteuils. Walter était assis sur celui de droite, le fauteuil du milieu était vide et le procureur Jeffrey Golantz occupait le troisième. Je ne l'avais jamais rencontré, mais je le reconnus sans problème : j'avais déjà vu son visage à la télé et dans les journaux. Les années précédentes il avait travaillé sur plusieurs affaires retentissantes et commençait à se faire un nom. Étoile montante du bureau du district attorney, il était le procureur qui n'a jamais perdu un procès.

Et j'adorais m'attaquer à ce genre de procureurs : leur excès de confiance en soi les trahissait souvent.

– Désolé d'être en retard, monsieur le juge, dis-je en me glissant dans le fauteuil vide. Le juge Holder m'avait convoqué et elle a pris plus de temps que prévu.

J'espérais qu'imputer la raison de mon retard à sa collègue empêcherait Stanton de s'attaquer encore une fois à mon carnet de chèques et cela parut marcher.

– Passons tout de suite à ce qu'il convient de consigner au dossier, dit-il.

La sténo se pencha en avant et posa les doigts au-dessus des touches de sa machine.

– Dans l'affaire État de Californie contre Walter Elliot... nous sommes aujourd'hui en notre cabinet pour une conférence d'état de la procédure. Sont présents l'accusé, maître Golantz pour le district attorney et maître Haller en lieu et place de feu maître Vincent pour la défense.

Arrivé là, il dut marquer une pause pour donner l'orthographe correcte de tous ces noms à la sténo. Il parlait de la voix pleine d'autorité que procurent souvent dix ans de pratique à l'homme de loi. Bien de sa personne, le juge Stanton avait encore une belle crinière de cheveux gris. Il était en bonne forme, sa robe noire ne faisant pas grand-chose pour dissimuler ses épaules et sa poitrine bien développées.

– Bien, reprit-il, l'affaire requiert que nous procédions à la sélection des jurés dès jeudi prochain, soit dans une semaine, et je remarque, maître Haller, que vous n'avez pas sollicité d'ajournement pour vous permettre d'être parfaitement au courant de l'affaire.

– Nous ne voulons pas ajourner, dit Elliot.

Je tendis le bras, posai la main sur l'avant-bras de mon client et hochai la tête.

– Monsieur Elliot, dit le juge, j'entends qu'en cette audience vous laissiez parler votre avocat.

– Je vous prie de m'excuser, monsieur le juge, enchaînai-je, mais le message est le même qu'il sorte de ma bouche ou de celle de M. Elliot. Nous ne voulons pas ajourner. J'ai passé toute ma semaine à me mettre au courant de l'affaire et je serai prêt pour la sélection des jurés jeudi prochain.

Le juge me jeta un coup d'œil.

– Vous êtes sûr, maître Haller ?

– Absolument. Maître Vincent était un bon avocat qui tenait bien ses dossiers. Je comprends la stratégie qu'il avait élaborée et je serai prêt à y aller jeudi. L'affaire a toute mon attention. Et celle de toute mon équipe.

Le juge se renversa dans son fauteuil à haut dossier et hocha la tête de droite et de gauche en réfléchissant. Et finit par regarder Elliot.

– Monsieur Elliot, dit-il, tout compte fait, il s'avère que c'est à vous de parler. Je veux vous entendre me dire que vous êtes parfaitement d'accord avec votre nouvel avocat et que vous comprenez le risque que vous courez en prenant un nouveau défenseur si près du début du procès. C'est votre liberté qui est en jeu, monsieur. Dites-moi ce que vous avez à en dire, je vous écoute.

Elliot se pencha en avant et parla sur le ton du défi.

– Monsieur le juge, dit-il, et d'un, je suis complètement d'accord avec mon avocat. Je veux porter cette affaire devant la cour de façon à pouvoir enfoncer le procureur. Je suis un innocent qu'on persécute et poursuit pour des actes qu'il n'a pas commis. Je ne veux pas vivre une seule journée de plus comme accusé. J'aimais ma femme et la regretterai toujours. Je ne l'ai pas tuée et cela m'arrache le cœur d'entendre des gens dire toutes sortes de choses horribles sur moi à la télé. Mais ce qui me blesse le plus est de savoir que le véritable assassin est en liberté quelque part. Plus vite maître Haller pourra prouver mon innocence au monde entier, mieux ça ira.

Du O.J. Simpson de base que tout ça, mais le juge étudia Elliot, hocha la tête d'un air pensif, puis se tourna vers le procureur.

– Maître Golantz ? Quelle est l'opinion du district attorney sur tout cela ?

L'adjoint du district attorney s'éclaircit la gorge. Le mot qui s'imposait pour le décrire ? Télégénique. Beau et la peau foncée, il avait un regard qui semblait porter toute l'ire de la justice en lui.

– Monsieur le juge, dit-il, le district attorney est prêt à aller au procès et ne voit aucune objection à ce que celui-ci se déroule à la date prévue. Mais j'aimerais entendre M. Elliot me dire qu'il est tellement sûr de refuser tout ajournement qu'il renonce dès aujourd'hui à faire appel de cette décision si jamais les choses ne tournaient pas en sa faveur comme il le prédit.

Le juge fit pivoter son fauteuil pour concentrer à nouveau son attention sur moi.

– Qu'en dites-vous, maître Haller ?

– Monsieur le juge, je ne crois pas nécessaire que mon client renonce à toutes les protections que la loi…

– Moi, ça m'est égal ! lança Elliot en me coupant la parole. Je renonce à tout ce que vous voudrez, nom de Dieu ! Ce procès, je le veux !

Je lui jetai un vif coup d'œil. Il me regarda et haussa les épaules.

– Parce que ce truc, nous allons le gagner, ajouta-t-il.

– Vous désirez passer dans le couloir quelques instants, maître Haller ? me demanda Stanton.

– Merci, monsieur le juge.

Je me levai et fis signe à Elliot d'en faire autant.

– Suivez-moi, lui dis-je.

Nous passâmes dans le petit couloir qui conduisait à la salle d'audience. Je refermai la porte derrière nous. Elliot parla avant même que je puisse ouvrir la bouche, ce qui ne fit que souligner le problème.

– Écoutez, je veux en finir avec ça et je…

– La ferme ! lui lançai-je en me forçant à chuchoter.

– Quoi ?

– Vous m'avez entendu. Fermez votre gueule ! Vous comprenez ? Je suis sûr que vous êtes habitué à parler quand vous voulez et à ce que tout le monde boive vos brillantes paroles. Mais vous n'êtes plus à Hollywood, Walter. Vous n'êtes pas en train de faire un film de pure fiction avec le dernier petit nabab à la mode. Est-ce que vous comprenez ce que je suis en train de vous dire ? Ici, c'est dans la réalité qu'on est. Ici, vous ne parlez pas à moins qu'on ne vous adresse la parole. Si vous avez quelque chose de contraire à dire, vous me le chuchotez à l'oreille et si je pense que ça vaut la peine de le répéter, c'est moi, et pas vous, qui le communique au juge. Vous saisissez ?

Il mit longtemps à répondre. Son visage s'assombrissant fortement, je sentis que j'étais sur le point de perdre l'affaire du siècle. Mais sur le coup, ça m'était égal. Ce que je venais de dire, il fallait le dire. C'était là un petit speech pour le ramener à ma réalité et il y avait longtemps que j'aurais dû le prononcer.

– Oui, dit-il enfin, je saisis.

– Bien, alors ne l'oubliez pas. Et maintenant on retourne là-bas et on voit si on peut éviter de renoncer au droit de faire appel si jamais vous êtes condamné parce que j'aurai merdé à cause de mon impréparation.

– Ce qui ne se produira pas. J'ai foi en vous.

– J'apprécie, Walter. Mais la vérité est que vous n'avez rien sur quoi fonder cette foi en moi. Et que vous ayez quelque chose ou pas pour le faire ne signifie pas que nous devions renoncer à quoi que ce soit. Donc, on entre dans la salle et on me laisse causer, moi. Parce que c'est bien pour ça que vous me filez tout ce pognon, pas vrai ?

Et je lui flanquai une claque sur l'épaule. Nous entrâmes et nous assîmes. Et Walter n'en lâcha plus une. Je remontrai au juge qu'Elliot ne devait pas avoir à renoncer à son droit de faire appel simplement parce qu'il voulait vite aller au procès auquel il avait droit. Mais le juge Stanton se rangea à l'avis de Golantz et arrêta que s'il déclinait l'offre qui lui était faite d'ajourner le procès, Elliot ne pourrait pas venir se plaindre après sa condamnation que son avocat n'avait pas eu assez de temps pour se préparer. Confronté à cet arrêt, Elliot resta sur ses positions et, comme je savais qu'il le ferait, refusa le délai qu'on lui proposait. Ça ne me posait pas de problème. Vu le caractère byzantin des lois et règlements, presque rien n'est à l'abri d'un appel. Je savais que si c'était nécessaire, Elliot pourrait quand même faire appel de la décision du juge.

Après ça, nous passâmes à ce que le juge qualifia de « petit ménage ». Premier point à régler : que les deux parties autorisent par écrit Court TV à retransmettre en direct des moments du procès dans ses émissions quotidiennes. Ni Golantz ni moi n'y trouvâmes à redire. Après tout, c'était de la publicité gratuite – moi pour mes nouveaux clients et Golantz pour ses aspirations politiques. Quant à Elliot… il me chuchota qu'il voulait les caméras dans la salle d'audience pour enregistrer son verdict d'acquittement.

Le juge rappela ensuite les dates butoir de remise des dossiers d'enquête et des listes de témoins aux parties adverses. Il nous donna jusqu'au lundi suivant pour les dossiers d'enquête et nous informa que les listes de témoins devraient être rendues le lendemain.

– Et je n'accepterai aucune exception, dit-il. Je vois d'un très mauvais œil tout ce qu'on veut ajouter après la date butoir.

Cela n'allait pas poser de problèmes à la défense. Vincent avait déjà soumis deux dossiers d'enquêtes et je n'avais pas grand-chose de neuf à partager avec le procureur. Cisco Wojciechowski me tenait parfaitement dans le noir pour tout ce qu'il apprenait sur Rilz. Et ce que je ne savais pas, je ne pouvais évidemment pas le verser au dossier d'enquête[1].

Côté témoin, je prévoyais d'infliger le petit tour de manège habituel à Golantz. J'allais lui soumettre une liste où tous les membres des forces de l'ordre et techniciens de labo mentionnés dans les rapports du shérif seraient déclarés témoins potentiels. Procédure habituelle et rien d'autre. Golantz aurait donc à se perdre en conjectures sur les gens que je citerais réellement à

---

1. La loi américaine oblige les deux parties à se communiquer toutes leurs pièces avant le début du procès afin que les débats contradictoires ne soient pas biaisés. *(NdT.)*

comparaître et sur ceux qui avaient de l'importance pour la défense.

– Bon, messieurs, dit enfin le juge, je dois avoir une salle d'audience pleine d'avocats qui m'attendent. Tout est clair pour tout le monde ?

Golantz et moi acquiesçâmes d'un même hochement de tête. Je ne pus m'empêcher de me demander si c'était le juge ou le procureur qui avait reçu le pot-de-vin. Étais-je donc assis sans le savoir avec celui-là même qui allait faire évoluer le procès en faveur de mon client ? Si tel était le cas, on n'avait rien fait pour se trahir. Arrivé à la fin de cette réunion, je me dis que Bosch avait tout faux. Il n'y avait pas eu corruption. Il y avait un bateau de cent mille dollars ancré dans un port quelque part du côté de San Diego ou de Cabo et c'était le nom de Jerry Vincent qui figurait sur le titre de propriété.

– Bien, reprit le juge. On lance ce truc la semaine prochaine. On pourra parler des règles à respecter en audience jeudi matin. Cela dit, je veux qu'il soit bien clair pour tout le monde que j'entends mener ce procès comme une machine bien huilée. Ni coups de théâtre ni entourloupettes et autres bêtises de ce genre. Je le répète donc : sommes-nous bien clairs sur ce point ?

Golantz et moi lui dîmes encore une fois que tout était clair. Mais le juge fit pivoter son fauteuil et me regarda droit dans les yeux. Et fronça les sourcils : on en doutait.

– Et l'on tient parole, me lança-t-il.

Le message semblait ne s'adresser qu'à moi et ne pas devoir figurer dans les minutes de la sténographe.

Comment se fait-il que ce soit toujours l'avocat de la défense qui ait droit aux froncements de sourcils de l'appareil judiciaire ? me demandai-je.

25

J'arrivai au bureau de Joanne Giorgetti un peu avant la pause de midi. Je savais qu'y débarquer à midi une serait trop tard. Les bureaux du district attorney se vident littéralement à l'heure du déjeuner, chacun cherchant du soleil, de l'air frais et de quoi se nourrir hors du Criminal Courts Building. J'annonçai à la réceptionniste que j'avais rendez-vous avec Giorgetti, elle l'appela par téléphone. Puis elle déverrouilla la serrure électronique de la porte et me dit d'aller tout au fond.

Giorgetti avait un petit bureau sans fenêtres et dont les trois quarts du plancher disparaissaient sous des cartons bourrés de dossiers. C'était toujours comme ça dans les bureaux des procureurs, que ces bureaux soient petits ou grands. Giorgetti était bien à son bureau, mais cachée derrière un mur de requêtes et de dossiers. Je lui tendis très précautionneusement la main par-dessus le mur.

– Comment ça va, Joanne ? lui demandai-je.

– Pas trop mal. Et toi ?

– Je me débrouille.

– Et tu as plein d'affaires, à ce que j'ai entendu dire.

– Oui, y en a pas mal.

La conversation manquait de naturel. Je savais que Maggie et elle étaient très proches, et j'ignorais si mon ex s'était ouverte à elle de mes problèmes de l'année précédente.

– Et donc, tu viens pour Wyms ?

– Voilà. Et je ne savais même pas que j'avais l'affaire avant ce matin.

Elle me tendit une chemise avec trois centimètres de documents à l'intérieur.

– Qu'est-il arrivé au dossier de Jerry ? me demanda-t-elle.

– Pour moi, il se trouvait dans la mallette que l'assassin a piquée.

Elle fit la grimace.

– Bizarre. Pourquoi lui aurait-il piqué ce dossier ?

– Il ne l'a probablement pas fait exprès. Jerry avait rangé son ordinateur portable dans sa mallette. L'assassin s'est contenté de prendre le tout.

– Hmm.

– Bon. Des trucs inhabituels dans cette affaire ? Quelque chose qui aurait pu faire de Jerry une cible ?

– Je ne crois pas. C'est juste le truc habituel : le fou du jour qui s'amuse avec un flingue.

J'acquiesçai d'un signe de tête.

– Aurais-tu entendu parler d'une histoire de jury fédéral d'accusation qui voudrait voir un peu ce qui se passe dans les tribunaux de l'État ?

Elle fronça les sourcils.

– Pourquoi voudrais-tu qu'ils s'intéressent à cette affaire ?

– Je ne dis pas que ce soit le cas. Simplement, ça fait un moment que je ne suis plus dans le circuit et je me demandais ce que tu savais.

Elle haussa les épaules.

– Rien de plus que les rumeurs habituelles du téléphone commérages. À croire qu'il y a toujours une enquête fédérale sur quelque chose.

– Oui.

Je n'en dis pas plus en espérant qu'elle allait me révéler l'objet de la rumeur. Mais elle n'en fit rien et c'était l'heure d'y aller.

– L'audience d'aujourd'hui a bien pour but de fixer la date du procès ? lui demandai-je.

– Oui, mais je suppose que tu vas demander un ajournement pour pouvoir te mettre au courant du dossier.

– Oui, bon, laisse-moi y jeter un coup d'œil pendant le déjeuner et je te dirai ce que je veux faire.

– D'accord, Mickey. Mais juste pour que tu le saches : vu ce qui est arrivé à Jerry, je ne m'opposerai pas à un ajournement.

– Merci, CoJo.

Elle sourit en m'entendant utiliser le surnom que lui avaient donné ses jeunes basketteuses au YMCA.

– Tu as vu Maggie récemment ? voulut-elle savoir.

– Hier soir, en allant chercher Hayley. Elle semblait aller bien. Et toi, tu l'as vue ?

– Seulement à l'entraînement de basket. Sauf que d'habitude elle y passe son temps le nez dans un dossier. Avant, on allait souvent au Hamburger Hamlet[1] avec les filles, mais maintenant elle est trop occupée.

J'acquiesçai. Toutes les deux sorties du rang du bureau du procureur, Maggie et elle étaient compagnons d'armes depuis le premier jour. Elles étaient en concurrence, mais cela ne dégénérait jamais en rivalités. Cela dit, le temps aidant, les distances se creusent dans toutes les relations amicales.

– Bon, je te prends ça et j'y jette un coup d'œil, lui dis-je. L'audience est bien pour 2 heures avec Friedman, n'est-ce pas ?

– Oui, 2 heures. Je t'y retrouve.

– Merci d'avoir fait ça pour moi, Joanne.

– Pas de problème.

Je quittai le bureau du district attorney et avec la foule des gens qui prenaient leur déjeuner j'attendis l'ascenseur dix bonnes minutes. Dans celui que je pris,

---

1. Soit le Hameau du hamburger. *(NdT.)*

je me retrouvai le nez à cinq centimètres de la porte. Dans cet immeuble du Criminal Courts, c'était l'ascenseur que je détestais plus que tout.

– Hé, Haller !

Quelqu'un dans mon dos. Je ne reconnus pas la voix, mais il y avait trop de monde pour que je puisse me retourner et voir qui m'avait appelé.

– Quoi ?

– J'apprends que t'as récolté toutes les affaires de Vincent ?

Je n'allais pas en discuter dans un ascenseur bondé. Je ne répondis pas. Enfin nous arrivâmes et les portes s'ouvrirent. Je sortis de la cage et me retournai pour voir qui m'avait parlé.

C'était Dan Daly. Défenseur, il faisait partie d'une coterie d'avocats qui allaient de temps en temps voir un match des Dodgers et régulièrement boire des martini-vodka au Four Green Fields. J'avais raté la dernière saison de bibine et de base-ball.

– Ça va, Dan ?

Nous nous serrâmes la main – comme quoi cela faisait longtemps que nous ne nous étions pas vus.

– Alors, qui que t'as corrompu ?

Il avait dit ça en souriant, mais je sentis qu'il y avait quelque chose derrière sa question. Peut-être un rien de jalousie parce que c'était moi qui avais hérité du dossier Elliot. Tous les avocats de la ville savaient que c'était l'affaire du siècle. Celle où on peut toucher des honoraires année après année – d'abord au procès, ensuite au moment des appels qui ne manqueraient pas d'être interjetés après la condamnation.

– Personne, lui répondis-je. C'est Jerry qui m'avait mis dans son testament.

Nous commençâmes à marcher vers les portes de sortie. La queue-de-cheval de Daly était plus longue et plus grise. Mais le plus remarquable était qu'elle était tressée ! Je n'avais encore jamais vu ça.

– Ben, t'as du bol, reprit-il. Tu me dis si t'as besoin d'un assistant pour Elliot.

– Et non, Dan, il ne veut qu'un avocat à la table de la défense. Pas de *dream team* !

– Bon, eh ben, ne m'oublie pas comme rédacteur pour le reste.

Cela voulait dire qu'il était prêt à rédiger des appels pour toutes les condamnations que pourraient subir mes nouveaux clients. Daly s'était fait une solide réputation d'expert en appel et ses scores étaient impressionnants.

– Je n'y manquerai pas, lui dis-je. Mais pour l'instant, j'en suis à la phase découverte des dossiers.

– Pas de problème.

Nous franchîmes les doubles portes et je vis la Lincoln qui m'attendait au bord du trottoir. Daly allait dans l'autre direction. Je lui dis que je maintiendrais le contact.

– Tu nous manques au bar, Mick, me lança-t-il par-dessus son épaule.

– J'y passerai, lui renvoyai-je.

Mais je savais bien que je n'en ferais rien et que je devais absolument me tenir à l'écart de ce genre d'endroits.

Je montai à l'arrière de la Lincoln – je dis à tous mes chauffeurs de ne jamais descendre de voiture pour m'ouvrir la portière –, et demandai à Patrick de me conduire au Chinese Friends d'Hill Street. Il devait m'y laisser et aller déjeuner de son côté. J'avais besoin de lire mon dossier et je n'avais pas envie de faire la conversation.

J'arrivai au restaurant entre les première et deuxième vagues de clients et n'eus pas à attendre une table plus de cinq minutes. Je voulais me mettre au travail tout de suite et commandai un plat de côtes de porc frites. Je savais qu'elles seraient parfaites. Fines comme une feuille de papier, elles étaient délicieuses et je n'aurais aucun mal à les manger avec mes doigts sans lâcher des yeux les documents de l'affaire Wyms.

J'ouvris le dossier que Joanne Giorgetti m'avait donné. Il ne contenait que des copies des pièces que le procureur avait passées à Jerry Vincent selon la procédure d'échange obligatoire des dossiers d'enquêtes des deux parties – essentiellement des documents des services du shérif ayant trait à l'incident, à l'arrestation et au suivi de l'enquête. Les notes, stratégies et documents de la défense que Vincent avait pu établir avaient tous disparu avec le dossier original.

Le point de départ naturel était le rapport d'arrestation, où l'on trouve le premier et plus basique résumé de ce qui est arrivé. Comme c'est souvent le cas, l'affaire avait commencé avec des appels au secours passés au centre de dispatching du comté. De nombreux rapports faisaient état de coups de feu tirés dans le voisinage d'un parc de Calabasas. Calabasas étant une région non municipalisée au nord de Malibu et toute proche de la limite occidentale du comté, ces appels tombaient sous la juridiction du shérif.

Le premier shérif adjoint à avoir répondu était un certain Todd Stallworth. De service de nuit au poste de Malibu, à 22 h 10 il avait été expédié dans le quartier de Las Virgenes Road. De là on l'avait dirigé sur le Creek State Park de Malibu, où les coups de feu étaient tirés. Entendant enfin les détonations, Stallworth avait appelé des renforts, puis était entré dans le parc pour voir ce qui se passait.

Il n'y avait aucun réverbère dans ce parc de montagne signalé fermé dès la tombée du jour. Alors qu'il roulait sur la route principale, les phares de sa voiture de patrouille avaient allumé un reflet, l'adjoint apercevant une voiture garée dans une clairière devant lui. Il avait aussitôt allumé son projecteur de poursuite et éclairé un pick-up au hayon abaissé à l'horizontale. Dessus se trouvaient une pyramide de boîtes de bière et ce qui ressemblait à un sac à fusils avec plusieurs canons de carabines qui en dépassaient.

Stallworth avait immobilisé sa voiture à quatre-vingts mètres du pick-up et décidé d'attendre l'arrivée des renforts. Il était en communication radio avec le commissariat de Malibu et donnait le signalement du pick-up en précisant qu'il n'en était pas assez près pour lire la plaque d'immatriculation lorsqu'il y avait eu un coup de feu soudain, le projecteur situé au-dessus de son rétro d'aile explosant aussitôt sous l'impact. Stall-worth avait alors éteint toutes les lumières de la voi-ture, sauté du véhicule en douce et rampé jusqu'à des buissons en bordure de la clairière pour se mettre à couvert. Puis il s'était servi de sa radio portative pour demander qu'on lui envoie le SWAT[1] et des renforts supplémentaires.

S'en était suivi un face-à-face de trois heures avec le tireur caché dans le sous-bois près de la clairière. L'homme faisait régulièrement feu, mais semblait viser le ciel. Aucun adjoint du shérif n'avait été touché. Et aucun autre véhicule endommagé. Pour finir, un adjoint en tenue du SWAT avait réussi à s'approcher suffi-samment du pick-up pour en lire la plaque à l'aide de jumelles de vision nocturne. La plaque avait conduit la police à un certain Eli Wyms, qui à son tour avait conduit à un numéro de portable. Le tireur avait répondu au premier appel, un négociateur du SWAT engageant aussitôt la conversation.

---

1. Soit Special Weapons and Tactic Team, équivalent améri-cain du GIGN. *(NdT.)*

Le tireur, qui s'appelait bien Eli Wyms, était âgé de quarante-quatre ans et peintre en bâtiment à Inglewood. Le rapport le décrivait comme saoul, en colère et suicidaire. Plus tôt dans la journée, il avait été viré de chez lui par sa femme, qui l'avait informé qu'elle en aimait un autre. Wyms avait alors pris son pick-up et roulé vers l'océan, obliqué au nord en direction de Malibu, puis avait franchi le col pour gagner Calabasas. En découvrant le parc, il s'était dit que ç'avait l'air d'un bon endroit où s'arrêter dormir, mais avait poursuivi son chemin et s'était acheté une caisse de bière à une station d'essence près de la 101. Puis il avait fait demi-tour et regagné le parc.

Wyms avait dit au négociateur qu'il s'était mis à tirer en entendant des bruits dans le noir et qu'il avait peur. Il croyait faire feu sur des coyotes enragés qui voulaient le dévorer. Il avait ajouté qu'il voyait leurs yeux rouges briller dans la nuit. Et qu'il avait dégommé le projecteur de poursuite de la première voiture de patrouille parce qu'il craignait que la lumière ne donne sa position aux animaux. Interrogé sur son tir à quatre-vingts mètres, il avait répondu qu'il avait été tireur d'élite pendant la guerre du Golfe.

D'après le rapport, Wyms aurait tiré au moins vingt-sept fois alors que les adjoints du shérif se trouvaient sur les lieux et des dizaines de fois avant. Les enquêteurs avaient fini par retrouver un total de quatre-vingt-quatorze douilles.

Cette nuit-là, Wyms ne s'était pas rendu avant d'avoir fini par manquer de bière. Peu après avoir écrasé la dernière boîte vide dans sa main il avait confié au négociateur qu'il était prêt à échanger une carabine contre un six-pack. Ça lui avait été refusé. Il avait alors annoncé qu'il était désolé et prêt à mettre fin à l'incident et qu'il allait se tirer une balle dans le crâne – il voulait que ça se termine par un véritable feu d'artifice.

Le négociateur avait tenté de l'en dissuader et avait continué à lui faire la conversation pendant qu'une unité de deux hommes du SWAT se frayait un chemin dans ce terrain accidenté pour gagner sa position dans un bosquet d'eucalyptus particulièrement dense. Mais très vite le négociateur avait entendu des ronflements dans son portable. Wyms était ivre mort.

L'équipe du SWAT était passée à l'attaque et avait capturé Wyms sans tirer un seul coup de feu. L'ordre avait été restauré. L'adjoint Stallworth ayant reçu le premier appel et ayant été le seul à se faire tirer dessus, c'était à lui qu'était revenu le bénéfice de l'arrestation. Le tireur avait été placé dans sa voiture de patrouille et emmené au poste de Malibu, où il avait été mis en détention.

D'autres documents du dossier permettaient de connaître la suite de cette saga. À sa mise en accusation le lendemain de son arrestation, Wyms avait été déclaré indigent et s'était vu assigner un avocat commis d'office. L'affaire avait suivi lentement son cours, Wyms étant retenu à la prison centrale pour hommes. C'est alors que Vincent s'était présenté et avait offert d'assurer sa défense *pro bono*. Sa première démarche avait été de demander une évaluation psychiatrique de son client, ce qui avait été accepté. Cela avait eu pour effet de ralentir encore plus l'affaire, Wyms étant alors transféré à l'hôpital d'État de Camarillo pour des examens qui s'étaient étalés sur quatre-vingt-dix jours.

Cette période d'évaluation était maintenant terminée et les rapports étaient prêts. Tous les médecins qui avaient examiné Wyms, testé et parlé avec lui à Camarillo étaient tombés d'accord pour reconnaître qu'il était sain d'esprit et apte à être jugé.

À l'audience prévue à 2 heures par-devant le juge Friedman, la date du procès devait être fixée, remettant ainsi toute la procédure judiciaire en marche. Pour moi, il ne s'agissait là que d'une formalité. À n'avoir lu qu'une fois le dossier, je savais qu'il n'y aurait même pas de procès. De fait, l'audience ne servirait qu'à fixer le laps de temps qui me serait imparti pour négocier un plaider-coupable pour mon client.

Autant dire que l'affaire était emballée et pesée. Wyms demanderait son plaider-coupable et se retrouverait sans doute avec un ou deux ans d'incarcération et un suivi psychiatrique. La seule question que je me posai en lisant le dossier fut de savoir pourquoi diable Vincent avait voulu prendre l'affaire. Cela ne correspondait pas au genre de dossiers dont il s'occupait d'habitude, ceux-ci ayant le plus souvent trait à des clients célèbres ou prêts à payer ce qu'il fallait. Et l'affaire ne présentait guère de difficultés non plus. C'était de la routine, et le crime de Wyms n'était même pas inhabituel. Était-ce donc une affaire qu'il avait prise pour satisfaire un besoin de travail *pro bono* ? Il me semblait que si tel était le cas, il aurait pu trouver quelque chose de plus intéressant, ou qui aurait payé d'une autre façon, disons en publicité. L'affaire Wyms avait certes commencé par attirer l'attention des médias à cause du cirque dans le parc. Mais lorsqu'elle passerait en procès ou finirait par un non-lieu, il était peu probable que lesdits médias s'en soucient le moins du monde.

Puis je commençai à soupçonner l'existence d'un lien avec l'affaire Elliot. Vincent en aurait-il trouvé un ?

À la première lecture, rien ne m'avait sauté aux yeux. Il y avait bien deux liens très généraux au sens où l'incident s'était produit moins de douze heures avant les assassinats de la maison sur la plage et où les deux affaires avaient eu lieu dans le district du shérif de Malibu. Mais ces liens ne soutenaient pas un examen plus approfondi. Géographiquement parlant, les affaires n'étaient même pas proches. Les meurtres avaient été commis à la plage et la fusillade très loin dans les terres, dans le parc du comté, de l'autre côté des montagnes. Et pour autant que je m'en souvienne, aucun nom du dossier Wyms n'était mentionné dans les documents de l'affaire Elliot. L'incident Wyms s'était produit de nuit et les meurtres d'Elliot en plein jour.

Incapable de trouver un quelconque lien précis entre les deux affaires, ce fut avec une grande frustration que je refermai le dossier Wyms et restai sans réponse à ma question. Je jetai un coup d'œil à ma montre et m'aperçus qu'il valait mieux que je réintègre le Criminal Courts Building si je voulais avoir le temps de voir mon client dans sa cellule avant l'audience de 2 heures.

J'appelai Patrick et lui demandai de venir me prendre, réglai la note du déjeuner et passai sur le trottoir. J'étais en train de parler avec Lorna sur mon portable lorsque la Lincoln se rangeant devant moi, je sautai sur la banquette arrière.

– Cisco a-t-il vu Carlin ? demandai-je à Lorna.

– Non, c'est prévu pour 2 heures.

– Dis à Cisco de l'interroger sur l'affaire Wyms.

– D'accord, mais pour lui demander quoi ?

– Qu'il lui demande pourquoi Vincent a même seulement voulu prendre l'affaire.

– Tu penses qu'elles ont un lien ? Elliot et Wyms ?

– Je le pense, mais je ne le vois pas dans le dossier.

– D'accord, je lui dirai.

– Autre chose sur le feu ?

– Pas pour l'instant. Tu reçois beaucoup d'appels des médias. Qui est ce… Jack McEvoy ?

Le nom me dit quelque chose, mais je n'arrivai pas à le remettre.

– Je ne sais pas. Qui c'est ?

– Il travaille au *Times*. Il était tout échauffé que tu ne lui aies pas fait signe, il dit que tu aurais une exclusivité avec lui.

Enfin je me rappelai. Le coup du « ça pourrait marcher dans les deux sens ».

– T'inquiète pas pour lui. Lui non plus ne m'a pas fait signe. Quoi d'autre ?

– Les types de Court TV veulent un rendez-vous pour parler de l'affaire Elliot. Ils vont retransmettre en direct pendant tout le procès et comme ce sera leur plat de résistance, ils espèrent que tu leur feras un commentaire à la fin de chaque journée d'audience.

– Qu'est-ce que tu en penses, Lorna ?

– J'en pense que c'est de la pub national gratuite. Ça serait bien que tu le fasses. Ils m'ont dit qu'ils allaient donner un logo précis au procès et que ça passerait en bandeau au bas de l'écran. « Meurtre à Malibu », qu'ils vont appeler ça.

– Alors vas-y. Arrange le rendez-vous. Quoi d'autre ?

– Ben, puisqu'on parle de ça… Il y a une semaine, j'ai reçu un avis comme quoi ta pub sur les bancs d'abribus arrivait à expiration à la fin du mois. Je m'apprêtais à laisser filer parce qu'il n'y avait plus d'argent, mais maintenant que tu as repris et qu'il y en a… On renouvelle ?

Pendant les six années précédentes j'avais mis des annonces sur des bancs d'abribus stratégiquement choisis dans des lieux à forte densité de crime et de circulation répartis dans toute la ville. Bien que j'aie laissé tomber l'année précédente, mes bancs me valaient encore un flot d'appels réguliers, tous contacts que Lorna faisait attendre ou passait à d'autres avocats.

– C'est bien un contrat de deux ans, non ?

– Si, si.

Je pris une décision rapide.

– D'accord, tu renouvelles. Autre chose ?

– C'est tout pour ici. Oh, attends… Encore un truc. La propriétaire du bâtiment est passée tout à l'heure. Elle s'est donné de « l'agent de leasing », façon grandiose de dire que c'est elle la proprio. Elle voudrait savoir si on va garder le bureau. Le décès de Vincent met fin au leasing si nous le souhaitons. J'ai l'impression qu'il y a une sacrée liste d'attente pour le bâtiment et c'est l'occasion ou jamais de monter le loyer pour l'avocat qui reprendra.

Je regardai par la fenêtre de la Lincoln tandis que nous empruntions le passage au-dessus de la 101 et retrouvions le centre administratif. Je vis la nouvelle cathédrale et, plus loin, le revêtement en acier du centre musical Disney. Il attrapait la lumière du soleil et la transformait en une chaude lueur orangée.

– Je ne sais pas, Lorna. J'aime bien travailler au fond de la Lincoln. Je ne m'y ennuie jamais. Qu'est-ce que t'en penses ?

– Je ne suis pas particulièrement enchantée d'avoir à me maquiller tous les matins.

Ce qui signifiait qu'elle préférait travailler chez elle plutôt que de devoir se préparer pour descendre au bureau en ville tous les matins. Comme d'habitude, on était sur la même longueur d'onde.

– Va falloir y penser, dis-je. Pas de maquillage. Pas de frais de bureau. Pas de bagarres pour la place de parking.

Elle ne répondit pas. Ç'allait être à moi de décider. Je regardai devant moi et m'aperçus que nous étions à une rue de l'endroit où Patrick allait me déposer.

– On en reparle plus tard, dis-je enfin. Faut que j'y aille.

– OK, Mickey. Fais attention à toi.

– Toi aussi.

26

Eli Wyms était encore sous médicaments après les trois mois qu'il venait de passer à Camarillo. On l'avait renvoyé à la prison du comté avec une ordonnance pour une thérapie antidrogues qui n'allait pas aider à sa défense, et encore moins l'aider, lui, à répondre à toute question sur un lien possible entre son affaire et les meurtres de la maison sur la plage. Il me fallut moins de deux minutes au centre de détention du tribunal pour évaluer la situation et décider de demander au juge Friedman d'exiger que cette thérapie soit arrêtée séance tenante. Je revins à la salle d'audience et trouvai Joanne Giorgetti assise à sa place, à la table de l'accusation. L'audience devait débuter cinq minutes plus tard.

Elle écrivait quelque chose sur le rabat d'un dossier lorsque je m'approchai d'elle. Sans même lever la tête, Dieu sait comment elle sut que c'était moi.

– Tu veux un ajournement, c'est ça ?

– Et l'arrêt des médicaments. Ce mec est un vrai zombie.

Elle cessa d'écrire et me regarda.

– Étant donné qu'il tirait mes adjoints comme des lapins, je ne suis pas très sûre d'objecter à ce qu'il se trouve dans cet état.

– Mais Joanne, lui dis-je, il faut quand même que je puisse lui poser des questions de base pour pouvoir le défendre !

– Vraiment ?

Elle avait dit ça en souriant, mais c'était bien vu. Je haussai les épaules et m'agenouillai pour que nos yeux soient à la même hauteur.

– Tu as raison, dis-je, je ne pense pas qu'on parle de procès. Je serais ravi de t'entendre me faire une offre.

– Ton client a tiré sur la voiture vide d'un adjoint au shérif. Le district attorney a assez envie d'envoyer un message clair sur ce coup-là. On n'aime pas du tout les gens qui font ce genre de trucs.

Elle croisa les bras pour me faire bien comprendre qu'elle refusait tout compromis. Joanne était séduisante et athlétique. Elle tambourina un de ses biceps du bout des doigts et je ne pus m'empêcher de remarquer son vernis à ongles rouge. Du plus loin que je me rappelais avoir traité avec elle, ses ongles étaient toujours rouge sang. Elle faisait plus que représenter l'État. Elle représentait des flics sur lesquels on avait tiré, qu'on avait agressés, pris en embuscade, des flics qui s'étaient fait cracher dessus. Et elle voulait le sang de tous les vauriens qui avaient la malchance d'être l'objet de ses poursuites.

– Je remontrerais à la cour que, paniqué par les coyotes, mon client a tiré sur le projecteur et pas sur la voiture elle-même. Même tes documents affirment que c'était un tireur d'élite de l'armée. S'il avait voulu flinguer le shérif, il aurait très bien pu le faire. Et il ne l'a pas fait.

– Ça fait quinze ans qu'il est démobilisé, Mickey !

– C'est vrai, mais il y a des talents qui ne disparaissent jamais. C'est comme de monter à vélo.

– Eh bien, mais c'est sûrement là un argument que tu pourrais soumettre à l'appréciation du jury.

Mes genoux étaient sur le point de flancher. Je tendis la main pour attraper une chaise à la table de la défense, la rapprochai et m'assis.

– Évidemment que je peux le faire, mais il est probablement de l'intérêt bien compris de l'État de clore cette affaire, de ne plus permettre à M. Wyms de se balader dans les rues et de lui coller une thérapie qui empêchera ce genre d'incident de jamais se reproduire. Bref, qu'est-ce que tu me dis ? Tu veux qu'on aille en discuter quelque part pour trouver un arrangement ou tu préfères qu'on en débatte par-devant un jury ?

Elle réfléchit un instant avant de répondre. C'était le dilemme classique du procureur. L'affaire était facile à gagner. Il lui fallait donc choisir entre gonfler ses statistiques ou faire ce qu'il fallait peut-être faire.

– Du moment que c'est moi qui choisis le quelque part, dit-elle.

– Ça me va très bien.

– OK, je ne m'opposerai pas à un ajournement si tu déposes une requête en ce sens.

– Ça me paraît bon, Joanne. Et la thérapie ?

– Je ne veux pas que ce type repasse à l'acte, même à la prison centrale pour hommes.

– Écoute, attends un peu qu'ils nous l'amènent. Tu verras, c'est un vrai zombie. Tu n'as pas envie qu'on trouve un arrangement et que lui le remette en question parce que l'État l'a trouvé incapable de prendre une décision. On lui éclaircit la tête, on fait affaire et, après, tu peux lui flanquer tous les médicaments que tu veux dans la carcasse.

Elle réfléchit, comprit la logique de ce que je disais et finit par acquiescer.

– Mais si jamais il repasse une seule fois à l'acte en taule, je t'en voudrai à mort et ferai tout retomber sur lui.

Je ris. L'idée de m'en vouloir à moi était absurde.

– Comme tu voudras, dis-je.

Je me levai et commençai à repousser la chaise vers la table de la défense. Puis je me retournai vers le procureur.

– Joanne, lui dis-je, laisse-moi te poser une question. Pourquoi Jerry Vincent a-t-il pris cette affaire ?

Elle haussa les épaules et hocha la tête.

– Je n'en sais rien.

– Bon mais… ça t'a surprise ?

– Bien sûr que oui. C'était un peu bizarre de le voir se pointer. Je le connaissais depuis des éternités, tu sais ?

C'est-à-dire depuis ses débuts de procureur.

– Oui, et qu'est-ce qui s'est passé ?

– Un jour, il y a quelques mois de ça, j'ai reçu une requête en aptitude à être jugé pour Wyms et c'était signé Jerry. Je l'ai appelé pour lui dire « Mais c'est quoi, ça ? », tu vois ? « Tu ne me passes même pas un coup de fil pour me dire "C'est moi qui prends l'affaire" ? » Il m'a juste répondu qu'il voulait faire un peu de *pro bono* et qu'il avait demandé une affaire au bureau des avocats commis d'office. Mais je connais Angel Romero, l'avocat qui avait l'affaire au début. Un jour, je l'ai rencontré dans un des étages et il m'a demandé où on en était pour Wyms. Et c'est là que dans le courant de la conversation, il m'a appris que Jerry ne s'était pas contenté de venir demander une affaire *pro bono*. Il avait commencé par aller chercher Wyms à la prison centrale pour hommes, avait pris son affaire et était ensuite venu voir Angel pour lui demander de lui filer le dossier.

– Pourquoi crois-tu qu'il l'ait pris ?

Au fil des ans, je me suis rendu compte qu'à poser la même question plus d'une fois, il arrive qu'on obtienne des réponses différentes.

– Je ne sais pas. Je le lui ai demandé très précisément et, de fait, il ne m'a pas vraiment répondu. Il a changé de sujet et tout ça m'a paru bien embarrassé. Je me rappelle m'être dit qu'il y avait autre chose, que peut-être il avait un lien avec Wyms. Mais après, quand il l'a expédié à Camarillo, j'ai compris qu'il ne lui faisait pas une fleur.

– Que veux-tu dire ?

– Écoute, tu viens de donner deux heures de ton temps à lire le dossier et tu sais déjà comment ça va se passer. On va droit au plaider-coupable. D'où prison, puis suivi psychiatrique. C'était comme ça avant qu'il soit expédié à Camarillo. Ce qui signifie que le temps qu'il y a séjourné n'était pas vraiment nécessaire. Jerry n'a fait que prolonger l'inévitable.

J'acquiesçai d'un signe de tête. Elle avait raison. Expédier un client au pavillon de psychiatrie de Camarillo, ce n'est pas lui faire une fleur. L'affaire mystérieuse devenait encore plus mystérieuse. Le problème était que mon client n'était pas en état de me dire pourquoi. Son avocat – Vincent – l'avait maintenu sous médicaments et enfermé pendant trois mois.

– OK, Joanne. Merci. Et…

Je fus interrompu par l'huissier qui ouvrait l'audience. Je levai la tête et vis le juge Friedman gagner son siège.

27

L'histoire d'Angel Romero était de celles qu'on lit de temps en temps dans les journaux. Celle du membre de gang qui s'est endurci dans les rues d'East Los Angeles, mais s'est battu pour s'instruire et a même fait du droit avant de revenir dans sa communauté pour lui rendre service. Sa façon de le faire avait été d'entrer au bureau des avocats commis d'office et de représenter les vaincus de la société. Il avait décidé de faire toute sa carrière dans ce service et avait vu nombre de jeunes avocats – dont moi – y entrer puis en sortir pour se lancer dans le privé et censément y gagner les fortunes qui vont avec.

Après l'audience consacrée à Wyms – audience au cours de laquelle le juge nous accorda un ajournement de façon à nous donner, à Giorgetti et à moi, le temps de mettre sur pied les termes d'un plaider-coupable –, je descendis au bureau des avocats commis d'office au dixième étage et demandai à voir Romero. Je savais qu'il était encore avocat, et pas superviseur, et que cela signifiait à peu près sûrement qu'il se trouvait dans une salle d'audience quelque part dans le bâtiment. La réceptionniste entra quelque chose dans son ordinateur et consulta son écran.

– Chambre 124, me dit-elle.

Je la remerciai.

La chambre 124 était celle du juge Champagne et se trouvait au treizième étage, celui-là même dont j'arrivais.

Mais bon, c'est comme ça que ça se passait au Criminal Courts Building. Tout semblait y tourner en rond. Je repris l'ascenseur, remontai à l'étage, enfilai le couloir qui conduisait à la 124e chambre et éteignis mon portable en arrivant devant les doubles portes. Il y avait audience et Romero s'était mis debout devant le juge pour lui demander de réduire le montant d'une caution. Je me glissai au dernier rang de la galerie et espérai que l'affaire soit vite expédiée. Je n'avais pas envie d'attendre une éternité avant de pouvoir parler avec Romero.

Je dressai soudain l'oreille en entendant ce dernier appeler son client par son nom – M. Scales. Je me glissai plus loin sur le banc pour mieux voir l'accusé assis à côté de Romero, un Blanc en combinaison orange. Dès que je le vis de profil, je sus que c'était bien Sam Scales, un arnaqueur et ancien client à moi. Je me rappelai lui avoir négocié un plaider-coupable qui l'avait expédié en prison. L'affaire remontait à trois ans. Il était donc ressorti pour se remettre aussitôt dans la panade – sauf que cette fois, ce n'était pas à moi qu'il avait fait appel.

Romero ayant terminé sa plaidoirie, le procureur se leva et s'opposa vigoureusement à lui en arguant des nouvelles charges retenues contre Scales. Lorsque je l'avais représenté, Scales était accusé de fraude à la carte de crédit – il avait arnaqué des gens qui faisaient des dons à un organisme de secours aux victimes d'un tsunami. Là, c'était plus grave. Il était toujours accusé de fraude, mais cette fois, ses victimes étaient des veuves de soldats tués en Irak. Je hochai la tête et faillis sourire. J'étais content qu'il ne m'ait pas appelé au secours. Je le laissais volontiers à l'avocat commis d'office.

Le juge Champagne ne tarda pas à trancher après la plaidoirie du procureur. Elle traita Scales de prédateur et de menace pour la société et maintint le montant de la caution à un million de dollars. Elle fit aussi remarquer que si on le lui avait demandé, elle l'aurait sans doute augmenté. C'est alors que je me rappelai que c'était elle qui avait déjà condamné Scales pour la fraude précédente. Il n'y a rien de pire pour un accusé que de devoir repasser devant le même juge pour un autre crime. C'est alors presque comme si ce dernier prenait personnellement à cœur les ratés du système judiciaire.

Je me tassai sur mon siège et me servis d'un autre spectateur pour me cacher afin que Scales ne me voie pas lorsque le garde le remettrait debout et lui passerait les menottes avant de le reconduire en cellule. Lorsque enfin il fut parti, je me redressai et parvins à attirer l'attention de Romero. Je lui fis signe de me rejoindre dans le couloir, il me montra ses cinq doigts. Cinq minutes. Il avait encore quelque chose à régler en audience.

Je passai dans le couloir pour l'attendre et rallumai mon portable. Pas de messages. J'appelais Lorna pour avoir les dernières nouvelles lorsque j'entendis la voix de Romero dans mon dos. Il avait quatre minutes d'avance.

– Amstramgram pique et pique et colégram, qui c'est qu'a récolté le grand tueur ? Si c'est Haller, il a bien du bonheur. Amstramgram pique et pique et colégram. Salut, Haller !

Il souriait. Je refermai mon portable et nous nous donnâmes du poing. Je n'avais pas entendu ce petit jingle maison depuis que j'avais quitté le bureau des avocats commis d'office. Romero l'avait concocté après que j'avais décroché mon verdict de non-coupable dans l'affaire Barnett Woodson en 92.

– Quoi de neuf ? me demanda-t-il.

– Je vais te le dire. Tu m'aspires tous mes clients, mec ! Autrefois, Sam Scales, c'était moi qu'il venait voir.

J'avais lâché ça avec un sourire entendu. Romero me le renvoya aussitôt.

– Tu le veux ? Je te le laisse. Tu parles d'un vilain Blanc. Dès qu'ils auront connaissance de son affaire, les médias vont le lyncher pour ce qu'il a fait.

– Piquer l'argent des veuves, hein ?

– Voler des indemnités de décès ! Je te dis, des mecs qui font des tas de trucs pas bien, j'en ai représenté, mais Scales, moi, je le mets avec les violeurs de bébés. Je ne le supporte pas.

– Ouais, mais qu'est-ce que tu fous à bosser pour un Blanc ? Je croyais que tu bossais du côté des gangs.

Il devint sérieux et hocha la tête.

– C'est fini, ça, dit-il. Ils prétendent que j'étais un peu trop près de mes clients. Tu sais bien, *vato* un jour, *vato* toujours. Ils m'ont donc retiré de cette clientèle. Au bout de dix-neuf ans, les gangs, c'est fini pour moi.

– Désolé de l'apprendre, mec.

Romero avait grandi à Boyle Heights, dans un quartier sous la domination du gang dit des Quatro Flats. Il avait les tatouages pour le prouver… quand on lui voyait les bras. Peu importait qu'il fasse chaud ou pas : il était toujours en manches longues quand il travaillait. Et quand il représentait un membre de gang accusé d'un crime, il faisait plus que le défendre au tribunal. Il faisait tout son possible pour l'arracher à sa vie de gangster. Lui retirer les affaires de gang était un acte d'une telle stupidité que cela ne pouvait se produire que dans une bureaucratie du genre système judiciaire.

– Qu'est-ce que tu veux, Mick ? me demanda-t-il. Tu n'es pas venu ici pour me piquer Scales, pas vrai ?

– Non, Angel, Scales, tu peux te le garder. Je voulais te poser quelques questions sur un autre de tes clients, quelqu'un que tu as eu plus tôt cette année. Eli Wyms.

J'allais lui donner les détails de l'affaire, mais il la reconnut aussitôt et hocha la tête.

– Oui, celui-là, c'est Vincent qui me l'a pris. Mais maintenant qu'il est mort, c'est toi qui en as hérité ?

– Oui, j'ai toutes ses affaires. Et je viens juste de découvrir celle-là.

– Eh bien, bonne chance, mec. Qu'est-ce que tu as besoin de savoir pour Wyms ? Vincent me l'a pris il y a au moins trois mois de ça.

J'acquiesçai.

– Oui, je sais. Je connais l'affaire. Ce qui m'intéresse, c'est de savoir pourquoi Vincent a voulu la prendre. D'après Joanne Giorgetti, c'est lui qui l'a demandée. C'est vrai ?

Romero chercha un instant dans ses souvenirs avant de me répondre. Et leva une main en l'air et se frotta le menton de l'autre. Je vis de légères cicatrices en travers de ses phalanges, aux endroits où il s'était fait enlever ses tatouages.

– Oui, il est allé à la prison et a convaincu Wyms de le prendre comme avocat. Il a ensuite obtenu une lettre de décharge et me l'a apportée. Après ça, l'affaire était à lui. Je lui ai donné mon dossier et ç'a été fini pour moi, mec.

Je me rapprochai de lui.

– T'a-t-il dit pourquoi il prenait l'affaire ? Je veux dire… il ne connaissait pas Wyms personnellement, si ?

– Pas que je sache, non. Il voulait juste l'affaire. Et il m'a fait le coup du gros clin d'œil, tu vois ?

– Non, qu'est-ce que tu veux dire ? C'est quoi, le coup du gros clin d'œil ?

– Je lui ai demandé pourquoi il prenait un voyou du Southside monté dans un territoire de Blancs pour tout y flinguer. Et *pro bono,* rien que ça. Je me suis dit qu'il y avait un truc racial ou autre. Quelque chose qui lui aurait rapporté un peu de pub. Et après, il m'a fait un gros clin d'œil, comme quoi il y aurait eu autre chose derrière l'affaire.

– Et tu lui as demandé ce que c'était ?

Il recula d'un pas sans le vouloir tandis que j'envahissais son espace.

– Oui, mec, j'y ai demandé. Mais il a pas voulu me le dire. Il m'a juste dit que Wyms avait l'argument miracle. Je ne voyais pas de quoi il voulait parler et je n'avais plus le temps de jouer à ces petits jeux avec lui. Je lui ai filé le dossier et je suis passé au suivant.

Ça recommençait. L'argument miracle. Je m'approchais de quelque chose et je sentis le sang s'accélérer dans mes veines.

– C'est tout, Mick ? Faut que j'y retourne.

Je me concentrai sur lui et me rendis compte qu'il me regardait d'un drôle d'air.

– Oui, c'est tout, Angel, merci. Retournes-y et fais-leur en voir de toutes les couleurs.

– Ouais, mec, c'est ce que je fais.

Il regagna la porte de la 124ᵉ chambre et je me dirigeai, moi, rapidement vers les ascenseurs. Je savais ce que j'allais faire le reste de la journée, jusque tard dans la nuit. Traquer l'argument miracle.

28

J'entrai dans le bureau et passai à toute allure devant Lorna et Cisco qui se tenaient à la réception et regardaient l'ordinateur. Je parlai sans m'arrêter en gagnant le saint des saints.

– Si vous avez du nouveau pour moi ou d'autres trucs que je devrais savoir à me dire, vous entrez tout de suite. Fermeture générale dans quelques instants.

– Et bonjour quand même ! me lança Lorna.

Mais elle savait bien ce qui allait se passer. J'allais fermer toutes les portes et toutes les fenêtres, tirer les rideaux, couper les téléphones et me mettre au travail sur un dossier avec le maximum de concentration. Fermeture générale, autrement dit « PRIÈRE DE NE PAS DÉRANGER » accroché à la porte et on ne rigole pas. Lorna savait qu'une fois que j'étais en mode fermeture générale, il n'y avait pas moyen de m'en sortir tant que je n'avais pas trouvé ce que je cherchais.

Je fis le tour du bureau de Jerry Vincent et me laissai tomber dans son fauteuil. Puis j'ouvris mon sac par terre et commençai à en sortir les dossiers. Pour moi, ce que j'avais à faire s'apparentait à du moi-contre-eux-tous. Quelque part dans ces dossiers j'allais trouver la clé du secret de Jerry Vincent. L'argument miracle.

Lorna et Cisco entrèrent peu après que je me fus installé.

– Je n'ai pas vu Wren, lançai-je avant même qu'ils aient pu l'ouvrir.

– Et tu ne la verras plus jamais, me renvoya Lorna. Elle a démissionné.

– Un rien précipité, ça, non ?

– Elle est allée déjeuner et n'est jamais revenue.

– Elle a téléphoné ?

– Oui, elle a fini par le faire. Pour nous dire qu'elle avait une meilleure offre. Elle va être la secrétaire de Bruce Carlin.

Je hochai la tête. Ça semblait avoir un peu de sens.

– Bon et maintenant, avant que tu passes en fermeture générale, faut qu'on revoie certains trucs, reprit Lorna.

– C'est ce que j'ai dit en entrant. Qu'est-ce que t'as à me dire ?

Elle s'assit dans un des fauteuils en face du bureau. Cisco, lui, resta debout, enfin non... plutôt à faire les cent pas derrière elle.

– Bien, dit Lorna. Deux ou trois trucs pendant que t'étais au tribunal. Et d'un, t'as dû toucher à quelque chose de sensible avec ta requête en vérification de preuves pour l'affaire de Patrick.

– Qu'est-ce qui s'est passé ?

– Le procureur a déjà appelé trois fois aujourd'hui. Il voulait parler arrangement.

Je souris. Cette requête tenait du coup tiré dans le noir, mais ç'avait l'air de vouloir marcher et j'allais peut-être pouvoir aider Patrick.

– C'est quoi, ce bazar ? me demanda Lorna. Tu ne m'avais pas dit que tu avais soumis une requête.

– Si, une, hier, je l'ai envoyée de la Lincoln. Et ce « bazar », c'est qu'à mon avis le docteur Vogler a donné à sa femme un collier en faux diamants pour son anniversaire. Et maintenant, pour être bien sûrs que sa femme n'en sache jamais rien, ils vont me proposer un deal pour Patrick si j'accepte de retirer ma requête en vérification de preuves.

– Bravo. Je l'aime bien, Patrick.

– J'espère qu'il aura ce coup de pot. Ceci dit, et après ?

Elle consulta ses notes dans son carnet de sténo. Je savais qu'elle n'aimait pas être bousculée, mais c'était bien ce que je faisais.

– Tu reçois toujours des tas d'appels des médias locaux. Au sujet de Jerry Vincent, de Walter Elliot, voire des deux. Tu veux qu'on en fasse le tour ?

– Non. Je n'ai pas de temps à perdre avec ça.

– Ben, c'est ce que je n'arrête pas de leur dire, mais ils ne sont pas très contents. Surtout le mec du *Times*. Un vrai trou du cul.

– Et alors, qu'est-ce que tu veux que ça me fasse qu'ils ne soient pas contents ?

– Ben, vaudrait mieux faire attention, Mickey. Il n'y a pas pire horreur en enfer que des médias qu'on boude.

Ce n'était pas faux. Les médias sont capables de vous adorer un jour et de vous enterrer vivant le lendemain. Mon père avait été leur chouchou pendant vingt ans. Mais était devenu un paria vers la fin de sa vie professionnelle parce que les journalistes s'étaient lassés de le voir faire libérer des types éminemment coupables. Il avait alors incarné un système judiciaire qui n'appliquait pas les mêmes règles lorsque, bien nanti, l'accusé avait de puissants avocats pour le défendre.

– J'essaierai d'être plus accommodant, dis-je. Pour l'instant au moins.

– Bien.

– Autre chose à m'apprendre ?

– Je crois que c'est… je t'ai dit pour Wren, donc c'est tout ce que j'ai. Tu vas appeler le procureur pour Patrick ?

– Oui, je vais l'appeler.

Je regardai Cisco qui se tenait toujours debout derrière Lorna.

– Allez, Cisco, c'est ton tour. Qu'est-ce que t'as pour moi ?

– Je bosse toujours sur Elliot. Surtout côté Rilz et comment choyer nos témoins.

– À ce propos, j'ai une question, lança Lorna en l'interrompant. Où veux-tu loger le docteur Arslanian ?

Shamiram Arslanian était l'autorité en matière de résidus de poudre après tir d'arme à feu que Vincent avait prévu de faire venir de New York pour démolir le témoignage de l'expert engagé par le district attorney. Il n'y avait pas meilleure qu'elle dans ce domaine et avec les réserves financières de Walter Elliot, Vincent avait décidé de prendre le top du top de ce qu'on pouvait se payer. Je voulais qu'elle soit près du Criminal Courts Building en centre-ville, mais côté hôtels, le choix était limité.

– Commence par essayer le Checkers, lui dis-je. Et prends-lui une suite. Si tout est occupé, essaie le Standard, puis le Kyoto Grand. Mais prends-lui une suite dans tous les cas de figure, qu'on ait de la place pour travailler.

– Compris. Et Muniz ? Lui aussi, tu veux qu'il soit près ?

Vidéographe free-lance, Julio Muniz habitait Topanga Canyon. Parce qu'il n'était pas loin de Malibu, il avait été le premier représentant des médias à se pointer à la scène de crime après avoir entendu l'appel à enquêteurs des Homicides passé sur la fréquence du shérif. Il avait tourné une vidéo de Walter Elliot avec les adjoints du shérif à l'extérieur de la maison sur la plage. Son témoignage était important dans la mesure où sa bande-vidéo et ses souvenirs pouvaient confirmer ou infirmer les témoignages des enquêteurs et des adjoints du shérif.

– Je ne sais pas, répondis-je. Ça peut prendre entre une et trois heures pour venir en ville de Topanga Canyon.

Je préfère ne pas tenter le diable. Cisco, est-il d'accord pour venir s'installer à l'hôtel ?

– Oui, du moment que c'est nous qui payons et qu'il peut profiter du service en chambre.

– Bon, d'accord, amène-le. Ah ça aussi… où est la vidéo ? Je n'ai que des notes dans le dossier là-dessus. Je ne veux pas que ce soit au tribunal que je la voie pour la première fois.

Il eut l'air perdu.

– Je ne sais pas, dit-il. Mais si elle n'est pas ici, je peux demander à Muniz de nous en faire une copie.

– Ben, je ne l'ai pas vue ici. Donc, oui, fais-m'en faire une copie. Quoi d'autre ?

– Une ou deux petites choses. Un, j'ai retrouvé ma source pour le truc de Vincent et il n'a jamais entendu parler d'un quelconque suspect ou de la photo que Bosch t'a montrée ce matin.

– Rien de rien ?

– *Nada.*

– Qu'est-ce que tu en penses ? Bosch sait-il que la fuite vient de ton mec et a-t-il décidé de lui tarir sa source ?

– Je ne sais pas. Mais pour lui, tout ce que je lui ai raconté sur cette photo, c'était du neuf.

Je pris quelques instants pour réfléchir à ce que ça voulait dire.

– Bosch est-il repassé ce matin pour montrer la photo à Wren ?

– Non, répondit Lorna. J'ai passé toute la matinée avec elle. Bosch n'est venu ni avant ni après le déjeuner.

Je n'étais pas très sûr de ce que tout cela signifiait, mais je ne pouvais pas rester bloqué dessus. Il fallait que je reprenne le dossier.

– Et deux ? demandai-je à Cisco.

– Quoi ?

– Tu as dit que t'avais un ou deux autres trucs à me dire. C'est quoi, le deuxième ?

– Ah oui… J'ai appelé le liquidateur de Vincent et tu avais vu juste. Il a toujours une des *longboards* de Patrick.

– Combien en veut-il ?

– Rien.

Je le regardai et haussai les sourcils en lui demandant où était le piège.

– Disons seulement qu'il aimerait te rendre service. Avec la mort de Vincent, il a perdu un bon client. À mon avis, il espère que tu auras recours à lui à l'avenir. Et je ne l'en ai pas dissuadé et ne lui ai pas dit non plus que tu n'avais pas l'habitude de troquer des biens contre des services au client.

Je compris. La planche nous reviendrait sans véritables engagements à souscrire de notre part.

– Merci, Cisco. Tu l'as emportée ?

– Non, il ne l'avait pas dans son bureau. Mais il a passé un coup de fil et quelqu'un est censé la lui apporter cet après-midi. Je pourrais retourner la prendre si tu veux.

– Non, donne-moi juste l'adresse et j'enverrai Patrick la chercher. Quoi de neuf côté Bruce Carlin ? Tu ne devais pas le débriefer aujourd'hui ? Peut-être a-t-il la bande de Muniz.

J'avais hâte d'apprendre des choses sur Bruce Carlin à plusieurs titres. Je voulais surtout savoir s'il avait travaillé pour Vincent dans l'affaire Eli Wyms. Si c'était le cas, il n'était pas impossible qu'il me conduise droit à l'argument miracle.

Mais Cisco ne répondit pas à ma question. Lorna se tournant, ils se regardèrent comme s'ils se demandaient lequel des deux allait devoir m'annoncer la mauvaise nouvelle.

– Qu'est-ce qu'il y a ? demandai-je.

Lorna se retourna vers moi.

– Carlin se fout de notre gueule, dit-elle.

Je vis la colère lui tordre la mâchoire. Et je savais qu'elle réservait ce genre de grimace pour les grandes occasions. Quelque chose avait tourné de travers dans le débriefing de Carlin et elle en était particulièrement remontée.

– Comment ça ? dis-je.

– Eh bien, il ne s'est pas pointé à 2 heures comme il avait dit qu'il le ferait. Au lieu de ça, il a appelé… juste après que Wren nous a téléphoné pour nous annoncer son départ… et il nous a fait part des nouveaux termes de son deal.

Je hochai la tête d'agacement.

– De son… deal ? répétai-je. Combien il veut ?

– Il a dû comprendre qu'à deux cents dollars de l'heure, il n'allait probablement pas pouvoir nous facturer plus de deux ou trois heures maximum. Cisco n'a pas besoin de plus de temps que ça. Bref, il a appelé pour nous informer qu'il voulait un forfait et qu'on devait pouvoir comprendre tout seuls.

– Bon, comme je l'ai déjà dit, il veut combien ?

– Dix mille dollars.

– Tu te fous de moi ?

– C'est exactement ce que je lui ai dit.

Je passai d'elle à Cisco.

– C'est de l'extorsion ! m'écriai-je. Il n'y a pas une agence d'État qui réglemente vos activités ? On ne va pas pouvoir en rabattre sur cette connerie ?

Cisco hocha la tête.

– Des agences pour réglementer des trucs, il y en a des tonnes, mais là, on est dans le flou.

– Le louche, oui ! Et louche, il l'est. Ça fait des années que je le pense.

– Ce que je veux dire, c'est qu'il n'avait pas de véritable arrangement avec Vincent. Y a pas moyen de mettre

261

la main sur un quelconque contrat dans ce sens. Ce qui fait qu'il n'est pas tenu de nous donner quoi que ce soit. Mais nous, on est absolument obligé de l'engager et il a fixé son prix : dix mille dollars. C'est une arnaque à la con, mais c'est probablement légal. C'est toi l'avocat, non ? Alors dis-moi.

Je réfléchis un moment, puis j'essayai d'écarter le problème. Je marchais toujours à la montée d'adrénaline que j'avais eue au tribunal. Je n'avais pas envie de la faire retomber avec ce genre d'interruption.

– Bon, je demanderai à Elliot s'il est d'accord pour payer. En attendant, je vais me réattaquer au dossier ce soir et si j'ai de la chance et réussis à percer le mystère, on n'aura pas besoin de lui. On lui dit qu'il aille se faire mettre et on n'a plus rien à voir avec lui.

– Connard, murmura Lorna.

Je fus assez sûr que ça s'adressait à Bruce Carlin et pas à moi.

– Bon, c'est tout ? demandai-je. D'autres trucs ?

Je les regardai tour à tour. Personne n'avait quoi que ce soit à ajouter.

– Bien, dis-je, merci à tous les deux pour tout ce que vous avez supporté et fait cette semaine. Vous pouvez filer. Bonne nuit.

Lorna me regarda d'un air étonné.

– Tu nous renvoies chez nous ? demanda-t-elle.

Je consultai ma montre.

– Pourquoi pas ? Il est presque 4 heures, je vais plonger dans mes dossiers et je ne veux pas qu'on me dérange. Rentrez donc chez vous, passez une bonne nuit et on se reverra demain.

– Tu vas travailler seul ici cette nuit ? me demanda Cisco.

– Oui, mais ne t'inquiète pas. Je fermerai la porte à clé et je ne laisserai entrer personne… même si je sais qui c'est.

Je souris. Lorna et Cisco, eux, ne sourirent pas. Je leur montrai la porte. Elle était munie d'un verrou coulissant qu'on pouvait pousser en haut du chambranle. En cas de nécessité, j'étais donc en mesure de sécuriser les enceintes extérieure et intérieure. Voilà qui donnait un nouveau sens à l'expression « sous les verrous ».

– Allons, dis-je, ça ira. J'ai du boulot.

Ils se mirent en devoir de sortir de mon bureau lentement et à contrecœur.

– Lorna ! lançai-je dans leur dos. Patrick devrait être dehors. Dis-lui de rester un peu. J'aurai peut-être quelque chose à lui dire après le coup de fil que je vais passer.

29

J'ouvris le dossier Patrick Henson sur mon bureau et cherchai le numéro du procureur. Je voulais régler ce problème avant de m'attaquer à l'affaire Elliot.

Le procureur s'appelait Dwight Posey – j'avais déjà eu affaire à lui et je ne l'aimais pas. Certains procureurs traitent les avocats de la défense comme s'ils valent à peine mieux que leurs clients. Comme des presque criminels et pas comme des professionnels instruits et pleins d'expérience. Pas du tout comme des rouages nécessaires à la machine judiciaire. Les trois quarts des flics ont eux aussi la même opinion, mais ça ne me gêne pas. Mais pour me gêner, ça me gêne quand ce sont des confrères avocats qui adoptent cette posture. Malheureusement, Dwight Posey comptait à leur nombre et si j'avais pu passer le reste de mon existence sans jamais avoir à lui parler, j'aurais été un homme heureux. Mais ça n'allait pas être le cas.

– Alors, Haller, dit-il après avoir pris l'appel, on vous a passé les chaussures d'un mort, c'est ça ?

– Quoi ?

– On vous a pas filé toutes les affaires de Vincent ? C'est comme ça que vous vous êtes retrouvé avec le dossier Henson.

– Oui, c'est à peu près ça. Toujours est-il que je vous rappelle. Après vos trois appels, en fait. Avez-vous eu la requête que je vous ai déposée hier ?

Je me remis en mémoire qu'il allait falloir y aller doucement si je voulais avoir tout ce qu'il était possible de tirer de ce coup de fil. Je ne pouvais pas me payer le luxe de laisser le dégoût que m'inspirait cet homme affecter le sort de mon client.

– Oui, je l'ai reçue, dit-il. Je l'ai là, sur mon bureau. C'est même pour ça que je vous appelle.

Il me laissait la porte ouverte, j'y allais d'un : « Et… ? »

– Et euh… eh bien, non, on ne va pas faire ça, Mick.

– On ne va pas faire ça quoi, Dwight ?

– Dévoiler les pièces à conviction aux fins d'examen.

Tout semblait indiquer de plus en plus clairement que j'avais touché un nerf sensible avec ma requête.

– Ben, c'est ce qu'il y a de beau dans notre système, pas vrai ? C'est pas à vous que revient la décision. C'est à un juge. C'est même pour ça que je ne vous ai rien demandé, à vous. J'ai mis ma question dans une requête que j'ai adressée au juge.

Il s'éclaircit la gorge.

– Non, en fait, ce coup-ci, on va la prendre, cette décision, dit-il. Nous allons laisser tomber l'accusation de vol et ne retenir que les charges ayant trait à la drogue. Ce qui fait que vous pouvez retirer votre requête. Ou alors, c'est nous qui avisons le juge qu'on arrête là ?

Je souris et hochai la tête. Je le tenais. Et sus aussitôt que Patrick sortirait libre du procès.

– Le seul ennui avec ça, repris-je, c'est que les charges ayant trait à la drogue trouvent leur origine dans l'enquête sur le vol. Et vous le savez, Dwight. Quand les flics ont coffré mon client, le mandat d'amener était pour le vol. La drogue a été découverte pendant l'arrestation. Ce qui fait qu'on ne peut pas avoir l'un sans avoir l'autre.

J'eus l'impression qu'il savait parfaitement tout ce que je lui racontais et qu'il ne faisait que suivre un scénario écrit à l'avance. Nous allions là où il voulait aller et ça ne me posait aucun problème. Cette fois, moi aussi, c'était là que je voulais aller.

– Bon alors… on pourrait peut-être arriver à un arrangement, dit-il comme si cette idée venait juste de le frapper.

On y était. On était très exactement là où Posey voulait qu'on arrive dès qu'il avait répondu à mon appel.

– Je suis ouvert à tout, Dwight, lui dis-je. Mais ce qu'il faut savoir, c'est que mon client a commencé, et volontairement, une cure de désintoxication dès après son arrestation. Il a terminé le programme, il a un travail à plein-temps et ça fait quatre mois qu'il n'a rien pris. Et il est prêt à pisser dans un bocal n'importe quand et n'importe où pour le prouver.

– Ça fait vraiment plaisir de l'entendre ! s'écria-t-il avec un enthousiasme feint. Les services du district attorney et tous les tribunaux voient ça d'un bon œil.

Allez, dis-moi quelque chose que j'ignore, faillis-je lui lancer.

– Ce gamin se comporte comme il faut. Je peux m'en porter garant. Qu'êtes-vous prêt à faire pour lui ?

Je savais le virage qu'allait prendre le scénario. Posey allait faire passer ça pour un geste de bonne volonté de la part de l'accusation. Faire en sorte que ce soit les Services du district attorney qui aient l'air de lui faire une largesse alors que la vérité était toute simple : le ministère public faisait tout ce qu'il pouvait pour éviter des embarras aussi bien domestiques que politiques à un personnage important. Mais ça ne me gênait pas. Je me foutais des aboutissants politiques du marché du moment que mon client obtenait ce que je voulais qu'il obtienne.

– Que je vous dise un truc, Mick, reprit-il. Laissons tout tomber en espérant que Patrick profite de cette occasion pour aller de l'avant et devenir un membre productif de notre société !

266

– Voilà un bon plan, Dwight, dis-je. Ça me fait un plaisir fou. Et à lui donc !

– Bien, vous m'envoyez ses dossiers de désintox et on met tout ça dans un paquet pour le juge.

C'était de tout transformer en acquittement avant procès qu'il parlait. Patrick allait devoir passer des tests de dépistage de drogue deux fois par semaine et dans six mois l'affaire serait close s'il n'y repiquait pas. Il aurait toujours une arrestation à son casier judiciaire, mais pas de condamnation. À moins que…

– Vous êtes prêt à remettre le compteur à zéro ?

– Euh… c'est beaucoup demander, Mick. Il a quand même commis une effraction pour voler ces diamants.

– Non, Dwight, il n'y a pas eu effraction. Il était invité. Et ces prétendus diamants… parce que c'est bien autour de ça que tourne toute cette conversation, n'est-ce pas ? Qu'il ait ou n'ait pas effectivement volé des diamants.

Il avait dû se rendre compte de l'erreur qu'il avait commise en mettant les diamants sur le tapis. Il arrêta les frais sans tarder.

– Bon d'accord, dit-il. Ça aussi, on le mettra dans le paquet.

– Vous êtes un homme bon, Dwight, lui dis-je.

– J'essaie. Et donc, vous retirez votre requête dès maintenant ?

– Première chose à l'ordre du jour dès demain matin. Quand devons-nous passer en audience ? J'ai un procès qui commence à la fin de la semaine prochaine.

– Allons-y lundi. Je vous le ferai savoir.

Je raccrochai et appelai la réception par l'interphone. Heureusement, ce fut Lorna qui répondit.

– Je croyais vous avoir renvoyés chez vous, lui dis-je.

– On allait passer la porte, me renvoya-t-elle. Je vais laisser ma voiture ici et partir avec Cisco.

– Quoi ? Sur son biclo à la noix ?

– Je te demande pardon, papa, mais je ne pense pas que tu aies voix au chapitre sur ce point.

Je grognai.

– C'est vrai, mais j'ai voix au chapitre en ce qui concerne la personne qui travaille pour moi en qualité d'enquêteur. Peut-être que si j'arrivais à vous séparer, vous pourriez rester en vie.

– Mickey, je te défends !

– Peux-tu simplement dire à Cisco que j'ai besoin de l'adresse du liquidateur ?

– Je le ferai et… à demain.

– J'espère. Mets un casque.

Je raccrochai et Cisco débarqua avec un Post-it dans une main et un flingue dans un holster en cuir dans l'autre. Il fit le tour du bureau, posa le Post-it devant moi, ouvrit le tiroir et y rangea l'arme.

– Qu'est-ce que tu fabriques ? lui demandai-je. Il n'est pas question que tu me passes une arme.

– Elle est complètement légale et déclarée à mon nom.

– C'est génial, mais tu ne peux pas me la donner. C'est illé…

– Je ne te la donne pas. Il se trouve seulement que c'est là que je la range quand j'ai fini ma journée. Je la reprendrai demain matin, d'accord ?

– Comme tu voudras. Je pense que vous réagissez un peu trop fort.

– Ça vaut mieux que de réagir un peu trop mollement. À demain.

– Merci. Tu m'envoies Patrick avant de partir ?

– Entendu. Et à propos… Lorna, je l'oblige toujours à porter un casque.

Je le regardai et acquiesçai d'un signe de tête.

– C'est bien, Cisco.

Il quitta la pièce, Patrick ne tardant pas à y entrer.

– Patrick, lui dis-je, Cisco a causé avec le liquidateur de Vincent et il a toujours une de vos *longboards*. Vous pouvez aller la reprendre. Dites-lui juste que c'est pour moi et qu'il m'appelle s'il y a le moindre problème.

– Oh mec ! Merci, merci !

– Oui, bon, j'ai de bien meilleures nouvelles que ça pour votre affaire.

– Qu'est-ce qui s'est passé ?

Je lui rapportai l'entretien téléphonique que je venais d'avoir avec Dwight Posey. Dès que je lui eus dit qu'il ne ferait pas de taule tant qu'il ne repiquerait pas à la drogue, je vis une petite lumière s'allumer dans ses yeux. Ce fut comme si je voyais le fardeau de cette affaire lui tomber des épaules. Enfin, il pouvait recommencer à penser à l'avenir.

– Faut que j'appelle ma mère, dit-il. Ce qu'elle va être contente !

– Oui bon, ben j'espère que vous l'êtes, vous aussi.

– Oh que oui !

– Bon alors, voilà comment je vois les choses : vous me devez entre deux et trois mille dollars pour le boulot que j'ai fait pour vous. Ça va vous faire aux environs de deux à trois semaines à me conduire partout. Si vous voulez, vous pouvez rester avec moi jusqu'à ce que la dette soit réglée. Après, on pourra reparler de tout ça et voir où on en est.

– Ça me paraît bien. Le boulot me plaît.

– Bien, Patrick, alors marché conclu.

Il eut un grand sourire et se retournait pour partir lorsque je lui lançai :

– Encore un truc, Patrick. (Il se retourna vers moi.) Je vous ai vu dormir dans votre voiture au garage ce matin.

– Je suis navré. Je trouverai un autre endroit, dit-il en baissant les yeux.

– Non, non, c'est moi qui suis navré. J'ai oublié ce que vous m'aviez dit au téléphone la première fois qu'on s'est parlé. Que vous dormiez dans votre voiture ou dans une cabine de maître nageur. Je ne sais pas trop si c'est bien de dormir dans le garage où un type s'est fait descendre l'autre soir.

– Je vais trouver un autre endroit.

– Écoutez, si vous voulez, je peux vous faire une avance. Ça vous aiderait peut-être à prendre une chambre de motel ou autre.

– Euh, peut-être.

J'étais heureux de pouvoir l'aider, mais je savais qu'il est presque aussi déprimant de vivre dans un motel que de coucher dans sa voiture.

– Que je vous dise, repris-je. Si vous voulez, vous pourriez rester chez moi deux ou trois semaines. Jusqu'à ce que vous ayez un peu d'argent en poche et que vous ayez peut-être un meilleur plan.

– Chez vous ?

– Ouais, bon, vous savez… temporairement.

– Avec vous ?

Je compris mon erreur.

– Non, c'est pas ce que vous croyez, Patrick. J'ai une maison et vous auriez votre chambre. En fait, les mercredis soirs et un week-end sur deux, ce serait mieux que vous alliez chez un ami ou dans un motel. Ce sont les jours où j'ai ma fille avec moi.

Il réfléchit et acquiesça d'un signe de tête.

– Oui, je pourrais, dit-il.

Je tendis la main par-dessus le bureau et lui fis signe de me donner le Post-it où était inscrite l'adresse du liquidateur. J'y ajoutai la mienne et repris la parole.

– Pourquoi vous n'iriez pas chercher votre planche avant de vous rendre chez moi à cette adresse ? Fareholm Drive donne dans Laurel Canyon, une rue avant Mount Olympus. Vous montez les marches jusqu'à la véranda de devant et vous y trouverez une table, des chaises et un cendrier. La clé supplémentaire est sous le cendrier. La chambre d'amis est juste à côté de la cuisine. Faites comme chez vous.

– Merci.

Il prit le Post-it et regarda l'adresse que je lui avais donnée.

– J'arriverai probablement tard, lui dis-je. J'ai un procès qui débute la semaine prochaine et beaucoup de boulot à faire avant.

– D'accord.

– Écoutez, on parle juste de quelques semaines. Jusqu'à ce que vous vous remettiez sur pied. En attendant, peut-être que vous et moi, on peut se donner un coup de main. Comme tenez… y en a un qui commence à se sentir tiré en arrière et l'autre… il est là pour en causer. D'accord ?

– D'accord.

Nous gardâmes le silence un instant, chacun réfléchissant aux termes du marché, c'est probable. Je ne lui dis pas qu'il se pouvait qu'il m'aide plus que moi je ne pourrais le faire à son endroit. Depuis ces dernières quarante-huit heures, la charge de cette nouvelle affaire commençait à me peser. Je sentais que ça me tirait en arrière, vers le confort du monde tout enveloppé de ouate que pouvaient m'offrir les pilules. Elles ouvraient l'espace qui s'étendait entre l'endroit où je me trouvais et le mur en brique de la réalité. Et cet espace, je commençais à avoir envie de l'agrandir.

Mais au plus profond de moi-même, je savais que je n'en voulais plus et peut-être que Patrick pourrait m'aider à éviter ça.

– Merci, maître Haller, me dit-il.

Je lâchai mes pensées pour le regarder.

– Appelez-moi Mickey, lui dis-je. Et c'est moi qui devrais vous dire merci.

– Pourquoi faites-vous tout ça pour moi ?

Je regardai un instant le grand poisson accroché au mur derrière lui, puis je reportai mon attention sur lui.

– Je ne sais pas trop, Patrick. Mais j'espère qu'en vous aidant je m'aiderai moi-même.

Il hocha la tête comme s'il savait de quoi je parlais. Ce qui était bien étrange vu que je ne savais pas trop moi-même ce que j'avais voulu dire.

– Allez chercher votre planche, Patrick. Je vous retrouve à la maison. Et n'oubliez pas d'appeler votre mère.

30

Lorsque enfin je fus seul dans le bureau, j'enclen-
chai le processus comme je le fais toujours : avec des
feuilles vierges et des crayons pointus. Du placard à
fournitures je sortis deux blocs-notes grand format et
quatre crayons Black Warrior. Je les aiguisai et me mis
au travail.

Vincent avait divisé le dossier Elliot en deux classeurs. Le premier contenait le dossier de l'accusation et
le second, qui était plus mince, celui de la défense. Le
poids de ce dernier ne m'inquiétait guère. La défense
observe les mêmes règles de réciprocité que l'accusation. Tout ce qui atterrit dans le dossier défense est
passé à l'accusation. Tout avocat de la défense che-
vronné sait donc comment faire pour garder ce dossier
des plus minces. Le reste de ce qu'il faut savoir, on le
garde dans sa tête ou caché dans une puce électronique
dans son ordinateur à condition que ce soit sûr. Et moi,
je n'avais ni la tête ni le portable de Vincent. Cela dit,
j'étais certain que ses secrets se trouvaient quelque part
dans ses tirages papier. C'était là que se cachait l'argument miracle. Il fallait juste que je le découvre.

Je commençai par le dossier épais, celui de l'accusation. Je le lus de bout en bout, sans en oublier une page
ou un mot. Je pris des notes dans un des deux blocs
et construisis un schéma événementiel chronologique dans l'autre. Puis j'étudiai les photographies de
la scène de crime avec une loupe que je sortis du tiroir

du bureau. Et dressai la liste de tous les noms rencontrés au fil de ma lecture.

De là, je passai au dossier de la défense et là encore j'en lus toutes les pages et tous les mots. Le téléphone sonna à deux reprises, mais je ne levai même pas le nez pour voir quel nom s'affichait sur mon écran. Je m'en moquais. Je m'étais lancé dans une recherche implacable et ne me souciais que d'une chose : trouver l'argument magique.

Lorsque j'en eus fini avec les dossiers Elliot, j'ouvris ceux de l'affaire Wyms et lus tous les documents et rapports qu'il contenait, opération qui me prit beaucoup de temps. Wyms ayant été arrêté suite à un incident qui s'était déroulé en public et dans lequel plusieurs membres du SWAT étaient impliqués, son dossier regorgeait de rapports émanant des unités engagées et des services présents sur place. Il était bourré de transcriptions des conversations avec Wyms, de comptes-rendus d'expertises balistiques, de déclarations de témoins et de mains courantes, sans même parler d'un long inventaire des pièces à conviction.

Il y avait beaucoup de noms dans ce dossier, mais je les vérifiai tous sur la liste des noms incluse dans le dossier Elliot. Et je vérifiai aussi toutes les adresses.

Je me souvins alors d'une cliente que j'avais eue un jour. Je ne sais même pas son nom : à l'époque, j'étais sûr que celui sous lequel la machine judiciaire la connaissait n'était pas le sien. C'était son premier délit, mais elle connaissait trop bien ladite machine pour être d'une pureté virginale. De fait même, elle connaissait tout un peu trop bien. Bref, qu'elle s'appelle comme ci ou comme ça, elle avait trompé la machine qui voyait en elle quelqu'un qu'elle n'était pas.

Elle était accusée d'avoir cambriolé un logement occupé. Mais il y avait nettement plus que cette seule accusation. Cette fille aimait cibler des chambres d'hôtel où dormaient des types très friqués. Elle savait comment choisir ses victimes, les suivre et forcer les serrures de leurs portes et de leurs coffres pendant qu'ils dormaient. Au cours d'un moment d'abandon, probablement le seul dans nos relations, elle m'avait décrit la charge d'adrénaline qui lui venait chaque fois que, le dernier chiffre étant entré, elle entendait les rouages électroniques du coffre de la chambre se mettre en branle et le déverrouiller. Ouvrir le coffre et découvrir ce qu'il renfermait n'était jamais aussi bon que le moment où, les rouages commençant à grincer, elle sentait son sang courir à toute allure dans ses veines. Rien, ni avant ni après, n'était jamais aussi bon que cet instant. Ce n'était pas pour le fric qu'elle travaillait. C'était pour la vitesse avec laquelle son sang se mettait brusquement à courir.

J'avais fait oui de la tête lorsqu'elle m'avait raconté tout ça. Je ne m'étais jamais introduit dans une chambre d'hôtel pendant qu'un type y ronflait sur son lit. Mais l'instant où les rouages se mettent en branle, je connaissais. Et l'accélération du sang dans les veines aussi.

Je trouvai ce que je cherchais au deuxième examen du dossier. Et dire que j'avais le renseignement sous le nez depuis le début ! D'abord dans le rapport d'arrestation d'Elliot et ensuite dans la chronologie des événements que j'avais moi-même dressée ! Ce que j'appelle mon « arbre de Noël ». Au début, il ne s'y trouve que du basique sans ornements. Que les faits bruts. Après, au fur et à mesure que j'approfondis mon examen et fais mien tout le dossier, je commence à y accrocher des lumières et des ornements. Des détails et des déclarations de témoins, des pièces à conviction et des résultats d'analyses. Bientôt, l'arbre est tout illuminé et scintillant. Tout y est sous mes yeux, aussi bien les faits que la chronologie.

Cette fois, j'avais prêté une attention toute particulière à Walter Elliot en dessinant mon arbre de Noël. Il en était le tronc, et toutes les branches partaient de lui. J'avais ses faits et gestes, ses déclarations et ses actes en temps et en heure.

12 h 40 – W. E. arrive à la maison sur la plage
12 h 50 – W. E. découvre les corps
13 h 05 – W. E. appelle le 911
13 h 24 – W. E. rappelle le 911
13 h 28 – Les shérifs adjoints arrivent sur les lieux
13 h 30 – W. E. appréhendé
14 h 15 – Arrivée de la brigade des Homicides
14 h 40 – W. E. emmené au commissariat de Malibu
16 h 55 – Interrogatoire de W. E. ; avisé de ses droits
17 h 40 – W. E. transporté à Whittier
19 h 00 – Test résidus de poudre
20 h 00 – Deuxième tentative d'interrogatoire, refus, arrestation
20 h 40 – W. E. transporté à la prison centrale pour hommes

Certaines de ces heures étaient des estimations de ma part, mais la plupart sortaient directement du rapport d'arrestation et d'autres documents consignés au dossier. Dans ce pays, le maintien de l'ordre a beaucoup à voir avec la paperasse. Je peux toujours compter sur le dossier de l'accusation pour bâtir mes chronologies.

À la deuxième lecture, je me servis de mon crayon et de ma gomme et commençai à ajouter des décorations à mon arbre.

12 h 40 – W. E. arrive à la maison sur la plage
        porte de devant pas fermée à clé
12 h 50 – W. E. découvre les corps
        porte du balcon ouverte

13 h 05 – W. E. appelle le 911
attend dehors
13 h 24 – W. E. rappelle le 911
qu'est-ce qui bloque ?
13 h 28 – Les shérifs adjoints arrivent sur les lieux
Murray (4-alpha-1) et Harber (4-alpha-2)
13 h 30 – W. E. appréhendé
placé dans une voiture de patrouille
Murray/Harber fouillent la maison
14 h 15 – Arrivée de la brigade des Homicides
première équipe : Kinder (badge 14492) et
Ericsson (badge 21101)
deuxième équipe : Joshua (badge 22234) et
Toles (badge15154)
14 h 30 – W. E. ramené dans la maison, raconte sa
découverte
14 h 40 – W. E. emmené au commissariat de Malibu
transport effectué par Joshua et Toles
16 h 55 – Interrogatoire de W. E. ; avisé de ses droits
Kinder prend la direction de l'interrogatoire
17 h 40 – W. E. transporté à Whittier
Joshua/Toles
19 h 00 – Test résidus de poudre
technicienne labo : Anita Sherman
transport au labo, Sherman
20 h 00 – Deuxième interrogatoire, Ericsson dirige,
W. E. refuse coopérer
a compris
20 h 40 – W. E. transporté à la prison centrale pour
hommes
Joshua/Toles

En dessinant mon arbre de Noël j'avais porté sur une
autre feuille de papier les noms de tous les individus mentionnés dans les rapports du shérif. Je savais que ce serait
la liste des témoins que j'allais donner à l'accusation la

semaine suivante. En règle générale, je prends le dossier en bloc et convoque tous ceux que je trouve dans le rapport d'enquête, juste pour être sûr. On peut toujours réduire le nombre des témoins au procès proprement dit, le problème étant parfois d'en ajouter d'autres.

En partant de cette liste de témoins et de mon arbre de Noël j'allais pouvoir déduire la manière dont l'accusation allait jouer le coup. J'allais être aussi en mesure de déterminer les témoins qu'elle essayait d'éviter, voire pourquoi. Ce fut au moment où j'analysais mon travail et pensais en ces termes que je sentis les rouages se mettre à bouger et le doigt glacé de la révélation me descendre le long de la colonne vertébrale. Tout devenant clair et lumineux, je trouvai enfin l'argument miracle de Jerry Vincent.

Walter Elliot avait été écarté de la scène de crime et emmené au commissariat de Malibu afin de ne pas gêner les inspecteurs chargés d'examiner les lieux. Un bref interrogatoire y avait été conduit avant qu'Elliot n'y mette fin. Il avait alors été transporté au quartier général des services du shérif de Whittier, où on lui avait fait subir le test des résidus de poudre et découvert des traces de nitrate sur ses mains. Plus tard, Kinder et Ericsson avaient à nouveau essayé d'interroger leur suspect, mais celui-ci avait très sagement refusé de coopérer. Il avait alors été formellement inculpé et placé en détention à la prison du comté.

La procédure était standard et le rapport d'arrestation ne laissait rien dans l'ombre quant au suivi chronologique de la mise en détention. Walter Elliot n'avait eu affaire qu'à des inspecteurs des Homicides tandis qu'il était transféré de la scène de crime au poste de Malibu, puis au QG, puis à la prison. Mais c'était la manière dont on l'avait traité avant leur arrivée qui retint mon attention. C'est là que je remarquai quelque chose qui m'avait échappé jusqu'alors. C'était aussi simple que la qualité des adjoints en uniforme qui avaient été les premiers à répondre à l'appel. À s'en tenir au dossier, Murray et Harber avaient droit à celle de « 4-alpha-1 » et de « 4-alpha-2 » juste après leurs noms. Et ça, je l'avais déjà vu au moins une fois dans le dossier de Wyms.

En passant d'un dossier à l'autre, j'eus tôt fait de retrouver le rapport d'arrestation de Wyms et le lus rapidement sans m'arrêter jusqu'à ce que mes yeux tombent sur la première occurrence de ce « 4-alpha-1 ».

C'était l'adjoint Todd Stallworth qui y avait droit. Todd Stallworth était le policier qu'on avait appelé en premier pour enquêter sur le coup de feu tiré au parc d'État de Malibu Creek. C'était aussi lui qui conduisait le véhicule sur lequel Wyms avait fait feu et c'était encore lui qui avait mis Wyms en état d'arrestation à la fin du face-à-face et l'avait conduit en prison.

Je compris alors que ce « 4-alpha-1 » n'était pas une qualité propre à tel ou tel shérif adjoint, mais avait à voir avec une zone de patrouille précise ou avec un secteur du ressort de celui-ci ou celui-là. Le district de Malibu couvre l'énorme étendue non municipalisée de l'ouest du comté, à savoir des plages aux montagnes de Malibu, jusqu'aux communes de Thousand Oaks et de Calabasas. J'en déduisis qu'il s'agissait du quatrième district et que le mot « alpha » désignait une voiture de patrouille précise. Cela semblait être la seule façon d'expliquer pourquoi des shérifs adjoints travaillant à des heures différentes avaient droit aux mêmes qualifications dans des rapports d'arrestations différents.

L'adrénaline monta brusquement dans mes veines et mon sang s'envola lorsque tout se recoupa. En un instant je compris ce que Vincent avait manigancé et entrepris. Je n'avais plus besoin ni de son portable ni de ses blocs-notes. Ni non plus de son enquêteur. Je savais très exactement quelle stratégie il avait prévue pour la défense.

Enfin… je le croyais.

Je sortis mon téléphone portable et appelai Cisco. Et coupai court aux plaisanteries.

– Cisco, lui dis-je, c'est moi. Connais-tu des shérifs adjoints ?

– Euh, oui… quelques-uns. Pourquoi ?

– Qui travailleraient au poste de Malibu ?

– J'en connais un qui y a travaillé. Il est à Lynwood maintenant. Malibu le rasait trop.

– Est-ce que tu peux l'appeler ce soir ?

– Ce soir ? Oui, je pense. Qu'est-ce qui se passe ?

– Il faut que je sache ce que veut dire « 4-alpha-1 ». Tu pourrais m'obtenir ce renseignement ?

– Ça ne devrait pas poser de problème. Je te rappelle. Mais attends une seconde. Lorna veut te parler.

J'attendis qu'il lui passe le téléphone. J'entendis des bruits de télé en arrière-plan. Je venais d'interrompre un moment de bonheur domestique.

– Mickey, tu es toujours là-bas, au bureau ? me demanda-t-elle.

– Oui. J'y suis.

– Il est 8 heures et demie. Je pense que tu devrais rentrer chez toi.

– Je le pense aussi. J'attends que Cisco me rappelle… il doit vérifier quelque chose pour moi… et je pense aller manger un steak et des spaghettis Chez Dan Tana.

Elle savait que c'était là que j'allais quand j'avais quelque chose à fêter. En général un verdict favorable.

– Tu as déjà avalé un steak au petit déjeuner.

– Ben, ça devrait terminer la journée en beauté.

– Ça s'est bien passé ce soir ?

– Je crois, oui. Vraiment bien.

– Tu vas y aller tout seul ?

Elle avait dit ça avec de la sympathie dans la voix comme pour me faire comprendre que maintenant qu'elle était avec Cisco, elle commençait à culpabiliser de me savoir tout seul dans ce vaste monde si plein de méchanceté.

– Craig ou Christian me tiendra compagnie, lui dis-je.

Craig et Christian étaient les deux portiers de Chez Dan Tana. Ils s'occupaient bien de moi quand je venais, seul ou pas.

– On se retrouve demain, Lorna.

– D'accord, Mickey. Amuse-toi bien.

– C'est déjà en route.

Je raccrochai et attendis en faisant les cent pas dans la pièce et en reprenant tout depuis le début dans ma tête. Les dominos tombaient bien les uns après les autres. C'était satisfaisant et tout s'emboîtait. Ce n'était pas par obligation pour les pauvres ou pour les vaincus que Vincent avait pris l'affaire Wyms. De fait, il s'en était servi comme d'un camouflage. Plutôt que de pousser l'affaire vers un plaider-coupable évident, il avait collé Wyms trois mois à Camarillo et, ce faisant, avait gardé l'affaire bien vivante. Et sous couvert de défendre Wyms, il avait récolté des renseignements dont il se servirait dans l'affaire Elliot – et avait ainsi fort bien dissimulé ses coups et sa stratégie à l'accusation.

Techniquement, il n'avait probablement pas franchi les bornes, mais moralement, le coup était bas. Eli Wyms avait passé quatre-vingt-dix jours dans un établissement pénitentiaire de l'État afin que Vincent puisse bâtir un système de défense pour Elliot. C'était à Elliot qu'était revenu l'argument miracle alors que Wyms écopait du cocktail de médicaments pour les fous.

Ce qu'il y avait de bien dans tout cela était que je n'avais pas, moi, à m'inquiéter des péchés de mon prédécesseur. Wyms était sorti de Camarillo et, en plus, ces péchés-là, ce n'était pas moi qui les avais commis. Je pouvais me contenter d'aller au procès en profitant des découvertes de Vincent.

Cisco ne mit pas longtemps à me rappeler.

– J'ai parlé avec mon type de Lynwood, dit-il. « 4-alpha » désigne la première voiture de Malibu. Le « 4 », c'est pour le poste de Malibu et « alpha », c'est pour... alpha. Comme le chien alpha. Le chef de la meute. Les grands coups... les appels prioritaires... sont généralement réservés à la voiture alpha. « 4-alpha-1 » désigne donc le conducteur et s'il a un coéquipier, celui-ci est « 4-alpha-2 ».

– Ce qui fait que la voiture alpha couvre tout le quatrième district ?

– C'est ce qu'il m'a dit. La « 4-alpha » a le droit de se balader dans tout le district et d'écrémer ce qu'il y a de mieux.

– Ce qui veut dire ?

– De prendre les meilleurs appels. Les coups intéressants.

– J'ai compris.

Ma théorie était confirmée. Un double meurtre et des coups de feu tirés près d'un quartier résidentiel devaient très certainement donner lieu à des appels alpha. D'où un seul terme, mais des shérifs adjoints différents qui prennent l'appel. Différents adjoints qui réagissent, mais une seule voiture. Les dominos dégringolèrent en claquant.

– Ça t'aide, Mickey ?

– Oui, Cisco, ça m'aide. Mais ça va vouloir dire encore plus de travail pour toi.

– Sur l'affaire Elliot ?

– Non, pas sur celle-là. Je veux que tu bosses sur l'affaire Eli Wyms. Je veux que tu me trouves tout ce que tu peux sur la nuit où il a été arrêté. Et je veux des détails.

– C'est pour ça que je bosse.

31

Après ma découverte de la veille, du simple dossier qu'elle était, l'affaire s'était emparée de mon imagination. Des visions de prétoire commençaient à me venir à l'esprit. Des scènes d'interrogatoire et de contre-interrogatoire de témoins. Je me représentai les costumes que j'allais porter aux audiences et les postures que j'allais adopter devant les jurés. L'affaire commençait à prendre vie en moi et ça, c'était toujours une bonne chose. Question d'élan. Bien planifier les choses, c'est aller au procès avec l'inébranlable conviction qu'on ne perdra pas. Je ne savais pas ce qui était arrivé à Jerry Vincent, comment ses actes avaient peut-être conduit à sa perte, ni même si sa mort était vraiment liée à l'affaire Elliot, mais j'avais l'impression d'avoir quelque chose dans la ligne de mire. J'avais la vitesse et me sentais prêt à engager la bataille.

J'avais décidé de m'installer dans un box de coin de Chez Dan Tana et de poser les grandes lignes de certains interrogatoires de témoins en dressant une liste de questions de base et de réponses probables à chacune. J'étais tout excité de m'y mettre et Lorna n'avait pas à s'inquiéter pour moi. Je ne serais pas seul : j'aurais mon affaire avec moi. Pas celle de Jerry Vincent, non : la mienne.

Après avoir remballé mes dossiers et préparé d'autres crayons et bloc-notes, j'éteignis les lumières et fermai la porte du bureau à clé. Puis je descendis le couloir et franchis la passerelle conduisant au parking.

Et juste au moment où j'entrais dans le garage, je vis un homme monter la rampe qui partait du premier étage. Il dut faire encore quelques pas pour qu'un instant plus tard je reconnaisse en lui le type de la photo que Bosch m'avait montrée ce matin-là.

Mon sang se figea dans mes veines. Fuir ou se battre, l'instinct prit le dessus. L'espace d'un instant, le reste du monde ne compta plus. Il n'y avait plus que le moment et je devais choisir. Mon cerveau évalua la situation plus vite que n'importe quel ordinateur IBM aurait jamais pu le faire. Et le résultat de cette analyse fut que l'homme qui s'avançait vers moi était bien l'assassin et qu'il était armé.

Je pivotai et commençai à courir.

– Hé ! lança une voix dans mon dos.

Je continuai à courir. Je repassai la passerelle en sens inverse pour gagner les portes en verre donnant dans le bâtiment. Une seule et unique pensée des plus claires fila dans toutes les synapses de mon cerveau : il fallait que j'entre dans l'immeuble et que j'arrive à l'arme de Cisco. Tuer ou me faire tuer.

Mais c'était après les heures de bureau et les portes s'étaient verrouillées derrière moi lorsque j'avais quitté le bâtiment. Je glissai vite la main dans ma poche pour y trouver mes clés et la ressortis vivement – billets, pièces et portefeuille, tout tomba par terre.

J'avais enfoncé la clé dans la serrure lorsque j'entendis des pas qui remontaient dans mon dos. *Le flingue ! Récupère le flingue !*

Enfin j'ouvris la porte et me ruai dans le couloir jusqu'à mon bureau. Jetai un coup d'œil derrière moi et vis le type attraper la porte juste avant qu'elle ne se referme à clé. Il ne m'avait pas lâché.

La clé toujours dans ma main, j'atteignis la porte du bureau et tâtonnai avant de réussir à l'insérer dans la serrure. Je sentais que le tueur se rapprochait. Je parvins enfin à ouvrir la porte, entrai, la refermai d'un coup sec et la verrouillai. Allumai la lumière, traversai la réception et fonçai dans le bureau de Vincent.

L'arme que m'avait laissée Cisco était toujours dans le tiroir. Je l'empoignai, la sortis de son holster et regagnai la réception. À l'autre bout de la pièce, je vis la forme du tueur se dessiner sur le verre dépoli. Il essayait d'ouvrir la porte. Je levai mon arme et la pointai sur son image floue.

J'hésitai, puis je levai mon flingue plus haut encore et tirai deux coups de feu dans le plafond. Dans la pièce fermée le bruit fut assourdissant.

– Ben, c'est ça ! hurlai-je. Entre donc un peu voir !

De l'autre côté de la porte en verre, l'image disparut. J'entendis des pas qui filaient dans le couloir, puis la porte de la passerelle s'ouvrir et se refermer. Je restai absolument immobile et écoutai. Rien, pas un bruit.

Sans lâcher la porte des yeux, je gagnai le bureau de la réception et décrochai le téléphone. J'appelai le 911, la réponse fut immédiate, mais je n'eus droit qu'à un enregistrement me disant que mon appel était important et que je devais attendre le prochain dispatcher disponible.

Je me rendis compte que je tremblais, pas de peur mais de trop-plein d'adrénaline. Je posai l'arme sur le bureau, tâtai ma poche et m'aperçus que je n'avais pas perdu mon portable. Le téléphone du bureau dans une main, j'ouvris mon portable avec l'autre et appelai Harry Bosch. Il décrocha à la première sonnerie.

– Bosch ! m'écriai-je. Le type que vous m'avez montré ce matin est venu ici !

– Haller ? Qu'est-ce que vous racontez ? Quel type ?

– Le type de la photo que vous m'avez montrée aujourd'hui ! Celui avec le flingue !

– Bon, bon, calmez-vous. Où est-il ? Et vous, où êtes-vous ?

Je compris que le stress avait tendu ma voix et que je criais. Gêné, je respirai un grand coup et tentai de me calmer avant de répondre.

– Je suis au bureau, dis-je enfin. Celui de Vincent. Je m'en allais et je l'ai vu dans le garage. Je suis revenu au bureau en courant et il m'a couru après. Il a essayé d'entrer dans le bureau, je crois qu'il est parti, mais je n'en suis pas sûr. J'ai tiré quelques coups de feu et après…

– Vous avez une arme ?

– Et comment, nom de Dieu !

– Je vous suggère fermement de la ranger avant que quelqu'un ne soit blessé.

– Si ce mec est encore dehors, le blessé, ça va être lui ! Qui c'est, bordel ?

Il y eut une pause avant qu'il ne réponde.

– Je ne sais pas encore. Écoutez, je suis toujours en centre-ville et je commençais moi aussi à rentrer à la maison. Je suis dans ma voiture. Ne bougez pas et je vous rejoins dans cinq minutes. Restez dans votre bureau et gardez la porte fermée à clé.

– Ne vous inquiétez pas, je ne bouge pas d'ici.

– Et ne tirez pas quand j'arrive.

– Promis.

Je tendis le bras et raccrochai le téléphone du bureau. Bosch arrivait, je n'avais plus besoin des flics. Je repris l'arme.

– Hé, Haller ?

– Quoi ?

– Qu'est-ce qu'il voulait ?

– Quoi ?

– Le type. Il venait pour quoi ?

– Alors là, c'est une bonne question ! Mais je n'ai pas la réponse.

– Écoutez, arrêter de vous foutre de moi et dites-moi !

– Mais c'est ce que je fais ! Je ne sais pas ce qu'il cherche. Bon et maintenant, arrêtez de jacasser et ramenez-vous !

Sans même le vouloir j'avais serré les poings en criant et, pur accident, tirai un coup de feu dans le plancher. Je bondis comme si c'était quelqu'un d'autre qui m'avait tiré dessus.

– Haller ! hurla Bosch. C'était quoi, bordel ?

Je respirai un grand coup et pris le temps de me calmer avant de répondre.

– Haller, répéta-t-il, qu'est-ce qui se passe ?

– Ramenez-vous et vous le verrez.

– Vous l'avez touché ? Vous l'avez abattu ?

Je ne répondis même pas et refermai mon portable.

32

Bosch couvrit la distance en six minutes, mais j'eus l'impression qu'il avait mis une heure. Une image sombre se formant de l'autre côté de la vitre, il frappa à la porte, fort.

– Haller, c'est moi, Bosch ! cria-t-il.

Mon arme au côté, je déverrouillai la porte et le laissai entrer. Lui aussi avait sorti son arme et la tenait à son côté.

– Des trucs depuis qu'on s'est parlé au téléphone ? me demanda-t-il.

– Je ne l'ai ni vu ni entendu. J'ai dû lui foutre une trouille d'enfer.

Il rengaina son arme et me coula un regard comme pour me dire que ma posture de gros dur ne convainquait personne, en dehors de moi peut-être.

– Et le dernier coup de feu ? reprit-il.

– Accident.

Je lui montrai le trou dans le sol.

– Donnez-moi ce flingue avant que vous ne vous tuiez.

Je le lui tendis, il le glissa dans la ceinture de son pantalon.

– Vous n'avez pas d'arme… pas légalement. J'ai vérifié.

– C'est celle de mon enquêteur. Il la laisse ici le soir.

Il regarda le plafond et vit les deux trous que j'y avais faits. Puis il me regarda, moi, et hocha la tête.

Et gagna les stores et jeta un coup d'œil dans la rue. À cette heure de la nuit, Broadway était complètement morte. Deux ou trois immeubles voisins avaient été transformés en lofts, mais il allait encore falloir beaucoup de temps avant que l'avenue retrouve la vie nocturne qu'elle avait connue quatre-vingts ans plus tôt.

– Bon, dit-il, asseyons-nous.

Il se détourna de la fenêtre et me vit debout derrière lui.

– Dans votre bureau, précisa-t-il.

– Pourquoi ?

– Parce qu'on va parler de tout ça.

Je m'y rendis et m'assis derrière le bureau, Bosch prenant place en face de moi.

– Et d'un, voici vos affaires, dit-il. Je les ai retrouvées sur la passerelle.

De la poche de sa veste il sortit mon portefeuille et des billets. Il posa tout cela sur le bureau et remit sa main dans sa poche pour y chercher la petite monnaie.

– Bon d'accord, et maintenant quoi ? lui demandai-je en remettant mes biens dans ma poche.

– Maintenant on parle. Et d'un, est-ce que vous voulez faire une déposition sur cet incident ?

– Pourquoi se donner cette peine ? Vous savez de quoi il est question. C'est votre dossier. Pourquoi ne savez-vous pas de qui il s'agit ?

– On y travaille.

– Ça ne suffit pas, Bosch ! Il m'a attaqué ! Pourquoi ne pouvez-vous pas l'identifier ?

Il hocha la tête.

– Parce que nous pensons qu'il s'agit d'un tueur à gages qu'on a fait venir d'ailleurs. Peut-être même de l'étranger.

– Génial, ça, putain ! Pourquoi est-il revenu ici ?

– À cause de vous, c'est évident. À cause de ce que vous savez.

– Moi ? Mais je ne sais rien !

– Vous n'avez pas bougé d'ici pendant trois jours. Vous devez savoir quelque chose qui vous rend dangereux pour lui.

– Je me tue à vous le dire : je n'ai rien.

– Alors il faut que vous vous demandiez pourquoi ce type est revenu. Qu'est-ce qu'il a laissé derrière lui ou oublié la première fois ?

Je me contentai de le dévisager. De fait, j'avais envie de l'aider. J'étais fatigué d'être sous la menace et plutôt deux fois qu'une, et si j'avais pu lui donner une réponse, je l'aurais fait.

Je hochai la tête.

– Si j'avais seulement une…

– Oh allons ! aboya-t-il. C'est à votre vie qu'on en veut. Vous ne comprenez donc pas ? Qu'est-ce que vous savez ?

– Je vous l'ai dit !

– Qui Vincent a-t-il acheté ?

– Je n'en sais rien et je ne pourrais pas vous le dire si je le savais.

– Qu'attendait de lui le FBI ?

– Ça non plus, je ne le sais pas !

Il commença à me montrer du doigt.

– Espèce d'enfoiré d'hypocrite ! Vous vous cachez derrière les protections de la loi alors que l'assassin est là dehors à attendre. Ce ne sont ni votre éthique ni vos règlements qui arrêteront la balle, Haller. Dites-moi ce que vous savez !

– Je vous l'ai dit ! Je n'ai rien et arrêtez de me montrer du doigt, bordel ! C'est pas mon boulot, ça. C'est le vôtre. Même que si vous le faisiez, les gens d'ici se sentiraient…

– Je vous demande pardon…

On avait parlé dans son dos, en un geste d'une belle fluidité il se retourna, se leva de sa chaise, sortit son arme et la pointa sur la porte.

Devant lui se tenait un type avec un sac-poubelle à la main – et ce type avait les yeux grands ouverts de terreur.

Bosch abaissa aussitôt son arme, mais l'homme de ménage parut sur le point de s'évanouir.

– Désolé, dit Bosch.

– Je reviens après, dit l'homme avec un fort accent d'Europe de l'Est.

Il se retourna et disparut en un éclair.

– Putain de Dieu ! jura Bosch très clairement mal à l'aise d'avoir pointé son arme sur un innocent.

– Je crains qu'on ne nous vide plus jamais nos poubelles, fis-je remarquer.

Bosch gagna la porte, la ferma et poussa le verrou. Revint au bureau et me regarda plein de colère. Puis il s'assit, respira un grand coup et enchaîna d'une voix nettement plus calme.

– Maître, dit-il, je suis heureux de constater que vous n'avez pas perdu votre sens de l'humour. Mais y en a plein le cul de ces plaisanteries !

– D'accord, dis-je. Fini les plaisanteries.

Il me donna alors l'impression de beaucoup se battre avec ce qu'il allait dire ou faire dans la seconde qui suivait. Il balaya la pièce du regard et revint sur moi.

– Bon d'accord, dit-il, écoutez… vous avez raison. C'est à moi de coincer ce type. Mais vous, vous l'avez eu ici même. Ici même, bordel ! Et donc, il est quand même raisonnable de se dire qu'il avait un but en venant. Ou bien il venait vous tuer, ce qui paraît peu vraisemblable puisqu'il n'a pas l'air de vous connaître, ou bien il voulait vous arracher ou soutirer quelque chose, toute la question étant de savoir quoi. Qu'y a-t-il dans ce bureau ou dans un de vos dossiers qui pourrait nous conduire à l'identifier ?

J'essayai de lui servir mon ton le plus calme pour faire jeu égal avec lui.

– Tout ce que je peux vous dire, c'est que j'ai eu la personne qui gère les dossiers ici depuis mardi. J'ai eu aussi mon enquêteur ici, et la réceptionniste de Jerry Vincent jusqu'à midi, moment qu'elle a choisi pour arrêter. Et aucun de nous, inspecteur, absolument aucun de nous n'a été capable de trouver la preuve tangible qui, selon vous, se trouve sûrement ici. Vous me dites que Vincent a versé des pots-de-vin à quelqu'un. Mais moi, je ne trouve rien, et dans aucun dossier ou propos de mes clients, pour affirmer que c'est vrai. J'ai consacré ces trois dernières heures à passer le dossier Elliot au crible et je n'y ai vu aucune indication… absolument aucune… pouvant laisser entendre qu'il aurait payé quoi que ce soit ou tenté d'acheter quiconque. De fait même, j'ai découvert qu'il n'avait nul besoin de corrompre quiconque. Vincent avait un argument miracle et la possibilité de remporter son procès de la manière la plus régulière qui soit. Ce qui fait que quand je vous dis que je n'ai rien, c'est que je n'ai rien. Je n'essaie pas de ruser avec vous. Je ne garde rien par-devers moi. Je n'ai tout simplement rien à vous donner. Rien.

– Et le FBI ?

– Même réponse. Rien.

Bosch ne répondit pas. Je vis une vraie déception assombrir son visage. J'enchaînai.

– Si ce moustachu est l'assassin, il est clair qu'il y a une raison à son retour ici. Mais cette raison, je ne la connais pas. Cela m'inquiète-t-il ? Mais non, cela ne m'inquiète pas ! J'en chie de trouille ! Oui, je me chie dessus rien qu'à l'idée que ce type puisse se dire que j'ai quelque chose parce que si c'est vrai, je ne le sais même pas et ça, c'est pas bon du tout.

Brusquement, Bosch se leva. Ressortit l'arme de Cisco de sa ceinture de pantalon et la posa sur le bureau.

– On garde ce truc chargé, dit-il. Et si j'étais à votre place, j'arrêterais de travailler le soir.

Sur quoi il se tourna et se dirigea vers la porte.

– C'est tout ? lui lançai-je.

Il pivota et revint vers le bureau.

– Que voulez-vous d'autre ?

– Vous, tout ce que vous voulez, c'est que je vous file des renseignements. Et les trois quarts du temps, des renseignements que je ne peux pas vous donner. Mais vous, vous ne me donnez rien en retour et c'est même en grande partie à cause de ça que je suis en danger.

J'eus l'impression qu'il était prêt à sauter par-dessus le bureau pour m'agresser. Puis je le vis se calmer à nouveau. Complètement, hormis une légère palpitation haut sur la joue, près de sa tempe gauche. Et rien à faire pour qu'elle disparaisse. Ainsi se trahissait-il, et d'une façon qui une fois encore me semblait familière.

– Ah et puis merde, dit-il enfin. Que voulez-vous savoir, maître ? Allez-y. Posez-moi une question... n'importe laquelle... et j'y répondrai.

– Je veux que vous me disiez pour le pot-de-vin. À qui l'argent est-il allé ?

Il hocha la tête et eut un petit rire bien faux.

– Et voilà ! s'exclama-t-il. Je vous donne une ouverture en me disant que je vais répondre à votre question quelle qu'elle soit et vous, vous me posez la seule question à laquelle je n'ai pas de réponse. Parce que vous pensez vraiment que si je savais où est passé le fric et qui a eu droit au pot-de-vin, je serais ici à bavarder avec vous ? Non, non, Haller, je serais en train d'écrouer un assassin.

– Vous êtes donc sûr que ceci avait à voir avec cela ? Que ce pot-de-vin... si pot-de-vin il y a bien eu... a un lien avec le meurtre ?

– Je m'en remets aux pourcentages de probabilités.

– Mais ce pot-de-vin, encore une fois si pot-de-vin il y a eu, a été versé il y a cinq mois de ça. Alors pourquoi est-ce maintenant que Jerry Vincent s'est fait tuer ?

Et pourquoi est-ce encore une fois maintenant que le FBI cherchait à le contacter ?

– Bonnes questions. Vous me dites quand vous aurez les réponses ? En attendant, si je peux faire autre chose pour vous… Je rentrais chez moi quand vous m'avez appelé.

– Oui, il y a autre chose que vous pouvez faire pour moi.

Il me regarda et attendit.

– Moi aussi, je me préparais à rentrer à la maison.

– Quoi ? Vous voulez que je vous tienne la main pendant que vous allez au garage ? D'accord, allons-y.

Je refermai encore une fois le bureau et nous nous mîmes en devoir de descendre le couloir pour gagner la passerelle. Bosch avait cessé de parler et le silence me tapait sur les nerfs. Pour finir, je le brisai.

– J'allais me payer un steak, repris-je. Vous voulez venir ? Peut-être que devant un peu de viande rouge on arrivera à résoudre les problèmes du monde.

– On va où ? Chez Musso ?

– Je pensais plutôt Chez Dan Tana.

Il acquiesça d'un signe de tête.

– Si vous pouvez nous faire entrer.

– Vous inquiétez pas, lui renvoyai-je. Je connais quelqu'un.

33

Bosch me suivit, mais lorsque je ralentis dans Santa Monica Boulevard pour m'arrêter au poste du voiturier, devant le restaurant, il poursuivit sa route. Je le vis me dépasser, puis tourner dans Doheny Drive.

J'entrai seul dans le restaurant et Craig me trouva une place dans un de mes box de coin préférés. Il y avait du monde, mais ça commençait à se calmer. Dans un box, je vis l'acteur James Wood finir son repas avec le producteur Mace Neufeld. Ils venaient souvent et Mace m'adressa un petit signe de tête. Il avait un jour essayé de prendre une option sur une de mes affaires pour un film, mais ça n'avait pas marché. Dans un autre, je vis Corbin Bernsen, l'acteur qui à mes yeux cernait le mieux le personnage de l'avocat à la télé. Et dans un autre box encore, je vis Dan Tana en personne ; il soupait avec son épouse. Je baissai les yeux sur ma nappe à carreaux. Assez de *Who's Who*. Il fallait que je me prépare pour Bosch. En roulant, j'avais beaucoup penser à ce qui venait de se passer au bureau de Vincent et je voulais réfléchir à la meilleure façon de l'affronter. C'était comme de se préparer à l'interrogatoire en contre d'un témoin hostile.

Dix minutes après m'être installé, je vis enfin Bosch apparaître sur le seuil et Craig me l'amena.

– On s'est perdu ? lui demandai-je tandis qu'il se glissait dans le box.

– J'arrivais pas à trouver de place.

– Faut croire qu'ils vous paient pas assez pour que vous puissiez vous offrir le voiturier.

– Non, le voiturier, c'est génial. Mais je n'ai pas le droit de laisser un véhicule de la ville à un voiturier. Interdit par le règlement.

J'acquiesçai d'un signe de tête en me disant que c'était probablement parce qu'il avait un fusil dans le coffre.

Je décidai d'attendre que nous ayons commandé pour lancer la première passe d'armes. Je lui demandai s'il voulait jeter un coup d'œil au menu, mais il m'annonça qu'il était prêt à commander. Lorsque le garçon arriva, nous lui demandâmes tous les deux le steak Helen avec des spaghettis et de la sauce piquante en accompagnement. Bosch voulut en plus une bière et moi une bouteille d'eau plate.

– Alors, repris-je, où est passé votre coéquipier ?

– Il travaille sur d'autres aspects de l'enquête.

– Ben ça fait plaisir d'apprendre qu'elle a d'autres aspects, cette enquête.

Il m'étudia un bon moment avant de répondre.

– Ce serait censé me faire marrer ? dit-il.

– Non, c'est juste une observation. De mon côté de la lorgnette, il ne semble pas se produire grand-chose.

– C'est peut-être parce que votre source s'est tarie et a foutu le camp.

– Ma source ? répétai-je. Mais je n'en ai pas, moi.

– Non, plus maintenant. J'ai deviné qui fournissait des infos à votre gars et tout ça a pris fin aujourd'hui. J'espère que vous ne lui filiez pas du fric parce que sinon, les Affaires internes vont le coffrer.

– Je sais que vous ne me croirez pas, mais je ne vois absolument pas de quoi vous voulez me parler. C'est de mon enquêteur à moi que j'obtiens mes renseignements. Et je ne lui demande pas comment il se les procure.

Il hocha la tête.

– C'est la meilleure façon de procéder, n'est-ce pas ? On s'isole et comme ça y a rien qui vous pète au nez. En attendant, si un capitaine de la police y perd son boulot et sa pension, c'est pas de pot.

Je ne m'étais pas rendu compte que la source de Cisco était si haut placée.

Le garçon nous apporta nos boissons et un panier de pain. Je bus un peu d'eau en réfléchissant à ce que j'allais dire après. Puis je reposai mon verre et regardai Bosch. Il haussa les sourcils comme s'il s'attendait à quelque chose.

– Comment saviez-vous à quelle heure j'allais quitter mon bureau ? lui demandai-je.

Il eut l'air perplexe.

– Que voulez-vous dire ?

– Ça devait être la lumière. Vous étiez dans Broadway et quand j'ai éteint, vous m'avez envoyé votre mec dans le garage.

– Je ne vois pas de quoi vous parlez.

– Bien sûr que si ! La photo du mec armé qui sort du bâtiment… c'était un faux. Un coup monté, et ce coup monté, c'est vous qui l'avez chorégraphié. Vous vous en êtes servi pour enfumer votre indic et le faire sortir de son trou et après, vous avez essayé de me piéger avec.

Il hocha la tête et regarda hors du box comme s'il cherchait quelqu'un qui pourrait lui interpréter ce que j'étais en train de lui dire. Il ne jouait pas bien la comédie.

– Vous avez donc pris cette photo bidon et vous me l'avez montrée parce que vous saviez qu'elle reviendrait à l'indic par l'intermédiaire de mon enquêteur. Vous sauriez aussitôt que l'individu qui vous parlerait de ce cliché était à l'origine de la fuite.

– Je ne suis pas habilité à parler de tel ou tel aspect de l'enquête avec vous.

– Et après, vous vous en êtes servi pour essayer de me baiser. Pour voir si je vous cachais quelque chose et pour me foutre tellement la trouille que je finirais par lâcher le renseignement.

– Je vous ai déjà dit que je ne peux pas…

– Eh bien, mais… ce n'est même pas nécessaire, Bosch. Je sais que c'est bien ça que vous avez fait. Vous savez où vous avez merdé ? Et d'un, en ne revenant pas montrer votre photo à la secrétaire de Vincent comme vous l'aviez promis. Si le type de la photo avait été vrai, vous la lui auriez montrée parce qu'elle connaît les clients de Vincent bien mieux que moi. Votre deuxième erreur ? L'arme dans la ceinture de votre tueur à gages. Vincent a été abattu avec un calibre .25… bien trop petit pour qu'on le passe dans sa ceinture. Je ne l'ai pas vu quand vous m'avez montré la photo, mais maintenant j'ai compris.

Il regarda du côté du bar au milieu du restaurant. À la télé en hauteur passaient des images de grands moments du sport. Je me penchai en travers de la table pour me rapprocher de lui.

– Alors, dites, lui lançai-je, qui c'est, le mec de la photo ? Votre coéquipier avec une moustache postiche ? Un clown lambda des Mœurs ? Vous n'avez donc rien de mieux à faire que vous foutre de moi ?

Il se pencha en arrière et continua de regarder autour de lui, ses yeux filant partout à droite et à gauche, mais ne s'arrêtant jamais sur moi. Il était en train de penser à quelque chose, je lui laissai tout le temps dont il avait besoin. Il finit par me regarder.

– Bon d'accord, dit-il, vous m'avez eu. C'était bien un coup monté. Ça doit faire de vous un avocat super-malin, maître Haller. Comme votre paternel. Je me demande bien pourquoi vous gaspillez vos talents à défendre des ordures. Vous ne feriez pas mieux de poursuivre des médecins ou de défendre de gros producteurs de tabac, enfin quoi… de faire dans ce genre de trucs pleins de noblesse ?

Je souris.

– C'est comme ça que vous voulez jouer le coup ? lui renvoyai-je. Vous vous faites piquer en train de faire les petits sournois et votre seule réaction est de dire que c'est l'autre qui l'a été ?

Il rit, son visage virant au rouge tandis qu'il se détournait de moi. Le geste me parut familier et qu'il ait parlé de mon père me le remit en mémoire. J'avais gardé un vague souvenir du rire embarrassé de mon père un soir qu'il s'était renversé sur sa chaise à la table du dîner. Ma mère l'avait accusé de quelque chose que j'étais trop jeune pour comprendre.

Bosch posa les deux bras sur la table et se pencha vers moi.

– Vous avez entendu parler des premières quarante-huit, non ?

– De quoi parlez-vous ?

– Des premières quarante-huit. Du fait que les chances de résoudre un homicide diminuent pratiquement de moitié quand on n'arrive pas à le faire dans les premières quarante-huit heures.

Il consulta sa montre avant de continuer.

– J'approche des soixante-douze et je n'ai toujours rien. Pas un suspect, pas une seule piste viable, rien. Bref, ce soir j'espérais tirer quelque chose de vous en vous foutant la trouille. Quelque chose qui m'aurait mis dans la bonne direction.

Je restai assis à le dévisager et à digérer ce qu'il venait de me dire. Je finis par retrouver ma voix.

– Vous pensiez vraiment que je savais qui avait tué Jerry et que je ne vous le disais pas ? lui demandai-je.

– C'était une possibilité à envisager.

– Allez vous faire mettre, Bosch.

Juste à ce moment-là, le garçon arriva avec nos steaks et nos spaghettis. Les assiettes étant posées, Bosch me regarda avec quelque chose qui ressemblait à un sourire entendu sur le visage. Le garçon nous demanda s'il pouvait nous apporter autre chose, je lui fis signe de partir sans lâcher Bosch des yeux.

– Vous n'êtes qu'un petit fils de pute plein d'arrogance, repris-je. Un fils de pute capable de rester là avec un petit sourire sur la gueule au moment même où vous m'accusez de garder des pièces à conviction ou des renseignements sur un meurtre par-devers moi. Le meurtre de quelqu'un que je connaissais, en plus.

Il baissa les yeux, prit son couteau et sa fourchette et entama son steak. Je remarquai qu'il était gaucher. Il s'enfourna un morceau de viande dans la bouche et me dévisagea en le mangeant. Il avait posé les poings de part et d'autre de son assiette, fourchette et couteau bien serrés dedans comme s'il voulait empêcher des braconniers de lui piquer sa viande. Bon nombre de mes clients qui avaient fait un tour en prison mangeaient de cette façon.

– Pourquoi ne pas se détendre, maître ? reprit-il. Il faut que vous compreniez un truc. Je n'ai pas l'habitude de me retrouver du même côté de la barricade que l'avocat de la défense, d'accord ? Mon expérience m'enseigne que ces gens-là me dépeignent toujours sous les traits d'un crétin, de quelqu'un de corrompu, de borné… tout ce que vous voudrez. Ce qui fait qu'en ayant tout ça en tête, eh bien oui, j'ai essayé de vous blouser en espérant que ça m'aide à résoudre un meurtre. Je m'excuse à mort. Si vous voulez, je leur demande de m'emballer mon steak et je l'emporte en partant.

Je hochai la tête. Bosch savait s'y prendre pour me faire culpabiliser pour ses transgressions.

– Ce serait peut-être plutôt à vous de vous calmer, lui renvoyai-je. Tout ce que je vous dis, c'est que je me suis conduit honnêtement avec vous et ce, dès le début. J'ai même repoussé un rien les limites éthiques de ma profession. Et je vous ai dit tout ce que je pouvais vous dire quand je le pouvais. Je ne méritais pas que vous me foutiez une trouille à chier ce soir. Et vous avez sacrément de la chance que je n'aie pas flanqué une balle dans la poitrine de votre bonhomme quand il est arrivé à la porte de mon bureau. Il faisait une cible parfaitement adorable.

— Vous n'étiez pas censé avoir une arme. J'avais vérifié.

Il se remit à manger en gardant la tête baissée tandis qu'il travaillait son steak. Il avala plusieurs bouchées, puis il passa à l'assiette de spaghettis. Il ne faisait pas partie des hommes qui les tortillent avec leurs fourchettes. Il les coupa avant de s'en mettre dans la bouche. Et parla après avoir avalé.

— Bon, et maintenant que nous avons réglé la question, est-ce que vous allez m'aider ?

J'explosai de rire.

— Vous plaisantez ? Dites, vous avez entendu ce que je viens de vous dire ?

— Oui, oui, j'ai tout entendu. Et non, je ne plaisante pas. Tout compte fait, j'ai toujours un avocat mort sur les bras… votre collègue… et votre aide ne serait pas de trop.

Je commençai à entamer mon steak. Et décidai qu'il pouvait attendre que je le mange comme il m'y avait moi-même obligé.

Beaucoup sont d'avis que c'est Chez Dan Tana qu'on sert les meilleurs steaks de la ville. Et j'en fais partie – et ne fus pas déçu. Je pris tout mon temps pour savourer ma première bouchée avant de reposer ma fourchette.

— De quel genre, cette aide ? demandai-je.

— On fait sortir l'assassin de sa tanière.

— Génial. Et côté dangers ?

– Ça dépendra d'un tas de choses. Mais je ne vais pas vous mentir. Dangereux, ça pourrait l'être. J'ai besoin que vous secouiez certains trucs, que vous obligiez cet individu à se dire qu'il y a quelque chose qui cloche dans le scénario et que vous pourriez bien représenter un danger pour lui. Et on voit ce qui se passe.

– Mais vous serez là. Pour me couvrir.

– Du début à la fin.

– Bon, et comment on les secoue, ces trucs ?

– Je pensais à un article dans le journal. J'imagine que vous avez été approché par la presse. On choisit un journaliste et on lui file l'histoire, en exclusivité. Et on y glisse quelque chose qui va obliger l'assassin à se demander ce qui se passe.

Je réfléchis et me rappelai l'avertissement de Lorna me disant de jouer comme il faut avec les médias.

– Y a un type au *Times*, dis-je. J'ai passé une espèce de marché avec lui pour qu'il me lâche les baskets. Je lui ai dit que quand je serais prêt à lui parler je le ferais.

– C'est parfait. On se sert de lui. (Je gardai le silence.) Alors, vous en êtes ?

Je repris ma fourchette et ne dis plus rien en coupant à nouveau dans ma viande. Du sang coula dans mon assiette. Je songeai à ma fille prête à me poser les mêmes questions que sa mère et au fait que je ne pouvais jamais y répondre. *Comme qui dirait que tu travailles toujours pour les méchants.* Ce n'était pas aussi simple, mais le savoir ne supprimait nullement la blessure ou la lueur que je me rappelais avoir vue dans ses yeux.

Je reposai mon couteau et ma fourchette sans avoir rien avalé. Tout d'un coup, je n'avais plus faim.

– Oui, dis-je. J'en suis.

TROISIÈME PARTIE

Dire le vrai

34

Tout le monde ment.

Les flics. Les avocats. Les clients. Même les jurés.

En droit pénal, il est une école de pensée pour soutenir que tous les procès se gagnent ou se perdent à la sélection des jurés. Je n'irais jamais jusque-là, mais je sais que dans un procès pour meurtre il n'y a probablement rien de plus important que le choix des douze citoyens qui devront décider du sort du client. C'est aussi la phase la plus complexe et la plus fugace du procès – elle dépend des lubies du destin, de la chance et de la bonne question qu'il faut savoir poser pile au bon moment au bon individu.

Il n'empêche : c'est toujours par là qu'on commence un procès.

La sélection des jurés dans l'affaire « État de Californie contre Elliot » commença comme prévu à 10 heures du matin ce jeudi-là, dans la chambre présidée par le juge James P. Stanton. Le prétoire était plein à craquer, rempli pour une moitié par les quatre-vingts jurés potentiels choisis au hasard dans le pool des jurés du troisième étage du Criminal Courts Building et pour l'autre par les médias, les professionnels de la justice, ceux qui vous veulent du bien et tous les badauds ordinaires qui avaient réussi à se faufiler dans la salle.

Je m'assis à la table de la défense seul avec mon client, exauçant ainsi son vœu de n'avoir qu'un avocat pour le représenter. Ouvert devant moi se trouvaient un bloc-notes vierge, un carnet de Post-it et trois marqueurs différents, un rouge, un bleu et un noir. Au bureau, j'avais quadrillé la première page du bloc avec une règle. Douze cases, chacune de la taille d'un Post-it, chacune pour un des douze jurés qui devraient juger Walter Elliot. Certains avocats ont recours à l'ordinateur pour remonter le passé des jurés potentiels. Ils ont même des logiciels capables de répertorier des renseignements qui apparaissent pendant le processus de sélection, de les passer au filtre d'un menu de reconnaissance de schémas de conduite sociopolitique et de recracher dans l'instant des conseils sur la nécessité de garder ou de récuser tel ou tel juré. Je me servais moi du système très vieille école du papier quadrillé depuis mes premiers jours au bureau des avocats commis d'office. Il avait toujours bien fonctionné pour moi et ce n'était pas maintenant que j'allais en changer. Je ne voulais pas en référer aux instincts d'un ordinateur pour choisir mes jurés. C'était aux miens que je voulais faire appel. L'ordinateur n'entend pas le ton qu'a pris tel ou tel pour répondre à la question qu'on vient de lui poser. Et ne voit pas davantage les yeux du type ou de la femme qui ment.

Le juge a, lui, une liste générée par ordinateur, liste dont il prend les douze premiers individus, ceux-ci venant alors s'asseoir dans le box qui leur est réservé. À ce moment-là, tous sont membres du jury. Mais ils ne peuvent garder leurs sièges que s'ils survivent à ce qu'on appelle le *voir dire* – à savoir aux questions qui leur sont posées sur leur passé, leurs opinions et leur compréhension du droit. Tel est le processus. Le juge leur pose une série de questions, puis c'est au tour des avocats de les reprendre plus en détail.

Les jurés peuvent perdre leur siège de deux façons. Ils peuvent être récusés pour cause de partialité si leurs réponses, leur conduite ou les circonstances de leur vie montrent qu'ils ne pourraient pas être justes ou envisager l'affaire avec un esprit ouvert. Il n'y a aucune limite au nombre de ces récusations pour cause de partialité à la disposition des avocats. C'est souvent que le juge procède à l'élimination de tel ou tel pour cette raison avant même que le procureur ou l'avocat de la défense ait le temps d'élever une objection. Je sais depuis toujours que la meilleure façon de ne pas être pris comme juré est de déclarer que tous les flics mentent ou ont toujours raison. Que ce soit pour ceci ou pour cela, tout individu à l'esprit fermé est récusé de cette manière.

La deuxième façon d'éliminer un juré potentiel tient au nombre limité de récusations non motivées accordées à chaque avocat selon la nature de l'affaire et des charges retenues. Ce procès étant pour meurtre, l'accusation et la défense avaient chacune jusqu'à vingt récusations de ce type à leur disposition. C'est dans leur utilisation aussi judicieuse que délicate qu'instinct et stratégie entrent en jeu. Un avocat habile peut s'en servir pour faire du jury un outil de l'accusation ou de la défense. La récusation non motivée laisse en effet la possibilité à l'avocat de virer un juré pour la seule et unique raison qu'instinctivement celui-ci ne lui plaît pas. La seule exception à cette possibilité est de se servir de ces récusations pour façonner un jury partial. Le procureur qui récuserait systématiquement des Noirs ou l'avocat de la défense qui ferait la même chose avec des Blancs susciterait vite l'opposition aussi bien de la partie adverse que du juge.

Les règles de ce processus de *voir dire* sont destinées à empêcher toute partialité ou tromperie chez les jurés, le terme venant d'une vieille expression française qui signifie *dire le vrai*. À ceci près, bien évidemment, que chacune des deux parties voit les choses différemment. À aller au fond des choses, il est clair que dans tout procès, c'est un jury partial que je veux. Je le veux complètement opposé à l'accusation et aux flics. Je le veux entièrement prêt à suivre mes conclusions. Je dois même à la vérité de dire qu'un juré ouvert est bel et bien la dernière personne que j'ai envie de voir dans le box. Je veux des gens qui soient déjà de mon côté ou que je puisse facilement rallier à ma cause. Ce sont douze moutons de Panurge que je veux dans le box. Douze jurés qui me suivent et ne servent qu'à la défense.

Et, bien sûr, le bonhomme assis à deux mètres de moi dans la salle d'audience voulait, lui, arriver au résultat diamétralement opposé. Il voulait ses moutons à lui et allait se servir de ses récusations non motivées pour essayer de façonner un jury à son goût et ce, à mes dépens.

À 10 h 15 le très efficace juge Stanton avait déjà consulté la sortie imprimante sur laquelle se trouvaient les douze premiers candidats retenus au hasard. Il les appela par les numéros codés qui leur avaient été alloués dans la salle du troisième étage où s'étaient rassemblés tous les jurés du pool et les invita à rejoindre le box. Six hommes et six femmes. Trois employés des postes, deux ingénieurs, une femme au foyer originaire de Pasadena, une scénariste au chômage, deux professeurs de collège et trois retraités.

Nous savions d'où ils étaient et ce qu'ils faisaient. Mais nous ne savions pas leurs noms. C'était un jury anonyme. Pendant toutes les réunions que nous avions eues avant le procès, le juge s'était montré inflexible dans son désir de mettre les jurés à l'abri de toute attention et curiosité du public. Il avait ainsi ordonné que la caméra de Court TV soit fixée au-dessus du box des jurés de façon à ce que ces derniers ne soient pas dans le champ. Il avait aussi décidé que les identités de tous les jurés en puissance seraient tenues secrètes, même pour les avocats, et qu'on ne s'adresserait à eux que par le numéro de leur siège.

Le juge entama le processus en demandant à chaque juré en puissance comment il ou elle gagnait sa vie et en lui posant des questions sur la région de Los Angeles où il ou elle habitait. Il passa ensuite aux questions de base, à savoir s'ils avaient déjà été victimes d'un crime, s'ils avaient des parents en prison ou des policiers ou des procureurs dans leurs familles. Il leur demanda aussi ce qu'ils savaient en matière de droit et de procédures juridiques. Il voulut savoir si tel ou tel avait déjà siégé dans un jury. Et en récusa trois pour partialité : une employée de la poste qui avait un frère dans la police, un retraité dont le fils avait été victime d'un crime lié au trafic de drogue et la scénariste qui certes n'avait jamais travaillé pour Archway Pictures, mais qui pouvait en vouloir à Elliot à cause des relations généralement orageuses entre scénaristes et directeurs de studios.

Un quatrième juré possible – un des ingénieurs – fut remercié lorsque le juge accepta sa requête en renvoi pour cause de difficultés économiques. Consultant qui travaillait à son compte, il ne se voyait pas avoir pour tout revenu et ce, pendant deux semaines entières, les seuls cinq dollars par jour accordés à tout juré.

Les quatre jurés évincés furent promptement remplacés par quatre autres tirés du pool au hasard. Et ainsi de suite. À midi, j'avais utilisé deux de mes récusations non motivées pour virer les deux derniers employés des postes et en aurais bien utilisé un troisième pour exclure le deuxième ingénieur, mais je décidai de profiter de la pause déjeuner pour réfléchir à la suite des événements. Golantz, lui, tenait bon et n'avait utilisé aucune de ses récusations non motivées. Sa stratégie consistait bien évidemment à me forcer à utiliser toutes les miennes pour se servir des siennes ensuite et ainsi finir par façonner un jury à son goût.

Elliot, lui, se donnait des airs de patron de la défense. Je faisais mon boulot devant le jury, mais il insistait pour avoir le droit d'accepter ou de refuser mes récusations non motivées. Cela ralentissait la procédure dans la mesure où je devais lui expliquer pourquoi je voulais virer tel ou tel et où lui tenait à me faire savoir ce qu'il en pensait. Cela dit, le patron qu'il était finissait toujours par approuver ma décision et le juré était excusé. C'était agaçant, mais je pouvais m'en débrouiller du moment qu'il acceptait ce que je voulais faire.

Un peu avant midi, le juge leva la séance pour le déjeuner. Même s'il ne s'agissait encore que de sélectionner des jurés, c'était le premier jour que je passai dans un tribunal depuis plus d'un an. Lorna était venue observer et me témoigner son soutien. Nous avions décidé de déjeuner ensemble, après quoi elle repartirait au bureau et commencerait à tout boucler.

En entrant dans le couloir du prétoire, je demandai à Elliot s'il voulait se joindre à nous, mais il me dit avoir à vite regagner le studio pour y vérifier certaines choses. Je lui conseillai de ne pas tarder à revenir. Le juge nous avait très généreusement accordé une heure et demie pour déjeuner et ne verrait aucun retard d'un bon œil.

Lorna et moi traînâmes un peu dans le couloir et laissâmes les jurés potentiels se ruer vers les ascenseurs. Je n'avais pas envie de descendre avec eux. Chaque fois qu'on le fait, il s'en trouve un pour l'ouvrir et poser une question déplacée, ce qui oblige l'avocat qui l'a entendue à aller rapporter l'incident au juge.

La porte d'un des ascenseurs s'ouvrant, je vis le journaliste Jack McEvoy se frayer un chemin entre les jurés, scruter le couloir et me repérer.

– Génial ! dis-je. Voilà les emmerdes.

McEvoy fonça droit sur moi.

– Qu'est-ce que vous voulez ? lui demandai-je.

– Vous expliquer.

– Quoi ? Vous voulez m'expliquer pourquoi vous êtes un menteur ?

– Non, écoutez, quand je vous ai dit que ça passerait dimanche, je ne plaisantais pas. C'est ce qu'on m'avait dit.

– Et nous sommes jeudi et il n'y a toujours rien dans le journal, et quand j'ai essayé de vous joindre, vous ne m'avez même pas rappelé. Sachez que j'ai d'autres journalistes que l'affaire intéresse, McEvoy. Je n'ai pas besoin du *Times*.

– Écoutez, je comprends. Mais ce qui s'est passé, c'est qu'ils ont décidé de suspendre la parution pour qu'on soit plus près du procès.

– Procès qui a commencé il y a deux heures de ça.

Il hocha la tête.

– Non, je veux dire, le vrai procès. Celui où on parle preuves et témoignages. Ils vont passer l'article ce dimanche, en première page.

– Dimanche en première page, répétai-je. Promis ?

– Lundi au plus tard.

– Ah, parce que maintenant, c'est lundi.

– Écoutez, c'est dans les nouvelles qu'on fait. Et les choses changent. L'article est censé paraître dimanche en première page, mais s'il se passe quelque chose d'important dans le monde, ils pourraient très bien repousser la parution à lundi. Donc dimanche ou lundi.

– Comme vous voulez. J'y croirai quand je le verrai.

Je vis que les abords des ascenseurs étaient dégagés. Lorna et moi pouvions descendre sans rencontrer de jurés potentiels. Je la pris par le bras et commençai à l'entraîner dans cette direction. En passant en force devant le journaliste.

– Donc, c'est d'accord ? me demanda McEvoy. Vous allez attendre ?

– Attendre quoi ?

– Attendre avant de parler à d'autres journalistes. De donner l'exclusivité.

– On verra.

Je le laissai mariner dans son jus et me dirigeai vers les ascenseurs. Une fois sortis du bâtiment, nous gagnâmes City Hall une rue plus loin et je demandai à Patrick de passer nous prendre. Je ne voulais pas que des jurés potentiels qui auraient traîné aux alentours du tribunal me voient monter dans une Lincoln avec chauffeur. Ç'aurait pu leur déplaire. Au nombre des consignes pré-procès que j'avais données à Elliot, éviter de prendre une limousine pour se rendre au tribunal et faire au contraire le trajet au volant de sa voiture figurait en bonne place. On ne sait jamais qui va voir quoi à l'extérieur du prétoire et l'effet que ça va lui faire.

Je demandai à Patrick de nous emmener au French Garden de la 7e Rue. Puis j'appelai Bosch sur son portable. Il décrocha aussitôt.

– Je viens de causer au journaliste, lui dis-je.

– Et… ?

– Et pour finir, ça passera dimanche ou lundi. En première page… qu'il dit. Tenez-vous prêt.

– Enfin !

– Oui. Vous serez prêt ?

– Vous inquiétez pas pour ça. Je le suis.

– Il faut que je m'inquiète, moi. C'est ma… allô ?

Il avait déjà filé. Je refermai mon portable.

– Qu'est-ce qui se passe ? me demanda Lorna.

– Rien.

Je me rendis compte qu'il valait mieux changer de sujet.

– Écoute, dès que tu seras revenue au bureau, je voudrais que tu appelles Julie Favreau pour voir si elle pourrait passer au tribunal demain.

– Je croyais qu'Elliot ne voulait pas de consultant en recrutement de jurés.

– Y a pas besoin qu'il sache qu'on a recours à elle.

– Ben oui, mais… comment tu vas la payer ?

– T'auras qu'à mettre ça sur les frais généraux. Je m'en fous. Je suis prêt à la payer de ma poche si c'est nécessaire. Je vais avoir besoin d'elle et je me fous de ce que pense Elliot. J'ai déjà viré deux jurés et j'ai l'impression que demain, il va falloir que ce qu'il me reste, ça serve à quelque chose. Je veux qu'elle vienne m'aider pour le dernier diagramme. T'as qu'à lui dire que l'huissier aura son nom et s'assurera qu'elle ait une place. Dis-lui de s'asseoir dans la galerie et de surtout ne pas s'approcher de moi quand je serai avec le client. Dis-lui qu'elle pourra m'envoyer des textos sur mon portable quand elle aura quelque chose d'important à me dire.

– D'accord, je vais l'appeler. Dis, Mick, ça va ?

Je devais parler trop vite ou suer trop. Lorna avait remarqué mon agitation. Je ne me sentais pas très solide et ne savais pas si c'était à cause des conneries du journaliste, du fait que Bosch avait raccroché brutalement ou parce que je me rendais peu à peu compte que ce pour quoi j'avais œuvré une année entière allait bientôt me tomber sur le dos : le travail de la preuve et des témoignages.

– Ça va, répondis-je sèchement. C'est juste que j'ai faim. Tu sais bien comment je deviens quand j'ai faim.

– Mais oui, dit-elle. Je comprends.

La vérité ? Je n'avais absolument pas faim. Je n'avais même pas envie de manger. Le fardeau me pesait. Celui de l'avenir d'un homme.

Et ce n'était pas à celui de mon client que je pensais.

35

À 3 heures de l'après-midi le deuxième jour de la sélection des jurés, Golantz et moi avions passé plus de dix heures de prétoire à échanger récusations non motivées et récusations pour cause de partialité. Sacrée bataille. Nous nous étions très calmement massacrés en identifiant les jurés que l'autre voulait absolument et en les rejetant aussitôt sans le moindre remords. Nous avions presque terminé le processus et dans certains carrés de mon diagramme il y avait jusqu'à cinq Post-it les uns sur les autres. Il ne me restait plus que deux récusations non motivées. Golantz, qui au début s'était montré judicieux dans ses objections, s'était rattrapé, m'avait dépassé et en était maintenant à une seule récusation non motivée à utiliser. On arrivait à l'heure H. Le jury était à deux doigts d'être finalisé.

Sa composition incluait maintenant un avocat, un programmateur, deux nouveaux employés des postes, trois nouveaux retraités et un infirmier, un élagueur et une artiste.

Sur les douze jurés qui s'étaient assis dans le box la veille au matin, il n'en restait plus que deux potentiels. L'ingénieur assis à la place numéro sept et un des retraités, assis à la douze, avaient Dieu sait comment tenu la distance. Ni l'un ni l'autre ne penchait du côté de l'accusation, mais sur mon diagramme j'avais quand même noté des choses à l'encre bleue sur chacun d'eux – le code que j'avais adopté pour un juré que je sentais assez froid pour la défense. Cela dit, leurs penchants étaient si légers que je n'avais toujours pas élevé d'objections contre eux.

Je savais que je pouvais les éjecter tous les deux en me servant de ma dernière récusation non motivée et y allant d'un grand moulinet du bras, mais c'était justement ça le risque. On vire un juré à cause de ses notes à l'encre bleue, mais le remplaçant peut être encore plus violemment bleu et représenter un risque encore plus grand pour le client. C'est ça qui fait de la sélection du jury une affaire si imprévisible.

Le dernier ajout au box des jurés était l'artiste qui était allée s'asseoir à la place numéro sept après que Golantz avait utilisé sa dix-neuvième récusation non motivée pour éjecter un éboueur municipal que j'avais noté en rouge. Les questions générales du juge Stanton avaient fait apparaître qu'elle habitait à Malibu et travaillait dans un studio en retrait du Pacific Coast Highway. Elle peignait à l'acrylique et avait étudié au Philadelphia Institute of Art avant de venir en Californie pour la qualité de la lumière. Elle avait dit ne pas avoir de télévision et ne pas lire régulièrement les journaux. Elle avait aussi dit ne rien savoir des meurtres qui s'étaient produits dans la maison sur la plage, pas très loin de l'endroit où elle vivait et travaillait.

Dès le début, les notes que j'avais prises sur elle étaient en rouge et j'étais de plus en plus enthousiaste à l'idée de l'avoir dans mon jury au fur et à mesure que progressait son interrogatoire. Je savais que Golantz avait fait une erreur tactique. Il avait éliminé l'éboueur avec une récusation non motivée et s'était retrouvé avec un juré apparemment encore plus nuisible à sa cause. Il allait donc devoir supporter les conséquences de son erreur ou se servir de sa dernière récusation non motivée pour virer l'artiste et courir encore une fois le même risque.

Le juge ayant terminé son interrogatoire d'ordre général, c'était au tour des avocats d'y aller. Ce fut Golantz qui attaqua le premier et posa une série de questions qui devaient, en tout cas il l'espérait, faire apparaître un tel parti pris chez l'artiste qu'elle se verrait évincée pour préjugés au lieu de l'être suite à l'utilisation de sa dernière récusation non motivée. Mais elle résista fort bien et donna l'impression d'être une femme aussi honnête qu'ouverte.

Il en était à sa quatrième question lorsque je sentis une vibration dans ma poche et y glissai la main pour sortir mon portable. Je le tins sous la table de la défense, entre mes jambes et selon un angle tel que le juge ne pourrait pas le voir. Julie Favreau n'avait pas arrêté de m'envoyer des textos de toute la journée.

Favreau : À garder

Je lui en renvoyai un aussitôt.

Haller : Je sais. Et les 7, 8 et 10. À qui le tour ?

Ma consultante secrète avait passé sa matinée et l'après-midi assise au quatrième rang de la galerie. Je l'avais aussi retrouvée pour déjeuner pendant que Walter Elliot retournait une fois de plus au studio pour vérifier des trucs et je lui avais permis d'étudier mon diagramme de façon à ce qu'elle puisse établir le sien. Elle apprenait vite et savait très exactement où j'en étais avec mes codes et mes objections.

Ce fut presque immédiatement que je reçus une réponse à mon texto. C'était une des qualités que j'appréciais chez elle. Elle ne réfléchissait pas à n'en plus finir. Elle prenait ses décisions vite et d'instinct, en se fondant uniquement sur les signes révélateurs qu'elle décelait lorsque le juré répondait aux questions qu'on lui posait.

Favreau : N'aime pas 8. N'en sais pas assez sur 10. Vire le 7 si nécessaire.

Le juré numéro huit était l'élagueur. Je l'avais en bleu à cause de certaines réponses qu'il avait données lorsqu'on l'avait interrogé sur la police. Et je trouvais aussi qu'il avait un peu trop envie de faire partie du jury. C'est toujours mauvais signe dans un procès pour meurtre. Je sentais que ce monsieur avait à cœur de faire respecter la loi et l'ordre, et que l'idée de juger quelqu'un ne lui posait pas de problème. Je dois à la vérité de dire que je me méfie beaucoup des gens qui aiment juger autrui. Tout individu qui se fait une joie d'être juré a le droit au maximum d'encre bleue de ma part.

Le juge Stanton nous laissait beaucoup de latitude. Lorsque l'heure était venue de questionner un juré potentiel, les avocats avaient le droit d'échanger leur temps pour poser des questions à tous les jurés qu'ils voulaient. Il autorisait aussi, et de manière fort libérale, le recours aux récusations tardives – à savoir que pour lui il était acceptable d'user d'une récusation non motivée pour virer x ou y même si ce x ou ce y avait déjà été interrogé et accepté.

Lorsque ce fut mon tour d'interroger l'artiste, je gagnai le pupitre et informai le juge que pour l'instant je l'acceptais sans plus lui poser de questions. Et lui demandai la permission de poser d'autres questions au juré numéro huit – ce qu'il m'accorda.

– Juré numéro huit, lançai-je, j'aimerais me faire une idée plus claire de certaines de vos opinions. Et d'un, permettez que je vous demande ceci : si à la fin du procès, après que vous aurez entendu toutes les dépositions, vous pensez que mon client pourrait être coupable, voteriez-vous pour le condamner ?

Il réfléchit un instant avant de répondre.

– Non, parce qu'il pourrait y avoir encore un doute raisonnable.

Je hochai la tête pour lui faire savoir qu'il avait donné la bonne réponse.

– Ce qui fait que pour vous « pourrait être » n'est pas égal à « absence de doute raisonnable ».

– Non, maître. Absolument pas.

– Bien. Croyez-vous que des gens se font arrêter parce qu'ils chantent trop fort à l'église ?

Un air de grande perplexité se répandit sur le visage de l'élagueur, cependant que des rires épars montaient de la galerie derrière moi.

– Je ne comprends pas, dit-il.

– Il y a un dicton qui affirme qu'on ne se fait pas arrêter parce qu'on chante trop fort à l'église. En d'autres termes, il n'y a pas de fumée sans feu et on ne se fait pas arrêter sans une bonne raison. En général, la police ne se trompe pas et arrête les gens qu'il faut. Le pensez-vous ?

– Je pense que tout le monde fait des erreurs de temps en temps… y compris la police… et qu'il faut donc tout analyser au cas par cas.

– Mais pensez-vous qu'en général la police ne se trompe pas ?

Il était coincé. Quelle que soit sa réponse, il y aurait signal de danger dans l'un ou l'autre camp.

– Je pense que c'est probable… ce sont des professionnels… mais je prends chaque affaire individuellement et ne pense pas que parce que en général la police ne se trompe pas, elle a automatiquement raison dans tel ou tel cas.

La réponse était bonne. Et venant d'un élagueur, rien que ça ! Encore une fois, je lui adressai un signe de tête.

Il répondait bien, mais il y avait quelque chose de presque appris dans la façon dont il parlait. Ça sentait l'obséquieux, plus saint que moi tu meurs. L'élagueur avait une envie folle de faire partie du jury et ça ne me plaisait guère.

– Quel genre de voiture conduisez-vous, monsieur ? lui demandai-je encore.

Lancer une question inattendue est une bonne manière de déclencher une réaction. Le juré numéro huit se renversa sur sa chaise et me regarda comme s'il se disait que j'essayais de le piéger.

– Vous voulez savoir pour ma voiture ?

– Oui, que conduisez-vous pour aller au travail ?

– J'ai un pick-up. J'y mets mes affaires et mon équipement. C'est un Ford 150.

– Avez-vous des autocollants à l'arrière ?

– Oui… quelques-uns.

– Que disent-ils ?

Il dut réfléchir un bon moment avant de se rappeler ses autocollants.

– Euh… j'ai un autocollant de la National Rifle Association et j'en ai un autre qui dit que si vous arrivez à lire ça, vaudrait mieux reculer. Quelque chose comme ça. Peut-être que ce n'est pas dit aussi gentiment.

Certains jurés potentiels se mettant à rire, le juré numéro huit sourit fièrement.

– Depuis combien de temps êtes-vous membre de la National Rifle Association ? lui demandai-je. Sur le questionnaire, vous n'en faites pas état.

– C'est-à-dire que je n'en suis pas vraiment un. Un membre, je veux dire. J'ai juste l'autocollant.

Fourberie. Ou bien il avait menti sur sa qualité de membre en omettant de faire figurer ce renseignement dans le questionnaire, ou bien il n'était pas membre de la NRA et se servait de son autocollant pour se faire passer pour quelqu'un qu'il n'était pas ou qui croyait aux vertus de cette association sans vouloir la rejoindre officiellement. Dans tous les cas de figure, il y avait tromperie et cela confirmait toutes mes impressions. Favreau avait raison. Il fallait qu'il s'en aille. J'informai le juge que je n'avais plus de questions à poser et me rassis.

Lorsque Stanton demanda si l'accusation et la défense acceptaient le jury tel qu'il était alors composé, Golantz essaya de récuser l'artiste pour cause de partialité. Je m'y opposai et le juge se rangea à mon avis. Golantz n'avait plus d'autre solution que d'user de son dernier droit de récusation non motivée pour la virer. Je me servis alors de mon avant-dernier droit pour éjecter l'élagueur. Qui eut l'air bien en colère lorsqu'il prit le long chemin qui conduisait à la sortie.

Deux autres numéros furent appelés du pool, un agent immobilier et un retraité de plus prenant alors les sièges numéros huit et onze dans le box. Les réponses qu'ils donnèrent au juge les classèrent exactement dans la bonne moyenne. Je les codai en noir et n'entendis rien qui m'inquiète. Le juge en était à la moitié de l'interrogatoire du deuxième juré lorsque je reçus un autre texto de Favreau.

Favreau : tous les deux +/- si tu veux mon avis. Tous les deux des moutons.

En général, avoir des moutons de Panurge dans un jury est une bonne chose. Le juré qui ne présente pas une forte personnalité et adopte des positions moyennes peut souvent être manipulé pendant le délibéré. Il cherche quelqu'un à suivre. Plus on a de moutons, plus il est important d'avoir un juré à forte personnalité et bien disposé à l'égard de la défense. C'est quelqu'un de ce genre qu'on veut avoir dans la salle des délibérations, quelqu'un qui entraînera les moutons avec lui.

Pour moi, Golantz avait commis une erreur tactique de base. Il avait épuisé ses récusations non motivées avant la défense et, pis encore, il avait laissé un avocat dans le box. Le juré numéro trois avait réussi à tenir et l'instinct me disait que Golantz avait gardé sa dernière récusation non motivée pour lui. Sauf que c'était l'artiste qui y avait eu droit et maintenant Golantz était coincé avec un avocat au jury.

Le juré numéro trois ne pratiquait pas le droit pénal, mais il avait eu à l'apprendre pour sa licence et avait probablement flirté de temps à autre avec l'idée de travailler dans ce domaine. On ne fait pas des films et des séries télé sur les agents immobiliers. C'est le droit pénal qui a la vedette et le juré numéro trois ne pouvait pas y être insensible. À mon avis, cela faisait de lui un excellent juré pour la défense. En rouge vif sur mon diagramme, c'était mon candidat numéro un pour le jury définitif. Il vivrait le procès et le délibéré en connaissant la loi et sachant tout du statut d'opprimé de la défense. Cela ne le rendait pas seulement bienveillant à mon endroit, mais faisait aussi de lui le candidat idéal à la fonction de premier juré – celui que les jurés élisent pour communiquer avec le juge et parler au nom de tous. Lorsqu'ils iraient s'enfermer pour commencer à délibérer, ce serait vers l'homme de loi que tous se tourneraient. Il était rouge, il allait pousser et tirer bon nombre de ses collègues vers un verdict de non-coupable. Le minimum voudrait que son ego d'avocat insiste pour que le verdict soit correct et il se battrait pour ça. À lui seul il pourrait faire en sorte que le jury n'arrive pas à une majorité et que mon client ne soit pas condamné.

Le pari était donc de taille dans la mesure où le juré numéro trois répondait aux questions du juge et des avocats depuis moins d'une demi-heure. Mais c'est bien à cela que se ramène tout le processus. À des décisions rapides et instinctives fondées sur l'expérience et l'observation.

Résultat des courses : j'allais laisser les deux moutons dans le jury. Il me restait encore une récusation non motivée et j'allais m'en servir pour éjecter les jurés numéros sept ou dix. L'ingénieur ou le retraité.

Je demandai au juge la permission de conférer quelques instants avec mon client. Puis je me tournai vers Elliot et lui glissai mon diagramme.

– Nous y sommes, Walter, lui dis-je. Il ne nous reste plus qu'une balle. Qu'en pensez-vous ? Pour moi, il faut se débarrasser du sept et du dix, mais on ne peut en virer qu'un.

Elliot s'était beaucoup impliqué dans le processus. Depuis que les douze premiers candidats avaient pris place dans le box la veille au matin il avait exprimé des opinions aussi fortes qu'intuitives sur chacun des jurés que je voulais éliminer. Cela dit, il n'avait jamais encore choisi un jury. Au contraire de moi. Je supportais ses commentaires, mais finissais par décider. Sauf que ce dernier choix était du cinquante/cinquante. L'un ou l'autre juré pouvait être dommageable à la défense. L'un ou l'autre pouvait s'avérer être un mouton. Le choix était difficile et j'étais tenté de faire de l'instinct de mon client le facteur décisif.

Il tapa du doigt sur la case du juré numéro dix. Le rédacteur technique d'une fabrique de jouets en retraite.

– Lui, dit-il. Débarrassez-vous-en.

– Vous êtes sûr ?

– Absolument.

Je regardai la grille. Il y avait beaucoup de bleu dans la case dix, mais il y en avait tout autant dans la sept. Celle de l'ingénieur.

J'avais dans l'idée que le rédacteur technique était comme l'élagueur. Il avait très envie de faire partie du jury, mais très vraisemblablement pour des raisons entièrement différentes. Je me disais qu'il avait peut-être prévu de se servir de cette expérience pour écrire un livre ou un scénario de film. Il avait passé toute sa vie à écrire des notices techniques pour des jouets. Au cours de l'interrogatoire, le retraité qu'il était avait reconnu avoir envie de s'essayer à la fiction. Il n'y a rien de mieux qu'une place au premier rang d'un procès pour meurtre pour stimuler l'imagination et le processus créatif. C'était bon pour lui, mais pas pour Elliot. Pour moi, tout individu qui aime l'idée de juger x ou y et ce, pour n'importe quelle raison, ne peut que pencher pour l'accusation.

Le juré numéro sept était bleu pour une autre raison. Dans le questionnaire, il était listé comme ingénieur travaillant dans l'aérospatiale. L'industrie qui l'employait ayant une forte présence en Californie du Sud, j'avais déjà interrogé plusieurs ingénieurs pour la sélection des jurés au fil des ans. En général, ils sont politiquement plutôt conservateurs et respectueux de la religion – et pour moi, ce sont là deux qualités très très bleues –, et ils travaillent pour des sociétés qui comptent beaucoup sur d'énormes contrats et subventions du gouvernement. Pencher pour la défense, c'est voter contre le gouvernement et c'était là un pari difficile à tenir.

Dernier point, et peut-être le plus important, les ingénieurs vivent dans un monde de logique et d'absolus. Et ce sont souvent là des choses qui ne cadrent pas avec le crime ou la scène de crime, voire avec la justice pénale dans son ensemble.

– Je ne sais pas, dis-je. Je pense que ce serait plutôt à l'ingénieur de dégager.

– Non, je l'aime bien. Il me plaît depuis le début. J'ai un bon contact oculaire avec lui. Je veux qu'il reste.

Je me détournai d'Elliot et regardai le box. Je passai du juré numéro sept au juré numéro dix et retour.

J'espérais découvrir un signe, quelque chose qui me dirait le bon choix à faire.

– Maître Haller, me lança le juge Stanton. Souhaitez-vous utiliser votre dernière récusation non motivée ou accepter la présente composition du jury ? Je vous rappelle qu'il se fait tard et que nous devons encore choisir notre jury de secours.

Mon portable s'était mis à bourdonner pendant qu'il me parlait.

– Euh, un instant, s'il vous plaît, monsieur le juge.

Je me retournai vers Elliot et me penchai vers lui comme pour lui murmurer quelque chose à l'oreille. En fait, je sortais mon portable de ma poche.

– Vous êtes sûr, Walter ? lui chuchotai-je. Ce type est ingénieur. Ça pourrait nous créer des ennuis.

– Écoutez, me renvoya-t-il en murmurant, je passe ma vie à étudier les gens et à parier. Je veux ce type dans mon jury.

J'acquiesçai d'un signe de tête et regardai le portable entre mes jambes. C'était un texto de Favreau.

Favreau : Videz le 10. Je le trouve fourbe. Le 7 penche pour l'accusation, mais je vois un regard franc et un visage ouvert. Notre histoire l'intéresse. Il aime bien votre client.

Contact oculaire. Ça réglait la question. Je glissai mon portable dans ma poche et me levai. Elliot m'attrapa par la manche de ma veste. Je me penchai pour écouter ses chuchotements appuyés.

– Qu'est-ce que vous fabriquez ?

Je me dégageai : je n'aimais pas la façon dont il montrait à tout le monde qu'il essayait de me contrôler. Je me redressai et regardai le juge.

– Monsieur le juge, lançai-je, la défense voudrait remercier le juré numéro dix.

Pendant que le juge renvoyait le rédacteur technique et appelait un autre candidat pour le remplacer, je me rassis et me tournai vers Elliot.

– Walter, lui dis-je, ne m'attrapez plus jamais comme ça devant les jurés. Ça fait de vous un imbécile à leurs yeux et je vais déjà avoir bien assez de mal à les convaincre que vous n'êtes pas un assassin.

Puis je lui tournai le dos pour regarder le nouveau et probablement dernier juré s'installer à la place laissée libre dans le box.

QUATRIÈME PARTIE

Le poison est servi

Dans les chaussures du mort

L'avocat remplace un collègue assassiné
pour le procès de la décennie
Par Jack McEvoy, envoyé spécial du *Times*

Ce n'était pas les trente et une affaires tombées dans son escarcelle qui posaient problème. C'était la plus grosse, celle avec le gros client et les enjeux les plus élevés. L'avocat de la défense Michael Haller, qui a pris la relève de maître Jerry Vincent assassiné il y a quinze jours, se retrouve aujourd'hui au cœur de ce qu'on qualifie déjà de « Procès de la décennie ».

Les témoignages prévus au procès de Walter Elliot doivent commencer aujourd'hui. Cinquante-quatre ans, président d'Archway Pictures, Walter Elliot est accusé d'avoir assassiné son épouse et l'amant présumé de cette dernière, il y a six mois de cela, à Malibu. Michael Haller reprend le dossier après que Jerry Vincent, quarante-cinq ans, a été retrouvé mort dans sa voiture en plein centre de Los Angeles.

Vincent avait pris des dispositions juridiques pour permettre à Haller de reprendre son cabinet s'il venait à mourir. Alors que la veille il était allé se coucher sans le moindre dossier à traiter, Michael Haller, qui arrivait à la fin d'une année sabbatique, s'est retrouvé le lendemain matin avec trente et un nouveaux clients à gérer.

« J'étais très excité à l'idée de reprendre le travail, mais je ne m'attendais à rien de tel », nous a déclaré

Haller, quarante-deux ans, fils de feu Michael Haller Senior, un des avocats de la défense les plus connus de Los Angeles dans les années cinquante et soixante. « Jerry Vincent était un de mes amis et collègues et, bien sûr, je serais très heureux de me retrouver sans aucune affaire s'il pouvait être encore vivant aujourd'hui. »

L'enquête sur le meurtre de Jerry Vincent est en cours. Il n'y a toujours aucune arrestation et d'après les inspecteurs, il n'y aurait pas non plus de suspects. Jerry Vincent a reçu deux balles dans la tête alors qu'il se trouvait dans sa voiture rangée dans le garage attenant à son cabinet, à la hauteur du 200 de Broadway.

Suite à la mort de Jerry Vincent, c'est toute la charge du défunt qui est revenue à maître Haller. Celui-ci a eu aussitôt pour tâche de coopérer avec les enquêteurs – dans les limites de la confidentialité des relations avocat/client –, de dresser l'inventaire de toutes les affaires en cours et de prendre contact avec tous les clients concernés. Et la surprise a été immédiate : un des clients de Jerry Vincent devait passer en jugement le lendemain même du meurtre.

« Mon équipe et moi commencions juste à faire le tour de toutes les affaires en cours lorsque nous avons découvert que Jerry – et donc naturellement moi – devait assister au prononcé de verdict d'un de ses clients, nous a confié maître Haller. J'ai donc été obligé de tout laisser tomber pour me précipiter au Criminal Courts Building et assister le client. »

Ce n'était que la première des trente et une affaires en cours. Tous les clients de la liste devaient être contactés rapidement, informés de la mort de maître Vincent et pouvoir ou engager un nouvel avocat ou continuer avec maître Haller.

Quelques rares clients ont décidé de se faire représenter par d'autres avocats, mais la grande majorité des affaires est aujourd'hui traitée par maître Haller. De loin la plus importante d'entre elles est celle du « Meurtre de Malibu ». Elle a beaucoup attiré l'attention du public. Il est prévu que certains moments du procès soient retransmis nationalement sur Court TV. Dominick Dunne, le grand chroniqueur judiciaire de *Vanity Fair*, compte au nombre des reporters qui ont demandé la possibilité de suivre le procès.

L'affaire est échue à maître Haller à une condition, et elle est de taille. Elliot n'acceptait de garder Haller que si celui-ci n'essayait pas de repousser le procès.

« Walter est innocent et insiste sur ce point depuis le premier jour », nous a encore déclaré maître Haller lors de la première interview qu'il a donnée depuis qu'il a repris l'affaire. « Suite à plusieurs ajournements, cela fait six mois qu'il attend d'être jugé et de pouvoir ainsi laver son nom. Il ne voulait pas d'un autre retard et j'en suis tombé d'accord avec lui. Pourquoi attendre quand on est innocent ? Nous avons travaillé pratiquement vingt-quatre heures sur vingt-quatre pour être prêts et je pense que nous le sommes. »

Y parvenir n'a pas été facile. L'individu qui a tué Jerry Vincent lui a aussi volé sa mallette. Elle contenait l'ordinateur portable et le carnet de rendez-vous de l'avocat.

« Il n'a pas été trop difficile de rebâtir son emploi du temps, mais la disparition du portable est une grosse perte, nous a dit maître Haller. C'était là qu'étaient stockées les informations et la stratégie de la défense. Les tirages papier que nous avons trouvés dans le bureau étaient incomplets. Nous avions besoin du portable et au début, j'ai cru que nous étions fichus. »

C'est alors que maître Haller a trouvé quelque chose dont l'assassin ne s'était pas emparé. Vincent avait sauvegardé certains fichiers de son ordinateur sur une clé USB attachée à son porte-clés. C'est en pataugeant dans ces mégabits de données qu'Haller a trouvé des bouts de stratégie retenus pour le procès Elliot. La sélection des jurés a eu lieu la semaine dernière et maître Haller nous dit que lorsque la phase des témoignages commencera ce matin, il sera fin prêt.

« Je ne pense pas que M. Elliot sera victime d'une quelconque chute de régime dans sa défense, a ajouté maître Haller. Nous sommes armés et nous avons les munitions qu'il faut. Bref, nous sommes prêts à y aller. »

M. Elliot n'a pas répondu aux appels téléphoniques que nous lui avons passés pour cet article et a refusé de parler aux médias, à l'exception d'une conférence de presse qu'il a donnée après son arrestation ; il y a nié avec véhémence toute implication dans ces meurtres et a pleuré la mort de son épouse.

Les procureurs et enquêteurs des services du shérif du comté de Los Angeles soutiennent qu'Elliot a tué son épouse Mitzi, trente-neuf ans, et Johan Rilz, trente-cinq ans, lors de l'accès de rage qui l'a pris en les trouvant tous les deux dans la maison de plage que le couple Elliot possède à Malibu. Elliot a appelé les adjoints du shérif sur les lieux et a été arrêté suite à l'examen de la scène de crime. Bien que l'arme du crime n'ait jamais été retrouvée, des tests de laboratoire montreraient qu'Elliot a tiré des coups de feu peu de temps avant d'appeler. D'après les enquêteurs, Elliot aurait aussi prononcé des paroles incohérentes lors de son premier interrogatoire sur les lieux du crime et plus tard. D'autres éléments de preuves incriminant le magnat du cinéma devraient être révélés lors du procès.

Elliot est en liberté conditionnelle, sa caution de vingt millions de dollars étant la plus haute jamais exigée d'un suspect dans toute l'histoire du comté de Los Angeles.

Selon les experts et les observateurs habitués des procès, il faudrait s'attendre à ce que la défense remette en cause la manière dont ont été manipulées les pièces à conviction et conduits les tests affirmant qu'Elliot aurait tiré des coups de feu.

L'adjoint au district attorney, Jeffrey Golantz, qui agit en qualité de procureur dans cette affaire s'est refusé à tout commentaire pour cet article. C'est son onzième procès au pénal que va devoir aujourd'hui affronter un Golantz qui n'en a jamais perdu un seul.

36

Les jurés entrèrent dans la salle en file indienne, tels les Lakers prenant possession du terrain de basket. S'ils ne portaient pas tous le même uniforme, c'était la même attente qu'on sentait dans l'air. La partie allait commencer. Ils se séparèrent en deux files et gagnèrent les deux rangées de sièges qui leur étaient réservées. Ils s'étaient munis de stylos et de blocs sténo. Ils s'installèrent aux places qu'ils avaient occupées le vendredi précédent, lorsque le jury avait été définitivement formé.

Il était presque 10 heures du matin ce lundi-là, soit plus tard que prévu pour l'ouverture de la séance. En fait, le juge Stanton avait convoqué un peu plus tôt les avocats et l'accusé dans son cabinet et passé presque quarante minutes à expliquer les dernières règles de procédure – et pris tout son temps pour me faire comprendre avec force coups d'œil appuyés combien lui déplaisait l'article publié en première page de l'édition du matin du *Los Angeles Times*. Son souci essentiel était que celui-ci penchait lourdement en faveur de la défense et me faisait passer pour une victime des plus sympathiques. Bien que le vendredi précédent il ait exhorté les nouveaux jurés à ne lire ou regarder aucun reportage sur l'affaire ou le procès, il craignait que l'article n'ait fait son chemin.

Pour ma défense, je lui rappelai que j'avais donné l'interview dix jours plus tôt et ce pour un article qui, m'avait-on dit, devait être publié une semaine avant le début du procès. Golantz eut un petit sourire narquois et affirma que mon explication laissait entendre que j'avais alors essayé d'influer sur la sélection des jurés en donnant cette interview plus tôt, mais qu'au lieu de cela, c'était tout le procès qu'elle affectait. Je le contrai en faisant remarquer que l'accusation avait bel et bien été contactée, mais qu'elle avait refusé d'y aller du moindre commentaire. Bref, si l'article était à sens unique, c'était bien à cause de cela.

Stanton parut se ranger à mon avis en bougonnant, mais nous mit tous les deux en garde contre toute tentative de parler aux médias. Je sus alors que j'allais devoir annuler l'accord que j'avais passé avec Court TV et qui prévoyait que je commente le procès dès la fin de chaque séance. La publicité aurait certes été bienvenue, mais je ne tenais pas à être en froid avec le juge.

Nous passâmes à autre chose. Stanton avait très envie d'allouer un budget temps pour le procès. Comme tous les juges, il devait faire en sorte que ça avance. Il avait déjà des affaires en retard et tout procès traînant en longueur ne faisait qu'ajouter à ses retards. Il voulait savoir combien de temps chaque côté pensait devoir prendre pour formuler ses thèses. Golantz affirma qu'il lui faudrait un minimum d'une semaine, j'affirmai avoir besoin de la même chose bien que d'un point de vue réaliste je sache très bien qu'il m'en faudrait probablement beaucoup moins. Ce serait pendant la phase accusatoire que l'essentiel de ma défense serait révélé, qu'à tout le moins les grandes lignes en seraient posées.

Stanton fit la grimace en entendant ces pronostics et nous suggéra à tous les deux de songer sérieusement à en rabattre. Pour lui, c'était pendant que leur attention était encore forte que nous devions faire comprendre nos points de vue aux jurés.

Je scrutai ces derniers lorsque enfin ils s'assirent et cherchai le moindre signe révélateur d'un quelconque parti pris. Tel qu'il était composé, le jury me plaisait toujours, surtout le juré numéro trois, l'avocat. Il y avait bien quelques jurés qui me posaient problème, mais pendant le week-end j'avais décidé de plaider pour l'avocat en espérant qu'il pousse et tire ses collègues comme il fallait lorsqu'il voterait l'acquittement.

Du côté des jurés, on ne cherchait le regard de personne, et quand on le faisait, c'était celui du juge, le chien alpha de la salle. Pour autant que je puisse en juger, aucun ne jetait même seulement un regard du côté des tables de la défense ou de l'accusation.

Je me retournai et contemplai la galerie. La salle était à nouveau pleine de gens des médias, de spectateurs et de personnes ayant des liens de sang avec les individus impliqués dans l'affaire.

Juste derrière la table de l'accusation se tenait la mère de Mitzi Elliot qui était venue de New York en avion. À côté d'elle avaient pris place le père et les deux frères de Johan Rilz qui, eux, avaient fait tout le trajet depuis Berlin. Je remarquai que Golantz avait placé la mère endeuillée à un endroit de l'allée où les jurés ne pourraient rien rater de son flot continu de larmes.

La défense avait cinq sièges réservés dans la première rangée derrière moi. S'y trouvaient assis Lorna, Cisco, Patrick et Julie Favreau, la dernière arrivée – je venais de l'embaucher pour toute la durée du procès afin qu'elle observe les jurés à ma place. Je ne pouvais pas les regarder tout le temps et parfois ils montrent ce qu'ils sont vraiment lorsqu'ils pensent que personne ne les surveille.

Le cinquième et dernier siège vide était réservé à ma fille. Pendant le week-end, j'avais espéré convaincre mon ex de m'autoriser à excuser Hayler pour une journée d'école afin qu'elle puisse m'accompagner au tribunal. Ma fille ne m'avait jamais vu travailler et je me disais que les déclarations préliminaires étaient le bon moment pour l'inviter. J'avais confiance dans l'issue du procès. Je me sentais à l'abri des coups bas et voulais qu'elle le voie. L'idée était qu'elle s'assoie à côté de Lorna, qu'elle connaissait et aimait bien, et qu'elle me regarde opérer devant un jury. Pour convaincre mon ex, j'avais même eu recours à la célèbre phrase de Mark Twain pour lui demander de dispenser ma fille d'école une journée afin qu'elle apprenne enfin quelque chose. Mais c'était une cause perdue d'avance. Mon ex avait refusé. Ma fille était allée à l'école et son siège réservé était vide.

Walter Elliot, lui, n'avait personne dans la galerie. Il n'avait ni enfants ni parents dont il se sente proche. Nina Albrecht m'avait demandé si elle pourrait avoir une place dans la galerie afin de montrer qu'elle le soutenait, mais citée à témoigner par l'accusation et par la défense, elle s'était vu interdire d'assister aux débats jusqu'à la fin de son témoignage. En dehors d'elle, mon client n'avait donc personne. Et c'était voulu. Il avait plein d'associés, de gens qui lui voulaient du bien et de simples badauds qui avaient envie d'être là pour lui. Il avait même une liste d'acteurs de premier plan prêts à s'asseoir derrière lui pour lui montrer leur soutien. Mais je lui avais fait comprendre qu'installer des gens de son entourage hollywoodien ou des avocats d'affaires derrière lui, ce serait envoyer un très mauvais message aux jurés. Car tout tourne autour d'eux, lui avais-je expliqué. Le moindre signal qu'on leur adresse, de la cravate qu'on choisit de porter aux témoins qu'on décide de citer à comparaître, tout leur est destiné. À eux, les anonymes.

Le jury s'étant assis et mis à l'aise, le juge Stanton ouvrit officiellement les débats en demandant si l'un quelconque des jurés avait vu l'article dans le *Times* du matin. Personne ne levant la main, il rappela alors qu'il leur était interdit de lire ou de regarder quoi que ce soit ayant trait au procès dans les médias.

Puis il leur annonça que le procès allait commencer par les déclarations préliminaires des avocats des deux parties.

– Mesdames et messieurs, lança-t-il, ce sont des déclarations que vous allez entendre. Il ne s'agit pas de preuves. Il reviendra plus tard aux deux parties de présenter les éléments de preuves qui étayent ces déclarations. Et ce sera à vous de décider à la fin du procès si la démonstration a été réussie.

Sur quoi il fit un signe à Golantz et ajouta que c'était à l'accusation de commencer. Comme il l'avait été précisé pendant les réunions avant procès, chaque partie aurait une heure pour exposer ses thèses. Je ne savais pas pour Golantz, mais moi, je savais qu'il me faudrait bien moins que ça.

Beau et impressionnant dans son costume noir, sa chemise blanche et sa cravate bordeaux, Golantz se leva et s'adressa aux jurés depuis la table de l'accusation. Pour le procès, il s'était fait assister par une jeune et séduisante avocate du nom de Denise Dabney. Elle avait pris place à côté de lui et garda les yeux fixés sur le jury tout le temps de son intervention. Façon comme une autre de travailler en équipe, deux paires d'yeux ne cessant de passer et repasser sur les visages des jurés et de leur faire sentir le sérieux et la gravité de la tâche qui les attend.

Les deux présentations faites – la sienne et celle de son assistante –, Golantz entra dans le vif du sujet.

– Mesdames et messieurs les jurés, dit-il, c'est à des débordements de colère et de cupidité que nous devons de nous trouver ici aujourd'hui. Purement et simplement. Puissance, argent et standing, l'accusé, Walter Elliot, est en effet un homme qui compte dans notre communauté. Mais cela ne lui suffisait pas. Il n'a pas voulu diviser son argent et sa puissance. Face à la trahison, il n'a pas voulu tendre l'autre joue. Tout au contraire, il a frappé de la façon la plus extrême qui soit. Ce n'est pas une vie qu'il a prise, mais deux. Dans un moment de grandes humiliation et colère il a levé une arme et abattu son épouse Mitzi Elliot et Johan Rilz. Et a cru que sa puissance et son argent le mettraient au-dessus des lois et à l'abri de la punition réservée à ces horribles crimes. Mais cela ne sera pas. Le ministère public vous prouvera sans qu'il y ait l'ombre d'un doute raisonnable que c'est bien lui, Walter Elliot, qui a appuyé sur la détente et qui est responsable de la mort de deux innocents.

Je m'étais tourné sur mon siège, pour une moitié afin d'empêcher les jurés de voir mon client et pour une autre de façon à pouvoir garder dans ma ligne de mire Golantz et les rangées de la galerie derrière lui. Il n'avait pas fini son premier paragraphe que les larmes coulaient à flots sur le visage de la mère de Mitzi Elliot et ça, il allait falloir que je le signale au juge sans que le jury m'entende. Les effets de scène étant préjudiciables à ma cause, j'allais lui demander de faire asseoir la maman de la victime à un endroit moins central pour l'attention du jury.

Je regardai derrière la maman éplorée et découvris les visages grimaçants des Allemands. Je m'intéressais beaucoup à eux et à l'effet qu'ils feraient aux jurés. Je voulais voir comment ils géraient leurs émotions et le décor d'un prétoire américain. Plus ils auraient l'air sinistre et menaçant, mieux fonctionnerait ma stratégie de défense lorsque j'en viendrais à Johan Rilz. À les voir à ce moment-là, je compris que je prenais un bon départ. Ils avaient l'air très en colère et super-méchants.

Golantz exposa sa thèse aux jurés et leur annonça les témoignages et les éléments de preuve qu'il leur présenterait et ce que cela signifiait à ses yeux. Aucune surprise là-dedans. À un moment donné, je reçus un texto d'une ligne de Favreau et le lus sous la table.

Favreau : Ils sont suspendus à ses lèvres. T'as intérêt à être bon.

Ben voyons, me dis-je. À part ça, quoi de neuf, hein ?

Dans tout procès, l'accusation bénéficie d'un avantage aussi injuste qu'inhérent à son essence. Le ministère public a en effet le pouvoir et la puissance de son côté. Et en plus, on présume toujours qu'il est honnête, intègre et juste. L'idée dans la tête de tout juré et de tout spectateur est bien que le procureur ne serait pas là si la fumée qu'on voit ne conduisait pas au feu qui brûle.

C'est ce présupposé que tout avocat de la défense se doit de démolir. Car la présomption doit être celle de l'innocence de l'accusé. Mais toute personne qui a jamais mis les pieds dans une salle d'audience en qualité d'avocat ou d'accusé sait bien que ce n'est là qu'une des multiples notions idéalistes qu'on enseigne dans les facs de droit. Aussi bien dans ma tête que dans celle de tout le monde, il ne faisait aucun doute que j'entamais ce procès avec un accusé présumé coupable. Il allait falloir que je trouve un moyen de prouver son innocence ou de démontrer que le ministère public s'était, lui, montré coupable de malfaisance, d'ineptie ou de corruption dans la préparation de son dossier.

Golantz utilisa toute l'heure qui lui était allouée et ne laissa rien de côté dans son exposé des faits. Il fit montre de l'arrogance typique du procureur : on déballe tout et on met la défense au défi de prouver le contraire. L'accusation joue toujours les gorilles de trois cents kilos, les individus si imposants et costauds qu'ils n'ont pas besoin de faire dans la finesse. Quand on brosse un tableau, c'est avec un pinceau de douze centimètres et quand on l'accroche au mur, c'est avec un pieu et un marteau de forgeron.

Lors de la réunion pré-procès, le juge nous avait informés que nous devrions rester à nos tables ou nous servir du lutrin installé entre elles pour nous adresser aux témoins. Mais l'énoncé des déclarations préliminaires et des conclusions faisait exception à la règle. Pendant ces deux moments qui, tels des serre-livres, ouvrent et closent les débats nous étions libres d'utiliser l'espace qui se trouve devant le box des jurés – l'endroit que les vétérans de la défense appellent « le terrain de la preuve » parce que c'est de là et à ce seul moment du procès que l'on s'adresse directement aux jurés et réussit ou rate sa démonstration.

Golantz finit donc par passer de la table de l'accusation au terrain de la preuve lorsque arriva l'heure du grand finish. Il se positionna juste devant le milieu du box et ouvrit grand les bras comme le prêcheur devant ses ouailles.

– Mes amis, lança-t-il, c'est ici que le temps me manque. Voilà pourquoi au moment de clore, je vous prie de prendre grand soin d'écouter les preuves et les témoignages. C'est le sens commun qui vous guidera. Je vous conseille vivement de ne pas vous laisser embrouiller ou détourner par les obstacles à la justice que la défense va déployer devant vous. N'oubliez jamais l'essentiel. Souvenez-vous de ceci : deux personnes se sont fait ravir la vie. Leur avenir leur a été arraché. C'est pour cela que nous sommes ici aujourd'hui. Pour eux. Je vous remercie.

Le bon vieux coup de l'essentiel-qu'il-ne-faut-jamais-oublier. Le truc qu'on balançait dans toutes les salles d'audience depuis l'époque où j'étais avocat commis d'office. Ça n'en restait pas moins un coup d'envoi assez solide de sa part. Il n'allait pas remporter le trophée des orateurs de l'année avec ça, mais il avait bien exposé sa thèse. D'après mes comptes, il avait aussi fait au moins quatre fois usage de « mes amis » en s'adressant aux jurés, chose que je ne me serais, moi, jamais autorisée.

Pendant la dernière demi-heure de son discours, Favreau m'avait envoyé deux textos de plus pour me signaler l'intérêt de plus en plus faiblissant des jurés. Ils avaient peut-être bu ses paroles au début, mais là il semblait bien qu'ils en avaient assez. Parler trop longtemps, ça arrive. Golantz avait tenu quinze rounds tel le boxeur catégorie poids lourds. J'allais, moi, faire dans le welter. Ce qui m'intéressait, c'était les petits crochets rapides. J'allais frapper et me retirer, expliquer deux ou trois points essentiels, semer des doutes ici et là et soulever quelques questions. J'allais tout faire pour qu'on m'aime bien. C'était ça le principal. Qu'ils m'aiment et ils aimeraient ma présentation.

Le juge m'ayant fait un signe de tête, je me levai et occupai tout de suite le terrain de la preuve. Je voulais qu'il n'y ait plus rien entre les jurés et moi. Je savais aussi que cela me plaçait pile dans l'axe focal de la caméra de Court TV montée au-dessus du box des jurés.

Je me présentai en n'y allant en tout et pour tout que d'un léger hochement de tête en guise de salutation.

– Mesdames et messieurs, lançai-je, je sais que le juge m'a déjà présenté, mais j'aimerais quand même nous présenter, mon client et moi. Je m'appelle Michael Haller et je représente Walter Elliot, que vous voyez ici, assis seul à cette table.

Je leur montrai Elliot du doigt, lequel Elliot, selon ce qui avait été convenu à l'avance, leur répondit en hochant lugubrement la tête et ne leur offrant aucune espèce de sourire qui aurait pu paraître aussi patelin que de les appeler « mes amis ».

– Je ne vais pas vous prendre beaucoup de temps parce que c'est aux témoignages et aux preuves, enfin… au peu qu'il y en a, que je veux m'attaquer tout de suite pour que le spectacle commence. Assez bavardé. L'heure est venue de montrer ses atouts ou de plier. Maître Golantz vous a fait un tableau aussi vaste que compliqué. Il lui a fallu une heure entière pour le brosser. Mais moi, je suis ici pour vous montrer que cette affaire n'est pas aussi compliquée que ça. En fait, tout cela se résume à un gros labyrinthe de fumée et de miroirs. Évacuez la fumée et parcourez le labyrinthe et vous le comprendrez. Vous découvrirez aussi qu'il n'y a pas de feu, qu'il n'y a de fait rien à reprocher à Walter Elliot. Qu'il y a ici beaucoup plus qu'un doute raisonnable, qu'il y a même quelque chose de scandaleux à ce qu'on ait pu oser monter cette affaire contre Walter Elliot.

Sur quoi je me tournai encore une fois pour leur montrer mon client. Celui-ci avait baissé les yeux sur son bloc de feuilles et y portait des notes. Même chose : selon ce qui avait été convenu à l'avance, il apparaissait ainsi comme quelqu'un d'occupé, quelqu'un qui s'impliquait activement dans sa défense. On faisait front, on ne se laissait pas inquiéter par les horribles choses que le procureur venait de dire. On avait le droit de son côté, et le droit, c'était la force.

Je me retournai vers les jurés et enchaînai.

– J'ai remarqué que maître Golantz a utilisé six fois le mot « arme » dans son discours. Six fois il a dit que Walter s'était emparé d'une « arme » pour abattre la femme qu'il aimait et un spectateur innocent qui se trouvait là. Six fois. Mais ce qu'il ne vous a pas dit six fois, c'est qu'une « arme », il n'y en a pas. Mon client n'a pas d'arme. Pas plus que les services du shérif. Ils n'ont ni arme ni lien entre Walter et une arme quelconque pour la bonne et simple raison que mon client n'en possède pas.

« Maître Golantz vous a aussi annoncé qu'il allait vous présenter des preuves indiscutables du fait que Walter aurait fait feu, mais que je vous dise : accrochez-vous bien à la rampe. Gardez sa promesse bien au chaud dans votre poche et nous verrons bien si à la fin de ce procès ces preuves prétendument indiscutables l'étaient vraiment. Nous verrons bien si même elles tiennent encore debout à ce moment-là.

Tandis que je parlais, mes yeux n'arrêtaient pas de se promener de juré en juré tels les projecteurs qui le soir balaient le ciel au-dessus d'Hollywood. Je n'arrêtais pas de bouger, mais calmement. Je sentais qu'il y avait un certain rythme dans mes pensées et savais d'instinct que je tenais les jurés. Tous autant qu'ils étaient, ils marchaient avec moi.

– Je sais que dans notre société nous voulons que les policiers chargés de faire respecter la loi soient tous des professionnels et aussi bons que possible. Nous voyons des crimes aux nouvelles et dans les rues et nous savons que ces hommes et ces femmes sont la feuille de papier cigarette qui sépare l'ordre du désordre. Et bien sûr, ça, je le veux autant que vous. J'ai moi-même été la victime de violences. Je sais ce que ça fait. Alors nous voulons que nos policiers s'en mêlent et sauvent la situation. Après tout, c'est pour ça que nous en avons.

Je m'arrêtai et survolai du regard tous les jurés, en m'arrêtant ici et là un bref instant sur des visages avant de poursuivre.

– Malheureusement, ce n'est pas ce qui s'est passé ici. Les preuves, et c'est de celles que vous présentera l'accusation que je vous parle, montreront à l'évidence que c'est dès le début que les enquêteurs se sont focalisés sur un seul et unique suspect, Walter Elliot. Elles montreront qu'à partir du moment où Walter est devenu le suspect de la police, plus rien n'a compté. Toutes les autres pistes possibles ont été abandonnées, voire même plus envisagées. On tenait un suspect et ce qu'on croyait être un mobile, il n'était plus question de jeter un coup d'œil en arrière. On n'a même plus regardé ailleurs.

Pour la première fois depuis le début, je me déplaçai. Je m'approchai de la barrière, à la hauteur du juré numéro un. Et lentement je longeai le box, ma main glissant sur la barrière.

– Mesdames et messieurs, repris-je, nous avons ici affaire à un beau cas de rétrécissement du champ visuel. C'est sur un seul et unique suspect qu'on se focalise et on oublie tout le reste. Je vous promets, moi, que lorsque vous sortirez de cette espèce de tunnel creusé par l'accusation, vous vous regarderez et vous frotterez les yeux à la lumière. Et vous vous demanderez de quoi diable on voulait donc parler. Je vous remercie.

Ma main quittant lentement la barrière, je repris la direction de mon siège. Avant même que je m'assoie, le juge levait la séance pour le déjeuner.

37

Une fois encore mon client évita de déjeuner avec moi de façon à pouvoir regagner ses studios et y faire son apparition habituelle comme si de rien n'était. Je commençais à me demander s'il ne voyait pas dans ce procès quelque chose de simplement agaçant qui perturbait son emploi du temps. Ou bien il croyait plus que moi à la solidité de la défense ou bien c'était qu'à ses yeux ce procès n'était tout bonnement pas sa priorité.

Quelles qu'aient pu être ses raisons, cela me laissait avec mon entourage de la première rangée. Nous allâmes au restaurant Traxx[1] de la gare d'Union Station, soit, à mon avis, assez loin du tribunal pour que nous ne nous retrouvions pas nez à nez avec un des jurés. C'était Patrick qui avait pris le volant, mais je lui demandai de confier la Lincoln au voiturier et de nous rejoindre. Je voulais qu'il ait le sentiment de faire partie de l'équipe.

On nous donna une table dans un coin calme, près d'une fenêtre qui permettait de découvrir l'énorme et sublime salle d'attente de la gare. Lorna et moi ayant dressé le plan de table, je me retrouvai à côté de Julie Favreau. Depuis qu'elle vivait avec Cisco, Lorna avait décidé que je devais moi aussi avoir quelqu'un dans ma vie et s'était improvisée marieuse. Venant d'une ex, et d'une ex qui ne me laissait pas insensible à bien

1. Soit « Les voies ». *(NdT.)*

des niveaux, ces efforts me mettaient mal à l'aise, et l'embarras me prit lorsque très ouvertement Lorna me fit signe d'aller m'asseoir à côté de ma consultante. J'en étais à la moitié du premier jour de procès et l'idée d'une possible aventure sentimentale était bien la dernière chose à laquelle je voulais penser. Sans même parler du fait que j'étais incapable de la moindre liaison. Héritage de ma dépendance, je n'en étais encore qu'à commencer à réduire la distance émotionnelle qui me séparait des gens et des choses. Et ma priorité dans ce domaine était de rétablir les liens avec ma fille. Après seulement, je m'inquiéterais de trouver une femme avec qui passer du temps.

Toute idée d'aventure mise à part, Julie Favreau était une personne merveilleuse avec qui travailler. Petite femme séduisante, elle avait des traits délicats et des cheveux d'un noir de jais qui lui tombaient en boucles sur le visage. Un semis de taches de rousseur sur son nez la faisait paraître plus jeune qu'elle n'était. Je savais qu'elle avait trente-trois ans. Un jour, elle m'avait raconté sa vie. Elle était venue à Los Angeles en passant par Londres pour jouer dans un film et avait étudié avec un professeur pour qui les pensées du personnage peuvent se traduire par des signaux du visage, des tics et des mouvements du corps. Son travail d'actrice consistait à faire monter ces signes révélateurs à la surface sans que ce soit trop évident. Ses exercices l'avaient emmenée des salles de poker du sud du comté, où elle avait appris à lire les visages des joueurs qui essayaient de ne pas se trahir, aux chambres du Criminal Courts Building où il y avait toujours pléthore de visages et de signes révélateurs à repérer.

Après l'avoir vue travailler dans la galerie trois jours de suite lors d'un procès où je défendais un client accusé de viols en série, je m'étais approché d'elle et lui avais demandé qui elle était. M'attendant à l'entendre me dire qu'elle était une victime inconnue de l'homme assis à la table de la défense, j'avais été très surpris d'apprendre son histoire et de découvrir qu'elle ne venait au tribunal que pour s'entraîner à lire des visages. Je l'avais invitée à déjeuner, avais pris son numéro de téléphone et l'avais embauchée pour m'aider dès que j'avais eu un autre jury à sélectionner. Elle s'était montrée parfaite dans ses observations et, depuis, j'avais eu plusieurs fois recours à elle.

– Alors, lançai-je en étalant une serviette noire sur mes genoux. Comment se comportent mes jurés ?

Pour moi, il était évident que la question s'adressait à Julie, mais ce fut Patrick qui parla le premier.

– À mon avis, ils veulent accuser votre type de tous les crimes, dit-il. Pour eux, c'est un riche qui la ramène et croit pouvoir l'emporter en paradis.

Je hochai la tête. Son impression n'était probablement pas très loin de la vérité.

– Bon, ben… merci pour ces mots d'encouragement, lui renvoyai-je. Je vais tout faire pour dire à Walter d'être moins riche et coincé dès maintenant.

Patrick baissa les yeux sur la table et parut gêné.

– C'était juste pour dire, marmonna-t-il.

– Non, Patrick, j'apprécie, lui renvoyai-je. Tous les avis sont bienvenus et ont leur importance. Mais il y a des choses qu'on ne peut pas changer. Mon client est d'une richesse qui dépasse l'imagination et cela lui donne une certaine image. Il a aussi l'air rébarbatif et je ne suis pas très sûr de pouvoir y faire grand-chose. Julie, qu'est-ce que vous pensez de nos jurés jusqu'à maintenant ?

Avant qu'elle puisse répondre, le garçon vint prendre nos commandes de boissons. Je restai à l'eau avec une tranche de citron vert, les autres demandant du thé glacé et Lorna un verre de chardonnay Mad Housewife[1]. Je lui décochai un regard en coin, aussitôt elle protesta.

– Quoi ? s'écria-t-elle. Je ne travaille pas, moi. Je ne fais que regarder. En plus que je fête quelque chose. Tu es de nouveau dans un prétoire et nous avons repris le boulot.

J'acquiesçai à contrecœur.

– À ce propos, dis-je. J'aurais besoin que tu passes à la banque.

Je sortis une enveloppe de ma poste de veste et la lui tendis en travers de la table. Elle sourit parce qu'elle savait ce qui s'y trouvait : un chèque d'Elliot d'un montant de cent cinquante mille dollars, soit le solde des honoraires sur lesquels nous nous étions mis d'accord.

Lorna rangea l'enveloppe et je reportai mon attention sur Julie.

– Alors, qu'est-ce que vous voyez ?

– Je pense que c'est un bon jury, dit-elle. Dans l'ensemble, il y a beaucoup de visages ouverts. Ces gens sont prêts à écouter votre argumentation. Au moins pour l'instant. Nous savons tous qu'ils ont plus tendance à croire l'accusation, mais ils n'ont fermé la porte sur rien.

– Voyez-vous des changements dans ce dont nous avons parlé vendredi ? Je m'adresse toujours au numéro trois ?

– Qui c'est ? demanda Lorna avant que Julie puisse répondre.

– La bourde de Golantz. Le juré numéro trois est avocat et l'accusation n'aurait jamais dû le laisser dans le box.

– Oui, dit Julie, je pense toujours que c'est à lui qu'il faut s'adresser. Mais il y en a d'autres. J'aime bien aussi les onze et douze. Tous les deux à la retraite et

---

1. Soit la Folle du Logis. *(NdT.)*

assis l'un à côté de l'autre. J'ai l'impression qu'ils vont se lier d'amitié et travailler quasiment en tandem quand on en sera au délibéré. En gagner un, c'est gagner les deux.

J'adorais son accent britannique. Pas du tout aristo. L'espèce de savoir de la rue qu'on y entendait donnait de la validité à ce qu'elle disait. Elle n'avait pas eu beaucoup de réussite dans sa carrière d'actrice et m'avait dit un jour recevoir pas mal d'appels à auditions pour des films d'époque où il fallait parler un anglais délicat qu'elle ne maîtrisait toujours pas tout à fait. Ses ressources provenaient surtout des salles de poker où elle jouait maintenant pour de bon et des observations de jurés qu'elle faisait pour moi et un petit groupe d'avocats que je lui avais présentés.

– Bon alors, et le sept ? repris-je. Pendant la sélection il n'arrêtait pas de me regarder et maintenant, je n'ai même plus droit à un seul coup d'œil.

– Vous l'avez remarqué vous aussi. Plus moyen d'avoir un seul contact oculaire. Comme si quelque chose avait changé depuis vendredi. Pour moi, c'est un signe qu'il est dans le camp de l'accusation. Adressez-vous au numéro trois, mais vous pouvez être sûr que la palme de M. Undefeated[1] ira au numéro sept.

– Ça m'apprendra à écouter le client, dis-je dans ma barbe.

Nous commandâmes et dîmes au garçon d'accélérer les choses car nous devions retourner vite au tribunal. En attendant, je demandai à Cisco ce qu'il en était des témoins et il me répondit que de ce côté-là, ça se passait bien. Puis je lui demandai de traîner dans les couloirs du tribunal après la séance, histoire de voir s'il ne pourrait pas suivre les Allemands hors du bâtiment et rester avec eux jusqu'à ce qu'ils arrivent à leur hôtel.

1. Soit M. Jamais battu. *(NdT.)*

Je voulais savoir où ils étaient descendus. Pure mesure de précaution. Il y avait peu de chances que je leur fasse plaisir jusqu'à la fin du procès. Il était de bonne stratégie de savoir où étaient mes ennemis.

J'en étais à la moitié de ma salade de poulet grillé lorsque je jetai un coup d'œil dans la salle d'attente. Superbe mélange de motifs architecturaux, mais l'essentiel sentait l'Art déco. Il y avait rangées sur rangées de grands fauteuils en cuir pour les voyageurs en attente. Et de grands lustres qui pendaient au plafond. Je vis des gens endormis sur des chaises et d'autres assis avec leurs valises et leurs affaires serrées autour d'eux.

Et tombai sur Bosch. Assis seul, à trois rangées de la fenêtre. Avec ses écouteurs dans les oreilles. Nos regards se croisèrent un instant, puis il se détourna. Je posai ma fourchette et glissai ma main dans ma poche pour y prendre de l'argent. Je n'avais aucune idée du prix du verre de Mad Housewife et Lorna en était déjà à son deuxième. Je posai cinq billets de vingt sur la table et dis aux autres de finir de manger pendant que je sortais passer un coup de fil.

Je quittai le restaurant et appelai Bosch sur son portable. Il ôta ses écouteurs et décrocha au moment où j'approchais de la troisième rangée de sièges.

– Quoi ? me lança-t-il en guise de salutation.

– Frank Morgan ? Encore ?

– Non, en fait, cette fois c'est Ron Carter. Pourquoi m'appelez-vous ?

– Qu'avez-vous pensé de l'article ?

Je me posai sur le siège libre en face de lui, lui coulai un regard, mais fis semblant de m'adresser à quelqu'un qui se trouvait loin de moi.

– C'est un peu con, ce truc, me dit-il.

– Eh bien mais… je ne savais pas si vous vouliez rester incognito ou…

– Raccrochez, quoi !

Nous refermâmes nos portables et nous regardâmes.

– Alors ? insistai-je. On joue ?

– On ne le saura pas avant de le savoir.

– Qu'est-ce que ça veut dire ?

– Que l'article est paru. Je pense qu'il a eu le résultat espéré. Mais maintenant on attend de voir. S'il se passe quelque chose, alors, oui, c'est qu'on aura bien joué. On ne saura qu'on est dans le match que lorsqu'on y sera.

Je hochai la tête alors même que ce qu'il racontait n'avait aucun sens à mes yeux.

– Qui est la femme en noir ? me demanda-t-il. Vous ne m'aviez pas dit que vous aviez une copine. On devrait peut-être la mettre sous protection elle aussi.

– C'est juste la personne qui me lit les jurés.

– Ah oui, celle qui vous aide à trouver les flicophobes et autres anti-establishement ?

– Voilà, ce genre-là. Dites, il n'y a que vous là ? Vous êtes seul à me regarder ?

– Vous savez quoi ? Un jour, j'ai eu une petite copine. Elle posait toujours ses questions par paquets entiers. Jamais une seule à la fois.

– Et vous, avez-vous jamais répondu à une seule de ses questions ? Ou bien est-ce que vous vous contentiez de les écarter aussi finement que vous êtes en train de le faire maintenant ?

– Non, je ne suis pas seul, maître. Ne vous inquiétez pas. Vous avez des gens tout autour de vous, et vous ne les verrez jamais. Et j'ai aussi des mecs qui surveillent votre bureau, que vous y soyez ou pas.

Des mecs et des caméras. Ces dernières avaient été installées dix jours plus tôt, au moment où nous pensions que l'article allait être publié d'un instant à l'autre dans le *Times*.

– Oui, bien, mais on ne va pas rester longtemps dans ces bureaux.

– J'ai remarqué. Où allez-vous emménager ?

– Nulle part. Je travaille dans ma voiture.

– Ça doit être marrant.

Je l'examinai un instant. Comme d'habitude, il y avait du sarcasme dans le ton. C'était un type agaçant, mais Dieu sait comment il avait réussi à ce que je lui confie ma sécurité.

– Bon, va falloir que je retourne au palais, dis-je. Quelque chose que je devrais faire ? Des désirs sur la façon dont vous voudriez que je me conduise ? Ou un lieu où vous voudriez que j'aille ?

– Contentez-vous de faire ce que vous faites d'habitude. Cela dit, il y a quand même une chose. Vous surveiller alors que vous n'arrêtez pas de bouger exige beaucoup de bonshommes. Bref, à la fin de la journée, au moment où vous allez rentrer chez vous, appelez-moi pour me le dire de façon à ce que je puisse libérer des types.

– D'accord. Mais vous aurez toujours quelqu'un qui me surveille, non ?

– Ne vous inquiétez pas. Vous serez couvert vingt-quatre heures sur vingt-quatre et sept jours sur sept. Oh, encore un truc…

– Quoi ?

– Ne vous approchez plus jamais de moi comme ça.

Je hochai la tête. On venait de me remercier.

– Compris, dis-je.

Je me levai et regardai du côté du restaurant. Je vis Lorna compter les billets de vingt que j'avais laissés et les poser sur la note. Il semblait bien qu'elle allait tous les utiliser. Patrick avait quitté la table pour récupérer la Lincoln auprès du voiturier.

– À plus, inspecteur, dis-je sans regarder Bosch.

Pas de réaction. Je m'éloignai et rejoignis mon petit groupe au moment où tous sortaient du restaurant.

– C'était l'inspecteur Bosch avec qui t'étais ? me demanda Lorna.

– Oui. Je l'avais vu là-bas.

– Qu'est-ce qu'il faisait ?

– Il dit bien aimer venir déjeuner dans ce restaurant. Il s'assoit dans un de ces gros fauteuils bien confortables et il réfléchit.

– Et naturellement, ça se trouve qu'on était là, nous aussi.

Julie Favreau hocha la tête.

– Les coïncidences, ça n'existe pas, dit-elle.

38

Après le déjeuner, Golantz commença à présenter son affaire. Et eut recours à la présentation que je qualifiais de ras des pâquerettes. Il reprit le dossier au tout début – l'appel au 911 qui avait mis les deux meurtres en lumière –, et continua de façon tout à fait linéaire. Son premier témoin fut une opératrice du service des urgences du centre des communications du comté. Il se servit d'elle pour faire accepter les enregistrements audio des appels à l'aide de Walter Elliot. Avant le procès, j'avais envoyé une requête afin d'empêcher qu'on passe les deux bandes, en arguant que des transcriptions seraient plus claires et plus utiles aux jurés, mais le juge s'était rangé à l'avis du procureur. Il avait néanmoins ordonné que Golantz fournisse des transcriptions afin que les jurés puissent les lire en même temps qu'on les entendrait dans la salle d'audience.

J'avais tenté d'en interdire l'audition parce que je savais qu'elles seraient préjudiciables à mon client. Lors de son premier appel, c'était en effet très calmement qu'Elliot avait parlé à la dispatcheuse pour lui signaler que son épouse et une autre personne venaient de se faire assassiner. Ce ton posé pouvait s'interpréter comme une manière de froideur calculée et je ne voulais pas que les jurés le fassent. Le deuxième enregistrement était encore pire du point de vue de la défense. Elliot y laissait percer de l'agacement et entendre qu'il connaissait et n'aimait guère l'homme qui venait d'être assassiné avec sa femme.

Dispatcheuse : 911. Quelle est la nature de votre urgence ?

Walter Elliot : Je… euh, eh bien, ils ont l'air morts. Je ne pense pas qu'on puisse les aider.

Dispatcheuse : Je vous demande pardon, monsieur ? À qui parlé-je ?

Walter Elliot : Je m'appelle Walter Elliot. C'est ma maison.

Dispatcheuse : Oui, monsieur. Et vous dites qu'il y a quelqu'un de mort ?

Walter Elliot : J'ai trouvé ma femme. Elle a reçu une balle. Et il y a aussi un homme. Et lui aussi a reçu une balle.

Dispatcheuse : Veuillez attendre un instant, monsieur. Je prends note et je vous envoie de l'aide…

– pause –

Dispatcheuse : Bien, monsieur Elliot. Des ambulanciers et des adjoints du shérif viennent de partir.

Walter Elliot : C'est trop tard pour eux. Pour les ambulanciers, je veux dire.

Dispatcheuse : Je suis obligée de les envoyer, monsieur. Vous dites que ces personnes ont été abattues ? Êtes-vous en danger ?

Walter Elliot : Je ne sais pas. Je viens juste d'arriver. C'est pas moi qu'ai fait ça. Vous enregistrez ?

Dispatcheuse : Oui, monsieur. Tout est enregistré. Êtes-vous dans la maison en ce moment même ?

Walter Elliot : Je suis dans la chambre à coucher. C'est pas moi qu'ai fait ça.

Dispatcheuse : Y a-t-il quelqu'un dans la maison en dehors de vous et des deux personnes abattues ?

Walter Elliot : Je ne pense pas.

Dispatcheuse : Bien, je veux que vous sortiez de la maison de façon à ce que les adjoints du shérif vous voient en arrivant. Mettez-vous dans un endroit où ils vous verront.

Walter Elliot : D'accord, je sors.

– fin –

Dans le deuxième enregistrement, c'était une autre dispatcheuse qui parlait, mais je laissai Golantz le passer. J'avais perdu la bataille et ne voyais aucun avantage à faire perdre du temps à la cour en obligeant la deuxième dispatcheuse à présenter la bande et la faire admettre comme pièce à conviction.

Cet appel-là avait été passé du portable même d'Elliot. Ce dernier était sorti et l'on pouvait entendre le bruit ténu des vagues de l'océan en arrière-plan.

BANDE n° 2 – 13 h 24 – 02/05/07

Dispatcheuse : 911. Quelle est la nature de votre urgence ?

Walter Elliot : Oui, j'ai déjà appelé. Qu'est-ce que vous fabriquez ?

Dispatcheuse : Vous avez appelé le 911 ?

Walter Elliot : Oui, ma femme a été abattue. Et l'Allemand aussi. Qu'est-ce que vous fabriquez ?

Dispatcheuse : C'est l'appel de Crescent Cove Road à Malibu ?

Walter Elliot : Oui, c'est moi. J'ai appelé y a au moins un quart d'heure et y a toujours personne.

Dispatcheuse : Monsieur, d'après l'écran, notre patrouille alpha devrait arriver dans moins d'une minute. Raccrochez et restez dehors de façon à ce qu'ils puissent vous voir en arrivant. Vous voulez bien, monsieur ?

Walter Elliot : Dehors, j'y suis déjà.

Dispatcheuse : Alors, restez où vous êtes, monsieur.

Walter Elliot : Si vous le dites… Au revoir.

– fin –

Dans ce deuxième appel, non seulement Elliot donnait l'impression d'être agacé par le retard, mais il y prononçait le mot « Allemand » avec une espèce de ricanement dans la voix. Qu'on puisse ou ne puisse pas en conclure à sa culpabilité n'avait pas d'importance. Ces bandes aidaient l'accusation à faire apparaître Walter Elliot comme un être arrogant qui se croyait au-dessus des lois. Et c'était là un bon départ pour Golantz.

Je renonçai à interroger la dispatcheuse en contre car je savais que la défense n'avait rien à y gagner. L'accusation fit ensuite témoigner le shérif adjoint Brendan Murray, qui conduisait la voiture alpha ayant répondu la première à l'appel. En une demi-heure d'interrogatoire, Golantz lui fit décrire en détail son arrivée et sa découverte des corps. Il s'attarda en particulier sur les impressions que Murray avait gardées de l'attitude et des déclarations d'Elliot. Pour le shérif adjoint, l'accusé n'avait montré aucune émotion en faisant monter les policiers jusqu'à la chambre où son épouse avait été abattue et reposait nue sur le lit. Il avait très calmement enjambé le cadavre étendu au seuil de la pièce et avait montré le corps sur le lit.

– Il a dit : « C'est ma femme. Je suis à peu près sûr qu'elle est morte », déclara Murray.

Toujours d'après lui, Elliot aurait dit au moins trois fois que ce n'était pas lui qui avait tué les deux personnes abattues dans la chambre.

– Et ce serait inhabituel ? lui demanda Golantz.

– Eh bien, nous n'avons pas la formation nécessaire pour nous lancer dans une enquête pour meurtre. Et nous ne sommes pas censés le faire. Ce qui fait que je n'ai jamais demandé à M. Elliot si c'était lui qui avait tué ces deux personnes. Mais lui n'arrêtait pas de nous dire qu'il ne les avait pas abattues.

Je n'avais pas non plus de questions à poser à Murray. Il était sur ma liste de témoins cités à comparaître et j'aurais tout loisir de le rappeler dans la phase défense si cela s'avérait nécessaire. Cela étant, je voulais attendre la déposition du témoin suivant sur la liste du procureur, à savoir celle du jeune Christopher Harber, le coéquipier de Murray. Je me disais que si l'un de ces deux adjoints faisait une erreur qui puisse servir la défense, c'était sûrement du côté du bleu qu'il fallait l'espérer.

La déposition d'Harber fut plus courte que celle de Murray et servit essentiellement à corroborer les dires de son coéquipier. Il avait vu et entendu les mêmes choses que lui.

– Juste quelques questions, monsieur le juge, dis-je lorsque Stanton me demanda si je voulais interroger en contre.

Alors que Golantz avait mené son interrogatoire du lutrin, je restai à la table de la défense pour poser mes questions. En fait, c'était un stratagème. Je voulais que les jurés, le témoin et le procureur se disent que je ne faisais qu'agir de manière machinale et me contentais de poser deux ou trois questions comme ça. De fait, je me préparais à introduire un point essentiel dans la stratégie de la défense.

– Bien. Monsieur l'adjoint Harber, lançai-je, c'est votre première année de service, n'est-ce pas ?

– Correct.

– Avez-vous déjà déposé devant un tribunal ?

– Pas dans une affaire de meurtre.

– Bon, gardez votre calme. Malgré ce que maître Golantz a pu vous raconter, je ne mords pas.

Des petits rires polis s'élevèrent dans la salle tandis qu'Harber rougissait un rien. Grand et fort, il avait la coupe de cheveux militaire, soit bien courte, comme on les aime aux services du shérif.

– Bien, vous dites que lorsque votre coéquipier et vous êtes arrivés à la maison de Walter Elliot, vous l'avez vu debout devant l'allée circulaire. C'est bien ça ?

– C'est bien ça.

– OK. Que faisait-il ?

– Il était là, debout, c'est tout. On lui avait dit de nous attendre.

– Bien. Que saviez-vous de la situation quand la voiture alpha est arrivée ?

– On ne savait que ce que la dispatcheuse nous avait dit. Qu'un homme du nom de Walter Elliot avait appelé de la maison pour dire qu'il y avait deux personnes mortes à l'intérieur. Qu'elles avaient été abattues.

– Aviez-vous déjà reçu un appel de ce type avant ?

– Non.

– Aviez-vous peur ? Vous sentiez-vous nerveux ? Excité ? Quoi ?

– Je dirais que l'adrénaline coulait à flots, mais que nous étions très calmes.

– Avez-vous sorti votre arme en quittant votre véhicule ?

– Oui.

– L'avez-vous braquée sur M. Elliot ?

– Non, je l'avais au côté.

– Votre coéquipier a-t-il sorti son arme ?

– Oui, je crois.

– L'a-t-il braquée sur M. Elliot ?

Il hésita. J'aime beaucoup quand le témoin de l'accusation hésite.

– Je ne me rappelle pas. Ce n'était pas vraiment lui que je regardais. C'était l'accusé.

Je hochai la tête comme si cela me paraissait sensé.

– Vous deviez rester sur vos gardes, c'est ça ? Vous ne connaissiez pas ce type. Vous saviez seulement qu'il devait y avoir deux morts à l'intérieur.

– Exact.

– Il serait donc juste de dire que vous vous êtes approché de M. Elliot avec précaution ?

– Oui.

– Quand avez-vous remis votre arme dans son étui ?

– Après avoir fouillé et sécurisé les lieux.

– Vous voulez dire après être entré dans la maison et avoir confirmé qu'il y avait bien des morts et personne d'autre à l'intérieur ?

– Exactement.

– Bien, et quand vous faisiez tout ça, M. Elliot était toujours avec vous ?

– Oui, il fallait qu'on le garde avec nous pour qu'il puisse nous montrer où se trouvaient les corps.

– Était-il en état d'arrestation ?

– Non, il ne l'était pas. Il s'était porté volontaire pour nous montrer les cadavres.

– Mais vous l'aviez menotté, n'est-ce pas ?

Cette question fut aussitôt suivie d'une deuxième hésitation de sa part. Il se trouvait en terrain inconnu et se rappelait sans doute les déclarations que Golantz et son assistante lui avaient fait répéter.

– Il avait été d'accord pour qu'on le menotte, dit-il enfin. Nous lui avions expliqué que nous n'étions pas en train de l'arrêter. Mais que nous avions une situation potentiellement dangereuse à l'intérieur de la maison et qu'il valait mieux pour sa sécurité et pour la nôtre que nous le menottions jusqu'à ce que nous ayons sécurisé les lieux.

– Et il avait été d'accord.

– Oui.

Du coin de l'œil, je vis Elliot faire non de la tête. J'espérai que les jurés l'avaient vu eux aussi.

– Était-il menotté devant ou dans le dos ?

– Dans le dos, c'est le règlement. Nous ne sommes pas autorisés à menotter quelque sujet que ce soit devant.

– Quelque… « sujet »… que ce soit ? Que voulez-vous dire ?

– Le mot « sujet » s'applique à toutes les personnes impliquées dans une enquête.

– Soit quelqu'un qui est arrêté ?

– Y compris quelqu'un qui est arrêté, oui. Mais M. Elliot n'était pas en état d'arrestation.

– Je sais que vous êtes tout nouveau dans ce travail, mais avez-vous souvent menotté des gens qui ne se trouvaient pas en état d'arrestation ?

– C'est arrivé à l'occasion. Mais je ne me rappelle pas combien de fois.

Je hochai la tête, mais espérai qu'on comprenne bien que ce n'était pas du tout parce que je le croyais.

– Bien, repris-je, votre coéquipier et vous avez déclaré que M. Elliot vous avait répété trois fois, et à tous les deux, qu'il n'était pas responsable de la tuerie. C'est exact ?

– C'est exact.

– Avez-vous entendu ces déclarations ?

– Oui.

– Ces déclarations vous ont-elles été faites lorsque vous vous trouviez à l'intérieur ou à l'extérieur de la maison ?

– À l'intérieur, quand nous étions en haut dans la chambre.

– Ce qui veut dire que M. Elliot aurait fait ces préten- dues déclarations d'innocence alors qu'il était menotté dans le dos et que vous et votre coéquipier aviez sorti vos armes et vous teniez prêts à tirer. C'est bien ça ?

Troisième hésitation.

– Oui, ça devait être ça.

– Et vous me dites qu'à ce moment-là, il n'était pas en état d'arrestation ?

– Il ne l'était pas.

– Bien. Et qu'est-il arrivé après que M. Elliot vous a fait entrer et découvrir les corps à l'étage et que votre coéquipier et vous avez déterminé qu'il n'y avait personne d'autre dans la maison ?

– Nous avons ramené M. Elliot dehors, nous avons mis les scellés sur la maison et nous avons appelé le service des inspecteurs pour qu'ils nous envoient quelqu'un des Homicides.

– Et ça aussi, c'était pour suivre la procédure des services du shérif ?

– Oui.

– Bien. Et maintenant, officier Harber, avez-vous ôté les menottes à M. Elliot à ce moment-là étant donné qu'il n'était pas en état d'arrestation ?

– Non, maître, nous ne les lui avons pas ôtées. Nous avons placé M. Elliot à l'arrière du véhicule et la procédure interdit qu'on ôte les menottes du sujet lorsqu'il se trouve dans une voiture des services du shérif.

– Ah, nous revoici devant ce mot de « sujet ». Êtes-vous vraiment sûr que M. Elliot n'était pas en état d'arrestation ?

– J'en suis sûr, oui. Nous ne l'avions pas arrêté.

– Bien, et combien de temps est-il resté à l'arrière de cette voiture ?

– À peu près une demi-heure, pendant que nous attendions l'équipe des Homicides.

– Et que s'est-il passé quand elle est arrivée ?

– Dès leur arrivée, les enquêteurs ont commencé par examiner la maison. Après, ils sont sortis et ont mis M. Elliot en état d'arrestation. Enfin, je veux dire… ils l'ont sorti de la voiture.

Je sautai sur son lapsus.

– Il était en état d'arrestation ?

– Non, là, je me suis trompé. Il était d'accord pour attendre dans la voiture, ils sont arrivés et ils l'en ont fait sortir.

– Vous nous dites donc qu'il a été d'accord pour se faire menotter à l'arrière d'une voiture de patrouille ?

– Oui.

– Aurait-il pu ouvrir la portière et sortir du véhicule s'il l'avait voulu ?

– Je ne pense pas, non. Les portières arrière ont des sécurités. On ne peut pas les ouvrir de l'intérieur.

– Mais M. Elliot y était à titre volontaire ?

– Oui.

Même lui ne donnait pas l'impression de croire à ce qu'il racontait. Son visage avait viré au rouge cramoisi.

– Officier Harper, quand les menottes ont-elles été enfin ôtées aux poignets de M. Elliot ?

– Dès qu'ils l'ont fait sortir de la voiture, les inspecteurs lui ont enlevé les menottes et les ont rendues à mon coéquipier.

– Bien.

Je hochai la tête comme si j'en avais fini et tournai quelques pages de mon bloc-notes pour vérifier certaines questions que j'avais oubliées.

– Ah oui… repris-je en gardant les yeux baissés sur mon bloc. Une dernière chose. D'après la main courante, le premier appel au 911 a été passé à 1 h 05. M. Elliot a dû rappeler dix-neuf minutes plus tard pour s'assurer qu'on ne l'avait pas oublié et c'est là que vous et votre coéquipier êtes arrivés quatre minutes plus tard. Soit un temps de réaction de vingt-trois minutes. (Je levai la tête et le regardai.) Pouvez-vous me dire pourquoi il a fallu tout ce temps pour répondre à un appel qui était évidemment de première urgence ?

– Géographiquement parlant, le district de Malibu est le plus grand du secteur. Nous avons dû repasser le col pour venir d'un autre endroit où on nous avait appelés.

– Il n'y avait pas d'autre voiture de patrouille plus près et prête à répondre ?

– Mon coéquipier et moi nous trouvions dans la voiture alpha. C'est une voiture qui est toujours en mouvement. C'est nous qui traitons les appels prioritaires et nous avons accepté celui-là dès qu'il nous est arrivé de la dispatcheuse.

– Bien, je n'ai plus de questions à vous poser.

En contre, Golantz revint sur les chausse-trappes que j'avais préparées. Il posa plusieurs questions à Harber, toutes traitant du problème de savoir si Elliot était en état d'arrestation ou pas. Il voulait dissiper cette idée qui risquait de corroborer la théorie du rétrécissement du champ visuel prônée par la défense. C'était très exactement ce que je voulais qu'il croie que j'étais en train de faire et ça marchait. Il passa encore un quart d'heure à pousser Harber à souligner que l'homme que lui et son coéquipier avaient menotté à l'extérieur d'une scène de double crime n'était pas en état d'arrestation. Voilà qui défiait le sens commun, mais l'accusation n'en démordait pas.

Lorsque le procureur en eut terminé, le juge suspendit la séance pour la pause de l'après-midi. Dès que le jury eut quitté la salle, j'entendis quelqu'un m'appeler en chuchotant. Je me retournai et vis Lorna me montrer le fond de la salle du bout du doigt. Je me tournai davantage pour voir plus loin et découvris que ma fille et sa mère s'étaient glissées au dernier rang de la galerie. Et là, en douce, ma fille me fit un petit signe de la main et je lui souris en retour.

39

Je les retrouvai dans le couloir, loin de l'embou-teillage de journalistes qui s'était formé autour des autres acteurs principaux du procès au fur et à mesure qu'ils sortaient de la salle d'audience. Hayley me fit un câlin et je fus bouleversé qu'elle soit venue. Je repérai un banc vide en bois et nous nous y assîmes.

– Ça fait longtemps que vous étiez là ? demandai-je. Je ne vous ai pas vues.

– Malheureusement non, pas très longtemps, dit Maggie. Comme elle avait éducation physique en dernière heure, j'ai décidé de prendre mon après-midi, je suis allée la chercher tôt et nous sommes venues ici. On a vu l'essentiel de ton interrogatoire en contre.

Je passai de Maggie à notre fille, qui s'était assise entre nous. Elle avait le teint foncé de sa mère ; yeux et cheveux noirs, peau qui restait bronzée jusque tard dans l'hiver.

– Qu'est-ce que tu en as pensé, Hay ?

– Euh, j'ai trouvé ça vachement intéressant. Tu lui as posé des tas de questions. À la fin, on aurait dit qu'il était en colère.

– Ne t'inquiète pas, ça lui passera.

Je regardai par-dessus sa tête et fis un clin d'œil à mon ex.

– Mickey ?

Je me retournai, c'était McEvoy du *Times*. Il arrivait avec son bloc-notes et son stylo.

– Pas maintenant, lui dis-je.

– J'ai juste une petite…

– Et moi, je vous ai dit pas maintenant. Laissez-moi tranquille.

Il fit demi-tour et regagna un des groupes qui tournaient autour de Golantz.

– Qui c'était ? me demanda Hayley.

– Un journaliste. Je lui parlerai plus tard.

– M'man m'a dit qu'il y avait un grand article sur toi aujourd'hui.

– Il n'était pas vraiment sur moi. C'était un article sur l'affaire. C'est pour ça que j'espérais que vous pourriez venir en voir un bout.

Je me tournai à nouveau vers mon ex et la remerciai d'un hochement de tête. Elle avait mis de côté toute sa colère contre moi et fait passer notre fille en premier. Quoi qu'il en soit par ailleurs, je pouvais toujours compter sur elle pour ça.

– Tu vas y retourner ? me demanda Hayley.

– Oui, c'est juste une petite pause pour que les gens puissent s'acheter quelque chose à boire ou aller aux toilettes. On a encore une séance et après, tout le monde rentrera chez soi et on reprendra demain.

Elle acquiesça d'un signe de tête et regarda vers la porte du prétoire au bout du couloir. Je suivis son regard et vis qu'on commençait à rentrer.

– Euh, papa ? Ce type-là… il a tué quelqu'un ?

Je regardai Maggie, qui haussa les épaules comme pour me dire : « *Ce n'est pas moi qui lui ai dit de te poser cette question.* »

– Eh bien, ma chérie, ça, on ne le sait pas. C'est ce dont il est accusé, ça oui. Et beaucoup de gens pensent qu'il l'a fait. Mais rien ne l'a encore prouvé et c'est ce procès qui va le déterminer. C'est à ça que sert le procès. Tu te rappelles ce que je t'ai expliqué là-dessus ?

– Oui, oui.

– Mick, c'est votre famille ?

Je regardai par-dessus mon épaule et me figeai en me retrouvant nez à nez avec Walter Elliot. Il souriait d'un air chaleureux et s'attendait à ce que je fasse les présentations. Il était loin de savoir de quel bois se chauffait Maggie McFierce.

– Euh, bonjour, Walter. Voici ma fille Hayley et voici sa maman, Maggie McPherson.

– Bonjour, dit Hayley toute timide.

Maggie, elle, hocha la tête et parut mal à l'aise.

Et là, Walter commit l'erreur de tendre la main à Maggie. Je ne vois vraiment pas comment celle-ci aurait pu se montrer plus raide. Elle lui serra la main une fois, puis se dégagea aussitôt. Et quand Walter tendit la main à Hayley, Maggie bondit, littéralement, posa la main sur l'épaule de sa fille et l'arracha du banc.

– Hayley, dit-elle, allons vite aux toilettes avant que la séance ne reprenne.

Et de pousser aussitôt Hayley vers les toilettes. Walter les regarda partir, puis il tourna la tête vers moi, la main toujours tendue dans le vide. Je me levai.

– Désolé, Walter, mais mon ex est procureur. Elle travaille pour le district attorney.

Ses sourcils remontèrent haut sur son front.

– Maintenant je comprends pourquoi c'est une ex, dit-il.

Je hochai la tête juste pour qu'il se sente mieux. Puis je lui dis de regagner la salle d'audience et ajoutai que je le rejoindrais dans un instant.

Je me dirigeai vers les toilettes et retrouvai Maggie et Hayley au moment où elles en ressortaient.

– Je crois que nous allons rentrer à la maison, dit Maggie.

– Vraiment ?

– Elle a beaucoup de devoirs et je pense qu'elle en a assez vu pour aujourd'hui.

J'aurais pu lui disputer ce point, mais je laissai passer.

– OK, dis-je. Hayley, merci d'être venue. Ça compte beaucoup pour moi.

– OK.

Je me penchai, lui fis une bise sur le haut du crâne, puis je la serrai contre moi pour lui faire un câlin. Ce n'était que dans ces moments où j'étais avec ma fille que cessaient les distances que je mettais avec tout dans ma vie. Avec elle, je me sentais relié à quelque chose qui comptait. Je regardai Maggie.

– Merci de me l'avoir amenée, lui dis-je.

Elle hocha la tête.

– Pour ce que ça vaut, tu te débrouilles bien là-bas, dit-elle.

– Ça vaut beaucoup. Merci.

Elle haussa les épaules et laissa échapper un petit sourire. Et ça aussi, c'était bien.

Je les regardai regagner le coin des ascenseurs en sachant que ce n'était pas à ma maison qu'elles rentraient et qu'elles se demandaient comment j'avais pu bousiller ma vie à ce point.

– Hayley ! criai-je dans leur dos.

Ma fille se retourna.

– À mercredi ! Crêpes !

Elle souriait lorsqu'elle rejoignit la foule qui attendait un ascenseur. Je remarquai que mon ex souriait aussi. Je pointai le doigt sur elle et repartis vers la salle d'audience.

– Et toi aussi, tu peux venir, ajoutai-je.

Elle hocha la tête.

– On verra, dit-elle.

Une porte d'ascenseur s'ouvrit, elles s'en approchèrent. *On verra.* Ces deux mots me firent l'impression de tout résumer.

40

.

Dans tout procès au criminel, le témoin principal de l'accusation est toujours l'inspecteur en charge de l'enquête. Parce qu'il n'y a plus de victimes vivantes pour dire au jury ce qui leur est arrivé, il lui revient de détailler l'enquête et de parler pour les morts. C'est lui qui porte les grands coups. Lui qui rassemble les faits pour les jurés et les rend clairs. Il a pour tâche de vendre le dossier de l'accusation aux jurés, et comme dans tout échange ou transaction, le vendeur a autant d'importance que la marchandise. Les meilleurs inspecteurs des Homicides sont aussi les meilleurs vendeurs. J'ai vu des types aussi durs qu'Harry Bosch écraser une larme à la barre en décrivant les derniers instants d'une victime sur cette terre.

Ce fut après la pause de l'après-midi que Golantz appela l'inspecteur en charge du dossier à la barre. Coup de génie, préparation magistrale que tout cela : John Kinder allait occuper le centre de la scène jusqu'à ce que la séance soit ajournée, les jurés rentrant alors chez eux et ayant toute la soirée pour méditer ses paroles. Et je ne pouvais rien y faire en dehors de regarder.

Kinder était un grand Noir affable qui parlait d'une voix de baryton des plus paternelles. Il portait des lunettes de vue qui lui dégringolaient au bout du nez quand il se référait au gros classeur qu'il avait apporté avec lui. Entre les questions qu'on lui posait, il regardait Golantz ou les jurés par-dessus la monture de ses lunettes.

Il avait le regard agréable, doux, alerte et plein de sagesse. Et c'était le témoin contre lequel je n'avais aucun recours.

Avec les questions précises que lui posa Golantz et une série d'agrandissements des photos de la scène de crime – que je n'avais pas réussi à faire rejeter en arguant qu'elles étaient préjudiciables à mon client –, Kinder fit visiter la scène de crime aux jurés et leur détailla ce que l'examen des éléments de preuve avait appris aux enquêteurs. Du purement clinique et méthodique, mais suprêmement intéressant. Avec sa voix profonde et pleine d'autorité, on aurait dit un professeur de criminologie en train de faire un cours de base à tous les gens assis dans la salle.

J'élevai bien des objections ici et là dès que je pouvais afin de casser le rythme Golantz/Kinder, mais je ne pouvais pas faire grand-chose en dehors de me taire et d'attendre. À un moment donné, je reçus un texto de la galerie et cela n'apaisa nullement mes craintes.

Favreau : Tout le monde adore ce mec ! Vous ne pouvez vraiment rien y faire ?

Sans me retourner pour la regarder, je me contentai de hocher la tête en regardant l'écran du portable sous la table de la défense.

Puis je jetai un coup d'œil à mon client et eus l'impression que c'était à peine s'il prêtait attention à la déposition de Kinder. Il prenait des notes dans un bloc grand format, mais ces notes n'avaient rien à voir avec le procès ou l'affaire. J'aperçus des tas de chiffres et le titre *Diffusion à l'étranger* souligné sur la première page. Je me penchai vers lui.

– Ce type est en train de nous massacrer, lui chuchotai-je à l'oreille. Au cas où ça vous intéresserait...

Un sourire sans humour lui tordant les lèvres, il me renvoya :

– Pour moi, tout va bien. Vous avez bien travaillé aujourd'hui.

Je hochai la tête et me retournai pour écouter le reste de la déposition de Kinder. J'avais un client pour qui la réalité de la situation n'avait aucune importance. Il connaissait parfaitement ma stratégie et savait que j'avais l'argument miracle dans ma manche. Sauf que rien n'est sûr quand on va au procès. C'est même pour cela que quatre-vingt-dix pour cent des affaires se résolvent par des arrangements avant procès. Personne n'a envie de jeter les dés. Les enjeux sont trop élevés. Et il n'y a pas plus grand pari qu'un procès pour meurtre.

Mais c'était depuis le premier jour que Walter Elliot n'avait pas l'air de le comprendre. Il continuait à faire des films et à travailler ses problèmes de distribution à l'étranger et semblait être persuadé de sortir libre de ce procès. Je pensais certes avoir un dossier en béton, mais n'arrivais quand même pas à avoir ce genre de confiance.

Les éléments de base de l'analyse de la scène de crime ayant été bien détaillés par Kinder, Golantz fit dévier la déposition sur Elliot et les rapports qu'il avait eus avec l'enquêteur.

– Bien, dit-il, vous avez déclaré que l'accusé serait resté dans la voiture de patrouille de l'officier Murray pendant que vous vous livriez au premier examen de la scène de crime et vous familiarisiez avec les lieux, si je puis ainsi dire. C'est bien ça ?

– Oui, c'est bien ça.

– Quand avez-vous parlé avec Walter Elliot pour la première fois ?

Kinder consulta un document du classeur ouvert sur l'étagère installée devant la barre.

– Il était à peu près 2 heures et demie quand je suis sorti de la maison après avoir procédé au premier examen de la scène de crime. C'est à ce moment-là que j'ai demandé aux shérifs adjoints d'extraire M. Elliot de la voiture.

– Qu'avez-vous fait après ?

– J'ai demandé à l'un des adjoints de lui ôter les menottes parce que je ne pensais plus que ce soit nécessaire. Il y avait déjà des inspecteurs et des adjoints du shérif sur les lieux et le périmètre était parfaitement sécurisé.

– Bien et… M. Elliot était-il en état d'arrestation à ce moment-là ?

– Non, il ne l'était pas et je le lui ai expliqué. Je lui ai dit que les mecs… les adjoints… avaient dû prendre toutes les précautions possibles jusqu'à ce qu'on sache à quoi on avait affaire. M. Elliot a répondu qu'il comprenait. Je lui ai demandé s'il voulait continuer à coopérer et montrer l'intérieur de la maison aux membres de mon équipe et il m'a répondu que oui, il le ferait.

– Vous l'avez donc ramené dans la maison ?

– Oui. Nous lui avons demandé de mettre des bottines en papier pour ne pas contaminer la scène de crime et nous sommes rentrés dans la maison. J'ai demandé à M. Elliot de refaire très précisément ce qu'il avait fait en entrant et en découvrant les corps.

Je notai l'histoire des bottines en papier qu'on lui avait fait enfiler mais un peu tard puisqu'il avait déjà fait faire le tour de la maison aux premiers adjoints. Kinder ? En contre, j'allais le tirer à vue avec ça.

– Avez-vous trouvé quoi que ce soit d'inhabituel dans ce qu'il a dit avoir fait ou quoi que ce soit d'incohérent dans ce qu'il vous disait ?

J'élevai une objection en arguant du fait que la question était bien trop vague. Le juge en fut d'accord. Score : un tout petit point qui comptait quasi pour du beurre. Golantz se contenta de reformuler la question et se montra plus précis.

– Où Elliot vous a-t-il conduit dans la maison, inspecteur Kinder ?

– Il nous a fait entrer et nous sommes montés directement à la chambre à coucher. Il nous a dit que c'était ce qu'il avait fait en entrant. Il nous a précisé que c'est à ce moment-là qu'il avait découvert les corps et appelé le 911 en se servant du téléphone à côté du lit. D'après lui, la dispatcheuse lui a alors dit de quitter la maison et de nous attendre dehors, ce qu'il avait fait. Je lui ai demandé très précisément s'il était allé ailleurs dans la maison et il m'a répondu que non.

– En quoi cela vous a-t-il paru inhabituel ou incohérent ?

– Eh bien, la première chose, c'est qu'à supposer que ce soit vrai, ça m'a paru bizarre qu'il soit entré et monté directement à la chambre sans commencer par jeter un coup d'œil au rez-de-chaussée. Ça ne collait pas non plus avec ce qu'il nous avait dit quand nous sommes rentrés à nouveau dans la maison. Il nous avait montré la voiture de sa femme, qui était garée dans l'allée circulaire devant la maison, et nous avait dit que c'est comme ça qu'il avait su qu'elle avait quelqu'un avec elle dans la maison. Je lui avais demandé ce qu'il voulait dire par là et il m'avait répondu que sa femme s'était garée devant pour que Johan Rilz, l'autre victime, puisse utiliser la seule place libre dans le garage. Ils y avaient entassé des meubles et des affaires et il n'y restait plus qu'une place libre. Il a dit que l'Allemand y avait caché sa Porsche et que sa femme avait été obligée de se garer devant.

– Quelle signification avez-vous tiré de ces propos ?

– Eh bien, pour moi, ça sentait la dissimulation. Il nous avait dit qu'il n'était allé que dans la chambre et nulle part ailleurs dans la maison. Pour moi au contraire, il était assez clair qu'il avait jeté un coup d'œil dans le garage et qu'il y avait vu la Porsche de la deuxième victime.

Debout au lutrin, Golantz hocha vigoureusement la tête : on appuyait sur le fait qu'Elliot était un menteur. Je savais que je pourrais m'en débrouiller dans mon interrogatoire en contre, mais ça, je ne pourrais le faire que le lendemain, après que cette impression aurait filtré dans la tête des jurés pendant quasi vingt-quatre heures.

– Que s'est-il passé après ? reprit Golantz.

– Eh bien, il y avait encore beaucoup de travail à faire dans la maison. J'ai donc ordonné à deux membres de mon équipe d'emmener M. Elliot au poste de Malibu de façon à ce qu'il puisse m'y attendre à l'aise.

– Était-il alors en état d'arrestation ?

– Non. Encore une fois je lui avais expliqué que nous avions besoin de lui parler et que s'il était toujours décidé à coopérer avec nous, nous le mettrions dans une salle d'interrogatoire du poste et que je l'y rejoindrais aussitôt que possible. Et une fois encore, il a accepté.

– Qui l'a transporté à Malibu ?

– Les enquêteurs Joshua et Toles l'ont emmené dans leur voiture.

– Pourquoi ne l'ont-ils pas interrogé tout de suite une fois arrivés au poste de Malibu ?

– Parce que je voulais en savoir plus long sur M. Elliot et sur la scène de crime avant de lui parler. Parfois, on n'a qu'une chance, même avec un témoin qui coopère.

– Vous venez d'utiliser le mot « témoin ». M. Walter Elliot n'était-il donc pas un suspect à ce moment-là ?

On jouait au chat et à la souris avec la vérité. Quelle que soit la réponse de Kinder, tout le monde dans la salle savait maintenant que les flics s'étaient concentrés sur Elliot.

– C'est-à-dire que jusqu'à un certain point tout le monde est suspect, répondit Kinder. Quand on débarque dans ce genre de situation, on soupçonne absolument tout le monde. Mais à ce moment-là, je ne savais pas grand-chose sur les victimes, pas grand-chose sur M. Elliot et je ne savais pas vraiment non plus à quoi nous avions affaire. Ce qui fait que je le voyais plus comme un témoin très important qu'autre chose. C'était lui qui avait trouvé les corps et il connaissait les victimes. Il pouvait nous aider.

– Bien, et donc vous l'avez expédié au poste de Malibu pendant que vous repreniez votre travail sur la scène de crime. Pour y faire quoi ?

– Superviser l'analyse de la scène de crime et la collecte de tous les éléments de preuves dans la maison. Nous travaillions aussi avec le téléphone et les ordinateurs afin de vérifier l'identité et le passé de toutes les personnes impliquées.

– Qu'avez-vous appris ?

– Nous avons appris qu'aucun des Elliot n'avait de casier ou d'armes déclarées. Que l'autre victime, Johan Rilz, était de nationalité allemande et semblait n'avoir lui non plus ni casier ni arme déclarée. Que M. Elliot était directeur d'un studio et qu'il connaissait une belle réussite dans le cinéma… ce genre de choses.

– Un membre de votre équipe a-t-il fait à un moment donné une demande de mandat de perquisition pour fouiller la maison ?

– Oui, nous l'avons fait. En procédant avec beaucoup de précautions, nous avons effectivement soumis une demande à un juge, qui nous a signé une série de mandats. Nous avons alors eu toute l'autorité nécessaire pour poursuivre nos recherches et aller jusqu'au bout de ce qu'elles nous indiquaient.

– Est-il inhabituel de prendre ce genre de mesures ?

– Peut-être. Les tribunaux ont accordé à la police beaucoup de latitude dans la collecte des éléments de preuves. Cela dit, vu les personnes impliquées dans cette affaire, nous avions décidé de prendre des précautions supplémentaires. Nous avons demandé des mandats de perquisition alors même que nous n'en aurions peut-être pas eu besoin.

– Que couvraient exactement ces mandats ?

– Nous en avons eu pour la maison d'Elliot et pour les trois voitures : celle de M. Elliot, celle de sa femme et la Porsche dans le garage. Nous avons aussi obtenu un mandat nous autorisant à procéder à des tests sur la personne de M. Elliot et sur ses vêtements afin de déterminer s'il avait tiré des coups de feu peu avant.

Le procureur continua de poser des questions sur l'enquête jusqu'au moment où, ayant terminé l'analyse de la scène de crime, Kinder avait interrogé Elliot au poste de Malibu. S'ensuivit la présentation de l'enregistrement vidéo du premier interrogatoire d'Elliot. Je l'avais déjà visionné plusieurs fois pendant la phase préparatoire du procès. Je savais qu'elle n'avait rien de remarquable en termes de contenu de ce qu'Elliot avait déclaré à Kinder et à son coéquipier, Roland Ericsson. Ce qui avait de l'importance aux yeux de l'accusation, c'était l'attitude d'Elliot pendant cet interrogatoire. Il n'avait pas vraiment l'air de quelqu'un qui vient de découvrir le cadavre de sa femme entièrement nue avec une balle en pleine figure et deux autres dans la poitrine. Il paraissait aussi calme qu'un coucher de soleil d'été et ça lui donnait tout l'air d'un tueur sans pitié.

Un écran vidéo ayant été installé devant le box des jurés, Golantz passa la bande en l'arrêtant souvent pour poser des questions à Kinder avant de la faire repartir. L'interrogatoire durait dix minutes et n'avait rien d'une confrontation. Simple exercice dans lequel l'enquêteur faisait le point sur l'histoire d'Elliot, Kinder n'y posait aucune question délicate. Il lui demandait seulement en termes généraux ce qu'il avait fait et à quels moments. L'enregistrement prenait fin à l'instant où Kinder présentait à Elliot un mandat autorisant les services du shérif à tester ses mains, ses bras et ses vêtements en vue d'y déceler la présence éventuelle de résidus de poudre.

Elliot souriait légèrement en répondant aux questions.

« Allez-y, messieurs, dit-il alors. Faites ce que vous avez à faire. »

Golantz vérifia l'heure à la pendule accrochée au mur du fond de la salle d'audience et se servit d'une télécommande pour figer l'image du demi-sourire d'Elliot sur l'écran vidéo. C'était celle qu'il voulait que les jurés emportent chez eux. Il voulait qu'ils pensent à ce sourire du genre attrapez-moi-donc-si-vous-pouvez en rentrant chez eux dans les embouteillages de 5 heures de l'après-midi.

– Monsieur le juge, dit-il, je crois que l'heure est venue d'ajourner la séance. Je voudrais interroger l'inspecteur Kinder sur d'autres points après cet exposé et je pense que nous devrions peut-être commencer ça demain matin.

Le juge en tomba d'accord et mit fin à l'audience en disant encore une fois aux jurés d'éviter tous les comptes-rendus des médias sur le procès.

Je me levai à la table de la défense et regardai les jurés entrer en file indienne dans la salle des délibérés. J'étais à peu près sûr que l'accusation avait remporté la victoire pour ce premier jour, mais il fallait s'y attendre. Nous avions encore nos cartouches à tirer. Je jetai un coup d'œil à mon client.

– Walter, lui dis-je, qu'est-ce que vous faites ce soir ? lui demandai-je.

– Un petit dîner avec des amis. Ils ont invité Dominick Dunne. Après, j'irai jeter un coup d'œil au premier bout à bout d'un film que mon studio produit avec Johnny Depp dans le rôle d'un inspecteur.

– Bon, dis-je, eh bien vous allez appeler vos amis et Johnny Depp et tout annuler. C'est avec moi que vous allez dîner. Nous allons travailler.

– Je ne comprends pas.

– Oh que si. Vous n'arrêtez pas de m'éviter depuis le début du procès. Ça ne posait pas de problème parce que je ne voulais pas savoir ce que je n'avais pas besoin de savoir. Mais maintenant, ce n'est plus pareil. Nous sommes en plein procès, l'échange des informations entre les deux parties est terminé et j'ai besoin de savoir. Tout, Walter. Bref, ce soir, nous allons parler. C'est ça ou vous allez devoir engager un autre avocat dès demain matin.

Je vis son visage se tendre de colère réprimée. À ce moment-là, je sus qu'il pouvait tuer, à tout le moins commanditer un meurtre.

– Vous n'oseriez pas, dit-il.

– Essayez donc voir, lui renvoyai-je.

Nous nous dévisageâmes un moment, puis je vis quelque chose se détendre dans son visage.

– Allez, passez vos coups de fil, repris-je enfin. Nous prendrons ma voiture.

41

J'avais insisté pour qu'on se voie, il insista sur le lieu de l'entretien. Un appel téléphonique de trente secondes nous décrocha un box privé au Water Grill, à côté du Biltmore, plus un martini-vodka qui attendait déjà Walter sur la table lorsque nous arrivâmes. Nous nous assîmes et je commandai une bouteille d'eau plate avec des tranches de citron.

Assis en face de lui, je le regardai étudier le menu des poissons à l'arrivage. J'avais toujours tenu à en savoir le moins possible sur lui. En règle générale, moins on en sait sur le client, mieux on est à même de le défendre. Mais nous avions dépassé ce stade.

– Vous avez parlé de dîner de travail, dit-il sans lever les yeux de son menu. Vous ne jetez pas un coup d'œil à la carte ?

– Je prendrai la même chose que vous, Walter.

Il posa le menu de côté et me regarda.

– Filet de sole.

– Ça me paraît bien.

Il fit signe au garçon qui se tenait non loin de là mais semblait trop intimidé pour s'approcher de la table. Il commanda pour nous deux, ajouta une bouteille de chardonnay pour accompagner le poisson et rappela au garçon de ne pas oublier ma bouteille d'eau plate et mon citron. Après quoi, il croisa les mains sur la table et me regarda avec l'air d'attendre quelque chose.

– Je pourrais être en train de dîner avec Dominick Dunne, dit-il. Vaudrait mieux que ça soit bon.

– Walter, lui renvoyai-je, pour être bon, ça va être bon. Ça va même être le moment où vous allez arrêter de vous cacher. Celui où vous allez me raconter toute l'histoire. La vraie. Parce que si je sais ce que vous savez, l'accusation ne pourra pas m'assommer, vous comprenez ? Parce que je saurai ce que Golantz s'apprête à faire avant même qu'il le fasse.

Il hocha la tête comme s'il était d'accord que le moment était venu d'abattre les cartes.

– Je n'ai tué ni ma femme ni son petit copain nazi, me lança-t-il. Et ça, je vous l'ai dit dès le premier jour.

Je fis non de la tête.

– Ça ne me suffit pas, Walter. Je vous ai dit que je voulais toute l'histoire. Je veux savoir ce qui s'est vraiment passé. Je veux savoir ce qui se trame, sinon je vais devoir passer à autre chose.

– Ne soyez pas ridicule. Aucun juge ne vous permettra de filer en plein milieu d'un procès.

– Vous voulez parier votre liberté là-dessus, Walter ? Si je veux lâcher cette affaire, croyez-moi, je trouverai le moyen.

Il hésita et me regarda longuement avant de répondre.

– Vous devriez faire attention à ce que vous demandez, dit-il enfin. En savoir trop est parfois dangereux.

– J'en prends le risque.

– Vous, peut-être. Moi, je ne suis pas sûr de pouvoir.

Je me penchai au-dessus de la table.

– Qu'est-ce que ça veut dire, Walter ? Qu'est-ce qui se passe ? Je suis votre avocat. Vous pouvez me dire ce que vous avez fait, ça ne sortira pas d'ici.

Avant qu'il ait pu parler, le garçon apporta une bouteille d'eau minérale européenne et une assiette pleine de tranches de citron. De quoi nourrir tout le restaurant.

Elliot attendit qu'il m'ait rempli mon verre et soit hors de portée de voix pour répondre.

– Ce qui se passe, dit-il, c'est que vous avez été embauché pour présenter ma défense aux jurés. J'estime d'ailleurs que vous avez fait de l'excellent boulot jusqu'à présent et que la façon dont vous avez préparé la phase défense est du plus haut niveau. Et tout ça en quinze jours, c'est époustouflant !

– Dites, on laisse tomber les conneries ?

J'avais parlé trop fort. Elliot regarda hors du box et fit baisser les yeux à une femme qui, assise à une table voisine, avait entendu le gros mot.

– Il va falloir baisser la voix, dit-il. La confidentialité des rapports avocat-client ne saurait inclure les tables voisines.

Je le regardai. Il souriait, mais je savais aussi qu'il était en train de me rappeler ce dont je venais de l'assurer – à savoir que ce qui était en train de se dire ne sortirait pas de là. Me signalait-il qu'il était enfin prêt à parler ? Je jouai le seul atout que j'avais.

– Parlez-moi du pot-de-vin qu'a payé Jerry Vincent, repris-je.

Au début, je décelai comme une stupeur passagère dans ses yeux. Vint ensuite un regard entendu alors que, les rouages se mettant en route, il comprenait enfin quelque chose. Et juste après, je crus voir un éclair de regret. Dommage que Julie Favreau n'ait pas été assise à côté de moi. Elle aurait mieux lu dans ses pensées que moi.

– Voilà un renseignement qu'il est très dangereux d'avoir, dit-il. Comment vous l'êtes-vous procuré ?

Je ne pouvais évidemment pas lui dire que je le tenais d'un inspecteur de police avec lequel je coopérais.

– Disons qu'il sort tout droit de l'affaire, Walter. J'ai tous les dossiers de Vincent, y compris les dossiers financiers. Il n'a pas été très difficile de comprendre qu'il avait filé cent mille dollars de votre avance à un inconnu. Est-ce à cause de ce pot-de-vin qu'il est mort ?

Il leva son verre de martini-vodka en en tenant le pied fragile entre deux doigts et but ce qui restait. Et adressa un signe de tête à quelqu'un derrière moi. Il en voulait un autre. Enfin il me regarda.

– Je pense ne pas me tromper en disant que c'est toute une série d'événements qui a conduit à sa mort.

– Walter, je ne suis pas en train de me foutre de votre gueule. J'ai besoin de savoir… pas seulement pour vous défendre. Aussi pour me protéger.

Il posa son verre vide au bord de la table et quelqu'un l'embarqua moins de deux secondes plus tard. Il hocha la tête comme s'il était d'accord avec moi, puis il parla.

– Je pense que vous avez trouvé la raison de sa mort, dit-il. C'était dans le dossier. Vous me l'avez même signalée.

– Je ne comprends pas. Qu'est-ce que je vous ai signalé ?

– Il avait prévu de repousser le procès, répondit-il d'un ton impatient. Vous avez trouvé sa requête. Il a été tué avant de pouvoir la soumettre à un juge.

J'essayai de tout relier ensemble, mais il me manquait des pièces.

– Je ne comprends pas, Walter, dis-je. Il voulait repousser le procès et c'est à cause de ça qu'il a été tué ? Pourquoi ?

Il se pencha au-dessus de la table et murmura plus qu'il ne parla.

– Bien, vous l'aurez cherché. Je vais vous le dire, mais ne venez pas me dire après que vous auriez préféré ne pas savoir. Oui, il y a bien eu pot-de-vin. Vincent l'a payé et tout allait bien. La date du procès a été fixée et nous n'avions plus qu'à être prêts à y aller. Il fallait qu'on respecte les dates. Pas de retards et pas question de repousser. Sauf qu'il a changé d'avis et a voulu repousser.

– Pourquoi ?

– Je ne sais pas. Il devait penser pouvoir gagner le procès sans ce petit arrangement.

Il m'apparut alors qu'Elliot n'était pas au courant des coups de fil du FBI et de l'intérêt que celui-ci portait à Vincent. Si ç'avait été le cas, ç'aurait été le moment d'en parler. L'intérêt du FBI pour Vincent aurait constitué une raison comme une autre de repousser un procès avec corruption de jurés.

– C'est donc d'avoir repoussé le procès qui lui a valu d'être tué ?

– C'est ce que je pense, oui.

– L'avez-vous tué, Walter ?

– Je ne tue pas les gens.

– L'avez-vous fait tuer alors ?

Il hocha la tête d'un air las.

– Non, je ne fais pas tuer les gens non plus.

Un garçon s'approcha du box avec un plateau et une petite table roulante, nous nous redressâmes pour le laisser travailler. Il ôta les arêtes de nos poissons et plaça ces derniers dans nos assiettes, qu'il posa devant nous avec deux petits pots remplis de *beurre blanc*[1]. Il posa ensuite le deuxième martini-vodka d'Elliot à côté, avec deux verres à vin. Déboucha la bouteille qu'Elliot avait commandée et lui demanda s'il tenait à goûter le vin tout de suite. Elliot lui fit signe que non et lui dit de s'en aller.

– Bien, dis-je lorsque nous fûmes à nouveau seuls. Revenons au pot-de-vin. Qui l'a reçu ?

Elliot descendit son deuxième martini d'un coup.

– Ça devrait sauter aux yeux, dit-il. Il suffit de réfléchir.

1. En français dans le texte. *(NdT.)*

– Alors, je dois être con. Donnez-moi un coup de main.

– Un procès qui ne peut pas être repoussé. Pourquoi ?

Je gardai les yeux fixés sur lui, mais je ne le regardais plus. Je me mis à réfléchir à la devinette jusqu'à ce que la solution me vienne. Je dressai la liste de toutes les possibilités… le juge, le procureur, les flics, les témoins, les jurés… Je compris alors qu'il n'y avait qu'un point d'intersection possible entre un pot-de-vin et un procès qu'on ne peut pas repousser. Il n'y avait qu'un élément qui pouvait changer si le procès était repoussé à une date ultérieure. Le juge, le procureur et tous les témoins, de ce côté-là rien ne changerait que le procès se tienne à telle ou telle autre date. Seul le pool de jurés changeait toutes les semaines.

– Vous avez un infiltré dans le jury, dis-je. Vous avez acheté quelqu'un.

Il ne réagit pas. Il me laissa poursuivre mon raisonnement. Je me repassai tous les visages dans la tête. Deux rangées de six jurés. Je m'arrêtai sur le numéro sept.

– C'est le numéro sept, dis-je. Vous vouliez qu'il reste. Vous saviez. C'est lui votre infiltré. Qui est-ce ?

Il hocha légèrement la tête et me servit son demi-sourire. Avala sa première bouchée de poisson avant de répondre à ma question avec autant de calme que s'il me parlait des chances des Lakers aux matchs de barrage et pas du tout du truquage d'un procès pour meurtre.

– Je ne sais absolument pas qui c'est et ça m'importe assez peu. Il est à nous. On nous a dit que ce serait le numéro sept. Et ce n'est pas un endormi. C'est quelqu'un qui sait persuader. Quand on en sera aux délibérations, il saura retourner la vague pour la défense. Avec le dossier qu'a bâti Vincent et la façon dont vous le portez, il n'y faudra sans doute pas beaucoup plus qu'une petite poussée à donner. Je parie que nous aurons le verdict que nous voulons. Au pire, il tiendra ferme sur l'acquittement et nous aurons un jury qui ne pourra pas décider. Et si c'est ça qui se produit, nous n'aurons qu'à recommencer et tout reprendre du début. Jamais je ne serai condamné, Mickey. Jamais.

Je repoussai mon assiette. Je ne pouvais plus manger.

– Walter, lui dis-je, on arrête les devinettes. Dites-moi comment ça s'est passé. Depuis le début.

– Depuis le début ?

– Depuis le début.

Il eut un petit rire à cette idée et se versa un verre de vin sans commencer par le goûter. Un garçon se précipita pour faire ce qu'il fallait, mais Elliot agita la bouteille pour lui faire signe de s'en aller.

– C'est une longue histoire, Mickey. Vous voulez un verre de vin pour aller jusqu'au bout ? me demanda-t-il en tenant le goulot de la bouteille au-dessus de mon verre vide.

Je fus tenté, mais je refusai d'un hochement de tête.

– Non, Walter, lui dis-je. Je ne bois pas.

– Je ne suis pas sûr de pouvoir faire confiance à quelqu'un qui ne boit pas de temps en temps.

– Je suis votre avocat. Vous pouvez me faire confiance.

– Je faisais aussi confiance au dernier et voyez un peu où ça l'a conduit.

– Pas de menaces, Walter. Contentez-vous de me raconter l'histoire.

Il but un grand coup et reposa son verre un peu trop fort sur la table. Puis il regarda autour de lui pour voir si quelqu'un l'avait remarqué et j'eus l'impression qu'il jouait la comédie. En fait, il voulait voir si quelqu'un nous surveillait. Je vérifiai moi aussi, sans que ça se voie. Je ne vis ni Bosch ni quelqu'un d'autre que j'aurais pu prendre pour un flic.

Elliot entama son récit.

– Quand on débarque à Hollywood, peu importe qui on est et d'où on vient du moment qu'on a une certaine chose dans la poche.

– Du fric.

– Voilà. Je suis arrivé ici il y a vingt-cinq ans, et du fric, j'en avais. Je l'ai investi dans deux ou trois films, puis dans un studio à la noix dont tout le monde se foutait. Et j'en ai fait un concurrent plus que sérieux. Dans cinq ans, ce n'est plus des Big Four qu'on parlera, mais des Big Five. Archway sera tout en haut de la liste, avec Paramount, Warner et les autres.

Je n'avais pas prévu de retourner vingt-cinq ans en arrière quand je lui avais demandé de reprendre l'histoire du début.

– D'accord, Walter, vos succès, je connais. Qu'est-ce que vous êtes en train de me dire ?

– Que ce n'était pas mon argent. Quand je suis arrivé ici, ce n'était pas mon argent.

– Je croyais que l'histoire, c'était que vous sortiez d'une famille qui possédait une mine de phosphate ou une compagnie de navigation en Floride.

Il acquiesça vigoureusement.

– Tout ça est vrai, mais ça dépend de ce qu'on entend par famille.

La solution me vint lentement.

– Vous êtes en train de me parler de la Mafia, Walter ?

– Je suis en train de vous parler d'une organisation qui a un cash-flow extraordinaire en Floride et qui avait besoin de monter des affaires légales pour l'écouler et faire en sorte que les types qui les montaient opèrent à découvert. Et dans cette organisation, j'étais comptable. Un de ces types, quoi.

L'explication était simple. La Floride, vingt-cinq ans plus tôt. L'apogée des flux illimités de fric et de cocaïne.

– On m'a expédié à l'ouest, reprit-il. J'avais une histoire et des valises bourrées d'argent. Et j'adorais le cinéma. Je savais comment choisir les films et en faire le montage financier. J'ai pris Archway et j'en ai fait une entreprise qui vaut un milliard de dollars. Et là, ma femme…

Un air de regret plein de tristesse passa sur son visage.

– Quoi, Walter ?

Il hocha la tête.

– Le matin de notre douzième anniversaire de mariage… et notre contrat de mariage était avalisé… elle m'a informé qu'elle me quittait. Elle allait divorcer.

J'acquiesçai d'un signe de tête. J'avais compris. Le contrat de mariage avalisé, Mitzi Elliot allait avoir droit à la moitié des avoirs d'Archway Pictures. Sauf que Walter, lui, n'était qu'un homme de paille. En réalité, ses avoirs appartenaient à l'organisation et ce n'était pas le genre d'organisation qui autorise la moitié de ses investissements à filer avec une jupe sur les fesses.

– J'ai essayé de la faire changer d'avis, reprit Elliot. Pas moyen qu'elle m'écoute. Elle était tombée amoureuse de ce fumier de nazi et croyait qu'il pourrait la protéger.

– C'est l'organisation qui l'a fait assassiner.

Dire ces mots à voix haute me parut des plus étranges. Je ne pus m'empêcher de regarder autour de moi et de balayer la salle des yeux.

– Je n'étais pas censé être là ce jour-là, enchaîna-t-il. On m'avait dit de me tenir à l'écart et de m'assurer que j'avais un alibi en béton.

– Alors pourquoi y êtes-vous allé ?

Il me fixa des yeux avant de me répondre.

– Dieu sait comment, je l'aimais encore. Je l'aimais encore et je la désirais. Je voulais me battre pour elle.

Je suis allé à Malibu pour essayer d'arrêter ça, d'être disons… le héros, de tout enrayer et de la regagner. Je ne sais pas. Je n'avais pas de plan. Tout ce que je voulais, c'est que ça ne se fasse pas. Alors j'y suis allé… mais c'était trop tard. Ils étaient tous les deux morts quand je suis arrivé. Horrible, c'était…

Il avait le regard fixe, les souvenirs lui revenaient, peut-être même la scène dans la chambre. Je baissai les yeux sur la nappe blanche devant moi. Aucun avocat de la défense ne s'attend à ce que son client lui dise toute la vérité. Des bouts, oui. Mais jamais la vérité dure, glaciale, complète. Je ne devais pas oublier qu'il y avait sans doute d'autres choses qu'il avait laissées de côté. Mais ce qu'il venait de m'avouer suffisait pour l'instant. L'heure était venue de parler du pot-de-vin.

– Et c'est là que Jerry Vincent a débarqué, dis-je pour l'encourager.

Ses yeux reprirent leur éclat et il me regarda.

– Oui, dit-il.

– Parlez-moi du pot-de-vin.

– Je n'ai pas grand-chose à en dire. Mon avocat d'affaires m'a mis en rapport avec Jerry et il n'y a pas eu de problème. Nous avons discuté des honoraires et un jour il est venu me voir… c'était au début, il y a au moins cinq mois de ça… et m'a dit qu'il avait été approché par quelqu'un qui pouvait truquer le jury. Vous savez bien… y faire entrer quelqu'un qui serait à nous. Quoi qu'il arrive, non seulement il demanderait l'acquittement, mais en plus il travaillerait pour la défense de l'intérieur… pendant le délibéré. Il saurait parler et aurait toutes les qualités requises pour convaincre… un arnaqueur, quoi. Le seul problème était qu'une fois le bazar mis en route, il fallait absolument que le procès se tienne à la date prévue de façon à ce que ce type puisse y être retenu comme juré.

– Et Jerry et vous avez accepté l'offre.

– Nous l'avons acceptée, oui. Ça remonte à cinq mois. À l'époque, je n'avais pas grand-chose côté défense. Je n'avais pas tué ma femme, mais j'avais tout contre moi. On n'avait pas d'argument miracle… et j'avais peur. J'étais innocent, mais je voyais bien que j'allais être condamné. C'est pour ça qu'on a accepté l'offre.

– Combien ?

– Cent mille d'avance. Comme vous vous en êtes aperçu, c'est avec une partie des honoraires que Jerry a payé. Il les avait gonflés, je l'ai payé et il a réglé le juré. Après, il allait falloir payer cent mille de plus pour un jury dans l'impossibilité de décider et deux cent cinquante de mieux pour un acquittement. Jerry m'a dit que ces gens-là l'avaient déjà fait.

– Vous voulez dire… truquer un jury ?

– Oui, c'est ce qu'il a dit.

Je songeai que le FBI avait peut-être eu vent des truquages précédents et que c'était pour cette raison qu'il s'intéressait à Vincent.

– C'était pour des procès de Jerry ?

– Il ne me l'a pas dit et je ne le lui ai pas demandé.

– Vous a-t-il jamais signalé que le FBI reniflait de votre côté ?

Il se renversa en arrière comme si je venais de lui dire quelque chose de répugnant.

– Non. C'est ça qui est en train de se passer ? me demanda-t-il, l'air inquiet.

– Je ne sais pas, Walter. Je ne fais que poser des questions. Mais Jerry vous avait bien dit qu'il allait repousser le procès, c'est ça ?

Il fit oui de la tête.

– Oui. Ce lundi-là. Il m'a dit qu'on n'avait plus besoin du truquage. Il avait l'argument miracle et il allait gagner sans l'aide de l'infiltré.

– Et c'est ça qui l'a tué.

– Je ne vois pas d'autre explication. Je ne pense pas que ces gens-là soient du genre à vous laisser changer d'avis et vous sortir un truc comme ça.

– De quel genre de gens parlez-vous ? Les gens de l'organisation ?

– Je ne sais pas. Juste ce genre de gens. Les gens qui font ce genre de trucs.

– Avez-vous dit à quiconque que Jerry avait l'intention de repousser la date du procès ?

– Non.

– Vous êtes sûr ?

– Évidemment que j'en suis sûr !

– Alors à qui Jerry l'a-t-il dit ?

– Comme si je le savais !

– Eh bien mais… avec qui Jerry a-t-il conclu affaire ? Qui a-t-il corrompu ?

– Ça non plus, je ne le sais pas. Il ne voulait pas me le dire. Pour lui, il valait mieux que je ne sache pas les noms. Exactement ce que je suis en train de vous dire.

C'était un peu trop tard pour ça. Il fallait qu'on arrête et que je puisse m'en aller pour réfléchir. Je jetai un coup d'œil à l'assiette de poisson à laquelle je n'avais pas touché et me demandai si je n'allais pas la faire emballer pour Patrick ou si quelqu'un la mangerait dans les cuisines.

– Vous savez, reprit Elliot, je ne veux pas vous mettre encore plus la pression, mais si je suis condamné, c'est la mort.

Je le regardai.

– L'organisation ?

Il acquiesça d'un signe de tête.

– Dès qu'un type se fait coffrer, il devient encombrant. Normalement, ils le zigouillent avant même qu'il ne passe au tribunal. Ils ne tentent pas le coup qu'il essaie de trouver un arrangement. Sauf que moi, je contrôle encore leur fric, vous voyez ? Qu'ils me flinguent et ils perdront tout. Archway, les immeubles, tout. Ce qui fait qu'ils ont décidé d'attendre et qu'ils observent. Si je m'en sors, tout retourne à la normale et c'est bon. Si je suis condamné, je serai bien trop encombrant pour eux et je ne durerai pas deux nuits en prison. C'est là qu'ils m'auront.

Il est toujours bon de connaître exactement les enjeux, mais je pense que j'aurais pu me passer de ce rappel.

– C'est à une autorité supérieure que nous avons affaire, reprit Elliot. Ça dépasse et de loin les trucs du genre confidentialité des rapports client-avocat. Tout ça, c'est de la petite monnaie, Mick. Ce que je viens de vous dire ce soir ne doit pas sortir d'ici. Ça ne doit absolument pas transparaître au tribunal ou ailleurs. Ce que je viens de vous dire ici pourrait vous coûter la vie en un rien de temps. Exactement comme Jerry. Ne l'oubliez pas.

Il avait parlé d'un ton neutre et conclut sa déclaration en vidant très calmement son verre de vin. Mais la menace était implicite dans chacun des mots qu'il avait prononcés. Je n'aurais aucun mal à ne pas l'oublier.

Il fit signe au garçon et demanda l'addition.

42

Je remerciai le ciel que mon client préfère boire ses martinis-vodka avant le dîner et son chardonnay pendant et après le repas. Je suis sûr que je ne lui aurais pas soustrait tous ces renseignements si l'alcool n'avait pas arrondi les angles et ne lui avait pas délié la langue. Mais après, je ne voulais pas courir le risque de le voir arrêté pour conduite en état d'ivresse en plein milieu d'un procès pour meurtre. Mais Elliot m'avertit qu'il n'avait aucune intention de laisser sa Maybach à quatre cent mille dollars toute la nuit dans un garage du centre-ville. Je demandai donc à Patrick de nous conduire à sa voiture et ramenai Elliot chez lui, Patrick nous suivant dans la Lincoln.

– Cette voiture vous a coûté quatre cents bâtons ? lui demandai-je. J'ai la trouille de la conduire.

– Un peu moins, en fait.

– Ouais, bon mais… vous n'avez rien d'autre comme voiture ? Quand je vous ai dit de ne pas venir en limousine, je ne m'attendais pas à ce que vous vous rameniez au tribunal dans un truc de ce genre. Pensez un peu à l'impression que vous faites, Walter. Ça n'est pas bon. Rappelez-vous ce que vous m'avez dit le premier jour. Vous savez… l'histoire de gagner le procès à l'extérieur de la salle d'audience ? Ce n'est pas une voiture comme celle-là qui va vous y aider.

– Mon autre voiture est une Carrera GT.

– Génial. Et ça vaut ?

– Plus que celle-là.

– Que je vous dise… pourquoi vous ne m'emprunte-riez pas une de mes Lincoln ? J'en ai même une avec une plaque NOT GUILTY[1]. Vous pourriez la conduire.

– Ne vous inquiétez pas. J'ai accès à une jolie Mercedes, très modeste. Ça ira ?

– Ça sera parfait. Walter, malgré tout ce que vous m'avez dit ce soir, je vais faire de mon mieux pour vous. Je crois que nous avons une assez bonne chance de l'emporter.

– Vous pensez donc que je suis innocent.

J'hésitai.

– Je pense que vous n'avez effectivement abattu ni votre femme ni Rilz. Je ne suis pas certain que ça vous rende innocent, mais… disons ça comme ça : je ne pense pas que vous soyez coupable des crimes dont on vous accuse. Et moi, c'est tout ce dont j'ai besoin.

Il hocha la tête.

– Je ne peux peut-être pas demander plus. Merci, Mickey.

Après, nous ne nous parlâmes guère tandis que je fai-sais de mon mieux pour ne pas lui bousiller une voiture qui coûtait plus que la maison des trois quarts des gens.

Elliot habitait à Beverly Hills, dans une communauté fermée des flats[2], au sud de Sunset. Il appuya sur un bouton logé dans le toit de la voiture et, le portail s'ouvrant, nous nous glissâmes à l'intérieur de la pro-priété, Patrick juste derrière nous dans la Lincoln. Nous descendîmes et je tendis les clés à Elliot. Il me demanda si je voulais entrer boire un verre, je lui rap-pelai que je ne buvais pas. Il me tendit la main, je la lui serrai et me sentis mal à l'aise, comme si nous scel-lions une manière d'accord sur ce qui venait d'être

1. Soit « Pas coupable ». *(NdT.)*
2. Soit « les plaines » ou « les marécages ». *(NdT.)*

révélé. Je lui souhaitai bonne nuit et montai à l'arrière de ma Lincoln.

Dans ma tête, les rouages n'arrêtèrent pas de tourner jusqu'à ce que j'arrive chez moi. Patrick avait vite appris à me deviner et semblait avoir compris que ce n'était pas le moment d'interrompre mes pensées avec de menus bavardages. Il me laissa travailler.

Je restai appuyé à la portière à regarder dehors, mais sans voir les néons du monde extérieur qui défilaient devant moi. Je pensais à Jerry Vincent et à l'accord qu'il avait conclu avec des inconnus. Il n'était pas difficile de deviner comment ça s'était passé. La question de savoir avec qui il avait conclu était une tout autre affaire.

Je savais que les jurés étaient choisis selon un système faisant appel au hasard et ce, à plusieurs niveaux. Cela permettait d'assurer l'intégrité du jury et la diversité sociale de sa composition. Le premier pool de centaines de citoyens appelés chaque semaine à faire partie d'un jury était choisi au hasard, à partir de listes d'électeurs, de titres de propriété et de registres de personnels des services publics. Les jurés potentiels retenus dans ce grand groupe et assignés à tel ou tel procès étaient encore une fois choisis au hasard – cette fois à l'aide d'un ordinateur du tribunal. La liste de ces jurés potentiels était alors confiée au juge en charge du procès, les douze premiers noms ou numéros codés de la liste étant ensuite appelés à s'asseoir dans le box pour le premier tour du processus de sélection. Et, là aussi, l'ordre des noms ou des numéros sur la liste dépendait entièrement d'un choix aléatoire généré par ordinateur.

Elliot m'avait dit qu'après que la date de son procès eut été fixée, Jerry Vincent avait été approché par un inconnu qui l'avait informé qu'un infiltré ferait partie du jury. Le hic était que le procès ne pouvait absolument pas être repoussé. Que la date du procès vienne à changer et l'infiltré ne pourrait plus faire partie du jury. Tout cela me disait que cet inconnu avait accès à tous les stades de la procédure de sélection aléatoire – à l'envoi des citations à faire partie du jury à tel ou tel autre tribunal et pour telle ou telle date ; au choix du pool de jurés pour le procès d'Elliot et à la sélection des douze premiers jurés potentiels à rejoindre le box.

Une fois dans le box, c'était à l'infiltré de faire ce qu'il fallait pour y rester. La défense sachant qu'il ne fallait pas le virer en usant d'une révocation non motivée, il reviendrait à l'infiltré de sembler pencher pour l'accusation afin de ne pas être éjecté par celle-ci. Tout cela était en effet assez simple du moment que la date du procès ne changeait pas.

Envisager l'affaire sous cet angle me donna une meilleure compréhension de la manipulation que cela impliquait et une idée de l'individu qui aurait pu la monter. Cela me donna aussi une meilleure compréhension du problème éthique devant lequel je me trouvais. Elliot m'avait avoué plusieurs crimes pendant le repas. Mais comme j'étais son avocat, ces aveux pouvaient rester confidentiels car garantis par le secret des relations client-avocat. Seule exception à cette règle : si je me retrouvais en danger parce que détenteur de ces informations ou si j'avais connaissance d'un crime prévu mais pas encore commis. Je savais que quelqu'un avait été soudoyé par Jerry Vincent. Mais ce crime avait été déjà commis. Au contraire du truquage du jury qui, lui, n'avait pas encore eu lieu : étant donné qu'il ne serait avéré qu'au début des délibérations du jury, je me devais de le signaler. Elliot n'avait pas l'air de connaître cette exception à la règle de confidentialité des rapports avocat-client ou bien il était convaincu que la menace de finir comme Jerry Vincent saurait me retenir d'en référer au juge.

En réfléchissant à tout cela, je m'aperçus qu'il y avait une autre exception à envisager. Je n'aurais pas à rapporter ce truquage à qui que ce soit si j'arrivais à l'empêcher.

Je me redressai et regardai autour de moi. Nous roulions dans Sunset Boulevard et approchions de West Hollywood. Je regardai devant moi et vis un panneau familier.

– Patrick, dis-je, arrêtez-vous devant la librairie Book Soup. Je veux y entrer une minute.

Patrick gara la Lincoln le long du trottoir devant le magasin. Je lui dis de m'attendre et bondis hors de la voiture. Je franchis la porte d'entrée et gagnai les rayonnages du fond. J'adorais ce magasin, mais je n'étais pas là pour y faire des achats. J'avais besoin de passer un coup de fil et je ne voulais pas que Patrick m'entende.

L'allée des romans policiers était envahie de clients. Je m'enfonçai encore dans le magasin et trouvai une alcôve vide, où des livres d'art s'empilaient dans les rayons et sur des tables basses. Je sortis mon portable et appelai mon enquêteur.

– Cisco, c'est moi, dis-je. Où es-tu ?

– À la maison. Qu'est-ce qu'il y a ?

– Lorna est là ?

– Non, elle est allée au cinéma avec sa sœur. Elle devrait rentrer dans…

– Pas de problème. C'est à toi que je voulais parler. Je voudrais que tu fasses quelque chose pour moi, mais tu pourrais très bien ne pas vouloir. Je comprendrais que tu refuses. De toute façon, je veux que tu n'en parles à personne. Lorna y compris.

Il eut un moment d'hésitation avant de répondre.

– Bon alors, qui faut-il que je tue ?

Nous nous mîmes tous les deux à rire, ce qui fit baisser un peu la tension qui montait depuis le début de la soirée.

– On pourra parler de ça plus tard, mais mon truc pourrait être tout aussi délicat. Je veux que tu files quelqu'un et que tu trouves tout ce que tu peux sur lui. L'ennui, c'est que si tu te fais prendre, y a des chances pour qu'on y perde nos licences tous les deux.

– De qui s'agit-il ?

– Du juré numéro sept.

43

Aussitôt remonté dans la Lincoln, je regrettai ce que je venais de faire. J'étais en train de franchir des lignes jaunes bien ténues et cela risquait de me conduire à la catastrophe. S'il est parfaitement raisonnable que l'avocat enquête sur des allégations de corruption et de truquage de jury, il est tout à fait possible que cette enquête soit elle aussi considérée comme une tentative de truquage. Le juge Stanton avait pris des mesures pour assurer l'anonymat du jury et je venais, moi, de demander à mon enquêteur de subvertir le processus. Si jamais cela nous pétait au nez, Stanton serait plus que vexé et ferait nettement plus que me regarder d'un sale œil. Il ne s'agissait pas là d'une petite infraction en l'air. Il se plaindrait au barreau, au bâtonnier et cela irait jusqu'aux juges de la Cour suprême de l'État s'il arrivait à les convaincre de l'écouter. Il ferait tout pour que le procès Elliot soit mon dernier.

Patrick me ramena à Fareholm Drive et rentra la voiture dans le garage sous la maison. Nous descendîmes de la Lincoln et montâmes les marches conduisant à la terrasse. Il était presque 10 heures du soir et j'étais crevé après cette journée de travail de quatorze heures. Mais l'adrénaline repartit aussitôt à flots lorsque je vis un type assis dans un de mes fauteuils, son visage se découpant en ombre chinoise sur les lumières de la ville dans son dos. Je tendis le bras pour empêcher

Patrick d'avancer, tel le père arrêtant son enfant qui s'apprêtait à traverser sans regarder.

– Salut, maître.

Bosch. Je reconnus sa voix et sa manière de saluer. Je me détendis et laissai Patrick se remettre à monter. Nous passâmes sur la terrasse et je déverrouillai la porte pour laisser entrer Patrick. Puis je fermai la porte derrière lui et me tournai vers Bosch.

– Jolie vue, dit-il. C'est en défendant des sacs à merde que vous vous êtes payé ça ?

J'étais trop fatigué pour reprendre ce petit pas de deux avec lui.

– Qu'est-ce que vous faites ici, inspecteur ? lui demandai-je.

– Je me suis dit que vous alliez sans doute rentrer à la maison après votre petit tour à la librairie. Alors j'ai pris les devants et je vous ai attendu ici.

– Eh bien… j'ai fini pour la journée. Vous pouvez avertir votre équipe, si équipe il y a.

– Qu'est-ce qui vous fait croire qu'il n'y a pas ?

– Je ne sais pas. C'est juste que je n'ai vu personne. J'espère que vous ne me racontiez pas des conneries, Bosch. J'y risque sérieusement mes fesses, moi, là-dedans.

– Après l'audience, vous avez dîné avec votre client au Water Grill. Vous avez tous les deux pris des filets de sole et l'un comme l'autre vous avez parlé fort à certains moments. Votre client ayant pas mal bu, vous l'avez ramené chez lui dans sa voiture. En revenant ici, vous vous êtes arrêté à Book Soup et vous avez passé un coup de fil que vous ne vouliez manifestement pas que votre chauffeur entende.

Impressionnant.

– Bon d'accord, on oublie, dis-je. Je comprends. Vous avez une équipe. Qu'est-ce que vous voulez, Bosch ? Qu'est-ce qui se passe ?

Il se leva et s'approcha.

– J'allais vous poser la même question, dit-il. Qu'est-ce qu'il avait qui le chagrinait si fort au dîner, votre client ? Et qui avez-vous appelé au fond de la librairie ?

– Et d'un, Elliot est mon client et je ne vais pas vous dire de quoi nous avons parlé. Pas question de franchir cette ligne jaune avec vous. Quant au coup de fil que j'ai passé à la librairie, sachez que c'était pour commander une pizza vu que, et vous et vos collègues avez dû le remarquer, je n'ai rien mangé ce soir. Et donc, restez un peu si vous en voulez une tranche.

Il me regarda avec son demi-sourire, l'air entendu qu'il prenait avec ses yeux au regard mort.

– Alors, c'est comme ça que vous voulez jouer le coup, maître ?

– Pour l'instant.

Nous gardâmes le silence un bon moment. Nous restâmes plantés là, à attendre la prochaine repartie astucieuse. Ne la voyant pas venir, je décidai que j'étais vraiment fatigué et que j'avais vraiment faim.

– Bonne nuit, inspecteur Bosch.

J'entrai, refermai la porte derrière moi et laissai Bosch tout seul sur la terrasse.

44

Je ne pus m'attaquer à l'inspecteur Kinder que tard dans l'après-midi du mardi, après que le procureur eut passé quelques heures de plus à détailler tous les aspects de l'enquête dans son interrogatoire. De fait, cela jouait pour moi. À mes yeux, les jurés – et Julie Favreau me le confirma par texto – commençaient à s'ennuyer tant sa déposition était minutieuse ; ils étaient prêts à passer à d'autres questions.

L'interrogatoire tournait essentiellement autour des efforts déployés par les enquêteurs après l'arrestation de Walter Elliot. Kinder décrivit ainsi par le menu la façon dont il avait décortiqué le mariage de l'accusé et découvert la présence d'un contrat de mariage récemment validé, comment aussi il avait suivi tout ce qu'Elliot avait fait pendant les semaines qui avaient précédé les meurtres pour savoir combien d'argent, en plus de la perte de contrôle des studios Archway, il perdrait dans un divorce. À l'aide d'un tableau chronologique, il réussit à établir, grâce aux déclarations et aux allées et venues d'Elliot, que celui-ci n'avait pas d'alibi crédible pour le moment où l'on estimait que les meurtres avaient été commis.

Golantz prit également le temps d'interroger Kinder sur toutes les impasses et toutes les conséquences qui en avaient découlé et avaient un rapport avec l'enquête. Il décrivit ainsi nombre de pistes sans fondement qu'on avait envisagées et suivies ainsi qu'il convenait, l'enquête qu'on avait menée sur Johan Rilz afin de déterminer s'il avait été la cible première de l'assassin, et les comparaisons avec d'autres affaires de double assassinat qui ressemblaient à celle-là et n'avaient toujours pas été résolues.

Dans l'ensemble, Golantz et Kinder semblaient avoir fait du bon boulot pour coller les meurtres de Malibu sur le dos de mon client, tellement même qu'en milieu d'après-midi le jeune procureur fut suffisamment content pour déclarer : « Je n'ai plus de questions à poser, monsieur le juge. »

Mon tour étant enfin arrivé, je décidai de m'en prendre à Kinder en l'interrogeant en contre sur trois points précis de ses déclarations, puis de le surprendre avec un direct au foie. Je me dirigeai vers le lutrin pour attaquer.

– Inspecteur Kinder, lui lançai-je, je sais que le légiste viendra déposer ici plus tard, mais vous avez déclaré avoir été informé, après autopsie, que Mme Elliot et M. Rilz étaient décédés entre 11 heures du matin et midi.

– Exact.

– Était-ce plus près de 11 heures ou de midi ?

– Il est impossible de l'affirmer. Il ne s'agit là que d'un créneau horaire.

– Bien, et une fois que vous avez eu cette estimation, vous vous êtes assuré que l'homme que vous aviez déjà arrêté n'avait pas d'alibi pour ces heures-là, c'est ça ?

– Je ne dirais pas ça comme ça, non.

– Comment le diriez-vous donc ?

– Je dirais qu'il était de mon devoir de poursuivre l'enquête et de préparer le dossier pour le procès. Une part de nos obligations de diligence consiste à rester ouverts à la possibilité que le suspect ait effectivement un alibi pour les meurtres. C'est en respectant cet impératif que j'ai déterminé, après de nombreux interrogatoires et en étudiant les relevés des allées et venues répertoriées au portail d'Archway Pictures, que M. Elliot avait quitté ses studios en voiture à 10 h 40 ce matin-là. Cela lui donnait tout le temps de…

– Merci, inspecteur. Vous avez répondu à ma question.

– Je n'ai pas fini ma réponse.

Golantz se leva et demanda au juge si le témoin pouvait finir sa réponse et Stanton le lui accorda. Kinder continua sa déposition dans le style études de criminologie première année.

– Comme je le disais, enchaîna-t-il, cela donnait à M. Elliot tout le temps de se rendre à la maison de Malibu dans les paramètres du créneau heure estimée de la mort.

– « Tout le temps », dites-vous ?

– Assez en tout cas.

– Un peu plus tôt, vous nous avez dit avoir effectué vous-même ce trajet plusieurs fois. Quand ça ?

– La première fois, je l'ai fait exactement une semaine après les meurtres. Je me suis rendu à la maison de Malibu en partant de l'entrée des studios à 10 h 40 du matin. J'y suis arrivé à 11 h 42, soit tout à fait dans la fenêtre du meurtre.

– Comment pouviez-vous être sûr d'emprunter le même itinéraire que M. Elliot ?

– Je n'en étais pas sûr. J'ai pris celui qui me paraissait le plus évident et le plus rapide. En général, on ne prend pas par le plus long. On prend les raccourcis… ce qui conduit le plus vite au point d'arrivée. D'Archway je suis passé par Melrose Avenue et La Brea jusqu'à l'autoroute 10. Là, j'ai viré plein ouest, vers le Pacific Coast Highway.

– Comment étiez-vous sûr de rencontrer la même circulation que M. Elliot ?

– Je n'en étais pas sûr.

– À Los Angeles, la circulation peut être sacrément imprévisible, non ?

– Exact.

– Est-ce pour cette raison que vous avez fait le trajet plusieurs fois ?

– C'en est effectivement une.

– Bien, inspecteur Kinder. Vous avez déclaré avoir effectué ce trajet un total de cinq fois et que chaque fois vous êtes arrivé à la maison de Malibu avant que votre « fenêtre de meurtre » ne se referme, c'est bien ça ?

– C'est bien ça.

– Au vu de ces cinq tests de parcours, à quelle heure êtes-vous arrivé le plus tôt à la maison de Malibu ?

Il consulta ses notes.

– Je dirais que c'est au premier essai et j'y suis arrivé à 11 h 42.

– Et le plus tard ?

– Le plus tard ?

– Oui, combien de temps vous a pris votre plus long trajet sur les cinq ?

Il consulta de nouveau ses notes.

– Le plus tard que j'y sois arrivé est à 11 h 51.

– D'accord, ce qui fait que votre meilleur chrono nous laisse encore dans le dernier tiers de la fenêtre du légiste pour l'heure des meurtres et le pire aurait laissé moins de dix minutes à M. Elliot pour se glisser dans la maison et y tuer deux personnes. C'est ça ?

– Oui, c'est ça, mais ça restait possible.

– Possible ? Vous n'avez pas l'air d'être très sûr de ce que vous avancez, inspecteur.

– Je suis tout à fait sûr que l'accusé a eu le temps de commettre ces meurtres.

– Mais seulement dans l'hypothèse où ces meurtres se seraient produits à un minimum de quarante-deux minutes après l'ouverture de la fenêtre, c'est bien ça ?

– Si on veut voir les choses sous cet angle.

– Ce n'est pas sous cet angle que je les vois, inspecteur. Je réfléchis avec les données que nous a fournies le légiste. Et donc, ceci pour résumer les choses à l'intention des jurés, vous nous dites que M. Elliot a quitté son studio à 10 h 40, qu'il a fait tout le trajet jusqu'à Malibu, qu'il s'est glissé dans sa maison, qu'il y a surpris son épouse et l'amant de cette dernière dans la chambre à l'étage et qu'il les a tués tous les deux, tout ça avant que la fenêtre ne se referme en claquant. Est-ce que je me trompe ?

– En gros, non.

Je hochai la tête comme si ça faisait beaucoup de choses à avaler.

– Bien, inspecteur, repris-je. Passons à autre chose. Pourriez-vous dire au jury combien de fois vous avez commencé à rouler et avez renoncé parce que vous saviez que vous n'arriveriez jamais à destination avant que votre « fenêtre » ne se referme ?

– Ça ne s'est jamais produit.

Mais il avait marqué une légère hésitation dans sa réponse et je fus certain que les jurés l'avaient remarqué.

– Répondez par oui ou par non, inspecteur. Si je vous sortais des documents attestant que vous avez quitté Archway sept fois à 10 h 40 du matin et pas seulement cinq, ces documents seraient-ils des faux ?

Il regarda brièvement Golantz avant de revenir sur moi.

– Ce que vous laissez entendre ne s'est pas produit, dit-il.

– Et vous, vous ne répondez toujours pas à ma question, inspecteur. Encore une fois, répondez par oui ou par non. Si je présentais à la cour des documents montrant que vous avez tenté cette expédition au moins sept fois, mais que vous n'en déclarez que cinq, ces documents seraient-ils des faux ?

– Non, mais je n'ai pas…

– Merci, inspecteur. Je vous demandais de ne me répondre que par oui ou par non.

Golantz se leva et demanda au juge de permettre au témoin de répondre entièrement à la question, mais Stanton lui répondit qu'il pourrait revenir sur ce point en contre. Mais là, ce fut moi qui hésitai. Sachant que Golantz reprendrait les explications de Kinder après moi, j'avais la possibilité de les avoir tout de suite, voire de contrôler la situation et de tourner cet aveu en ma faveur. Le pari était risqué dans la mesure où je pensais avoir déjà bien sonné Kinder. Et si je continuais dans ce sens jusqu'à ce que la séance soit levée pour la journée, les jurés rentreraient chez eux avec des doutes sur l'intégrité de la police, doutes qui leur trotteraient dans la tête jusqu'au lendemain. Et ça, ça n'était jamais mauvais.

Je décidai de tenter le coup et d'essayer de maîtriser la suite.

– Inspecteur, dites-nous donc combien de fois vous avez renoncé à aller jusqu'à la maison de Malibu.

– Deux fois.

– À savoir ?

– La deuxième et la dernière fois… la septième.

J'acquiesçai d'un signe de tête.

– Et vous avez renoncé parce que vous saviez que vous n'arriveriez jamais à la maison de Malibu dans votre « fenêtre de meurtres », n'est-ce pas ?

– Non, pas du tout.

– Alors, pourquoi donc avez-vous renoncé ces deux fois ?

– Une fois parce qu'on m'a rappelé au bureau pour interroger quelqu'un qui m'y attendait et l'autre fois, parce que, en écoutant la radio, j'ai entendu un collègue demander des renforts. J'ai donc dévié de mon chemin pour lui porter secours.

– Pourquoi n'avez-vous pas porté ces indications dans votre rapport sur les durées de parcours ?

– Pour moi, elles n'avaient pas de rapport avec le dossier dans la mesure où les essais n'avaient pas été menés à leur fin.

– Ce qui fait que ces essais incomplets ne sont mentionnés nulle part dans ce gros dossier que vous avez devant vous ?

– Non.

– Ce qui fait encore que nous n'avons que votre parole sur les raisons qui vous ont poussé à mettre un terme à ces tests avant d'arriver à Malibu. Correct ?

– Correct, oui.

Je hochai la tête et décidai que je l'avais assez fouetté sur ce point. Je savais que Golantz le réhabiliterait en contre, que peut-être même il apporterait les documents expliquant pourquoi Kinder s'était dérouté. J'espérai néanmoins avoir semé le doute dans l'esprit des jurés. Je me félicitai de ma petite victoire et passai à autre chose.

J'attaquai ensuite Kinder sur le fait qu'on n'avait pas retrouvé l'arme du crime et qu'après six mois d'enquête il ne pouvait toujours pas relier Walter Elliot à une arme quelconque. Je le travaillai de plusieurs côtés de façon à ce qu'il doive encore et encore reconnaître qu'un élément clé de l'enquête et du dossier de l'accusation n'avait toujours pas été retrouvé, même s'il avait assassiné les victimes Elliot n'aurait eu que peu de temps pour cacher l'arme du crime.

Frustré, Kinder finit par s'écrier :

– C'est que l'océan est grand, vous savez, maître Haller !

C'était l'ouverture que j'attendais.

– « Grand », cet océan, inspecteur ? Êtes-vous en train de nous suggérer que M. Elliot avait un bateau et qu'il aurait balancé son arme au milieu du Pacifique ?

– Non, non, rien de tel.

– Quoi alors ?

– Je dis seulement que l'arme aurait pu finir dans l'eau et être emportée au loin par les courants avant l'arrivée de nos plongeurs.

– « Aurait pu », inspecteur ? Vous voulez ôter la vie à M. Elliot sur un simple « aurait pu », inspecteur Kinder ?

– Non, ce n'est pas ce que je dis.

– Ce que vous dites, c'est que vous n'avez pas d'arme, que vous ne pouvez pas relier M. Elliot à une arme, mais que pas une fois vous n'avez hésité à penser que c'était votre homme, c'est ça ?

– Nous avions effectué un test pour savoir s'il y avait des résidus de poudre et les résultats étaient positifs. Pour moi, cela reliait bien M. Elliot à une arme.

– De quelle arme s'agit-il ?

– D'une arme que nous n'avons pas.

– Et vous pourriez nous dire avec toutes les assurances de la science que M. Elliot a tiré des coups de feu le jour où son épouse et Johan Rilz ont été assassinés ?

– C'est-à-dire que… avec toutes les assurances de la science, non, mais les résultats du…

– Merci, inspecteur Kinder. Je pense que cela répond à ma question. Passons à autre chose.

Je tournai la page de mon bloc-notes et jetai un coup d'œil à la liste de questions que j'avais portées sur la suivante la veille au soir.

– Inspecteur Kinder, avez-vous pu, au fil de votre enquête, déterminer à quelle date Johan Rilz et Mitzi Elliot ont fait connaissance ?

– J'ai effectivement déterminé que Mitzi Elliot avait engagé Johan Rilz en qualité de décorateur d'intérieur à l'automne 2005. Je ne sais pas si elle le connaissait avant.

– Et quand sont-ils devenus amants ?

– Il ne nous a pas été possible de le déterminer. Cela dit, je sais que l'agenda de M. Rilz montre des rendez-vous réguliers avec Mme Elliot à ses deux domiciles. Et que leur fréquence a augmenté environ six mois avant le décès de cette dernière.

– M. Rilz a-t-il été payé pour chacun de ses rendez-vous ?

– La comptabilité de M. Rilz est très incomplète. Il nous a été difficile de déterminer s'il a été payé pour tel ou tel rendez-vous précis. En général cependant, les paiements effectués par Mme Elliot au bénéfice de M. Rilz ont augmenté avec la fréquence des rendez-vous.

J'acquiesçai d'un signe de tête comme si cette réponse s'inscrivait parfaitement dans le tableau général que je me faisais de la situation.

– Bien, et dans votre témoignage, vous dites aussi avoir appris que les meurtres se seraient produits à peine trente-deux jours après que la validité du contrat de mariage entre M. et Mme Elliot eut été reconnue, permettant ainsi à celle-ci d'avoir accès aux biens du couple en cas de divorce.

– C'est exact.

– Et pour vous, c'est le mobile de ces meurtres.

– En partie, oui. Je parlerais plutôt de facteur aggravant.

– Voyez-vous la moindre inconsistance dans votre théorie sur ces meurtres, inspecteur Kinder ?

– Non, aucune.

– Il ne vous a pas paru évident à étudier ces documents financiers et à constater la fréquence de ces rendez-vous qu'il y avait une aventure sentimentale, à tout le moins sexuelle, entre M. Rilz et Mme Elliot ?

– Je ne dirais pas que c'était évident.

– Vous ne le diriez pas ? répétai-je en mettant beaucoup de surprise dans ma question.

Je l'avais acculé. À dire que cette aventure était évidente, il me donnerait la réponse qu'il savait parfaitement que j'attendais. À prétendre qu'elle n'était pas évidente, il aurait l'air d'un idiot, tout le monde dans la salle trouvant que c'était l'évidence même.

– Rétrospectivement, ça peut paraître évident, mais sur le coup, pour moi, ce n'était pas clair.

– Mais alors, comment Walter Elliot l'a-t-il découverte ?

– Je ne sais pas.

– Que vous n'ayez pas été capable de trouver l'arme du crime prouve-t-il à vos yeux que Walter Elliot ait planifié ces meurtres ?

– Pas nécessairement.

– Il serait donc facile de cacher une arme à tous les services du shérif ?

– Non, mais comme je vous l'ai déjà dit, elle aurait très bien pu être jetée dans l'océan de la terrasse de derrière et que les courants l'aient emportée au loin. Et ça, ça n'exigerait pas beaucoup de préparation.

Kinder savait ce que je voulais et à quoi je voulais en venir. Voyant que je n'arrivais pas à l'y conduire, je décidai de l'y pousser.

– Inspecteur, vous est-il jamais arrivé de vous dire que si Walter Elliot était au courant de l'aventure de sa femme, il aurait été plus sage de se contenter d'un divorce avant la validation du contrat de mariage ?

– Rien ne nous permettait de savoir à quel moment il a eu connaissance de cette aventure. Et votre question ne tient pas compte de l'aspect émotionnel… de la fureur. Il se peut qu'en tant que facteur motivant l'argent n'ait rien à voir avec le meurtre. Il se pourrait bien que seules la trahison et la rage soient à prendre en compte, purement et simplement.

Il ne m'avait pas donné ce que je voulais. Je n'étais pas content de moi et me dis que j'étais bien rouillé. Je m'étais préparé pour l'interrogatoire en contre, mais c'était la première fois depuis un an que je me heurtais de front à un témoin méfiant et aguerri. Je décidai de ne pas insister sur ce point et de lui asséner un direct auquel il ne s'attendrait pas.

45

Je demandai un instant au juge, gagnai la table de la défense et me penchai à l'oreille de mon client.

– Hochez la tête comme si je vous disais quelque chose de très important, lui chuchotai-je.

Elliot ayant fait ce que je lui demandais, je pris un dossier et repartis vers le lutrin. Où j'ouvris mon dossier et me tournai vers le témoin.

– Inspecteur Kinder, repris-je, à quel moment de votre enquête avez-vous décidé que Johan Rilz était la cible principale de ce double meurtre ?

Kinder ouvrit la bouche pour me répondre aussitôt, puis il la referma, se renversa en arrière et réfléchit un instant. C'était très exactement le genre de langage corporel que j'espérais faire voir aux jurés.

– Je n'ai jamais rien décidé de pareil, finit-il par me répondre.

– Johan Rilz n'a donc jamais occupé le devant de la scène dans votre enquête, lui renvoyai-je.

– Eh bien mais… c'était la victime d'un homicide. Et chez moi, la victime d'un homicide est toujours au centre de l'enquête.

Il avait l'air assez fier de sa réponse, mais je ne lui laissai guère le temps de la savourer.

– Mettre ainsi la victime au centre de l'enquête expliquerait donc pourquoi vous vous êtes rendu en Allemagne pour enquêter sur son passé, c'est bien ça ?

– Je ne me suis pas rendu en Allemagne.

– Et en France ? Sur son passeport, il est indiqué que c'est là qu'il vivait avant de venir aux États-Unis.

– Je n'y suis pas allé non plus.

– Mais alors qui y est allé de votre équipe ?

– Personne. Nous ne pensions pas que ce soit nécessaire.

– Pourquoi n'était-ce pas nécessaire ?

– Nous avions demandé à Interpol de vérifier les antécédents de Johan Rilz et il n'y avait rien à son casier.

– Interpol ? C'est quoi ?

– C'est l'acronyme d'International Criminal Police Organization, un organisme qui relie les polices de plus de cent pays et facilite la coopération inter-États. Il a plus de cent bureaux en Europe et assure l'accès à tous les pays hôtes et leur totale coopération.

– Ce qui est bel et bon, mais signifie que vous n'avez pas vérifié directement avec la police de Berlin, dont Rilz était originaire.

– Effectivement.

– Êtes-vous entré en contact direct avec la police de Paris, où Rilz habitait il y a cinq ans ?

– Non, nous nous en sommes remis à nos contacts Interpol pour connaître ses antécédents.

– Cette vérification d'Interpol se réduisant essentiellement à l'examen du casier judiciaire, c'est bien ça ?

– Ça en faisait partie, oui.

– Autre chose qui en aurait fait partie ?

– Je ne sais pas trop. Je ne travaille pas pour Interpol.

– Imaginons que M. Rilz ait travaillé pour la police de Paris comme informateur confidentiel dans une affaire de drogue. Interpol vous aurait-il donné ce renseignement ?

Kinder ouvrit grand les yeux un instant avant de répondre. Il était clair qu'il ne s'attendait pas à la question, mais je n'arrivai pas à lire sur son visage s'il savait à quoi je voulais en venir ou si tout ça était nouveau pour lui.

– Je ne sais pas s'ils nous auraient donné ce renseignement, répondit-il enfin.

– En gros, les organismes de maintien de l'ordre n'ont pas pour habitude de donner le nom de leurs informateurs, n'est-ce pas ?

– En général, non.

– Pourquoi ?

– Parce que ça pourrait mettre leurs informateurs en danger.

– Ce qui fait qu'être informateur dans une affaire criminelle peut être dangereux.

– Parfois oui.

– Inspecteur, vous est-il déjà arrivé d'enquêter sur l'assassinat d'un informateur ?

Golantz se leva avant même que Kinder puisse répondre et demanda au juge une consultation en privé. Le juge nous fit signe d'approcher. Je m'emparai du dossier posé sur le lutrin et suivis Golantz. La sténographe s'approcha du juge avec sa machine. Le juge avança son fauteuil et nous nous réunîmes.

– Maître Golantz ? lança le juge.

– Monsieur le juge, j'aimerais bien savoir où tout cela nous mène parce que j'ai la très nette impression qu'on essaie de me piéger. Il n'y a absolument rien au dossier de l'instruction qui laisserait même seulement entrevoir un rapport quelconque avec les questions de maître Haller.

Le juge pivota dans son fauteuil et me regarda.

– Maître Haller ?

– Monsieur le juge, s'il y a quelqu'un qu'on essaie de piéger dans ce prétoire, c'est bien mon client. Cette enquête a été bâclée et…

– Gardez ça pour les jurés, maître Haller. Qu'avez-vous à nous montrer ?

417

J'ouvris mon dossier et plaçai une sortie d'imprimante devant le juge, Golantz la voyant à l'envers.

– Ce que j'ai, c'est un article publié dans *Le Parisien* il y a quatre ans et demi de ça. Il y est écrit que Johan Rilz a témoigné à charge dans une grosse affaire de drogue. La direction de la police judiciaire s'était servie de lui pour procéder à des achats de drogue et avoir ainsi une meilleure connaissance du réseau des trafiquants. Bref, c'était un informateur, monsieur le juge, et nos petits copains d'ici ne s'y sont même pas intéressés. C'est d'une enquête avec œillères que je vous parle et ce, dès le début de…

– Encore une fois, gardez ça pour les jurés, maître Haller. Ce document est en français. Vous en avez la traduction ?

– Je vous prie de m'excuser, monsieur le juge.

Je sortis la deuxième feuille du dossier et la posai sur la première, encore une fois face au juge. Golantz se tordit gauchement le cou pour essayer de la lire.

– Comment savez-vous qu'il s'agit bien du même Johan Rilz ? me demanda-t-il. C'est un nom très répandu là-bas.

– En Allemagne peut-être, mais pas en France.

– Bien, mais comment savoir si c'est bien lui ? me demanda le juge cette fois. Ce document est la traduction d'un article de journal. Cette pièce n'a absolument rien d'officiel.

Je sortis la troisième feuille du dossier et la posai devant lui.

– Voici la photocopie d'une page du passeport de Rilz. Je l'ai trouvée dans le dossier d'instruction. On y voit que Rilz a quitté la France pour les États-Unis au mois de mars 2003. Soit un mois après la publication de l'article. Sans parler du fait qu'on a aussi son âge. L'article ne fait pas erreur sur ce point et précise que Rilz se servait de son affaire de décoration intérieure pour acheter de la drogue pour les flics. Évidemment que c'est lui, monsieur le juge. Il a trahi la confiance de beaucoup de gens là-bas et il vient ici et recommence ?!

Golantz se mit à hocher la tête d'un air désespéré.

– Tout ça ne va quand même pas, dit-il. Il y a violation des règles de transmission obligatoire des dossiers et c'est inadmissible. Vous n'aviez pas le droit de garder ça secret et d'assommer l'accusation avec ensuite.

Le juge pivota de nouveau vers moi et cette fois me regarda d'un sale œil.

– Monsieur le juge, lui dis-je, s'il y a quelqu'un qui s'est assis sur des trucs, c'est bien l'accusation. Ce sont là des choses que l'accusation aurait dû découvrir et dont elle aurait dû me parler. De fait même, je pense que le témoin le savait et que c'est lui qui n'en a rien dit.

– L'accusation est grave, maître Haller, lança le juge. Vous avez la preuve de ce que vous avancez ?

– Monsieur le juge, la raison pour laquelle je suis au courant de cette affaire est purement accidentelle. C'est en étudiant le boulot de préparation de mon enquêteur dimanche dernier que j'ai remarqué qu'il avait fait passer tous les noms du dossier au moteur de recherches LexisNexis. Il s'était servi de l'ordinateur et du numéro de compte dont j'ai hérité avec le cabinet de Jerry Vincent. J'ai vérifié le compte et constaté que c'était par défaut que les recherches devaient s'effectuer en anglais. Comme j'avais vu la photocopie du passeport de Rilz dans le dossier de l'instruction et que j'étais donc au courant de son passé en Europe, j'ai refait les recherches, mais cette fois en français et en allemand. Et c'est là qu'au bout d'à peine deux minutes, je suis tombé sur l'article du journal français. Que j'aie pu découvrir aussi facilement quelque chose dont personne n'aurait entendu parler dans tous les services du shérif, au bureau du district attorney et à Interpol me semble difficile à croire.

Tout cela pour dire, monsieur le juge, que j'ignore s'il s'agit là d'un indice tendant à prouver quoi que ce soit en dehors du fait que c'est plutôt à la défense d'avoir le droit de se sentir lésée.

Et là, je n'en revins pas de voir le juge se tourner vers Golantz et le regarder, lui, d'un sale œil. C'était bien la première fois. Je me tournai vers la droite de façon à ce qu'une bonne partie du jury en soit témoin.

– Qu'est-ce que vous dites de ça, maître Golantz ? demanda le juge.

– C'est absurde, monsieur le juge. Nous n'avons rien gardé par-devers nous et tout ce que nous avons trouvé a été versé au dossier communiqué à la défense. J'aimerais d'ailleurs demander à maître Haller pourquoi il ne nous a pas alertés sur ce point dès hier alors même qu'il vient de reconnaître avoir fait cette découverte dimanche et que ses sorties d'imprimante sont datées du même jour.

Ce fut sans ciller que je lui répondis.

– Si j'avais su que vous parlez couramment le français, je vous les aurais fournies, Jeff. Peut-être même que vous auriez pu nous donner un coup de main. Moi qui ne parle pas couramment le français, je ne pouvais pas savoir ce que ça voulait dire et j'ai dû faire traduire l'article. Et cette traduction ne m'a été communiquée que dix minutes avant que je démarre mon interrogatoire en contre.

– Bien, dit le juge en mettant fin à notre face-à-face. Il ne s'agit quand même que d'un article de journal. Qu'allez-vous faire pour vérifier les informations qui y sont reproduites, maître Haller ?

– Eh bien mais… dès la prochaine interruption de séance, je vais mettre mon enquêteur sur le coup et voir si on ne pourrait pas contacter quelqu'un à la police judiciaire. Bref, nous allons faire le boulot que les services du shérif auraient dû faire il y a six mois de ça.

– Et nous aussi, nous allons vérifier, évidemment, ajouta Golantz.

– Le père et les deux frères de Rilz sont assis dans la galerie. Vous pourriez peut-être commencer par vérifier auprès d'eux.

Le juge leva la main en un geste d'apaisement tel le père mettant fin à une bagarre entre deux frères.

– Bien, maître Haller, dit-il. Je vais mettre un terme à ce type de questions en contre, mais vous autoriser à en poser les bases lors de vos premières conclusions. Vous pourrez rappeler l'accusé à ce moment-là et si vous avez pu vérifier l'authenticité de ce rapport et l'identité de la personne qu'il concerne, je vous donnerai toute latitude pour poursuivre votre stratégie.

– Monsieur le juge, m'écriai-je, ça désavantage beaucoup la défense !

– Comment ça ?

– Maintenant qu'elle est au courant de ces données, l'accusation peut très bien prendre des mesures propres à m'empêcher de les vérifier.

– C'est absurde, dit Golantz.

Mais le juge acquiesça.

– Je comprends votre inquiétude et avertis solennellement maître Golantz que si jamais j'en avais la preuve, je serais… disons… dans tous mes états. Cela dit, pour moi, la parenthèse est close, messieurs.

Sur quoi il regagna sa place dans son fauteuil à roulettes, les avocats retournant à la leur. Chemin faisant, je jetai un coup d'œil à l'horloge accrochée au mur du fond de la salle. Il était 16 h 50. Je me dis que si j'arrivais à faire durer encore quelques minutes, le juge lèverait la séance pour la journée, les jurés ayant alors toute la soirée pour réfléchir à ces liens avec la France.

Debout au lutrin, je lui demandai quelques instants. Puis je fis semblant d'étudier mon carnet de notes pour essayer de décider si oui ou non, j'avais d'autres choses à demander à Kinder.

– Alors, maître Haller, me lança enfin le juge, comment nous portons-nous ?

– Fort bien, monsieur le juge. Et j'attends avec impatience le moment d'examiner plus à fond les activités de M. Rilz en France, ce que je ferai pendant la phase défense de ce procès. En attendant, je n'ai plus de questions à poser à l'inspecteur Kinder.

Je regagnai la table de la défense et me rassis. Le juge leva aussitôt la séance pour la journée.

Je regardai les jurés quitter le prétoire à la queue leu leu, mais fus incapable de lire quoi que ce soit sur leurs visages. Je jetai un coup d'œil à la galerie. Les trois hommes de la famille Rilz me dévisageaient d'un œil dur et sans vie.

46

Cisco m'appela chez moi à 22 heures. Il était à Hollywood, tout près, et pouvait me rejoindre dans l'instant. Il était déjà en possession de certains renseignements sur le juré numéro sept.

Je raccrochai et informai Patrick que j'allais m'installer sur la terrasse pour discuter en privé avec Cisco. Je passai un pull – il y avait de la fraîcheur dans l'air –, m'emparai du dossier dont je m'étais servi plus tôt au tribunal et sortis attendre mon enquêteur.

Le Strip rougeoyait tel un haut-fourneau de l'autre côté des collines. Une année que j'étais plein aux as, j'avais acheté cette maison à cause de sa terrasse et de la vue qu'elle offrait sur la ville. Depuis, elle ne cessait de m'enchanter, que ce soit le jour ou la nuit. Depuis, elle ne cessait de me faire planer et de me dire le vrai. Le vrai étant que tout était possible, que tout pouvait arriver, en bien ou en mal.

– Hé, patron.

Je sursautai et me retournai. Cisco avait grimpé les marches et s'était approché dans mon dos sans que je l'entende. Il avait dû franchir la colline par Fairfax Avenue, arrêter son moteur et descendre jusque chez moi en roue libre. Il savait que j'aurais été en colère s'il avait réveillé tout le quartier.

– Me fous pas la trouille comme ça, mec ! lui dis-je.

– Qu'est-ce qui te rend si nerveux ?

– J'aime pas qu'on s'approche de moi par-derrière. Viens t'asseoir ici.

Je lui montrai la petite table et les fauteuils disposés sous l'auvent, devant la baie vitrée de la salle à manger. Ces meubles de jardin n'étaient pas confortables et je ne m'en servais pratiquement jamais. J'aimais contempler la ville de ma terrasse et planer, et la seule façon d'y arriver était de rester debout.

Le dossier que j'avais apporté se trouvait sur la table. Cisco tira un fauteuil à lui et s'apprêtait à s'y asseoir lorsqu'il s'arrêta et de la main nettoya les cochonneries que le smog avait accumulées sur le siège.

– Putain, mec, ça t'arrive jamais de passer ça au jet ?

– Tu as mis un tee-shirt et des jeans, Cisco. Assieds-toi.

Il le fit et je le vis jeter un coup d'œil à la salle à manger à travers le store translucide. La télé était allumée et Patrick y regardait la chaîne des sports extrêmes. Des types faisaient des sauts périlleux à motoneige.

– C'est un sport ? me demanda Cisco.

– Pour Patrick, faut croire que oui.

– Comment ça se passe avec lui ?

– Bien. Il ne doit rester ici que deux ou trois semaines. Tu me dis un peu pour le numéro sept ?

– On passe aux choses sérieuses, d'accord.

Il sortit un petit carnet de sa poche revolver.

– T'as pas de la lumière ici ?

Je me levai, gagnai la porte et tendis la main à l'intérieur pour allumer la lumière de la terrasse. Je jetai un coup d'œil à l'écran et y découvris une équipe médicale penchée sur un pilote de motoneige qui semblait avoir raté son saut périlleux et reçu son engin de cent cinquante kilos sur la tête.

Je fermai la porte et me rassis en face de Cisco. Il étudiait quelque chose dans son carnet.

– Bien, dit-il. Le juré numéro sept… Je n'ai pas pu lui consacrer beaucoup de temps, mais j'ai quand même trouvé deux ou trois trucs que j'aimerais te communiquer tout de suite. Il s'appelle David McSweeney et j'ai l'impression que tout ce qu'il a porté sur sa fiche R est faux.

La fiche R est la feuille que tout juré potentiel doit remplir pour pouvoir prendre part au processus de sélection du jury. On y trouve son nom, sa profession, le code postal de son adresse et une liste de questions de base destinées à aider les avocats à décider si oui ou non ils veulent de lui dans le jury. Dans le cas présent, le nom avait été masqué, mais tous les autres renseignements se trouvaient sur la feuille que j'avais confiée à Cisco pour démarrer.

– Donne-moi des exemples, lui dis-je.

– Eh bien, d'après le code postal porté sur la feuille, il habiterait à Palos Verdes. Ce n'est pas vrai. Je l'ai suivi du tribunal jusqu'à un appartement en retrait de Beverly, là-bas, de l'autre côté des collines, derrière l'immeuble de CBS.

Il tendit la main vers le sud, en gros vers le croisement de Beverly Boulevard et de Fairfax Avenue, où se trouvent les studios de télévision de la chaîne CBS.

– J'ai demandé à un ami de passer à l'ordinateur les plaques du pick-up qu'il conduisait pour rentrer chez lui et ça m'a donné un certain David McSweeney à Beverly, à l'adresse exacte où je l'ai vu s'arrêter. Après quoi, j'ai demandé à mon gars de vérifier son permis de conduire et de m'envoyer sa photo par mail. Je l'ai regardée sur mon portable et c'est bien McSweeney.

Le renseignement était intéressant, mais la manière dont Cisco menait son enquête sur ce juré m'inquiétait. Nous avions déjà bousillé une de nos sources dans l'enquête sur Vincent.

– Cisco, lui dis-je, va y avoir tes empreintes tout partout sur ce truc. Et je t'ai dit qu'il n'était pas question que ça nous pète dans le nez.

– Cool, mec. Des empreintes, y en a pas. C'est pas mon type qui va se porter volontaire pour dire qu'il a effectué des recherches pour mon compte. Les flics n'ont absolument pas le droit de se livrer à des enquêtes en dehors du service. Il y perdrait son boulot. Et si jamais y avait un mec qui farfouillait, y aurait quand même pas besoin de s'inquiéter parce que mon gars ne se sert pas de son terminal et n'entre pas son mot de passe quand il fait ce genre de trucs pour moi. Il a piqué le mot de passe d'un vieux lieutenant. Bref, y a pas d'empreintes, d'accord ? Aucune trace. On est tranquilles sur ce coup-là.

J'acquiesçai à contrecœur. Des flics qui embrouillent d'autres flics ? Pourquoi donc cela ne me surprenait-il pas ?

– Bien, dis-je. Quoi d'autre ?

– Eh bien… et d'un, il a été arrêté et il a coché la case où il est marqué que ça ne lui était jamais arrivé.

– Et c'était pour quoi, cette arrestation ?

– En fait, il y en a eu deux. La première pour agression à main armée en 97 et la seconde pour fraude en 99. Pas de condamnations, mais c'est tout ce que je sais pour l'instant. Dès que le tribunal rouvrira, je pourrai t'en dire plus si tu veux.

Je voulais effectivement en savoir plus – surtout sur la manière dont des arrestations pour fraude et agression à main armée avaient pu se terminer par une absence de condamnation –, sauf que si Cisco sortait les dossiers de l'affaire, il devrait montrer une pièce d'identité et que ça laisserait une trace.

– Pas si tu es obligé de signer pour sortir les dossiers. On laisse tomber pour l'instant. Tu as autre chose ?

– Oui, comme je te dis, pour moi tout ça, c'est du bidon. Sur la feuille, il dit être ingénieur chez Lockheed. Et pour autant que je sache, ce n'est pas vrai. J'ai appelé Lockheed et ils n'ont pas de David McSweeney dans leurs annuaires. Ce qui fait qu'à moins que ce type ait un boulot où il n'y a pas besoin d'un téléphone, je ne vois…

Il leva les mains avec les paumes en l'air comme pour me dire que la seule explication à tout cela était le mensonge.

– Je n'ai pu y passer que la soirée, mais tout ce sur quoi je tombe est faux et y a des chances pour que le nom de ce type le soit aussi.

– Ce qui voudrait dire ?

– Eh bien mais… officiellement, on ne connaît pas son nom, n'est-ce pas ? Il a été noirci sur la feuille.

– Ah oui.

– J'ai donc suivi le juré numéro sept et l'ai identifié sous le nom de David McSweeney, mais qui peut dire que c'est bien ce nom qui a été noirci sur la feuille, hein ? Tu vois ce que je veux dire ?

Je réfléchis un instant avant d'acquiescer d'un signe de tête.

– Tu es en train de me dire que ce McSweeney pourrait s'être approprié le nom d'un juré, voire sa convocation, et se faire passer pour lui au prétoire ?

– Exactement. Quand on reçoit une convocation et qu'on se présente au guichet des jurés, tout ce qu'on vous demande, c'est un permis de conduire pour le comparer au nom porté sur la liste. Et ces employés-là, c'est pas les mieux payés du tribunal, Mick. Il ne serait pas très difficile de leur faire prendre un faux permis pour un vrai et se faire faire un faux permis, on sait tous les deux comme c'est facile.

J'acquiesçai à nouveau. La plupart des gens n'ont pas envie de faire partie d'un jury. Il avait lui trouvé un moyen d'en faire partie. Du sens du devoir poussé à l'extrême.

– Si tu pouvais, Dieu sait comment, me trouver le nom que ce juré numéro sept a donné au tribunal, je pourrais le vérifier et je te parie que j'arriverais à trouver un mec qui a effectivement ce nom et bosse chez Lockheed, reprit Cisco.

Je fis non de la tête.

– Je ne pourrais pas avoir ce nom sans laisser une trace, lui répondis-je.

Il haussa les épaules.

– Bon, alors, qu'est-ce que c'est que cette histoire, Mick ? Tu ne vas pas me dire que l'avocat de l'accusation nous a collé un infiltré dans le jury !

Je réfléchis un instant à la question de savoir si j'allais le lui révéler, puis je décidai de m'en abstenir.

– Pour l'instant, il vaut mieux que je ne te le dise pas.

– On baisse le périscope ?

Ce qui voulait dire que nous prenions possession du sous-marin – mais en le compartimentant de façon à ce que si l'un d'entre nous déclenchait une fuite, tout le bâtiment ne coule pas.

– C'est mieux comme ça, repris-je. As-tu vu ce type avec quelqu'un d'autre ? Des amis ou connaissances qui pourraient nous intéresser ?

– Ce soir, je l'ai suivi jusqu'au Grove, où il a retrouvé quelqu'un devant un café au Marmalade, un des restaurants de l'endroit. C'était une femme. Ça ressemblait fort à une rencontre fortuite, comme s'ils s'étaient tapés par hasard l'un dans l'autre et qu'ils s'étaient assis pour se remettre à jour du passé. En dehors de ça, non, je n'ai toujours pas de comparses. Sauf que je n'ai suivi ce type qu'à partir de 5 heures, quand le juge a libéré les jurés.

J'acquiesçai d'un signe de tête. Il m'avait déjà trouvé beaucoup de choses en peu de temps. Plus que ce à quoi je m'attendais.

– Tu t'es beaucoup approché de lui et de la femme ?

– Non, pas beaucoup. Tu m'avais dit de prendre toutes mes précautions.

– Ce qui fait que tu ne pourrais pas me donner le signalement de la dame.

– Je t'ai juste dit que je ne m'étais pas beaucoup approché, Mick. Mais je peux te la décrire. J'ai même une photo d'elle dans mon appareil photo.

Il dut se lever pour pouvoir glisser son énorme main dans les poches de devant de son jean. Il en sortit un petit appareil photo noir qui n'attire pas l'attention et se rassit. Puis il l'alluma et regarda l'écran à l'arrière. Il appuya enfin sur quelques boutons du dessus et me tendit l'appareil par-dessus la table.

– Les photos commencent ici, mais tu peux les faire défiler jusqu'à celles de la bonne femme.

Je pris l'appareil et fis défiler une série de clichés numériques montrant le juré numéro sept à divers moments de la soirée. Sur les trois derniers il était assis en face d'une femme au Marmalade. Elle avait des cheveux d'un noir de jais qui lui masquaient le visage. Et les photos manquaient de piqué parce qu'elles avaient été prises de loin et sans flash.

Je ne reconnus pas la femme. Et rendis l'appareil à Cisco.

– Bien, Cisco, lui dis-je, tu as fait du bon boulot. Tu peux laisser tomber.

– Comme ça ?

– Oui, pour reprendre ça, dis-je en lui glissant le dossier en travers de la table.

Il acquiesça d'un signe de tête et sourit d'un air rusé en le prenant.

– Alors, qu'est-ce que tu as raconté au juge lors de votre petit entretien ?

J'avais oublié qu'il était présent dans la salle, où il attendait de pouvoir commencer à suivre le juré numéro sept.

– Je lui ai dit avoir compris que tu avais mené les premières recherches avec l'anglais comme langue par défaut et avoir alors tout repris de façon à avoir aussi les résultats en français et en allemand. J'avais même refait un tirage de l'article dimanche de façon à avoir une date récente sur le papier.

– Joli coup. Sauf que ça me fait passer pour un con.

– Il fallait bien que je trouve quelque chose. Si je lui avais dit que tu avais trouvé l'article il y a une semaine et que je m'étais assis dessus depuis, on ne serait pas là à avoir cette conversation. Parce que je serais probablement en taule pour outrage à magistrat. En plus de quoi, le juge trouve que le couillon de l'affaire, c'est Golantz qui n'a pas été foutu de trouver l'article avant la défense.

Cela parut l'apaiser. Il leva le dossier en l'air.

– Et donc, qu'est-ce que tu veux que je fasse de ça ? me demanda-t-il.

– Où est la traductrice dont tu t'es servi pour la sortie d'imprimante ?

– Probablement dans son dortoir de Westwood. C'est une étudiante que j'ai trouvée sur le Net.

– Eh bien, appelle-la parce que tu vas avoir besoin d'elle ce soir.

– J'ai comme l'impression que Lorna va pas trop apprécier. Moi avec une Française de vingt ans…

– Lorna ne parle pas français et comprendra. Ils ont quoi ? Neuf heures d'avance sur nous là-bas, à Paris ?

– Oui, neuf ou dix. J'ai oublié.

– Bon, d'accord, ce que je veux, c'est que tu retrouves la traductrice et que vous commenciez à passer des coups de fil dès minuit. Tu appelles tous les gendarmes, si c'est comme ça qu'on appelle les mecs qui ont bossé sur cette affaire de drogue et tu m'en amènes un ici par avion. L'article en mentionne au moins trois. Tu peux commencer par là.

– Quoi ? Tu crois qu'un de ces mecs va sauter dans un avion juste comme ça pour nous aider ?

– Je les vois assez bien se poignarder dans le dos pour décrocher leur billet d'avion. Dis-leur que le gagnant fera le voyage en première classe et qu'on lui filera une chambre à l'hôtel où descend Mickey Rourke.

– Ouais, et c'est quoi, cet hôtel ?

– J'en sais rien, mais j'ai entendu dire que Rourke, c'était quelqu'un là-bas, en France. Ils le prennent quasiment pour un génie. Bon, bref, ce que je te dis, c'est de leur chanter la chanson qu'ils ont envie d'entendre et ce, quelle qu'elle soit. Et on paie ce qu'il faut. Si on en a deux qui veulent venir, on en amène deux, on voit ce qu'ils ont dans le ventre et on prend le meilleur comme témoin. Tout ce que je veux, c'est que tu m'en ramènes un. C'est à Los Angeles qu'on est, Cisco. Y a pas un flic au monde qui n'aurait pas envie de découvrir cette ville et de s'en retourner chez lui raconter à tout le monde ce qu'il a vu.

– D'accord, je te trouve quelqu'un à mettre dans l'avion. Mais… et s'il ne peut pas partir tout de suite ?

– Tu le fais démarrer aussi vite que possible et tu m'avertis. Je peux faire durer les choses au tribunal. Le juge veut tout expédier à toute vitesse, mais je serai en mesure de ralentir le processus si j'en ai besoin. Disons jusqu'à mardi ou mercredi prochains, maximum. Débrouille-toi pour m'avoir quelqu'un d'ici là.

– Tu veux que je te rappelle dans le courant de la nuit quand ce sera prêt ?

– Non, j'ai besoin de dormir pour être frais et dispo demain. J'ai perdu l'habitude d'être constamment sur le qui-vive au prétoire et je suis lessivé. Je vais me coucher. Appelle-moi simplement dans la matinée.

– D'accord, Mick.

Il se leva et j'en fis autant. Il me donna une claque dans le dos avec le dossier et se le cala dans le creux des reins avec sa ceinture de jean. Puis il descendit les marches tandis que je gagnais le bord de la terrasse pour le regarder enfourcher son cheval garé le long du trottoir, le mettre en roue libre et commencer à glisser en silence vers Laurel Canyon Boulevard via Fareholm Drive.

Alors je relevai la tête, regardai la ville et pensai aux mesures que j'étais en train de prendre, à ma situation personnelle et à la tromperie à laquelle je venais de me livrer devant le juge. Je ne m'attardai pas trop là-dessus et n'en éprouvai absolument aucune honte. Je défendais un homme que je croyais innocent des meurtres dont on l'accusait, mais complice de ce qui les avait déclenchés. J'avais un infiltré dans le jury, infiltré dont la présence avait un lien direct avec l'assassinat de mon prédécesseur. Et j'avais un inspecteur qui surveillait mes arrières et à qui je ne disais pas tout ; sans même parler du fait que je ne pouvais pas être sûr que pour lui ma sécurité personnelle compte plus que son désir de dénouer l'affaire.

J'avais tout ça devant moi et je ne me sentais ni coupable ni épouvanté par quoi que ce soit. J'étais le mec qui fait un saut périlleux avec sa motoneige de cent cinquante kilos. Ce n'était peut-être pas un sport, mais qu'est-ce que c'était dangereux et, oui, cela faisait ce que j'avais été incapable de faire depuis plus d'un an : me dérouiller entièrement et faire à nouveau courir mon sang dans mes veines.

Et me donner un sacré élan.

Enfin j'entendis le bruit des tuyaux d'échappement de la Panhead de Cisco. Il était descendu sans bruit jusqu'au bas de Laurel Canyon avant de mettre les gaz. Profond fut le rugissement de son moteur tandis qu'il s'enfonçait dans la nuit.

CINQUIÈME PARTIE

Invoquer le cinquième

47

Le lundi matin suivant, je portais mon costume Corneliani. Assis à côté de mon client dans la salle d'audience, j'étais prêt à le défendre devant les jurés. Installé à sa table, Jeffrey Golantz, le procureur, était, lui, prêt à contrecarrer tous mes efforts. Et la galerie derrière nous était de nouveau pleine à craquer. Mais le fauteuil devant nous restait vide. Le juge s'était enfermé en son cabinet et avait quasi une heure de retard sur le début de la séance qu'il avait lui-même fixé à 9 heures. Quelque chose n'allait pas ou alors il s'était produit un incident dont on ne nous avait pas encore informés. Nous avions vu les adjoints du shérif escorter un homme que je ne connaissais pas jusqu'au cabinet du juge, puis en ressortir, mais on ne nous avait rien dit de ce qui était en train de se passer.

– Hé, Jeff, qu'est-ce qu'il y a, à ton idée ? finis-je par demander à Golantz.

Il se tourna vers moi. Il avait mis son beau costume noir, mais comme c'était celui qu'il mettait tous les deux jours pour aller au tribunal, ça ne m'impressionnait plus guère. Il haussa les épaules.

– Aucune idée, répondit-il.

– Et s'il s'était enfermé pour étudier ma demande d'acquittement imposé au jury ?

Je souris. Pas lui.

– Je suis sûr que c'est ça, me renvoya-t-il avec son plus beau sarcasme de procureur.

La phase accusatoire du procès s'était traînée d'un bout à l'autre de la semaine précédente. J'avais contribué à sa lenteur en y allant de deux ou trois interrogatoires en contre un peu longs, mais pour l'essentiel, ç'avait été le fait d'un Golantz qui en faisait toujours trop. Il avait ainsi gardé le légiste qui avait autopsié les corps de Mitzi Elliot et de Johan Rilz presque un jour entier à la barre, aucun détail insoutenable sur la manière et l'heure exacte à laquelle les victimes avaient expiré n'étant épargné à quiconque. Le comptable de Walter Elliot était, lui, resté une demi-journée à la barre à expliquer les aspects financiers du mariage d'Elliot et la quantité de fric que celui-ci aurait perdue en cas de divorce. Et le gars du labo était lui aussi resté presque aussi longtemps à la barre pour détailler ses conclusions sur le haut niveau de résidus de poudre retrouvés sur les mains et les habits de l'accusé.

Et entre ces témoignages essentiels, Golantz avait encore trouvé le moyen d'interroger des témoins de moindre importance avant d'enfin boucler son affaire le vendredi après-midi précédent sur une manœuvre destinée à faire beaucoup pleurer. Il avait convoqué la meilleure amie de Mitzi Elliot à la barre. Celle-ci avait alors rapporté comment Mitzi lui avait avoué vouloir divorcer de son mari dès que le contrat de mariage serait validé. Elle avait encore raconté la bagarre qui avait opposé mari et femme lorsque celle-ci avait révélé ses intentions à son époux, et avait aussi déclaré avoir vu des bleus sur les bras de Mitzi le lendemain. Tout cela sans cesser de pleurer tout au long de son heure de témoignage et de donner dans des preuves par ouï-dire, contre lesquelles je m'élevais sans arrêt.

Comme le veut la routine, dès que l'accusation avait déclaré en avoir fini j'avais demandé au juge de prononcer l'acquittement de mon client. Je lui avais remontré que l'accusation n'avait pas été, et de loin, capable de monter une affaire fondée contre Elliot, mais comme le veut aussi la routine, il avait rejeté, et catégoriquement, ma requête et déclaré que le procès passerait à la phase défense dès le lundi suivant à 9 heures. J'avais donc consacré tout mon week-end à élaborer ma stratégie et à préparer l'interrogatoire de mes deux témoins clés : le docteur Shamiram Arslanian pour la question des résidus de poudre et un flic français en plein décalage horaire, le capitaine Malcolm Pépin. Nous étions maintenant lundi matin, et j'étais remonté à bloc et prêt à foncer. Sauf qu'il n'y avait pas de juge assis dans son fauteuil pour me donner le départ.

– Qu'est-ce qui se passe ? me chuchota Elliot.

Je haussai les épaules.

– Je n'en sais pas plus que vous, lui répondis-je. Les trois quarts du temps, quand le juge ne sort pas de son cabinet, ça n'a rien à voir avec le procès en cours. En général, ç'a plutôt à voir avec le suivant dans son agenda.

Ma réponse ne l'apaisa pas. Une grosse ride lui barrait le front. Il savait qu'il se passait des choses. Je me retournai et regardai la galerie. Julie Favreau s'était assise au troisième rang avec Lorna. Je leur fis un clin d'œil et remarquai que là, derrière la table de l'accusation, il y avait un trou dans la masse des spectateurs qui se tenaient épaule contre épaule. Les Allemands avaient disparu. J'allais demander à Golantz où les membres de la famille Rilz étaient passés lorsqu'un shérif adjoint en tenue se porta à la rambarde juste derrière la table de l'accusation.

– Je vous demande pardon, dit-il.

Golantz se retourna et l'adjoint lui montra un document qu'il tenait à la main.

– C'est vous le procureur ? demanda-t-il. À qui je dois parler de ce truc ?

Golantz se leva et gagna la rambarde. Jeta un bref coup d'œil au document et le rendit à son propriétaire.

– C'est une citation à comparaître pour la défense, dit-il. Vous êtes le shérif adjoint Stallworth ?

– C'est bien moi, oui.

– Alors, vous êtes au bon endroit.

– Pas du tout. Je ne me suis pas occupé de cette affaire.

Golantz lui reprit la citation à comparaître et l'examina. Je vis les rouages se mettre à tourner dans sa tête, mais il serait déjà trop tard lorsqu'il comprendrait.

– Vous ne vous êtes pas trouvé sur les lieux du crime, à la maison de Malibu ? Vous ne vous êtes pas occupé du périmètre sécurisé ? Du contrôle de la circulation ?

– Je dormais dans mon lit, mec. Je suis de service à partir de minuit.

– Attendez une seconde.

Golantz repartit vers sa table et y ouvrit une chemise. Je le vis vérifier la dernière liste des témoins que je lui avais remise quinze jours plus tôt.

– Qu'est-ce que c'est que ça, Haller ? me lança-t-il.

– Qu'est-ce que c'est que ça quoi ? lui renvoyai-je. Il est bien sur la liste, non ?

– Mais c'est des conneries, ça !

– Non. Ça fait quinze jours que ce type est sur la liste.

Je me levai, m'approchai de la rambarde et tendis la main.

– Adjoint Stallworth, je me présente : Michael Haller.

Il refusa de me serrer la main. Gêné devant tout le monde. Je passai à autre chose.

– C'est moi qui vous ai cité à comparaître. Si vous voulez bien attendre dans le couloir… je vais essayer de vous faire entrer dès l'ouverture de la séance. Le juge a du retard. Mais ne bougez pas, je vous retrouve bientôt.

– Non, ça ne va pas du tout. Je n'ai rien à voir avec cette affaire. Je viens juste de terminer mon service et je rentre chez moi.

– Adjoint Stallworth, il n'y a aucune erreur, et même s'il y en avait une, on ne peut pas se libérer d'une citation à comparaître. Seul le juge peut vous dégager de votre obligation de présence et ce, sur ma demande expresse. Rentrez chez vous et vous le mettrez en colère. Et je ne pense pas que vous ayez envie de le mettre en pétard.

Il souffla comme si on l'enquiquinait un maximum. Chercha de l'aide en jetant un coup d'œil à Golantz, mais celui-ci s'était collé un portable à l'oreille et y chuchotait fort. J'eus l'impression qu'il s'agissait d'un appel urgent.

– Écoutez, repris-je à l'adresse de Stallworth, vous allez juste dans le couloir et je vous…

J'entendis qu'on appelait mon nom et celui du procureur à l'avant de la salle. Je me retournai et vis l'huissier nous faire signe de la porte qui donnait dans le cabinet du juge. Enfin du nouveau. Golantz mit fin à son appel et se leva. Je me détournai de Stallworth et suivis Golantz jusqu'au cabinet du juge.

Celui-ci avait revêtu sa robe noire et pris place derrière son bureau. Lui aussi semblait prêt à y aller, mais quelque chose le retenait.

– Messieurs, asseyez-vous, dit-il.

– Monsieur le juge, vous voulez que je vous amène l'accusé ? lui demandai-je.

– Non, je ne pense pas que ce soit nécessaire. Asseyez-vous et je vous dirai ce qui se passe.

Golantz et moi nous installâmes en face de lui. Je voyais bien que Golantz était encore en train de râler en silence pour l'histoire de la citation à comparaître et ce qu'elle pouvait signifier. Stanton se pencha en avant et croisa les mains sur une feuille de papier pliée posée devant lui sur son bureau.

– Nous sommes en présence d'une situation inhabituelle de comportement délictueux d'un juré, commença-t-il.

L'affaire n'est pas… tout à fait finie et je m'excuse de vous avoir tenus dans le noir.

Il s'arrêta de parler, nous le regardâmes tous les deux en nous demandant si nous devions partir tout de suite et regagner la salle d'audience ou si nous pouvions lui poser des questions. Mais Stanton reprit en ces termes au bout de quelques instants :

– Jeudi, mon service a reçu une lettre qui m'était adressée personnellement. Malheureusement, je n'ai pas eu la possibilité de l'ouvrir avant la fin de la séance de vendredi… je m'étais lancé disons… dans une séance de remise à flots après le départ de tout le monde. Et cette lettre disait… bon, tenez, la voici. Je l'ai déjà manipulée, mais surtout n'y touchez pas ni l'un ni l'autre.

Il déplia la feuille de papier et nous donna l'autorisation de la lire. Je me levai pour pouvoir me pencher au-dessus du bureau. Golantz, lui, était assez grand – même assis – pour ne pas avoir à le faire.

« Monsieur le juge Stanton, sachez que le juré numéro sept n'est pas celui que vous croyez, ni non plus celui qu'il prétend être. Vérifiez chez Lockheed et comparez ses empreintes. Il est fiché. »

La lettre donnait l'impression de sortir d'une imprimante laser. Il n'y avait aucune marque sur la feuille, hormis les deux plis qu'on y avait faits en la pliant.

Je me rassis.

– Avez-vous gardé l'enveloppe ? demandai-je.

– Oui, me répondit Stanton. Pas d'adresse d'expéditeur et l'envoi a été oblitéré à Hollywood. Je vais demander au labo du shérif de jeter un coup d'œil à la lettre et à l'enveloppe.

– Monsieur le juge, dit Golantz, j'espère que vous n'avez pas parlé à ce juré car nous devons être présents et participer à tous les interrogatoires. Il pourrait tout bêtement s'agir d'une manœuvre destinée à écarter ce juré.

Je m'attendais à ce que Golantz vole au secours du juré. Pour lui, le juré numéro sept était de couleur bleue.

Je volai vite à mon propre secours.

– De fait, lançai-je, maître Golantz nous parle de manœuvre de la défense et je tiens à m'élever contre cette accusation.

Le juge leva vite les mains en l'air en un geste d'apaisement.

– On descend de ses grands chevaux, l'un comme l'autre ! s'écria-t-il. Je ne me suis pas encore entretenu avec le juré numéro sept. J'ai passé tout mon week-end à réfléchir à la manière de procéder dès l'ouverture de la séance d'aujourd'hui. Après avoir consulté plusieurs juges sur la question, j'étais tout à fait prêt à soulever le problème en votre présence dès ce matin. L'ennui, c'est que le juré numéro sept ne s'est pas pointé. Il n'est pas là.

Voilà qui nous fit réfléchir, Golantz et moi.

– Il n'est pas là ? répéta Golantz. Vous avez envoyé des adjoints du shérif…

– Oui, j'en ai envoyé chez lui et sa femme nous a dit qu'il était parti travailler, mais qu'elle ignorait tout d'un quelconque tribunal, procès ou quoi que ce soit de ce genre. Ils sont donc allés chez Lockheed, ont trouvé notre bonhomme et l'ont amené ici il y a quelques instants. Mais ce n'est pas lui. Ce n'est pas le juré numéro sept.

– Monsieur le juge, m'exclamai-je, je ne vous suis plus. Je croyais vous avoir entendu dire que les adjoints l'avaient trouvé à son travail.

Stanton acquiesça d'un signe de tête.

– Je sais. Et c'est bien ce que j'ai dit. Ça commence à ressembler à un film de Laurel et Hardy et au sketch du « Qui est sur la première base[1] ? ».

– Abbott et Costello, lui fis-je remarquer.

– Quoi ?

– Ce sketch est d'Abbott et Costello. C'est eux qui l'ont inventé.

– Oui, bon, d'accord. Ce qui est important là-dedans, c'est que le juré numéro sept n'est pas le juré numéro sept.

– Je ne vous suis toujours pas, monsieur le juge.

– Dans notre base de données le juré numéro sept est un certain Rodney L. Banglund, ingénieur de chez Lockheed et habitant à Palos Verdes. Sauf que l'homme qui a occupé le siège numéro sept ces quinze derniers jours n'est pas Rodney Banglund. Nous ne savons pas qui c'est, et en plus, il n'est pas là aujourd'hui.

– Il a donc pris la place de Banglund, lequel Banglund ne le savait pas, dit Golantz.

– Apparemment, oui, dit le juge. Banglund… le vrai, est en train de répondre à nos questions sur ce point en ce moment même, mais il avait l'air de tout ignorer de cette affaire quand il est arrivé. Même que pour commencer, il dit n'avoir jamais reçu de convocation.

– Sa convocation aurait donc été détournée et utilisée par cet inconnu ? demandai-je.

Le juge acquiesça d'un signe de tête.

– On dirait bien. La question est de savoir pourquoi et on a le ferme espoir que les services du shérif trouvent bientôt la réponse.

1. Célèbre sketch ou « Qui » est le nom du joueur de base-ball sur la première base. L'interlocuteur croyant qu'il s'agit d'une question répond qu'il ne sait pas alors que c'est une affirmation. *(NdT.)*

– Qu'est-ce que ça change pour notre procès ? demandai-je encore. Il y a vice de procédure ?

– Je ne pense pas, non. Pour moi, on sort les jurés du box, on leur explique que le juré numéro sept est excusé pour des raisons qu'ils n'ont pas à connaître, on met le remplaçant et on reprend. Pendant ce temps-là, les services du shérif s'assurent sans faire de bruit, et tout ce qu'il y a de plus sérieusement, que tous les autres types assis dans le box sont bien les jurés qu'ils disent être. Maître Golantz ?

Golantz hocha la tête d'un air pensif avant de parler.

– Tout ça est assez choquant, dit-il enfin. Mais bon, je pense que le ministère public est prêt à poursuivre… à condition qu'on soit sûr que ce truc s'arrête au juré numéro sept.

– Maître Haller ?

J'acquiesçai d'un signe de tête. L'entretien avait pris la direction que j'espérais.

– J'ai des témoins qui arrivent de Paris et sont prêts à y aller, dis-je. Je ne veux pas d'un arrêt du procès pour vice de forme. Et mon client non plus.

Le juge scella notre accord en hochant la tête à son tour.

– Bien, vous retournez à vos places et on fait démarrer ce bazar dans dix minutes.

En descendant le couloir pour rejoindre la salle d'audience, Golantz me menaça.

– Le juge n'est pas le seul à vouloir enquêter sur cette affaire, me lança-t-il en chuchotant.

– Ah bon ? Et ça voudrait dire quoi ?

– Que quand on trouvera cet enfoiré, on saura aussi ce qu'il foutait dans ce jury. Et si jamais il y a un lien avec la défense, j'entends bien…

Je le poussai vers la porte du prétoire. Je n'avais pas besoin d'entendre la suite.

– Un bon point pour vous, Jeff ! lui renvoyai-je en entrant dans la salle.

Je n'y vis pas Stallworth et espérai qu'il m'attendait dans le couloir comme je lui en avais donné l'ordre. Elliot se rua sur moi dès que je m'assis à la table de la défense.

– Qu'est-ce qu'il y a ? Qu'est-ce qui se passe ?

D'un geste de la main je lui fis signe de baisser la voix. Puis je lui murmurai ceci :

– Le juré numéro sept ne s'étant pas pointé aujourd'hui, le juge a essayé de savoir ce qui se passait et a découvert que le type était bidon.

Elliot se raidit et me donna soudain l'impression que quelqu'un venait de lui enfoncer un coupe-papier dans le dos d'au moins cinq centimètres.

– Ah mon Dieu, mais qu'est-ce que ça signifie ?

– Pour nous, rien. Le procès continue avec un juré remplaçant. Mais il va y avoir une enquête pour savoir qui était ce juré numéro sept et j'espère pour vous que l'enquêteur ne va pas venir frapper à votre porte.

– Je ne vois pas comment ça serait possible. Cela dit, nous, on ne peut pas continuer comme ça. Il faut que vous arrêtiez ça. Pour vice de forme.

Je regardai la mine suppliante qu'il avait prise et compris qu'il n'avait jamais eu beaucoup confiance en sa propre défense. Il ne comptait que sur l'infiltré.

– Le juge a refusé. On continue avec ce qu'on a.

Elliot se frotta la bouche d'une main tremblante.

– Ne vous inquiétez pas, Walter. Vous êtes en de bonnes mains. Ce procès, nous allons le gagner à la loyale.

Juste à ce moment-là, l'huissier demanda au public de se lever tandis que le juge montait d'un pas bondissant les marches conduisant à l'estrade où trônait son fauteuil.

– Bien, lança Stanton, l'audience est ouverte dans le procès État de Californie contre Elliot. Faites entrer les jurés.

48

Le premier témoin pour la défense était Julio Muniz, le vidéaste free-lance de Topanga Canyon qui avait pris de vitesse les médias locaux et était arrivé avant la meute à la maison de Malibu le jour du meurtre. J'établis rapidement à l'aide de quelques questions ce qu'il faisait pour gagner sa vie. Muniz ne travaillait pour aucune chaîne de télévision nationale ou locale. Il écoutait les scanners de la police chez lui et dans sa voiture et relevait ainsi des adresses de scènes de crime et de lieux où la police était en service actif. Il s'y rendait aussitôt avec sa caméra vidéo, filmait la scène et vendait ensuite ses reportages aux chaînes de télé locales qui n'avaient pas réagi à temps. Dans notre affaire, pour lui tout avait commencé lorsque, entendant une demande d'envoi d'équipe des Homicides, il s'était rendu à la maison de Malibu avec sa caméra.

– Monsieur Muniz, lui lançai-je, qu'avez-vous fait en arrivant sur les lieux ?

– Eh bien, j'ai sorti ma caméra et j'ai commencé à filmer. J'ai remarqué que les flics avaient quelqu'un à l'arrière de la voiture de patrouille et je me suis dit qu'il s'agissait probablement d'un suspect. Je l'ai donc filmé, puis j'ai filmé les adjoints du shérif en train de sécuriser l'avant de la propriété, enfin… ce genre de choses.

Je fis accepter la cassette vidéo numérique qu'il avait enregistrée ce jour-là comme pièce à conviction numéro un, déroulai l'écran vidéo et posai le projecteur devant les jurés. Puis j'y introduisis la cassette et appuyai sur la touche « play ». La cassette avait été déroulée de façon à démarrer au moment où Muniz commençait à filmer devant la maison d'Elliot. Et là, tandis que passait la vidéo, j'observai les jurés en train de la regarder avec attention. Je connaissais déjà l'enregistrement pour l'avoir visionné plusieurs fois. On y voyait Walter Elliot assis sur la banquette arrière de la voiture de patrouille. La scène ayant été filmée d'en haut, l'indication 4A portée sur le toit de la voiture était clairement visible.

L'enregistrement passait de l'intérieur de la voiture à des scènes où l'on voyait les shérifs adjoints sécuriser la maison, puis revenait à la voiture de patrouille. On y suivait Elliot alors que les inspecteurs Kinder et Ericsson le sortaient du véhicule. Et lui ôtaient les menottes avant de le ramener dans la maison.

À l'aide d'une télécommande, j'arrêtai la projection et rembobinai jusqu'au moment où Muniz s'approchait tout près d'Elliot assis sur la banquette arrière de la voiture de patrouille. Je remis en marche avant, puis je figeai l'image de façon à ce que les jurés puissent voir Elliot se pencher en avant parce qu'il était menotté dans le dos.

– Bien, monsieur Muniz, permettez que j'attire votre attention sur le toit de la voiture de patrouille. Qu'y voyez-vous ?

– J'y vois le sigle qui identifie le véhicule. Soit 4A marqué à la peinture, soit encore quatre alpha, comme on dit à la radio du shérif.

– Bien, avez-vous reconnu ce sigle ? L'aviez-vous déjà vu ?

– J'écoute beaucoup le scanner de la police et ce sigle quatre alpha m'est familier. J'ajoute que de fait, cette voiture quatre alpha, je l'avais déjà vue plus tôt dans la journée.

– Dans quelles circonstances ?

– J'écoutais le scanner lorsque j'ai entendu parler d'une prise d'otage au parc d'État de Malibu Creek. J'y suis donc allé et ça aussi, je l'ai filmé.

– Quelle heure était-il ?

– Aux environs de 2 heures du matin.

– Ce qui veut dire que près de dix heures avant d'enregistrer ce qui se passait chez M. Elliot, vous êtes allé filmer cette prise d'otage, c'est bien ça ?

– C'est bien ça.

– Et que cette voiture quatre alpha se trouvait aussi sur les lieux de cet incident ?

– Oui. C'est dans cette même voiture quatre alpha que le suspect a été emmené quand on a fini par le capturer.

– Vers quelle heure ?

– Pas avant 5 heures du matin ou presque. La nuit a été longue.

– Avez-vous filmé la scène ?

– Oui. C'est un peu avant sur la bande, dit-il en montrant l'image figée sur l'écran.

– Eh bien, regardons ça, dis-je.

J'appuyai sur la touche « rewind » de la télécommande. Golantz se leva aussitôt, éleva une objection et demanda à voir le juge en privé. Celui-ci nous fit signe d'approcher. J'apportai la liste des témoins que j'avais fournie à la cour quinze jours plus tôt.

– Monsieur le juge, lança Golantz en colère. Voilà la défense qui recommence à nous piéger. Il n'est nulle part dans les dossiers de l'instruction fait mention d'un quelconque désir qu'aurait eu maître Haller de parler d'un autre crime avec ce témoin. Je m'oppose à ce que le tribunal accepte cette déposition.

Je glissai très calmement la liste des témoins au juge. À suivre les règlements de la phase de divulgation des pièces, je devais donner la liste de tous les témoins que j'avais l'intention de citer à comparaître ainsi qu'un bref résumé du contenu de leurs dépositions. Et Julio Muniz figurait bien sur ma liste. Et pour être succinct, le résumé de ce qu'il dirait était complet.

– Il est très clairement indiqué que M. Muniz parlerait des vidéos qu'il a faites le 2 mai, qui est le jour de nos deux meurtres, fis-je remarquer au juge. La vidéo qu'il a prise au parc a bien été faite le 2 mai, 2 mai qui est bien le jour de nos deux assassinats. J'ai déposé cette liste il y a quinze jours, monsieur le juge. S'il y a quelqu'un qui essaie de tromper son monde, c'est bien maître Golantz et il se trompe lui-même. Il aurait pu parler avec mon témoin et vérifier ses vidéos. Apparemment, il n'en a rien fait.

Le juge étudia la liste un instant, puis acquiesça d'un signe de tête.

– Objection rejetée, dit-il à Golantz. Maître Haller, vous pouvez poursuivre.

Je retournai à ma place, rembobinai la bande et la remis en marche, les jurés continuant alors de la regarder avec une attention soutenue. La scène ayant été tournée de nuit, il y avait beaucoup de grain et l'image semblait plus saccadée que dans la première séquence.

Enfin nous arrivâmes à l'image d'un homme qu'on faisait monter dans une voiture de patrouille, les mains attachées dans le dos. Après quoi, un shérif adjoint refermait la portière du véhicule et tapait deux fois sur le toit. La voiture s'éloignait en passant droit devant la caméra. C'est à ce moment précis que je figeai à nouveau l'image.

Malgré le grain, on y voyait bien la voiture de patrouille. Et la lumière de la caméra éclairait le toit du véhicule et un homme assis sur le siège arrière.

– Monsieur Muniz, quel est le sigle que l'on voit sur le toit de cette voiture ?

– 4A, soit quatre alpha, encore une fois.

– Et l'homme qu'on emmène, où est-il assis ?

– Sur le siège arrière droit.

– Est-il menotté ?

– Eh bien mais… il l'était quand les flics l'ont mis dans la voiture. C'est ce que j'ai filmé.

– Il a bien les mains attachées dans le dos, n'est-ce pas ?

– C'est exact.

– Bien. Et maintenant, est-il dans la même position et au même endroit de la voiture de patrouille que l'était M. Elliot lorsque vous l'avez filmé environ huit heures plus tard ?

– Oui. Il est exactement dans la même position et au même endroit.

– Merci, monsieur Muniz. Je n'ai plus de questions à vous poser.

Golantz renonça à l'interroger en contre. Il n'y avait rien à reprendre à ce que je venais de dire et la vidéo ne mentait pas. Muniz quitta le box des témoins. J'informai le juge que j'avais l'intention de laisser l'écran en place pour le témoin suivant et appelai le shérif adjoint Todd Stallworth à la barre.

Il avait l'air encore plus en colère lorsqu'il entra dans la salle. C'était parfait. Il avait aussi l'air crevé, sa tenue donnant l'impression de s'être fanée sur lui. Il avait une tache noire sur une de ses manches de chemise, probablement suite à quelque pugilat auquel il s'était livré pendant la nuit.

J'établis rapidement son identité et que, de premier service le jour des meurtres chez Elliot, c'était lui qui conduisait la voiture alpha du district de Malibu. Avant même que j'aie pu lui poser une autre question, Golantz y alla d'une énième objection et voulut à nouveau consulter le juge en privé. Et dès que nous arrivâmes devant Stanton, il leva les mains en l'air comme pour dire : *Mais c'est quoi, ça ?* Sa gestuelle commençait à me fatiguer.

– Objection, monsieur le juge, lança-t-il. Je m'oppose à la présence de ce témoin. La défense l'a caché au milieu des nombreux adjoints du shérif qui se trouvaient sur la scène de crime mais n'ont rien à voir avec cette affaire.

Encore une fois, j'avais ma liste de témoins toute prête. Cette fois, je la posai violemment devant le juge tellement j'étais énervé, puis je fis courir mon doigt sur les noms qu'elle contenait et m'arrêtai sur celui de Todd Stallworth. Il était bien là, au milieu de cinq autres adjoints du shérif qui, tous, s'étaient trouvés sur la scène de crime, à la maison de Malibu.

– Monsieur le juge, repris-je, si j'ai caché Stallworth, je l'ai fait au vu et au su de tous. Son nom figure très clairement dans la liste des agents du maintien de l'ordre. Et cela s'explique de la même manière qu'avant. Le résumé de son intervention à venir précise en effet que Stanton déposera sur ce qu'il a fait le 2 mai. C'est tout ce que j'ai écrit parce que je ne lui avais jamais parlé. C'est la première fois que je vais entendre ce qu'il a à dire.

Golantz hocha la tête et tenta de garder sa contenance.

– Monsieur le juge, dit-il, c'est depuis le tout début de ce procès que la défense a recours à la tricherie, aux tromperies, de façon à…

– Maître Golantz, lui renvoya Stanton en l'interrompant, ne dites pas des choses que vous ne pouvez pas étayer et qui pourraient vous valoir des ennuis. Cela fait quinze jours que ce témoin, tout comme le premier que maître Haller a cité à comparaître, se trouve sur cette liste. Là, en noir et blanc sur ce papier. Vous aviez tout loisir de chercher à savoir ce qu'allaient dire ces personnes. Vous n'avez pas saisi l'occasion qui vous était offerte de le faire, mais cette décision, c'est vous qui l'avez prise. Il n'y a là ni tricheries ni tromperies. Vous feriez bien de surveiller vos propos.

Golantz resta un instant la tête baissée avant de reprendre la parole.

– Monsieur le juge, dit-il enfin d'une voix calme, le ministère public demande une brève suspension de séance.

– Brève comme quoi ?

– Brève jusqu'à 13 heures.

– Deux heures de suspension de séance ? Je ne trouve pas ça très bref, maître Golantz.

Je l'interrompis.

– Monsieur le juge, lui dis-je, la défense s'oppose à toute suspension de séance. Maître Golantz veut seulement s'emparer de mon témoin et lui faire changer sa déposition.

– Alors là, objection ! s'écria Golantz.

– Écoutez, pas de suspension de séance, fini les retards et on arrête de se disputer, dit le juge. On a déjà perdu l'essentiel de la matinée. L'objection est rejetée. Disparaissez.

Nous regagnâmes nos places et je passai trente secondes de la bande-vidéo où l'on voyait l'homme menotté être mis à l'arrière de la voiture quatre alpha au parc d'État de Malibu Creek. Je figeai l'image au même endroit qu'avant, à savoir juste au moment où la voiture passait à toute vitesse devant la caméra. Et je la laissai à l'écran tandis que je reprenais mon interrogatoire.

– Officier Stallworth, est-ce bien vous qui conduisez la voiture ? demandai-je.

– Oui, c'est bien moi.

– Qui est l'homme assis à l'arrière ?

– M. Eli Wyms.

– Je remarque qu'on l'a menotté avant de le mettre dans la voiture. Est-ce parce qu'il était en état d'arrestation ?

– Oui.

– Pourquoi l'avait-on arrêté ?

– Et d'un, parce qu'il avait essayé de me tuer. Il était aussi inculpé de tir illégal d'arme à feu.

– Combien de tirs illégaux ?

– Je ne me rappelle plus le nombre exact.

– On dit quatre-vingt-quatorze ?

– Ça me semble juste. Il avait beaucoup tiré. Il a tout mitraillé là-haut.

Stallworth était fatigué et manquait d'entrain, mais ne marquait aucune hésitation dans ses réponses. Il n'avait aucune idée de la façon dont elles pouvaient s'insérer dans la défense d'Elliot, mais ne donnait pas l'impression de vouloir protéger l'accusation à l'aide de réponses courtes et indifférentes. Il devait être en colère contre un Golantz qui n'avait pas réussi à le dispenser de témoigner.

– Ainsi donc, vous l'avez arrêté et emmené au commissariat de Malibu ?

– Non, je l'ai emmené directement en centre-ville, à la prison du comté, où on pouvait le mettre à l'étage psy.

– Et cela vous a pris combien de temps ? Le trajet, je veux dire.

– Environ une heure.

– Après quoi, vous êtes revenu à Malibu ?

– Non, j'ai d'abord fait réparer la voiture quatre alpha. Wyms y avait tiré un coup de feu qui avait dégommé le phare droit. Comme j'étais en ville, je suis passé à l'atelier et je l'ai fait remplacer. Ça m'a pris tout le reste de mon service.

– Quand la voiture est-elle remontée à Malibu ?

– À la relève. Je l'ai refilée aux mecs de jour.

Je jetai un coup d'œil à mes notes.

– Ce qui nous donne les officiers… Murray et Harber ?

– Exact.

Il bâilla, de petits rires parcourant aussitôt la salle.

– Je sais que vous devriez être au lit et je ne vais pas vous prendre beaucoup plus longtemps. Lorsque vous passez un véhicule à la relève, le faites-vous nettoyer ou disons… désinfecter en quelque façon que ce soit avant ?

– On est censé le faire. Mais soyons réalistes : à moins qu'il n'y ait du dégueulis sur le siège arrière, personne ne le fait. Les véhicules sortent de la rotation une ou deux fois par semaine et c'est là que les mécanos les nettoient.

– Eli Wyms a-t-il dégobillé dans votre voiture ?

– Non. Je l'aurais su.

Re-petits rires. Je baissai les yeux et regardai Golantz : il ne souriait pas du tout.

– Bien, officier Stallworth, voyons voir si j'ai bien tout compris. Eli Wyms est arrêté parce qu'il vous tire dessus et aurait fait feu quatre-vingt-treize autres fois ce matin-là. Il est donc arrêté, menotté dans le dos et transporté par vous en centre-ville. C'est bien ça ?

– Ça me paraît correct.

– Sur la bande, on voit M. Wyms assis sur le siège arrière droit. Y est-il resté toute l'heure qu'a duré le trajet pour descendre en ville ?

– Oui. Je l'y avais fait sangler.

– Placer sur le siège arrière droit quelqu'un en état d'arrestation fait-il partie de la procédure habituelle ?

– Oui. Il vaut mieux ne pas l'avoir derrière soi quand on conduit.

– J'ai aussi remarqué sur cette bande que vous n'aviez pas enfermé les mains de M. Wyms dans des sacs en plastique ou d'autres de cette nature avant de le faire monter dans le véhicule. Pourquoi ?

– Je ne pensais pas que ce soit nécessaire.

– Pourquoi ?

– Parce que ça n'allait pas poser de problèmes. On avait des preuves accablantes que c'était bien avec ses armes qu'il avait tiré. Les résidus de poudre ne nous intéressaient pas.

– Merci, monsieur Stallworth. J'espère que vous allez pouvoir faire dodo bientôt.

Je me rassis et laissai le témoin entre les mains de Golantz. Qui se leva lentement et gagna le pupitre. Il savait maintenant très exactement où je voulais en venir, mais ne pouvait plus faire grand-chose pour m'en empêcher. Mais je dois le lui reconnaître – il trouva une toute petite faille dans mon interrogatoire et fit de son mieux pour l'exploiter.

– Monsieur Stallworth, dit-il, en gros combien de temps avez-vous dû attendre pour qu'on finisse de vous réparer votre voiture à l'atelier du centre-ville ?

– Environ deux heures. Ils n'ont que deux ou trois types qui bossent la nuit et ils devaient pas mal jongler avec leurs boulots.

– Êtes-vous resté près de la voiture pendant ces deux heures ?

– Non, je me suis pris un bureau au commissariat et j'ai rédigé le compte rendu d'arrestation de Wyms.

– Et vous avez bien déclaré tout à l'heure que quelle que soit la procédure à observer, en règle générale vous vous en remettez à l'atelier pour nettoyer les voitures, c'est bien ça ?

– Oui, c'est bien ça.

– Faites-vous une demande officielle ou bien les mécanos de l'atelier décident-ils tout seuls de nettoyer et entretenir les voitures ?

– Je n'ai jamais fait de demande officielle. Ils le font, c'est tout.

– Bien, et pendant ces deux heures que vous avez passées loin de la voiture pour rédiger votre compte rendu, savez-vous si les mécanos de l'atelier l'ont nettoyée ou désinfectée ?

– Je ne sais pas, non.

– Ils auraient pu le faire et vous, ne pas vous en apercevoir, n'est-ce pas ?

– Effectivement.

– Je vous remercie.

J'hésitai, puis décidai de reprendre le témoin.

– Officier Stallworth, vous dites qu'il leur a fallu deux heures pour réparer la voiture parce qu'ils étaient très occupés et manquaient de personnel, c'est bien ça ?

– C'est bien ça.

Lâché sur le ton « je commence à en avoir sacrément marre de ce truc ».

– Il est donc peu probable que ces types aient pris le temps de nettoyer votre voiture si vous ne le leur aviez pas demandé, d'accord ?

– Je ne sais pas. Il faudrait le leur demander à eux.

– Leur avez-vous demandé de nettoyer votre voiture ?

– Non.

– Je vous remercie.

Je me rassis et Golantz passa au round suivant.

Il était déjà presque midi. Le juge leva la séance pour le déjeuner, mais en ne donnant aux jurés et aux avocats que quarante-cinq minutes de battement : il voulait rattraper le temps perdu dans la matinée. Ça ne me dérangeait pas. Mon témoin choc était le suivant et plus vite je la mettrais à la barre, plus près d'un verdict d'acquittement serait mon client.

49

Le docteur Shamiram Arslanian était un témoin surprise. Pas pour ce qui était de sa présence à l'audience – elle figurait sur la liste des témoins bien avant que je ne prenne l'affaire en main. Non – pour ce qui était de son apparence physique et de sa personnalité. Son nom et sa stature dans le monde de la médecine légale suscitaient l'image d'une femme profonde, sombre et scientifique. On se la représentait en blouse blanche de laboratoire et les cheveux plaqués en arrière et noués en chignon. Sauf qu'elle n'était rien de tout cela. Que blonde aux yeux bleus, elle était vive et, de nature enjouée, souriait facilement. Elle n'était pas seulement photogénique, mais aussi télégénique. Elle s'exprimait clairement et avait confiance en elle-même, mais jamais au point d'en devenir arrogante. À la caractériser d'un seul mot, on aurait choisi celui-là même que tout avocat veut entendre dire de son témoin : a-do-ra-ble. Et obtenir ça d'un témoin qui vous parle de médecine légale est rare.

J'avais passé l'essentiel de mon week-end avec Shami, car c'est ainsi qu'elle préférait qu'on l'appelle. Nous avions repris le dossier et nous étions penchés sur les résultats du test des résidus de poudre, la déposition qu'elle ferait pour la défense et les questions auxquelles elle pouvait s'attendre de la part de Golantz dans son interrogatoire en contre. Nous avions repoussé cet entretien le plus tard possible de façon à ne pas tomber dans les pièges de la divulgation obligatoire des pièces par les deux parties. Tout ce qu'elle ignorait, elle ne pouvait pas le révéler à l'accusation. Voilà pourquoi je l'avais tenue le plus longtemps possible dans le noir quant à la nature de mon argument miracle.

Aucun doute n'était possible, le docteur Arslanian était un flingue de choix sur le marché. À Court TV, elle avait ainsi animé une émission sur ses propres exploits. On lui avait demandé par deux fois un autographe lorsque je l'avais emmenée dîner au Palm, et avait été à tu et à toi avec deux ou trois grands pontes de la télé qui étaient venus lui dire bonjour à notre table. Et les honoraires qu'elle exigeait étaient eux aussi de premier choix. Les quatre jours qu'elle allait passer à Los Angeles pour étudier le dossier, préparer sa déposition et la faire lui rapporteraient dix mille dollars nets, plus les frais. Pas mal comme boulot quand on peut le décrocher, et pour le pouvoir, elle le pouvait. Connue pour étudier minutieusement les innombrables demandes de service qu'on lui faisait, elle savait ne choisir que les dossiers où elle ne doutait pas qu'une horrible erreur ait été commise ou, mieux encore, un véritable déni de justice. Il n'était pas mauvais non plus que l'affaire qu'on lui propose attire l'attention des médias nationaux.

Au bout d'à peine dix minutes avec elle, je sus qu'elle valait jusqu'au moindre centime de ce qu'Elliot allait la payer. Elle serait un cauchemar pour l'accusation. Grâce à sa personnalité, elle aurait tôt fait de gagner le jury et ce qu'elle exposerait achèverait le boulot. Une grande partie du travail de l'avocat qui plaide se résume à choisir le bon témoin, et pas vraiment à jouer de ce que sa déposition peut révéler. C'est de vendre son affaire aux jurés qu'il est question et Shami aurait pu leur faire acheter des allumettes brûlées. Le témoin de médecine légale que nous avait présenté l'accusation était une espèce de débile de laborantin avec autant de personnalité qu'un tube à essai. Mon témoin à moi ani-

460

mait une émission de télévision intitulée *Accro à la chimie.*

On la reconnaissait déjà – j'entendis comme un grand murmure dans la salle d'audience tandis que mon témoin à la belle tignasse y entrait par la porte du fond et dans l'instant captivait tous les regards en gagnant le centre de la pièce, franchissant le portail et traversant le terrain de la preuve pour rejoindre la barre. Elle portait un tailleur bleu marine qui épousait étroitement ses formes et accentuait la cascade de boucles blondes qui lui dégringolait sur les épaules. Jusqu'au juge Stanton qui parut tomber sous son charme. Il demanda au garde de lui apporter un verre d'eau avant même qu'elle ait prêté serment. Demander au pignouf de médecine légale présenté par l'accusation s'il avait besoin de quoi que ce soit ne lui était même pas venu à l'idée.

Après qu'elle eut décliné son identité, épelé son nom et juré de ne dire que la vérité, je me levai avec mon bloc-notes et gagnai le lutrin.

– Bonjour, docteur Arslanian. Comment allez-vous ?

– Je vais très bien. Merci de vous inquiéter de ma santé.

Elle avait un rien d'accent du Sud dans la voix.

– Avant de passer à votre curriculum vitae, j'aimerais éclaircir un point tout de suite. C'est bien en qualité de consultante que vous êtes payée par la défense, n'est-ce pas ?

– C'est exact. On m'a payée pour que je vienne ici et pas du tout pour déclarer autre chose que ce que je pense... que cela profite à la défense ou pas. C'est comme ça que je fonctionne et je n'ai jamais varié sur ce point.

– Bien. Dites-nous donc d'où vous venez, docteur.

– En ce moment, j'habite à Ossining, État de New York. Je suis née et ai été élevée en Floride avant de passer bon nombre d'années dans la région de Boston, où j'ai fréquenté diverses écoles.

– Shamiram Arslanian est un nom qui ne dit pas vraiment la Floride.

Elle eut un sourire éblouissant.

– Mon père est cent pour cent arménien. Je dois donc être à moitié arménienne et à moitié floridienne. Quand j'étais petite, mon père me traitait d'Armageddonienne.

Des rires polis s'élevèrent dans la salle.

– Pouvez-vous nous parler de vos études de médecine légale ?

– Eh bien, je suis titulaire de deux diplômes complémentaires dans cette discipline. J'ai une maîtrise du MIT… ou Massachussetts Institute of Technology… en ingénierie chimique. Après, j'ai fait un doctorat de criminologie, ce diplôme m'étant décerné par le John Jay College de New York.

– Vous dites « décerné »… cela veut-il dire qu'il s'agit d'un diplôme honoraire ?

– Du diable, non ! dit-elle avec force. Je me suis cassé le cul deux années entières pour décrocher ce machin.

Cette fois, des rires fusèrent dans toute la salle et je remarquai que même le juge souriait avant d'abattre très poliment son marteau pour demander le calme.

– Je vois dans votre curriculum vitae que vous êtes aussi titulaire de deux autres licences. C'est vrai ?

– Oui, on dirait bien que j'ai tout en deux exemplaires, n'est-ce pas ? Deux enfants. Deux voitures. J'ai même deux chats à la maison, Wilbur et Orville[1].

Je jetai un coup d'œil du côté de la table de l'accusation et m'aperçus que Golantz et son adjoint regardaient droit devant eux et ne s'étaient même pas fendus d'un sourire. Puis je me tournai vers les jurés et vis que tous avaient les yeux braqués sur mon témoin et, ravis,

1. Wilbur et Orville Wright, les deux premiers hommes à avoir volé en avion. *(NdT.)*

l'observaient avec attention. Ils lui mangeaient déjà dans la main alors qu'elle n'avait même pas commencé.

– Qu'avez-vous étudié en licence ?

– J'ai une licence d'ingénierie d'Harvard et une licence du Berklee College of Music. J'ai fait ces deux licences en même temps.

– Vous avez une licence de musique ? lui demandai-je en feignant la surprise.

– Oui, j'aime bien chanter.

Encore des rires. Nous n'arrêtions pas de marquer des points. C'était une surprise après l'autre. Shami Arslanian était le témoin idéal.

Golantz finit par se lever et s'adresser au juge.

– Monsieur le juge, dit-il, le ministère public aimerait que le témoin nous parle de médecine légale et pas de musique, de noms d'animaux domestiques et autres bêtises qui n'ont pas grand rapport avec le sérieux de ces débats.

Le juge me demanda à regret de bien vouloir recentrer mes questions et Golantz se rassit. Il avait marqué le point, mais perdu l'avantage. Tout le monde voyait maintenant en lui un trouble-fête, quelqu'un qui avait anéanti le peu de légèreté qu'il y avait dans cette affaire on ne peut plus sérieuse.

Je posai encore quelques questions, le docteur Arslanian révélant alors qu'elle travaillait comme enseignante et chercheuse au John Jay College. Je couvris tout son passé et insistai sur la difficulté qu'il y avait à l'avoir comme expert dans un procès et l'amenai enfin à nous parler du test des résidus de poudre trouvés sur le corps et les vêtements de Walter Elliot le jour des assassinats de Malibu. Elle déclara avoir pris connaissance de ces tests effectués au labo du shérif et de leurs résultats et avoir à son tour procédé à certaines évaluations et modélisations. Elle ajouta qu'elle avait aussi étudié les bandes vidéo que lui avait soumises la défense.

– Bien, repris-je. Le témoin de l'accusation a déclaré que les tampons qu'on avait frottés sur les mains, les manches et la veste de M. Elliot donnaient de forts niveaux de certains éléments associés aux résidus de poudre. Êtes-vous d'accord avec ces conclusions ?

– Oui, dit-elle, je suis d'accord.

Un murmure de surprise parcourut la salle.

– Vous êtes donc en train de nous dire que, suite à vos évaluations, l'accusé avait bien des résidus de poudre sur les mains et les habits ?

– Effectivement. Des taux de baryum, d'antimoine et de plomb élevés indiquent bien, sous leur forme combinée, qu'on est en présence de traces de poudre.

– Qu'entendez-vous par « élevés » ?

– Élevés par rapport à ce qu'on trouve sur le corps de tout individu, qu'il ait fait feu ou manipulé une arme ou pas. Dans la vie courante, quoi.

– Il faut donc avoir des taux élevés de ces trois éléments pour qu'on puisse parler de test positif à la présence de traces de poudre, c'est bien ça ?

– C'est bien ça. Ça, et certaines constantes de concentration.

– Pouvez-vous expliquer ce que vous entendez par là ?

– Absolument. Quand on fait feu avec une arme… et dans le cas présent, je pense qu'il s'agit d'une arme de poing… il se produit une explosion dans la chambre, explosion qui imprime à la balle son énergie et sa vélocité. En même temps que la balle, cette explosion propulse des gaz hors du canon, mais aussi dans toutes les petites fissures et ouvertures de l'arme. La culasse, à savoir la partie située à l'arrière du canon, s'ouvre après le coup de feu. En s'échappant, les gaz renvoient en arrière, c'est-à-dire sur le tireur, les particules microscopiques dont nous parlons.

– Et c'est ce qui s'est produit dans ce cas, d'accord ?

– Non, pas d'accord. Les résultats de mon examen ne me permettent pas de le dire.

Je haussai les sourcils en feignant à nouveau la surprise.

– Mais, docteur, vous venez juste de dire que vous étiez d'accord avec les conclusions de l'accusation, à savoir qu'il y avait bien des traces de poudre sur les mains et les manches de l'accusé.

– Je suis effectivement d'accord avec les conclusions de l'accusation quant à la présence de traces de poudre sur l'accusé, mais ce n'est pas la question que vous m'avez posée.

Je m'arrêtai quelques instants comme si je réexaminais ma question.

– Docteur Arslanian, êtes-vous en train de nous dire qu'il pourrait y avoir une autre explication à la présence de traces de poudre sur la personne de M. Elliot ?

– C'est effectivement ce que je suis en train de vous dire.

Nous y étions enfin. Enfin nous étions arrivés au point central de mon argumentation. Le moment était venu d'abattre l'atout maître.

– Étudier les éléments que la défense vous a fournis pendant le week-end vous a-t-il amenée à voir une autre explication à la présence de traces de poudre sur les mains et les vêtements de Walter Elliot ?

– Oui.

– Et ce serait… ?

– Il est, pour moi, tout à fait vraisemblable que ces résidus de poudre sur les mains et les vêtements de M. Elliot soient le résultat d'un transfert.

– D'un transfert ? Suggérez-vous qu'on ait déposé, et intentionnellement, des traces de poudre sur M. Elliot ?

– Non, je ne suggère rien de semblable. Ce que je suggère, c'est que cela s'est produit par inadvertance, hasard ou erreur. Ces traces de poudre ne sont rien d'autre que de la poussière microscopique. Et cette poussière se déplace. Elle peut subir des transferts par contact.

– Que voulez-vous dire par « transferts par contact » ?

– Que ce dont nous parlons atterrit sur x ou y surface après que le coup de feu a été tiré. Et que si cette surface entre en contact avec une autre, il y a transfert d'une partie des éléments. Qu'une partie s'en va par frottement, voilà ce que je veux dire. Voilà pourquoi les forces de l'ordre doivent obéir à des protocoles très précis afin d'empêcher ce genre d'accidents. Lorsqu'il y a crime par arme à feu, on ôte souvent leurs vêtements aux victimes et aux suspects afin de bien les protéger avant examen. On peut aussi leur mettre les mains dans des sacs à éléments de preuve afin d'empêcher tout transfert.

– Ces particules peuvent-elles être transférées plusieurs fois ?

– Bien sûr, mais en se dépréciant. Il s'agit là de solides. Pas de gaz. Ces particules ne se dissipent pas comme un gaz. Certes, elles sont microscopiques, mais ce sont des solides et en tant que tels, elles doivent finir quelque part. J'ai procédé à de nombreuses études de ces phénomènes de transferts et découvert qu'ils pouvaient se répéter bien des fois.

– Sauf qu'en cas de transfert répété, la quantité de particules ne peut que diminuer avec chaque transfert et finir par devenir négligeable, n'est-ce pas ?

– Absolument. Il y en aura moins sur chaque nouvelle surface que sur la précédente. Ce qui revient à dire que tout dépend de la quantité de départ. Plus elle est importante, plus il peut y en avoir de transféré.

J'acquiesçai d'un signe de tête et m'offris une petite pause en tournant des pages de mon bloc-notes comme si j'y cherchais quelque chose. Je tenais à ce qu'il y ait une séparation nette entre les tenants et aboutissants de la théorie et l'affaire qui nous occupait.

– Bien, docteur, repris-je enfin. En gardant ces aspects théoriques en tête, pouvez-vous nous dire ce qui s'est passé pour M. Elliot ?

– Je peux non seulement vous le dire, mais aussi vous le montrer, me répondit-elle. Lorsqu'il a été menotté, puis placé à l'arrière de la voiture quatre alpha, M. Elliot s'est retrouvé dans un véritable nid de résidus de poudre. C'est à ce moment et à cet endroit-là qu'ont eu lieu les transferts.

– Comment cela ?

– Ses mains, ses bras et ses habits ont été mis en contact direct avec des restes de poudre d'une autre affaire. Il était alors inévitable qu'il y ait transfert sur sa personne.

Golantz s'empressa d'élever une objection au motif que je n'avais pas travaillé à fonder une réponse pareille. J'informai aussitôt le juge que j'avais l'intention de le faire dans l'instant et lui demandai l'autorisation de réinstaller l'équipement vidéo devant les jurés.

Le docteur Arslanian avait pris la séquence enregistrée par mon premier témoin Julio Muniz et l'avait montée en vidéo de démonstration. Je la fis admettre en tant que pièce à conviction malgré l'objection de Golantz. En m'en servant comme d'une aide visuelle, j'amenai mon témoin à corroborer toutes les phases de ma théorie du transfert. La démonstration prit presque une demi-heure et compte parmi les présentations de théorie alternative les plus rigoureuses que j'aie jamais faites.

Nous commençâmes par l'arrestation d'Eli Wyms et le moment où il est assis à l'arrière de la voiture alpha. Nous passâmes ensuite à la séquence où l'on voyait Elliot être placé dans la même voiture de patrouille moins de dix heures plus tard. Même voiture et même siège. Les deux hommes menottés dans le dos. Le docteur Arslanian fut d'une autorité absolument stupéfiante dans ses conclusions.

– C'est un homme qui avait tiré un minimum de quatre-vingt-quatorze coups de feu qu'on avait placé sur ce siège, dit-elle. Quatre-vingt-quatorze coups de feu ! Il devait puer littéralement la poudre.

– Et c'est votre opinion d'expert qu'il ne pouvait pas ne pas y avoir transfert de résidus de poudre de la personne d'Eli Wyms à ce siège ?

– Tout à fait.

– Et c'est aussi votre opinion d'expert que les résidus de poudre laissés sur ce siège ont été transférés à la personne qui s'est assise dessus après ?

– Absolument.

– Et c'est encore votre opinion d'expert que telle est l'origine des résidus de poudre qu'on a relevés sur les mains et les habits de Walter Elliot ?

– Encore une fois, menotté dans le dos comme il l'était, il s'est trouvé en contact direct avec la surface de transfert. Oui, l'expert que je suis croit fermement que c'est de cette manière qu'il s'est retrouvé avec des résidus de poudre sur les mains et les habits.

Je marquai à nouveau une pause pour qu'on enregistre bien les conclusions de l'expert. Le doute raisonnable ? Je compris que je venais d'en semer de beaux dans la conscience de tous les jurés. Qu'ils votent ensuite en conscience était une autre affaire.

L'heure était maintenant venue d'installer le gros accessoire pour achever de faire entrer le témoignage du docteur Arslanian dans toutes les têtes.

– Docteur, repris-je, avez-vous tiré d'autres conclusions de votre analyse des tests de résidus de poudre qui étayent la théorie du transfert que vous venez de nous exposer ?

– En effet.

– Et ce serait… ?

– Puis-je utiliser mon mannequin pour vous le démontrer ?

Je demandai au juge la permission d'autoriser le témoin à se servir d'un mannequin aux fins de démonstration, il me l'accorda sans que Golantz élève la moindre objection. Je traversai alors l'enclos de l'huissier pour gagner le couloir conduisant au cabinet du juge. J'y avais laissé le mannequin du docteur Arslanian en attendant que Stanton déclare qu'on pouvait l'accepter comme élément de preuve. Je le poussai sur ses roulettes jusqu'au milieu du terrain de la preuve, devant les jurés… et la caméra de Court TV. Puis je fis signe au docteur Arslanian de quitter la barre des témoins et de procéder à sa démonstration.

Le mannequin avait la taille d'un être humain, et membres, mains et même les doigts, tout pouvait en être manipulé. En plastique blanc, il était par endroits couvert de taches grises sur le visage et les mains suite à diverses expériences et démonstrations effectuées au fil des ans. Il était présentement vêtu d'un blue-jean et d'une chemise à col bleu foncé sous un coupe-vent dont le dos s'ornait d'un logo célébrant le titre de champion de football américain remporté par l'université de Floride un peu plus tôt cette année-là. Le tout était suspendu à quelque cinq centimètres du sol par une potence en métal montée sur roulettes.

Je m'aperçus que j'avais oublié quelque chose, cherchai mon sac et en sortis rapidement un faux flingue en bois et une flèche lumineuse télescopique. Je les tendis tous les deux au docteur Arslanian et regagnai le pupitre.

– Bien, qu'avons-nous là, docteur ? lui demandai-je.

– Je vous présente Manny, mon mannequin de démonstration. Manny, je te présente les jurés.

Il y eut quelques rires, un juré, l'avocat, allant jusqu'à hocher la tête pour dire bonjour à Manny.

– Manny est un fan des Forida Gators ?

– Euh… aujourd'hui, oui.

Il arrive que le messager brouille le message. Avec certains témoins, c'est ce qu'on veut parce que leur témoignage n'aide pas des masses. Mais ce n'était pas le cas avec le docteur Arslanian. Je savais qu'avec elle je marchais sur le fil du rasoir : trop mignonne et trop amusante d'un côté ; d'une grande solidité scientifique de l'autre. Trouver le bon dosage ferait que personnalité et contenu de sa déposition, tout laisserait une forte impression sur les jurés. Je compris qu'il était temps de revenir aux choses sérieuses.

– Docteur, repris-je, pourquoi avons-nous besoin de Manny maintenant ?

– Parce qu'une analyse des tampons MSE utilisés par l'expert du labo du shérif nous montrera pourquoi les traces de poudre relevées sur la personne de M. Elliot ne provenaient pas d'un coup de feu qu'il aurait tiré.

– Je sais que cet expert nous a expliqué ces procédures la semaine dernière, mais j'aimerais que vous nous rafraîchissiez la mémoire. Qu'est-ce qu'un tampon MSE ?

– Le test des résidus de poudre est effectué à l'aide de tampons ronds, aussi appelés « disques », dont un des côtés se décolle. Ces tampons sont appliqués légèrement sur la zone à tester et y ramassent tous les éléments microscopiques présents à sa surface. Le disque est ensuite placé sous un microscope à scanner électronique, ou MSE dans notre jargon. C'est grâce à ce microscope que l'on constate ou ne constate pas la présence des trois éléments dont nous parlions tout à l'heure. Le baryum, l'antimoine et le plomb.

– Bien, avez-vous une démonstration prête ?

– Oui.

– Je vous en prie, expliquez vos conclusions au jury.

Elle déploya sa flèche lumineuse et se posta en face des jurés. Sa démonstration avait été très soigneusement préparée et elle l'avait répétée dans les moindres détails, dont le fait que je l'appellerais systématiquement « docteur » et qu'elle parlerait toujours de l'expert de l'accusation comme de « ce monsieur ».

– Ce monsieur Guilfoyle, l'expert des services du shérif, a donc effectué six frottis sur le corps et les vêtements de M. Elliot, entonna-t-elle. Chacun de ses disques avait été codé de façon à ce que l'endroit frotté soit connu et répertorié.

Tout en parlant elle montra avec sa flèche ces divers endroits sur le mannequin. Lequel mannequin avait les bras le long du corps.

– Le disque A a été appliqué sur la main droite. Le B sur le haut de la main gauche. Le C sur la manche droite du coupe-vent de M. Elliot et le D sur la gauche. Nous avons ensuite les disques E et F sur les parties avant droite et gauche de sa veste, et les G et H sur les parties torse et poitrine de la chemise qu'il portait sous sa veste ouverte.

– Ces vêtements sont-ils ceux qu'il portait ce jour-là ?

– Non. Mais ils en sont la copie exacte et ce, jusqu'à leurs tailles et les noms des fabricants.

– Bien, qu'avez-vous appris en analysant ces huit disques ?

– J'ai préparé un tableau afin que les jurés puissent suivre mes explications.

Je voulus faire admettre ce tableau comme élément de preuve. Golantz en avait reçu une copie le matin même. Il se leva et protesta en déclarant que recevoir cette pièce aussi tardivement constituait une violation des règles de divulgation des pièces. Je fis valoir au juge que le tableau n'avait été mis sur pied que la veille au soir, après les réunions que j'avais eues avec le docteur Arslanian la veille et l'avant-veille. Le juge fut d'accord avec l'accusation et me remontra que le sens de ce que je faisais en interrogeant le témoin était assez clair et bien préparé et que j'aurais par conséquent dû dresser ce tableau plus tôt. L'objection de Golantz étant retenue, le docteur Aslanian se retrouva dans l'obligation d'improviser sans mon aide. Il s'agissait là d'un pari, mais je ne regrettai pas de l'avoir osé. Je préférais que mon témoin parle aux jurés sans filet plutôt que d'affronter un Golantz qui aurait compris ma stratégie avant que je ne la mette en œuvre.

– Bien, docteur, repris-je, vous pouvez encore consulter vos notes et ce tableau. Il faut seulement que les jurés puissent vous suivre. Qu'avez-vous donc retiré de l'examen de ces huit disques ?

– J'en ai retiré que les quantités de poudre relevées sur ces huit disques diffèrent beaucoup.

– Comment cela ?

– Les disques A et B, à savoir ceux passés sur les mains de M. Elliot, sont ceux sur lesquels on a relevé la plus forte quantité de résidus de poudre. Nous avons ensuite droit à une chute spectaculaire dans les quantités de poudre répertoriées ; cette chute est très marquée sur les disques C, D, E et F, les disques G et H étant, eux, vierges de toute trace de poudre.

Et d'illustrer encore une fois son propos à l'aide de la flèche lumineuse.

– Qu'en déduisez-vous, docteur ?

– Que les résidus de poudre trouvés sur les mains et les habits de M. Elliot ne font pas suite à un tir qu'il aurait effectué.

– Pouvez-vous nous montrer pourquoi ?

– Eh bien, le fait que les taux relevés sur les deux mains soient comparables indique que le tireur a fait feu à deux mains.

Elle gagna le mannequin, en leva les bras et les mit en V en en joignant les deux mains sur le devant. Puis elle referma ces mains et leurs doigts articulés sur l'arme en bois.

– Sauf que si le tireur avait tenu son arme à deux mains, il en serait résulté des taux de poudre plus élevés aussi bien sur les manches de la veste que sur le reste des vêtements de M. Elliot.

– Et les disques analysés au labo du shérif ne le montrent pas du tout, c'est bien ça ?

– Tout à fait. Ils montrent même le contraire. Si l'on était en droit de s'attendre à une certaine diminution des quantités de poudre relevées sur les mains de l'accusé, on ne pouvait pas s'attendre à ce qu'elle soit de cette magnitude.

– Ce qui pour l'expert que vous êtes signifie quoi au juste ?

– Qu'il y a eu transferts combinés. Le premier contact avec la poudre a eu lieu quand, les bras et les mains attachés dans le dos, M. Elliot a été placé dans la voiture quatre alpha. C'est là que les particules se sont déposées sur ses mains et sur ses bras, certaines quantités en étant ensuite transférées une deuxième fois sur le devant de sa veste lorsqu'il a très normalement bougé les bras et les mains, cette occurrence se répétant de manière continue jusqu'à ce que ses vêtements lui soient retirés.

– Et pour l'absence de tout résidu de poudre sur la chemise qu'il portait sous sa veste ?

– Nous n'en tenons pas compte dans la mesure où il aurait pu remonter la fermeture Éclair de sa veste avant de tirer.

– Docteur Arslanian, l'expert que vous êtes croit-il donc possible que M. Elliot se soit retrouvé avec ce type de traces de poudre sur les mains et les vêtements après avoir tiré des coups de feu ?

– Absolument pas.

– Merci, docteur Arslanian, je n'ai plus de questions à vous poser.

Je regagnai mon siège, me penchai en avant et murmurai ceci à l'oreille d'Elliot :

– Si nous ne leur avons pas fourni de quoi avoir un doute raisonnable, je ne sais vraiment pas ce qu'est un doute raisonnable.

Il acquiesça d'un signe de tête et me chuchota ceci en retour :

– Je n'ai jamais aussi bien dépensé dix mille dollars de ma vie !

Je trouvais que je ne m'étais pas mal débrouillé non plus, mais laissai passer. Golantz demanda au juge de prononcer la suspension de séance du milieu de l'après-midi avant d'interroger le témoin en contre et le juge accepta. Je remarquai ce que je crus bien être une énergie nouvelle dans les bavardages qui se firent entendre dans la salle d'audience après la suspension de séance. Shami Arslanian avait très clairement donné de l'élan à la défense.

Un quart d'heure plus tard, j'allais voir ce que Golantz avait dans le ventre pour décrédibiliser mon témoin et sa déposition, mais je ne pensais vraiment pas qu'il ait grand-chose à lui opposer. Si ç'avait été le cas, il n'aurait pas demandé cette suspension de séance. Il se serait levé d'un bond et aurait chargé dans l'instant.

Les jurés et le juge ayant vidé les lieux, et les observateurs se répandant déjà dans les couloirs, je gagnai la table de l'accusation d'un pas sautillant. Golantz était en train de noter des questions dans son bloc-notes. Il ne leva même pas la tête pour me regarder.

– Quoi ? fit-il.

– La réponse est non.

– À quelle question ?

– Celle que vous alliez me poser concernant une éventuelle demande de plaider-coupable de la part de mon client. Ça ne nous intéresse pas.

Il ricana.

– Vous êtes marrant, Haller, me dit-il. Bon d'accord, vous avez un témoin impressionnant. Mais… et alors ? Le procès est loin d'être terminé.

– Sauf que j'ai un capitaine de police français qui va nous dire dès demain que Rilz a dénoncé sept des types les plus dangereux et agressifs sur lesquels il ait enquêté. Que deux d'entre eux sont comme par hasard sortis de prison l'année dernière et qu'ils ont disparu. Et que personne ne sait où ils sont. Et s'ils s'étaient trouvés à Malibu au printemps dernier, hein ?

Golantz reposa son stylo et leva enfin la tête pour me regarder.

– Oui, je lui ai parlé hier, à votre espèce d'inspecteur Clouseau, me renvoya-t-il. Il est assez clair qu'il est prêt à raconter tout ce qu'on veut du moment qu'on lui paie l'avion en première classe. À la fin de sa déposition, il m'a sorti une carte des lieux de résidence des stars de cinéma et m'a demandé si je pouvais lui montrer où habite Angelina Jolie. Un sacré témoin que vous m'avez trouvé là, Haller !

J'avais dit au capitaine Pépin d'y aller mollo avec la carte des stars. Apparemment, il ne m'avait pas écouté. J'avais besoin de changer de sujet.

– Bon alors, où sont passés les Allemands ? lui demandai-je.

Il regarda derrière lui comme s'il voulait s'assurer que les membres de la famille Rilz n'étaient pas là.

– Je leur ai dit qu'ils devaient se préparer à vous voir vous lancer dans une stratégie qui consisterait à chier tout partout sur la mémoire de leur fils et frère, me répondit-il. Je leur ai aussi dit que vous alliez parler des problèmes que Johan a eus en France il y a cinq ans et vous servir de ça pour essayer de dédouaner son assassin. Je leur ai encore dit que vous alliez le présenter comme une espèce de gigolo allemand qui séduisait les riches, hommes et femmes, dans tout Malibu et le West Side. Et vous savez ce que m'a répondu le père ?

– Non, mais vous allez me le dire.

– Il m'a dit qu'ils en avaient assez de la justice américaine et qu'ils rentraient chez eux.

J'essayai de lui renvoyer une pique aussi intelligente que cynique, mais ne trouvai rien.

– Ne vous inquiétez pas, reprit Golantz. Que ce soit bon ou mauvais, je les appellerai pour leur donner le verdict.

– Bien.

Je le laissai là et passai dans le couloir pour y chercher mon client. Je le vis au milieu d'un cercle de journalistes. Se sentant un rien effronté après la réussite qu'avait été le témoignage du docteur Arslanian, il s'était mis à travailler le grand jury… celui de l'opinion publique.

– Tout le temps qu'on a passé à m'accuser alors que le vrai assassin cavalait partout en liberté ! s'écria-t-il.

Concise et bien envoyée, cette formule ! Il était bon. J'allai me frayer un chemin à travers la foule pour l'attraper lorsque Dennis Wojciechowski m'intercepta.

– Suis-moi, dit-il.

Nous descendîmes le couloir pour nous éloigner de la cohue.

– Qu'est-ce qu'il y a, Cisco ? Je me demandais où tu étais.

– J'ai été très occupé. J'ai le rapport de Floride. Tu veux l'entendre ?

Je lui avais dit ce qu'Elliot m'avait raconté sur son rôle dans sa prétendue organisation. Son histoire m'avait paru assez sincère mais à la lumière du jour, je m'étais obligé à ne pas oublier un truisme des plus simples – à savoir que tout le monde ment –, et avais demandé à Cisco de voir ce qu'il pouvait faire pour avoir confirmation de ses propos.

– Allez, vas-y, balance, lui dis-je.

– J'ai eu recours à un privé de Fort Lauderdale avec qui j'ai déjà travaillé. Tampa se trouve de l'autre côté de l'État, mais je voulais bosser avec un type que je connaissais et en qui j'avais confiance.

– Je comprends. Qu'est-ce qu'il a trouvé ?

– Que le grand-père d'Elliot a fondé une société d'exportation de phosphates il y a soixante-dix-huit ans de ça. Qu'il y a travaillé, que le père d'Elliot y a travaillé après lui et qu'Elliot y a aussi bossé. Sauf qu'il n'aimait pas beaucoup se salir les mains dans le phosphate et qu'il a vendu l'affaire un an après que son père est mort d'une crise cardiaque. La société étant privée, l'acte de vente n'est pas public. À l'époque, les journaux en ont quand même évalué le montant aux environs de trente-deux millions de dollars.

– Et le crime organisé dans tout ça ?

– Mon type n'a rien reniflé de ce côté-là. Pour lui, tout ça lui semblait bon et propre… légalement parlant, s'entend. Elliot t'a dit qu'il servait de paravent et qu'on l'a envoyé ici pour investir le pognon. Il ne t'a pas dit qu'il avait vendu sa propre société et qu'il en rapportait aussi le fric. Il te raconte des craques.

J'acquiesçai.

– Bien, Cisco, merci, dis-je.

– As-tu besoin de moi au tribunal ? J'ai encore deux ou trois trucs à finir. J'ai entendu dire que le juré numéro sept n'est pas venu ce matin.

– C'est vrai ; il est quelque part dans la nature. Et, non, je n'ai pas besoin de toi au tribunal.

– OK, mec, à plus.

Il se dirigea vers les ascenseurs et je me retrouvai à regarder mon client qui dissertait avec les journalistes. Je sentis comme une brûlure monter lentement en moi et gagner en intensité au fur et à mesure que je fendais la foule pour le rejoindre.

– Bien, lançai-je à tout le monde, on arrête là ! On ne fait plus de commentaires. Du tout.

J'attrapai Elliot par le bras, le sortis de la foule et lui fis descendre le couloir. Je chassai encore deux ou trois reporters qui nous suivaient jusqu'à ce qu'enfin, hors de portée d'oreilles, nous puissions parler librement.

– Walter, lui dis-je, qu'est-ce que vous fabriquiez ?

Il jubilait. Il ferma le poing et le brandit plusieurs fois en l'air.

– Je le leur foutais dans le cul ! Oui, au procureur et aux shérifs, à tous !

– Ouais, bon, ben… vaudrait mieux attendre un peu. On a encore du chemin à faire. On a peut-être remporté la victoire aujourd'hui, mais on n'a pas encore gagné la guerre.

– Oh, allons ! C'est dans la poche, Mick. Putain de Dieu, elle a été géniale ! Même que j'ai envie de l'épouser !

– Ouais, bon, c'est gentil, mais attendons de voir comment elle se débrouille en contre avant de lui acheter la bague, d'accord ?

Une autre journaliste se pointant alors, je lui dis de dégager, puis me retournai vers mon client.

– Écoutez, Walter, faut qu'on cause.

– D'accord, allez-y.

– J'ai mis un détective privé sur vos histoires en Floride et je viens d'apprendre que c'était des conneries. Vous m'avez menti, Walter, et je vous avais dit de ne jamais le faire.

Il hocha la tête et eut l'air agacé que je lui dégonfle ainsi son enthousiasme. Pour lui, être pris en flagrant délit de mensonge n'était qu'un inconvénient mineur, et ça l'ennuyait que j'aie même seulement osé soulever le sujet.

– Pourquoi m'avez-vous menti, Walter ? repris-je. Pourquoi avez-vous trafiqué cette histoire ?

Il haussa les épaules et se détourna de moi pour me répondre.

– Cette histoire ? Je l'ai trouvée dans un scénario. Même que j'ai refusé le projet. Mais je n'ai pas oublié l'histoire.

– Mais pourquoi ? Je suis votre avocat. Vous pouvez tout me dire. Je vous ai demandé de me dire la vérité et vous m'avez menti. Pourquoi ?

Enfin il me regarda dans les yeux.

– Je savais que je devais vous allumer un feu sous les fesses.

– Un feu ? Quel feu ? De quoi parlez-vous ?

– Allons, Mickey. Ne commençons pas à…

Il se retourna pour regagner la salle d'audience, mais je l'attrapai durement par le bras.

– Non, Walter, je veux vous l'entendre dire. De quel feu parlez-vous ?

– Tout le monde est en train de rentrer. La pause est terminée et nous devrions être dans la salle.

479

Je l'agrippai encore plus fort.

– Quel feu, Walter ?

– Vous me faites mal au bras.

Je desserrai mon étreinte, mais ne le lâchai pas. Et ne le quittai pas des yeux.

– Quel feu ? répétai-je.

Il se détourna et me gratifia d'un sourire du genre : « Et merde, tiens ! » Je finis par lui lâcher le bras.

– Écoutez, me dit-il. Dès le début, j'avais besoin que vous croyiez à mon innocence. C'était la seule façon que j'avais d'être sûr que vous sortiriez le grand jeu. Que vous seriez impitoyable.

Je le dévisageai et vis son sourire se muer en petit air de fierté.

– Je vous ai dit que je savais lire les visages, reprit-il. Je savais que vous aviez besoin d'avoir quelque chose en quoi croire. Je savais que si j'étais un peu coupable, mais pas coupable du gros crime, cela vous donnerait ce dont vous aviez besoin. Que ça vous rendrait votre flamme.

On dit que les meilleurs acteurs d'Hollywood sont du mauvais côté de la caméra. À ce moment-là, je sus que c'était vrai. Je sus aussi qu'il avait tué sa femme et son amant, et qu'il en était même fier. Je retrouvai enfin ma voix et parlai :

– Où vous êtes-vous procuré l'arme ?

– Oh, j'en avais une. Je l'avais achetée en fraude à un marché aux puces dans les années soixante-dix. J'étais un grand fan de *Dirty Harry* et je voulais un mag .44. Je le gardais à la maison de Malibu pour notre protection. Il y a beaucoup de vagabonds sur la plage.

– Que s'est-il vraiment passé dans cette maison, Walter ?

Il hocha la tête comme s'il avait depuis toujours choisi cet instant pour me le dire.

– Ce qui s'est passé, c'est que je suis allé à la maison de Malibu pour la confronter, elle et le type avec qui elle baisait régulièrement tous les lundis. Sauf que, en arrivant, j'ai compris que c'était Rilz. Elle me l'avait fait passer pour un pédé, elle l'avait invité à dîner, à des soirées et à des premières où on était allés ensemble et ils devaient se marrer dans mon dos. Ils devaient se payer ma tête, Mick.

« Ça m'a rendu fou. Enragé, même. J'ai sorti l'arme de l'armoire, j'ai enfilé des gants en caoutchouc que j'avais trouvés sous l'évier et je suis monté à l'étage. Vous auriez dû voir la tête qu'ils ont faite en voyant cette arme énorme !

Je le dévisageai longuement. J'avais déjà eu des clients qui m'avaient tout avoué. Mais en général ils le faisaient en pleurant et se tordaient les mains pour combattre les démons que leurs crimes avaient fait naître en eux. Pas Walter Elliot. Walter Elliot, lui, était glacé jusqu'à la moelle.

– Comment vous êtes-vous débarrassé de votre arme ?

– Je n'étais pas allé à Malibu tout seul. J'avais des gens avec moi et ce sont eux qui m'ont débarrassé de mon arme, des gants et de mon premier jeu d'habits. Après ils sont descendus sur la plage, sont remontés jusqu'au Pacific Coast Highway et ont pris un taxi. Pendant ce temps-là, je me suis lavé et changé avant d'appeler le 911.

– Qui vous a aidé ?

– Vous n'avez pas besoin de le savoir.

Je hochai la tête. Pas parce que j'étais d'accord avec lui. Seulement parce que je le savais déjà. Je revis en un éclair Nina Albrecht en train de déverrouiller sans le moindre problème la porte donnant sur la terrasse alors que j'avais été incapable de l'ouvrir. Cela montrait une familiarité avec la chambre à coucher du patron qui m'avait frappé dès que je l'avais constatée.

Je me détournai de mon client et regardai le dallage. Des millions de gens l'avaient éraflé en faisant des millions de kilomètres pour que justice leur soit rendue.

– Je n'ai jamais compté sur ces histoires de transfert, Mick, reprit-il. Quand les flics m'ont dit qu'ils voulaient faire le test, j'ai été pour. Je me croyais libre de toute trace de poudre, ils le verraient et tout serait dit. Pas d'arme, pas de traces de poudre, pas d'affaire Elliot.

Il hocha la tête en repensant à la manière dont il l'avait échappé belle et ajouta :

– Je remercie Dieu qu'il y ait des avocats comme vous.

Je levai brusquement les yeux vers lui.

– Avez-vous tué Jerry Vincent ?

Il me renvoya mon regard et hocha la tête.

– Non, dit-il, je ne l'ai pas tué. Mais ç'a été un sacré coup de bol parce que je me suis retrouvé avec un meilleur avocat.

Je ne sus pas quoi répondre. Je regardai la porte de la salle d'audience à l'autre bout du couloir. Le garde nous y attendait. Il leva la main en l'air et me fit signe d'entrer. La pause était terminée et le juge était prêt. Je hochai la tête et levai un doigt en l'air. Attendez. Je savais que le juge ne commencerait pas tant qu'on ne lui aurait pas confirmé que les avocats étaient à leur place.

– Retournez dans la salle, dis-je à Elliot. Il faut que j'aille aux toilettes.

Elliot rejoignit calmement l'endroit où se trouvait le garde. Je me dépêchai d'entrer dans les toilettes proches et gagnai un des lavabos. Et me passai de l'eau froide sur la figure. Mon plus beau costume et ma chemise en furent tachés, mais je m'en foutais.

51

Ce soir-là, j'expédiai Patrick au cinéma parce que je voulais avoir la maison à moi tout seul. Je ne voulais ni télé ni conversations. Je ne voulais avoir personne pour me regarder et m'interrompre. J'appelai Bosch et lui dis que je serais chez moi toute la soirée. Pas pour mitonner ce qui serait probablement le dernier jour du procès. Pour ça, j'étais déjà plus que prêt : j'avais mon capitaine de police français bien préparé à balancer une autre dose de doutes raisonnables aux jurés.

Et ce n'était pas non plus parce que je savais enfin que mon client était coupable. Je pouvais compter sur les doigts d'une main les clients vraiment innocents que j'avais défendus au fil des ans. Les coupables, c'était ma spécialité. Non, j'étais vexé qu'on se soit aussi bien servi de moi. Et que j'aie, moi, oublié la règle la plus basique qui soit – à savoir que tout le monde ment.

Vexé, je l'étais encore parce que je savais que moi aussi, j'étais coupable. Je ne pouvais pas m'empêcher de penser au père et aux frères de Rilz et à ce qu'ils avaient dit à Golantz de leur décision de rentrer en Allemagne. Ils n'avaient aucune envie d'attendre le verdict si cela signifiait voir la mémoire de l'être cher traînée dans les égouts du système judiciaire américain. J'avais passé quasi vingt ans de ma vie à défendre des coupables, voire de véritables incarnations du mal. Cela, j'avais toujours été capable de l'admettre et de faire avec. Mais je ne me sentais ni très propre ni très fier du boulot que j'allais faire le lendemain.

C'était dans ce genre de moments que j'éprouvais le plus fortement l'envie de retrouver ce que j'avais été autrefois. Et la distance qui allait avec. L'envie de prendre la pilule qui, je le savais, me rendrait insensible à la douleur que je sentais en moi. C'était dans ces moments que je comprenais que j'avais, moi aussi, des jurés à qui rendre des comptes, et qu'ils me déclareraient coupable, et que ce serait la dernière affaire que je prendrais.

Je passai sur la terrasse en espérant que le spectacle de la ville me sorte de l'abîme dans lequel j'étais tombé. La nuit était froide, claire et cassante. Los Angeles s'étalait devant moi tel un tapis de lumières, chacune d'entre elles disant un rêve quelque part. Ce rêve, certains le vivaient, d'autres pas. Certains le réalisaient et pour un dollar de mise n'en retrouvaient que dix cents, d'autres le gardant par-devers eux comme un objet aussi sacré que la nuit. Moi, je ne savais même plus si j'en avais un. J'avais l'impression de ne plus avoir que des péchés à avouer.

Au bout d'un instant, une image m'envahit et Dieu sait comment m'arracha un sourire. C'était l'un des derniers souvenirs clairs que j'avais de mon père, le plus grand avocat de son temps. Objet hérité de la famille de ma mère, une antique boule de verre avait été retrouvée cassée sous l'arbre de Noël. Ma mère m'amenait alors à la salle de séjour pour constater les dégâts et me donner la possibilité d'avouer ma faute. Mon père était déjà malade et ne devait plus jamais aller mieux. Il avait déménagé ses dossiers, enfin… ce qu'il en restait, dans le bureau à côté de la salle de séjour. Je ne le voyais pas, mais par la porte entrouverte je l'entendis chantonner :

Dans la panade, invoquer le cinquième…

Je savais ce que ça voulait dire. Même si je n'avais encore que cinq ans, j'étais bel et bien le fils de mon père en sang et en droit. Je refusai de répondre aux questions de ma mère. Je refusai de m'incriminer.

J'éclatai de rire en regardant la ville des rêves. Puis je me penchai en avant et, les coudes sur la rambarde, je courbai la tête.

– Je ne peux plus faire ce boulot, me murmurai-je à moi-même.

C'est alors que la chanson du Lone Ranger se fit soudain entendre par la porte ouverte derrière moi. Je réintégrai la maison et regardai le portable que j'avais laissé sur la table avec mes clés. À l'écran s'affichait la mention : APPEL PRIVÉ. J'hésitai – je savais exactement combien de temps durerait la chansonnette avant que la communication ne passe en message.

Au dernier moment, je décrochai.

– C'est bien à l'avocat Michael Haller que je parle ?

– Oui, qui est à l'appareil ?

– Officier de police Randall Morris. Maître Haller, connaissez-vous une certaine Elaine Ross ?

Je sentis mon estomac se nouer.

– Lanie ?! m'exclamai-je. Oui. Que s'est-il passé ? Qu'est-ce qu'il y a ?

– Euh… j'ai Mlle Ross ici même, dans Mulholland Drive, et elle ne devrait pas conduire. Elle est… comme tombée dans les pommes après m'avoir donné votre carte.

Je fermai les yeux un instant. L'appel semblait confirmer les craintes que je nourrissais à son endroit. Lanie Ross avait rechuté. L'arrêter, ce serait la remettre dans le circuit judiciaire et lui coûterait probablement un autre séjour en prison, plus la cure de désintoxication.

– À quelle prison allez-vous l'emmener ? demandai-je.

– Je vais être franc avec vous, maître Haller. Je devais me mettre en code 7 dans vingt minutes. Si je dois descendre la coffrer en ville, ça va me prendre encore deux heures avant de manger et j'ai déjà plus que mon contingent d'heures sup pour le mois. Je me disais donc que si vous pouviez venir la chercher ou envoyer quelqu'un, je serais prêt à passer l'éponge, vous… voyez ce que je veux dire ?

– Oui. Merci, officier Morris. Donnez-moi l'adresse et je viens la chercher.

– Vous savez où se trouve le belvédère de Fryman Canyon ?

– Oui.

– C'est là qu'on est. Faites vite.

– J'y serai dans moins d'un quart d'heure.

Fryman Canyon ne se trouvait qu'à quelques rues du garage aménagé en chambre, où un ami permettait à Lanie d'habiter sans payer de loyer. Je pouvais la ramener chez elle, regagner le parc à pied et récupérer sa voiture après. Cela me prendrait moins d'une heure et éviterait la prison à Lanie et la fourrière à sa voiture.

Je quittai la maison et remontai Laurel Canyon jusqu'à Mulholland. Arrivé en haut de la colline, je pris à gauche et filai vers l'ouest. Je baissai les vitres et laissai entrer l'air dès que je sentis les premiers signes de fatigue se manifester. Je suivis la route en tortillons sur huit cents mètres et ne ralentis qu'une fois, lorsque le faisceau de mes phares éclaira un coyote miteux qui montait la garde au bord de la route.

Comme je m'y attendais, mon portable se mit à bourdonner.

– Qu'est-ce qui vous a pris tout ce temps pour m'appeler, hein, Bosch ? lançai-je en guise de salutation.

– Je n'arrête pas de vous appeler, mais il n'y a pas de réseau dans le canyon. C'est quoi, ce truc ? Un test ?

Où est-ce que vous allez, bordel ? Vous m'avez appelé pour me dire que vous aviez fini pour la soirée.

– J'ai reçu un coup de fil. Une… de mes clientes qui s'est fait coincer pour conduite en état d'ivresse dans le coin. Le flic passe l'éponge si je la ramène à la maison.

– D'où ?

– Du belvédère de Fryman Canyon. J'y suis presque.

– Qui c'est, ce flic ?

– Randall Morris. Il ne m'a pas dit s'il était d'Hollywood ou d'Hollywood Nord.

Mulholland marquait la frontière entre deux divisions de la police. Morris pouvait travailler pour l'une ou pour l'autre.

– Bien, arrêtez-vous le temps que je vérifie.

– Que je m'arrête ? Mais où ?

Route à deux voies extrêmement sinueuse, Mulholland n'avait que quelques belvédères en guise de dégagements. Se garer n'importe où ailleurs, c'était se faire rétamer par la première voiture qui sortirait du virage suivant.

– Bon, d'accord, ralentissez.

– Je suis déjà arrivé.

Le belvédère de Fryman Canyon se trouvait du côté Valley de la montagne. Je pris à droite pour y entrer et dépassai le panneau indiquant que la zone où se garer fermait après le coucher du soleil.

Et ne vis ni la voiture de patrouille ni celle de Lanie. La zone de stationnement était vide. Je jetai un coup d'œil à ma montre. Il ne s'était écoulé que douze minutes depuis que j'avais promis à Morris de le rejoindre en moins d'un quart d'heure.

– Merde !

– Quoi ? me demanda Bosch.

J'abattis la paume de ma main sur le volant. Morris ne m'avait pas attendu. Il avait décidé d'y aller et avait emmené Lanie en prison.

– Quoi ? répéta Bosch.

– Elle n'est pas là, dis-je. Et le flic non plus. Il l'a emmenée en taule.

J'allais devoir trouver à quelle prison elle avait été conduite et très probablement passer le reste de ma nuit à lui décrocher une caution et la ramener chez elle. Je serais complètement à genoux le lendemain.

Je mis la voiture en parking, descendis et regardai autour de moi. Les lumières de la Valley s'étendaient à perte de vue sous mes yeux.

– Bosch, repris-je, va falloir que j'y aille. Faut que j'essaie de savoir où…

Du coin de l'œil, je vis du mouvement sur ma gauche. Je me retournai et aperçus une silhouette qui sortait à croupetons des grands buissons à côté du dégagement. Au début, je pensai à un coyote, mais non, c'était un homme. Tout en noir, il portait une cagoule de ski rabattue sur la figure. Au moment où il se redressait, je vis qu'il braquait une arme sur moi.

– Minute ! m'écriai-je. Qu'est-ce…

– On laisse tomber le portable !

Je le laissai tomber et levai les mains en l'air.

– D'accord, d'accord, dis-je. C'est quoi ? Vous êtes avec Bosch ?

L'homme se porta vite à ma rencontre et me poussa en arrière. Je trébuchai, tombai par terre et le sentis m'attraper par le col de ma veste.

– Debout !

– Qu'est-ce que… ?

– Debout ! Tout de suite ! cria-t-il en commençant à me soulever.

– OK, OK, je me lève.

Dès que je fus sur pied, il me poussa en avant et me fit passer devant les phares de ma voiture.

– Où on va ? Qu'est-ce que… ?

Il me poussa encore.

– Qui êtes-vous ? Pourquoi est-ce que vous… ?

– Tu poses trop de questions, l'avocat.

Il m'attrapa par le colback et me poussa vers le précipice. Je savais que le dégagement donnait sur un à-pic quasi parfait. J'allais terminer ma course dans le jacuzzi bien brûlant de quelque jardin… après un plongeon de cent mètres.

J'essayai de planter mes talons dans le sol et de briser l'élan qui me portait en avant, mais le seul résultat fut que l'inconnu me poussa encore plus fort. J'avais pris de la vitesse, l'homme masqué allait me balancer par-dessus bord, dans les ténèbres de l'abîme.

– Vous ne…

Soudain, il y eut un coup de feu. Pas dans mon dos. Sur ma droite, et tiré de loin. Presque aussitôt, un claquement métallique se faisant entendre derrière moi, l'homme masqué eut comme un petit glapissement et s'effondra dans les buissons sur ma gauche.

Et j'entendis des voix, des cris.

– Lâchez votre arme ! Lâchez votre arme !

– À terre ! À terre !

Je me jetai par terre au bord du précipice et posai mes mains sur ma tête pour me protéger. J'entendis d'autres cris et le bruit de quelqu'un qui courait. J'entendis des moteurs qui rugissaient et des roues de voitures écrasant le gravier. Et quand j'ouvris les yeux, je vis des lumières bleues illuminer par à-coups réguliers la terre et les buissons. Les lumières bleues, ça voulait dire les flics. Et que j'étais hors de danger.

– Maître ! lança une voix au-dessus de moi. Vous pouvez vous relever.

Je me tordis le cou pour voir qui me parlait. C'était Bosch. Dans l'ombre de la nuit, son visage se détachait sur le ciel étoilé au-dessus de lui.

– Ce coup-là, c'était moins une, dit-il.

52

L'homme masqué de noir gémit de douleur lorsque les flics le menottèrent dans le dos.

– Ma main, bordel ! Espèces d'enfoirés, j'ai la main cassée !

Je me remis debout et vis plusieurs hommes en coupe-vent noir se mouvoir ici et là, telles fourmis sur une fourmilière. Sur certaines vestes en plastique on pouvait lire LAPD, mais la plupart s'ornaient du signe FBI dans le dos. Bientôt un hélicoptère arriva au-dessus de nous et illumina tout le parking avec son projecteur de poursuite.

Bosch s'approcha des agents du FBI penchés au-dessus de l'homme masqué.

– Il est touché ? demanda-t-il.

– Il n'a pas de blessures, répondit l'agent. La balle a dû toucher son arme, mais ça doit quand même lui faire un mal de chien.

– Où est son arme ?

– On la cherche encore, dit l'agent.

– Il est possible qu'elle soit tombée dans le ravin, fit remarquer un autre agent.

– Si on ne la retrouve pas ce soir, on la retrouvera demain, à la lumière du jour, dit un troisième.

Ils aidèrent l'homme masqué à se remettre debout. Deux agents du FBI se placèrent de part et d'autre du bonhomme et le tinrent par les coudes.

– Voyons voir à qui nous avons affaire, dit Bosch.

La cagoule de ski fut arrachée sans cérémonie et le faisceau d'une lampe torche braqué sur le visage de l'inconnu. Bosch se retourna et me regarda.

– Le juré numéro sept, dis-je.

– Qu'est-ce que vous racontez ?

– Le juré numéro sept au procès. Il ne s'est pas pointé aujourd'hui et les services du shérif le cherchaient partout.

Bosch se retourna vers l'homme qui, je le savais, s'appelait David McSweeney.

– On l'empêche de bouger d'ici, dit-il.

Puis il se détourna et me fit signe de le suivre. Il sortit du rond où l'on s'activait et gagna le dégagement à côté de ma voiture. S'arrêta et se tourna de nouveau vers moi. Mais ce fut moi qui lui posai ma question le premier.

– Qu'est-ce qui vient de se passer ? lui demandai-je.

– Ce qui vient de se passer, c'est qu'on vient de vous sauver la vie. Il allait vous pousser dans le ravin.

– Ça, je le sais, mais c'est quoi qui vient de se passer ? D'où sortez-vous, vous et tous les autres ? Vous m'aviez dit que vous libériez vos gus dès que j'allais me coucher. D'où sortent tous ces flics ? Et qu'est-ce que fout le FBI dans tout ça ?

– Ce soir, c'était un peu différent. Ce soir, il s'est passé des trucs.

– Quels trucs ? Qu'est-ce qui a changé ?

– On pourra en reparler plus tard. Commençons par parler de ce que nous avons ici même.

– Ce que nous avons ici même, je n'en sais rien.

– Parlez-moi de ce juré numéro sept. Pourquoi ne s'est-il pas pointé au tribunal aujourd'hui ?

– Eh bien… ce serait plutôt à vous de le lui demander. Tout ce que je peux vous dire, c'est que ce matin le juge nous a appelés à son cabinet et nous a dit avoir reçu une lettre anonyme où on l'informait que le juré numéro sept était bidon et avait menti sur son passé judiciaire. Le juge prévoyait de l'interroger, mais le type ne s'est pas pointé au tribunal. Des shérifs envoyés chez lui et à son boulot nous ont ramené un type qui n'était pas le juré numéro sept.

Bosch leva la main en l'air comme un flic de la circulation.

– Minute, minute, dit-il. Ce que vous dites n'a aucun sens. Je sais bien que vous venez de vous taper une trouille méga, mais…

Il cessa de parler : un des types en veste du LAPD s'approchait de lui.

– Vous voulez qu'on appelle une ambulance ? demanda le flic. Le type pense avoir la main cassée.

– Non, on le garde ici. On le boucle et on voit après.

– Vous êtes sûr ?

– Rien à foutre de ce type !

L'homme acquiesça d'un signe de tête et regagna l'endroit où d'autres flics gardaient McSweeney.

– Ouais, rien à foutre de ce mec ! dis-je à mon tour.

– Pourquoi voulait-il vous tuer ? reprit Bosch.

Je levai les mains en l'air.

– Je ne sais pas. Peut-être à cause des bruits qu'on a fait courir. C'était pas ça, l'idée ? Le faire sortir de son trou ?

– Je pense que vous me cachez des trucs, Haller.

– Écoutez, je vous ai toujours dit tout ce que je pouvais. C'est vous qui me cachez des trucs et qui jouez à des petits jeux avec moi. Qu'est-ce que vient foutre le FBI là-dedans ?

– Le FBI est dans le coup depuis le début.

– Ben voyons, et vous, vous avez juste oublié de me le dire.

– Je vous ai dit ce que vous aviez besoin de savoir.

– Eh bien maintenant, j'ai besoin de tout savoir, moi, sinon je cesse de coopérer avec vous dans l'instant. Et cela inclut tout témoignage contre le type là-bas.

J'attendis un instant, mais Bosch garda le silence. Je me tournais pour regagner ma voiture lorsqu'il me posa la main sur le bras. Sourit de frustration et hocha la tête.

– Allons, mec, calmez-vous un peu, dit-il. Arrêtez de lancer des menaces en l'air dans tous les coins.

– Parce que vous croyez que je parle en l'air ? On va voir si je parle en l'air quand je vais commencer à distribuer les citations à comparaître, et fédérales, qui, je le sais, ne vont pas manquer de sortir de tout ça ! Parce que les rapports de confidentialité entre le client et son avocat, je peux les revendiquer jusqu'à la Cour suprême – ce qui, je suis prêt à le parier, ne prendra guère qu'aux environs de deux ans. Même que vos nouveaux petits copains du Bureau vont commencer à regretter que vous ne m'ayez pas tout dit quand vous en aviez la possibilité.

Il réfléchit un instant, puis me tira par le bras.

– D'accord, monsieur le dur à cuire, venez un peu par ici.

Nous gagnâmes un coin du belvédère encore plus éloigné de la fourmilière d'agents du maintien de l'ordre. Et Bosch se mit enfin à parler.

– Les types du FBI m'ont contacté quelques jours après l'assassinat de Vincent pour me dire qu'ils s'étaient intéressés à lui. C'est tout. Ils s'étaient intéressés à lui. C'était un des avocats dont le nom avait attiré leur attention quand ils enquêtaient sur le fonctionnement des tribunaux d'État. Rien de précis, tout ça se fondait sur des rumeurs, des trucs qu'il aurait dit pouvoir faire pour certains clients, des relations qu'il prétendait avoir, ce genre de choses. Ils avaient dressé une liste d'avocats qui leur paraissaient corrompus et

Vincent y figurait. Ils l'avaient invité à coopérer avec eux en qualité de témoin, mais il avait refusé. Ils lui mettaient de plus en plus la pression quand il s'est fait flinguer.

– Bon et donc, ils vous disent tout ça et vous unissez vos forces. C'est-y pas merveilleux ! Merci de m'avoir averti.

– C'est comme je vous l'ai déjà dit : vous n'aviez pas besoin de le savoir.

Un type en veste du FBI traversa le dégagement derrière Bosch, son visage étant un instant éclairé par en dessus. Il me parut familier, mais pas moyen de le remettre. Jusqu'au moment où je lui ajoutai une moustache.

– Hé mais, c'est le trou du cul que vous m'avez collé aux fesses l'autre soir ! dis-je assez fort pour que le type m'entende. Il a eu de la chance que je ne lui colle pas une balle dans le portrait.

Bosch posa ses mains sur ma poitrine et me poussa fort en arrière.

– On se calme, maître. Sans le Bureau, je n'aurais jamais eu assez de bonshommes pour veiller sur votre sécurité. Et à l'heure qu'il est, vous pourriez très bien être là-bas en bas, au fond du ravin.

Je repoussai ses mains, mais me calmai. Ma colère se dissipa au fur et à mesure que j'acceptais la réalité de ce qu'il venait de m'apprendre. Et que c'était dès le début que tout le monde m'avait traité comme un vulgaire pion. Mon client, et maintenant Bosch et le FBI. Bosch profita de cet instant pour faire signe à un autre agent qui nous observait non loin de là.

– Je vous présente l'agent Armstead, dit-il. C'est lui qui a géré le côté FBI de toute cette affaire et il a quelques questions à vous poser.

– Mais pourquoi pas ?! m'exclamai-je. Vu que personne ne répond aux miennes ! Je ne vois pas pourquoi je ne répondrais pas aux vôtres !

Jeune et propre sur lui, Armstead avait une coupe de cheveux d'une précision toute militaire.

– Maître Haller, dit-il, nous viendrons à vos questions dès que possible. Pour l'instant, nous avons une situation qui évolue rapidement et votre coopération sera très appréciée. Le juré numéro sept est-il l'homme à qui Vincent avait versé le pot-de-vin ?

Je regardai Bosch avec l'air de dire : « Mais qui c'est, ce mec ? ».

– Comment voulez-vous que je le sache ? Je n'étais pas dans le coup, moi. Vous voulez une réponse, allez donc lui poser la question.

– Ne vous inquiétez pas pour ça. Des questions, nous allons lui en poser des tas. Qu'est-ce que vous faisiez ici, maître Haller ?

– Je vous l'ai déjà dit. Et je l'ai dit à Bosch. J'ai reçu un appel d'un type qui disait être flic. Il m'a informé qu'il tenait une femme que je connais personnellement et que cette femme était ivre. Il a ajouté que je pouvais venir la chercher et la reconduire chez elle, ce qui lui éviterait l'inconvénient d'être incarcérée pour conduite en état d'ivresse.

– Nous avons vérifié le nom que vous m'avez donné par téléphone, dit Bosch. Il y a effectivement un Randall Morris dans la police de Los Angeles. Il travaille à l'antigang du South Bureau.

Je hochai la tête.

– Oui, bon, il me semble maintenant assez clair que c'était un appel bidon. Mais il connaissait le nom de mon amie et il avait mon numéro de portable. Sur le coup, ça m'a paru convaincant, d'accord ?

– Comment s'est-il procuré le nom de la femme ? demanda Armstead.

– Bonne question. J'ai eu des relations avec elle… platoniques, ces relations, mais je ne lui avais pas parlé depuis presque un mois.

– Et donc, comment a-t-il eu vent de son existence ?

– Merde, mec, vous me demandez des trucs que je ne sais pas. Allez donc le demander à McSweeney.

Je compris aussitôt que je m'étais foutu dedans. Je ne pouvais pas connaître ce nom à moins d'avoir enquêté sur le juré numéro sept.

Bosch me regarda avec curiosité. J'ignorais s'il savait que les jurés devaient rester anonymes, même pour les avocats. Avant qu'il puisse me poser une question, je fus sauvé par quelqu'un qui criait dans les buissons, où on m'avait presque jeté par-dessus bord.

– J'ai le flingue !

Bosch me pointa un doigt sur la poitrine.

– Vous ne bougez pas d'ici.

Je regardai Bosch et Armstead trotter vers le petit groupe et se joindre aux agents qui examinaient le flingue avec une lampe torche. Bosch ne le toucha pas, mais se pencha dans la lumière pour le regarder de près.

C'est alors que l'ouverture de *Guillaume Tell* commença à se faire entendre derrière moi. Je me retournai et vis mon portable au milieu des gravillons – son minuscule écran carré luisant comme un phare. Je m'approchai et le ramassai. Cisco. Je décrochai.

– Cisco, lui dis-je, je te rappelle.

– Dépêche-toi. J'ai des trucs pour toi. Et tu vas aimer.

Je fermai mon portable et regardai Bosch terminer son examen de l'arme, puis rejoindre McSweeney. Se pencher vers lui et lui chuchoter quelque chose à l'oreille. Et ne pas attendre sa réponse avant de se retourner et de revenir vers moi. Même dans cette demi-obscurité, je vis qu'il était tout excité. Armstead le suivait.

– C'est un Beretta Bobcat, dit-il. Comme celui qu'on cherchait pour Vincent. Si la balistique est d'accord, on tient le type. Et je ferai ce qu'il faut pour que vous ayez les félicitations de la mairie.

– Parfait, je les encadrerai, dis-je.

– Aidez-moi à mettre ça en perspective, Haller. Et vous pouvez commencer par vous dire que c'est ce type-là qui a tué Vincent. Pourquoi voulait-il vous tuer, vous ?

– Je ne sais pas.

– Le pot-de-vin ? demanda Armstead. C'est lui qui a eu le fric ?

– Même réponse qu'il y a cinq minutes. Je ne sais pas. Mais ça serait logique, non ?

– Comment a-t-il trouvé le nom et le numéro de téléphone de votre amie ?

– Ça non plus, je ne le sais pas.

– Ben, à quoi vous servez, hein ? demanda Bosch.

La question était bonne et la réponse ne me plaisait guère.

– Écoutez, inspecteur, dis-je, je…

– Vous cassez pas la tête, mec. Retournez donc à votre voiture et foutez le camp d'ici. On s'occupe du reste.

Il se retourna et commença à s'éloigner, Armstead sur les talons. J'hésitai, puis je le rappelai. Et lui fis signe de revenir. Il dit quelque chose à l'agent du FBI et revint vers moi, seul.

– On arrête les conneries, dit-il, impatient. J'ai pas le temps.

– Bon, alors voilà, dis-je. Pour moi, il allait faire croire que j'avais sauté.

– Quoi ? Comme un suicide ? Comme si on allait croire un truc pareil ! Vous tenez l'affaire de la décennie, mec ! Une vraie star que vous êtes. Vous passez à la télé. Et vous avez une gamine dont vous soucier. Un suicide ? Ça ne tiendrait pas.

Je hochai la tête.

– Bien sûr que si.

Il me regarda de nouveau et garda le silence en attendant que je m'explique.

– Je sors d'une cure de désintoxication. Vous le saviez ?

– Non, mais vous allez me raconter.

– Disons que je ne pouvais pas supporter la pression de cette grosse affaire et toute l'attention que ça créait et que… ou bien j'ai repiqué au truc ou bien j'étais sur le point de le faire. Et donc, j'ai sauté plutôt que de retourner à cet enfer. Ça n'a rien d'extraordinaire, Bosch. Même qu'on appelle ça « la sortie rapide ». Ce qui me fait penser que…

– Quoi ?

Je lui montrai le juré numéro sept de l'autre côté du belvédère.

– Que lui et le type pour qui il faisait ça savaient beaucoup de choses sur moi. Mon passé, ils l'avaient étudié en profondeur. Ils ont découvert ma dépendance et ma cure de désintox, et le nom de Lanie. C'est là qu'ils ont préparé un plan bien solide pour se débarrasser de moi parce qu'ils ne pouvaient quand même pas abattre un autre avocat sans que ça ne suscite beaucoup d'intérêt pour ce qu'ils sont en train de fabriquer. Que je meure par suicide leur ôtait sacrément la pression.

– Bon, mais pourquoi avaient-ils besoin de se débarrasser de vous ?

– Ils doivent penser que j'en sais un peu trop.

– Et c'est vrai ?

Avant même que je puisse répondre, McSweeney se mit à crier à l'autre bout du dégagement.

– Hé ! Venez par ici avec l'avocat. Je veux faire affaire. Je peux vous donner de sacrés gros bonnets ! Je veux passer un marché !

Bosch attendit de voir s'il allait ajouter quoi que ce soit, mais il en resta là.

– Vous voulez un tuyau ? lui dis-je. Allez donc là-bas et battez le fer pendant qu'il est chaud. Avant qu'il se rappelle qu'il a le droit d'être représenté par un avocat.

Bosch hocha la tête.

– Merci, coach, dit-il. Mais je crois savoir ce que je fais.

Il commença à traverser le belvédère.

– Hé, Bosch, attendez ! m'écriai-je. Vous ne me devriez pas quelque chose ?

Il s'arrêta et fit signe à Armstead de rejoindre McSweeney. Puis il revint vers moi.

– Qu'est-ce que je vous devrais donc ?

– Une réponse. Ce soir, je vous ai appelé pour vous dire que je serais chez moi. Vous étiez censé réduire la surveillance à une voiture. Sauf que là, on a tout le ban et l'arrière-ban. Qu'est-ce qui vous a fait changer d'avis ?

– Vous ne savez donc pas ?

– Non. Qu'est-ce que je ne sais pas ?

– Demain, vous pourrez faire la grasse matinée, maître. Il n'y a plus de procès.

– Pourquoi ?

– Parce que votre client est mort. Quelqu'un… probablement notre petit copain là-bas, celui qui veut faire affaire… a liquidé Elliot et sa copine alors qu'ils rentraient d'un dîner. Le portail électrique des studios a refusé de s'ouvrir et quand Elliot a réussi à l'ouvrir en poussant dessus, quelqu'un est arrivé et lui a collé une balle dans la nuque. Et après, il a tiré sur la femme dans la voiture.

Je reculai sous le choc. Ce portail dont il me parlait, je le connaissais. Le palace d'Elliot à Beverly Hills, j'y étais allé à peine quelques jours plus tôt. Quant à la petite amie, je pensai aussi savoir de qui il pouvait s'agir. Pour moi, Nina Albrecht occupait cette fonction depuis qu'Elliot m'avait avoué avoir eu de l'aide le jour des assassinats de Malibu.

L'air abasourdi que j'avais pris n'empêcha pas Bosch de poursuivre.

– C'est un copain que j'ai à la morgue qui m'a filé le tuyau. Je me suis aussitôt dit que quelqu'un allait peut-être vouloir effacer l'ardoise ce soir. J'ai donc rappelé l'équipe de surveillance, histoire de voir ce qui pourrait se passer chez vous. Vous avez eu de la chance que je l'aie fait.

Je le transperçai littéralement du regard en lui répondant.

– Ah ça oui, dis-je, j'ai eu de la chance !

53

Il n'y avait plus de procès, mais ce mardi matin-là je me rendis quand même au tribunal pour assister à la fin officielle de l'affaire. Je pris place à côté de la chaise vide que Walter Elliot avait occupée ces quinze derniers jours. Les photographes de presse qui avaient eu l'autorisation d'entrer dans la salle semblaient beaucoup l'aimer. Ils n'arrêtaient pas d'en prendre des photos.

Jeffrey Golantz s'était assis de l'autre côté de l'allée centrale. Jamais un procureur n'avait eu autant de chance que lui. Un jour, il avait quitté la salle d'audience en se disant qu'il allait devoir affronter un vrai désastre dans sa carrière, et le lendemain même, il se retrouvait avec des états de service impeccables. Sa trajectoire ascendante au bureau du district attorney et dans les arcanes de la politique municipale était saine et sauve. Il n'avait pas eu un mot pour moi lorsque nous nous étions assis pour attendre le juge.

On papotait beaucoup dans la galerie. Tout n'était que murmures sur les meurtres de Walter Elliot et de Nina Albrecht. Personne ne parlait de la tentative de meurtre dont j'avais fait l'objet et de ce qui s'était passé au belvédère de Fryman Canyon. Pour l'instant, tout cela était secret. Dès que McSweeney avait annoncé à Bosch et à Armstead qu'il était prêt à collaborer, les enquêteurs m'avaient demandé de ne rien dire de façon à ce qu'ils puissent y aller doucement et prudemment avec leur suspect qui coopérait. J'étais moi-même heureux de coopérer à cette entreprise. Jusqu'à un certain point.

Le juge Stanton prit place dans son fauteuil à 9 heures précises. Il avait les yeux gonflés et donnait l'impression de n'avoir pas beaucoup dormi. Je me demandai s'il savait autant de choses que moi sur ce qui s'était passé pendant la nuit.

Les jurés étant appelés à prendre place, j'étudiai leurs visages. Si l'un quelconque d'entre eux était au courant de ce qui s'était produit, il ne le montrait pas. J'en vis plusieurs jeter des coups d'œil au fauteuil vide à côté de moi alors même qu'ils s'asseyaient dans les leurs.

– Mesdames et messieurs, bonjour ! lança le juge. Je vais présentement vous décharger de vos obligations dans ce procès. Comme je suis sûr que vous pouvez le voir, M. Elliot n'occupe pas son siège à la table de la défense. C'est parce que l'accusé qu'il était a été victime de meurtre hier soir.

La moitié des jurés en eut la mâchoire qui pendit en même temps, les autres exprimant leur surprise dans leurs regards. Un murmure de voix excitées parcourut la salle, juste avant que des applaudissements lents et délibérés ne commencent à monter de la table de l'accusation. Je me retournai et vis la mère de Mitzi Elliot saluer ainsi la fin de son gendre.

Le juge abattit violemment son marteau juste au moment où Golantz bondissait de son siège pour se ruer sur elle et lui attraper les mains afin qu'elle cesse. Je vis des larmes couler sur le visage de la pauvre femme.

– Aucune manifestation ne sera tolérée dans la galerie, lança le juge. Je me moque de savoir qui vous êtes ou de connaître vos liens avec l'affaire, tout le monde ici doit témoigner du respect à la cour ou je vous fais évacuer.

Golantz regagna son siège, mais les larmes continuèrent de couler sur les joues de la mère d'une des victimes.

– Je sais que pour vous tous la nouvelle est assez choquante, reprit Stanton à l'adresse des jurés. Vous pouvez être sûrs que les autorités sont en ce moment même en train d'enquêter sur cette affaire et que, espérons-le, elles pourront bientôt amener devant la cour le ou les individus responsables de ce meurtre. Je suis sûr que vous saurez tout en lisant les journaux ou regardant les nouvelles à la télé, ainsi que vous êtes maintenant à nouveau libres de la faire. En ce qui concerne la journée d'aujourd'hui, je tiens à vous remercier de la façon dont vous avez servi. Je sais que vous vous êtes tous montrés très attentifs à ce que vous ont présenté l'accusation et la défense et j'espère que vous garderez une image positive du temps que vous avez passé ici. Vous êtes maintenant libres de regagner la salle des délibérés pour y reprendre vos affaires et rentrer chez vous. Vous êtes excusés.

Nous nous levâmes une dernière fois pour saluer les jurés et je les vis tous franchir la porte de la salle des délibérés l'un après l'autre. Après leur départ, le juge nous remercia, Golantz et moi, de nous être si bien comportés pendant les audiences, puis il remercia son personnel et se dépêcha de mettre fin à la séance. Je ne m'étais pas donné la peine de sortir mes dossiers de mon sac et restai immobile un temps interminable après que le juge eut vidé les lieux. Ma rêverie ne fut interrompue que lorsque Golantz s'approcha de moi en me tendant la main. Sans réfléchir, je lui tendis la mienne.

– Sans rancune pour tout, Mickey, me lança-t-il. Vous êtes un sacrément bon avocat.

Étais, pensai-je.

– C'est ça, dis-je. Sans rancune.

– Vous allez traîner un peu et bavarder avec les jurés ? Histoire de voir de quel côté ils penchaient ? me demanda-t-il.

Je hochai la tête.

– Non, dis-je, ça ne m'intéresse pas.

– Moi non plus. Prenez soin de vous.

Il me donna une claque sur l'épaule et me poussa vers le portillon. J'étais sûr qu'il y aurait une foule de reporters à attendre dans le couloir et qu'il leur dirait comment pour lui, et d'une manière un peu étrange, justice avait été faite. Qui vit par la poudre meurt par la poudre. Enfin… un truc dans ce goût-là.

J'allais lui laisser la presse. Je lui donnai une bonne avance et sortis après lui. Les journalistes l'entourant déjà, je réussis à me coller au mur et à filer sans qu'ils me remarquent. Tous sauf Jack McEvoy du *Times*. Il me repéra et commença à me suivre. Et me rattrapa au moment où j'arrivais à l'entrée de l'escalier.

– Hé, Mick ! cria-t-il.

Je lui jetai un coup d'œil, mais ne m'arrêtai pas. Je savais d'expérience qu'il ne valait mieux pas. Qu'un seul membre des médias vous coince et le reste de la meute le rejoindrait et s'entasserait autour de moi. Je n'avais pas envie de me faire dévorer. Je poussai la porte de l'escalier et commençai à descendre les marches.

– Sans commentaire, dis-je.

Il me suivit à la même vitesse.

– Ce n'est pas sur le procès que je vais écrire, dit-il. Je m'intéresse aux nouveaux meurtres. Je me disais que vous et moi pourrions avoir le même arrangement qu'avant. Vous savez bien, on échange…

– Non, Jack, pas d'arrangement. À plus.

Je tendis la main en avant et l'arrêtai au premier palier. Et l'y laissai, descendis encore deux étages et passai dans le couloir. Gagnai le cabinet du juge Holder et entrai.

Michaela Gill se tenant dans le coin de l'huissier, je lui demandai si je pouvais voir le juge quelques instants.

– Mais vous n'êtes pas sur la liste de ses rendez-vous, me dit-elle.

– Je le sais, Michaela, mais je crois que le juge acceptera de me voir. Elle est là-bas derrière ? Pouvez-vous lui dire que je ne lui prendrai que dix minutes de son temps ? Dites-lui que ça concerne les dossiers de Vincent.

Elle décrocha son téléphone, appuya sur un bouton et transmit ma requête au juge. Puis elle raccrocha et m'annonça que je pouvais rejoindre le juge dans son cabinet.

– Merci, dis-je.

Ses verres demi-lune sur le nez, Mme le juge se tenait derrière son bureau, un stylo à la main comme si je l'interrompais au moment même où elle signait une injonction.

– Eh bien, maître Haller, me lança-t-elle, journée plus que mouvementée, n'est-ce pas ? Asseyez-vous donc.

Je m'installai en face d'elle, sur le siège que je connaissais si bien.

– Merci de me recevoir, madame le juge.

– Que puis-je faire pour vous ?

Elle m'avait posé sa question sans me regarder et se mit à gribouiller des signatures sur une série de documents.

– Je voulais juste vous informer de mon intention de renoncer à toutes les affaires du cabinet Vincent.

Elle posa son stylo et me regarda par-dessus ses lunettes.

– Vous dites ?

– Je me démets. J'ai repris trop vite ; peut-être même n'aurais-je pas dû reprendre du tout. Quoi qu'il en soit, j'arrête.

– Mais c'est absurde ! La façon dont vous avez défendu M. Elliot est le sujet de toutes les conversations dans ce palais. J'en ai regardé des bouts à la télé. Il est clair que vous faisiez la leçon à maître Golantz et je ne pense pas qu'il y ait eu beaucoup d'observateurs pour parier contre l'acquittement.

J'écartai ses compliments d'un geste de la main.

– De toute façon, ça n'a pas d'importance, madame le juge. Ce n'est pas vraiment pour ça que je suis ici.

Elle ôta ses lunettes et les plaça sur son bureau. Puis elle eut l'air d'hésiter, mais posa quand même la question attendue.

– Mais alors, pourquoi êtes-vous ici ?

– Parce que je voulais que vous sachiez que je sais, madame le juge. Et vous dire que bientôt tout le monde le saura aussi.

– Je ne vois absolument pas de quoi vous parlez. Que savez-vous donc, maître Haller ?

– Je sais que vous êtes à vendre et que vous avez essayé de me faire tuer.

Elle aboya un rire, mais il n'y avait aucune joie dans ses yeux, rien que des poignards.

– Vous plaisantez, n'est-ce pas ?

– Non, je ne plaisante pas, madame le juge.

– Si tel est le cas, je vous conseille de vous calmer et de reprendre contenance. Répandez-vous dans ce bâtiment avec ce genre d'accusations insensées et vous le regretterez. Beaucoup. Cela dit, il n'est pas impossible que vous ayez raison. C'est sans doute le stress de revenir de cure un peu trop tôt.

Je souris et vis à sa grimace qu'elle avait tout de suite compris l'erreur qu'elle venait de commettre.

– Joli petit lapsus, madame le juge, n'est-ce pas ? Comment saviez-vous que j'ai suivi une cure ? Mieux encore, comment le juré numéro sept a-t-il su comment m'attirer hors de chez moi hier soir ? La réponse est évidemment que vous avez enquêté sur mon passé. C'est vous qui m'avez piégé et qui avez envoyé McSweeney me tuer.

– Je ne sais pas de quoi vous parlez et je ne connais pas cet homme qui d'après vous aurait essayé de vous tuer.

– Peut-être, mais je crois, moi, que vous, il vous connaît, et la dernière fois que je l'ai vu, il était sur le point de chanter le grand air du « Faisons affaire » avec le gouvernement fédéral.

Ce fut comme si elle recevait un coup de poing à l'estomac. Je savais que lui révéler tout cela n'allait pas me faire apprécier de Bosch ou d'Armstead, mais je m'en moquais. Ni l'un ni l'autre ils n'avaient été le pion dont on se sert et qui avait failli se faire précipiter du haut de Mulholland. Ce pion, ç'avait été moi et cela me donnait le droit d'affronter l'individu qui, je le savais, avait tiré toutes les ficelles.

– J'ai trouvé tout ça sans être obligé de faire affaire avec quiconque, repris-je. C'est mon enquêteur qui a retrouvé McSweeney. Il y a neuf ans de ça, ce McSweeney a été arrêté pour agression à main armée, et qui donc a été son avocat ? Mitch Lester, votre mari. L'année suivante, il s'est fait arrêter à nouveau, pour fraude, et une fois encore, c'est Mitch Lester qui l'a défendu. C'est ça, le lien. Ça nous fait un joli petit triangle, n'est-ce pas, madame le juge ? C'est vous qui avez accès aux jurés et qui en contrôlez le pool et le processus de sélection. Vous pouvez entrer dans les ordinateurs et c'est vous qui m'avez collé votre sous-marin dans mon jury. Jerry Vincent vous a payé, mais a changé d'avis dès que le FBI a commencé à le serrer de près. Vous ne pouviez pas courir le risque de voir Jerry se faire coincer par les types du FBI et leur filer un juge. Vous lui avez donc envoyé McSweeney.

« Et après, hier, quand tout a tourné en jus de boudin, vous avez décidé de faire le nettoyage. Vous avez envoyé McSweeney, le juré numéro sept, s'occuper d'Elliot et d'Albrecht, puis de moi. Comment je me débrouille, madame le juge ? J'aurais oublié des trucs en route ?

J'avais dit « madame le juge » comme si je parlais d'un tas d'ordures. Elle se leva d'un bond.

– C'est complètement fou ! s'écria-t-elle. Vous n'avez rien pour me relier à quiconque, hormis à mon mari. Et sauter d'un de ses clients à moi est parfaitement absurde.

– Vous avez raison, madame le juge. Je n'ai rien pour le prouver, mais on n'est pas au tribunal. Ici, il n'y a que vous et moi. Je n'ai que mes intuitions, mais ces intuitions me disent que tout ça part de vous.

– Je vous prie de quitter ce bureau, tout de suite.

– Mais… et les fédéraux, hein ? Ils tiennent McSweeney.

Je vis la peur dans ses yeux.

– On dirait qu'il ne vous a pas fait signe, repris-je. Tiens, je parie que les types du FBI lui ont interdit de passer des coups de fil tant qu'ils ne l'auront pas débriefé. Vaudrait mieux espérer que ces preuves, il ne les a pas. Parce que si jamais il vous colle dans ce triangle, c'est votre robe noire contre une combinaison orange que vous allez échanger.

– Sortez d'ici ou j'appelle la sécurité et je vous fais arrêter !

Elle me montra la porte. Je me levai lentement et calmement.

– Mais bien sûr, je m'en vais, lui dis-je. Et vous savez quoi ? Il est possible que je ne travaille plus jamais dans ce tribunal, mais je vous promets d'y revenir quand vous serez jugés. Vous et votre mari. Vous pouvez y compter.

Elle me regarda fixement, le bras toujours tendu vers la porte, et je vis la colère céder la place à la peur dans ses yeux. Son bras fléchit un peu, puis retomba complètement. Je la laissai debout.

Je descendis l'escalier jusqu'en bas parce que je n'avais aucune envie de me retrouver dans un ascenseur plein de monde. Onze étages. Arrivé au rez-de-chaussée, je poussai les portes en verre et quittai le bâtiment. Puis je sortis mon portable et appelai Patrick pour lui dire d'amener la voiture. Et j'appelai Bosch.

– J'ai décidé de vous allumer un petit feu sous les fesses, lui dis-je. À vous et au Bureau.

– Qu'est-ce que ça veut dire ? Qu'est-ce que vous avez fait ?

– Je n'avais pas envie d'attendre que le Bureau mette comme à son habitude un an et demi à bâtir son dossier. Y a des fois où la justice ne peut pas attendre, inspecteur.

– Qu'est-ce que vous avez fait, Haller ? répéta-t-il.

– Je viens juste d'avoir une petite conversation avec le juge Holder… parce que j'ai tout compris, et sans l'aide de McSweeney. Je lui ai dit que les fédéraux tenaient McSweeney et qu'il coopérait. Si j'étais à votre place et à celle du Bureau, je me magnerais le cul un max et je garderais un œil sur la dame. Elle ne me fait pas l'effet de quelqu'un qui va s'enfuir, mais on ne sait jamais. Vous avez mon bonjour.

Et je refermai mon portable avant qu'il puisse protester. Je m'en foutais. Il s'était servi de moi d'un bout à l'autre. C'était bon de lui renvoyer la balle et de les voir danser, lui et le FBI, au bout de ma ficelle.

SIXIÈME PARTIE

L'ultime verdict

54

Bosch frappa à ma porte tôt le jeudi matin suivant. Je ne m'étais pas encore peigné, mais j'étais habillé. Lui, par contre, donnait l'impression de s'être tapé une nuit blanche.

– Je vous réveille ? me demanda-t-il.

Je fis non de la tête.

– Faut que je prépare ma fille pour l'école.

– Ah oui, c'est vrai. Le mercredi soir et un week-end sur deux.

– Qu'y a-t-il, inspecteur ?

– J'ai deux ou trois questions et je me dis qu'il vous intéresserait peut-être de savoir où on en est.

– Mais bien sûr. Asseyons-nous dehors. Je ne veux pas que ma fille entende ces trucs.

Je m'aplatis les cheveux en gagnant la table.

– Je n'ai pas envie de m'asseoir, dit Bosch. Je n'ai pas beaucoup de temps.

Il se tourna vers la rambarde et s'y accouda. Je changeai de direction et fis la même chose, juste à côté de lui.

– Moi non plus, je n'aime pas m'asseoir quand je suis dehors, lui dis-je.

– J'ai le même genre de vue chez moi. C'est juste que c'est sur l'autre versant.

– Comme quoi ça ferait de nous le pile et le face de la même montagne.

– Quelque chose comme ça, oui, dit-il en détournant les yeux de la vue un instant.

– Bon alors, qu'est-ce qui se passe ? Je pensais que vous seriez trop en colère contre moi pour jamais me le dire.

– En fait, moi aussi, je trouve que les types du Bureau ne vont pas assez vite. Ils n'ont pas beaucoup aimé ce que vous avez fait, mais ça ne me gêne pas. Ça a tout mis en route.

Il s'adossa à la rambarde, la vue sur la ville derrière lui.

– Bon alors, qu'est-ce qui se passe ? répétai-je.

– Après délibération, le grand jury a décidé de lancer des inculpations hier soir. Contre Holder, Lester, Carlin, McSweeney et une femme qui supervise le bureau des jurys et a permis à tous ces gens d'accéder aux ordinateurs. On les arrête tous en même temps ce matin. Vous mettez votre mouchoir par-dessus jusqu'à ce qu'on ait alpagué tout le monde.

Je trouvai bien qu'il ait assez confiance en moi pour me dire tout ça avant les arrestations. Je me dis qu'il serait peut-être même encore mieux de descendre au Criminal Courts Building pour voir les flics en sortir Holder avec les menottes.

– C'est du solide ? demandai-je. Holder est juge, vous savez. Vaudrait mieux que tout soit bien bétonné.

– C'est du costaud. McSweeney a tout lâché. On a les relevés des appels téléphoniques et les transferts de fonds. Il avait même enregistré le mari d'Holder pendant certaines de leurs conversations.

Je hochai la tête. De l'emballé c'est pesé fédéral classique. Une des raisons pour lesquelles je n'avais jamais pris d'affaires fédérales du temps où j'étais avocat était bien que lorsque les fédés se mêlent de boucler un dossier, rien ne permet de le mettre en pièces. Les victoires de la défense sont rares. En général, l'avocat n'y gagne que de se faire passer au rouleau compresseur.

– Je ne savais pas que Carlin était dans le coup, dis-je.

– Il est même au cœur de l'affaire. Il connaît Holder depuis toujours et c'est de lui qu'elle s'est servie pour approcher Vincent. Et c'est de lui que Vincent s'est servi pour livrer le fric. Après, quand Vincent a commencé à hésiter parce que le FBI reniflait partout, Carlin en a eu vent et a averti Holder. Qui s'est dit que la meilleure chose à faire était de se débarrasser du maillon faible. C'est elle et son mari qui ont chargé McSweeney de s'occuper de Vincent.

– Comment en a-t-il eu vent ? Par Wren Williams ?

– C'est ce qu'on pense. Il l'a approchée pour qu'elle ait Vincent à l'œil. Pour nous, elle ne savait pas ce qui se passait. Elle n'est pas assez futée pour ça.

J'acquiesçai d'un signe de tête et pensai à la manière dont toutes les pièces du puzzle s'assemblaient.

– Et McSweeney ? Il se contentait de faire ce qu'on lui disait ? Mme le juge lui dit de buter quelqu'un et lui, il le fait, tout bêtement ?

– Et d'un, McSweeney faisait dans l'arnaque avant de devenir un tueur. Je ne pense pas une minute qu'on lui ait soutiré toute la vérité. Cela étant, il dit que Mme le juge peut être très convaincante. Ce qu'elle lui a expliqué ? Que c'était ou Vincent ou tout le monde qui tombait. Il n'y avait pas le choix. En plus, elle avait aussi promis de lui augmenter sa part après qu'il aurait fait pencher la balance dans le procès.

Je hochai la tête.

– Bon alors, quelles sont les charges ?

– Conspiration en vue de commettre des meurtres et corruption. Mais ce n'est que le début. Il y en aura d'autres au fur et à mesure qu'on avancera. Parce que ce n'était pas la première fois. McSweeney nous a raconté qu'il a été quatre fois juré au cours des sept dernières années. Avec pour résultat deux acquittements et deux jurys partagés. Dans trois tribunaux différents.

Je poussai un sifflement en songeant à certaines grosses affaires qui s'étaient terminées par des acquittements scandaleux et des jurys partagés au cours des dernières années.

– Robert Blake ?

Bosch sourit et hocha la tête.

– J'aurais bien aimé, dit-il. Et pour O.J. Simpson aussi. Mais non, ils n'étaient pas encore en affaire pour ce procès-là. Ces deux-là, on les a perdus tout seuls comme des grands.

– Aucune importance. Ce truc-là va être énorme.

– Le plus gros procès que j'aurai jamais.

Il croisa les bras et jeta un coup d'œil à la vue par-dessus son épaule.

– Vous voyez le Strip et moi les studios Universal, dit-il.

J'entendis la porte s'ouvrir, me retournai et vis Hayley y passer la tête.

– Papa ?

– Qu'est-ce qu'il y a, Hay ?

– Tout va bien ?

– Tout va très bien. Hayley, je te présente l'inspecteur Bosch. C'est un policier.

– Bonjour, Hayley, dit Bosch.

Je crois que c'est la seule fois où je vis un vrai sourire se dessiner sur son visage.

– Salut, lui renvoya ma fille.

– Hayley, as-tu mangé tes céréales ?

– Oui, me répondit-elle.

– Bon d'accord, tu peux regarder la télé jusqu'à ce que ce soit l'heure d'y aller.

Elle referma la porte et disparut à l'intérieur de la maison. Je jetai un coup d'œil à ma montre. Il lui restait encore dix minutes avant que nous soyons obligés de partir.

– Elle est mignonne, dit Bosch.

J'acquiesçai.

– Faut que je vous demande quelque chose, reprit-il. C'est vous qui avez mis tout ce truc en branle, pas vrai ? C'est bien vous qui avez envoyé la lettre anonyme au juge Stanton, non ?

Je réfléchis un moment avant de répondre.

– Est-ce que je devrai témoigner si je dis oui ?

Après tout, le grand jury fédéral ne m'avait pas cité à comparaître. McSweeney ayant craché tout le morceau, on n'avait apparemment pas eu besoin de moi. Et je n'avais aucune envie que ça change.

– Non, c'est juste pour moi, répondit Bosch. Je veux juste savoir si vous avez fait ce qu'il fallait.

J'envisageai de ne pas le lui dire, mais au fond, j'avais envie qu'il le sache.

– Oui, c'est moi. Je voulais virer McSweeney du jury et remporter le procès à la loyale. Je ne m'attendais pas à ce que Stanton montre ma lettre à d'autres juges pour avis.

– Il a appelé la doyenne et lui a demandé conseil.

Je fis oui de la tête.

– C'est ce qui a dû se passer, répondis-je. Il l'appelle sans savoir que c'est elle qui tire les ficelles. C'est là qu'elle avertit McSweeney et lui dit de ne pas se pointer au tribunal et qu'après, elle se sert de lui pour faire le grand nettoyage.

Bosch hocha la tête comme si je ne faisais que lui confirmer des choses qu'il savait déjà.

– Et les cochonneries à nettoyer, vous en faisiez partie. Elle a dû piger que c'était vous qui aviez envoyé la lettre au juge Stanton. Vous en saviez trop et il fallait vous éliminer… comme Vincent. Rien à voir avec l'histoire qu'on a fait passer dans les journaux. C'était juste que c'était vous qui aviez averti Stanton.

Je hochai la tête. C'était ce que j'avais fait moi qui m'avait presque valu de mourir en plongeant dans le vide du haut de Mulholland.

– Faut croire que j'étais assez con, dis-je.

– Oh, je ne sais pas. Vous êtes toujours dans la course, non ? Alors qu'à partir de demain, aucun d'entre eux ne le sera.

– Il y a ça, mais… Quel genre de marché McSweeney a-t-il conclu ?

– Pas de peine de mort et des contreparties. Si tout le monde tombe, il aura sans doute droit à quinze ans. En prison fédérale, ça veut dire qu'il en fera au moins treize.

– Qui est son avocat ?

– Il en a deux. Dan Daly et Roger Mills.

J'acquiesçai. Il était en bonnes mains. Je songeai à ce que Walter Elliot m'avait dit. Que plus on est coupable, plus on a besoin d'avocats.

– Pas mal comme arrangement, fis-je remarquer. Pour trois meurtres…

– Un seul, me reprit Bosch.

– Comment ça ? Vincent, Elliot et Albrecht.

– Ce n'est pas lui qui a tué Elliot et Albrecht. Ces deux-là ne collent pas.

– Qu'est-ce que vous racontez ? Il les a tués et après, il a essayé de me liquider.

Bosch fit non de la tête.

– Il a effectivement essayé de vous tuer, mais il n'a tué ni Elliot ni Albrecht. L'arme n'est pas la même. Et en plus, ça n'aurait pas eu de sens. Pourquoi leur aurait-il tendu une embuscade et après aurait voulu vous tuer en essayant de faire passer ça pour un suicide ? Ça ne marche pas. Non, McSweeney n'a rien à voir avec les meurtres d'Elliot et d'Albrecht.

J'étais tellement abasourdi que j'en perdis la voix un instant. Cela faisait trois jours que, pour moi, le type qui avait tué Elliot et Albrecht était celui-là même qui avait essayé de m'assassiner et qu'il était maintenant bouclé par les autorités. Et voilà que Bosch m'apprenait qu'il y avait un autre tueur dans la nature ?

– Vos copains de Beverly Hills ont des idées là-dessus ? demandai-je enfin.

– Oh oui, ils sont à peu près sûrs de savoir qui c'est. Mais ils ne monteront jamais un dossier là-dessus.

Ça pleuvait de tous les côtés. Une surprise après l'autre.

– Et c'est… ?

– La famille.

– Vous voulez dire la famille avec un grand F ? La famille du crime organisé ?

Il sourit et fit non de la tête.

– Non, dit-il, la famille de Johan Rilz. C'est eux qui ont réglé la question.

– Comment le savent-ils à Beverly Hills ?

– Questions de cloisons et de rayures. Les projectiles qu'ils ont sortis des deux victimes étaient des 9 mm Parabellum. Douille et chemise laiton, fabrication allemande. Les flics de Beverly ont sorti le profil de la balle et ont trouvé la correspondance avec un Mauser C 96, lui aussi fabriqué en Allemagne.

Il marqua une pause pour voir si j'avais des questions. Je n'en avais pas, il poursuivit.

– Au commissariat de Beverly, ils se disent que ça ressemble à quelqu'un qui veut faire passer un message.

– Un message venu d'Allemagne.

– Vous avez tout compris.

Je repensai au moment où Golantz avait dit à la famille Rilz que j'allais traîner leur Johan dans la boue pendant une semaine entière. Ils étaient alors partis plutôt que de voir ça. Et Elliot s'était fait descendre avant que ça puisse se produire.

– Parabellum, répétai-je. Vous vous rappelez votre latin, inspecteur ?

– Je n'ai pas fait de droit. Qu'est-ce que ça veut dire ?

– Prépare-toi à la guerre. C'est le début d'un dicton : Si tu veux la paix, il faut te préparer à la guerre. Que va devenir l'enquête ?

Bosch haussa les épaules.

– Je connais deux ou trois inspecteurs de Beverly Hills qui vont se faire payer un chouette voyage en Allemagne. Parce que les Allemands, eux, ils font voyager leurs types en classe affaire avec les sièges qui se transforment en plumards. Ils feront semblant et respecteront l'obligation de diligence. Mais si le contrat a été bien exécuté, il n'en sortira jamais rien.

– Comment ont-ils apporté le flingue ici ?

– On y arrive. Par le Canada ou par Der FedEx s'il faut absolument que l'envoi arrive à l'heure.

Je ne souris pas. Je pensais à Elliot et aux plateaux de la justice. Dieu sait comment, Bosch parut deviner ce que je me disais.

– Vous vous rappelez ce que vous m'avez dit ? Quand vous m'avez raconté comment vous avez dit au juge Holder que vous saviez que c'était elle qui tirait les ficelles ?

Je haussai les épaules.

– Non. Qu'est-ce que j'ai dit ?

– Vous m'avez dit que parfois la justice ne pouvait pas attendre.

– Et… ?

– Et vous aviez raison. Parfois elle n'attend pas. Dans ce procès, c'est vous qui aviez l'élan et tout disait qu'Elliot allait sortir libre. Quelqu'un a donc décidé de ne pas attendre que justice soit faite et a prononcé son propre verdict. Quand j'étais de patrouille, et ça remonte à loin, vous savez comment on appelait un meurtre qui dans son fond n'était que justice de la rue ?

– Non, quoi ?

– Le verdict du plomb.

J'acquiesçai d'un signe de tête. J'avais compris. Nous gardâmes tous les deux longtemps le silence.

– Bon, bref, c'est tout ce que je sais, reprit enfin Bosch. Va falloir que j'y aille et que je m'apprête à aller foutre des gens en prison. La journée sera bonne.

Il s'éloigna de la rambarde, il était prêt à partir.

– C'est quand même drôle que vous passiez ici aujourd'hui, lui lançai-je. Hier soir, j'avais décidé de vous demander quelque chose la prochaine fois que vous viendriez.

– Ah ouais ? Et c'est quoi ?

Je réfléchis un instant, puis je hochai la tête. Oui, c'était bien ce qu'il fallait faire.

– Le pile et la face de la même montagne… dis-je. Vous savez que vous ressemblez beaucoup à votre père ?

Il garda le silence. Il se contenta de me dévisager longuement, puis il hocha une fois la tête et se retourna vers la rambarde. Et regarda au loin dans la ville.

– Et vous avez compris ça quand ? me demanda-t-il.

– Techniquement parlant, hier soir, en regardant de vieilles photos et des souvenirs avec ma fille. Mais à un certain niveau, je pense le savoir depuis longtemps. Nous regardions des photos de mon père. Ça n'arrêtait pas de me rappeler quelqu'un et tout d'un coup, j'ai compris que ce quelqu'un, c'était vous. Et dès que je l'ai vu, ça m'a paru évident. C'est juste que je ne l'ai pas vu tout de suite.

Je gagnai la rambarde et regardai la ville avec lui.

– Les trois quarts des trucs que je sais de lui, je les ai trouvés dans des bouquins, dis-je. Beaucoup d'affaires et de femmes différentes. Mais il y a quand même quelques souvenirs qui ne sortent pas des livres et qui ne sont qu'à moi. Je me rappelle un jour où je suis entré dans le bureau qu'il avait installé chez nous quand il a commencé à être malade. Il y avait un tableau encadré au mur… un tirage, en fait, mais à cette époque-là je croyais que c'était un vrai tableau. *Le Jardin des délices.* Pour un petit gamin, c'était des trucs bizarres et terrifiants…

« Dans le souvenir que j'ai gardé, il me tient sur ses genoux et me fait regarder le tableau en me disant que ça n'a rien de terrifiant. Qu'en fait, c'est beau. Et il essaie de me faire dire le nom du peintre. Hieronymus Bosch. Ça rime avec "anonymous", me dit-il. Sauf qu'en ce temps-là, je ne pense pas que j'étais capable de dire ce mot-là non plus.

Ce n'était plus la ville que je voyais. C'était mon souvenir. Je gardai un peu le silence. C'était au tour de mon demi-frère de parler. Il finit par s'accouder à la rambarde et le fit.

– Je me souviens de cette maison, me dit-il. Je l'y ai vu une fois. Je me suis présenté. Il était allongé sur le lit. Il agonisait.

– Que lui avez-vous dit ?

– Je lui ai juste dit que je m'en étais sorti. C'est tout. De fait, il n'y avait rien d'autre à dire.

Comme maintenant, pensai-je. Qu'y avait-il à dire ? Dieu sait pourquoi, mes pensées se portèrent sur ma famille brisée. Je n'avais que peu de contact avec les frères et sœurs que je savais avoir, et encore moins avec Bosch. Et en plus, il y avait ma fille que je ne voyais que huit jours par mois. Il me semblait que les choses les plus importantes de la vie étaient aussi celles qui se brisaient le plus aisément.

– Vous le savez depuis des années, repris-je enfin. Pourquoi n'avez-vous jamais pris contact avec moi ? J'ai un autre demi-frère et trois demi-sœurs. Ce sont aussi vos frères et sœurs, à vous.

Il commença par ne rien dire, puis il me donna une réponse qu'il devait se faire depuis des décennies.

– Je ne sais pas. Je ne devais pas avoir envie de chavirer la barque… pour personne. Les trois quarts du temps, les gens n'aiment pas les surprises. Enfin, pas de ce genre-là.

L'espace d'un instant, je me demandai ce qu'aurait été ma vie si j'avais connu l'existence de Bosch. Peut-être aurais-je été flic au lieu d'avocat. Qui sait ?

– J'arrête, vous le savez ?

J'avais dit ça sans trop savoir pourquoi.

– Vous arrêtez quoi ?

– Mon boulot. Le droit. On pourrait dire que ce verdict du plomb est aussi mon dernier.

– Moi aussi, j'ai laissé tomber une fois. Ça n'a pas marché. J'ai repiqué au truc.

– On verra.

Il me coula un regard, puis contempla de nouveau la ville. La journée était belle, avec des nuages bas et un front froid qui écrasait le smog jusqu'à n'en plus faire qu'un mince bandeau d'ambre à l'horizon. Le soleil venait juste de pointer au-dessus des montagnes à l'est et lançait tous ses feux sur le Pacifique. On voyait jusqu'à l'île de Catalina.

– Je suis passé à l'hôpital la fois où on vous avait tiré dessus, dit-il. Je ne savais pas trop pourquoi. J'avais vu ça aux nouvelles, vous étiez blessé au ventre et je savais que les coups de feu au ventre, ça se termine bien ou mal. Je me disais que s'ils avaient besoin de sang ou autre, je pourrais… je pensais qu'on devait avoir le même, vous voyez ? Bon, bref, comme y avait des tonnes de journalistes et de caméras… J'ai fini par partir.

Je souris, puis je commençai à rire. Je ne pouvais plus m'en empêcher.

– Qu'est-ce qu'il y a de si drôle ?

– Vous, un flic, se porter volontaire pour filer son sang à un avocat de la défense ! Je ne crois pas que vos copains vous auraient laissé revenir au club s'ils l'avaient appris.

Ce fut à son tour de sourire et de hocher la tête.

– J'avais pas dû y penser, dit-il.

Et là, comme ça, nos deux sourires disparurent et nous retrouvâmes la gaucherie de deux êtres qui ne se connaissent pas. Pour finir, Bosch consulta sa montre.

– Les mecs des mandats d'arrêt se retrouvent dans vingt minutes. Faut que j'y aille.

– OK.

– On se revoit un jour, maître.

– On se revoit un jour, inspecteur.

Il redescendit les marches et je restai où j'étais. J'entendis sa voiture démarrer, déboîter du trottoir et descendre la colline.

55

Je restai sur la terrasse et contemplai la ville que la lumière balayait peu à peu. Bien des pensées me traversèrent l'esprit et s'envolèrent dans les cieux tels nuages aussi beaux que lointains et intouchables. Distants. J'avais l'impression que je ne reverrais plus jamais Bosch. Qu'il aurait son versant de la montagne et moi le mien, et que ça s'arrêterait là.

Au bout d'un moment, j'entendis la porte s'ouvrir et des bruits de pas sur la terrasse. Je sentis la présence de ma fille à côté de moi et posai ma main sur son épaule.

– Qu'est-ce que tu fais, papa ?

– Je regarde.

– Ça va ?

– Ça va, oui.

– Qu'est-ce qu'il voulait, le policier ?

– Parler, juste ça. C'est un de mes amis.

Nous gardâmes tous les deux le silence un instant, puis elle passa à autre chose.

– C'est dommage que maman ne soit pas restée avec nous hier soir, dit-elle.

– Chaque chose en son temps, Hay, lui dis-je. On a quand même réussi à la faire manger des crêpes avec nous, non ?

Elle y réfléchit et hocha la tête. Elle était d'accord. Les crêpes, c'était un début.

– Je vais être en retard si on n'y va pas, dit-elle. Encore un coup comme ça et j'ai un avertissement conduite.

Je hochai la tête à mon tour.

– Dommage. Le soleil allait juste éclairer l'océan.

– Allez, papa ! Ça arrive tous les jours.

J'acquiesçai.

– Quelque part, oui, dis-je.

J'allai chercher mes clés, fermai la maison et nous descendîmes les marches jusqu'au garage. Lorsque enfin j'eus sorti la Lincoln en marche arrière et en pointai l'avant vers le bas de la côte, je vis le soleil répandre ses ors sur le Pacifique.

Remerciements

Sans ordre particulier, l'auteur tient à remercier les personnes suivantes pour ce qu'elles lui ont apporté dans ses recherches et la rédaction de cette histoire, et cela va du petit détail à des choses incroyablement altruistes et gigantesques :

Daniel Daly, Roger Mills, Dennis Wojciechowski, Asya Muchnik, Bill Massey, S. John Drexel, Dennis McMillan, Pamela Marshall, Linda Connelly, Jane Davis, Shannon Byrne, Michael Pietsch, John Wilkinson, David Ogden, John Houghton, Michael Krikorian, Michael Roche, Greg Stout, Judith Champagne, Rick Jackson, David Lambkin, Tim Marcia, Juan Rodriguez et Philip Spitzer.

Ceci est une œuvre de fiction. Toutes les erreurs qu'il pourrait y avoir dans les questions de droit, dans la présentation des preuves et dans les tactiques des avocats en salle d'audience sont de mon fait, et uniquement de mon fait.

Retrouvez le héros du *Poète*
dans une nouvelle enquête
aux Éditions du Seuil

Michael Connelly

L'ÉPOUVANTAIL

roman

TRADUIT DE L'ANGLAIS (ÉTATS-UNIS)
PAR ROBERT PÉPIN

Titre original : *The Scarecrow*

Éditeur original : Little, Brown and Company, NY
© 2009 by Hieronymus, Inc.
ISBN original : 978-0-316-16630-0

ISBN 978-2-02-092385-9

Les droits français ont été négociés avec
Little, Brown and Company, New York.

© Éditions du Seuil, mai 2010, pour la traduction française

www.editionsduseuil.fr

1

La ferme

Carver faisait les cent pas dans la salle de contrôle en surveillant les quarante de devant. Les tours s'étendaient devant lui en rangées absolument parfaites. Elles bourdonnaient si calmement et avec tant d'efficacité que même avec ce qu'il savait, Carver ne pouvait que s'émerveiller de tout ce que la science pouvait faire. Tout cela en si peu d'espace ! Car ce n'était pas un ruisselet de données qui coulait tous les jours devant lui, mais bel et bien un fleuve aussi rapide que bouillonnant. Et tout cela grandissait devant lui dans des empilements d'acier de plus en plus hauts. Il n'y avait qu'à tendre la main pour regarder et choisir. C'était comme de laver le sable pour trouver de l'or.

En plus facile.

Il vérifia les jauges de température au-dessus de lui. Tout allait bien dans la salle des serveurs. Il baissa les yeux sur les écrans des postes de travail devant lui. Ses trois ingénieurs travaillaient de concert sur le projet en cours. Une tentative d'intrusion enrayée grâce au talent et à la vigilance de Carver. Ça se paierait.

S'il n'avait pas réussi à enfoncer les murs de la ferme, l'intrus en puissance y avait laissé partout ses empreintes. Carver sourit en regardant ses hommes recueillir les indices et, traque à grande vitesse qui les ramenait à la source, retrouver les adresses IP en en remontant la piste par les nœuds de réseaux. Il allait bientôt savoir qui était son adversaire, pour quelle firme il travaillait,

3

ce qu'il cherchait et l'avantage qu'il espérait en tirer. Alors il prendrait des mesures de rétorsion qui laisseraient le malheureux prétendant à genoux et complètement détruit. Carver était sans pitié. Toujours.

L'alarme du sas se déclencha au-dessus de sa tête.

– Écrans ! lança-t-il.

Les trois jeunes gens installés à leurs postes de travail entrèrent à l'unisson des commandes qui masquèrent leur travail aux visiteurs. La porte de la salle de contrôle s'ouvrit et McGinnis entra avec un homme en costume que Carver n'avait jamais vu.

– Voici notre salle de contrôle et là, de l'autre côté des baies vitrées, vous pouvez voir ce que nous appelons « les quarante de devant », dit McGinnis. Tous nos services de colocation sont concentrés ici. C'est l'endroit où, grosso modo, seraient stockées les données de votre entreprise. Nous avons ici quarante tours contenant pas loin de mille serveurs dédiés. Et, bien sûr, il y a de la place pour davantage. La place, nous n'en manquons jamais.

L'homme en costume hocha la tête d'un air pensif.

– Ce n'est pas la place qui m'inquiète, dit-il. Ce qui nous préoccupe, c'est la sécurité.

– Bien sûr, et c'est pour ça que nous sommes passés dans cette salle. J'aimerais vous présenter Wesley Carver. Il porte plusieurs casquettes dans cette maison. C'est notre grand responsable technologie, mais c'est aussi notre meilleur ingénieur en matière de menaces et celui qui a conçu ce centre de données. Il pourra vous dire tout ce que vous avez besoin de savoir sur les questions de sécurité en colocation.

Encore un petit numéro pour impressionner. Carver serra la main du type en costume. Un certain David Wyeth du cabinet Mercer and Gissal de Saint Louis. Le genre tweed et de chemise blanche impeccable. Il remarqua que le type avait une tache de sauce sur sa

4

cravate. Chaque fois qu'un client débarquait en ville, McGinnis l'emmenait manger au Rosie's Barbecue.

Carver débita son baratin par cœur en disant tout ce que l'avocat aux socquettes de soie avait envie d'entendre. Wyeth était en mission barbecue-et-rapport-complet. Dès qu'il rentrerait à Saint Louis, il dirait à quel point il avait été impressionné. Et confirmerait à ses collègues que c'était ce qu'il fallait faire s'ils ne voulaient pas être largués par des technologies et une époque en perpétuelle mutation.

Alors McGinnis décrocherait un nouveau contrat.

Pendant qu'il parlait, Carver repensa à l'intrus qu'ils avaient traqué. Là-bas dehors, quelqu'un ne s'attendait pas au châtiment mérité qui filait vers lui à toute allure. Carver et ses jeunes disciples allaient lui vider ses comptes bancaires personnels, lui piquer son identité et planquer dans son ordinateur de bureau des photos de messieurs en train de baiser des petits garçons de huit ans. Et il lui tuerait sa bécane avec un virus réplicant. Et quand il ne pourrait rien réparer, le bonhomme ferait appel à un expert. Alors les photos seraient découvertes et la police contactée.

L'intrus n'aurait plus rien d'inquiétant. Une énième menace aurait été écartée par l'Épouvantail.

– Wesley ? lança McGinnis.

Carver sortit de sa rêverie. Le type en costume venait de poser une question. Carver avait déjà oublié son nom.

– Pardon ? dit-il.

– M. Wyeth me demande si nous avons déjà eu quelqu'un qui s'infiltrait dans le système.

McGinnis souriait – il connaissait déjà la réponse.

– Non, monsieur, jamais. À dire vrai, il y a bien eu quelques tentatives. Mais elles ont échoué, les conséquences étant désastreuses pour les individus qui ont essayé.

Le type en costume hocha la tête d'un air sombre.

– C'est que nous représentons la crème de la crème de Saint Louis, dit-il. L'intégrité de nos dossiers et la liste de nos clients sont d'une importance capitale pour tout ce que nous faisons. Voilà pourquoi je suis venu ici en personne.

Ça et le club de strip-tease où McGinnis t'a emmené, pensa Carver. Il sourit, mais d'un sourire sans chaleur. Il était heureux que McGinnis lui ait rappelé le nom du type en costume.

– Ne vous inquiétez pas, monsieur Wyeth, dit-il. Vos récoltes seront en sécurité dans cette ferme.

Wyeth lui renvoya son sourire.

– C'est ce que je voulais entendre, dit-il.

Les Égouts de Los Angeles
prix Calibre 38
Seuil, 1993
et « Points Policier », n° P19

La Glace noire
Seuil, 1995
et « Points Policier », n° P269

La Blonde en béton
prix Calibre 38
Seuil, 1996
et « Points Policier », n° P390

Le Poète
prix Mystère
Seuil, 1997
et « Points Policier », n° P534

Le Cadavre dans la Rolls
Seuil, 1998
et « Points Policier », n° P646

Le Dernier Coyote
Seuil, 1999
et « Points Policier », n° P781

Créance de sang
Grand Prix de littérature policière
Seuil, 1999
et « Points Policier », n° P835

La Lune était noire
Seuil, 2000
et « Points Policier », n° P876

L'Envol des anges
Seuil, 2001
et « Points Policier », n° P989

L'Oiseau des ténèbres
Seuil, 2001
et « Points Policier », n° P1042

Wonderland Avenue
Seuil, 2002
et « Points Policier », n° P1088

Darling Lilly
Seuil, 2003
et « Points Policier », n° P1230

Lumière morte
Seuil, 2003
et « Points Policier », n° P1271

Los Angeles River
Seuil, 2004
et « Points Policier », n° P1359

Deuil interdit
Seuil, 2005
et « Points Policier », n° P1476

La Défense Lincoln
Seuil, 2006
et « Points Policier », n° P1690

Chroniques du crime
Articles de presse (1984-1992)
Seuil, 2006
et « Points Policier », n° P1761

Moisson noire : les meilleures nouvelles
policières américaines
(anthologie établie et préfacée par Michael Connelly)
Rivages, 2006

Echo Park
Seuil, 2007
et « Points Policier », n ° P1935

À genoux
Seuil, 2008
et « Points Policier », n° P2157

L'Épouvantail
Seuil, 2010

RÉALISATION : NORD COMPO À VILLENEUVE-D'ASCQ
IMPRESSION : CPI BRODARD ET TAUPIN À LA FLÈCHE
DÉPÔT LÉGAL : MAI 2010. N° 102170 (56964)
IMPRIMÉ EN FRANCE

Collection Points